L'AMOUR AUX TEMPS DU CHOLÉRA

Gabriel García Márquez est né en 1928 à Aracataca, village de Colombie. Journaliste, auteur de cinéma et écrivain. Immense succès en Amérique latine, traduit dans une quinzaine de pays, Cent Ans de solitude *lui apporte la notoriété internationale. Ses autres œuvres, notamment* L'Automne du patriarche, Chronique d'une mort annoncée *(film de Francesco Rosi),* La Mala Hora, L'Amour aux temps du choléra *ont confirmé puissamment la maîtrise d'un talent consacré en 1982 par le prix Nobel de littérature.*

Dans une petite ville des Caraïbes, à la fin du siècle dernier, un jeune télégraphiste, pauvre, maladroit, poète et violoniste, tombe amoureux fou de l'écolière la plus ravissante que l'on puisse imaginer. Sous les amandiers d'un parc, il lui jure un amour éternel et elle accepte de l'épouser. Pendant trois ans, ils ne feront que penser l'un à l'autre, vivre l'un pour l'autre, rêver l'un de l'autre, plongés dans l'envoûtement de l'amour. Jusqu'au jour où l'éblouissante Fermina Daza, créature magique et altière, irrésistible d'intelligence et de grâce, préférera un jeune et riche médecin, Juvenal Urbino, à la passion invincible du médiocre Florentino Ariza. Fermina et Juvenal gravissent avec éclat les échelons de la réussite en même temps qu'ils traversent les épreuves de la routine conjugale.
Florentino Ariza, repoussé par Fermina Daza, se réfugie dans la poésie et entreprend une carrière de séducteur impénitent et clandestin. Toute sa vie, en fait, n'est tournée que vers un seul objectif : se faire un nom et une fortune pour mériter celle qu'il ne cessera jamais d'aimer en secret et avec acharnement chaque instant de chaque jour pendant plus d'un demi-siècle.
L'Amour aux temps du choléra est le grand roman tant attendu de García Márquez, aussi fondamental dans son œuvre que Cent Ans de solitude dont il forme le vrai pendant.

GABRIEL GARCÍA MÁRQUEZ

L'Amour
aux temps du choléra

ROMAN

TRADUIT DE L'ESPAGNOL (Colombie)
PAR ANNIE MORVAN

GRASSET

Titre original :

EL AMOR EN LOS TIEMPOS DEL COLERA

À Tachia

« Sur les chemins qui s'ouvrent ici
va une déesse couronnée. »

LEANDRO DÍAZ

C'était inévitable : l'odeur des amandes amères lui rappelait toujours le destin des amours contrariées. Le docteur Juvenal Urbino s'en rendit compte dès son entrée dans la maison encore plongée dans la pénombre où il était accouru d'urgence afin de traiter un cas qui pour lui avait cessé d'être urgent depuis déjà de nombreuses années. Le réfugié antillais Jeremiah de Saint-Amour, invalide de guerre, photographe d'enfants et son adversaire le plus charitable aux échecs, s'était mis à l'abri des tourments de la mémoire grâce à une fumigation de cyanure d'or.

Il trouva le cadavre recouvert d'un drap sur le châlit où il avait toujours dormi, près d'un tabouret avec la cuvette qui avait servi à l'évaporation du poison. Par terre, attaché au pied du châlit, il y avait le corps allongé d'un grand danois au poitrail de neige et, près de lui, les béquilles. Par la fenêtre, la splendeur de l'aube commençait à peine à éclairer la pièce suffocante et bigarrée qui servait à la fois d'alcôve et de laboratoire, mais la lumière était suffisante pour que l'on reconnût d'emblée l'autorité de la mort. Les autres fenêtres, ainsi que toutes les fissures de la pièce, étaient calfeutrées avec des chiffons ou scellées de cartons noirs, ce qui augmentait son oppressante densité. Il y avait une grande table jonchée de flacons et de pots sans étiquettes et, sous une ampoule ordinaire recouverte de papier rouge, deux cuvettes en potin gris ébréché. La troisième cuvette, celle du fixateur, était celle-là même trouvée près du cadavre. Et partout des revues et des vieux journaux, des piles de négatifs en plaques de verre, des meubles cassés, mais tout était préservé de la poussière par une main diligente. Bien que l'air de la fenêtre eût purifié l'atmosphère, demeurait encore, pour qui savait l'identifier, la cendre tiède des amours infortunées des amandes amères. Le docteur Juvenal Urbino avait plus d'une fois pensé, sans esprit de prémonition, que cet endroit n'était guère propice pour mourir dans la grâce du Seigneur. Mais avec le temps il avait fini par supposer que son désordre obéissait peut-être à une détermination calculée de la divine providence.

Un commissaire de police l'avait précédé, accompagné d'un tout jeune étudiant en médecine qui faisait son stage de médecine légale au dispensaire municipal, et c'étaient eux qui avaient aéré la pièce et recouvert le cadavre en attendant l'arrivée du docteur Urbino. Tous deux le saluèrent avec une solennité qui, cette fois, tenait plus des condoléances que de la vénération, car personne n'ignorait l'étroite amitié qui le liait à Jeremiah de Saint-Amour. L'éminent maître leur serra la main, ainsi qu'il le faisait depuis toujours avec chacun de ses élèves avant de commencer son cours de clinique générale. Puis il prit le bord du drap entre le pouce et l'index comme s'il s'agissait d'une fleur, et découvrit peu à peu le cadavre avec une parcimonie sacramentelle. Il était nu comme un ver, raide et tordu, les yeux ouverts et le corps bleu, et paraissait avoir cinquante ans de plus que la veille. Il avait les pupilles diaphanes, la barbe et les cheveux jaunâtres et le ventre traversé d'une ancienne cicatrice cousue avec des nœuds de vache. L'envergure du torse et des bras était celle d'un galérien, à cause du travail des béquilles, mais ses jambes sans défense semblaient appartenir à un orphelin. Le docteur Juvenal Urbino le contempla un instant le cœur douloureux comme peu souvent il lui était arrivé de l'avoir au cours de ses longues années de joute stérile contre la mort.

Il le recouvrit du drap et reprit sa prestance académique. L'année précédente il avait célébré ses quatre-vingts ans par un jubilé officiel de trois jours, et dans son discours de remerciements il avait résisté une fois de plus à la tentation de prendre sa retraite. Il avait dit : « J'aurai bien assez le temps de me reposer après ma mort. Mais cette éventualité ne fait pas encore partie de mes projets. » Bien qu'il entendît de moins en moins de l'oreille droite et s'appuyât sur une canne à pommeau d'argent pour dissimuler l'incertitude de ses pas, il continuait de porter avec le chic de ses jeunes années le complet en lin au gilet barré par une chaîne de montre en or. Une barbe à la Pasteur, couleur de nacre, les cheveux plaqués avec soin de chaque côté de la raie au milieu bien nette, étaient des expressions fidèles de son caractère. Il compensait, autant qu'il lui était possible, l'érosion de sa mémoire de jour en jour plus inquiétante par des notes écrites à la hâte sur des bouts de papiers épars qui finissaient par se mélanger dans toutes ses poches de même que dans sa serviette les flacons de médicaments et mille choses en désordre. Il était le médecin le plus ancien et le plus éclairé de la ville en même temps que le plus distingué de ses citoyens. Cependant, sa sagesse trop ostensible et sa façon rien moins que naïve d'utiliser le pouvoir de son nom ne lui avaient pas valu toutes les amitiés qu'il méritait.

Les instructions au commissaire et à l'étudiant

furent précises et rapides. L'autopsie n'était pas
nécessaire. L'odeur de la maison suffisait pour
conclure que la mort avait été causée par les émanations du cyanure d'or activé grâce à un quelconque
acide de photographie, et Jeremiah de Saint-Amour
en savait trop là-dessus pour que ce fût un accident.
Il coupa court à la réticence du commissaire par une
de ces estocades qui le caractérisaient : « N'oubliez
pas que celui qui signe le certificat de décès, c'est
moi. » Le jeune médecin se montra déçu. Il n'avait
jamais eu la chance d'étudier les effets du cyanure
d'or sur un cadavre. Le docteur Urbino était surpris
de ne pas l'avoir vu à l'école de médecine, mais il en
comprit tout de suite la raison à son érubescence
facile et à sa diction andine : il venait sans doute
d'arriver en ville. Il dit : « Ceux que l'amour rend
fous ne manquent pas ici, et il y en aura bien un qui
vous en donnera un jour ou l'autre l'occasion. »
Mais à peine eut-il prononcé ces mots qu'il se rendit
compte que, parmi les innombrables suicides dont il
gardait le souvenir, celui-ci était le premier au cyanure dont la cause n'était pas un amour malheureux.
Alors quelque chose changea dans la familiarité de
sa voix.

« Quand vous en trouverez un, faites bien attention, dit-il à l'étudiant, en général ils ont du sable
dans le cœur. »

Puis il s'adressa au commissaire comme à un
subalterne. Il lui ordonna de passer outre les démarches afin que l'enterrement eût lieu l'après-midi
même et dans la plus grande discrétion. Il dit : « Je
parlerai au maire plus tard. » Il savait Jeremiah de
Saint-Amour d'une austérité primitive, et qu'il
gagnait avec son art beaucoup plus que ce dont il
avait besoin pour vivre, de sorte que dans l'un des
tiroirs de la maison il devait y avoir de l'argent en

quantité suffisante et même plus pour les frais de l'enterrement.

« Mais si vous n'en trouvez pas, dit-il, ça ne fait rien. Je me charge de tout. »

Il ordonna de dire aux journaux que le photographe était mort de mort naturelle, encore qu'il pensât que la nouvelle ne les intéresserait en aucune façon. Il dit : « Si c'est nécessaire, je parlerai au gouverneur. » Le commissaire, un employé humble et sérieux, savait que la rigueur civique du maître exaspérait jusqu'à ses amis les plus intimes, et il était surpris de la facilité avec laquelle il faisait fi des démarches légales pour hâter les obsèques. La seule chose à laquelle il se refusa fut de parler à l'archevêque pour que Jeremiah de Saint-Amour fût enterré en terre bénite. Le commissaire, gêné par sa propre impertinence, tenta une excuse.

« Je croyais que cet homme était un saint.

– Quelque chose de plus rare encore, dit le docteur Urbino : un saint athée. Mais ce sont là les affaires de Dieu. »

Au loin, à l'autre bout de la ville coloniale, on entendit les cloches de la cathédrale appeler à la grand-messe. Le docteur Urbino chaussa ses lunettes en demi-lune à monture d'or et consulta sa montre de gousset qui était fine et carrée et dont le couvercle s'ouvrait à l'aide d'un ressort : il était sur le point de manquer la messe de Pentecôte.

Dans la pièce, il y avait un énorme appareil photographique monté sur roues comme dans les jardins publics, un décor de crépuscule marin peint de manière artisanale, et les murs étaient tapissés de portraits d'enfants en leurs jours mémorables : première communion, costume de lapin, heureux anniversaire. Le docteur Urbino avait vu les murs se recouvrir peu à peu, d'année en année, durant les méditations extasiées des parties d'échecs vespérales, et il avait souvent pensé avec un frémissement de désolation que dans cette galerie de portraits fortuits était le germe de la ville future, gouvernée et pervertie par ces enfants incertains, et dans laquelle ne demeureraient pas même les cendres de sa gloire.

Sur le bureau, près d'un pot contenant plusieurs pipes de loup de mer, se trouvaient l'échiquier et une partie inachevée. En dépit de sa hâte et de son humeur sombre, le docteur Urbino ne résista pas à la tentation de l'examiner. Il savait que c'était la partie de la veille car si Jeremiah de Saint-Amour jouait tous les soirs de la semaine avec au moins trois adversaires différents, il menait toujours ses parties jusqu'à la fin et rangeait ensuite l'échiquier et les pièces dans leur boîte, et la boîte dans un tiroir du bureau. Il savait aussi qu'il jouait avec les pièces blanches et cette fois il était évident qu'il aurait été battu à plate couture en quatre coups. « Si c'était un meurtre, nous aurions là un fameux indice, se dit-il. Je ne connais qu'un homme capable de tendre cette maîtresse embuscade. » Il lui eût été impossible de vivre sans vérifier pourquoi ce soldat indompté, habitué à se battre jusqu'à la dernière goutte de sang, avait laissé inachevée l'ultime guerre de sa vie.

À six heures du matin, alors qu'il faisait sa dernière ronde, le veilleur avait vu la pancarte clouée à la porte d'entrée : *Entrez sans frapper et prévenez la police*. Peu après, le commissaire et l'étudiant étaient arrivés et tous deux avaient passé la maison au crible, en quête d'une quelconque évidence contre l'incontestable effluve des amandes amères. Mais pendant les brèves minutes qu'avait duré l'analyse de la partie inachevée, le commissaire avait découvert, parmi les papiers, sur le bureau, une enveloppe adressée au docteur Juvenal Urbino et protégée par une telle quantité de cachets de cire qu'il fut nécessaire de la déchiqueter pour en sortir la lettre. Le médecin écarta le rideau noir de la fenêtre pour avoir plus de lumière, jeta d'abord un coup d'œil rapide aux onze feuillets écrits au recto et au verso d'une écriture appliquée, et à l'instant où il lut le premier paragraphe, il comprit qu'il manquerait la communion de Pentecôte. Il lut le souffle court, s'arrêtant, retournant plusieurs pages en arrière afin de retrouver le fil perdu, et lorsqu'il eut terminé, il sembla revenir de très loin et de temps oubliés. Son épuisement était visible en dépit de ses efforts pour ne pas le montrer : il avait sur les lèvres la même coloration bleue que le cadavre, et il ne put dominer le tremblement de ses doigts lorsqu'il replia la lettre et la mit dans la poche de son gilet. Alors il se souvint du commissaire et du jeune médecin et leur sourit derrière les brumes de son chagrin.

« Rien de spécial, dit-il, ce sont ses dernières volontés. »

C'était une demi-vérité mais ils la crurent totale car il leur donna l'ordre de soulever une dalle descellée du carrelage sous laquelle ils trouvèrent un carnet de comptes tout usé et les clefs du coffre. Il n'y avait pas autant d'argent qu'ils l'avaient cru mais bien assez cependant pour payer l'enterrement et quelques dettes mineures. Le docteur Urbino était conscient qu'il ne pourrait arriver à la cathédrale avant l'Évangile.

« C'est la troisième fois que je manque la messe depuis que j'ai l'âge de raison, dit-il. Mais Dieu comprendra. »

De sorte qu'il préféra s'attarder encore quelques minutes pour finir de régler tous les détails, bien qu'il pût à peine contenir le désir de partager avec sa femme les confidences de la lettre. Il se chargea de prévenir les nombreux réfugiés des Caraïbes qui vivaient en ville pour le cas où ils souhaiteraient

17

rendre un dernier hommage à celui qui s'était conduit comme le plus raisonnable, le plus actif et le plus radical d'entre eux, même après que sa capitulation devant l'écueil du désenchantement fut devenue trop évidente. Il préviendrait aussi ses compères aux échecs, qui allaient des professionnels les plus insignes aux gagne-petit anonymes, ainsi que d'autres amis moins assidus mais désireux peut-être d'assister à l'enterrement. Avant de connaître la lettre posthume, il avait conclu être le premier à savoir, mais après l'avoir lue il n'était plus sûr de rien. De toute façon, il ferait envoyer une couronne de gardénias pour le cas où Jeremiah de Saint-Amour aurait eu un ultime instant de repentir. L'enterrement aurait lieu à cinq heures, heure propice en ces mois de chaleur. Si l'on avait besoin de lui, on pourrait le trouver à la maison de campagne du docteur Lácides Olivella, son disciple bien-aimé qui ce jour-là célébrait par un déjeuner de gala ses noces d'argent avec la médecine.

Le docteur Juvenal Urbino vivait dans une routine facile à suivre depuis qu'étaient restées en arrière les années tumultueuses de ses premières armes, et il avait acquis une respectabilité et un prestige sans pareil dans la province. Il se levait au chant du coq, heure à laquelle il commençait à prendre ses remèdes secrets : bromure de potassium pour remonter le moral, salicylates pour les douleurs dans les os par temps de pluie, gouttes d'ergot de seigle pour les vertiges, belladone pour le bon sommeil. Toutes les heures il prenait quelque chose et toujours en cachette, car de toute sa longue vie de médecin et de maître il n'avait cessé de se montrer hostile à la prescription de palliatifs pour la vieillesse : il lui était plus facile de supporter les douleurs d'autrui que les siennes. Et pour vaincre la peur de ce bric-à-brac médicamenteux, il emportait toujours dans sa poche une compresse camphrée qu'il respirait à fond lorsque personne ne le voyait.

Il passait une heure dans son bureau à préparer le cours de clinique générale qu'à l'école de médecine il dispensa tous les jours, du lundi au samedi, jusqu'à la veille de sa mort. Il était un lecteur assidu des nouveautés littéraires que son libraire de Paris lui expédiait par la poste ou de celles que commandait pour lui à Barcelone son libraire local, quoiqu'il ne suivît pas la littérature de langue espagnole avec autant d'attention que la littérature française. En tout cas il ne les lisait jamais le matin, mais après la sieste, pendant une heure, et le soir avant de s'endormir. Sa préparation terminée, il faisait quelques exercices respiratoires dans la salle de bains, devant la fenêtre ouverte, en respirant toujours du côté où chantaient les coqs car c'était de ce côté que venait l'air frais. Puis il se lavait, arrangeait sa barbe et gominait sa moustache dans une atmosphère saturée d'eau de Cologne véritable, celle de Farina Gegenüber, et s'habillait de lin blanc avec gilet, chapeau mou et bottines de cordouan. À quatre-vingts ans il avait encore les manières aisées et l'esprit enjoué avec lesquels il était revenu de Paris, peu après la grande épidémie de choléra morbus, et la coiffure soignée avec la raie au milieu n'avait pas changé depuis sa jeunesse, à part la couleur, devenue métallique. Il prenait son petit déjeuner en famille mais s'accordait un régime personnel : une infusion de fleurs d'absinthe pour le bien-être de son estomac, et une tête d'ail dont il pelait et mangeait les gousses une à une, avec du pain de ménage, les mastiquant avec soin afin de prévenir les étouffements du cœur. Il était rare qu'il n'eût pas, après son cours, une occupation relative à ses initiatives civiques, ses milices catholiques ou ses inventions artistiques et sociales.

Il déjeunait presque toujours chez lui, faisait une sieste de dix minutes assis sur la terrasse du jardin, écoutant comme en rêve les chansons des servantes sous les frondaisons des manguiers, écoutant dans la rue les vendeurs à la criée, le vacarme gras des moteurs de la baie dont le remugle, dans l'atmosphère de la maison les après-midi de chaleur, voletait tel un ange condamné à la pourriture. Puis il lisait une heure durant des ouvrages récents, en particulier des romans et des études historiques, et donnait des leçons de français et de chant au perroquet domestique qui depuis des années était une attraction locale. À quatre heures, après avoir bu une grande carafe de citronnade avec de la glace pilée, il partait visiter ses malades. En dépit de son âge il se refusait à recevoir ses patients dans son cabinet et continuait de les soigner chez eux comme il l'avait toujours fait depuis que la ville était si pacifique qu'il pouvait se rendre à pied n'importe où.

Lorsqu'il était rentré pour la première fois d'Europe, il circulait dans le landau familial tiré par deux alezans dorés, et quand celui-ci fut devenu inutilisable, il le changea pour une victoria à un seul cheval dont il continua de se servir non sans un certain dédain pour la mode lorsque les calèches commencèrent à disparaître de la surface de la terre et que les seules qui restèrent en ville ne servirent plus qu'à promener les touristes et à porter les couronnes aux enterrements. Bien qu'il refusât de prendre sa retraite, il était conscient qu'on ne l'appelait plus que pour les cas désespérés mais il les considérait eux aussi comme une forme de spécialisation. Il était capable de savoir ce dont souffrait un malade à son seul aspect, se méfiait de plus en plus des médicaments brevetés et voyait avec inquiétude la vulgarisation de la chirurgie. « Le bistouri est la preuve majeure de l'échec de la médecine », disait-il, et il pensait, selon un critère très strict, que tout médicament est un poison et que soixante-quinze pour cent des aliments accélèrent la mort. « En tout cas, avait-il coutume de dire en classe, le peu de médecine que l'on connaît est seule connue de quelques médecins. » De l'enthousiasme juvénile il était passé à une position qu'il définissait lui-même comme un humanisme fataliste : « Chaque homme est maître de sa propre mort, et la seule chose que nous pouvons faire est de l'aider à mourir sans peur ni douleur. » Mais en dépit de ses idées extrêmes qui faisaient partie du folklore local, ses anciens élèves continuaient de le consulter alors même qu'ils étaient des professionnels installés, car ils lui reconnaissaient ce qu'à l'époque on appelait l'œil clinique. Quoi qu'il en soit, il avait toujours été un médecin cher et exclusif dont la clientèle était circonscrite aux grandes demeures familiales du quartier des Vice-Rois.

Ses journées étaient à ce point méthodiques que sa femme savait où lui faire parvenir un message si quelque chose d'urgent se produisait lors de ses parcours vespéraux. Jeune, il s'attardait au café de la Paroisse avant de rentrer chez lui, et c'est ainsi qu'il s'était perfectionné aux échecs avec les complices de son beau-père et quelques réfugiés des Caraïbes. Mais il n'était pas retourné au café depuis les premières lueurs du siècle et avait tenté d'organiser des tournois nationaux parrainés par le Club social. C'est vers cette époque que Jeremiah de Saint-Amour était arrivé, avec ses genoux déjà morts mais sans son métier de photographe d'enfants, et en moins de trois mois il s'était fait connaître de tout ce qui savait déplacer un pion sur un échiquier car personne n'avait pu lui gagner une partie. Pour le docteur Juvenal Urbino, ce fut une rencontre miraculeuse parce que les échecs étaient devenus pour lui une passion indomptable et qu'il ne lui restait plus beaucoup d'adversaires pour l'assouvir.

Si Jeremiah de Saint-Amour put être ce qu'il fut parmi nous, ce fut grâce à lui. Le docteur Juvenal Urbino devint son protecteur et son garant en tout sans même avoir pris la peine de vérifier qui il était, ce qu'il faisait, ou de quelles guerres sans gloire il avait réchappé dans cet état d'invalidité et de lassitude. Il finit par lui prêter l'argent nécessaire pour installer l'atelier de photographie, et Jeremiah de Saint-Amour le lui remboursa jusqu'au dernier quart de réal avec une rigueur de passementier, à peine eut-il fait le portrait du premier enfant apeuré par l'éclair de magnésium.

Les échecs furent la cause de tout. Au début, les parties avaient lieu à sept heures du soir, après le dîner, avec de justes avantages pour le médecin en raison de la supériorité notoire de l'adversaire, avantages qui s'amenuisèrent de jour en jour jusqu'à ce que tous deux fussent à égalité. Plus tard, lorsque don Galileo Daconte ouvrit, dans un jardin, le premier cinéma, Jeremiah de Saint-Amour fut un de ses plus ponctuels clients, et les parties d'échecs se réduisirent aux soirs où on ne projetait aucun film nouveau. Son amitié avec le médecin était telle que ce dernier l'accompagnait au spectacle, jamais avec sa femme cependant, en partie parce qu'elle n'avait pas la patience de suivre le fil des intrigues difficiles, en partie parce qu'il lui avait toujours semblé, par pure intuition, que Jeremiah de Saint-Amour n'était une bonne compagnie pour personne.

Le dimanche était pour lui un jour différent. Il assistait à la grand-messe dans la cathédrale puis rentrait chez lui et restait là, à se reposer et à lire sur la terrasse du jardin. Il était rare qu'il sortît voir un malade en ce jour du Seigneur, à moins que ce ne fût une urgence extrême, et depuis de nombreuses années il n'acceptait aucune obligation sociale à laquelle il ne fût contraint. En ce dimanche de Pentecôte, par une coïncidence exceptionnelle, deux événements insolites s'étaient produits en même temps : la mort d'un ami et les noces d'argent professionnelles d'un disciple éminent. Cependant, au lieu de rentrer tout droit chez lui après avoir certifié le décès de Jeremiah de Saint-Amour, comme il avait pensé le faire, il laissa la curiosité l'entraîner.

À peine monté dans la voiture, il s'empressa de relire la lettre posthume et ordonna au cocher de le conduire à une adresse compliquée dans l'ancien quartier des esclaves. Sa résolution était à ce point étrangère à ses habitudes que le cocher voulut s'assurer que ce n'était pas une erreur. Ce n'en était pas une : l'adresse était claire et celui qui l'avait écrite avait plus de raisons qu'il n'en fallait pour la connaître très bien. Le docteur Urbino revint alors au premier feuillet et s'immergea une fois encore dans ce torrent de révélations indésirables qui auraient pu changer sa vie s'il était parvenu à se convaincre qu'elles n'étaient pas le délire d'un désespéré.

L'humeur du ciel avait commencé à se décomposer très tôt, le temps était nuageux et frais mais il n'y avait pas de risques de pluie avant la mi-journée. En essayant de prendre au plus court, le cocher s'était enfoncé dans les venelles empierrées de la ville coloniale et avait dû s'arrêter plus d'une fois afin que le cheval ne s'effrayât pas du tapage des collèges et des congrégations religieuses qui revenaient de la liturgie de Pentecôte. Il y avait des guirlandes de papier dans les rues, de la musique, des fleurs, et des jeunes filles avec des ombrelles colorées et des jupons de mousseline qui regardaient passer la fête du haut des balcons. Sur la place de la Cathédrale, où l'on distinguait à peine la statue du Libérateur parmi les palmiers africains et les globes des réverbères, la sortie de la messe avait provoqué un embouteillage d'automobiles et il n'y avait plus une table libre au vénérable et bruyant café de la Paroisse. La seule voiture à cheval était celle du docteur Urbino et elle se distinguait des autres, très rares, qui existaient encore en ville par la capote vernie qui avait conservé son éclat, les ferrures taillées dans le bronze afin que le salpêtre ne les rongeât pas, les roues et les bras peints en rouge et ornés de rivets dorés, comme pour une soirée de gala à l'Opéra de Vienne. Et tandis que les familles les plus raffinées se contentaient de voir leurs cochers porter une chemise propre, lui continuait d'exiger du sien la livrée de velours fané et le claque des dompteurs de cirque qui, outre leur anachronisme, passaient pour un manque de miséricorde dans la canicule des Caraïbes.

En dépit de son amour presque maniaque pour la ville et du fait qu'il la connaissait mieux que quiconque, le docteur Juvenal Urbino n'avait eu que de très rares fois une raison comme celle de ce dimanche-ci pour s'aventurer sans réticence dans le remugle du vieux quartier des esclaves. Le cocher dut faire de multiples détours et demander à plusieurs reprises son chemin. Le docteur Urbino reconnut de près la densité des marais, leur silence fatidique, leurs ventosités de noyé qui, à l'aube de tant d'insomnies, montaient jusqu'à sa chambre, mêlées à la fragrance des jasmins du patio, et passaient comme un vent d'autrefois qui n'avait rien à voir avec sa vie. Mais cette pestilence tant de fois idéalisée par la nostalgie se transforma en une insupportable réalité lorsque la voiture commença à cahoter dans le bourbier des rues où les charognards se disputaient les déchets des abattoirs charriés par la marée. À la différence de la cité vice-royale dont les bâtisses étaient en pierre, ici les maisons étaient faites de planches décolorées et de toits de tôle, et posées pour la plupart sur des pilotis afin que n'y entrassent pas les crues des égouts à ciel ouvert, héritage des Espagnols. Tout avait un aspect misérable et désolé, mais du fond des gargotes sordides montait un tonnerre de musiques, bamboche sans foi ni loi de la Pentecôte des pauvres. Lorsque enfin ils trouvèrent l'adresse, la voiture était poursuivie par des bandes de gamins nus qui se moquaient de l'accoutrement théâtral du cocher, lequel dut les chasser à coups de fouet. Le docteur Urbino, qui s'était préparé à une visite confidentielle, comprit trop tard qu'il n'y avait plus dangereuse candeur que celle de son âge.

L'extérieur de la maison sans numéro n'avait rien qui pût la différencier d'autres moins heureuses, sauf la fenêtre aux rideaux de dentelle et un portail soustrait à une quelconque église ancienne. Le cocher frappa à la porte avec le heurtoir et ce n'est que lorsqu'il eut la certitude d'être à la bonne adresse qu'il aida le médecin à descendre de voiture. Le portail s'était ouvert sans bruit et dans la pénombre intérieure se tenait une femme mûre, habillée de noir absolu, une rose rouge à l'oreille. En dépit de son âge, qui n'était pas inférieur à quarante ans, c'était encore une mulâtresse altière, aux yeux dorés et cruels et aux cheveux ajustés à la forme du crâne comme un casque en paille de fer. Le docteur Urbino ne la reconnut pas, bien qu'il l'eût aperçue à plusieurs reprises à travers la nébuleuse des parties d'échecs dans le laboratoire du photographe, et lui eût une fois ou deux prescrit des cornets de quinine contre les fièvres quartes. Il lui tendit la main et elle la prit entre les siennes, moins pour le saluer que pour l'aider à entrer. Le salon avait une fraîcheur et un murmure de bocage, et il était encombré de meubles et d'objets exquis, chacun à leur place

25

naturelle. Le docteur Urbino se souvint sans amertume de la boutique d'un antiquaire de Paris, un lundi d'automne du siècle passé, au numéro 26 de la rue Montmartre. La femme s'assit en face de lui et lui parla dans un espagnol maladroit.

« Vous êtes ici chez vous, docteur. Je ne vous attendais pas si tôt. »

Le docteur Urbino se sentit trahi. Il l'observa avec le cœur, observa son deuil intense, observa la dignité de son affliction et comprit alors que sa visite était une visite inutile car cette femme connaissait mieux que lui tout ce que disait et justifiait la lettre posthume de Jeremiah de Saint-Amour. Et c'était vrai. Elle l'avait accompagné jusqu'à très peu d'heures avant sa mort, de même qu'elle l'avait accompagné pendant la moitié de sa vie avec une dévotion et une tendresse soumise qui ressemblaient trop à l'amour sans que nul, dans cette somnolente capitale de province où même les secrets d'État étaient du domaine public, n'en sût jamais rien. Ils s'étaient connus dans un hospice pour vagabonds de Port-au-Prince où elle était née et où il avait passé ses premiers temps de fugitif, et un an plus tard elle l'avait suivi jusqu'ici pour un bref séjour bien que tous deux sans s'être concertés sussent qu'elle était venue pour ne plus jamais repartir.

Une fois par semaine, elle faisait le ménage et mettait de l'ordre dans le laboratoire mais jamais les voisins, pas même les plus malveillants, ne confondirent apparence et vérité car ils supposaient comme tout le monde que l'invalidité de Jeremiah de Saint-Amour ne concernait pas que ses jambes. Le docteur Urbino lui-même le supposait pour des raisons médicales bien fondées, et jamais il ne l'eût soupçonné d'avoir une femme si celui-ci ne le lui avait révélé dans la lettre. De toute façon, il lui en coûtait d'imaginer que deux adultes libres et sans passé, à l'écart des préjugés d'une société repliée sur elle-même, eussent choisi le hasard des amours interdites. Elle lui en fournit l'explication : « C'était son désir. » En outre, la clandestinité partagée avec un homme qui ne lui avait jamais appartenu tout à fait et dans laquelle ils avaient plus d'une fois connu l'explosion instantanée du bonheur ne lui avait pas semblé une situation indésirable. Au contraire : la vie lui avait prouvé qu'elle pouvait être exemplaire.

La veille, ils étaient allés au cinéma, chacun de leur côté et à des places séparées, comme ils le faisaient au moins deux fois par mois depuis que l'immigré italien don Galileo Daconte avait installé une salle à ciel ouvert dans les ruines d'un couvent du XVIIᵉ siècle. Ils avaient vu un film adapté d'un livre qui avait été à la mode l'année précédente et que le docteur Urbino avait lu le cœur déchiré par la barbarie de la guerre : *À l'ouest rien de nouveau*. Ils s'étaient rejoints ensuite au laboratoire, elle l'avait trouvé distrait et nostalgique et avait pensé que c'était à cause des scènes brutales où les blessés agonisaient dans la boue. Voulant le distraire, elle l'avait invité à une partie d'échecs et il avait accepté pour lui faire plaisir mais il avait joué sans concentration, avec les blancs bien sûr, jusqu'au moment où il avait découvert avant elle qu'il serait battu en quatre coups et s'était rendu sans honneur. Le médecin comprit alors que l'adversaire de la partie finale c'était elle et non le général Jerónimo Argote comme il l'avait d'abord cru. Il murmura, abasourdi :

« C'était une partie de maître! »

Elle souligna que le mérite ne lui en revenait pas à elle, mais à Jeremiah de Saint-Amour, qui, déjà égaré par les brumes de la mort, bougeait les pièces sans passion. Lorsqu'il avait interrompu la partie, vers les onze heures parce que la musique des bals publics s'était tue, il lui avait demandé de le laisser seul. Il voulait écrire une lettre au docteur Juvenal Urbino qu'il considérait comme l'homme le plus respectable qu'il eût jamais connu et comme son ami de cœur, ainsi qu'il se plaisait à le dire, bien que leur seule affinité eût été les échecs, entendus comme un dialogue de la raison et non comme une science. Elle avait su alors que Jeremiah de Saint-Amour était parvenu au terme de son agonie et qu'il ne lui restait à vivre que le temps nécessaire pour écrire la lettre. Le médecin ne pouvait le croire :

« De sorte que vous saviez! » s'exclama-t-il.

Non seulement elle savait, confirma-t-elle, mais elle l'avait aidé à supporter l'agonie avec le même amour qu'elle avait déployé pour l'aider à découvrir le bonheur. Parce que ses derniers onze mois n'avaient été rien d'autre que ceci : une cruelle agonie.

« Votre devoir était de le dénoncer, dit le médecin.

— Je ne pouvais pas lui faire cela, répondit-elle scandalisée, je l'aimais trop. »

Le docteur Urbino, qui croyait avoir tout entendu, n'avait jamais rien entendu de semblable qui fût dit d'une aussi simple façon. Il la regarda en face, ses cinq sens en alerte, afin de la fixer dans son souvenir telle qu'elle était en cet instant : impavide dans sa robe noire, elle semblait une idole fluviale avec ses yeux de serpent et sa rose à l'oreille. Longtemps auparavant, sur une plage solitaire d'Haïti où tous deux reposaient nus après l'amour, Jeremiah de Saint-Amour avait soupiré soudain : « Je ne serai jamais vieux. » Elle avait interprété cela comme une proposition héroïque de lutter sans trêve contre les ravages du temps, mais il fut plus explicite : sa détermination de s'ôter la vie à soixante ans était irrévocable.

Il les avait eus en effet le 23 janvier précédent, et s'était fixé comme ultime limite la veille de la Pentecôte, la plus grande fête de la ville consacrée au Saint-Esprit. Il n'y avait aucun détail de la nuit antérieure qu'elle ne connût d'avance et ils en avaient souvent parlé, souffrant ensemble le torrent irréparable des jours que ni lui ni elle ne pouvaient arrêter. Jeremiah de Saint-Amour aimait la vie avec une passion insensée, il aimait l'amour et la mer, il aimait son chien et il l'aimait elle, et à mesure que la date approchait il avait peu à peu succombé au désespoir comme si sa mort ne relevait pas d'une résolution personnelle mais d'un destin inexorable.

« Hier soir, quand je l'ai laissé seul, il n'était déjà plus de ce monde », dit-elle.

Elle avait voulu emmener le chien mais il l'avait contemplé qui somnolait près des béquilles et l'avait caressé du bout des doigts. Il avait dit : « Je regrette mais Mister Woodwrow Wilson s'en va avec moi. » Tandis qu'il écrivait, il lui avait demandé de l'attacher au pied du lit et elle avait fait un faux nœud afin que l'animal pût s'échapper. Cela avait été son seul geste de déloyauté, que justifiait le désir de continuer à se souvenir du maître dans les yeux hivernaux de son chien. Mais le docteur Urbino l'arrêta pour lui dire que le chien ne s'était pas échappé. Elle lui dit : « Alors c'est qu'il n'a pas voulu. » Et elle s'en réjouit car elle préférait au fond continuer d'évoquer l'amant mort de la façon dont il le lui avait demandé la veille, lorsqu'il avait interrompu la lettre déjà commencée et l'avait regardée pour la dernière fois :

« Porte une rose en souvenir de moi. »

Elle était arrivée chez elle peu après minuit. Elle s'était allongée tout habillée sur le lit pour fumer, allumant une cigarette au mégot de la précédente, afin de lui donner le temps de terminer la lettre qu'elle savait longue et difficile, et peu avant trois heures, lorsque les chiens avaient commencé d'aboyer, elle avait fait chauffer de l'eau pour le café, s'était vêtue de deuil et avait coupé dans le jardin la première rose du matin. Le docteur Urbino avait compris depuis un bon moment déjà avec quelle force il allait chasser le souvenir de cette femme qui ne saurait se rédimer et il croyait en connaître la raison : seule une personne dénuée de principes pouvait être aussi complaisante envers la douleur.

Elle lui donna d'autres arguments encore jusqu'à la fin de la visite. Elle n'irait pas à l'enterrement car ainsi l'avait-elle promis à l'amant, bien que le docteur Urbino eût cru comprendre le contraire dans un paragraphe de la lettre. Elle ne verserait pas une larme, elle ne gâcherait pas le restant de ses jours à se morfondre à petit feu dans le bouillon des larmes de la mémoire ni ne s'ensevelirait vivante pour tisser son linceul entre ces quatre murs, comme il était bien vu que le fissent les veuves du pays. Ainsi que l'établissait la lettre, elle pensait vendre la maison de Jeremiah de Saint-Amour qui désormais était la sienne avec tout ce qu'il y avait à l'intérieur, et elle continuerait de vivre comme d'habitude sans se plaindre de rien dans ce mouroir de pauvres où elle avait été heureuse.

La phrase harcela le docteur Juvenal Urbino sur le chemin du retour vers la maison. « Ce mouroir de pauvres. » La qualification n'était pas gratuite, car la ville, la sienne, à l'abri du temps, était égale à elle-même : la ville ardente et aride de ses terreurs nocturnes et des plaisirs solitaires de la puberté, où les fleurs s'oxydaient et le sel se corrompait et où plus rien ne s'était passé en quatre cents ans sauf un vieillissement nonchalant entre des lauriers fanés et des marais pourris. En hiver, des averses soudaines et dévastatrices faisaient déborder les latrines et transformaient les rues en bourbiers nauséabonds. En été se faufilait jusque dans les recoins les plus protégés de l'imagination une poussière invisible et âpre comme une braise ardente, soulevée par des vents fous qui arrachaient les toitures et emportaient les enfants dans les airs. Le samedi, la gueusaille métisse abandonnait avec fracas les bicoques de tôle et de carton des rives marécageuses, avec ses animaux domestiques et toute la quincaillerie pour boire et manger, et occupait en un assaut de jubilation les plages caillouteuses de la partie coloniale. Peu d'années auparavant, quelques-uns parmi les plus vieux portaient encore l'empreinte royale des esclaves marquée au fer rouge sur la poitrine. Toute la fin de la semaine ils dansaient sans trêve, se soûlaient à mort avec des alcools d'alambics ménagers : faisaient l'amour en liberté entre les taillis d'icaquiers, et le dimanche à minuit ils mettaient en pièces leurs propres bamboulas par des peignées sanglantes de tous contre tous. C'était la même foule impétueuse qui le reste de la semaine se faufilait sur les places et dans les ruelles des vieux quartiers, avec des éventaires contenant tout ce qu'il était possible d'acheter et de vendre, et communiquait à la ville morte une frénésie de foire humaine fleurant le poisson frit : une vie nouvelle.

La fin de la domination espagnole puis l'abolition de l'esclavage avaient précipité l'état de décadence honorable dans lequel était né et avait grandi le docteur Juvenal Urbino. Les grandes familles d'antan s'abîmaient en silence à l'intérieur de leurs alcazars dégarnis. Dans les encoignures des rues pavées qui s'étaient révélées si efficaces en surprises de guerre et débarquements de boucaniers, les mauvaises herbes pendaient des balcons et ouvraient des fissures jusque dans les murs chaulés et sablés des maisons les mieux tenues, et à deux heures de l'après-midi, dans la pénombre de la sieste, le seul signe de vie étaient les languides exercices de piano. À l'intérieur des chambres fraîches et saturées d'encens, les femmes se protégeaient du soleil comme d'une contagion indigne et se couvraient le visage d'une mantille, même aux premières messes de l'aube. Leurs amours étaient lentes et difficiles, maintes fois perturbées par de sinistres présages, et la vie leur semblait interminable. Au crépuscule, à l'instant accablant de la circulation, montait des marais une tempête de moustiques carnassiers, et un doux remugle de merde humaine chaude et triste remuait au fond de l'âme la certitude de la mort.

Car la vie même de la ville coloniale, que le jeune Juvenal Urbino idéalisait parfois dans ses mélancolies parisiennes, n'était alors qu'une illusion de la mémoire. Au XVIIIe siècle, son commerce avait été le plus prospère des Caraïbes surtout parce qu'elle avait eu le privilège ingrat d'être le plus grand marché d'esclaves africains des Amériques. Elle était en outre la résidence habituelle des vice-rois de la Nouvelle-Grenade, qui préféraient gouverner ici, face à l'océan du monde, et non dans la capitale distante et glacée dont la bruine séculaire leur chamboulait le sens des réalités. Plusieurs fois par an se concentraient dans la baie des flottes de galions chargés des fortunes de Potosí, de Quito, de Veracruz, et la ville vécut alors ce que furent ses années de gloire. Le vendredi 8 juin 1708, à quatre heures de l'après-midi, le galion *San José*, qui venait de lever l'ancre pour Cadix avec un chargement de pierres et de métaux précieux valant un demi-milliard de pesos de l'époque, fut coulé par une escadre anglaise devant l'entrée du port, et deux longs siècles plus tard, il n'avait pas encore été remonté. Cette fortune qui gisait sur des fonds de coraux, avec le cadavre flottant du capitaine penché sur le côté au poste de commandement, était souvent évoquée par les historiens comme l'emblème de la ville noyée dans ses souvenirs.

De l'autre côté de la baie, dans le quartier résidentiel de la Manga, la maison du docteur Juvenal Urbino appartenait à un autre temps. Elle était grande et fraîche, de plain-pied et avec un portique de colonnes doriques sur la terrasse extérieure d'où l'on dominait l'étang de miasmes et de débris de naufrages qu'était la baie. Depuis la porte d'entrée jusqu'à la cuisine, le sol était couvert de dalles blanches et noires en forme d'échiquier que l'on avait plus d'une fois attribuées à la passion dominante du docteur Urbino sans penser que c'était une faiblesse commune des maîtres d'œuvre catalans qui, au début du siècle, avaient construit ce quartier de nouveaux riches. Le grand salon, avec de très hauts plafonds, comme dans toute la maison, et six portes-fenêtres donnant sur la rue, était séparé de la salle à manger par une porte vitrée et historiée de sarments de vigne, de pampres et de jouvencelles séduites par des faunes jouant du pipeau dans un bocage de bronze. Les meubles d'apparat, jusqu'à l'horloge du salon qui avait la présence d'une sentinelle vivante, étaient tous fin de siècle et anglais d'origine, les lames des lustres de Venise étaient en cristal de roche, et partout il y avait des cruches, des vases de Sèvres et des statuettes d'idylles païennes en albâtre. Mais cette cohérence européenne cessait dans les autres parties de la maison où les fauteuils d'osier se mêlaient aux berceuses viennoises et aux tabourets de cuir d'artisanat local. Dans les chambres, outre les lits, il y avait de splendides hamacs de San Jacinto avec le nom du propriétaire brodé en lettres gothiques au fil de soie et des franges colorées aux lisières. L'espace conçu à l'origine pour les dîners de gala, sur un côté de la salle à manger, avait été transformé en petit salon de musique où l'on donnait des concerts intimes lorsque venaient des interprètes célèbres. Les dalles avaient été recouvertes de tapis persans achetés à l'Exposition universelle de Paris afin d'améliorer le silence de la pièce, un phonographe de modèle récent était posé près d'une étagère avec des disques bien rangés et, dans un coin, recouvert d'un châle de Manille, se trouvait le piano dont le docteur Urbino ne jouait plus depuis des années. Dans toute la maison on remarquait le jugement et l'attention d'une femme qui avait les pieds sur terre.

Cependant, nul autre endroit ne révélait autant de solennité méticuleuse que la bibliothèque, sanctuaire du docteur Urbino avant que la vieillesse ne l'emportât. Là, autour du bureau en noyer de son père et des bergères de cuir capitonné, il avait fait couvrir les murs et même les fenêtres de rayonnages vitrés, et placé dans un ordre presque démentiel trois mille livres identiques reliés en maroquin avec, sur le flanc, ses initiales en lettres dorées. À l'inverse des autres pièces qui étaient à la merci du tohu-bohu et des mauvaises odeurs du port, la bibliothèque avait toujours possédé le secret et la senteur d'une abbaye. Nés et élevés dans la superstition caraïbe qu'il suffit d'ouvrir portes et fenêtres pour faire apparaître une fraîcheur qui en réalité n'existe pas, le docteur Urbino et sa femme avaient eu, au début, le cœur oppressé par la claustration. Mais ils avaient fini par se persuader des bienfaits de la méthode romaine contre la chaleur, laquelle consistait à maintenir les maisons fermées dans la torpeur du mois d'août afin que l'air brûlant des rues n'y pénétrât pas, et à les ouvrir de part en part aux vents de la nuit. Depuis lors, sous le dur soleil de la Manga, la sienne était la plus fraîche, et c'était un bonheur que de faire la sieste dans la pénombre des chambres ou de s'asseoir en fin d'après-midi sous le portique pour regarder passer les cargos de La Nouvelle-Orléans, lourds et cendrés, et les bateaux fluviaux à roues de bois dont les lumières, dans le crépuscule, purifiaient comme un sillage de musiques le dépotoir stagnant de la baie. Elle était aussi la mieux protégée lorsque, de décembre à mars, les alizés du nord pulvérisaient les toitures et passaient toute la nuit à lui rôder autour, comme des loups affamés à la recherche d'une fente où s'engouffrer. Nul jamais ne pensa que le couple établi sur de telles fondations pût avoir quelque raison de ne pas être heureux.

En tout cas, le docteur Urbino ne l'était pas ce matin-là lorsqu'il rentra chez lui peu avant dix heures, troublé par les deux visites qui non seulement lui avaient fait manquer la messe de Pentecôte et de surcroît menaçaient de le transformer en un autre homme à un âge où tout déjà paraissait consommé. Il voulait piquer un somme avant de se rendre au déjeuner de gala du docteur Lácides Olivella, mais il trouva les domestiques en effervescence qui tentaient d'attraper le perroquet, lequel s'était envolé jusque sur la plus haute branche du manguier quand on l'avait sorti de la cage pour lui couper les ailes. C'était un perroquet déplumé et maniaque qui parlait non quand on le lui demandait mais aux moments les plus inopportuns et avec une clarté et un usage de la raison comme on en voyait peu chez les humains. Il avait été apprivoisé par le docteur Urbino lui-même ce qui lui avait valu des privilèges dont nul dans la famille n'avait jamais bénéficié, pas même les enfants quand ils étaient petits.

Il était dans la maison depuis plus de vingt ans et personne ne savait combien d'années il avait vécues auparavant. Tous les après-midi, après la sieste, le docteur Urbino s'asseyait avec lui sur la terrasse du jardin qui était l'endroit le plus frais de la maison, et il avait fait appel aux ressources les plus ardues de sa passion pédagogique pour que le perroquet apprît à parler le français comme un académicien. Puis, par vice de la vertu, il lui avait enseigné à accompagner la messe en latin ainsi que des morceaux choisis de l'Évangile selon saint Matthieu et essayé, sans succès, de lui inculquer une notion mécanique des quatre opérations. D'un de ses derniers voyages en Europe il avait rapporté le premier phonographe à pavillon avec de nombreux disques de chanteurs à la mode, et d'autres de ses compositeurs classiques favoris. Jour après jour, sans relâche, pendant plusieurs mois, il avait fait entendre au perroquet les chansons d'Yvette Guilbert et d'Aristide Bruant qui avaient fait les délices de la France du siècle dernier, et l'oiseau les avait apprises par cœur. Il les chantait avec une voix de femme ou de ténor, selon le cas, et terminait par d'énormes éclats de rire libertins qui étaient un magistral écho de ceux lancés par les servantes quand elles l'entendaient chanter en français. La renommée de ses espiègleries était allée si loin que certains voyageurs distingués qui arrivaient de province sur les bateaux fluviaux demandaient parfois la permission de le voir, et qu'un jour des touristes anglais, comme il en voyageait beaucoup à cette époque sur les cargos bananiers de La Nouvelle-Orléans, voulurent l'acheter quel qu'en fût le prix. Cependant il atteignit le sommet de sa gloire le jour où le président de la République, don Marco Fidel Suárez, et son cabinet de ministres au grand complet vinrent jusqu'à la maison pour constater l'authenticité de sa célébrité. Ils arrivèrent vers trois heures de l'après-midi, étouffant sous les hauts-de-forme et les redingotes de drap qu'ils n'avaient pas quittés en trois jours de visite officielle sous le ciel incandescent du mois d'août, et durent repartir aussi intrigués qu'ils étaient venus car durant deux heures désespérantes le perroquet refusa de prononcer la moindre syllabe, en dépit des supplices, des menaces et de la honte publique du docteur Urbino qui s'était entêté dans cette invitation téméraire malgré les sages mises en garde de son épouse.

Que le perroquet eût conservé ses privilèges après cette outrecuidance historique avait été la preuve finale de ses prérogatives sacrées. Nul autre animal n'était accepté dans la maison, à part la tortue qui était réapparue dans la cuisine trois ou quatre ans après qu'on l'avait crue perdue pour toujours. C'est qu'on ne la considérait pas comme un être vivant mais plutôt comme un porte-bonheur minéral dont on ne savait jamais de science certaine où il se trouvait. Le docteur Urbino se refusait à admettre qu'il détestait les animaux et le dissimulait par toutes sortes de fables scientifiques et prétextes philosophiques qui étaient convaincants pour beaucoup mais pas pour sa femme. Il disait que ceux qui les aimaient avec excès étaient capables des pires cruautés envers les êtres humains. Il disait que les chiens ne sont pas fidèles mais serviles, que les chats sont opportunistes et traîtres, que les paons portent sur leur queue le blason de la mort, que les cacatoès ne sont que de fâcheux ornements, que les lapins fomentent la cupidité, que les singes transmettent la fièvre de la luxure et que les coqs sont maudits parce qu'ils se sont prêtés à ce que le Christ fût trois fois renié.

En revanche, Fermina Daza, son épouse, qui était alors âgée de soixante-douze ans et avait perdu sa démarche de biche des temps anciens, était une idolâtre irrationnelle des fleurs équatoriales et des animaux domestiques. Au début de son mariage, elle avait profité de son amour tout neuf pour en avoir chez elle plus que ce que le bon sens recommande. D'abord ce furent trois dalmatiens aux noms d'empereurs romains qui s'entre-dévorèrent pour les faveurs d'une femelle portant avec honneur le nom de Messaline car il lui fallait plus de temps pour mettre bas neuf chiots que pour en concevoir dix autres. Puis vinrent les chats d'Abyssinie au profil d'aigle et aux mœurs pharaoniques, les siamois loucheurs, les persans de cour aux yeux orangés qui erraient dans les alcôves comme des ombres fantomatiques et charivarissaient les nuits par les hurlements de leurs ébats amoureux. Pendant quelques années, enchaîné par la taille au manguier du jardin, il y eut un singe d'Amazonie qui suscitait une certaine compassion parce qu'il avait le faciès tourmenté de l'archevêque Obdulio y Rey, la même candeur dans le regard et la même éloquence des mains, mais Fermina Daza dut se débarrasser de lui non tant pour cette raison qu'à cause de sa mauvaise habitude de se satisfaire en l'honneur des dames.

Il y avait toutes sortes d'oiseaux du Guatemala dans les cages des corridors, des butors prémonitoires, des hérons de marais aux longues pattes jaunes et un jeune cerf qui passait la tête par les fenêtres pour manger les anthuriums dans les vases. Peu avant la dernière guerre civile, lorsqu'on avait mentionné pour la première fois une possible visite du pape, ils avaient fait venir du Guatemala un oiseau de paradis qui avait mis plus de temps à arriver qu'à retourner chez lui quand on avait appris que l'annonce du voyage pontifical n'était qu'une galéjade du gouvernement pour coller la frousse aux conjurés libéraux. Un jour, sur les voiliers des contrebandiers de Curaçao, ils achetèrent une cage en fil de fer avec six corbeaux parfumés pareils à ceux que Fermina Daza avait eus, enfant, dans la maison paternelle et qu'elle voulait continuer d'avoir une fois mariée. Mais personne n'avait pu supporter les battements d'ailes continus et les effluves de couronnes de morts qui empestaient la maison. Ils avaient aussi rapporté un anaconda long de quatre mètres dont les soupirs de chasseur insomniaque perturbaient l'obscurité des chambres après qu'ils eurent obtenu de lui ce qu'ils voulaient, à savoir épouvanter de son haleine mortelle les chauves-souris, les salamandres et les nombreuses espèces d'insectes nuisibles qui envahissaient la maison à la saison des pluies. À l'époque, il suffisait au docteur Juvenal Urbino, fort sollicité par ses obligations professionnelles et fort absorbé par son ascension civique et culturelle, d'imaginer que sa femme, au milieu de toutes ces abominables créatures, était non seulement la plus belle de toutes les Caraïbes mais aussi la plus heureuse. Pourtant, un soir de pluie, au terme d'une journée épuisante, il trouva la maison dans un état de désastre qui le mit en face des réalités. Depuis le salon de réception jusqu'où portait la vue, il y avait une enfilade d'animaux morts flottant dans une mare de sang. Les servantes, grimpées sur les chaises et ne sachant que faire, n'en finissaient pas de se remettre de la panique du massacre.

Le fait est qu'un des mâtins allemands, rendu fou par un soudain accès de rage, avait déchiqueté tout animal, de quelque espèce qu'il fût, se trouvant sur son chemin. Jusqu'à ce que le jardinier de la maison voisine eût le courage de l'affronter et de le tailler en pièces à coups de machette. Comme on ne savait pas combien il en avait mordu ou contaminé de sa bave écumante et verte, le docteur donna l'ordre de tuer les survivants et d'incinérer les corps dans un champ éloigné, et il demanda aux services de l'hôpital de la Miséricorde de désinfecter la maison de fond en comble. La seule qui en réchappa vivante parce que personne ne s'était souvenu d'elle fut la tortue porte-bonheur qui, en réalité, était un morrocoy mâle.

Fermina Daza donna pour la première fois raison à son mari dans une affaire de ménage et pendant longtemps elle se garda de parler d'animaux. Elle se consolait avec les planches en couleurs de l' « Histoire naturelle » de Linné qu'elle avait fait encadrer et accrocher aux murs du salon, et elle eût sans doute perdu toute espérance de voir un animal chez elle si un beau matin des voleurs n'avaient forcé une des fenêtres de la salle de bains et n'avaient emporté la ménagère en argent, héritage de cinq générations. Le docteur Urbino fit poser des doubles cadenas aux fermetures des fenêtres, barricada les portes de l'intérieur avec des barres de fer, rangea les objets de valeur dans le coffre-fort et adopta, bien que sur le tard, la coutume guerrière de dormir avec le revolver sous l'oreiller. Mais il s'opposa à l'achat d'un chien de garde, vacciné ou non, libre ou enchaîné, les voleurs dussent-ils le laisser en caleçons.

« Dans cette maison, qui ne parle pas n'entre pas. »

Il prononça ces mots pour couper court aux arguties de sa femme qui s'obstinait une nouvelle fois à acheter un chien, sans imaginer une seconde que cette généralisation hâtive lui coûterait la vie. Fermina Daza, dont le caractère impétueux s'était atténué avec l'âge, attrapa au vol la parole imprudente de son mari : quelques mois après l'effraction elle retourna sur les voiliers de Curaçao et acheta un perroquet royal de Paramaribo qui ne savait dire autre chose que des blasphèmes de marins, mais d'une voix si humaine qu'il valait bien le prix excessif de douze céntimos.

Il était de bonne race, plus léger qu'il ne le paraissait, avec la tête jaune et la langue noire, seule façon de le distinguer des perroquets de manguiers qui n'apprenaient pas à parler, pas même avec des suppositoires de térébenthine. Le docteur Urbino, bon perdant, s'inclina devant l'astuce de son épouse, et fut lui-même surpris de l'amusement qu'il éprouvait devant les progrès du perroquet affolé par les servantes. Les après-midi de pluie, lorsqu'il avait le plumage trempé comme une soupe, sa langue se déliait de joie et il disait des phrases d'autrefois qu'il n'avait pu apprendre dans la maison et qui permettaient de penser qu'il était plus vieux qu'il ne le paraissait. La dernière réticence du médecin s'effondra une nuit que les voleurs tentèrent de se faufiler par un œil-de-bœuf de la terrasse et que le perroquet les épouvanta par des aboiements de mâtin qui, eussent-ils été réels, n'auraient pu être aussi vrais, et en criant « gredins, gredins, gredins », deux initiatives salvatrices qu'on ne lui avait pas enseignées à la maison. À partir de là, le docteur Urbino le prit sous sa protection et fit construire sous le manguier un perchoir avec un récipient pour l'eau et un autre pour les pâtées de banane, en plus d'un trapèze pour ses cabrioles. De décembre à mars, lorsque les nuits devenaient plus fraîches et que l'intempérie se faisait invivable à cause des brises du nord, on le laissait dormir dans les chambres à l'intérieur d'une cage protégée par une couverture, bien que le docteur Urbino soupçonnât sa morve chronique d'être dangereuse pour la bonne respiration des humains. Pendant de nombreuses années on lui rogna les plumes des ailes, et on le laissait libre de déambuler à loisir de son pas bancroche de vieux soudard. Un jour il se mit à faire des grâces d'acrobate sur les poutres de la cuisine et tomba dans le pot-au-feu en hurlant un « sauve qui peut » au milieu de son charabia de flibustier, mais sa bonne étoile voulut que la cuisinière parvînt à le repêcher avec la louche, échaudé et déplumé, mais vivant. Depuis lors on le laissa dans sa cage même pendant la journée, en croyant à tort qu'enfermés les perroquets oublient ce qu'ils ont appris, et on ne le sortait que vers quatre heures, à la fraîche, pour les cours du docteur Urbino sur la terrasse du jardin. Personne ne s'avisa à temps qu'il avait les ailes trop longues et ce matin-là on s'apprêtait à les lui couper lorsqu'il s'échappa tout en haut du manguier.

Trois heures plus tard on n'avait pas réussi à l'attraper. Les servantes, avec l'aide de leurs voisines, avaient eu recours à toutes sortes de ruses pour le faire descendre mais, cabochard, il ne bougeait pas de sa place et criait, en se tordant de rire, « vive le parti libéral, bon dieu de merde, vive le parti libéral », un cri téméraire qui avait coûté la vie à plus d'un joyeux pochard. Le docteur Urbino le distinguait à peine entre les feuillages et tenta de le convaincre, en espagnol d'abord puis en français et même en latin, et le perroquet lui répondait dans les mêmes langues avec la même emphase et le même timbre de voix, mais sans pour autant bouger de son repaire. Convaincu que par la douceur personne n'y parviendrait, le docteur Urbino ordonna d'appeler à la rescousse les pompiers, son jouet civique le plus récent.

Encore peu de temps auparavant, en effet, les incendies étaient éteints par des volontaires à l'aide d'échelles de maçons et de seaux d'eau charriés d'où et comme on pouvait, et le désordre de leurs méthodes était tel qu'ils causaient parfois plus de dégâts que le feu lui-même. Mais depuis l'année précédente, grâce à une collecte lancée à l'initiative de la Société des améliorations publiques dont Juvenal Urbino était président honoraire, il y avait un corps de sapeurs-pompiers professionnel et un camion-citerne avec une cloche, une sirène et deux tuyaux à pression. Ils étaient à ce point à la mode que dans les écoles on arrêtait les cours lorsqu'on entendait les cloches des églises sonner à toute volée, afin que les

42

enfants pussent les regarder combattre le feu. Au début ils ne faisaient rien d'autre. Mais le docteur Urbino raconta aux autorités municipales comment à Hambourg il avait vu les pompiers ressusciter un enfant retrouvé gelé dans une cave après une chute de neige qui avait duré trois jours. Il les avait vus aussi, dans une ruelle de Naples, descendre un mort dans son cercueil depuis le balcon du dixième étage car les escaliers de l'immeuble étaient si tortueux que la famille n'avait pu le porter jusqu'à la rue. C'est ainsi que les pompiers de la ville apprirent à répondre à d'autres urgences et que l'école de médecine leur dispensa un enseignement spécial de premiers secours pour les accidents mineurs. Il n'était donc pas saugrenu du tout de leur demander de faire descendre d'un arbre un perroquet distingué qui possédait autant de mérites qu'un gentleman. Le docteur Urbino précisa : « Dites-leur que c'est de ma part. » Et il alla dans sa chambre s'habiller pour le déjeuner de gala. Le fait est qu'en cet instant, accablé comme il l'était par la lettre de Jeremiah de Saint-Amour, le sort du perroquet ne l'inquiétait guère.

Fermina Daza avait revêtu un chemisier de soie, large et flou, dont la taille descendait jusqu'aux hanches, et elle portait un sautoir de perles véritables long de six rangs inégaux, ainsi que des souliers de satin à hauts talons qu'elle ne mettait que pour des occasions très solennelles car son âge lui permettait à peine de tels abus. Cette toilette à la mode semblait peu convenir à une vénérable grand-mère mais elle seyait fort bien à la longue ossature de son corps, mince et droit, à ses mains élastiques sans une seule tavelure, à ses cheveux bleu acier coupés en diagonale à hauteur des joues. De sa photo de mariage seuls demeuraient les yeux en amandes diaphanes et une arrogance de naissance, mais ce que l'âge lui avait ôté, le caractère le lui rendait et le cœur l'en

comblait. Elle se sentait bien : les corsets de fer
séculaires, les tailles comprimées et les hanches
rehaussées par des artifices en chiffon étaient loin.
Les corps libérés respiraient à leur aise et se montraient tels qu'ils étaient. Même à soixante-douze
ans.

Le docteur Urbino la trouva assise à sa coiffeuse,
sous les ailes indolentes du ventilateur électrique,
coiffant un chapeau cloche orné de violettes en
feutre. La chambre était grande et radieuse, avec un
lit anglais protégé par une moustiquaire de tulle rose,
et deux fenêtres ouvrant sur les arbres du jardin par
lesquelles entrait le vacarme des cigales déconcertées
par les présages de pluie. Depuis son retour de
voyage de noces, Fermina Daza choisissait les vêtements de son mari selon le temps et l'occasion, et la
veille elle les lui posait en ordre sur une chaise afin
qu'il les trouvât prêts en sortant de la salle de bains.
Elle ne se rappelait plus quand elle avait commencé à
l'aider à s'habiller puis à l'habiller tout court, et elle
était consciente qu'au début elle avait agi par amour
mais que depuis cinq ou six ans elle devait coûte que
coûte le faire parce qu'il ne pouvait plus s'habiller
seul. Ils venaient de célébrer leurs noces d'or et ne
savaient vivre un seul instant l'un sans l'autre ou
sans penser l'un à l'autre, et le savaient d'autant
moins que la vieillesse s'intensifiait. Ni lui ni elle ne
pouvaient dire si cette servitude réciproque était
fondée sur l'amour ou sur le confort, mais ils ne
s'étaient jamais posé la question du fond de leur
cœur parce que tous deux depuis toujours avaient
préféré ignorer la réponse. Elle avait découvert peu à
peu les pas incertains de son mari, ses sautes d'humeur, les failles de sa mémoire, sa récente habitude
de sangloter en dormant, et ne les avait pas identifiés
comme les signes incontestables de l'oxydation finale
mais comme un retour heureux à l'enfance. C'est

pourquoi elle ne le traitait pas en vieillard difficile mais en enfant sénile et ce leurre fut pour tous deux providentiels car il les mit à l'abri de la compassion.

Bien différente eût été leur vie s'ils avaient su à temps qu'il est plus facile de contourner les grandes catastrophes conjugales que les minuscules misères de tous les jours. Mais s'ils avaient ensemble appris une chose, c'était que la sagesse vient à nous lorsqu'elle ne sert plus à rien. Fermina Daza avait supporté de mauvaise grâce, pendant des années, les réveils enjoués de son mari. Elle s'accrochait aux ultimes filaments du sommeil afin de ne pas affronter le fatalisme d'un autre matin rempli de sinistres présages tandis que lui s'éveillait avec l'innocence d'un nouveau-né : chaque nouvelle journée était une journée de gagnée. Elle l'entendait se réveiller au chant du coq, et son premier signe de vie était une toux sans rime ni raison qui semblait destinée à la réveiller elle aussi. Elle l'entendait rouspéter dans le seul but de l'embêter tandis qu'il cherchait à l'aveuglette ses pantoufles sans doute au pied du lit. Elle l'entendait se frayer un chemin jusqu'à la salle de bains en tâtonnant dans l'obscurité. Au bout d'une demi-heure passée dans son bureau et alors qu'elle s'était rendormie, elle l'entendait revenir pour s'habiller sans allumer la lampe. Un jour, au cours d'un divertissement de salon, on lui avait demandé quelle définition il pouvait donner de lui-même et il avait répondu : « Je suis un homme qui s'habille dans les ténèbres. » Elle l'entendait, tout à fait consciente qu'aucun de ces bruits n'était indispensable et qu'il les faisait exprès en feignant le contraire, de même qu'elle était réveillée et feignait de ne pas l'être. Ses raisons à lui étaient précises : jamais il n'avait autant besoin d'elle, vivante et lucide, qu'en ces minutes d'angoisse.

Nulle n'était plus élégante qu'elle dans le sommeil, évoquant l'esquisse d'une danse, une main sur le front, mais en revanche nulle n'était plus féroce lorsqu'on perturbait son bien-être sensuel de se croire endormie alors qu'elle ne l'était plus. Le docteur Urbino savait qu'elle le guettait le moindre de ses bruits et qu'elle l'en aurait même remercié pour avoir quelqu'un sur qui rejeter la faute de la réveiller à cinq heures du matin. Au point que lorsqu'il lui arrivait de tâtonner dans les ténèbres parce qu'il ne trouvait pas ses pantoufles à l'endroit habituel, elle disait soudain d'une voix somnolente : « Tu les as laissées hier soir dans la salle de bains. » Et aussitôt, la voix réanimée par la rage, elle écumait :

« Le pire dans cette maison, c'est qu'on ne peut même pas dormir. »

Alors elle se retournait dans le lit, allumait la lampe sans la moindre clémence envers elle-même, heureuse de sa première victoire du jour. Au fond, ils jouaient tous les deux un jeu mythique et pervers mais par là même réconfortant : un plaisir dangereux parmi tous ceux de l'amour domestiqué. Ce fut pourtant à cause de ces jeux triviaux que leurs trente premières années de vie commune manquèrent en rester là, parce qu'un jour il n'y eut pas de savon dans la salle de bains.

Tout avait commencé avec la simplicité routinière. Le docteur Juvenal Urbino était entré dans la chambre, aux temps où il prenait son bain sans aide, et avait commencé à s'habiller dans l'obscurité. Elle était, comme d'habitude à cette heure, dans un état de tiédeur fœtale, les yeux fermés, la respiration ténue, et ce bras de danse sacrale au-dessus de la tête. Elle était à demi éveillée, ainsi que de coutume, et il le savait. Après un long bruissement de lin amidonné dans le noir, le docteur Urbino dit pour lui-même :

46

« Ça fait au moins une semaine que je me lave sans savon. »

Alors elle s'éveilla tout à fait, se souvint, et de rage s'en prit au monde entier car elle avait en effet oublié de remettre du savon dans la salle de bains. Trois jours auparavant, alors qu'elle était sous la douche, elle avait remarqué qu'il n'y en avait plus, s'était dit qu'elle en ferait apporter un plus tard, mais plus tard elle avait oublié de même que le lendemain. Le troisième jour la même chose s'était produite. En réalité cela ne faisait pas une semaine, comme il le disait pour qu'elle se sentit plus coupable encore, mais trois impardonnables jours, et la fureur de se savoir prise en faute termina de la mettre hors d'elle-même. Comme toujours, pour se défendre elle attaqua.

« Moi je me suis lavée tous les jours, cria-t-elle écumante, et il y avait du savon. »

Bien qu'il connût par cœur ses tactiques guerrières, cette fois il ne put les supporter. Sous un quelconque prétexte professionnel, il s'installa dans les chambres de garde de l'hôpital de la Miséricorde et il ne rentrait chez lui que pour changer de linge en fin d'après-midi, avant ses consultations à domicile. Lorsqu'elle l'entendait arriver elle se rendait dans la cuisine, feignant d'être occupée et y restait jusqu'au moment où elle percevait dans la rue les pas des chevaux de la voiture. Durant les trois mois qui suivirent, chaque fois qu'ils tentèrent d'apaiser la discorde ils ne firent que l'attiser. Il n'était pas disposé à revenir tant qu'elle n'admettrait pas que la salle de bains avait manqué de savon et elle n'était pas disposée à le recevoir tant qu'il ne reconnaîtrait pas qu'il avait en toute conscience menti pour la tourmenter.

L'incident, bien sûr, leur donna l'occasion d'en évoquer d'autres, maints autres reproches multiples et minuscules de tant d'autres matins difficiles. Certaines rancunes en réveillèrent d'autres, rouvrirent de vieilles cicatrices, les transformèrent en blessures toutes neuves, et l'un comme l'autre prirent peur devant la constatation affligeante qu'en tant d'années de batailles conjugales ils n'avaient fait que ruminer des rancœurs. Il en vint à lui proposer d'accepter ensemble une confession publique, devant l'archevêque si besoin était, afin que Dieu décidât, en un ultime arbitrage, s'il y avait eu ou non du savon sur le porte-savon de la salle de bains. Alors, elle qui avait toujours tenu bon sur ses étriers les perdit cette fois dans un cri historique :

« Que l'archevêque aille se faire foutre! »

L'injure ébranla jusqu'aux fondations de la ville, fut à l'origine de ragots difficiles à démentir et resta inscrite dans le parler populaire sur un air de carmagnole : « Que l'archevêque aille se faire foutre! » Consciente qu'elle avait dépassé les bornes, elle devança la réaction qu'elle attendait de son époux et le menaça d'aller s'installer toute seule dans la vieille maison paternelle qui lui appartenait encore, bien qu'elle fût louée à l'administration qui y avait installé ses bureaux. Ce n'était pas une bravade : elle voulait partir pour de vrai, au mépris du scandale public, et son mari le comprit à temps. Il n'eut pas le courage de défier ses préjugés : il céda. Non qu'il admit qu'il y avait du savon dans la salle de bains car c'eût été insulter à la vérité mais il accepta de continuer à vivre sous le même toit, en faisant chambre à part et sans lui adresser la parole. Ainsi mangeaient-ils, contournant la situation avec tant d'habileté qu'ils s'envoyaient des messages d'un bout à l'autre de la table par l'intermédiaire des enfants sans que ceux-ci se rendissent compte qu'ils ne se parlaient pas.

Comme dans son bureau il n'y avait pas de salle

de bains, la formule résolut le conflit des bruits matinaux parce qu'il venait faire sa toilette après avoir préparé son cours et prenait de réelles précautions pour ne pas réveiller son épouse. Ils s'y trouvaient souvent ensemble et se brossaient les dents chacun leur tour avant d'aller dormir. Au bout de quatre mois il se coucha un soir dans le lit conjugal alors qu'elle sortait de la salle de bains, et s'endormit. Elle se coucha à côté de lui sans ménagements afin qu'il se réveillât et s'en allât. Il se réveilla à demi, en effet, mais au lieu de se lever il éteignit la lampe de chevet et se pelotonna sur l'oreiller. Elle lui secoua l'épaule pour lui rappeler qu'il devait aller dans son bureau mais lui, de retour dans le lit de plume des arrière-grands-parents, se sentait si bien qu'il préféra capituler.

« Laisse-moi rester, dit-il. Oui il y avait du savon. »

Lorsque au seuil de la vieillesse ils se souvenaient de cet épisode, ni lui ni elle ne pouvaient croire que cette altercation eût été la plus grave en un demi-siècle de vie commune, et la seule qui leur avait donné à tous deux l'envie de faire un faux pas et de recommencer la vie d'une autre façon. Même vieux et apaisés ils évitaient de l'évoquer car les blessures à peine cicatrisées se remettaient à saigner comme si elles dataient d'hier.

Il fut le premier homme que Fermina Daza entendit uriner. Elle l'entendit la nuit de leurs noces dans la cabine du bateau qui les emmenait en France alors qu'elle était épuisée par le mal de mer, et le bruit de ce torrent chevalin lui sembla si puissant et investi de tant d'autorité que la crainte d'un anéantissement accrut sa terreur. Ce souvenir lui revenait souvent en mémoire à mesure que les années affaiblissaient le jet, car jamais elle n'avait pu se résigner à ce qu'il laissât le bord de la cuvette mouillé toutes les fois qu'il l'utilisait. Le docteur Urbino tentait de la convaincre, avec des arguments faciles à comprendre pour qui voulait les entendre, que cet incident quotidien se reproduisait non par manque de soin de sa part mais pour des raisons organiques : son jet de jeune homme était à ce point net et direct qu'au collège il avait gagné des concours de remplissage de bouteilles à distance, mais avec l'usure de l'âge il avait décru, était devenu oblique, s'était ramifié et avait fini par n'être plus qu'une source de fantaisie, impossible à diriger en dépit de ses nombreux efforts pour le redresser. Il disait : « Les cabinets ont dû être inventés par quelqu'un qui ne connaissait rien aux hommes. » Il contribuait à la paix du ménage par un acte quotidien qui tenait plus de l'humiliation que de l'humilité : il essuyait avec du papier hygiénique les bords de la cuvette chaque fois qu'il s'en servait. Elle le savait mais ne disait jamais rien tant que les vapeurs ammoniacales n'étaient pas trop évidentes, ou le proclamait comme qui eût découvert un crime. « Ça pue la cage à lapins. » Au seuil de la vieillesse, ce même embarras du corps inspira au docteur Urbino la solution finale : il urinait assis, comme elle, ce qui laissait la cuvette propre et le laissait lui en état de grâce.

Déjà vers cette époque il se suffisait à peine à lui-même et une glissade dans la salle de bains qui aurait pu lui être fatale le mit en garde contre la douche. La maison, bien que moderne, ne possédait pas de ces baignoires en zinc montées sur pattes de lion comme on en usait d'ordinaire dans les grandes demeures de la vieille ville. Il l'avait fait ôter en invoquant un argument hygiénique : la baignoire était une des multiples cochonneries des Européens, lesquels ne se baignaient que le dernier vendredi du mois et qui plus est dans un bouillon sali par les mêmes saletés dont ils prétendaient débarrasser leurs corps. De sorte qu'ils firent faire sur mesure un énorme baquet en bois de gaïac massif où Fermina Daza donnait le bain à son époux avec le même rituel qu'à un nouveau-né. Le bain durait plus d'une heure, dans une eau tiède où avaient bouilli des feuilles de mauve et des écorces d'orange et il avait sur lui un tel effet sédatif qu'il s'endormait parfois dans l'infusion parfumée. Après l'avoir baigné, Fermina Daza l'aidait à s'habiller, le saupoudrait de talc entre les jambes, oignait ses callosités avec du beurre de cacao, lui enfilait ses caleçons avec autant d'amour que s'ils eussent été des langes, et continuait de l'habiller vêtement après vêtement, depuis les chaussettes jusqu'au nœud de cravate et à l'épingle de topaze. Les levers conjugaux s'apaisèrent parce qu'il avait repris la place que lui avaient volée les enfants. Elle, de son côté, finit par s'adapter à l'horaire familial parce que pour elle aussi les ans passaient : elle dormait de moins en moins et peu avant son soixantième anniversaire c'était elle qui se réveillait la première.

Le dimanche de Pentecôte, alors qu'il soulevait le drap pour voir le cadavre de Jeremiah de Saint-Amour, le docteur Urbino avait eu la révélation d'une chose qui, dans ses méditations les plus lucides de médecin et de croyant, lui avait été jusque-là refusée. Comme si après tant d'années de familiarité avec la mort, après l'avoir tant combattue et malmenée à l'endroit comme à l'envers, il avait pour la première fois osé la regarder en face en même temps qu'elle-même s'appliquait à le regarder. Ce n'était pas la peur de la mort. Non : la mort était en lui depuis de nombreuses années, elle vivait avec lui, elle était l'ombre de son ombre, depuis une nuit qu'il s'était réveillé après un mauvais rêve et avait eu conscience qu'elle n'était pas seulement une réalité permanente, comme il l'avait toujours pressenti, mais une réalité immédiate. Or, ce qu'il avait vu ce jour-là était la présence physique d'une chose qui jusqu'alors n'était pas allée au-delà d'une certitude de l'imagination. Et il s'était réjoui que, pour cette révélation, l'instrument de la divine providence eût été Jeremiah de Saint-Amour qu'il avait toujours tenu pour un saint ignorant son propre état de grâce. Mais, lorsque la lettre lui avait révélé sa véritable identité, son passé sinistre, son inconcevable capacité d'hypocrisie, il avait senti qu'une chose définitive et sans appel avait fait irruption dans sa vie.

Cependant, Fermina Daza ne se laissa pas contaminer par son humeur sombre. Il s'y efforça, bien sûr, tandis qu'elle l'aidait à mettre ses jambes dans le pantalon et fermait la longue parure de boutons de la chemise. Il n'y parvint pas car il n'était pas facile d'impressionner Fermina Daza, et moins encore par la mort d'un homme qu'elle n'aimait pas. À peine savait-elle que Jeremiah de Saint-Amour était un invalide béquillard qu'elle n'avait jamais vu, qu'il était réchappé d'une des multiples insurrections d'une des non moins multiples îles des Antilles, qu'il s'était fait photographe d'enfants par nécessité et était arrivé à être le plus sollicité de la province, et qu'il avait vaincu aux échecs quelqu'un qu'elle croyait être Torremolinos mais s'appelait en réalité Capablanca.

« Ce n'était qu'un évadé de Cayenne condamné aux travaux forcés à perpétuité pour un crime atroce, dit le docteur Urbino. Figure-toi qu'il avait même mangé de la chair humaine. »

Il lui donna la lettre dont il voulait emporter les secrets dans la tombe, mais elle rangea les feuillets pliés dans sa coiffeuse, sans les lire, et ferma le tiroir à clef. Elle était habituée à l'insondable capacité d'étonnement de son mari, à ses jugements excessifs qui devenaient de plus en plus embrouillés avec les ans, à l'étroitesse de ses critères qui contredisaient son image publique. Pourtant, cette fois, il avait dépassé les bornes. Elle supposait que l'antipathie de son époux envers Jeremiah de Saint-Amour était due non à son passé mais à ce qu'il avait commencé à être depuis qu'il était arrivé sans autre bagage que son barda d'exilé, et elle ne pouvait comprendre pourquoi la révélation tardive de son identité le consternait à ce point. Elle ne comprenait pas pourquoi il lui semblait abominable qu'il ait eu une maîtresse cachée si c'était là une habitude atavique des hommes de sa condition, et même de son mari à une époque ingrate, et en outre elle prenait pour une déchirante preuve d'amour le fait qu'elle l'eût aidé à consommer sa décision de mourir. Elle dit : « Si toi aussi tu décidais de faire la même chose pour des raisons aussi sérieuses que les siennes, mon devoir serait d'agir comme elle. » Le docteur Urbino se trouva une fois de plus devant la pure et simple incompréhension qui l'avait exaspéré durant un demi-siècle.

« Tu ne comprends rien, dit-il, ce qui m'indigne n'est pas ce qu'il était ou ce qu'il a fait, mais qu'il nous ait dupés pendant des années. »

Ses yeux commencèrent à s'embuer de larmes faciles mais elle feignit de l'ignorer.

« Il a bien fait, dit-elle. S'il avait dit la vérité, ni toi, ni cette pauvre femme, ni personne dans ce village ne l'aurait aimé autant que vous l'avez aimé. »

Elle accrocha la montre de gousset à la poche du gilet, resserra son nœud de cravate et y piqua l'épingle de topaze. Puis elle sécha ses larmes et essuya sa barbe mouillée de pleurs avec le mouchoir imbibé d'Eau fleurie qu'elle glissa dans la poche à hauteur de la poitrine, pointes ouvertes comme un magnolia. Les onze coups de la pendule résonnèrent dans l'enceinte de la maison.

« Dépêche-toi, dit-elle en le prenant par le bras. On va arriver en retard. »

Aminta Deschamps, l'épouse du docteur Lácides Olivella, et ses sept filles, plus empressées les unes que les autres, avaient tout prévu pour que le déjeuner des noces d'argent fût l'événement social de l'année. La demeure familiale, située en plein centre historique, était l'ancien palais des Monnaies, dénaturé par un architecte florentin qui était passé par ici comme un mauvais vent de rénovation et avait converti en basiliques de Venise plus d'une relique du xviie siècle. Elle se composait de six chambres et de deux salons d'apparat spacieux et bien aérés mais pas assez cependant pour les invités de la ville et ceux, très sélects, venus d'ailleurs. Le jardin était semblable au cloître d'une abbaye, avec une fontaine de pierre qui chantait en son milieu et des vasques d'héliotropes qui parfumaient la maison à la tombée du jour, mais l'espace sous les arcades était insuffisant pour tant de grands noms. Ils décidèrent donc d'organiser le déjeuner dans la propriété familiale, à dix minutes de voiture par la grand-route, où foisonnaient des jardins, d'énormes lauriers des Indes et des nénuphars créoles sur un fleuve d'eaux dormantes. Les hommes du Mesón de don Sancho, sous les directives de la señora de Olivella, avaient mis des vélums en toile de couleur au-dessus des espaces sans ombres, et composé sous les lauriers un rectangle de cent vingt-deux couverts à l'aide de petites tables garnies chacune d'une nappe de lin et, à la table d'honneur, de roses cueillies le jour même. On avait aussi construit une estrade pour un orchestre d'instruments à vent dont le programme était limité à des contredanses et à des valses créoles, et pour le quatuor à cordes de l'école des beaux-arts, une surprise de la señora de Olivella en l'honneur du vénérable maître de son mari qui devait présider le déjeuner. Bien qu'en toute rigueur la date ne concordât pas avec l'anniversaire du diplôme, ils avaient choisi le dimanche de Pentecôte pour donner à la fête plus de grandeur.

Les préparatifs avaient commencé trois mois auparavant, par crainte que le manque de temps ne les conduisît à omettre un détail indispensable. On avait fait apporter des poules vivantes de la Ciénaga de Oro, célèbres sur tout le littoral pour leur taille et leur saveur, et de surcroît parce qu'aux temps de la colonie elles picoraient sur des terres alluviales et qu'on trouvait dans leur gésier des pépites d'or pur. La señora de Olivella en personne, accompagnée par quelques-unes de ses filles et de ses gens de maison, était montée à bord des transatlantiques de luxe afin de choisir le meilleur de chaque pays et d'honorer ainsi les mérites de son époux. Elle avait tout prévu sauf que la fête aurait lieu un dimanche de juin d'une année aux pluies tardives. Elle se rendit compte de l'épouvantable risque le matin même lorsqu'en partant pour la grand-messe, l'humidité de l'air l'effraya et qu'elle aperçut un ciel lourd et bas qui empêchait de voir l'horizon sur la mer. En dépit de ces signes funestes, le directeur de l'observatoire astronomique, qu'elle rencontra à l'église, lui rappela que dans l'histoire très hasardeuse de la ville, même au cours des hivers les plus rudes, jamais il n'avait plu un dimanche de Pentecôte. Cependant, aux douze coups de midi, alors que de nombreux invités prenaient déjà l'apéritif en plein air, un roulement de tonnerre isolé fit trembler la terre, un vent de mauvaise mer renversa les tables, emporta les vélums dans les airs, et le ciel s'effondra en une averse de désastre.

Le docteur Juvenal Urbino n'arriva qu'à grand-peine dans le désordre de la tourmente, en même temps que les derniers invités qu'il avait rencontrés sur la route. Il voulut comme eux aller des voitures à la maison en sautant de pierre en pierre dans le jardin détrempé, mais dut finir par accepter l'humiliation de se faire porter par les hommes de don Sancho sous un dais de toile jaune. Les tables séparées avaient été redisposées du mieux possible à l'intérieur de la maison et jusque dans les chambres, et les invités ne faisaient aucun effort pour dissimuler une humeur de naufragés. Il faisait aussi chaud que dans les chaudières d'un navire car on avait dû fermer les fenêtres pour empêcher la pluie fouettée par le vent de pénétrer à l'intérieur. Dans le jardin, chaque couvert avait un carton portant le nom d'un invité et l'on avait prévu un côté de la table pour les hommes et l'autre pour les femmes. Mais à l'intérieur de la maison les cartons se mélangèrent et chacun s'assit comme il le put dans une promiscuité de force majeure qui, pour une fois, contraria nos superstitions sociales. Au milieu de ce cataclysme, Aminta de Olivella semblait être partout à la fois, les cheveux trempés et sa splendide robe éclaboussée de fange, mais elle faisait face au malheur avec le sourire invincible qu'elle avait appris de son époux pour n'accorder aucune faveur à l'adversité. Avec l'aide de ses filles, coulées dans le même moule, elle parvint autant que possible à préserver les places à la table d'honneur avec, au centre, le docteur Juvenal Urbino et, à sa droite, l'archevêque Obdulio y Rey. Fermina Daza s'assit à côté de son mari, comme elle avait l'habitude de le faire par crainte qu'il s'endormît pendant le déjeuner ou renversât la soupe sur le revers de sa veste. La place d'en face était occupée par le docteur Lácides Olivella, un quinquagénaire bien conservé, aux manières féminines, dont l'esprit badin n'avait rien à voir avec la précision de ses diagnostics. Le reste de la table était complété par les autorités provinciales et municipales ainsi que par la reine de beauté de l'année précédente que le gouverneur prit par le bras pour l'asseoir à son côté. Bien que la coutume ne fût pas d'exiger une tenue particulière pour les invitations et moins encore pour un déjeuner de campagne, les femmes portaient des robes du soir et des parures de pierres précieuses, et la plupart des hommes avaient revêtu un costume sombre et une cravate noire, certains même une redingote. Seuls ceux du grand monde, et parmi eux le docteur Urbino, étaient venus en costume de tous les jours. Devant chaque couvert il y avait un menu imprimé en français avec une vignette dorée.

La señora de Olivella, effrayée par les dégâts de la chaleur, parcourut la maison afin de supplier les hommes d'ôter leur veste pour manger mais personne ne s'enhardit à donner l'exemple. L'archevêque fit remarquer au docteur Urbino que ce déjeuner était en quelque sorte historique : pour la première fois, assemblés à une même table, blessures cicatrisées et rancœurs dissipées, se trouvaient les deux partis des guerres civiles qui avaient ensanglanté le pays depuis l'indépendance. Cette pensée coïncidait avec l'enthousiasme des libéraux, surtout des jeunes, qui avaient réussi à faire élire un président de leur parti après quarante-cinq ans d'hégémonie conservatrice. Le docteur Urbino n'était pas d'accord : un président libéral ne lui semblait être ni plus ni moins qu'un président conservateur en plus mal habillé. Cependant il ne voulut pas contrarier l'archevêque. Bien qu'il eût aimé lui faire remarquer que personne n'avait été convié à ce déjeuner pour ses opinions mais pour les mérites de son lignage, lequel avait toujours été au-dessus des hasards de la politique et des horreurs de la guerre. De ce point de vue, en effet, il ne manquait personne.

L'averse cessa aussi vite qu'elle avait commencé, et

le soleil brilla sans plus attendre dans le ciel sans nuages. Mais la bourrasque avait été d'une violence telle qu'elle avait déraciné plusieurs arbres et que le bassin, en débordant, avait transformé le jardin en marécage. Cependant, le désastre majeur était à la cuisine. Plusieurs fourneaux à bois avaient été dressés à l'aide de briques derrière la maison, en plein air, et c'est à peine si les cuisiniers avaient eu le temps de sauver les marmites. Ils avaient perdu des minutes précieuses à écoper la cuisine inondée et à improviser d'autres fourneaux dans la galerie postérieure. Mais à une heure de l'après-midi on avait répondu aux urgences et il ne manquait que le dessert commandé aux sœurs de Santa Clara, lesquelles avaient promis de le livrer avant onze heures. On craignait que la rivière près de la route principale n'eût débordé de son lit, comme c'était le cas pendant les hivers les moins rudes, et de ne pouvoir compter sur le dessert avant deux heures. Dès qu'apparut l'embellie on ouvrit les fenêtres et l'air purifié par le souffle de la tempête rafraîchit la maison. Puis on donna ordre à l'orchestre d'exécuter les valses inscrites au programme, sur la terrasse au-dessus du portique mais cela ne servit qu'à accroître l'anxiété car la résonance des cuivres à l'intérieur de la maison obligeait à parler à grands cris. Fatiguée d'attendre, au bord des larmes, Aminta de Olivella donna l'ordre de servir le déjeuner.

Le groupe de l'école des beaux-arts commença le concert au milieu d'un silence de circonstance qui n'alla pas au-delà des premières mesures de *La Chasse* de Mozart. En dépit des voix de plus en plus fortes et confuses et du brouhaha des serviteurs noirs de don Sancho qui parvenaient à peine à se faufiler entre les tables avec les plats fumants, le docteur Urbino réussit à prêter à la musique une oreille attentive jusqu'à la fin du programme. Son pouvoir de concentration diminuait d'année en année au point qu'aux échecs il devait noter sur un morceau de papier chaque mouvement des pièces sur l'échiquier afin de savoir où il allait. Cependant, il lui était encore possible de suivre une conversation sérieuse sans perdre le fil d'un concert mais sans aller cependant jusqu'aux extrémités magistrales d'un chef d'orchestre allemand, grand ami de ses séjours autrichiens, qui lisait une partition de *Don Giovanni* tandis qu'il écoutait *Tannhäuser*.

Le second morceau du programme, *La Jeune Fille et la Mort* de Schubert, lui sembla exécuté avec trop de facilité dramatique. Tandis qu'il l'écoutait à grand-peine au milieu du bruit nouveau des couverts sur les assiettes, il avait le regard fixé sur un jeune homme au visage poupin qui le salua d'une inclinaison de la tête. Il l'avait vu quelque part, sans aucun doute, mais ne se souvenait plus où. Cela lui arrivait souvent, avec des noms de personnes surtout, même des plus connues, ou avec une mélodie d'autrefois, et lui causait une angoisse si épouvantable qu'un soir il lui avait semblé préférable de mourir plutôt que de la supporter jusqu'au petit jour. Il était sur le point de se retrouver dans cet état lorsqu'un éclair charitable illumina sa mémoire : l'an passé, le garçon avait été son élève. Il fut surpris de le voir ici, dans l'antre des dieux, mais le docteur Olivella lui rappela qu'il était le fils du ministre de l'Hygiène et qu'il était venu pour préparer une thèse de médecine légale. Le docteur Juvenal Urbino le salua joyeusement de la main, le jeune médecin se leva et répondit par une révérence. Mais ni à cet instant ni plus tard il ne fit la relation avec le stagiaire qui le matin même était avec lui chez Jeremiah de Saint-Amour.

Soulagé par cette victoire supplémentaire sur la vieillesse, il s'abandonna au lyrisme diaphane et fluide du dernier morceau du programme, qu'il ne put identifier. Plus tard, le jeune violoncelliste de l'ensemble, qui venait de rentrer de France, lui dit qu'il s'agissait d'un quatuor à cordes de Gabriel Fauré, dont le docteur Urbino n'avait jamais entendu parler bien qu'il eût toujours été attentif aux nouveautés de l'Europe. Vigilante comme d'habitude, surtout lorsqu'elle le voyait en public se perdre dans ses pensées, Fermina Daza s'arrêta de manger et posa une main terrestre sur la sienne. Elle lui dit : « N'y pense plus. » Le docteur Urbino lui sourit depuis la rive opposée de l'extase et se remit soudain à penser à ce qu'elle craignait. Il se souvint de Jeremiah de Saint-Amour, à cette heure exposé à l'intérieur du cercueil avec son faux uniforme de guerrier et ses décorations de pacotille, sous le regard accusateur des enfants de ses portraits. Il se tourna vers l'archevêque pour lui faire part du suicide mais celui-ci était déjà au courant. On en avait beaucoup parlé après la grand-messe, et il avait même reçu, au nom des réfugiés des Caraïbes, une demande du général Jerónimo Argote pour qu'il fût enseveli en terre bénite. « La requête en elle-même m'a semblé un manque de respect », dit-il. Puis, sur un ton plus humain, il demanda si l'on connaissait le mobile du suicide. Le docteur Urbino lui répondit par un mot correct qu'il crut inventer sur l'instant : *gérontophobie*. Le docteur Olivella, à l'écoute de ses invités les plus proches, délaissa un moment ceux-ci pour s'immiscer dans la conversation de son maître. Il dit : « Quel dommage, encore un suicide qui n'est pas un suicide par amour. » Le docteur Urbino ne fut pas surpris de reconnaître ses propres pensées dans celles de son disciple préféré.

« Pire encore, dit-il, ce fut avec du cyanure d'or. »

En disant ces mots, il sentit la compassion l'emporter une nouvelle fois sur l'amertume de la lettre, et il en sut gré non à sa femme mais au miracle de la musique. Alors, il parla à l'archevêque du saint laïque qu'il avait connu au cours de ses lentes soirées d'échecs, de son art consacré au bonheur des enfants, de sa rare connaissance de toutes les choses du monde, de ses habitudes spartiates, et lui-même fut surpris de la pureté d'âme avec laquelle il avait réussi à le détacher soudain et sans restriction de son passé. Il parla ensuite au maire du bien-fondé de l'achat des plaques photographiques afin de conserver les images d'une génération qui ne serait peut-être plus jamais heureuse comme elle semblait l'être sur ses portraits, et entre les mains de laquelle se trouvait l'avenir de la ville. L'archevêque était scandalisé de ce qu'un catholique pratiquant et cultivé eût osé comparer un suicidé à un saint mais il approuva l'initiative d'archiver les négatifs. Le maire voulut savoir à qui il fallait les acheter. La braise du secret brûla la langue du docteur Urbino mais il la supporta sans dénoncer l'héritière clandestine des archives. Il dit : « Je m'en charge. » Et il se sentit racheté par sa propre loyauté envers la femme qu'il avait repoussée cinq heures auparavant. Fermina Daza le remarqua et à voix basse lui fit promettre d'assister à l'enterrement. Bien sûr qu'il y assisterait, dit-il, soulagé, il ne manquerait plus que cela.

Les discours furent brefs et simples. L'orchestre d'instruments à vent attaqua un refrain populaire qui n'était pas prévu au programme tandis que les invités se promenaient sur les terrasses en attendant que les hommes du Mesón de don Sancho finissent d'assécher le jardin pour le cas où quelqu'un aurait envie de danser. Seuls étaient restés au salon les invités de la table d'honneur, fêtant le geste du docteur Urbino qui, pour le toast final, avait bu d'un trait un petit verre de cognac. C'était là une chose que jamais personne ne lui avait vu faire, sauf une fois avec un verre de vin fin de grand cru pour accompagner un plat très spécial. Mais cet après-midi, son cœur en avait besoin et sa faiblesse s'en trouva bien récompensée : pour la première fois depuis tant et tant d'années, il eut envie de chanter. Il l'eût sans doute fait, prié par le jeune violoncelliste qui offrait de l'accompagner, si une automobile dernier modèle n'avait soudain traversé le jardin embourbé, éclaboussant les musiciens et affolant les canards dans l'enclos avec le coin-coin de son klaxon, et ne s'était arrêtée devant le portail de la maison. Le docteur Marco Aurelio Urbino Daza et son épouse en descendirent en riant aux larmes, portant dans chaque main un plateau recouvert d'un napperon de dentelle. D'autres plateaux semblables étaient posés sur les sièges arrière et jusque sur le plancher, à côté du chauffeur. Enfin le dessert arrivait. Lorsque cessèrent les applaudissements et les sifflets de moquerie cordiale, le docteur Urbino Daza expliqua avec le plus grand sérieux que les clarisses l'avaient prié de porter le dessert bien avant l'ouragan mais qu'il s'était détourné de la grand-route parce qu'on lui avait dit que la maison de ses parents était en proie à un incendie. Le docteur Juvenal Urbino prit peur avant même que son fils eût terminé son récit, mais sa femme lui rappela à temps qu'il avait lui-même donné l'ordre d'appeler les pompiers pour attraper le perroquet. Aminta de Olivella, radieuse, décida de servir le dessert bien qu'on eût déjà bu le café. Le docteur Juvenal Urbino, accompagné de son épouse, se retira sans y avoir goûté parce qu'il avait tout juste le temps de faire sa sieste sacrée avant l'enterrement.

Il dormit, mais peu et mal parce que, de retour chez lui, il constata que les pompiers avaient causé des ravages presque aussi graves que le feu. En voulant faire peur au perroquet ils avaient déplumé un arbre avec les tuyaux à pression, et un jet mal dirigé était entré par les fenêtres de la grande chambre et avait endommagé de manière irréparable les meubles et les portraits des ancêtres inconnus accrochés aux murs. Lorsqu'ils avaient entendu la cloche de la voiture des pompiers, les voisins étaient accourus croyant qu'il y avait le feu, et s'il n'y avait pas eu de dégâts plus importants c'était parce que les écoles étaient fermées le dimanche. Lorsqu'ils avaient compris que même avec la grande échelle ils ne pourraient pas attraper le perroquet, les pompiers avaient commencé à massacrer les branches du manguier à coups de machette et seule l'arrivée opportune du docteur Urbino Daza avait empêché qu'ils ne le mutilassent jusqu'au tronc. Ils avaient fait dire qu'ils reviendraient après cinq heures si on les autorisait à l'élaguer, et au passage ils avaient crotté la terrasse intérieure et le salon, et déchiré un tapis persan, le préféré de Fermina Daza. Désastres d'autant plus inutiles que le sentiment général était que le perroquet avait profité du désordre pour s'échapper dans les jardins avoisinants. En effet, le docteur Urbino le chercha entre les feuilles mais, n'obtenant aucune réponse dans quelque langue que ce fût ni en chantant ni en sifflant, il le considéra comme perdu et alla dormir alors qu'il était déjà presque trois heures. Auparavant, il se délecta de la fragrance de jardin secret de son urine purifiée par les asperges tièdes.

La tristesse le réveilla. Non celle qu'il avait éprouvée le matin devant le cadavre de son ami, mais ce brouillard invisible qui saturait son âme après la sieste et qu'il interprétait comme la prémonition divine d'être en train de vivre ses ultimes couchers de soleil. Jusqu'à l'âge de cinquante ans, il n'avait pas eu conscience de la taille, du poids et de l'état de ses viscères. Peu à peu, tandis qu'il reposait les yeux fermés après la sieste quotidienne, il les avait sentis en lui un à un, il avait senti jusqu'à la forme de son cœur insomniaque, de son foie mystérieux, de son pancréas hermétique, et il avait découvert que même les personnes les plus âgées étaient plus jeunes que lui et qu'il avait fini par être l'unique survivant des légendaires portraits de groupe de sa génération. Lorsqu'il se rendit compte de ses premiers oublis, il fit appel à un procédé qu'il avait appris d'un de ses maîtres à l'école de médecine : « Celui qui n'a pas de mémoire s'en fabrique une avec du papier. » Ce fut cependant une illusion éphémère car il en était arrivé à ce point extrême d'oublier les pense-bêtes qu'il fourrait dans ses poches, parcourait la maison à la recherche des lunettes qu'il avait sur le nez, retournait à l'envers la clef dans la serrure après avoir fermé les portes et perdait le fil de ses lectures parce qu'il oubliait les prémisses de l'argumentation ou la filiation des personnages. Mais ce qui l'inquiétait le plus était la méfiance qu'il entretenait à l'endroit de sa propre raison : peu à peu, en un inéluctable naufrage, il sentait qu'il perdait le sens de la justice.

Par pure expérience, quoique sans fondements scientifiques le docteur Juvenal Urbino savait que la plupart des maladies mortelles ont une odeur propre mais que nulle n'est plus spécifique que celle de la vieillesse. Il la percevait sur les cadavres ouverts de haut en bas sur la table de dissection, la reconnaissait jusque chez les patients qui dissimulaient le mieux leur âge, dans la sueur de ses propres vêtements et dans la respiration immobile de son épouse endormie. S'il n'avait pas été ce qu'il était dans son essence même, à savoir un chrétien à l'ancienne, il aurait peut-être été d'accord avec Jeremiah de Saint-Amour pour dire que la vieillesse est un état indécent que l'on devrait s'interdire à temps. La seule consolation, même pour quelqu'un comme lui qui s'était bien comporté au lit, était la lente et pieuse extinction de l'appétit vénérien : la paix sexuelle. À quatre-vingt-un ans il avait encore assez de lucidité pour se rendre compte qu'il était accroché à ce monde par des filaments ténus qui pouvaient se rompre sans douleur au moindre changement de position pendant le sommeil, et s'il faisait l'impossible pour les conserver c'était par terreur de ne pas trouver Dieu dans l'obscurité de la mort.

Fermina Daza s'était occupée de remettre de l'ordre dans la chambre dévastée par les pompiers, et un peu avant quatre heures elle fit porter à son époux son verre quotidien de citronnade et de glace pilée, et lui rappela qu'il devait s'habiller pour l'enterrement. Le docteur Urbino avait, cet après-midi-là, deux livres à portée de sa main, *L'Homme, cet inconnu* d'Alexis Carrel et *Le Livre de San Michele* d'Axel Munthe. Il n'avait pas encore ouvert ce dernier et demanda à Digna Pardo, la cuisinière, de lui apporter le coupe-papier en ivoire qu'il avait oublié dans la chambre. Quand elle le lui apporta, il était déjà en train de lire *L'Homme, cet inconnu* à la page signalée par une enveloppe : il l'avait presque terminé. Il lut lentement, se frayant un chemin à travers les méandres d'un début de migraine qu'il attribua au petit verre du toast final. Lorsqu'il interrompait sa lecture, il avalait une gorgée de citronnade ou musardait en croquant un glaçon. Il avait enfilé ses chaussettes et sa chemise, sans le faux col, les bretelles élastiques à rayures vertes pendaient de chaque côté de la ceinture et la seule idée de devoir se changer pour l'enterrement l'ennuyait. Très vite il cessa de lire, posa le livre sur l'autre livre, et commença à se balancer avec douceur dans la berceuse en osier en contemplant à travers son chagrin les massifs de bananiers dans le jardin transformé en marécage, le manguier déplumé, les fourmis volantes d'après la pluie, la splendeur éphémère d'un autre soir qui s'en allait pour toujours. Il avait oublié qu'il avait possédé un jour un perroquet de Paramaribo qu'il aimait comme un être humain, lorsqu'il l'entendit soudain : « Perroquet du roi ». Il l'entendit tout près de lui, presque à son côté, et soudain le vit sur la branche la plus basse du manguier.

« Dévergondé! » lui cria-t-il.

Le perroquet répliqua d'une voix identique :

« Dévergondé toi-même, docteur. »

Il continua de lui parler sans le quitter des yeux tandis qu'il enfilait ses bottines en prenant soin de ne pas l'effrayer et passait ses bretelles par-dessus ses bras, puis il descendit dans le jardin encore boueux en frappant le sol à petits coups de canne afin de ne pas trébucher sur les trois marches de la terrasse. Le perroquet ne bougea pas. Il était si bas que le docteur Urbino tendit sa canne afin qu'il se posât sur le pommeau d'argent comme à son habitude, mais le perroquet l'esquiva. Il sauta sur une branche contiguë, un peu plus haute mais d'accès plus facile, où était appuyée l'échelle de la maison avant l'arrivée des pompiers. Le docteur Urbino calcula la hauteur et pensa qu'en grimpant deux barreaux il pourrait l'attraper. Il monta sur le premier en chantant une chanson complice pour distraire l'attention de l'animal effarouché qui répétait les mots mais sans la musique tout en reculant sur la branche à petits pas latéraux. Il monta le deuxième barreau sans difficulté, les deux mains agrippées aux montants, et le perroquet commença à répéter la chanson tout entière sans bouger d'un pouce. Il monta le troisième puis le quatrième car il avait mal calculé la hauteur de la branche et, saisissant fortement un des montants de la main gauche, il tenta d'attraper l'animal de la droite. Digna Pardo, la vieille bonne, qui venait le prévenir qu'il risquait d'être en retard à l'enterrement, vit de dos l'homme grimpé sur l'échelle et n'aurait pas cru qu'il était celui qu'il était, n'eussent été les rayures vertes des bretelles élastiques.

« Doux Jésus! cria-t-elle, il va se tuer! »

Le docteur Urbino attrapa le perroquet par le cou avec un soupir de triomphe : *ça y est*[1]. Mais il le lâcha aussitôt car l'échelle se déroba sous ses pieds. Il resta un instant suspendu dans l'air et parvint à se rendre compte que sans même avoir communié, sans avoir eu le temps de se repentir de rien ni de dire adieu à personne, il était mort à quatre heures et sept minutes de l'après-midi du dimanche de Pentecôte.

Fermina Daza était dans la cuisine en train de goûter sa soupe du dîner quand elle entendit le cri d'horreur de Digna Pardo et l'affolement des domestiques suivi de celui des voisins. Elle jeta la cuillère et tenta de courir comme elle put, malgré le poids invincible de son âge, en hurlant comme une folle sans même savoir ce qui se passait sous les frondaisons du manguier, et son cœur vola en éclats lorsqu'elle vit son homme étendu sur le dos dans la boue, déjà à demi mort, résistant encore une ultime minute au soubresaut final de la mort afin qu'elle eût le temps d'arriver. Il parvint à la reconnaître au milieu du tumulte et, à travers les larmes de sa douleur irrémédiable de mourir sans elle, la regarda une dernière fois, pour toujours et à jamais, avec les yeux les plus lumineux, les plus tristes et les plus reconnaissants qu'elle lui eût vus en un demi-siècle de vie commune, et il réussit à lui dire dans un dernier souffle :

« Dieu seul sait combien je t'ai aimée. »

Ce fut, non sans raison, une mort mémorable. Ses études de spécialisation à peine terminées en France,

1. En français dans le texte.

le docteur Urbino s'était fait connaître dans le pays pour avoir conjuré à temps, grâce à des méthodes nouvelles et draconiennes, la dernière épidémie de choléra morbus dont la province avait souffert. L'épidémie précédente, alors qu'il était encore en Europe, avait en moins de trois mois causé la mort du quart de la population urbaine, dont celle de son père, un médecin très apprécié lui aussi. Ce prestige immédiat et une bonne contribution du patrimoine familial lui avaient permis de fonder la Société des médecins, première et unique pendant de longues années dans les provinces des Caraïbes : et il en avait été nommé président à vie. Il avait fait construire le premier aqueduc, le premier réseau d'égouts et le marché couvert qui avait permis d'assainir le dépotoir qu'était la baie des Âmes. Il était en outre président de l'Académie de la langue et de l'Académie d'histoire. Le patriarche latin de Jérusalem l'avait fait chevalier de l'ordre du Saint-Sépulcre en raison des services rendus à l'Église, et le gouvernement français lui avait octroyé la Légion d'honneur avec la dignité de commandeur. Il avait été un animateur actif de toutes les congrégations civiles et religieuses qui avaient existé en ville et en particulier de la Junte patriotique, formée de citoyens influents sans ambitions politiques qui faisaient pression sur les gouvernements par leurs idées progressistes trop audacieuses pour l'époque. La plus mémorable d'entre elles fut la mise au point d'un ballon aérostatique qui, pour son vol inaugural, emporta du courrier jusqu'à San Juan de la Ciénaga bien avant que l'idée même du courrier aérien fût devenue une possibilité rationnelle. C'était lui aussi qui avait eu l'idée du Centre artistique, fondé l'école des beaux-arts dont la bâtisse existe encore aujourd'hui, et parrainé de longues années durant les Jeux floraux du mois d'avril.

Il fut le seul à avoir pu réaliser ce qui, durant un siècle, avait semblé impossible : la restauration du théâtre de la Comédie, converti depuis le temps de la colonie en poulailler pour l'élevage de coqs de combat. Ce fut le point culminant d'une spectaculaire campagne civique qui avait englobé tous les secteurs de la ville en une mobilisation multitudinaire que beaucoup avaient considérée digne d'une meilleure cause. Malgré tout, le nouveau théâtre de la Comédie avait été inauguré alors qu'il ne possédait encore ni fauteuils ni éclairage, et les spectateurs avaient dû apporter des sièges et de quoi s'éclairer pendant les entractes. On avait imposé la même étiquette que pour les grandes premières européennes et les dames en avaient profité pour exhiber leurs robes longues et leurs manteaux de fourrure dans la canicule des Caraïbes, mais il avait été nécessaire d'autoriser aussi l'entrée des domestiques qui apportaient sièges, lampes et toute la nourriture dont on croyait avoir besoin pour résister aux interminables programmes dont certains s'étaient prolongés jusqu'à l'heure de la première messe. La saison avait été ouverte par une troupe d'opéra française dont la nouveauté était l'incorporation d'une harpe dans l'orchestre, et dont la gloire inoubliable était la voix immaculée et le talent dramatique d'une soprano turque qui chantait pieds nus et les orteils couverts de bagues en pierres précieuses. Dès le premier acte, la fumée des innombrables lampes à huile de corozo permit à peine de voir la scène et fit perdre leur voix aux chanteurs, mais les chroniqueurs de la ville eurent grand soin de dissimuler ces menus inconvénients et d'amplifier les plus mémorables. Ce fut sans doute l'initiative la plus contagieuse du docteur Urbino car la fièvre de l'opéra contamina jusqu'aux secteurs les plus inattendus de la ville et fut à l'origine de toute une génération d'Iseuts et d'Othellos, de Siegfrieds et d'Aïdas. Cependant, on n'en parvint jamais aux extrémités que le docteur Urbino eût souhaitées et qui étaient de voir italianisants et wagnériens se taper dessus à grands coups de canne pendant les entractes.

Le docteur Juvenal Urbino n'accepta jamais les charges officielles qu'on lui offrait souvent et sans conditions, et il fut un critique acharné des médecins qui tiraient parti de leur prestige professionnel pour gravir les échelons de la politique. Bien qu'on le tînt pour un libéral et qu'aux élections il eût toujours voté pour les candidats de ce parti, il fut peut-être le dernier membre des grandes familles à s'agenouiller dans la rue au passage de la voiture de l'archevêque. Il se définissait lui-même comme un pacifiste naturel, partisan de la réconciliation définitive entre conservateurs et libéraux pour le bien de la patrie. Cependant, sa conduite publique était d'une telle autonomie que nul ne le prenait pour l'un des siens : les libéraux le considéraient comme un conservateur fossilisé, les conservateurs disaient qu'il ne lui manquait que d'être franc-maçon, et les francs-maçons le rejetaient comme un sermonnaire embusqué au service du Saint-Siège. Ses détracteurs les moins féroces pensaient qu'il n'était qu'un aristocrate extasié devant les délices des Jeux floraux pendant que la nation se vidait de son sang en une guerre civile qui n'en finissait pas.

Seules deux de ses actions ne semblèrent pas s'accorder à cette image. La première fut l'abandon de l'ancien palais du marquis de Casualdero, qui avait été pendant plus d'un siècle la maison familiale, pour une maison neuve dans un quartier de nouveaux riches. L'autre son mariage avec une beauté roturière sans nom ni fortune, dont se moquaient en secret les dames à particule, jusqu'au jour où force leur fut de reconnaître que sa distinction et son caractère la plaçaient à cent coudées au-dessus d'elles. Le docteur Urbino avait toujours fait grand cas de ces préjudices portés à son image et de bien d'autres encore, et nul n'était plus conscient que lui d'être le dernier d'un nom en voie de disparition. Ses enfants étaient deux princes de race sans aucun éclat. Marco Aurelio, médecin comme lui et comme tous les premiers-nés de chaque génération, n'avait, à cinquante ans passés, rien fait de notoire, pas même un fils. Ofelia, son unique fille, mariée à un bon employé de banque de La Nouvelle-Orléans, avait atteint le retour d'âge en ayant accouché de trois filles et d'aucun garçon. Cependant, bien qu'il souffrît de l'interruption de son sang dans le fleuve de l'histoire, ce qui, à la pensée de sa mort, le tourmentait le plus était la vie solitaire de Fermina Daza sans lui.

En tout cas, la tragédie fut une commotion tant pour les siens que, par contagion, pour tout le petit peuple qui se précipita dans les rues dans l'illusion de participer à la légende, ne fût-ce qu'à travers son éclat. On décréta trois jours de deuil, on mit les drapeaux des établissements publics et privés en berne, et les cloches de toutes les églises sonnèrent sans répit jusqu'à ce que fût scellée la crypte du mausolée familial. Un groupe de l'école des beaux-arts fit un masque mortuaire pour réaliser un buste grandeur nature mais renonça au projet parce que la fidélité avec laquelle l'effroi du dernier instant avait été modelé ne parut convenable à personne. Un artiste de renom qui, en route pour l'Europe, se trouvait là par hasard peignit une gigantesque toile d'un réalisme pathétique sur laquelle on voyait le docteur Urbino grimpé en haut de l'échelle à l'instant mortel où il tendait la main pour attraper le perroquet. La seule chose qui contrariait la dure vérité était qu'il ne portait pas sur le tableau la chemise sans faux col et les bretelles à rayures vertes mais la redingote et le haut-de-forme noir figurant sur une gravure journalistique des années du choléra. Afin que chacun ne manquât pas de le voir, le tableau fut exposé quelques mois après la tragédie dans la vaste galerie d'El Alambre de oro, une boutique d'articles importés où défilait la ville entière. Puis on l'accrocha aux murs de toutes les institutions publiques et privées qui crurent de leur devoir de payer un tribut à la mémoire de l'insigne patricien, et enfin on l'accrocha, lors de secondes funérailles, à l'école des beaux-arts d'où, des années plus tard, les étudiants en peinture l'enlevèrent pour le brûler sur la place de l'Université comme symbole d'une esthétique et d'un temps abhorrés.

Dès la première minute de son veuvage, on s'aperçut que Fermina Daza n'était pas aussi désarmée que l'avait craint son époux. Elle fut inflexible dans sa détermination de refuser qu'on se servît du cadavre au bénéfice d'une cause quelconque, et le fut de même après avoir lu le télégramme de condoléances du président de la République qui donnait l'ordre de transformer en chapelle ardente la salle d'honneur du gouvernement provincial et de l'y exposer. Avec la même sérénité elle s'opposa à ce qu'on le veillât dans la cathédrale, comme l'en avait priée l'archevêque en personne, et n'autorisa de l'y placer que pendant la messe des morts du service funèbre. Même devant la médiation de son fils, troublé par tant de requêtes diverses, Fermina Daza conserva avec fermeté sa conviction rurale que les morts n'appartiennent à personne d'autre qu'à la famille et décida que la veillée aurait lieu à la maison avec du café amer et des beignets, afin de laisser à chacun la liberté de le pleurer comme il l'entendait. Il n'y eut pas de veillée traditionnelle de neuf jours : les portes, fermées après les obsèques, ne se rouvrirent que pour les visites intimes.

La maison fut placée sous le régime de la mort. On mit tous les objets de valeur en lieu sûr, et le long des murs ne restèrent que les traces des tableaux décrochés. Les chaises de la maison, comme celles prêtées par les voisins, étaient alignées contre les murs depuis le salon jusqu'aux chambres, les espaces vides semblaient immenses et les voix avaient une résonance spectrale car les gros meubles avaient été mis à l'écart sauf le piano de concert qui gisait dans son coin sous un drap blanc. Au centre de la bibliothèque, à même le bureau de son père, était étendu celui qui avait été Juvenal Urbino de la Calle, sa dernière épouvante pétrifiée sur le visage, avec la cape noire et l'épée de guerre des chevaliers du Saint-Sépulcre. À son côté, en grand deuil, tremblante mais maîtresse d'elle-même, Fermina Daza reçut les condoléances sans drame, presque sans un mouvement, jusqu'au lendemain matin onze heures lorsqu'elle dit adieu à l'époux depuis le portail en agitant un mouchoir.

Il ne lui avait pas été facile de recouvrer cette maîtrise depuis l'instant où elle avait entendu le cri de Digna Pardo dans le jardin et trouvé le vieil homme agonisant dans la boue. Elle avait eu une première réaction d'espoir car il avait les yeux ouverts et dans les pupilles un éclat radieux qu'elle ne lui avait jamais vu. Elle avait supplié Dieu de lui concéder au moins un instant afin qu'il ne s'en allât pas sans savoir combien elle l'avait aimé par-delà leurs doutes à tous les deux, et senti un désir irrésistible de recommencer sa vie avec lui depuis le début afin qu'ils pussent se dire tout ce qu'ils ne s'étaient pas dit et bien refaire tout ce qu'autrefois ils avaient peut-être mal fait. Mais elle avait dû s'incliner devant l'intransigeance de la mort. Sa douleur s'était transmuée en une colère aveugle contre le monde et contre elle-même et c'est ce qui lui avait communiqué cette maîtrise et le courage d'affronter seule sa solitude. Depuis, elle n'avait pas connu de répit mais s'était gardée de tout geste qui eût fait ostentation de sa douleur. Le seul moment quelque peu pathétique et pourtant involontaire eut lieu le dimanche soir vers onze heures lorsqu'on avait apporté, capitonné de soie et muni de poignées en cuir, le cercueil épiscopal fleurant encore le badigeon de bateau. Le docteur Urbino Daza donna l'ordre de le fermer sans attendre car l'atmosphère de la maison était raréfiée par l'exhalaison d'innombrables fleurs dans la chaleur insupportable, et il avait cru apercevoir les premières ombres violacées sur le cou de son père. Au milieu de ce silence on entendit une voix distraite. « À cet âge-là, même vivant on est déjà à moitié pourri. » Avant qu'on ne fermât la bière, Fermina Daza ôta son alliance et la passa au doigt de son mari mort, puis elle posa sa main sur la sienne comme elle l'avait toujours fait lorsqu'elle le surprenait à divaguer en public.

« On se reverra bientôt », lui dit-elle.

Florentino Ariza, invisible dans cette foule de notables, sentit une lance lui percer le flanc. Au milieu du tumulte des premières condoléances, Fermina Daza ne l'avait pas aperçu, alors que nul n'allait être plus présent et plus utile que lui pour faire face aux urgences de la nuit. Ce fut lui qui mit de l'ordre dans les cuisines débordées afin que le café ne manquât pas, trouva des chaises supplémentaires lorsque celles des voisins ne suffirent plus et donna l'ordre de mettre les couronnes restantes dans le jardin lorsque la maison en fut pleine. Il veilla à ce qu'il y eût toujours du cognac pour les invités du docteur Lácides Olivella qui avaient appris la mauvaise nouvelle à l'apogée des noces d'argent et étaient accourus comme l'éclair pour continuer de faire bombance assis en cercle au pied du manguier. Il fut le seul à réagir à temps lorsque le perroquet apparut au milieu de la nuit dans la salle à manger, tête haute, ailes déployées, provoquant un frisson de stupeur dans la maison car il semblait un legs de pénitence. Florentino Ariza l'attrapa par le cou sans lui laisser le temps de crier un de ses slogans insensés et l'emporta à l'écurie dans la cage qu'il avait pris soin de recouvrir. Il s'occupa de tout avec tant de discrétion et d'efficacité qu'il ne vint à l'idée de personne qu'il s'agissait d'une ingérence dans les affaires d'autrui mais au contraire d'une aide inappréciable pour cette maison frappée par le malheur.

Il était ce qu'il paraissait : un vieillard serviable et sérieux. Il avait le corps osseux et droit, la peau brune et glabre, des yeux avides derrière des lunettes rondes à monture de métal blanc, et une moustache romantique aux pointes gominées un peu en retard sur l'époque. Les dernières mèches des tempes étaient coiffées en arrière et collées avec de la gomina au centre du crâne luisant, solution finale d'une calvitie absolue. Sa gentillesse naturelle et ses manières languides séduisaient mais, chez un célibataire, on les tenait pour deux vertus suspectes. Il avait dépensé beaucoup d'argent, beaucoup d'ingéniosité et beaucoup de volonté afin qu'on ne remarquât pas les soixante-seize ans qu'il avait eus au mois de mars précédent et il était convaincu, dans la solitude de son âme, d'avoir aimé en silence bien plus que nul être au monde.

Le soir de la mort du docteur Urbino il était habillé tel que l'avait surpris la nouvelle, c'est-à-dire comme toujours malgré les infernales chaleurs de juin : costume de drap sombre avec gilet, lacet de soie autour du faux col en Celluloïd, chapeau en feutre, et un parapluie de popeline noire qui lui servait aussi de canne. Lorsque le jour se leva, il disparut de la veillée mortuaire pendant deux heures et revint aux premiers rayons du soleil, rasé de près et fleurant la lotion de toilette. Il avait mis une redingote de drap noir comme on n'en utilisait plus que pour les enterrements et les offices de la semaine sainte, un col cassé avec une lavallière en guise de cravate, et un chapeau melon. Il avait aussi son parapluie, non tant par habitude que parce qu'il était certain qu'il pleuvrait avant onze heures, ce qu'il communiqua au docteur Urbino Daza pour le cas où il serait possible d'avancer l'enterrement. Ils s'y employèrent en effet, car Florentino Ariza appartenait à une famille d'armateurs et présidait la Compagnie fluviale des Caraïbes, ce qui permettait de supposer qu'il s'y connaissait en matière de pronostics atmosphériques. Mais ils ne purent prévenir à temps les autorités civiles et militaires, les corporations publiques et privées, la fanfare militaire et celle des Beaux-Arts, les écoles et les congrégations religieuses qui avaient donné leur accord pour onze heures, de sorte que les obsèques prévues comme un événement historique finirent en débandade à cause de l'averse torrentielle. Seul un très petit nombre de gens se rendirent en pataugeant dans la boue jusqu'au mausolée de la famille protégé par un ceiba colonial dont les frondaisons se prolongeaient pardelà le mur du cimetière. Sous ce même feuillage, mais dans la parcelle extérieure destinée aux suicidés, les réfugiés des Caraïbes avaient enterré Jeremiah de Saint-Amour et avec lui son chien, selon sa propre volonté.

Florentino Ariza fut un des rares qui restèrent jusqu'à la fin de l'enterrement. Il était trempé jusqu'aux os et rentra chez lui épouvanté à l'idée d'avoir attrapé une pneumonie après tant d'années d'attentions minutieuses et de précautions excessives. Il se fit préparer une citronnade chaude avec une rasade de cognac, la but dans son lit avec deux comprimés d'aspirine, et sua à grosses gouttes emmitouflé dans une couverture de laine jusqu'à retrouver la bonne température du corps. Lorsqu'il revint à la veillée mortuaire, il se sentait en pleine forme. Fermina Daza avait repris en main la maison qui était balayée et en état de recevoir, et elle avait placé sur l'autel dressé dans la bibliothèque un pastel de l'époux avec un crêpe noir autour du cadre. À huit heures il y avait autant de monde et une chaleur aussi insupportable que la nuit précédente, mais après le rosaire une supplique circula pour qu'on se retirât tôt afin que la veuve pût, pour la première fois depuis le dimanche après-midi, prendre quelque repos.

Fermina Daza dit au revoir à la plupart des gens près de l'autel mais elle accompagna le dernier groupe d'intimes jusqu'à la porte d'entrée afin de la fermer elle-même ainsi qu'elle avait l'habitude de le faire. Elle s'y apprêtait dans un dernier effort lorsqu'elle vit Florentino Ariza vêtu de deuil au centre du salon désert. Elle s'en réjouit parce que depuis de nombreuses années elle l'avait effacé de sa vie et que pour la première fois elle le voyait, la conscience épurée par l'oubli. Mais avant qu'elle pût le remercier de sa visite, il posa son chapeau sur son cœur, tremblant et digne, et l'abcès qui avait été le substrat de toute sa vie soudain creva.

« Fermina, lui dit-il, j'ai attendu cette occasion pendant plus d'un demi-siècle pour vous réitérer une fois encore mon serment de fidélité éternelle et mon amour à jamais. »

Fermina Daza aurait cru avoir en face d'elle un fou si elle n'avait eu en cet instant des raisons de penser que Florentino Ariza était inspiré par la grâce de l'Esprit saint. Son impulsion immédiate fut de le maudire pour avoir profané la maison alors que, dans la tombe, le cadavre de son époux était encore chaud. Mais la dignité de la rage l'en empêcha : « File, dit-elle. Et ne te fais plus voir tant que tu seras en vie. » Elle rouvrit toute grande la porte de la rue qu'elle avait commencé à fermer et conclut :

« J'espère que tu n'en as plus pour longtemps. »

Lorsqu'elle entendit les pas s'éloigner dans la rue solitaire, elle ferma la porte avec beaucoup de douceur et affronta seule son destin. Jamais jusqu'en cet instant elle n'avait eu la pleine conscience du drame qu'elle avait elle-même provoqué alors qu'elle avait à peine dix-huit ans et qui devait la poursuivre jusqu'à sa mort. Pour la première fois depuis le soir du désastre elle pleura sans témoins, son unique façon de pleurer. Elle pleura la mort de son époux, sa solitude et sa rage, et lorsqu'elle entra dans la chambre vide elle pleura sur elle-même parce qu'elle avait dormi peu souvent seule dans ce lit depuis qu'elle avait cessé d'être vierge. Tout ce qui avait appartenu à l'époux attisait ses larmes : les pantoufles à pompons, le pyjama sous l'oreiller, son odeur sur sa propre peau. Une vague pensée la fit frissonner : « Les gens que l'on aime devraient mourir avec toutes leurs affaires. » Elle ne voulut l'aide de personne pour se coucher et ne voulut rien manger avant de dormir. Accablée de chagrin, elle pria Dieu de lui envoyer la mort cette nuit même pendant son sommeil, et dans cet espoir se coucha pieds nus mais tout habillée, et s'endormit sur-le-champ. Elle dormit sans le savoir, tout en sachant que dans son sommeil elle était vivante, que la moitié du lit était en trop, qu'elle était allongée de côté sur le bord gauche, comme toujours, et que de l'autre côté lui manquait le contrepoids de l'autre corps. Elle pensa endormie, pensa que jamais plus elle ne pourrait dormir ainsi, et endormie elle commença à sangloter, dormit en sanglotant sans bouger jusqu'à ce que les coqs eussent depuis longtemps fini de chanter et que la réveillât le soleil indésirable du matin sans lui. Alors elle se rendit compte qu'elle avait beaucoup dormi sans mourir, beaucoup sangloté dans son sommeil, et que tandis qu'elle dormait en sanglotant elle avait plus pensé à Florentino Ariza qu'à son époux mort.

Florentino Ariza, en revanche, n'avait cessé de penser un seul instant à Fermina Daza après que celle-ci l'eut repoussé sans appel à la suite de longues amours malheureuses, et depuis lors s'étaient écoulés cinquante et un ans, neuf mois et quatre jours. Il n'avait pas eu à faire le compte de l'oubli en marquant d'un trait quotidien les murs d'un cachot parce qu'il n'y avait eu de jour que quelque chose n'arrivât et ne le fît se souvenir d'elle. À l'époque de la rupture, il avait vingt-deux ans et habitait seul avec sa mère, Tránsito Ariza, la moitié d'une maison louée rue des Fenêtres, où celle-ci, très jeune, avait ouvert une mercerie et effilochait de vieilles chemises et de vieux chiffons afin de les revendre comme charpie pour les blessés de guerre. Il était son fils unique, né d'une liaison occasionnelle avec Pie V Loayza, armateur connu, l'un des trois frères qui avaient fondé la Compagnie fluviale des Caraïbes et donné, grâce à elle, une impulsion nouvelle à la navigation à vapeur sur le Magdalena.

Pie V Loayza mourut quand l'enfant avait dix ans. Bien qu'en secret il eût toujours pourvu à ses besoins, il ne le reconnut jamais devant la loi pas plus qu'il n'assura son avenir, de sorte que Florentino Ariza portait le nom de sa mère encore que sa véritable filiation fût de notoriété publique. Après la mort de son père, Florentino Ariza dut abandonner l'école pour entrer comme apprenti aux postes où il était chargé d'ouvrir les sacs, de classer les lettres et de prévenir le public de l'arrivée du courrier en hissant à la porte du bureau le drapeau du pays d'où il provenait.

Son bon sens attira l'attention du télégraphiste, un immigré allemand du nom de Lotario Thugut, qui jouait aussi de l'orgue lors des grandes cérémonies dans la cathédrale et donnait des cours de musique à domicile. Lotario Thugut lui enseigna le morse et comment se servir du système de transmission télégraphique, et les premières leçons de violon suffirent pour que Florentino Ariza continuât d'en jouer d'oreille, comme un professionnel. Lorsqu'il connut Fermina Daza, à l'âge de dix-huit ans, il était le garçon le plus en vue de son milieu, celui qui dansait le mieux les danses à la mode, récitait par cœur des poésies sentimentales, toujours à la disposition de ses amis pour offrir à leurs fiancées des sérénades pour violon seul. Il avait déjà le visage émacié, des cheveux d'Indien domptés avec de la pommade odorante et des lunettes de myope qui accentuaient son air désemparé. En plus de son problème de vue, il souffrait d'une constipation chronique qui l'obligea toute sa vie à s'administrer des lavements purgatifs. Il n'avait qu'un seul costume de fête, héritage du père mort, mais Tránsito Ariza en prenait si grand soin que chaque dimanche il était comme neuf. En dépit de son teint hâve, de son effacement et de ses vêtements sombres, il était la coqueluche des jeunes filles de son entourage qui tiraient en secret au sort pour jouer à qui resterait avec lui, et lui jouait à rester avec elles, jusqu'au jour où il rencontra Fermina Daza et où c'en fut fini de son innocence.

Il la vit pour la première fois un après-midi que

Lotario Thugut l'avait chargé de porter un télégramme à une personne sans domicile du nom de Lorenzo Daza qu'il dénicha très près du petit parc des Évangiles, dans une maison très ancienne et presque en ruine dont le jardin intérieur ressemblait au cloître d'une abbaye, avec des mauvaises herbes dans les jardinières et un puits en pierre asséché. Florentino Ariza ne perçut aucun bruit humain lorsqu'il suivit la servante aux pieds nus sous les arcades de la galerie où se trouvaient des cartons de déménagement que l'on n'avait pas encore ouverts, des outils de maçon entre des restes de chaux et des sacs de ciment empilés car la maison était l'objet d'une restauration radicale. Au fond du jardin il y avait un bureau provisoire où, assis devant la table, un homme très gros, avec des favoris bouclés qui se mélangeaient à la moustache, faisait la sieste. Il s'appelait en effet Lorenzo Daza et n'était guère connu en ville car il était arrivé un peu moins de deux ans auparavant et n'était pas homme à avoir beaucoup d'amis.

Il reçut le télégramme comme le prolongement d'un rêve de mauvais augure. Florentino Ariza observa les yeux livides avec une sorte de compassion officielle, observa les doigts incertains qui essayaient de rompre le cachet, observa la crainte qu'il avait tant de fois vue dans le cœur de tant de destinataires qui ne parvenaient pas encore à penser aux télégrammes sans les associer à la mort. En le lisant il redevint maître de lui-même. Il soupira : « Bonnes nouvelles. » Et il tendit à Florentino Ariza les cinq réaux de rigueur en lui faisant comprendre avec un sourire de soulagement qu'il ne les lui eût pas donnés si les nouvelles avaient été mauvaises. Puis il le renvoya après lui avoir serré la main, ce qui n'était pas l'habitude avec un messager du télégraphe, et la servante l'accompagna jusqu'au portail de la rue, non tant pour le reconduire que pour le surveiller. Ils parcoururent en sens inverse le même chemin sous la galerie, mais cette fois Florentino Ariza sut que quelqu'un d'autre habitait la maison car une voix de femme qui récitait une leçon de lecture emplissait la clarté du jardin. En passant devant la lingerie il vit, par la fenêtre, une femme d'un certain âge et une très jeune fille, assises sur deux chaises se touchant presque, qui suivaient la lecture dans le même livre ouvert sur les genoux de la femme. La scène lui sembla curieuse : la jeune fille apprenait à lire à la mère. L'appréciation n'était qu'en partie correcte car la femme était la tante et non la mère de la fillette bien qu'elle l'eût élevée comme si elle avait été la sienne. Elles n'interrompirent pas la leçon mais la jeune fille leva les yeux pour voir qui passait devant la fenêtre et ce coup d'œil fortuit fut l'origine d'un cataclysme d'amour qui, un demi-siècle plus tard, ne s'était pas encore apaisé.

La seule chose que Florentino Ariza parvint à savoir de Lorenzo Daza fut qu'il était arrivé de San Juan de la Ciénaga peu après l'épidémie de choléra avec sa fille unique et sa sœur célibataire, et que ceux qui l'avaient vu débarquer n'avaient pas douté qu'il venait s'installer ici car il apportait avec lui tout le nécessaire pour bien garnir une maison. Sa femme était morte alors que l'enfant était encore très petite. La sœur s'appelait Escolástica, elle avait quarante ans et avait fait vœu de ne sortir dans la rue qu'en habit de franciscaine et de porter chez elle la cordelette nouée autour de la taille. La fille avait treize ans et portait le même prénom que sa mère : Fermina.

On supposait que Lorenzo Daza avait des ressources car il vivait sans exercer de métier et avait acheté argent comptant la maison des Évangiles dont la restauration avait dû lui coûter au moins le double des deux cents pesos-or qu'il avait payés pour elle.

Sa fille faisait ses études au collège de la Présentation de la Très Sainte Vierge où, depuis deux siècles, les demoiselles de la bonne société apprenaient l'art et le métier d'épouse diligente et soumise. Aux temps de la colonie et durant les premières années de la république, n'y étaient admises que les héritières de grands noms. Mais les vieilles familles ruinées par l'indépendance avaient dû se soumettre à la réalité des temps nouveaux, et le collège avait ouvert ses portes à toutes les aspirantes qui pouvaient payer, sans distinction de naissance mais à la condition essentielle qu'elles fussent les filles légitimes de couples catholiques. De toute façon c'était un collège cher, et que Fermina Daza y fît ses études était en soi un indice de la situation économique de la famille bien qu'il ne le fût pas de sa condition sociale. Ces nouvelles réjouirent Florentino Ariza car elles lui signifiaient que la belle adolescente aux yeux en amandes était à portée de ses rêves. Cependant, la stricte éducation du père se révéla très vite un inconvénient insurmontable. À la différence des autres élèves qui se rendaient au collège en groupe ou accompagnées par une servante d'âge mûr, Fermina Daza y allait toujours avec sa vieille fille de tante, et sa conduite indiquait qu'aucune distraction ne lui était permise.

Telle fut l'innocente façon dont Florentino Ariza inaugura sa vie mystérieuse de chasseur solitaire. Dès sept heures du matin, il s'asseyait seul sur le banc le moins visible du parc, feignant de lire un livre de poèmes à l'ombre des amandiers, et attendait de voir passer la jeune et inaccessible demoiselle avec son uniforme à rayures bleues, ses chaussettes montant jusqu'aux genoux, ses bottines à lacets de garçon et, dans le dos, attachée au bout par un ruban, une natte épaisse qui lui descendait jusqu'à la taille. Elle marchait avec une arrogance naturelle, la tête haute, le regard immobile, le pas rapide, le nez effilé, son cartable serré contre sa poitrine entre ses bras croisés, et sa démarche de biche semblait la libérer de toute pesanteur. À son côté, allongeant le pas à grand-peine, la tante, avec son habit de franciscaine, ne laissait pas le moindre interstice qui permît de s'approcher d'elle. Florentino Ariza les voyait passer quatre fois par jour, à l'aller et au retour, et une fois le dimanche à la sortie de la grand-messe, et la vue de la jeune fille lui suffisait. Peu à peu il se mit à l'idéaliser, à lui attribuer des vertus improbables, des sentiments imaginaires, et au bout de deux semaines il ne pensait plus qu'à elle. Il décida alors de lui envoyer un billet ordinaire, écrit des deux côtés de sa belle écriture de calligraphe. Mais il le conserva plusieurs jours dans sa poche, réfléchissant à la façon de le lui remettre, et tandis qu'il réfléchissait il écrivait d'autres feuillets avant de se mettre au lit, de sorte que la lettre originale se transforma en un dictionnaire de compliments inspirés des ouvrages qu'il avait appris par cœur à force de les lire pendant ses heures d'attente dans le parc.

Tout en cherchant comment remettre la lettre, il tenta de lier connaissance avec quelques élèves du collège de la Présentation, mais elles étaient trop éloignées de son monde. En outre, après avoir retourné la question dans sa tête, il ne lui sembla guère prudent que quelqu'un connût ses intentions. Il réussit cependant à savoir que, quelques jours après son arrivée, Fermina Daza avait été invitée à un bal du samedi et que son père ne lui avait pas donné la permission de s'y rendre. Il avait eu cette phrase définitive : « Chaque chose en son temps. » La lettre avait plus de soixante feuillets écrits recto verso quand Florentino Ariza ne put résister plus longtemps à l'oppression du secret et s'en ouvrit sans réserve à sa mère, la seule personne auprès de qui il s'autorisait quelques confidences. Tránsito Ariza fut émue jusqu'aux larmes par la candeur dont son fils faisait preuve en matière d'amours et tenta de l'éclairer de ses lumières. Elle commença par le convaincre de ne pas remettre ce pavé lyrique qui ne ferait qu'effrayer la demoiselle de ses rêves, qu'elle supposait aussi innocente que lui en affaires de cœur. Le premier pas, lui dit-elle, était de parvenir à éveiller son intérêt afin que la déclaration ne la prît pas par surprise et qu'elle eût le temps d'y penser.

« Mais surtout, lui dit-elle, celle qu'il te faut conquérir avant tout, c'est la tante. »

Les deux conseils étaient sages, sans doute, mais tardifs. En vérité, le jour où Fermina Daza s'était un instant distraite de la leçon de lecture qu'elle donnait à sa tante et avait levé les yeux pour voir qui passait sous la galerie, elle avait été frappée par l'aura de chien perdu de Florentino Ariza. Le soir, pendant le dîner, son père avait mentionné le télégramme et c'est ainsi qu'elle avait su ce que Florentino Ariza était venu faire chez elle et quel était son métier. Ces nouvelles accrurent son intérêt car, pour elle comme pour tant d'autres gens à l'époque, l'invention du télégraphe tenait de la magie. De sorte qu'elle reconnut Florentino Ariza dès le premier jour où elle le vit en train de lire sous les arbres du petit parc mais n'en éprouva nul trouble jusqu'à ce que la tante lui fît remarquer qu'il était là depuis plusieurs semaines. Puis, lorsqu'elles le virent tous les dimanches à la sortie de la messe, la tante ne douta plus que tant de rencontres ne pouvaient être fortuites. Elle dit : « Ce n'est sûrement pas pour moi qu'il se donne toute cette peine. » Car en dépit de sa conduite austère et de son habit de pénitente, la tante Escolástica Daza avait un instinct de la vie et une vocation de complicité qui étaient ses meilleures qualités, et la seule idée qu'un homme pût s'intéresser à sa nièce suscitait en elle une émotion irrésistible. Cependant, Fermina Daza était encore à l'abri de la simple curiosité de l'amour, et la seule chose que lui inspirait Florentino Ariza était un peu de pitié parce qu'elle le croyait malade. Mais la tante lui expliqua qu'il fallait avoir beaucoup vécu pour connaître le tempérament véritable d'un homme et qu'elle était quant à elle convaincue que celui qui s'asseyait dans le parc pour les regarder passer ne pouvait qu'être malade d'amour.

La tante Escolástica était un refuge de compréhension et d'affection pour l'enfant solitaire d'un mariage sans amour. Elle l'avait élevée depuis la mort de sa mère et, à l'égard de Lorenzo Daza, plus qu'une tante elle était une complice. Ainsi, l'apparition de Florentino Ariza fut pour elles une des nombreuses distractions intimes qu'elles avaient coutume d'inventer pour passer leurs temps morts. Quatre fois par jour, lorsqu'elles traversaient le parc des Évangiles, toutes deux s'empressaient de chercher d'un regard instantané la sentinelle émaciée, timide, minuscule petite chose presque toujours vêtue de noir malgré la chaleur, qui feignait de lire sous les arbres. « Il est là », disait celle qui le découvrait la première avant qu'il ne levât les yeux et vit les deux femmes rigides, distantes de sa vie, qui traversaient le parc sans le regarder.

« Pauvre petit, dit la tante. Il n'ose pas s'approcher parce que je suis avec toi, mais un jour, si ses intentions sont sérieuses, il essaiera et il te remettra une lettre. »

Prévoyant toutes sortes d'adversités, elle lui enseigna à communiquer par signes de la main, recours indispensables des amours interdites. Ces espiègleries inattendues, presque puériles, emplissaient Fermina Daza d'une curiosité insolite mais pendant plusieurs mois elle n'imagina même pas que la chose pût aller

plus loin. Elle ne sut jamais à quel moment l'amusement devint anxiété. Son sang bouillonnait tant elle
avait besoin de le voir, et une nuit elle se réveilla
épouvantée parce qu'elle l'avait vu qui la regardait
dans le noir au pied du lit. Alors elle désira de toute
son âme que s'accomplissent les pronostics de la
tante, et supplia Dieu dans ses prières qu'il eût le
courage de lui remettre la lettre, à seule fin de savoir
ce qu'elle disait.

Mais ses suppliques ne furent pas entendues. Au
contraire. C'était l'époque où Florentino Ariza était
entré en confidences avec sa mère qui l'avait alors
dissuadé de faire don des soixante-dix feuillets
galants, de sorte que Fermina Daza continua d'attendre jusqu'à la fin de l'année. Son anxiété devenait
désespoir à mesure qu'approchaient les vacances de
décembre, car elle se demandait avec la plus grande
inquiétude comment elle ferait pour le voir et pour
qu'il la vît pendant les trois mois où elle n'irait pas
au collège. La nuit de Noël, ses questions étaient
toujours sans réponse lorsque tout à coup le pressentiment qu'il était là et la regardait dans la foule
venue assister à la messe de minuit la fit trembler
d'émotion, et l'affolement s'empara de son cœur.
Elle n'osait tourner la tête car elle était assise entre
son père et sa tante et dut se dominer pour qu'ils ne
remarquassent pas son trouble. Mais dans la précipitation de la sortie, elle le sentit si proche, si présent
au milieu de la bousculade, qu'une force irrésistible
l'obligea à regarder par-dessus son épaule au
moment où elle quittait l'église par la nef centrale.
Alors, à deux centimètres de ses yeux, elle vit les
deux yeux de glace, le visage livide, les lèvres pétrifiées par la peur de l'amour. Troublée par sa propre
audace, elle agrippa le bras de la tante Escolástica
pour ne pas tomber. Celle-ci sentit la sueur glacée de
sa main à travers la mitaine de dentelle et la récon-

forta par un imperceptible signe de complicité inconditionnelle. Au milieu du vacarme des pétards et des tambours des naissances, des lanternes de toutes les couleurs suspendues aux arcades, et de la clameur d'une foule avide de paix, Florentino Ariza erra comme un somnambule jusqu'au lever du jour, regardant la fête à travers ses larmes, égaré par la sensation que ce n'était pas Dieu mais lui qui était né cette nuit-là.

Son délire augmenta la semaine suivante, à l'heure de la sieste, lorsqu'il passa sans espoir devant la maison de Fermina Daza et vit que celle-ci était assise avec sa tante sous les amandiers du portique. C'était une répétition en plein air du tableau qu'il avait vu le premier après-midi dans la lingerie : mais Fermina Daza était différente sans son uniforme de collégienne car elle portait une tunique de fil toute plissée qui lui tombait des épaules comme un péplum et elle avait sur la tête une guirlande de gardénias naturels qui lui donnait une apparence de déesse couronnée. Florentino Ariza s'assit dans le parc où il était sûr d'être vu mais au lieu de faire semblant de lire, il resta sans bouger, le livre ouvert et les yeux fixés sur l'irréelle jeune fille qui ne lui adressa pas même un regard charitable.

Au début il pensa que la leçon sous les amandiers était un changement occasionnel, dû peut-être aux interminables réparations de la maison, mais les jours suivants il comprit que Fermina Daza viendrait là, à portée de son regard, tous les après-midi à la même heure tant que dureraient les grandes vacances, et cette certitude lui communiqua une ardeur nouvelle. Il n'avait pas le sentiment d'être vu, ne remarqua pas le moindre signe d'intérêt ou de rejet, mais dans l'indifférence de Fermina Daza brillait une splendeur inconnue qui l'encouragea à persévérer. Soudain, un après-midi, vers la fin de janvier, la tante posa son ouvrage sur la chaise et laissa sa nièce seule devant la galerie au milieu du parterre de feuilles jaunes tombées des amandiers. Encouragé par la supposition irréfléchie que c'était là une occasion préméditée, Florentino Ariza traversa la rue et se posta devant Fermina Daza, si près qu'elle perçut les bruissements de sa respiration et l'effluve floral par lequel elle l'identifierait pour le restant de sa vie. Il lui parla la tête haute et avec une détermination qu'il ne devait retrouver qu'un demi-siècle plus tard et pour la même cause.

« La seule chose que je vous demande c'est d'accepter une lettre », lui dit-il.

Ce n'était pas la voix que Fermina Daza attendait : elle était nette et révélait une maîtrise qui n'avait rien à voir avec la langueur des manières. Sans lever les yeux de l'ouvrage, elle répondit : « Je ne peux l'accepter sans la permission de mon père. » Florentino Ariza trembla d'émotion en entendant la chaleur de cette voix dont le timbre étouffé resterait gravé dans sa mémoire jusqu'à la fin de sa vie. Mais il tint bon et répliqua sans plus attendre : « Obtenez-la. » Puis il adoucit son ordre d'une supplique : « C'est une question de vie ou de mort. » Fermina Daza ne le regarda pas, elle n'interrompit pas sa broderie, mais sa décision entrebâilla une porte, par où pouvait passer le monde entier.

« Revenez tous les après-midi, lui dit-elle, et attendez que je change de chaise. »

Florentino Ariza ne comprit pas ce qu'elle avait voulu dire jusqu'au lundi de la semaine suivante, lorsqu'il vit depuis le banc du petit parc la même scène que d'habitude à une variante près : lorsque la tante Escolástica entra dans la maison, Fermina Daza se leva et s'assit sur l'autre chaise. Florentino Ariza, un camélia blanc à la boutonnière de sa redingote, traversa alors la rue et s'arrêta devant elle.

Il dit : « C'est le plus beau jour de ma vie. » Fermina Daza ne leva pas les yeux vers lui mais parcourut les environs d'un regard circulaire et vit dans la torpeur de la sécheresse les rues désertes et un tourbillon de feuilles mortes emportées par le vent.

« Donnez-la-moi », dit-elle.

Florentino Ariza avait pensé lui apporter les soixante-dix feuillets qu'il pouvait réciter par cœur à force de les avoir lus, mais il avait fini par se décider pour une demi-feuille sobre et explicite où il lui jurait l'essentiel : une fidélité à toute épreuve et son amour à jamais. Il la sortit de la poche intérieure de sa redingote et la mit sous les yeux de la brodeuse intimidée qui n'osait toujours pas le regarder. Elle vit l'enveloppe bleue trembler dans la main pétrifiée de terreur, et tendit son métier à broder afin qu'il y déposât la lettre car elle ne pouvait admettre qu'il pût remarquer que ses doigts à elle aussi tremblaient. C'est alors que l'incident eut lieu : un oiseau s'agita entre le feuillage des amandiers et la fiente tomba juste sur l'ouvrage. Fermina Daza écarta le métier, le cacha derrière la chaise afin que Florentino Ariza ne s'aperçût pas de ce qui venait d'arriver et le regarda pour la première fois, le visage en feu. Florentino Ariza, impassible, la lettre à la main, dit : « Ça porte bonheur. » Elle le remercia d'un premier sourire, lui arracha presque la lettre, la plia et la cacha dans son corsage. Il lui offrit alors le camélia qu'il portait à la boutonnière. Elle le refusa : « C'est une fleur de fiançailles. » Et sans plus attendre, consciente que le temps s'écourtait, elle se réfugia de nouveau dans sa réserve.

« Maintenant, partez, dit-elle, et ne revenez que lorsque je vous le dirai. »

Lorsque Florentino Ariza l'avait vue pour la première fois, sa mère avait tout compris avant même qu'il ne la mît au courant parce qu'il avait perdu l'appétit et passait des nuits entières à se tourner et se retourner dans son lit. Mais lorsqu'il commença à attendre la réponse à sa première lettre, son anxiété se compliqua de diarrhées et de vomissements verts, il perdit le sens de l'orientation, souffrant d'évanouissements subits, et sa mère fut terrorisée parce que son état ne ressemblait pas aux désordres de l'amour mais aux ravages du choléra. Le parrain de Florentino Ariza, un ancien homéopathe qui avait été le confident de Tránsito Ariza en ses années d'amante clandestine, s'alarma à la simple vue du malade car le pouls était faible, la respiration sableuse, et il avait la sueur blafarde des moribonds. Mais l'examen ne révéla ni fièvre ni douleurs et la seule chose concrète qu'il ressentait était une nécessité urgente de mourir. Des questions insidieuses adressées à lui d'abord puis à sa mère suffirent au médecin pour constater une fois de plus que les symptômes de l'amour sont identiques à ceux du choléra. Il prescrivit des infusions de fleurs de tilleul pour calmer ses nerfs et suggéra un changement d'air afin qu'il pût trouver un réconfort dans la distance, mais ce à quoi aspirait Florentino Ariza était tout le contraire : jouir de son martyre.

Tránsito Ariza était une quarteronne libre, avec un instinct de bonheur gâché par la pauvreté, et elle se complaisait dans les souffrances de son fils comme si elles eussent été siennes. Elle lui faisait boire des infusions lorsqu'elle le sentait délirer et l'enveloppait dans des couvertures de laine pour l'empêcher de trembler en même temps qu'elle l'encourageait à se délecter de sa prostration.

« Profite de ce que tu es jeune pour souffrir autant que tu peux, lui disait-elle, ça ne durera pas toute la vie. »

Au bureau de poste, bien sûr, on ne pensait pas de même.

Florentino Ariza se laissait aller à la négligence et était distrait au point de confondre les drapeaux avec lesquels il annonçait l'arrivée du courrier, si bien que le mercredi il hissait le drapeau allemand alors que venait d'arriver le bateau de la Leyland Company avec le courrier de Liverpool, et le lendemain celui des États-Unis au moment où accostait le navire de la Compagnie générale transatlantique avec le courrier de Saint-Nazaire. Ces confusions de l'amour provoquaient un telle pagaille dans la distribution et entraînaient de telles protestations du public que si Florentino Ariza ne perdit pas son travail ce fut parce que Lotario Thugut le garda comme télégraphiste et lui permit de jouer du violon avec le chœur de la cathédrale. Leur alliance était difficile à comprendre en raison de leur différence d'âge car l'un aurait pu être le grand-père et l'autre le petit-fils mais ils s'entendaient à merveille aussi bien dans le travail que dans les tavernes du port où, sans complexes de classe, venaient échouer les noctambules de tout acabit, depuis les petits poivrots de quatre sous jusqu'aux fils à papa en tenue de soirée qui s'échappaient des réceptions du Club social pour aller manger du mulet frit et du riz parfumé à la noix de coco. Lotario Thugut avait coutume de s'y rendre après la fermeture du télégraphe et bien souvent le petit jour le surprenait buvant du punch de la Jamaïque et jouant de l'accordéon avec les équipages insensés des goélettes des Antilles. Il était corpulent, avait le faciès d'une tortue, portait une barbe dorée et un bonnet phrygien qu'il mettait pour sortir la nuit, et il ne lui manquait qu'une ribambelle de clochettes pour ressembler à saint Nicolas. Une fois par semaine au moins il disparaissait avec une oiselle de nuit ainsi qu'il appelait celles qui, nombreuses, vendaient des amours d'urgence dans un hôtel de passe pour marins. Lorsqu'il connut Florentino

Ariza, la première chose qu'il fit, non sans une certaine et magistrale délectation, fut de l'initier aux secrets de son paradis. Il choisissait pour lui les oiselles qui lui semblaient les meilleures, discutait avec elles le prix et la manière, et offrait de payer lui-même d'avance le service. Mais Florentino Ariza n'acceptait pas : il était vierge et avait décidé de ne cesser de l'être que par amour.

L'hôtel était un palais colonial déchu, dont les grands salons et les appartements de marbre avaient été divisés en alcôves de carton percé de trous d'aiguilles que l'on pouvait louer pour faire ou pour voir. On parlait de curieux à qui on avait crevé les yeux avec des aiguilles à tricoter, de certains qui reconnaissaient leur propre femme dans celles qu'ils épiaient, de messieurs de haut lignage qui venaient déguisés en poissardes pour se soulager avec des maîtres d'équipage occasionnels, et de tant et tant d'autres calamités survenues à tant et tant d'épiés et tant et tant d'épieurs, qu'à la seule idée de jeter un œil dans la chambre voisine Florentino Ariza était rempli d'épouvante. De sorte que Lotario Thugut ne réussit pas à le convaincre que voir et se laisser voir étaient des raffinements de princes d'Europe.

À l'inverse de ce que laissait croire sa corpulence, Lotario Thugut avait une bistouquette de chérubin qui ressemblait à un bouton de rose, mais celui-ci devait être une heureuse anomalie car les oiselles les plus fanées se disputaient la chance de dormir avec lui, et leurs hurlements d'égorgées ébranlaient les fondations du palais et faisaient trembler d'épouvante leurs fantômes. On disait qu'il utilisait une pommade au venin de vipère qui échauffait l'arrière-train des femmes, mais lui jurait ne posséder d'autres ressources que celles que le bon Dieu lui avait données. Il disait, hurlant de rire : « De l'amour à l'état pur. » Bien des années s'écoulèrent avant que

Florentino Ariza ne comprît qu'il avait peut-être raison. Il finit par s'en convaincre à une époque plus avancée de son éducation sentimentale, lorsqu'il fit la connaissance d'un homme qui menait une vie de château en exploitant trois femmes en même temps. Toutes trois lui rendaient des comptes au petit matin, s'humiliaient à ses pieds pour se faire pardonner leurs maigres gains, et la seule gratification à laquelle elles prétendaient était qu'il couche avec celle qui lui avait rapporté le plus d'argent. Florentino Ariza pensait que seule la terreur pouvait conduire à de telles abjections. Cependant une des trois filles le surprit par la vérité contraire.

« Ces choses-là, lui dit-elle, on ne peut les faire que par amour. »

Ce n'était pas tant pour ses vertus de fornicateur que pour son charme personnel que Lotario Thugut était devenu un des clients les plus appréciés de l'hôtel. Florentino Ariza, bien que muet et fuyant, gagna l'estime du patron et, à l'époque la plus difficile de ses tourments, il venait s'enfermer dans les alcôves suffocantes pour lire des vers et des feuilletons larmoyants, et ses rêveries déposaient des nids d'hirondelles obscures sur les balcons, des rumeurs de baisers et des battements d'ailes dans les marasmes de la sieste. En fin d'après-midi, lorsque la chaleur diminuait, il était impossible de ne pas entendre les conversations des hommes qui venaient se remettre de leur journée avec un amour à la sauvette. C'est ainsi que Florentino Ariza était au courant de confidences et même de quelques secrets d'État que des clients importants ou parfois les autorités locales confiaient à leurs amantes éphémères sans s'inquiéter qu'on les entendît ou non de la chambre voisine. De même, c'est ainsi qu'il apprit qu'à quatre lieues marines au nord de l'archipel de Sotavento était échoué depuis le XVIIe siècle un galion espagnol chargé de plus de cinq cents milliards de pesos en or pur et en pierres précieuses. Le récit le stupéfia mais il n'y repensa plus jusqu'à plusieurs mois plus tard, lorsque son amour fou éveilla en lui l'envie de repêcher la fortune engloutie pour que Fermina Daza pût prendre des bains dans des bassins d'or.

Quelques années plus tard, alors qu'il tentait de se rappeler comment était en réalité la demoiselle idéalisée par l'alchimie de la poésie, il ne pouvait la séparer des après-midi déchirés de cette époque. Même lorsqu'il la guettait sans être vu, en ces jours d'anxiété où il attendait une réponse à sa première lettre, il la voyait transfigurée dans la réverbération du début de l'après-midi, sous la fine pluie de fleurs des amandiers, là où quelle que fût l'époque de l'année c'était toujours avril. Accompagner Lotario Thugut au violon en haut de l'observatoire privilégié qu'était le chœur ne l'intéressait que parce qu'il pouvait voir la tunique de Fermina Daza onduler sous la brise des cantiques. Mais son propre égarement finit par le priver de ce plaisir car la musique mystique était à ce point insipide pour son âme qu'il tentait de l'exalter avec des valses d'amour, et Lotario Thugut fut contraint de le renvoyer du chœur. C'est à cette même époque qu'il céda à la convoitise de manger les plates-bandes de gardénias que Tránsito Ariza cultivait dans le jardin, et connut ainsi la saveur de Fermina Daza. Ce fut aussi l'époque où il trouva par hasard, dans une des malles de sa mère, un litre d'eau de Cologne que les marins de la Hamburg American Line vendaient en contrebande, et il ne résista pas à la tentation d'y goûter, anxieux de connaître d'autres saveurs de la femme aimée. Il but toute la nuit, s'enivrant de Fermina Daza jusqu'à la dernière goutte avec des gorgées abrasives, d'abord dans les tavernes du port puis, l'esprit absorbé dans la mer, sur les quais où les amants sans toit se consolaient en faisant l'amour, jusqu'à ce qu'il sombrât dans l'inconscience. Tránsito Ariza, qui l'avait attendu jusqu'à six heures du matin l'âme ne tenant qu'à un fil, le chercha dans les recoins les plus invraisemblables et peu après midi, le trouva vautré au milieu d'une mare de vomi fétide, dans une encoignure de la baie où allaient s'échouer les noyés.

Elle profita de la pause de la convalescence pour le sermonner sur la passivité avec laquelle il attendait une réponse à sa lettre. Elle lui rappela que les faibles jamais n'entreraient au royaume de l'amour, qui est un royaume inclément et mesquin, et que les femmes ne se donnent qu'aux hommes de caractère car ils leur communiquent la sécurité dont elles ont tant besoin pour affronter la vie. Tránsito Ariza ne put dissimuler un sentiment d'orgueil, plus concupiscent que maternel, lorsqu'elle le vit sortir de la mercerie vêtu de son costume noir, du chapeau melon, et avec ce lacet lyrique autour du col en Celluloïd. Elle lui demanda en plaisantant s'il allait à un enterrement. Il répondit, rouge jusqu'aux oreilles : « C'est presque la même chose. » Elle se rendit compte que la peur l'empêchait à moitié de respirer mais que sa détermination était invincible. Elle lui adressa ses dernières recommandations, le bénit, et lui promit, en riant aux larmes, une autre bouteille d'eau de Cologne pour célébrer ensemble la conquête.

Depuis qu'il avait remis la lettre, un mois auparavant, il avait plusieurs fois désobéi à sa promesse de ne plus retourner au petit parc tout en prenant bien soin de ne pas se faire voir. Rien n'avait changé. La leçon de lecture sous les arbres finissait vers les deux heures, lorsque la ville se réveillait de la sieste, et Fermina Daza poursuivait sa broderie aux côtés de la tante jusqu'à ce que la chaleur déclinât. Florentino Ariza n'attendit pas que celle-ci rentrât dans la maison et il traversa la rue à grandes enjambées martiales qui lui permirent de surmonter la défaillance de ses genoux. Cependant, ce n'est pas à Fermina Daza qu'il s'adressa mais à sa tante.

« Ayez l'obligeance de me laisser un moment avec mademoiselle, lui dit-il, j'ai une chose importante à lui dire.

– Malotru! lui dit la tante. Il n'y a rien la concernant que je ne puisse entendre.

– Alors je ne lui dirai rien, répondit-il, mais je vous préviens que vous êtes responsable de ce qui arrivera. »

Ce n'étaient pas les manières qu'Escolástica Daza attendait du fiancé idéal, mais elle se leva effrayée car elle eut pour la première fois le sentiment troublant que Florentino Ariza parlait sous l'inspiration du Saint-Esprit. De sorte qu'elle entra dans la maison pour chercher d'autres aiguilles et laissa les deux jeunes gens seuls sous les amandiers du portique.

En réalité Fermina Daza savait bien peu de chose sur ce prétendant taciturne qui était apparu dans sa vie comme une hirondelle d'hiver et dont elle n'aurait pas même su le nom n'eût été la signature au bas de la lettre. Elle s'était renseignée et avait appris qu'il était le fils sans père d'une célibataire travailleuse et réservée mais à jamais marquée par le stigmate de feu d'une unique erreur juvénile. Elle savait aussi qu'il n'était pas le messager du télégraphe comme elle l'avait supposé mais un assistant bien qualifié avec un avenir prometteur, et elle croyait qu'il avait porté le télégramme à son père sous prétexte de la voir elle. Cette supposition l'émouvait. Elle savait aussi qu'il était l'un des musiciens du chœur et, alors qu'elle n'avait jamais osé lever la tête pendant la messe pour s'en assurer, elle eut un dimanche la révélation que tandis que les autres instruments jouaient pour tout le monde, le violon, lui, ne jouait que pour elle seule. Ce n'était pas le genre d'homme qu'elle eût choisi. Ses lunettes d'enfant perdu, sa tenue cléricale, ses procédés mystérieux avaient suscité en elle une curiosité à laquelle il était difficile de résister mais elle n'avait jamais pensé que la curiosité pût être une des nombreuses embûches de l'amour.

Elle-même ne s'expliquait pas pourquoi elle avait accepté la lettre. Elle ne s'en faisait pas reproche, mais l'obligation de plus en plus pressante d'y répondre était devenue une entrave à sa vie. Chaque mot de son père, chaque regard fortuit, ses gestes les plus courants lui semblaient parsemés de pièges destinés à découvrir son secret. Son état d'alerte était tel qu'elle évitait de parler à table de crainte qu'un faux pas ne la trahît, et elle devint évasive même avec la tante Escolástica qui partageait pourtant son anxiété refoulée comme si elle était sienne. Elle s'enfermait dans les cabinets à n'importe quelle heure, sans nécessité, et relisait la lettre en essayant d'y découvrir un code secret, une formule magique cachée sous l'une des trois cent quatorze lettres des cinquante-huit mots, dans l'espoir qu'elles disent plus que ce qu'elles disaient. Mais elle ne trouva rien qu'elle n'eût déjà compris à la première lecture lorsqu'elle avait couru s'enfermer dans les toilettes, le cœur chaviré, et avait déchiré l'enveloppe dans l'espoir qu'elle contînt une lettre longue et fébrile, et n'avait trouvé qu'un billet parfumé dont la détermination l'avait effrayée.

Au début elle n'avait pas pris au sérieux l'idée d'être obligée de répondre, mais la lettre était si explicite qu'il n'y avait pas moyen d'y échapper. En attendant, dans le tourbillon du doute, elle se surprenait à penser à Florentino Ariza plus souvent et avec plus d'intérêt qu'elle ne voulait se le permettre et allait même jusqu'à se demander, chagrinée, pourquoi il n'était pas dans le parc à l'heure habituelle car elle ne se souvenait pas qu'elle-même l'avait prié de ne pas revenir tant qu'elle penserait à la réponse. De sorte qu'elle finit par penser à lui comme jamais elle n'eût imaginé que l'on pouvait penser à quelqu'un, le pressentant là où il n'était pas, le désirant là où il ne pouvait être, s'éveillant soudain avec la sensation physique qu'il la contemplait dans l'obscurité tandis qu'elle dormait, et l'après-midi où elle entendit son pas résolu sur le tapis de feuilles jaunes du petit parc, il lui en coûta de croire que son imagination n'était pas en train de lui jouer un autre tour. Mais lorsqu'il réclama la réponse avec une autorité qui n'avait rien à voir avec sa langueur, elle surmonta son épouvante et tenta de fuir par les chemins de la vérité : elle ne savait pas quoi répondre. Mais Florentino Ariza n'avait pas franchi un abîme pour se laisser effrayer par les autres.

« Si vous avez accepté la lettre, lui dit-il, il est impoli de ne pas y répondre. »

Ce fut la fin du labyrinthe. Fermina Daza, maîtresse d'elle-même, s'excusa de son retard et lui donna sa parole d'honneur qu'il aurait une réponse avant la fin des vacances. Elle la tint. Le dernier vendredi de février, trois jours avant la réouverture des classes, la tante Escolástica alla au bureau du télégraphe demander combien coûtait un télégramme pour Piedras de Moler, un village qui ne figurait même pas sur la liste des services, et laissa Florentino Ariza s'occuper d'elle comme s'ils ne s'étaient jamais vus. Mais en sortant elle fit semblant d'oublier sur le guichet un bréviaire relié en peau de lézard dans lequel il y avait une enveloppe en papier de lin avec une vignette dorée. Éperdu de bonheur, Florentino Ariza passa le reste de l'après-midi à manger des roses et à lire la lettre, à la relire mot à mot une fois et une fois encore, mangeant d'autant plus de roses qu'il la lisait et la relisait, et à minuit il l'avait lue tant de fois et avait mangé tant de roses que sa mère dut le cajoler comme un petit veau pour lui faire avaler une décoction d'huile de ricin.

Ce fut une année d'amour exalté. L'un et l'autre ne vivaient que pour penser à l'autre, rêver de l'autre, attendre les lettres de l'autre avec autant d'anxiété qu'ils en éprouvaient pour y répondre. Jamais au cours de ce printemps de délire, pas plus que l'année suivante, ils n'eurent l'occasion de communiquer de vive voix. Pire encore : depuis le jour où ils s'étaient vus pour la première fois jusqu'au moment où, un demi-siècle plus tard, il lui renouvela sa détermination, ils n'eurent jamais l'occasion de se voir tête à tête et de se conter leur amour. Mais pendant les trois premiers mois pas un seul jour ne s'écoula sans qu'ils s'écrivissent et à une certaine époque ils s'écrivaient même deux fois par jour, jusqu'à ce que la tante Escolástica prît peur de la voracité du brasier qu'elle avait elle-même allumé.

Après la première lettre, qu'elle avait portée au bureau du télégraphe non sans un relent de vengeance sur son propre sort, elle avait autorisé un échange de messages presque quotidien lors de rencontres dans la rue qui semblaient fortuites, mais elle n'eut pas le courage de parrainer une conversation, aussi banale et momentanée fût-elle. Au bout de trois mois, cependant, elle comprit que sa nièce n'était pas sous l'emprise d'un coup de foudre juvénile comme elle l'avait d'abord cru au début, mais que cet incendie amoureux était une menace pour sa propre vie. En fait, Escolástica Daza n'avait d'autre moyen de subsistance que la charité de son frère et elle savait que le caractère tyrannique de celui-ci ne lui pardonnerait jamais d'avoir ainsi trompé sa confiance. Mais à l'heure de la décision elle n'eut pas le cœur de causer à sa nièce l'irréparable infortune qu'elle-même n'avait cessé de ruminer depuis sa jeunesse, et elle l'autorisa à utiliser un stratagème qui lui laissait l'illusion de l'innocence. La méthode était simple : Fermina Daza déposait sa lettre dans une cachette sur son parcours quotidien entre la maison et le collège, et dans cette même lettre indiquait à Florentino Ariza l'endroit où elle espérait trouver la réponse. Florentino Ariza faisait de même. Ainsi, les problèmes de conscience de la tante Escolástica furent déposés tout au long de l'année sur les fonts baptismaux des églises, dans les creux des troncs d'arbres et les brèches des forteresses coloniales en ruine. Parfois les lettres étaient trempées de pluie, tachées de boue, déchirées par l'adversité, certaines se perdirent pour des raisons diverses mais ils trouvèrent toujours le moyen de renouer le contact.

Florentino Ariza écrivait toutes les nuits sans pitié envers lui-même, s'empoisonnant mot après mot avec la fumée des lampes à huile de corozo dans l'arrière-boutique de la mercerie, et ses lettres devenaient d'autant plus longues et fantasques qu'il s'efforçait d'imiter ses poètes favoris de la « Bibliothèque populaire », laquelle à cette époque atteignait déjà les quatre-vingts volumes. Sa mère, qui l'avait incité avec tant d'ardeur à se complaire dans ses tourments, commença à s'inquiéter pour sa santé. « Tu vas perdre la tête, lui criait-elle depuis sa chambre dès qu'elle entendait chanter les coqs. Aucune femme ne mérite ça. » Elle ne se souvenait pas d'avoir vu quiconque dans un pareil état. Mais il ne l'écoutait pas. Certains jours il arrivait au bureau les cheveux ébouriffés d'amour après avoir passé une nuit blanche et déposé la lettre dans la cachette indiquée afin que Fermina Daza la trouvât sur le chemin de l'école. Elle, en revanche, subordonnée à la surveillance de son père et à l'espionnage des bonnes sœurs, parvenait à peine à écrire une demi-feuille de cahier, enfermée dans les toilettes ou en faisant semblant de prendre des notes en classe. Mais tant à cause de la hâte et de ses craintes que de son caractère, ses lettres se limitaient à raconter les incidents de sa vie quotidienne dans le style bon enfant d'un journal de bord. En réalité c'étaient des lettres pour se distraire, destinées à maintenir la braise sans mettre la main au feu. Impatient de lui communiquer sa propre folie, il lui envoyait des vers de miniaturiste gravés à la pointe d'une épingle sur les pétales des camélias. Ce fut lui et non elle qui eut l'audace de glisser une mèche de cheveux dans une lettre mais il ne reçut jamais la réponse désirée, une mèche entière de la tresse de Fermina Daza. Du moins obtint-il qu'elle franchît un pas de plus, car elle commença à lui envoyer des nervures de feuilles desséchées dans des dictionnaires, des ailes de papillons, des plumes d'oiseaux magiques et lui offrit pour son anniversaire un centimètre carré de l'habit de saint Pierre Claver, qu'à l'époque on vendait en cachette à un prix inaccessible pour une écolière de son âge. Une nuit, alors que rien ne l'avait annoncé, Fermina Daza fut réveillée en sursaut par la sérénade d'une unique valse pour violon seul. Elle fut boule-versée par la révélation que chaque note était une action de grâces pour les pétales de ses herbiers, pour le temps volé à l'arithmétique afin d'écrire ses lettres, pour la peur qu'elle éprouvait pendant les examens lorsqu'elle pensait plus à lui qu'aux sciences naturel-les, mais elle n'osa pas croire que Florentino Ariza fût capable d'une telle imprudence.

Le lendemain matin, pendant le petit déjeuner, Lorenzo Daza ne put résister à la curiosité. D'abord parce qu'il ignorait ce que signifiait dans le langage des sérénades un unique morceau, ensuite parce qu'en dépit de l'attention avec laquelle il l'avait écouté il n'avait pu savoir avec précision devant quelle maison on l'avait joué. La tante Escolástica, avec un sang-froid qui redonna courage à sa nièce, affirma avoir vu derrière les persiennes le violoniste solitaire à l'autre bout du parc et que jouer un seul morceau signifiait une rupture. Ce jour-là, dans sa lettre, Florentino Ariza confirma qu'il était bien l'homme de la sérénade et qu'il avait lui-même composé la valse qui portait le nom qu'il donnait dans son cœur à Fermina Daza : *La Déesse couronnée*. Il ne revint pas jouer dans le parc mais les nuits de pleine lune il se postait avec son violon dans des endroits choisis exprès pour qu'elle pût l'entendre sans sursauter dans son lit. Un de ses lieux préférés était le cimetière des pauvres, exposé au soleil et à la pluie, en haut d'une colline indigente où dormaient les charognards et où la musique atteignait des résonances surnaturelles. Plus tard, il apprit à connaître la direction des vents et avait ainsi la certitude que sa musique arrivait là où elle le devait.

En août de la même année, une nouvelle guerre civile, parmi les nombreuses qui ravageaient le pays depuis plus d'un demi-siècle, menaça de s'étendre et le gouvernement décréta la loi martiale et le couvre-feu à six heures du soir dans toutes les provinces du littoral caribéen. Bien que quelques désordres se fussent déjà produits et que la troupe commît toutes sortes d'abus punitifs, la perplexité de Florentino Ariza était telle qu'il ne savait rien de l'état du monde, et une patrouille militaire le surprit un beau matin en train de perturber la chasteté des morts par ses provocations amoureuses. Il échappa par miracle à une exécution sommaire, accusé d'être un espion envoyant des messages en clef de *sol* aux navires libéraux qui rôdaient dans les eaux voisines.

« Je n'en ai rien à foutre de vos espions, dit

Florentino Ariza, moi je ne suis qu'un pauvre amoureux. »

Il dormit trois nuits, fers aux pieds, dans les cachots de la garnison locale. Mais quand on le libéra il se sentit frustré par la légèreté de la peine, et aux temps de sa vieillesse, alors que tant d'autres guerres se mélangeaient dans sa tête, il continuait de penser qu'il était le seul homme de la ville et peut-être même du pays à avoir traîné des fers de cinq livres pour raison d'amour.

Deux années d'échanges épistolaires frénétiques allaient s'achever lorsque Florentino Ariza, dans une lettre d'un seul paragraphe, fit à Fermina Daza une proposition formelle de mariage. Au cours des six mois précédents il lui avait envoyé à plusieurs reprises un camélia blanc qu'elle lui restituait dans sa lettre de réponse afin qu'il ne doutât pas qu'elle était disposée à continuer de lui écrire, mais non à accepter un engagement. En fait, elle avait toujours pris les allées et venues du camélia comme un marivaudage et jamais elle n'avait eu l'idée de le considérer comme un signe du destin. Mais lorsque arriva la proposition formelle, elle se sentit déchirée par le premier coup de griffe de la mort. Prise de panique, elle raconta tout à la tante Escolástica et celle-ci assuma la confidence avec le courage et la lucidité qu'elle n'avait pas eus à vingt ans lorsqu'elle s'était vue forcée de décider de son propre sort.

« Réponds oui, lui dit-elle. Même si tu es morte de peur et même si tu dois t'en repentir plus tard, parce que de toute façon tu te repentirais toute ta vie d'avoir répondu non. »

Cependant, Fermina Daza était si troublée qu'elle demanda un temps de réflexion. Elle demanda d'abord un mois, puis un autre et un autre encore et au quatrième mois, alors qu'elle n'avait toujours pas répondu, elle reçut de nouveau le camélia blanc, non pas seul dans l'enveloppe comme les autres fois mais avec la notification péremptoire que cette fois-ci était la dernière : maintenant ou jamais. Ce fut au tour de Florentino Ariza de voir la mort en face ce même après-midi, lorsqu'il reçut une enveloppe avec un bout de papier arraché à la marge d'un cahier d'écolier avec la réponse écrite au crayon noir sur une seule ligne : *C'est d'accord, je vous épouse si vous me promettez de ne jamais me faire manger d'aubergines.*

Florentino Ariza ne s'attendait pas à cette réponse mais sa mère oui. Six mois plus tôt, lorsqu'il lui avait pour la première fois fait part de son intention de se marier, Tránsito Ariza avait entrepris des démarches afin de louer toute la maison que jusqu'alors elle partageait avec deux autres familles. C'était un bâtiment civil de deux étages, datant du XVIIe siècle, qui avait abrité le Monopole du tabac lors de la domination espagnole et que les propriétaires ruinés avaient dû louer par morceaux car ils manquaient de ressources pour l'entretenir. La partie qui donnait sur la rue avait autrefois servi de dépense, celle au fond de la cour pavée avait abrité l'usine, et il y avait de grandes écuries que les actuels locataires utilisaient en commun pour laver et sécher le linge. Tránsito Ariza occupait la partie de devant, la plus utile et la mieux conservée, bien que la plus petite. Dans l'ancienne dépense se trouvait la mercerie, avec un portail donnant sur la rue et à côté, dans le vieux dépôt qui ne possédait d'autre aération qu'un œil-de-bœuf, dormait Tránsito Ariza. L'arrière-boutique était grande comme la moitié de la salle et séparée de celle-ci par un paravent en bois. Il y avait une table et quatre chaises pour manger et pour écrire, et c'était là que Florentino Ariza accrochait son hamac lorsque l'aube ne le surprenait pas en train d'écrire. L'espace était suffisant pour deux mais pas pour trois et moins encore pour une jeune fille du collège de la Présentation de la Très Sainte Vierge dont le père avait restauré et laissé comme neuve une maison en ruine alors que des familles à sept particules dormaient dans la terreur que les toits de leurs demeures ne leur tombassent sur la tête pendant leur sommeil. De sorte que Tránsito Ariza avait obtenu du propriétaire l'autorisation d'occuper aussi la galerie du patio à condition de maintenir la maison en bon état pendant cinq ans.

Elle en avait les moyens. Outre les revenus réels de la mercerie et des charpies hémostatiques, qui eussent suffi à son modeste train de vie, elle avait multiplié ses économies en prêtant à une clientèle de nouveaux pauvres humiliés qui acceptaient ses taux d'usure excessifs en contrepartie de sa discrétion. Des dames au port de reine descendaient de carrosse devant le portail de la mercerie, sans duègnes ni domestiques gênants et, feignant d'acheter de la dentelle de Hollande et des galons de passementerie, mettaient en gage entre deux sanglots les derniers oripeaux de leur paradis perdu. Tránsito Ariza les tirait d'affaire avec tant de considération pour leur rang que beaucoup d'entre elles s'en retournaient plus reconnaissantes de l'honneur que de la faveur. Au bout de dix ans à peine, elle connaissait comme s'ils étaient siens les bijoux tant de fois sauvés puis remis en gage au milieu des larmes, et lorsque son fils décida de se marier, les profits convertis en or de bon aloi étaient enterrés sous le lit dans une amphore. Elle fit ses comptes et découvrit que non contente de pouvoir entretenir la maison pendant cinq ans, avec la même astuce et un peu de chance elle pourrait avant sa mort l'acheter pour les douze petits-enfants qu'elle désirait avoir. Florentino Ariza, quant à lui, avait été nommé premier assistant intérimaire du télégraphe, et Lotario Thugut voulait lui laisser la direction du bureau lorsqu'il prendrait, l'année suivante, celle de l'école de télégraphie et de magnétisme.

De sorte que l'aspect matériel du mariage était résolu. Cependant, Tránsito Ariza crut prudent d'y mettre deux conditions finales. La première, bien savoir qui était Lorenzo Daza, dont l'accent ne laissait aucun doute sur ses origines, mais dont nul ne connaissait de source certaine l'identité et les moyens. La seconde, que les fiançailles fussent longues afin que les fiancés pussent se connaître à fond l'un l'autre et que l'on observât la plus stricte réserve jusqu'à ce que tous deux se sentissent tout à fait sûrs de leur affection. Elle suggéra d'attendre la fin de la guerre. Florentino Ariza donna son accord pour garder le secret absolu, tant en raison des motifs invoqués par sa mère que de sa propre tendance à l'hermétisme. Il fut aussi d'accord pour prolonger les fiançailles, mais le terme fixé lui parut irréel car, en plus d'un demi-siècle d'indépendance, le pays n'avait pas connu un seul jour de paix.

« On sera vieux avant que ça finisse », dit-il.

Son parrain, l'homéopathe, qui participait par hasard à la conversation, ne pensait pas que les guerres fussent un inconvénient. Pour lui elles n'étaient que des revendications de pauvres traités comme des bêtes de somme par les seigneurs de la terre, contre des soldats en guenilles traités de la même manière par le gouvernement.

« C'est à la campagne qu'il y a la guerre, dit-il. Depuis que je suis celui que je suis, en ville ce n'est pas avec des balles qu'on nous tue mais avec des décrets. »

En tout cas, les détails des fiançailles furent conclus par lettres au cours de la semaine suivante. Fermina Daza, conseillée par la tante Escolástica, accepta la durée de deux ans et le secret absolu, et suggéra à Florentino Ariza de demander sa main lorsqu'elle aurait terminé ses études secondaires, aux vacances de Noël. Ils se mettraient alors d'accord sur la façon d'officialiser les fiançailles selon l'approbation qu'elle obtiendrait de son père. Entre-temps, ils continuèrent de s'écrire avec la même ardeur et la même fréquence mais sans les rapports d'autrefois, et les lettres prirent un ton familier qui ressemblait déjà à celui de deux époux. Rien ne perturbait leurs rêveries.

La vie de Florentino Ariza avait changé. L'amour partagé lui avait donné une assurance et une force qu'il n'avait jamais connues et son travail en devint si efficace que Lotario Thugut put sans difficulté le faire nommer second en titre. Le projet de l'école de télégraphie et de magnétisme avait échoué et l'Allemand consacrait ses loisirs à la seule chose qu'en réalité il aimait, jouer de l'accordéon au port, boire de la bière avec les marins et terminer le tout à l'hôtel de passe. Beaucoup de temps s'écoula avant que Florentino Ariza ne s'aperçût que l'influence de Lotario Thugut dans ce lieu de plaisir se devait à ce qu'il avait fini par devenir propriétaire de l'établissement et imprésario des oiselles du port. Il l'avait acheté petit à petit, avec ce qu'il avait économisé d'année en année, et celui qui lui servait de couverture était un petit homme maigre et borgne qui ressemblait à une brosse et avait un cœur si tendre que nul ne comprenait comment il pouvait être un aussi bon gérant. Mais il l'était. Du moins c'est ce que Florentino Ariza crut comprendre lorsque le gérant lui déclara, sans qu'il le lui eût demandé, qu'une chambre lui était réservée en permanence aussi bien pour résoudre ses problèmes de bas-ventre quand il se déciderait à en avoir, que pour avoir à sa disposition un endroit tranquille où lire et écrire ses lettres d'amour. De sorte que pendant les longs mois qui manquaient pour officialiser les fiançailles, il passa plus de temps là-bas qu'à son bureau ou chez lui, et il y eut des époques où Tránsito Ariza ne le voyait que lorsqu'il venait changer de linge.

La lecture devint chez lui un vice insatiable. Depuis qu'elle lui avait appris à lire, sa mère lui achetait des livres illustrés d'auteurs nordiques que l'on vendait comme livres pour enfants mais qui en réalité étaient les plus cruels et les plus pervers qu'on pût lire à n'importe quel âge. Quand il avait cinq ans, Florentino Ariza les récitait par cœur aussi bien en classe qu'aux veillées de l'école, mais leur fréquentation ne diminua pas sa terreur. Au contraire elle l'accrut. Passer à la poésie fut comme un baume. À l'âge de la puberté, il avait déjà avalé, par ordre d'apparition, tous les volumes de la « Bibliothèque populaire » que Tránsito Ariza achetait aux bouquinistes de la porte des Écrivains et où l'on trouvait de tout, depuis Homère jusqu'au moins méritoire des poètes locaux. Quel que fût l'ouvrage, il le lisait, comme un ordre de la fatalité, et toutes ces années de lecture ne lui suffirent pas pour distinguer parmi tout ce qu'il avait lu ce qui était bon de ce qui ne l'était pas. La seule chose qu'il savait c'est qu'entre la prose et la poésie il préférait la poésie et parmi celle-ci les poèmes d'amour que, sans le vouloir, il apprenait par cœur dès la seconde lecture avec d'autant plus de facilité que la rime et le rythme étaient bons et qu'ils étaient désespérés.

Ils furent la source originelle des premières lettres à Fermina Daza dans lesquelles apparaissaient des conciliabules entiers et sans retouches des romantiques espagnols, et ainsi en alla-t-il jusqu'à ce que la vie l'obligeât à s'occuper d'affaires plus terrestres que les affres de l'amour. À cette époque, il avait franchi un pas en direction des feuilletons larmoyants et autres proses de son temps plus profanes encore. Il avait appris à pleurer avec sa mère en lisant les poètes locaux que l'on vendait sur les places et sous les porches à trois sous la feuille. Mais en même temps, il était capable de réciter par cœur la poésie castillane la plus distinguée du Siècle d'or. En général, il lisait tout ce qui lui tombait sous la main et dans l'ordre où cela tombait, au point que long-temps après les dures années de son premier amour, alors qu'il n'était déjà plus jeune, il lut de la première à la dernière page les vingt volumes du « Trésor de la jeunesse », toute la collection des « Classiques Garnier » traduits en espagnol, et les ouvrages plus faciles que publiait don Vicente Blasco Ibáñez dans la collection « Prométhée ».

En tout cas, ses libertinages dans l'hôtel de passe ne se limitèrent pas à la lecture et à la rédaction de lettres fébriles, mais l'initièrent aux secrets de l'amour sans amour. La vie de la maison commen-çait après la mi-journée lorsque ses amies les oiselles se levaient telles que leur mère les avait mises au monde, et quand Florentino Ariza arrivait de son travail, il trouvait un palais peuplé de nymphes les fesses au vent qui commentaient à grands cris les secrets de la ville appris sur l'oreiller de la bouche même de leurs protagonistes. Beaucoup exhibaient dans leur nudité des stigmates du passé : cicatrices de coups de couteau au ventre, éclats de balles, zébrures d'estafilades amoureuses, coutures de césariennes de bouchers. Certaines, pendant la journée, faisaient venir leurs jeunes enfants, fruits infortunés de cha-grins ou d'imprudences juvéniles, et dès qu'ils arri-vaient elles les déshabillaient afin qu'ils ne se sentis-sent pas différents au paradis de la nudité. Chacune faisait sa cuisine et nul ne mangeait mieux que Florentino Ariza lorsqu'elles l'invitaient parce qu'il choisissait ce que chacune préparait de meilleur. C'était une fête quotidienne qui durait jusqu'au crépuscule lorsque les filles nues défilaient en chantant vers les salles de bains, échangeaient savons, brosses à dents, ciseaux, se coupaient les cheveux les unes aux autres, se prêtaient leurs robes, se peinturluraient comme des clowns lugubres et partaient chasser leurs premières proies de la nuit. La vie de la maison devenait alors impersonnelle, déshumanisée, et il était impossible de la partager sans payer.

Nulle part ailleurs Florentino Ariza n'était plus à son aise depuis qu'il connaissait Fermina Daza car c'était l'unique endroit où il ne se sentait pas seul. Plus encore : la maison finit par être l'unique lieu où il se sentait en sa compagnie. Peut-être était-ce pour les mêmes raisons que vivait là une femme d'un certain âge, élégante, à la splendide chevelure argentée, qui ne prenait jamais part à la vie naturelle des jeunes femmes nues et à qui ces dernières vouaient un respect sacramentel. Un fiancé prématuré l'avait conduite ici lorsqu'elle était jeune et l'avait abandonnée à son sort après l'avoir savourée pendant quelque temps. Elle avait, malgré cette tache, fait un bon mariage. Lorsqu'à un âge déjà avancé elle resta seule, deux fils et trois filles se disputèrent le plaisir de l'emmener habiter chez eux, mais aucun endroit ne lui parut plus digne pour vivre que cet hôtel de tendres dépravées. Sa chambre était son unique foyer, ce qui la rapprocha d'emblée de Florentino Ariza dont elle disait qu'il serait un jour un savant célèbre dans le monde entier car il était capable d'enrichir son âme par des lectures même au paradis de la lubricité. Florentino Ariza, de son côté, avait fini par lui vouer tant d'affection qu'il l'aidait à faire ses courses et son marché, et de temps en temps passait l'après-midi avec elle. Il pensait que c'était une femme savante dans les choses de l'amour car elle l'éclaira beaucoup sur le sien sans qu'il eût besoin de lui révéler son secret.

Si avant de connaître l'amour de Fermina Daza il n'était pas tombé dans les innombrables tentations à portée de sa main, encore moins pensait-il y succomber alors qu'elle était sa promise officielle. Florentino Ariza vivait avec les filles, partageait leurs plaisirs et leurs misères mais ni lui ni elles n'avaient l'idée d'aller plus loin. Un fait imprévu confirma la sévérité de sa détermination. Un jour, vers six heures du soir, alors que les filles s'habillaient pour recevoir leurs clients de la nuit, la chambrière de l'étage entra chez lui : une femme jeune, mais vieillie et terreuse, qui semblait une pénitente habillée au milieu de la gloire des filles nues. Il la voyait tous les jours sans que lui-même se sentît vu : elle passait dans les chambres avec les balais, un seau à ordures et une serpillière spéciale pour ramasser les préservatifs usagés. Elle entra dans le cagibi où Florentino Ariza lisait comme d'habitude, et comme d'habitude elle balaya avec un soin extrême afin de ne pas le déranger. Soudain elle passa près du lit et il sentit une main tendre et tiède à la fourche de son ventre, il la sentit le chercher, il la sentit le trouver, il la sentit le déboutonner tandis que sa respiration à elle emplissait la pièce. Il fit semblant de lire jusqu'au moment où, n'en pouvant plus, il se déroba.

Elle prit peur car la première recommandation qu'on lui avait faite en l'engageant comme femme de ménage était qu'elle ne tentât pas de coucher avec les clients. Il n'avait pas été nécessaire de le lui répéter car elle était de celles qui pensaient que la prostitution n'est pas coucher pour de l'argent mais coucher avec des inconnus. Elle avait deux enfants, chacun d'un mari différent, non parce qu'ils avaient été des aventures éphémères mais parce qu'elle n'avait pas réussi à en aimer un qui revînt après la troisième fois. Elle avait jusque-là été une femme sans urgences, prédisposée par sa nature à attendre sans désespérer, mais la vie de cette maison était plus forte que ses vertus. Elle commençait son travail à six heures du soir et passait toute la nuit de chambre en chambre, les nettoyant en quatre coups de balai, ramassant les préservatifs et changeant les draps. Il était difficile d'imaginer la quantité de choses que les hommes laissaient après l'amour. Ils laissaient du vomi et des larmes, ce qui semblait compréhensible, mais ils laissaient aussi beaucoup d'énigmes de l'intimité : flaques de sang, emplâtres d'excréments, yeux de verre, montres en or, dentiers, reliquaires ornés de frisons dorés, lettres d'amour, d'affaires, de condoléances : lettres de tout. Certains revenaient chercher ce qu'ils avaient perdu, mais la plupart le laissaient là, et Lotario Thugut enfermait leurs choses à clef, pensant que tôt ou tard ce palais en ruine, avec ses milliers d'objets personnels oubliés, serait un musée de l'amour.

Le travail était dur et mal payé mais elle le faisait bien. Par contre, elle ne pouvait supporter les sanglots, les gémissements, les grincements des ressorts des lits qui se sédimentaient dans son sang avec tant de fièvre et de douleur qu'au petit jour elle ne pouvait dominer son désir de coucher avec le premier mendiant qu'elle croiserait dans la rue ou avec un ivrogne égaré qui lui en ferait la faveur, sans autres prétentions ni interrogations. L'apparition d'un homme sans femme comme Florentino Ariza, jeune et propre, fut un don du ciel car dès le premier instant elle se rendit compte qu'il était comme elle : un assoiffé d'amour. Mais il resta insensible à ses avances. Il se gardait vierge pour Fermina Daza et il n'y avait nulle force, nulle raison au monde qui pût le détourner de ce but.

Telle était sa vie quatre mois avant la date prévue pour annoncer les fiançailles, lorsque Lorenzo Daza se présenta un matin à sept heures au bureau du télégraphe et le demanda. Comme Florentino Ariza n'était pas encore arrivé, il l'attendit, assis sur le banc, jusqu'à huit heures dix, ôtant de son doigt pour la passer à un autre la lourde chevalière en or couronnée d'une opale authentique, et lorsqu'il le vit entrer il reconnut d'emblée le messager du télégraphe et l'attrapa par le bras.

« Venez avec moi, jeune homme, lui dit-il. Vous et moi nous allons bavarder cinq minutes, d'homme à homme. »

Florentino Ariza, aussi vert qu'un mort, se laissa emmener. Il n'était pas préparé à une telle rencontre parce que Fermina Daza n'avait trouvé ni l'occasion ni le moyen de le prévenir. En fait, la semaine précédente, la sœur Franca de la Luz, supérieure du collège de la Présentation de la Très Sainte Vierge, était entrée dans la classe pendant le cours de notions de cosmogonie, silencieuse comme un serpent et, en épiant les élèves par-dessus leurs épaules, elle avait découvert que Fermina Daza faisait semblant de prendre des notes sur son cahier alors qu'en réalité elle écrivait une lettre d'amour. La faute, selon le règlement du collège, était punie d'expulsion. Convoqué d'urgence au rectorat, Lorenzo Daza découvrit la gouttière par laquelle s'écoulait son régime de fer. Fermina Daza, avec sa fierté congénitale, se déclara coupable de la lettre mais refusa de révéler l'identité du fiancé secret, refusa de nouveau devant le conseil de discipline qui, pour cette raison, confirma le verdict d'expulsion. Son père se livra à une perquisition en règle de la chambre qui jusque-là avait été un sanctuaire inviolable, et dans le double fond de la malle il trouva trois années de lettres enrubannées enfouies avec autant d'amour qu'elles avaient été écrites. La signature ne laissait aucun doute, mais Lorenzo Daza ne put croire ni à cet instant ni plus tard que sa fille ne connût du fiancé clandestin que le métier de télégraphiste et la passion du violon.

Convaincu qu'une relation aussi difficile n'était possible que grâce à la complicité de sa sœur, il n'accorda pas même à cette dernière la grâce d'une excuse et la fit embarquer sans autre forme de procès sur la goélette de San Juan de la Ciénaga. Fermina Daza ne se consola jamais de la dernière image qu'elle garda d'elle, l'après-midi où elle dit adieu devant le portail à une tante osseuse et couleur de cendre, brûlante de fièvre dans son habit marron, et la vit disparaître dans la bruine du petit parc avec les seuls biens qui lui restaient : son balluchon de vieille fille et, enveloppé dans un mouchoir qu'elle tenait serré dans son poing, de quoi survivre un mois. À peine libérée de la tutelle de son père, Fermina Daza la fit chercher dans toutes les provinces des Caraïbes, s'enquit d'elle auprès de tous ceux qui auraient pu la connaître et ne retrouva sa trace qu'une trentaine d'années plus tard en recevant une lettre qui avait mis pour arriver beaucoup de temps et était passée par beaucoup de mains, et dans laquelle on l'informait qu'elle était morte à la léproserie des Eaux de Dieu. Lorenzo Daza n'avait pas prévu la férocité avec laquelle sa fille allait réagir à la punition injuste dont avait été victime la tante Escolástica qu'elle avait toujours identifiée à la mère dont elle se souvenait à peine. Elle s'enferma à double tour dans sa chambre, sans boire ni manger, et lorsqu'il obtint qu'elle lui ouvrît enfin, d'abord par des menaces ensuite avec des supplices mal dissimulées, il trouva une panthère blessée qui avait à jamais perdu ses quinze ans.

Il tenta de la séduire par toutes sortes de cajoleries, il essaya de lui faire comprendre qu'à son âge l'amour n'est qu'un mirage, il s'efforça de la convaincre avec douceur de lui rendre les lettres et de retourner au collège demander pardon à genoux, et il lui donna sa parole d'honneur qu'il serait le premier à l'aider à être heureuse avec un prétendant plus digne. Mais c'était comme parler à un mort. Vaincu, il finit par perdre les étriers un lundi midi pendant le déjeuner, et tandis qu'il s'étranglait, au bord de l'apoplexie, entre jurons et blasphèmes, elle appuya sur sa gorge la pointe du couteau à couper la viande, sans faire de tragédie mais d'une main ferme et avec un regard pétrifié dont il n'osa relever le défi. Ce fut alors qu'il prit le risque de parler cinq minutes d'homme à homme avec le funeste aventurier qu'il ne se rappelait pas avoir vu et qui s'était mis en travers de sa vie à un si mauvais moment. Par habitude, avant de sortir, il saisit le revolver qu'il eut soin de cacher sous sa chemise.

Florentino Ariza n'était pas encore remis de son émotion que Lorenzo Daza le conduisit par le bras à travers la place de la Cathédrale jusqu'aux arcades du café de la Paroisse, et l'invita à s'asseoir à la terrasse. À cette heure-ci, ils étaient les seuls clients et une matrone noire frottait le carrelage de l'énorme salle aux carreaux ébréchés et sales, où les chaises étaient encore posées à l'envers sur les tables de marbre. Florentino Ariza y avait très souvent vu Lorenzo Daza jouer et boire du vin au tonneau avec les Asturiens du marché qui se querellaient à grands cris à propos d'autres guerres chroniques qui n'étaient pas les nôtres. Bien des fois, conscient de la fatalité de l'amour, il s'était demandé comment serait la rencontre qui tôt ou tard aurait lieu et que nul pouvoir humain ne saurait empêcher car elle était inscrite depuis toujours dans leur destin à tous deux. Il l'imaginait comme une altercation inégale, d'abord parce que dans ses lettres Fermina Daza l'avait mis en garde contre le caractère irascible de son père, ensuite parce que lui-même avait remarqué que ses yeux semblaient courroucés même lorsqu'il poussait de grands éclats de rire devant la table de jeu. Tout en lui n'était que tribut à la vulgarité : le ventre ignoble, le parler emphatique, les favoris de lynx, les mains rustres et l'annulaire comprimé par la chevalière en opale. L'unique expression émouvante, que Florentino Ariza reconnut dès l'instant où il le vit marcher, était cette même démarche de biche qu'avait sa fille. Cependant, quand Lorenzo Daza lui désigna une chaise pour qu'il s'assît, il le trouva aussi rude qu'il en avait l'air et ne reprit son souffle que lorsqu'il l'invita à prendre un anis. Florentino Ariza n'en avait jamais bu à huit heures du matin mais il accepta, reconnaissant, car il en avait un besoin urgent.

Lorenzo Daza, en effet, ne mit pas plus de cinq minutes pour en venir là où il voulait, et le fit avec une sincérité désarmante qui finit par troubler Florentino Ariza. À la mort de son épouse, il s'était imposé comme unique dessein de faire de sa fille une grande dame. La route était longue et incertaine pour un trafiquant de mules qui ne savait ni lire ni écrire et dont la réputation de voleur de bestiaux était moins bien prouvée que colportée à discrétion dans toute la province de San Juan de la Ciénaga. Il alluma un cigare de muletier et se plaignit : « Une mauvaise réputation c'est pire qu'une mauvaise santé. » Cependant, dit-il, le véritable secret de sa fortune était qu'aucune de ses mules ne travaillait autant et aussi bien que lui, même en ces temps difficiles de guerre, lorsqu' au matin les villages étaient en cendres et les campagnes dévastées. Bien que sa fille n'eût jamais été au courant de la préméditation de son destin, elle se conduisait comme une complice enthousiaste. Elle était intelligente et méthodique au point d'avoir appris à lire à son père à peine avait-elle su lire elle-même, et à douze ans son sens des réalités lui eût permis de tenir la maison sans l'aide de la tante Escolástica. Il soupira : « C'est une mule en or. » Lorsque sa fille eut terminé l'école primaire, avec dix dans toutes les matières et le tableau d'honneur à la remise des prix, il comprit que San Juan de la Ciénaga était trop étroit pour ses rêves. Alors il liquida terres et bêtes et entreprit le voyage avec une ardeur nouvelle et soixante-dix mille pesos-or jusqu'à cette ville en ruine et aux gloires mitées, où une femme belle et élevée à l'ancienne avait encore la possibilité de renaître grâce à un mariage fortuné. L'irruption de Florentino Ariza était un écueil imprévu dans ce plan obstiné.

« C'est une prière que je suis venu vous adresser », dit Lorenzo Daza. Il trempa la pointe de son cigare dans l'anis, le suça avant de l'allumer et conclut d'une voix affligée.

« Écartez-vous de notre route. »

Florentino Ariza l'avait écouté en buvant à petites gorgées l'eau-de-vie d'anis, à ce point absorbé dans les révélations du passé de Fermina Daza qu'il ne se demanda même pas ce qu'il allait dire quand ce serait son tour de parler. Mais le moment venu il se rendit compte que tout ce qu'il dirait compromettrait son avenir.

« Vous lui avez parlé? dit-il.

— Cela ne vous regarde pas, dit Lorenzo Daza.

— Je vous le demande, dit Florentino Ariza, parce qu'il me semble que c'est à elle de décider.

— Pas question, dit Lorenzo Daza. C'est une affaire d'hommes qui doit se régler entre hommes. »

Le ton était devenu menaçant et un client à une table voisine se retourna pour les regarder. Florentino Ariza parla plus bas mais avec dans la voix la résolution la plus impérieuse dont il était capable.

« De toute façon, dit-il, je ne peux rien vous

répondre avant de savoir ce qu'elle en pense. Ce serait une trahison. »

Alors Lorenzo Daza se renversa en arrière sur sa chaise, les paupières humides et rouges, son œil gauche tourna dans son orbite et resta tordu vers l'extérieur. Lui aussi baissa le ton.

« Ne m'obligez pas à tirer sur vous », dit-il.

Florentino Ariza sentit son ventre s'emplir d'une écume glacée. Mais sa voix ne trembla pas car il se sentait en même temps illuminé par le Saint-Esprit.

« Tirez, dit-il, la main sur le cœur. Il n'est plus grande gloire que de mourir d'amour. »

Lorenzo Daza dut le regarder en biais, comme le font les perroquets, pour que son œil tordu pût le voir. Il ne prononça pas les trois mots, il les cracha syllabe à syllabe :

« Fils-de-pu-te. »

Cette même semaine il emmena sa fille pour le grand voyage de l'oubli. Il ne lui donna aucune explication mais entra avec fracas dans sa chambre, les moustaches sales d'une colère mêlée de bave de tabac, et lui intima l'ordre de faire ses bagages. Comme elle lui demandait où ils allaient, il répondit : « À la mort. » Effrayée par cette réponse qui ressemblait trop à la vérité, elle tenta de lui faire front avec le même courage que les jours précédents, mais il ôta sa ceinture à boucle en cuivre massif, l'enroula autour de son poing et frappa sur la table un coup de sangle qui résonna dans toute la maison comme un coup de feu. Fermina Daza connaissait fort bien la portée et les limites de ses propres forces, de sorte qu'elle fit un paquet de deux nattes et d'un hamac, et prépara deux grandes malles avec tous ses effets, certaine que ce serait un voyage sans retour. Avant de s'habiller elle s'enferma dans les cabinets et parvint à écrire à Florentino Ariza une courte lettre d'adieu sur une feuille arrachée au bloc de papier hygiénique. Puis elle coupa sa tresse à hauteur de la nuque, l'enroula dans un coffret de velours brodé de fils d'or et la fit porter avec la lettre.

Ce fut un voyage dément. L'étape initiale dura à elle seule onze jours et ils l'effectuèrent à dos de mule, en compagnie d'une caravane de muletiers andins, par les corniches de la Sierra Nevada, abrutis par les soleils cruels ou trempés par les pluies horizontales d'octobre, le souffle presque toujours pétrifié par la vapeur endormante des précipices. Au troisième jour de route, une mule affolée par les taons roula au fond du ravin avec son muletier entraînant la cordée tout entière, et le hurlement de l'homme et de la grappe des sept bêtes amarrées les unes aux autres rebondissait encore dans les ravins et les escarpements plusieurs heures après le désastre et continua de résonner pendant des années et des années dans la mémoire de Fermina Daza. Tous ses bagages furent précipités dans le vide avec les mules mais pendant l'instant séculaire que dura la chute jusqu'à l'extinction au fond du précipice du hurlement de terreur, elle ne pensa pas au malheureux muletier mort ni à la caravane déchiquetée mais à la cruauté du sort qui avait voulu que sa propre mule ne fût pas encordée aux autres.

C'était la première fois qu'elle montait un animal, mais la terreur et les pénuries indescriptibles du voyage ne lui auraient pas semblé aussi amères n'eût été la certitude que plus jamais elle ne reverrait Florentino Ariza ni ne posséderait la consolation de ses lettres. Depuis le début du voyage elle n'avait pas adressé la parole à son père et celui-ci était si mal à l'aise qu'il ne lui parlait que dans les cas indispensables ou lui faisait parvenir des messages par les muletiers. Lorsque le sort leur fut plus favorable, ils trouvèrent une auberge où l'on servait une nourriture de campagne qu'elle refusa de manger et où on louait des paillasses souillées de sueurs et d'urines rances. Le plus souvent, cependant, ils passaient la nuit dans des campements indiens, dans des dortoirs en plein air bâtis au bord des chemins avec des rangées de piquets et des toits de palmes, où quiconque débarquait avait droit de rester jusqu'à l'aube. Fermina Daza ne put dormir une nuit entière, transpirant de peur, percevant dans l'obscurité le va-et-vient des voyageurs mystérieux qui attachaient leurs bêtes aux piquets et accrochaient leurs hamacs où ils le pouvaient.

Le soir, lorsqu'ils arrivaient les premiers, l'endroit était tranquille et dégagé, mais à l'aube il s'était transformé en une place de foire, où s'amoncelaient des hamacs accrochés à toutes les hauteurs, où des Indiens dormaient accroupis, entre les bêlements des chèvres que l'on avait attachées, l'affolement des coqs de combat à l'intérieur de leurs cageots de pharaons et le mutisme haletant des chiens sauvages à qui on avait appris à ne pas aboyer à cause des dangers de la guerre. Ces indigences étaient familières à Lorenzo Daza qui avait passé la moitié de sa vie à faire de la contrebande dans la région, et au petit matin il rencontrait presque toujours de vieux amis. Pour sa fille c'était une perpétuelle agonie. La puanteur des chargements de poisson salé ajoutée à l'inappétence propre à la nostalgie finirent par lui faire oublier l'habitude de manger, et si elle ne devint pas folle de désespoir ce fut parce qu'elle trouva toujours un réconfort dans le souvenir de Florentino Ariza. Elle ne doutait pas que cette terre fût celle de l'oubli.

La guerre était permanente. Depuis le début du voyage on parlait du danger de croiser des patrouilles éparpillées, et les muletiers leur avaient enseigné les diverses façons de savoir à quelle bande elles appartenaient afin qu'ils pussent agir en conséquence. Il n'était pas rare de rencontrer une troupe de soldats à cheval qui, sous les ordres d'un officier, levaient de nouvelles recrues en les attrapant au lasso comme des taurillons en pleine course. Accablée par tant d'horreurs, Fermina Daza avait oublié celui qui lui paraissait plus légendaire qu'imminent jusqu'à ce qu'une nuit une patrouille sans appartenance connue enlevât deux voyageurs de la caravane et les pendît aux branches d'un campano, à une demi-lieue du campement. Lorenzo Daza n'avait rien à voir avec eux, mais il ordonna de les dépendre et de leur donner une sépulture chrétienne, comme action de grâces pour ne pas avoir subi le même sort. C'était le moins qu'il pouvait faire. Les assaillants l'avaient réveillé en appuyant le canon d'un fusil sur son ventre, et un commandant en haillons, le visage barbouillé de noir de fumée, lui avait demandé en l'aveuglant avec une lampe s'il était libéral ou conservateur.

« Ni l'un ni l'autre, avait dit Lorenzo Daza. Je suis sujet espagnol.

– Tu as une sacrée veine! » avait répondu le commandant. Et il lui avait dit adieu la main levée : « Vive le roi! »

Deux jours plus tard ils descendaient vers la plaine lumineuse où était située la joyeuse bourgade de Valledupar. Il y avait des combats de coqs dans les cours, des musiques d'accordéon aux coins des rues, des cavaliers montés sur des chevaux de race, des pétards et des volées de cloches. On était en train de construire une pièce d'artifice en forme de château. Fermina Daza ne remarqua même pas les réjouissances. Ils s'arrêtèrent chez l'oncle Lisímaco Sánchez, frère de sa mère, qui était allé au-devant d'eux sur la grand-route à la tête d'une bruyante cavalcade de jeunes cousins montés sur les bêtes de meilleure race de toute la province, et ils parcoururent les rues du village au milieu du fracas des feux d'artifice. La maison se trouvait sur la grand-place, à côté de l'église coloniale maintes fois rapiécée, et elle ressemblait plutôt à la factorerie d'une hacienda à cause de ses grandes pièces ombragées et de sa galerie fleurant le vesou chaud, qui faisait face à un jardin d'arbres fruitiers.

À peine, dans les écuries, eurent-ils mis pied à terre que les salons de réception débordèrent d'une foule de parents inconnus qui pressaient Fermina Daza d'effusions insupportables car, écorchée par sa monture, morte de fatigue et le ventre vide, il lui était impossible d'aimer qui que ce fût en ce bas monde, et elle n'aspirait qu'à un coin tranquille et isolé pour pleurer. Sa cousine Hildebranda Sánchez, plus âgée de deux ans et qui possédait sa même fierté impériale, fut la seule à comprendre son état dès le premier instant où elle fit sa connaissance, car elle aussi se consumait dans les braises d'un amour téméraire. En fin d'après-midi, elle la conduisit dans la chambre qu'on avait préparée pour elles deux, et ne put comprendre comment elle était encore vivante avec les ulcères de feu qui brûlaient son fondement. Aidée de sa mère, une femme très douce qui ressemblait à son époux comme une sœur jumelle, elle calma ses brûlures avec des compresses d'arnica, tandis que les coups de tonnerre du château de poudre faisaient trembler les fondations de la maison.

Les visiteurs se retirèrent vers minuit. Au-dehors la fête se dispersa vers des endroits reculés, et la cousine Hildebranda prêta à Fermina Daza une chemise de nuit en madapolam et l'aida à se coucher dans un lit aux draps soyeux et aux oreillers de plume qui lui communiquèrent soudain la panique instantanée du bonheur. Lorsqu'enfin elles furent seules dans la chambre, elle tira le loquet et sortit de dessous le sommier de son lit une enveloppe de toile cachetée à la cire avec les emblèmes du télégraphe national. Il suffit à Fermina Daza de voir l'expression de malice radieuse de sa cousine pour que renaquît dans sa mémoire l'odeur pensive des gardénias blancs, puis elle tritura le cachet avec ses dents et barbota jusqu'au petit matin dans la mare de larmes des onze télégrammes enflammés.

Alors elle sut. Avant d'entreprendre le voyage, Lorenzo Daza avait commis l'erreur de l'annoncer par télégramme à son beau-frère Lisímaco Sánchez et celui-ci avait à son tour ventilé la nouvelle dans la famille, vaste et enchevêtrée disséminée dans les nombreux bourgs et villages de la province. De sorte que Florentino Ariza put connaître l'itinéraire complet en même temps qu'il établissait un réseau fraternel de télégraphistes qui lui permit de suivre Fermina Daza à la trace jusqu'au dernier campement du cap de la Vela. Il resta ainsi en communication intense avec elle, depuis son arrivée à Valledupar où elle resta trois mois, jusqu'à la fin du voyage, à Riohacha, un an et demi plus tard, lorsque Lorenzo Daza, persuadé que sa fille l'avait enfin oublié, décida de rentrer chez lui. Sans doute n'était-il pas lui-même conscient du relâchement de sa surveillance, distrait comme il l'était par les louanges de sa belle-famille qui, au bout de tant d'années, avait renoncé à ses préjugés tribaux et l'avait enfin admis à bras ouverts parmi les siens. La visite fut une réconciliation tardive bien que tel n'en eût pas été le but. En effet, la famille de Fermina Sánchez s'était opposée à cor et à cri à son mariage avec un immigré sans origine, hâbleur et grossier, qui était partout de passage et faisait avec des mules vagabondes un commerce trop simple pour être honnête. Lorenzo Daza avait joué le tout pour le tout car sa prétendante était la plus prisée d'une famille caractéristique de la région : un clan alambiqué de femmes redoutables et d'hommes au cœur tendre et à la détente facile, perturbés jusqu'à la démence par le sens de l'honneur. Cependant Fermina Sánchez s'était cramponnée à son caprice avec la détermination aveugle des amours contrariées et l'avait épousé contre l'avis de la famille, avec tant de hâte et tant de mystère que l'on aurait pu croire que ce n'était pas par amour mais pour recouvrir d'un manteau sacré un faux pas prématuré.

Vingt-cinq ans plus tard, Lorenzo Daza ne s'apercevait pas que son intransigeance envers les amours de sa fille était une répétition malsaine de sa propre histoire, et se plaignait de son malheur à ses beaux-frères, ceux-là mêmes qui s'étaient opposés à lui et s'étaient plaints autrefois devant les siens. Cependant, le temps qu'il perdait en lamentations, sa fille le gagnait en amours. Et tandis qu'il châtrait des taurillons et apprivoisait des mules sur les terres florissantes de ses beaux-frères, celle-ci s'en donnait à cœur joie avec une ribambelle de cousines commandées par Hildebranda Sánchez, la plus belle et la plus aimable, dont la passion sans avenir pour un homme de vingt ans de plus qu'elle, marié et père de famille, se contentait de regards furtifs.

Après leur séjour à Valledupar ils poursuivirent le voyage par les contreforts de la montagne, traversant des prairies en fleurs et des plateaux de rêve, et dans tous les villages ils furent reçus comme dans le premier, avec fanfares, feux d'artifices, de nouvelles cousines complices et des messages ponctuels au bureau du télégraphe. Fermina Daza s'aperçut bien vite que son arrivée à Valledupar n'avait pas été une exception et que dans cette province fertile tous les jours de la semaine étaient jours de fête. Les visiteurs dormaient là où les surprenait la nuit, mangeaient là où les trouvait la faim, car dans les maisons aux portes grandes ouvertes il y avait toujours un hamac suspendu et un pot-au-feu composé de trois viandes cuisant dans l'âtre pour le cas où, comme il en allait presque toujours, quelqu'un arriverait avant le télégramme annonçant sa venue. Hildebranda Sánchez accompagna sa cousine tout le reste du voyage, la conduisant à un rythme allègre à travers le labyrinthe de son lignage, jusqu'à la source de ses origines. Fermina Daza se retrouva, se sentit pour la première fois maîtresse d'elle-même, se sentit accompagnée et protégée, les poumons emplis d'un air de liberté qui lui rendit la sérénité et la volonté de vivre. À la fin de sa vie elle devait encore évoquer ce voyage, de plus en plus présent à sa mémoire, avec la lucidité perverse de la nostalgie.

Un soir, elle rentra de sa promenade quotidienne bouleversée par la révélation qu'elle pouvait être heureuse sans amour et même contre l'amour. La révélation l'inquiéta car une de ses cousines avait surpris une conversation de ses parents avec Lorenzo Daza au cours de laquelle celui-ci avait avancé l'idée de concerter les épousailles de sa fille avec l'unique héritier de la fortune fabuleuse de Cleofás Moscote. Fermina Daza le connaissait. Elle l'avait vu caracoler au centre des places sur des chevaux parfaits, avec des harnachements si somptueux qu'on eût dit des ornements de messe. Il était élégant et adroit, et avait des cils de rêveur qui arrachaient des soupirs aux pierres, mais elle le compara avec le souvenir de Florentino Ariza assis sous les amandiers du petit parc, pauvre et maigre, son livre de poèmes sur les genoux, et dans son cœur elle ne trouva pas l'ombre d'un doute.

Pendant ce temps, Hildebranda Sánchez délirait d'espoir car elle avait rendu visite à une pythie dont la voyance l'avait médusée. Effrayée par les intentions de son père, Fermina Daza alla la consulter elle aussi. Les cartes prédirent qu'il n'y avait dans son avenir aucun obstacle à un mariage long et heureux, et cet augure lui rendit l'espoir car elle ne concevait pas qu'un destin aussi harmonieux pût être lié à un homme autre que celui qu'elle aimait. Exaltée par cette certitude elle décida d'assumer son libre arbitre. La correspondance télégraphique avec Florentino Ariza cessa d'être un concert d'intentions et de promesses illusoires pour devenir pratique, méthodique et plus intense que jamais. Ils fixèrent les dates, décidèrent des modalités, engagèrent leur vie dans la détermination commune de se marier sans demander la permission à personne, où que ce fût et de quelque façon que ce fût, dès qu'ils se seraient retrouvés. Fermina Daza prenait cet engagement avec tant de sérieux que le soir où son père l'autorisa à assister à son premier bal d'adulte, au village de Fonseca, il ne lui parut pas décent d'accepter sans le consentement de son fiancé. Ce soir-là, Florentino Ariza était à l'hôtel de passe en train de jouer aux cartes avec Lotario Thugut lorsqu'on vint le prévenir qu'un télégramme urgent l'attendait.

C'était le télégraphiste de Fonseca qui avait réquisitionné sept stations intermédiaires afin que Fermina Daza pût demander la permission d'aller au bal. Mais une fois qu'elle l'eût obtenue, elle ne se contenta pas d'une simple réponse affirmative et exigea la preuve que c'était bien Florentino Ariza qui frappait les touches à l'autre bout de la ligne. Plus éberlué que flatté, il composa une phrase d'identification : *Dites-lui que je le jure sur la tête de la Déesse couronnée.* Fermina Daza reconnut le mot de passe et assista à son premier bal jusqu'à sept heures du matin puis se changea en toute hâte pour ne pas arriver en retard à la messe. Au fond de la malle il y avait alors plus de lettres et de télégrammes que ne lui en avait pris son père, et Fermina Daza avait appris les bonnes manières d'une femme mariée. Lorenzo Daza interpréta la transformation de sa conduite comme l'évidence que la distance et le temps l'avaient guérie de ses fantaisies juvéniles, mais il ne l'informa jamais de son projet de mariage. Leurs relations devinrent fluides, à l'intérieur des limites formelles qu'elle avait imposées depuis le renvoi de la tante Escolástica, et leur coexistence était assez aisée pour que personne ne doutât qu'elle était fondée sur la tendresse.

C'est à cette époque que Florentino Ariza décida de lui raconter dans ses lettres qu'il voulait à tout prix repêcher pour elle le trésor du galion englouti. C'était la pure vérité et l'idée lui en était venue en un souffle d'inspiration, un après-midi lumineux où la mer semblait parsemée d'aluminium à cause de la quantité de poissons remontés à la surface sous l'effet de la barbasque. Tous les oiseaux du ciel étaient excités par le massacre, et les pêcheurs devaient les épouvanter de leurs rames afin qu'ils ne leur disputassent pas les fruits du miracle interdit. L'utilisation de la barbasque, qui ne faisait qu'endormir les poissons, était punie par la loi depuis l'époque coloniale, mais elle était restée une pratique courante chez les pêcheurs des Caraïbes qui l'utilisaient au vu et au su de tous jusqu'au jour où elle fut remplacée par de la dynamite. Un des passe-temps de Florentino Ariza, tant que dura le voyage de Fermina Daza, était de regarder depuis la jetée comment les pêcheurs chargeaient leurs pirogues à fond plat avec les énormes filets remplis de poissons endormis. En même temps, une bande de gamins qui nageaient comme des requins suppliaient les curieux de leur jeter des pièces de monnaie qu'ils repêchaient ensuite au fond de l'eau. C'étaient les mêmes qui allaient à la nage au-devant des transatlantiques et à propos desquels on avait écrit tant de chroniques de voyages aux États-Unis et en Europe, à cause de leur perfection dans l'art de la plongée. Florentino Ariza les connaissait depuis toujours, avant même d'avoir connu l'amour, mais il n'avait jamais eu l'idée qu'ils pussent être capables de remonter la fortune du galion. Cela lui traversa l'esprit ce même après-midi, et depuis le dimanche suivant jusqu'au retour de Fermina Daza, une année plus tard, il eut une raison supplémentaire de délirer.

Euclide, un des petits nageurs, s'enthousiasma autant que lui à l'idée d'une exploration sous-marine, après une conversation qui ne dura pas plus de dix minutes. Florentino Ariza ne lui révéla pas le véritable but de l'entreprise mais s'informa à fond sur ses facultés de plongeur et de navigateur. Il lui demanda s'il pourrait descendre sans reprendre souffle jusqu'à vingt mètres de profondeur, et Euclide répondit oui. Il lui demanda s'il était en condition de mener à lui tout seul une pirogue de pêcheur en pleine mer au milieu d'une tempête sans autre instrument que son instinct, et Euclide répondit oui. Il lui demanda s'il serait capable de localiser un endroit exact à seize milles marins au nord-ouest de la plus grande île de l'archipel de Sotavento, et Euclide répondit oui. Il lui demanda s'il était capable de naviguer la nuit en s'orientant d'après les étoiles et Euclide répondit oui. Il lui demanda s'il était disposé à faire le travail pour un salaire identique à celui que lui payaient les pêcheurs pour les aider à pêcher, et Euclide répondit oui mais avec un supplément de cinq réaux le dimanche. Il lui demanda s'il savait se défendre des requins, et Euclide répondit oui car il possédait des artifices magiques pour les effrayer. Il lui demanda s'il était capable de garder un secret même si on le soumettait aux instruments de torture du palais de l'Inquisition, et Euclide répondit oui car il ne disait jamais non et il savait dire oui avec une telle conviction qu'il n'y avait pas moyen de douter de lui. À la fin, il calcula les dépenses : location de la pirogue, location de la pagaie, location d'un attirail de pêche afin que nul ne soupçonnât la vérité de ses incursions. Il devait aussi emporter de quoi manger, une gourde d'eau douce, une lampe à huile, un paquet de bougies en cire et une corne de chasseur pour appeler au secours en cas d'urgence.

Euclide avait douze ans, il était rapide et malin, parlait sans arrêt, et avait un corps d'anguille qui semblait fait pour se faufiler par un œil-de-bœuf. Le grand air lui avait tanné la peau au point qu'il était impossible d'imaginer quelle était sa vraie couleur, et ses grands yeux jaunes n'en paraissaient que plus radieux. Florentino décida tout de suite qu'il était le complice parfait pour une aventure d'une telle envergure et ils s'y lancèrent sans plus attendre le dimanche suivant.

Ils levèrent l'ancre dans le port des pêcheurs au petit jour, bien équipés et encore mieux disposés. Euclide, presque nu, avec le cache-sexe qu'il portait en permanence, Florentino Ariza avec sa redingote, son chapeau infernal, ses bottines de cuir verni, son nœud de poète autour du cou et un livre pour passer le temps pendant la traversée vers les îles. Le tout premier dimanche il s'était rendu compte qu'Euclide était aussi habile navigateur que bon plongeur et qu'il possédait une connaissance étonnante de la nature de la mer et de la ferraille entassée dans la baie. Il pouvait raconter avec des détails surprenants l'histoire de chaque coque de navire rongée par la rouille, il savait l'âge de chaque bouée, l'origine de n'importe quelle épave, et le nombre de maillons de la chaîne avec laquelle les Espagnols fermaient l'entrée de la baie. Craignant qu'il ne connût aussi le but de l'expédition, Florentino Ariza lui posa quelques questions malicieuses et constata qu'Euclide n'avait pas le moindre soupçon sur le galion coulé.

Dès qu'il avait entendu l'histoire du trésor, à l'hôtel de passe, Florentino Ariza s'était renseigné sur tout ce qu'il était possible de savoir quant aux habitudes des galions. Il apprit ainsi que le *San José* n'était pas seul sur les fonds de coraux. En effet, c'était le navire enseigne de la flotte de Terre ferme et il était arrivé ici après le mois de mai 1708, en provenance de la légendaire foire de Portobello, à Panamá, où il avait chargé une partie de sa fortune : trois cents coffres remplis d'argent du Pérou et de Veracruz, et cent dix coffres de perles rassemblées et comptées sur l'île de Contadora. Pendant le long mois où il était resté ancré ici, il n'y avait eu de jour ni de nuit qui ne se soit passé en fête populaire, et on avait chargé le reste du trésor destiné à sauver de la misère le royaume d'Espagne : cent dix coffres d'émeraudes de Muzo et de Somondoco, et trente millions de pièces d'or.

La flotte de Terre ferme se composait d'au moins douze bâtiments de diverses grandeurs et leva l'ancre en voguant de conserve avec une escadre française, qui, bien qu'armée jusqu'aux dents, ne put sauver l'expédition de la canonnade de l'escadre anglaise placée sous le commandement de Carlos Wager et embusquée dans l'archipel de Sotavento, à la sortie de la baie. Le *San José* n'était donc pas le seul navire à avoir été coulé, bien qu'il n'y eût aucune certitude documentaire sur le nombre exact de marins qui avaient succombé ni sur ceux qui avaient réussi à échapper au feu des Anglais. Il ne faisait cependant aucun doute que le navire enseigne avait été un des premiers à couler à pic avec tout l'équipage et son capitaine immobile dans sa forteresse, et qu'il transportait à lui seul le chargement principal.

Florentino Ariza avait regardé la route des galions

sur les cartes de l'époque, et croyait avoir décelé l'endroit du naufrage. Ils sortirent de la baie entre les deux forteresses de la Petite Bouche et après quatre heures de navigation entrèrent dans le lagon intérieur de l'archipel où, sur les fonds de coraux, on pouvait attraper à la main les langoustes endormies. L'air était si ténu et la mer si diaphane et sereine que Florentino Ariza sentit qu'il était comme son propre reflet dans l'eau. Au bout du lagon, à deux heures de la plus grande île, se trouvait le lieu du naufrage.

Congestionné, dans son habit funèbre, sous le soleil infernal, Florentino Ariza ordonna à Euclide d'essayer de descendre à vingt mètres et de lui rapporter ce qu'il trouverait au fond. L'eau était si claire qu'il le voyait bouger sous la surface comme un requin frétillant parmi les requins bleus qui le croisaient sans le toucher. Puis il le vit disparaître derrière un buisson de corail et au moment où il pensait qu'il ne devait plus lui rester d'air, il entendit sa voix derrière son dos. Euclide était debout, bras levés, de l'eau jusqu'à la ceinture. Ils continuèrent de chercher des endroits plus profonds, toujours vers le nord, naviguant au-dessus des tièdes raies cornues, des poulpes timides, des rosiers des ténèbres, jusqu'à ce qu'Euclide comprît qu'ils perdaient leur temps.

« Si tu ne me dis pas ce que tu veux que je trouve, je ne sais pas comment je pourrai le trouver », lui dit-il.

Mais Florentino Ariza ne le lui dit pas. Alors Euclide lui proposa de se déshabiller et de descendre avec lui ne fût-ce que pour voir cet autre ciel sous le monde qu'étaient les fonds de coraux. Mais Florentino Ariza avait l'habitude de dire que Dieu avait fait la mer pour qu'on la voie par la fenêtre, et il n'avait jamais appris à nager. L'après-midi, le ciel se couvrit, l'air devint froid et humide et la nuit tomba si vite qu'ils durent allumer la lanterne pour trouver le port. Avant d'entrer dans la baie ils virent passer tout près d'eux le transatlantique de France, tous feux allumés, énorme et blanc, qui laissa derrière lui un sillage de soupe tendre et de chou-fleur bouilli. Ils perdirent ainsi trois dimanches et auraient fini par les perdre tous si Florentino Ariza n'avait pris la décision de partager son secret avec Euclide. Ce dernier changea alors tout le plan de recherche et ils se mirent à naviguer par l'ancien chenal des galions qui était à plus de vingt lieues marines à l'est de l'endroit prévu par Florentino Ariza. À peine deux mois plus tard, un après-midi qu'il pleuvait sur la mer, Euclide resta très longtemps sous l'eau et la pirogue avait tant dérivé qu'il dut nager près d'une demi-heure pour la rejoindre car Florentino Ariza ne parvenait pas à s'approcher de lui en ramant. Lorsque enfin il réussit à l'aborder, il sortit de sa bouche et montra comme un trophée de la persévérance deux bijoux de femme.

Ce qu'il se mit à raconter était si fascinant que Florentino Ariza se promit d'apprendre à nager et à plonger le plus profond possible, ne fût-ce que pour le voir de ses propres yeux. Il raconta qu'à cet endroit, à dix mètres de profondeur à peine, il y avait une telle quantité de vieux voiliers couchés entre les coraux qu'on ne pouvait même pas les compter et qu'ils étaient éparpillés sur une distance si grande qu'on les perdait de vue. Il raconta que le plus surprenant était qu'aucune des innombrables carcasses de bateaux qui se trouvaient à flot dans la baie n'était en aussi bon état que les navires engloutis. Il raconta qu'il y avait plusieurs caravelles avec leur voilure intacte, que les navires échoués étaient visibles au fond et que le temps et l'espace semblaient avoir coulé avec eux car ils étaient éclairés par le même soleil que lorsqu'ils avaient sombré à pic le samedi 9 juin à onze heures du matin.

Il raconta, étouffé par l'ardeur de sa propre imagination, que le plus facile à distinguer était le galion *San José* dont le nom était visible en lettres d'or sur la poupe, mais qu'il était aussi le navire le plus endommagé par l'artillerie des Anglais. Il raconta avoir vu à l'intérieur un poulpe vieux de trois siècles dont les tentacules sortaient par la bouche des canons mais qu'il avait tant grossi dans la salle à manger que pour le libérer il eût fallu démolir le navire. Il raconta qu'il avait vu le corps du commandant revêtu de son uniforme de guerre flotter de côté à l'intérieur de l'aquarium du gaillard d'avant et que s'il n'était pas descendu dans les cales où se trouvait le trésor c'était parce qu'il ne lui restait plus d'air dans les poumons. Les preuves étaient là : une boucle d'oreille avec une émeraude et une médaille de la Sainte Vierge avec sa chaîne rongée par le sel.

Alors, pour la première fois, Florentino Ariza mentionna le trésor à Fermina Daza dans une lettre qu'il lui envoya à Fonseca peu avant son retour. L'histoire du galion englouti lui était familière parce qu'elle avait souvent entendu Lorenzo Daza raconter qu'il avait perdu du temps et de l'argent à tenter de convaincre une équipe de plongeurs allemands de s'associer avec lui pour repêcher le trésor englouti. Il eût persévéré dans l'entreprise si plusieurs membres de l'Académie d'histoire ne l'avaient convaincu que la légende du galion naufragé avait été inventée par un quelconque bandit de vice-roi qui s'était ainsi renfloué avec les biens de la Couronne. En tout cas, Fermina Daza savait que le galion gisait à deux cents mètres de profondeur où nul être humain ne pouvait l'atteindre, et non à vingt mètres comme le disait Florentino Ariza. Mais elle était si habituée à ses excès poétiques qu'elle célébra l'aventure du galion comme un des plus réussis. Cependant, lorsqu'elle continua de recevoir des lettres avec des détails plus fantastiques encore, elle ne put s'empêcher d'avouer à Hildebranda Sánchez sa crainte que son fiancé, halluciné, n'eût perdu la raison.

Pendant ce temps, Euclide était remonté à la surface avec tant de preuves de sa fable qu'il n'était plus question de brasser de l'air avec des boucles d'oreilles ou des bagues perdues entre les coraux, mais de mettre sur pied une grande entreprise pour repêcher la cinquantaine de navires avec la fortune babylonienne qu'ils renfermaient. Alors arriva ce qui tôt ou tard devait arriver : Florentino Ariza demanda à sa mère de l'aider à mener à bien son aventure. Il suffit à celle-ci de mordre le métal des bijoux et de regarder à contre-jour les morceaux de verre pour se rendre compte que quelqu'un prospérait aux dépens de la candeur de son fils. Euclide jura à genoux devant Florentino Ariza qu'il n'y avait rien de louche dans l'affaire mais il ne se montra au port de pêche ni le dimanche suivant, ni plus jamais nulle part.

De cette débâcle ne resta à Florentino Ariza que le refuge d'amour du phare. Il l'avait rejoint dans la pirogue d'Euclide un soir que la tempête les avait surpris en pleine mer, et il avait pris l'habitude de s'y rendre l'après-midi pour bavarder avec le gardien sur les irracontables merveilles de la terre et de l'eau que celui-ci connaissait. Ce fut le début d'une amitié qui survécut à bien des transformations du monde. Florentino Ariza apprit à alimenter la lumière, d'abord avec du bois puis avec des jarres d'huile, avant que l'électricité n'arrivât jusqu'à nous. Il apprit à la diriger et à l'augmenter à l'aide de miroirs, et lorsque le gardien ne le pouvait pas c'était lui qui surveillait la mer du haut de la tour. Il apprit à connaître les bateaux à leur voix, à l'étendue de leur lumière sur l'horizon, et à percevoir que quelque chose d'eux lui revenait dans les éclairs du phare.

La journée, le plaisir était autre, surtout les dimanches. Dans le quartier des Vice-Rois, où vivaient les riches de la vieille ville, les plages des femmes étaient séparées de celles des hommes par un mur en mortier : l'une à droite, l'autre à gauche du phare. Et le gardien avait installé une longue-vue grâce à laquelle on pouvait contempler, pour un centime, la plage des femmes. Les demoiselles de la bonne société, qui ne se savaient pas observées, se montraient du mieux qu'elles pouvaient dans leurs costumes de bain aux grands volants, leurs sandalettes et leurs chapeaux qui occultaient presque autant les corps que les vêtements de ville et étaient même moins séduisants. Assises sur la plage en plein soleil dans des rocking-chairs en osier, avec les mêmes robes, les mêmes chapeaux à plumes, les mêmes ombrelles d'organdi avec lesquelles elles se rendaient à la messe, leurs mères les surveillaient de crainte que les hommes des plages voisines ne les séduisissent sous l'eau. En vérité, avec la longue-vue on ne pouvait rien voir de plus ni de plus excitant que ce que l'on pouvait voir dans la rue, mais nombreux étaient les clients qui venaient chaque dimanche se disputer le télescope pour le simple plaisir de goûter aux fruits insipides de l'enclos voisin.

L'un d'eux était Florentino Ariza, plus par ennui que par plaisir, mais ce ne fut pas cette distraction additionnelle qui scella son amitié avec le gardien du phare. La véritable raison fut qu'après la rebuffade de Fermina Daza, lorsqu'il attrapa la fièvre des amours désunies pour tenter de la remplacer, nulle part ailleurs qu'en haut du phare il ne vécut d'heures plus heureuses ni ne trouva de meilleur réconfort à son infortune. C'était l'endroit qu'il aimait le plus. Au point que des années durant il tenta de convaincre sa mère et plus tard l'oncle Léon XII, de l'aider à l'acheter. Les phares des Caraïbes étaient alors propriété privée et leurs propriétaires percevaient un droit d'entrée dans le port, selon la taille des bateaux. Florentino Ariza pensait que c'était la seule manière honorable de faire de bonnes affaires avec la poésie, mais ni sa mère ni son oncle ne pensaient de même et lorsqu'il en eut les moyens, les phares étaient devenus propriété de l'État.

Pourtant, aucune de ces chimères ne fut vaine. La fable du galion puis la nouveauté du phare le consolèrent de l'absence de Fermina Daza et alors qu'il s'y attendait le moins, il apprit la nouvelle de son retour. En effet, après un séjour prolongé à Riohacha, Lorenzo Daza avait décidé de rentrer. En cette saison la mer n'était guère bienveillante, à cause des alizés de décembre, et la goélette historique, la seule à risquer la traversée, pouvait au petit jour se retrouver dans le port de départ après avoir été repoussée par des vents contraires. C'est ce qui arriva. Fermina Daza avait passé une nuit d'agonie à vomir de la bile, ligotée sur la couchette d'une cabine qui ressemblait aux cabinets d'une gargote tant à cause de son étroitesse étouffante que de la puanteur et de la chaleur. Le tangage était si violent qu'elle eut plusieurs fois l'impression que les courroies du lit allaient être arrachées. Depuis le pont lui parvenaient des fragments de cris douloureux qui lui semblaient des cris de naufragés, et les ronflements de tigre de son père dans la couchette d'à côté ne contribuaient qu'à accroître sa terreur. Pour la première fois en presque trois ans elle passa une nuit blanche sans penser une seule fois à Florentino Ariza, tandis que lui, en revanche, souffrait d'insomnie dans le hamac de l'arrière-boutique, comptant une à une les minutes éternelles qui manquaient pour qu'elle fût de retour. Au petit matin le vent cessa soudain et la mer redevint calme, et Fermina Daza s'aperçut qu'elle avait dormi malgré les ravages du mal de mer car elle fut réveillée par le vacarme de la chaîne de l'ancre. Elle détacha les courroies et passa la tête par le hublot dans l'espoir de reconnaître Florentino Ariza dans le tumulte du port, mais elle ne vit que les entrepôts de la douane entre les palmiers dorés par le premier soleil de la journée, et la jetée de planches pourries de Riohacha d'où la goélette avait levé l'ancre la nuit précédente.

Le reste de la journée fut comme une hallucination. Elle se trouvait dans la même maison où elle avait habité la veille, recevant les mêmes visiteurs qui étaient venus lui dire au revoir, parlant des mêmes choses, abasourdie par le sentiment de revivre un morceau de vie déjà vécu. La répétition était à ce point fidèle que Fermina Daza tremblait à la seule idée que le voyage en goélette en fût une autre car son seul souvenir l'emplissait de terreur. Cependant l'unique autre possibilité de rentrer chez elle signifiait deux semaines à dos de mule par les corniches de la montagne et dans des conditions plus dangereuses encore que la première fois car une nouvelle guerre civile, qui avait éclaté dans l'État andin du Cauca, se ramifiait dans les provinces des Caraïbes. De sorte qu'à huit heures du soir elle fut de nouveau accompagnée jusqu'au port par le même cortège de parents tapageurs, les mêmes larmes d'adieu et le même bric-à-brac de cadeaux de dernière heure qui ne tenaient pas à l'intérieur de la cabine. Au moment de lever l'ancre, les hommes de la famille saluèrent la goélette par une salve de coups de feu tirés en l'air et Lorenzo Daza en fit autant depuis le pont en tirant cinq coups de revolver. L'anxiété de Fermina Daza se dissipa très vite car toute la nuit le vent fut favorable et la mer avait un parfum de fleurs qui l'aida à s'endormir sans les courroies de sécurité. Elle rêva qu'elle retrouvait Florentino Ariza, que celui-ci avait ôté le visage qu'elle lui avait toujours vu car il n'était en réalité qu'un masque, et que son vrai visage était identique.

Elle se leva très tôt, intriguée par l'énigme du rêve et trouva son père en train de boire un café sans sucre et un cognac dans le carré du capitaine, l'œil tordu par l'alcool mais sans le moindre indice d'incertitude quant à son retour.

Ils entrèrent dans le port. La goélette glissa en silence à travers le labyrinthe des voiliers ancrés dans la crique du marché public dont on percevait le remugle à plusieurs lieues en mer, et l'aube était saturée d'une bruine lumineuse qui en peu de temps se transforma en une magistrale averse. Accoudé au balcon du télégraphe, Florentino Ariza reconnut la goélette qui traversait la baie des Âmes, la voilure découragée par la pluie, et jetait l'ancre devant le débarcadère du marché. La veille, il avait attendu jusqu'à onze heures du matin et avait appris par un télégramme fortuit le retard de la goélette dû aux vents contraires, et le matin suivant, dès quatre heures, il était revenu l'attendre. Il l'attendit sans détacher les yeux des chaloupes qui conduisaient jusqu'au quai les rares passagers qui avaient décidé de débarquer malgré la tempête. La plupart d'entre eux devaient abandonner la barque à mi-chemin et atteindre le débarcadère en pataugeant dans la boue. À huit heures, après avoir attendu en vain une éclaircie, un porteur noir, de l'eau jusqu'à la ceinture, souleva Fermina Daza sur le pont de la goélette et la porta dans ses bras jusqu'à la rive, mais elle était trempée des pieds à la tête et Florentino Ariza ne la reconnut pas.

Elle ne prit conscience de la maturité qu'elle avait acquise pendant ce voyage qu'au moment d'entrer dans la maison fermée, et elle entreprit sans attendre la tâche héroïque de la rendre vivable, avec l'aide de Gala Placidia, la servante noire qui était revenue de son vieux refuge d'esclaves dès qu'elle avait appris leur retour. Fermina Daza n'était plus la fille unique, à la fois soumise et tyrannisée par son père, mais la maîtresse et la dame d'un empire de poussière et de toiles d'araignée que seule la force d'un amour invincible pouvait remettre debout. Elle ne se laissa pas abattre parce qu'elle se sentait inspirée par un souffle de lévitation qui lui eût permis de soulever des montagnes. Le soir même du retour, alors qu'ils buvaient du chocolat et mangeaient des beignets assis à la grande table de la cuisine, son père, avec la solennité de qui accomplit un acte sacré, lui délégua le pouvoir de gouverner la maison.

« Je te remets les clefs de ta vie », lui dit-il.

Elle, avec ses dix-sept ans révolus, le prit au mot tambour battant, consciente que chaque pouce de liberté gagné l'était pour l'amour. Le lendemain, après une nuit de cauchemars, elle souffrit pour la première fois du mal du retour en ouvrant la fenêtre du balcon et en voyant de nouveau la petite bruine triste sur le parc, la statue du héros décapité, le banc de marbre où Florentino Ariza s'asseyait avec son livre de poèmes. Elle ne pensait plus à lui comme au fiancé impossible mais comme à l'époux certain à qui elle se devait tout entière. Elle sentit combien lui pesait le temps perdu depuis son départ, combien il lui en avait coûté d'être vivante, combien elle allait avoir besoin d'amour pour aimer son homme ainsi que Dieu l'ordonnait. Elle fut surprise de ne pas le voir dans le petit parc où il venait si souvent malgré la pluie et de n'avoir reçu aucun message de lui par aucune voie, pas même un présage, et soudain elle frissonna à l'idée qu'il était peut-être mort. Mais elle écarta aussitôt cette pensée car dans la frénésie des télégrammes des derniers jours et devant l'imminence du retour ils avaient oublié de convenir d'un moyen pour renouer le contact lorsqu'elle serait arrivée.

En fait, Florentino Ariza était sûr qu'elle n'était pas rentrée et ce fut le télégraphiste de Riohacha qui lui confirma qu'elle avait embarqué le vendredi précédent sur la goélette qui était arrivée avec un jour de retard à cause des vents contraires. Il passa toute la fin de la semaine à guetter un signe de vie dans la maison et le lundi soir il vit, à travers les fenêtres, une lumière ambulante qui peu après s'éteignit dans la chambre au balcon. Il ne dormit pas, en proie aux mêmes angoisses nauséeuses qui avaient perturbé ses premières nuits d'amour. Tránsito Ariza se leva au chant du coq, inquiète que son fils, sorti dans le jardin, ne fût pas rentré après minuit, et ne le trouva pas dans la maison. Il était parti errer sur les quais, récitant des poèmes d'amour dans le vent, pleurant de joie, attendant que le jour eût fini de se lever. À huit heures, il était assis sous les arcades du café de la Paroisse, hébété par sa nuit blanche, essayant d'imaginer une façon de faire parvenir à Fermina Daza ses souhaits de bienvenue, lorsqu'il se sentit secoué par un haut-le-corps qui lui déchira les entrailles.

Elle était là. Elle traversait la place de la Cathédrale, accompagnée de Gala Placidia qui portait les paniers du marché, et c'était la première fois qu'elle n'était pas vêtue de son uniforme de collégienne. Elle était plus grande que lorsqu'elle était partie, plus modelée et plus intense, avec une beauté épurée par une assurance de grande personne. Sa tresse avait repoussé mais elle était enroulée sur son épaule gauche et ne lui tombait plus dans le dos, et ce simple changement la dépouillait de toute expression infantile. Florentino Ariza, éberlué, resta cloué sur place jusqu'à ce que la créature magique eût traversé toute la place sans détourner les yeux de son chemin.

Mais le même pouvoir irrésistible qui le paralysait l'obligea à se précipiter sur ses traces lorsqu'elle tourna le coin de la cathédrale et se perdit dans le tumulte assourdissant des ruelles commerçantes.

Il la suivit sans se faire voir, découvrant les gestes quotidiens, la grâce, la maturité prématurée de l'être qu'il aimait le plus au monde et qu'il voyait pour la première fois dans son état naturel. La facilité avec laquelle elle se frayait un chemin dans la foule l'étonna. Tandis que Gala Placidia se cognait partout, que ses paniers restaient coincés et qu'elle devait courir pour la rattraper, Fermina Daza naviguait dans le désordre de la rue, auréolée d'un espace propre et d'un temps différent, sans se heurter à quiconque, comme une chauve-souris dans les ténèbres. Elle s'était très souvent rendue dans le quartier commerçant avec la tante Escolástica, mais pour de menus achats car son père se chargeait lui-même de l'approvisionnement de la maison, aussi bien en meubles et en nourriture qu'en vêtements pour les femmes. Ainsi cette première sortie fut-elle pour elle l'aventure fascinante qu'elle avait idéalisée dans ses rêves d'enfant.

Elle ne prêta aucune attention à l'insistance des charlatans qui lui offraient le sirop de l'amour éternel, ni aux suppliques des mendiants couchés sous les porches avec leurs plaies suintantes, ni au faux Indien qui tentait de lui vendre un caïman apprivoisé. Elle se laissa aller à une longue et minutieuse promenade, sans but précis, s'accordant des pauses qui n'avaient d'autre motif que de savourer sans hâte l'esprit des choses. Elle entrait sous chaque porche où il y avait quelque chose à vendre et partout elle trouvait quelque chose qui augmentait son envie de vivre. Elle s'enivra de la senteur de vétiver des étoffes dans les malles, elle s'enveloppa dans des soies imprimées, rit de son propre rire en se voyant déguisée en gitane avec une *peineta* et un éventail de fleurs peintes, devant le miroir en pied de l'Alambre de oro. À l'épicerie d'outre-mer, elle ouvrit un tonneau de harengs en saumure qui lui rappela ses nuits de toute petite fille à San Juan de la Ciénaga, lorsque le vent du nord-est soufflait une odeur de poisson. On lui fit goûter un boudin d'Alicante qui avait la saveur de la réglisse et elle en acheta deux pour le petit déjeuner du samedi ainsi que des queues de morue et une bouteille d'eau-de-vie de groseilles. Chez le marchand d'épices, pour le pur plaisir de l'odorat, elle froissa des feuilles de sauge et d'origan dans les paumes de ses mains et acheta une poignée de clous de girofle, une autre d'anis étoilé, une de gingembre et une de genièvre, et sortit en riant aux larmes à force d'avoir éternué sous l'effet du piment de Cayenne. Chez l'apothicaire français, tandis qu'elle achetait des savons de Reuter et de l'eau de benjoin, on lui appliqua derrière l'oreille une goutte du parfum à la mode à Paris et on lui donna une tablette désodorante pour chasser l'odeur du tabac.

Elle s'amusait à acheter, il est vrai, mais ce dont elle avait un besoin réel, elle l'achetait sans hésiter, avec une autorité qui ne permettait pas de penser qu'elle le faisait pour la première fois car elle était consciente que ce qu'elle achetait pour elle, elle l'achetait pour lui, douze yards de lin pour les nappes de leur table, de la percale pour les draps de leurs noces qui auraient à l'aube le parfum de leurs humeurs, le plus exquis de chaque chose qu'ils savoureraient ensemble dans la maison de l'amour. Elle marchandait et s'y entendait, discutait avec grâce et dignité jusqu'à obtenir le meilleur prix, et payait en pièces d'or que les marchands vérifiaient pour le seul plaisir de les entendre tinter sur le marbre du comptoir.

Florentino Ariza, qui l'épiait émerveillé et la suivait le souffle court, trébucha à plusieurs reprises sur les paniers de la servante qui répondit à ses excuses avec un sourire, et elle passa si près de lui qu'il parvint à percevoir la brise de son parfum. Elle ne le voyait pas, non parce qu'elle ne pouvait pas le voir mais à cause de la fierté de sa démarche. Elle lui semblait si belle, si séduisante, si différente des gens du commun qu'il ne comprenait pas pourquoi personne n'était comme lui bouleversé par le chant de castagnette de ses talons sur les pavés de la rue, ni pourquoi les cœurs ne battaient pas la chamade aux soupirs de ses volants, ni pourquoi personne ne devenait fou d'amour sous la caresse de ses cheveux, l'envol de ses mains, l'or de son rire. Il ne perdait aucun de ses gestes, aucune expression de sa personnalité, mais il n'osait l'approcher par crainte de briser l'enchantement. Cependant, lorsqu'elle se mêla à l'effervescence de la porte des Écrivains, il comprit qu'il risquait de perdre l'occasion désirée pendant tant d'années.

Fermina Daza partageait avec ses compagnes de collège l'idée étrange que la porte des Écrivains était un lieu de perdition, interdit, bien sûr, aux jeunes filles décentes. C'était une galerie d'arcades face à une placette où stationnaient les voitures de louage et les charrettes de marchandises tirées par des ânes, et où le commerce populaire devenait plus dense et plus mouvementé. Son nom datait de la Colonie parce que c'était là que s'asseyaient les calligraphes taciturnes qui portaient un gilet de drap et des manchettes de lustrine, et écrivaient sur commande toutes sortes de documents à des prix de pauvres : placets, réquisitoires, plaidoyers, lettres de félicitations ou faire-part de deuil, billets d'amour pour tous les âges. Ce n'était pas d'eux que venait la mauvaise réputation de ce marché turbulent mais de margoulins parvenus qui offraient sous le comptoir tous les artifices équivoques arrivés d'Europe en contrebande, depuis les cartes postales obscènes et les onguents prometteurs jusqu'aux célèbres préservatifs catalans, certains à crêtes d'iguane qui s'agitaient le moment venu, d'autres avec, à leur extrémité, des fleurs qui ouvraient leurs pétales selon la volonté de l'usager. Fermina Daza, peu habituée à la rue, passa sous la porte sans faire attention, cherchant de l'ombre qui la soulageât du soleil redoutable de onze heures.

Elle s'enfonça dans le brouhaha chaleureux des cireurs de chaussures, des vendeurs d'oiseaux, des bouquinistes, des guérisseurs, et des marchandes de friandises qui criaient par-dessus le tumulte les nougats à l'ananas pour Susana, à la noix de coco pour les marmots, au sucre roux pour les fous. Mais elle était indifférente au vacarme, car elle avait été tout de suite captivée par un papetier qui faisait des démonstrations d'encres magiques, encres rouges ayant l'aspect du sang, encres aux miroitements tristes pour les avis funèbres, encres phosphorescentes pour lire dans le noir, encres invisibles que révélait l'éclat de la lumière. Elle les voulait toutes pour jouer avec Florentino Ariza, pour l'effrayer de son astuce, mais au bout de plusieurs essais elle se décida pour un petit flacon d'encre d'or. Puis elle se dirigea vers les confiseuses assises derrière leurs grands bocaux et acheta six gâteaux de chaque sorte en les désignant du doigt à travers le cristal parce qu'elle ne parvenait pas à se faire entendre au milieu des cris : six cheveux d'ange, six caramels au lait, six pavés de sésame, six palets au manioc, six diablotins, six pets-de-nonne, six bouchées-du-roi, six de ceci, six de cela, six de tout, et elle les mettait dans les paniers de la servante avec une grâce irrésistible, étrangère au tourment des nuages de mouches sur les sirops, étrangère au tohu-bohu incessant, étrangère aux bouffées de sueur rance qui montaient dans la chaleur mortelle. Une négresse joyeuse avec un foulard coloré sur la tête, ronde et belle, la réveilla de l'enchantement en lui offrant un triangle d'ananas piqué sur la pointe d'un couteau de boucher. Elle le prit, le mit tout entier dans sa bouche, le savoura et le savourait encore le regard perdu dans la foule lorsqu'une commotion la fit trembler sur place. Dans son dos, si près de son oreille que dans ce charivari elle seule put la percevoir, elle avait entendu la voix :

« Ce n'est pas un endroit convenable pour une déesse couronnée. »

Elle se retourna et vit, à deux centimètres de ses yeux les autres yeux de glace, le visage livide, les lèvres pétrifiées par la peur, tels qu'elle les avait vus dans la bousculade de la messe de minuit la première fois qu'il s'était trouvé près d'elle, et à la différence d'alors elle n'éprouva pas l'envoûtement de l'amour mais l'abîme du désenchantement. En l'espace d'une seconde elle eut la révélation de la magnitude de sa propre erreur et se demanda atterrée comment elle avait pu réchauffer pendant si longtemps et avec tant de sacrifices une telle chimère dans son cœur. C'est à peine si elle parvint à penser : « Mon Dieu, le pauvre homme ! » Florentino Ariza sourit, tenta de dire quelque chose, tenta de la suivre, mais elle l'effaça à jamais de sa vie par un geste de la main.

« Non, monsieur, c'est fini. »

Ce même après-midi, tandis que son père faisait la sieste, elle envoya Gala Placidia lui porter une lettre de deux lignes : *Aujourd'hui, en vous voyant. J'ai compris que notre histoire n'était qu'une illusion.* La servante lui rapporta ses télégrammes, ses poèmes, ses camélias séchés, et lui demanda de rendre les lettres et les cadeaux qu'elle lui avait envoyés : le missel de la tante Escolástica, les nervures des feuilles de son herbier, le centimètre carré de l'habit de saint Pierre Claver, les effigies de saints, la tresse de ses quinze ans avec le ruban de soie de son uniforme d'écolière. Les jours suivants, au bord de la folie, il lui écrivit de nombreuses lettres de désespoir et harcela la servante pour qu'elle les lui remît mais celle-ci respecta les instructions formelles de n'accepter que les cadeaux rendus. Elle insista avec tant d'empressement que Florentino Ariza renvoya tout sauf la tresse qu'il ne voulait rendre qu'à Fermina Daza en personne afin de lui parler ne serait-ce qu'un instant. Il n'y réussit pas. Craignant que son fils ne prît une décision fatale, Tránsito Ariza laissa son orgueil de côté pour demander de grâce à Fermina Daza de lui concéder cinq minutes d'entretien, et Fermina Daza la reçut un instant sur le pas de sa porte, sans l'inviter à entrer, sans un atome de faiblesse. Deux jours plus tard, au terme d'une dispute avec sa mère, Florentino Ariza décrocha du mur de sa chambre le nid de cristal poussiéreux où la tresse était exposée comme une relique sacrée, et Tránsito Ariza elle-même la rendit dans son étui de velours brodé de fils d'or. Florentino Ariza n'eut plus jamais l'occasion de voir Fermina Daza seule, ni de lui parler tête à tête lors des nombreuses rencontres de leurs très longues vies, jusqu'à cinquante et un ans, neuf mois et quatre jours plus tard, lorsque au premier soir de son veuvage il lui renouvela son serment de fidélité éternelle et son amour à jamais.

À vingt-huit ans, le docteur Juvenal Urbino était le plus apprécié des célibataires. Il revenait d'un long séjour à Paris où il avait fait des études supérieures de médecine et de chirurgie, et dès l'instant où il posa le pied sur la terre ferme, ses méthodes surprenantes montrèrent qu'il n'avait pas perdu une seule minute de son temps. Il était revenu plus coquet que lorsqu'il était parti, plus maître de son caractère, et si aucun des camarades de sa génération ne semblait aussi sérieux et aussi savant que lui, aucun non plus ne dansait mieux les danses à la mode ni n'improvisait mieux au piano. Séduites par ses charmes personnels et par la certitude de sa fortune familiale, les jeunes filles de son rang tiraient en secret au sort pour jouer à rester avec lui, lui jouait à rester avec elles, et il parvint à garder cet état de grâce, intact et séducteur, jusqu'au jour où il succomba sans résistance aux enchantements plébéiens de Fermina Daza.

Il se plaisait à dire que cet amour avait été le fruit d'une erreur clinique. Lui-même ne pouvait croire que ce fût arrivé à un moment de sa vie où toute son énergie et sa passion étaient concentrées sur le sort de sa ville dont il avait dit trop souvent sans y réfléchir à deux fois qu'il n'y en avait au monde d'autre qui l'égalât. À Paris, un jour d'automne tardif, alors qu'il se promenait au bras d'une fiancée occasionnelle, il lui avait semblé impossible de concevoir un bonheur plus pur que celui de ces après-midi dorés, avec l'odeur agreste des marrons dans les braseros, les accordéons languides, les amoureux insatiables qui n'en finissaient pas de s'embrasser aux terrasses des cafés, et cependant il s'était dit, la main sur le cœur, qu'il ne changerait pas pour tout cela un seul instant de ses Caraïbes natales en avril. Il était encore trop jeune pour savoir que la mémoire du cœur efface les mauvais souvenirs et embellit les bons, et que c'est grâce à cet artifice que l'on parvient à accepter le passé. Mais lorsqu'il vit de nouveau, depuis le bastingage, le promontoire blanc du quartier colonial, les charognards immobiles sur les toits, le linge des pauvres mis à sécher aux balcons, il comprit à quel point il avait été une victime facile des pièges charitables de la nostalgie.

Le bateau s'ouvrit un passage dans la baie à travers un édredon flottant d'animaux noyés, et la plupart des passagers se réfugièrent dans les cabines, fuyant la puanteur. Le jeune médecin descendit la passerelle vêtu d'un costume d'alpaga parfait, avec gilet et guêtres, portant une juvénile barbe à la Pasteur et des cheveux séparés par une raie au milieu nette et pâle, assez maître de lui pour dissimuler sa gorge nouée non de tristesse mais de terreur. Sur le quai presque désert gardé par des soldats sans chaussures et sans uniforme, l'attendaient ses sœurs et sa mère ainsi que ses plus chers amis. Il les trouva abattus et sans avenir en dépit de leurs airs mondains. Ils parlaient de la crise et de la guerre civile comme de choses lointaines et étrangères, mais tous avaient dans la voix un tremblement et dans les pupilles une incertitude qui trahissaient leurs mots. Celle qui l'émut le plus fut sa mère, une femme encore jeune qui s'était imposée dans la vie par son élégance et son dynamisme social, et qui maintenant se fanait à petit feu dans l'odeur camphrée de ses voiles de veuve. Elle dut se reconnaître dans le trouble de son fils car elle le devança en lui demandant, pour sa propre défense, pourquoi il avait cette peau translucide qui ressemblait à de la paraffine.

« C'est la vie, mère, lui dit-il. À Paris, on devient vert. »

Peu après, suffocant de chaleur à côté d'elle dans la voiture fermée, il ne put supporter davantage l'inclémence de la réalité qui entrait à gros bouillons par la fenêtre. La mer semblait de cendre, les anciens palais des marquis étaient sur le point de succomber devant la prolifération des mendiants, et il était impossible de déceler la fragrance capiteuse des jasmins derrière les émanations mortelles des égouts à ciel ouvert. Tout lui semblait plus petit que lorsqu'il était parti, et il y avait tant de rats affamés dans les immondices des rues que les chevaux de la voiture trébuchaient, effrayés. Sur la longue route entre le port et sa maison, au cœur du quartier des Vice-Rois, il ne trouva rien qui lui parût digne de ses nostalgies. Vaincu, il tourna la tête afin que sa mère ne le vît pas, et se mit à pleurer en silence.

L'ancien palais du marquis de Casalduero, résidence historique des Urbino de la Calle, n'était pas celui qui se dressait avec le plus de fierté au milieu du naufrage. Le docteur Urbino le découvrit, le cœur en miettes, dès qu'il eut traversé le vestibule ténébreux, lorsqu'il vit le puits poussiéreux du jardin intérieur et les taillis en friche où se promenaient des iguanes, et s'aperçut que dans le vaste escalier aux rampes de cuivre qui menait aux pièces principales il manquait de nombreuses dalles de marbre et que beaucoup étaient cassées. Son père, un médecin plus dévoué qu'éminent, était mort lors de l'épidémie de choléra qui avait ravagé la population six années auparavant et avec lui était mort l'esprit de la maison. Doña Blanca, sa mère, accablée par un deuil prévu pour être éternel, avait remplacé par des neuvaines vespérales les célèbres veillées lyriques et les concerts de musique de chambre de son défunt mari. Les deux sœurs, en dépit de leurs grâces naturelles et de leur nature enjouée, étaient de la chair à couvent.

La nuit de son retour, effrayé par l'obscurité et le silence, le docteur Juvenal Urbino ne put fermer l'œil un seul instant et récita trois rosaires à l'Esprit saint ainsi que toutes les prières dont il se souvenait et qui servaient à conjurer calamités, naufrages et tout péril aux aguets dans la nuit, tandis qu'un butor qui s'était faufilé par la porte mal fermée chantait toutes les heures, à l'heure juste, à l'intérieur de la chambre. Les cris d'hallucinations des folles dans l'asile voisin du Divin Pasteur, la goutte inclémente du filtre en pierre dans la jarre dont la résonance emplissait la maison tout entière, les pas d'échassiers du butor égaré dans la pièce, sa peur congénitale du noir et la présence invisible du père mort dans la vaste demeure endormie ne cessèrent de le tourmenter. Lorsque le butor chanta cinq heures, en même temps que les coqs du voisinage, le docteur Juvenal Urbino recommanda son corps et son âme à la divine providence car il ne sentait pas le courage de vivre un jour de plus dans sa patrie en ruine. Cependant, l'affection des siens, les dimanches à la campagne, les louanges empressées des jeunes filles de son entourage finirent par mitiger l'amertume de l'impression première. Il s'habitua peu à peu aux chaleurs d'octobre, aux odeurs excessives, aux jugements prématurés de ses amis, au demain on verra, docteur, ne vous inquiétez pas, et finit par se rendre aux sortilèges de l'habitude. Il ne tarda pas à concevoir une justification facile à sa capitulation. C'était son monde, se disait-il, le monde triste et oppressant que Dieu lui avait assigné, et c'était à lui qu'il se devait.

Sa première initiative fut de prendre possession du cabinet de son père. Il conserva à leur place les meubles anglais, austères et graves, dont le bois soupirait avec les gelées du matin, mais il envoya au grenier les traités de science vice-royale et de médecine romantique pour poser sur les rayonnages vitrés ceux de la nouvelle école de France. Il décrocha les chromos décolorés, sauf celui du médecin disputant à la mort une malade nue, et le serment d'Hippocrate imprimé en lettres gothiques, et il suspendit à leur place, à côté de l'unique diplôme de son père, ceux, multiples et variés, qu'il avait obtenus avec les mentions les plus élevées dans diverses écoles d'Europe.

À l'hôpital de la Miséricorde, il tenta d'imposer de nouvelles méthodes, mais cela ne fut pas aussi facile que son enthousiasme juvénile le lui avait fait croire, car la maison de santé décrépite s'entêtait dans des superstitions ataviques telles que mettre les pieds des lits dans des récipients remplis d'eau afin d'empêcher les maladies de grimper, ou exiger la tenue de soirée et les gants de peau dans la salle de chirurgie car on tenait pour acquis que l'élégance était une condition essentielle de l'asepsie. On n'y pouvait supporter que le jeune et nouvel arrivant goûtât l'urine des malades pour y découvrir la présence de sucre, qu'il citât Charcot et Trousseau comme s'ils étaient ses camarades de chambrée, qu'il adressât pendant les cours de sérieux avertissements sur les risques mortels des vaccins et eût en revanche une foi suspecte dans une nouvelle invention appelée suppositoire. Il se heurtait à tout : son esprit rénovateur, son civisme maniaque, son sens de l'humour à retardement sur cette terre d'immortels boute-en-train, tout ce qui en réalité constituait ses qualités les plus appréciables éveillait la jalousie de ses confrères plus âgés et les railleries sournoises des plus jeunes.

Le dangereux état sanitaire de la ville était chez lui une obsession. Il en appela aux instances les plus hautes afin que l'on fît combler le cloaque espagnol qui n'était qu'une immense pépinière de rats, et construire à sa place des égouts fermés dont les déchets ne se déverseraient pas dans la baie du marché, comme il en allait depuis toujours, mais dans un dépotoir éloigné. Les maisons coloniales bien équipées avaient des latrines avec des fosses septiques mais les deux tiers de la population défécaient dans des baraquements au bord des marécages. Les excréments séchaient au soleil, se transformaient en une poussière que tout le monde respirait avec une délectation réjouie dans les fraîches et bienheureuses brises de décembre. Le docteur Juvenal Urbino tenta d'imposer au Cabildo un cours de formation obligatoire afin que les pauvres apprissent à construire leurs propres latrines. Il lutta en vain pour qu'on ne jetât pas les ordures dans les marais convertis depuis des siècles en étangs de pourritures, et pour qu'on les ramassât au moins deux fois par semaine et les brûlât en rase campagne.

Il était conscient de la menace mortelle des eaux de consommation. La seule idée de construire un aqueduc lui semblait fantasque car ceux qui auraient pu la réaliser disposaient de puits souterrains où, année après année, les eaux de pluie se déposaient sous une épaisse couche de mousse. Parmi le mobilier le plus apprécié de l'époque il y avait les baquets en bois sculpté dont les filtres de pierre gouttaient jour et nuit à l'intérieur des jarres. Pour empêcher que quelqu'un ne bût à même le pot en aluminium avec lequel on puisait l'eau, celui-ci avait des bords dentelés comme la couronne d'un roi d'opérette.

L'eau était lisse et fraîche dans la pénombre de l'argile cuite et laissait un arrière-goût de bocage. Mais le docteur Juvenal Urbino ne tombait pas dans ces pièges de la purification car il savait qu'en dépit de tant de précautions le fond des jarres était un sanctuaire de larves. Il avait passé les lentes heures de son enfance à les contempler avec un étonnement presque mystique, persuadé comme tant de gens à l'époque que ces vers d'eau étaient des esprits, des créatures surnaturelles qui séduisaient les jouvencelles au fond des sédiments des eaux stagnantes et qu'ils étaient capables de terribles vengeances d'amour. Encore enfant, il avait vu les dégâts dans la maison de Lazara Conde, une institutrice qui avait osé éconduire les esprits, et il avait vu les morceaux de verre dans la rue et la quantité de pierres qu'on avait jetées trois jours et trois nuits durant contre ses fenêtres. Beaucoup de temps s'était écoulé avant qu'il n'apprît que les vers d'eau ne sont en réalité que des larves de moustiques, et plus jamais il ne l'oublia car il avait compris que beaucoup d'autres esprits malins pouvaient en même temps qu'eux passer intacts à travers nos candides filtres de pierre.

Pendant très longtemps on imputa, en tout bien tout honneur, à l'eau des puits la hernie du scrotum dont tant d'hommes en ville souffraient sans pudeur et même avec quelque insolence patriotique. Lorsque Juvenal Urbino allait à l'école primaire il ne pouvait éviter un sursaut d'horreur en voyant les hernieux assis sur le seuil de chez eux les après-midi de chaleur, éventant leur testicule énorme comme un enfant endormi entre leurs jambes. On disait que la hernie émettait un sifflement d'oiseau lugubre lors des nuits de tempêtes et se tordait en une insupportable douleur quand on brûlait près d'elle des plumes de charognards, mais personne ne se plaignait de ces inconvénients car une grosseur bien portée s'exhibait par-dessus tout comme un honneur d'homme. Lorsque le docteur Juvenal Urbino était revenu d'Europe il savait très bien que ces croyances étaient une supercherie scientifique, mais elles étaient à ce point enracinées dans la superstition locale que beaucoup s'opposaient à l'enrichissement minéral de l'eau des puits de peur qu'il ne leur ôtât la vertu d'être la cause d'une honorable couille.

Le docteur Juvenal Urbino était tout aussi préoccupé par les impuretés de l'eau que par l'état d'hygiène du marché, un vaste terrain vague devant la baie des Âmes, où accostaient les voiliers des Antilles. Un illustre voyageur de l'époque le décrivit comme un des plus bigarrés du monde. Il était riche, en effet, exubérant et animé, mais sans doute était-il aussi le plus inquiétant. Il reposait sur son propre dépotoir, à la merci des velléités de la marée et c'était là que les éructations de la mer rendaient à la terre les immondices des décharges publiques. C'était là aussi que l'on jetait les rognures des abattoirs voisins, têtes dépecées, viscères pourris, déchets d'animaux qui flottaient, du lever au coucher du soleil, dans une mare de sang. Les charognards les disputaient aux rats et aux chiens en des bagarres perpétuelles, à côté du gibier et des savoureux capons de Sotavento pendus à l'auvent des baraquements, et des légumes printaniers d'Arjona exposés à même le sol sur des nattes. Le docteur Juvenal Urbino voulait assainir les lieux, il voulait que l'on mît ailleurs les abattoirs, que l'on construisît un marché couvert avec des verrières en forme de dôme comme celui qu'il avait connu dans les vieilles halles de Barcelone où les provisions étaient si pimpantes et si propres qu'il était dommage de les manger. Mais même les plus complaisants de ses amis notables avaient pitié de sa passion illusoire. Ainsi étaient-ils, passant leur vie à proclamer l'orgueil de leur origine, les mérites historiques de la ville, le prix de ses reliques, son héroïsme et sa beauté, mais aveugles aux ravages des ans. Le docteur Juvenal Urbino, en revanche, l'aimait assez pour la voir avec les yeux de la vérité.

« Il faut que cette ville soit bien noble, disait-il, pour que nous nous efforcions depuis quatre cents ans d'en finir avec elle sans y être encore parvenus. »

Il s'en fallut de peu cependant. L'épidémie de choléra morbus, dont les premières victimes étaient mortes foudroyées dans les flaques du marché, avait été la cause, en onze semaines, de la plus grande mortalité de notre histoire. Jusqu'alors, on avait enterré les quelques morts insignes sous les dalles des églises, et les autres moins riches étaient ensevelis dans les jardins des couvents. Les pauvres allaient au cimetière colonial, sur une colline ventée séparée de la ville par un canal d'eaux arides dont le pont en mortier possédait une arche avec une inscription sculptée sur l'ordre de quelque maire clairvoyant : *Lasciate ogni speranza voi ch'entrate*. En deux semaines d'épidémie, le cimetière fut saturé et il ne restait plus une seule place dans les églises bien que les restes putréfiés d'un grand nombre d'illustres inconnus eussent été expédiés à la fosse commune. Les vapeurs des cryptes mal scellées raréfièrent l'air de la cathédrale dont on ne rouvrit les portes que trois ans plus tard, à l'époque où Fermina Daza vit pour la première fois Florentino Ariza de près : à la messe de minuit. Le cloître du couvent de Santa Clara, de même que ses allées, fut plein au bout de la troisième semaine, et il fut nécessaire de transformer en cimetière le potager de la communauté qui était deux fois plus grand. On creusa de profondes sépultures pour ensevelir les morts sur trois niveaux, à la hâte et sans cercueils, mais on dut renoncer à les utiliser car le sol engorgé devenait une espèce d'éponge qui suintait sous les pieds un jus rougeâtre et nauséabond. On décida alors de poursuivre les enterrements à la Main de Dieu, une hacienda d'élevage située à moins d'une lieue de la ville, et qui plus tard fut décrétée cimetière universel.

Depuis la proclamation de l'édit du choléra, on tirait depuis la forteresse de la garnison locale un coup de canon tous les quarts d'heure, de jour comme de nuit, obéissant ainsi à la croyance civique que la poudre purifie l'air. Le choléra s'acharna plus encore sur la population noire car elle était la plus nombreuse et la plus pauvre, et l'on ne connut jamais le nombre de ses pertes, non parce qu'il fut impossible de l'établir mais parce que la pudeur face à nos propres malheurs était une de nos vertus les plus habituelles.

Le docteur Marco Aurelio Urbino, père de Juvenal, fut un des héros de ces funestes journées en même temps que sa plus célèbre victime. Sur ordre officiel, il organisa et dirigea en personne la stratégie sanitaire mais finit par intervenir dans toutes les affaires d'ordre social au point qu'aux moments les plus critiques de l'épidémie il ne semblait y avoir aucune autorité au-dessus de la sienne. Des années plus tard, en relisant la chronique de ces journées, le docteur Juvenal Urbino constata que la méthode de son père avait été plus charitable que scientifique et qu'elle était en bien des façons contraire à la raison et avait en grande mesure favorisé la voracité de l'épidémie. Il le constata avec la compassion des fils que la vie a transformés peu à peu en pères de leur père, et pour la première fois il souffrit de ne pas avoir accompagné le sien dans la solitude de ses erreurs. Mais il ne lui retira pas ses mérites : sa diligence, son abnégation, et surtout son courage personnel lui valurent de nombreux honneurs qui lui furent rendus lorsque la ville se releva du désastre, et son nom demeura en toute justice parmi ceux d'autres héros de bien d'autres guerres moins honorables.

Il ne vécut pas son heure de gloire. Lorsqu'il reconnut chez lui les troubles irréparables qu'il avait vus et plaints chez les autres, il ne tenta pas même une inutile bataille, et se retira du monde afin de ne contaminer personne. Enfermé dans une chambre de service de l'hôpital de la Miséricorde, sourd à l'appel de ses collègues et aux suppliques des siens, étranger à l'horreur des pestiférés qui agonisaient dans les couloirs bondés, il écrivit à son épouse et à ses enfants une lettre d'amour fébrile, dans laquelle il les remerciait d'avoir existé, et qui révélait combien et avec quelle avidité il avait aimé la vie. Ce fut un adieu de vingt feuilles où la détérioration de l'écriture trahissait les progrès du mal, et point n'était besoin d'avoir connu qui les avait écrites pour savoir que la signature avait été apposée dans un dernier soupir. Selon ses dispositions, le corps couleur de cendre fut mêlé à ceux de la fosse commune, et parmi ceux qu'il avait aimés nul ne le vit.

Le docteur Juvenal Urbino reçut le télégramme trois jours plus tard, à Paris, au cours d'un dîner avec des amis, et il leva un verre de champagne à la mémoire de son père. Il dit : « C'était un homme bon. » Par la suite il devait se reprocher son manque de maturité : il avait fui la réalité afin de ne pas pleurer. Mais trois semaines après il reçut une copie de la lettre posthume et dut se rendre à la vérité. Il eut soudain la révélation de l'homme qu'il avait connu avant nul autre, qui l'avait élevé et instruit, avait dormi et forniqué avec sa mère pendant trente-deux ans, et qui cependant, avant cette lettre, ne s'était jamais montré tel qu'il était dans son corps et dans son âme, par pure et simple timidité. Jusqu'alors, le docteur Juvenal Urbino et sa famille avaient conçu la mort comme un accident qui n'arrivait qu'aux autres, aux parents des autres, aux frères et aux conjoints des autres, mais non à eux. C'étaient des gens de vies lentes, que l'on ne voyait ni devenir vieux, ni tomber malades, ni mourir, mais qui disparaissaient peu à peu l'heure venue, se faisaient souvenir, brume d'une autre époque, jusqu'à ce que l'oubli les absorbât. Plus que le télégramme avec la mauvaise nouvelle, la lettre posthume de son père l'avait précipité dans la certitude de la mort. Et cependant, un de ses plus anciens souvenirs, lorsqu'il avait neuf, onze ans peut-être, était d'une certaine façon un signe prématuré de la mort à travers son père. Tous deux étaient restés dans le bureau de la maison un après-midi de pluie, lui à dessiner des alouettes et des tournesols avec des craies de couleurs sur le carrelage, son père lisant à contre-jour devant la fenêtre, le gilet déboutonné et des élastiques aux manches de sa chemise. Soudain il interrompit sa lecture pour se gratter le dos avec un grattoir à long manche dont l'extrémité était une petite main d'argent. Comme il n'y parvenait pas, il demanda à son fils de le gratter avec ses ongles, et celui-ci eut la sensation bizarre de ne pas sentir son corps en le grattant. À la fin, son père le regarda par-dessus son épaule avec un sourire de tristesse.

« Si je mourais maintenant, lui dit-il, c'est à peine si tu te souviendrais de moi quand tu aurais mon âge. »

Il le dit sans raison apparente, et l'ange de la mort flotta un instant dans la pénombre fraîche du bureau avant de repartir par la fenêtre en laissant derrière lui un sillage de plumes que l'enfant ne vit pas. Plus de vingt ans s'étaient écoulés depuis lors, et Juvenal Urbino allait bientôt avoir l'âge qu'avait son père cet après-midi-là. Il se savait identique à lui, et à la conscience de l'être s'était maintenant ajoutée celle, bouleversante, d'être aussi mortel que lui.

Le choléra devint chez lui une obsession. Il n'en savait pas beaucoup plus que ce qu'il avait appris dans la routine d'un cours quelconque et il lui avait semblé incroyable qu'à peine trente ans auparavant il eût causé en France, et même à Paris, plus de cent quarante mille morts. Mais après le décès de son père, il avait appris tout ce que l'on pouvait apprendre sur les diverses formes da choléra, presque comme une pénitence pour apaiser sa mémoire, et il avait été l'élève de l'épidémiologiste le plus brillant de son temps, Adrien Proust, créateur des cordons sanitaires et père du grand romancier. De sorte que lorsqu'il rentra chez lui, respira depuis la mer la puanteur du marché, vit les rats dans les décharges publiques et les enfants tout nus se rouler dans les ruisseaux, il comprit pourquoi le malheur était arrivé et eut la certitude qu'il pouvait se renouveler à n'importe quel moment.

Il ne s'écoula pas beaucoup de temps. À peine un an plus tard, ses élèves de l'hôpital de la Miséricorde lui demandèrent de les aider à soigner un malade d'une salle commune qui avait une drôle de coloration bleue sur tout le corps. Il suffit au docteur Juvenal Urbino de le voir depuis la porte pour reconnaître l'ennemi. Mais la chance était avec eux : le malade, arrivé sur une goélette de Curaçao trois jours auparavant, était allé à la consultation externe de l'hôpital de son propre chef, et il semblait peu probable qu'il eût contaminé quelqu'un. En tout cas, le docteur Juvenal Urbino prévint ses collègues, obtint des autorités qu'elles donnassent l'alarme dans les ports voisins afin de localiser et de mettre en quarantaine la goélette contaminée, et il dut calmer le commandant de la garnison qui voulait décréter la loi martiale et appliquer sans plus attendre la thérapeutique du coup de canon, tous les quarts d'heure.

« Économisez cette poudre pour le jour où viendront les libéraux, lui dit-il avec bienveillance. Nous ne sommes plus au Moyen Âge. »

Le malade mourut au bout de quatre jours, étouffé par un vomissement blanc et granuleux, mais dans les semaines qui suivirent on ne signala pas d'autre cas bien que l'alerte fût permanente. Peu après, le *Journal du Commerce* publia la nouvelle que deux enfants étaient morts du choléra en différents endroits de la ville. Il fut démontré que l'un d'eux souffrait de dysenterie commune mais l'autre, une petite fille de cinq ans, semblait en effet avoir été victime de la maladie. Ses parents et ses trois frères furent séparés et mis en quarantaine individuelle, et tout le quartier fut placé sous une surveillance médicale très stricte. Un des enfants qui avait contracté le choléra fut vite guéri et toute la famille rentra chez elle une fois le danger passé. On enregistra onze autres cas en trois mois, et au cinquième on considéra que les risques d'une épidémie avaient été conjurés. Nul ne douta que la rigueur sanitaire du docteur Juvenal Urbino, plus que la suffisance de ses sermons, avait rendu le prodige possible. Depuis lors, et jusqu'à une époque très avancée de ce siècle, le choléra resta une maladie endémique aussi bien en ville que sur tout le littoral des Caraïbes et dans le bassin du Magdalena, mais sa recrudescence n'atteignit jamais l'ampleur d'une épidémie. L'alerte servit pour que les avertissements du docteur Juvenal Urbino fussent écoutés avec plus de sérieux par les pouvoirs publics. À l'école de médecine on institua un cours obligatoire sur le choléra et la fièvre jaune, et l'on comprit l'urgence de fermer les égouts et de faire construire un marché éloigné du dépotoir. Cependant, le docteur Urbino ne s'inquiéta pas de revendiquer sa victoire, pas plus qu'il n'eut l'envie de persévérer dans ses missions sociales car lui-même battait de l'aile, était étourdi, dispersé, décidé à tout chambouler et à oublier tout ce qui dans sa vie n'était pas son coup de foudre pour Fermina Daza.

Celui-ci fut en effet le fruit d'une erreur clinique. Un ami médecin, qui avait cru discerner les symptômes prémonitoires du choléra chez une patiente âgée de dix-huit ans, demanda au docteur Juvenal Urbino de passer l'examiner. Il se rendit chez elle l'après-midi même, inquiet de ce que la maladie fût entrée dans le sanctuaire de la vieille ville car tous les cas s'étaient jusqu'alors déclarés dans des quartiers marginaux, et presque tous parmi la population noire. Il trouva d'autres surprises moins ingrates. La maison, à l'ombre des amandiers du parc des Évangiles, paraissait de l'extérieur aussi détruite que toutes celles de l'enceinte coloniale, mais à l'intérieur régnaient une beauté et une lumière étonnante qui semblaient venir d'un autre âge du monde. Le vestibule donnait tout droit sur un jardin sévillan, carré et blanchi d'une chaux récente, avec des orangers en fleurs et un sol carrelé des mêmes dalles que les murs. Il y avait un murmure invisible d'eau courante, des jardinières d'œillets sur les corniches et des cages d'oiseaux rares sous les arcades. Les plus rares, dans une très grande cage, étaient trois corbeaux parfumés qui, en ébrouant leurs ailes, saturaient le jardin d'un parfum équivoque. Plusieurs chiens enchaînés commencèrent à aboyer soudain, affolés par l'odeur de l'étranger, mais un cri de femme les fit taire tout net, et de nombreux chats surgirent de toutes parts qui se cachèrent entre les fleurs, effrayés par l'autorité de la voix. Alors se fit un silence si diaphane qu'à travers le désordre des oiseaux et les syllabes de l'eau sur la pierre on percevait le souffle désolé de la mer.

Bouleversé par la certitude de la présence physique de Dieu, le docteur Juvenal Urbino pensa qu'une maison comme celle-ci était à l'abri de toute maladie. Il suivit Gala Placidia sous la galerie d'arcades, passa devant la fenêtre de la lingerie où Florentino Ariza avait vu pour la première fois Fermina Daza lorsque le jardin était encore un tas de décombres, monta le nouvel escalier de marbre jusqu'au deuxième étage et attendit d'être annoncé par la servante avant d'entrer dans la chambre de la malade. Mais Gala Placidia en ressortit avec un message :

« Mademoiselle dit que vous ne pouvez pas entrer maintenant parce que son papa n'est pas dans la maison. »

De sorte qu'il revint à cinq heures, selon l'indication de la servante, et Lorenzo Daza en personne ouvrit le portail et le conduisit jusqu'à la chambre de sa fille. Il resta assis dans la pénombre d'une encoignure tant que dura l'examen : les bras croisés et faisant de vains efforts pour dominer sa respiration turbulente. Il n'était pas facile de savoir qui était le plus embarrassé des deux, le médecin avec son toucher pudique ou la malade avec sa chasteté de vierge sous la chemise de soie. Aucun des deux ne regarda l'autre dans les yeux, et il lui posa des questions d'une voix impersonnelle auxquelles elle répondit d'une voix tremblante, attentifs l'un et l'autre à l'homme assis dans la pénombre. À la fin, le docteur Juvenal Urbino demanda à la malade de s'asseoir et ouvrit la chemise de nuit avec un soin exquis : les seins, intacts et altiers, aux aréoles infantiles, resplendirent un instant comme un flamboiement dans l'ombre de l'alcôve avant qu'elle ne s'empressât de les cacher de ses bras croisés. Imperturbable, le médecin lui écarta les bras sans la regarder et procéda à une auscultation directe, l'oreille contre sa peau, la poitrine d'abord, le dos ensuite.

Le docteur Juvenal Urbino avait coutume de dire qu'il n'avait ressenti aucune émotion lorsqu'il avait connu la femme avec laquelle il allait vivre jusqu'au jour de sa mort. Il se souvenait de la chemise de nuit bleue brodée de dentelle, des yeux fébriles, de la longue chevelure tombant sur les épaules, mais il était si obnubilé par l'irruption de la maladie dans le quartier colonial qu'il n'avait prêté aucune attention à tout ce que Fermina Daza avait d'adolescente florale pour ne s'inquiéter que de la plus infime trace de maladie qu'elle aurait pu porter. Elle fut plus explicite : le jeune médecin lui parut un pédant incapable d'aimer quiconque différent de lui. Le diagnostic fut une infection d'origine alimentaire qui disparut grâce à un traitement domestique de trois jours. Soulagé par la confirmation que sa fille n'avait pas contracté le choléra, Lorenzo Daza accompagna le docteur Juvenal Urbino jusqu'au marchepied de sa voiture, lui paya le peso-or de la visite qui lui sembla excessif même pour un médecin de riches, et lui dit au revoir avec un étalage immodéré de gratitude. Il était émerveillé par l'éclat de ses patronymes, ne le dissimulait pas et eût fait n'importe quoi pour le revoir en d'autres circonstances moins solennelles.

La chose aurait dû en rester là. Cependant, le mardi de la semaine suivante, sans qu'on l'eût appelé et sans s'annoncer, le docteur Juvenal Urbino revint à la maison, à trois heures de l'après-midi, un moment de la journée tout à fait inopportun. Fermina Daza était dans la lingerie en train de prendre une leçon de peinture à l'huile avec deux amies, lorsqu'il apparut à la fenêtre, vêtu de sa redingote blanche immaculée, d'un haut-de-forme blanc lui aussi, et lui fit signe de s'approcher. Elle posa sa palette sur la chaise et se dirigea vers la fenêtre en marchant sur la pointe des pieds, sa jupe à volants remontée jusqu'aux chevilles afin d'éviter qu'elle ne traînât par terre. Elle portait un diadème avec, tombant sur son front, un pendentif dont la pierre lumineuse avait la même couleur farouche que ses yeux, et tout en elle exhalait une aura de fraîcheur. Qu'elle fût habillée pour peindre chez elle comme pour un soir de fête attira l'attention du médecin. Il prit son pouls, de l'autre côté de la fenêtre, lui fit tirer la langue, examina sa gorge avec une spatule en aluminium, regarda à l'intérieur de sa paupière inférieure et eut à chaque fois un geste d'approbation. Il était moins embarrassé que lors de la précédente visite, mais elle, en revanche, l'était davantage car elle ne comprenait pas le pourquoi de cet examen imprévu puisque lui-même avait dit qu'il ne reviendrait pas à moins qu'on ne l'appelât pour quelque chose de nouveau. Plus encore : elle ne voulait plus jamais le revoir. Lorsqu'il eut fini de l'examiner, le médecin rangea la spatule dans sa sacoche bourrée d'instruments et de flacons de médicaments, et la ferma d'un coup sec.

« Vous êtes comme la rose qui vient d'éclore, dit-il.

— Merci.

— C'est Dieu qu'il faut remercier, dit-il, et il cita, mal, saint Thomas : Souvenez-vous que tout ce qui est bon, d'où qu'il provienne, vient de l'Esprit saint. Vous aimez la musique? »

Il lui posa la question avec un sourire enchanteur, sur un ton désinvolte, mais elle ne répondit pas de même.

« Pourquoi cette question? demanda-t-elle à son tour.

— La musique est importante pour la santé », dit-il.

Il le croyait, en effet, et elle allait très vite savoir pour le restant de sa vie que la musique était un thème qu'il utilisait presque comme une formule magique pour offrir son amitié, mais en cet instant Fermina Daza crut qu'il se moquait d'elle. De surcroît, les deux amies qui faisaient semblant de peindre tandis qu'ils bavardaient à la fenêtre poussèrent de petits rires de souris et cachèrent leurs visages derrière les toiles, ce qui acheva de vexer Fermina Daza. Folle de rage, elle ferma la fenêtre d'un coup sec. Le médecin, perplexe devant la dentelle des persiennes, tenta de trouver le chemin du portail mais il se trompa de direction, et dans son trouble heurta la cage des corbeaux parfumés. Ceux-ci lancèrent un cri funeste, voletèrent de frayeur et imprégnèrent les vêtements du médecin d'un capiteux parfum de femme. La voix tonitruante de Lorenzo Daza le cloua sur place :

« Docteur, attendez-moi ici. »

Il l'avait vu du dernier étage et descendait l'escalier en boutonnant sa chemise, enflé et violacé, les favoris encore en bataille à cause du mauvais rêve qu'il avait fait pendant la sieste. Le médecin tenta de dissimuler sa gêne.

« J'ai dit à votre fille qu'elle était comme une rose.

— C'est vrai, dit Lorenzo Daza, mais avec trop d'épines. »

Il passa devant le docteur Urbino sans le saluer, écarta les deux battants de la fenêtre de la lingerie et ordonna à sa fille en poussant un cri de sauvage :

« Viens faire des excuses au docteur. »

Le médecin tenta de biaiser pour l'en empêcher, mais il ne l'écouta même pas. Il insista : « Dépêche-toi. » Elle regarda ses amies, implorant en secret leur compréhension, et répliqua à son père qu'elle n'avait pas à faire d'excuses car elle avait fermé la fenêtre pour empêcher le soleil d'entrer. Le docteur Urbino tenta de corroborer ses dires mais Lorenzo Daza réitéra l'ordre. Alors, Fermina Daza revint à la fenêtre, pâle de rage et, posant en avant son pied droit tandis que du bout des doigts elle relevait sa jupe, elle fit au médecin une révérence théâtrale.

« Je vous fais mes plus plates excuses, monseigneur », dit-elle.

Le docteur Juvenal Urbino l'imita de bon cœur, esquissant avec son haut-de-forme un salut de mousquetaire, mais il n'obtint pas le sourire de pitié qu'il espérait. Lorenzo Daza l'invita ensuite dans son bureau à prendre en dédommagement un café qu'il accepta reconnaissant afin qu'il n'y eût aucun doute que dans son âme ne subsistait pas même l'ombre d'une rancune.

En vérité, le docteur Juvenal Urbino ne buvait pas de café, sauf une tasse à jeun. Il ne buvait pas d'alcool non plus sauf un verre de vin au repas lors d'occasions solennelles, mais non content de boire le café que lui offrit Lorenzo Daza il accepta aussi un petit verre d'anis. Puis il accepta un autre café et un autre verre, puis un autre et un autre encore, bien qu'il lui restât plusieurs visites à faire. Au début, il écouta avec attention les excuses que Lorenzo Daza continuait de lui faire au nom de sa fille, qu'il décrivit comme une enfant intelligente et sérieuse, digne d'un prince d'ici ou d'ailleurs, mais dont le seul défaut, selon lui, était d'avoir une tête de mule. Après le second verre il crut entendre la voix de Fermina Daza au fond du jardin, et son imagination s'envola derrière elle, la poursuivit dans la nuit tombante de la maison tandis qu'elle allumait la galerie, fumigeait les chambres avec le pulvérisateur à insecticide, soulevait dans l'âtre le couvercle de la marmite où cuisait la soupe qu'elle prendrait ce soir avec son père, elle et lui seuls à table, sans lever les yeux, sans faire de bruit en avalant, afin de ne pas rompre l'enchantement de la rancune, jusqu'à ce qu'il dût se rendre et lui demander pardon pour sa sévérité de l'après-midi.

Le docteur Urbino connaissait assez les femmes pour savoir qu'elle n'entrerait pas dans le bureau tant qu'il ne serait pas parti, mais il tardait à s'en aller car il sentait que son orgueil blessé ne le laisserait pas vivre en paix après l'affront de l'après-midi. Lorenzo Daza, presque soûl, ne semblait pas remarquer son manque d'attention car, hâbleur indomptable, il se suffisait à lui-même. Il parlait au grand galop, mâchonnant la fleur d'un cigare éteint, toussant haut et fort, se raclant la gorge, se calant avec des lamentations d'animal en chaleur. Pour chaque verre offert à l'invité il en avait bu trois et il ne s'arrêta que lorsqu'il s'aperçut qu'ils ne se distinguaient plus l'un l'autre, et alla allumer la lampe. Le docteur Juvenal Urbino le regarda bien en face sous la lumière nouvelle, vit qu'il avait un œil tordu comme celui d'un poisson et que ses mots ne correspondaient pas au mouvement de ses lèvres, et il pensa qu'il était victime d'hallucinations pour avoir abusé de l'alcool. Alors il se leva avec la sensation fascinante d'être à l'intérieur d'un corps qui n'était pas le sien mais celui de quelqu'un resté assis à sa place, et il dut faire un grand effort pour ne pas perdre la raison.

Il était plus de sept heures quand il sortit du bureau, précédé de Lorenzo Daza. C'était la pleine lune. Le jardin idéalisé par l'anis flottait au fond d'un aquarium, et les cages recouvertes de chiffons semblaient des fantômes endormis dans le chaud parfum des fleurs d'orangers. La fenêtre de la lingerie était ouverte, une lampe était allumée sur la table de travail, et les tableaux inachevés posés sur les chevalets comme dans une exposition. « Où es-tu, toi

169

qui n'es pas là ? » dit le docteur Urbino en passant, mais Fermina Daza ne l'entendit pas ni ne pouvait l'entendre parce qu'elle était en train de pleurer de rage dans sa chambre, étendue à plat ventre sur son lit en attendant son père pour lui faire payer l'humiliation de l'après-midi. Le médecin ne renonçait pas au rêve de lui dire au revoir mais Lorenzo Daza ne le proposa pas. Il pensa avec nostalgie à l'innocence de son pouls, à sa langue de chatte, à ses tendres amygdales, et l'idée que jamais plus elle ne voudrait le revoir ni ne permettrait qu'il s'approchât d'elle le consterna. Lorsque Lorenzo Daza pénétra dans le vestibule, les corbeaux réveillés sous les draps poussèrent un cri funèbre. « Élève des corbeaux, ils t'arracheront les yeux », dit le médecin à haute voix, pensant à elle, et Lorenzo Daza se retourna pour lui demander ce qu'il avait dit.

« Ce n'est pas moi, répondit-il, c'est l'anis. »

Lorenzo Daza l'accompagna jusqu'à la voiture et voulut lui payer le peso-or de la seconde visite, mais il refusa. Il donna des instructions correctes au cocher pour se faire conduire chez les deux malades qu'il lui restait encore à voir et monta sans aide dans la voiture. Mais le cahotement sur les pavés lui donna mal au cœur et il ordonna au cocher de changer de route. Il se regarda un instant dans le miroir de la voiture et vit que son image, elle aussi, pensait à Fermina Daza. Il haussa les épaules. Enfin, il éructa, inclina la tête sur sa poitrine, s'endormit, et dans son rêve se mit à entendre les cloches sonner le glas. Il entendit d'abord celles de la cathédrale, puis celles de toutes les églises, les unes après les autres, jusqu'aux tessons brisés de Saint-Julien-le-Pauvre.

« Merde, murmura-t-il, voilà que les morts sont morts. »

Sa mère et ses sœurs étaient en train de dîner d'un café au lait et de beignets au fromage à la table de cérémonie de la grande salle à manger lorsqu'elles le virent apparaître dans l'embrasure de la porte, le visage transi, et déshonoré des pieds à la tête par le parfum de pute des corbeaux. Le bourdon de la cathédrale continuait de résonner dans l'immense enceinte de la maison. Sa mère lui demanda, alarmée, où il était passé car on l'avait cherché partout pour qu'il allât chez le général Ignacio María, le dernier petit-fils du marquis de Jaraíz de la Vera, qu'une congestion cérébrale avait terrassé en plein après-midi : c'était pour lui que sonnait le glas. Le docteur Juvenal Urbino écouta sa mère sans l'entendre, agrippé au chambranle de la porte, puis tourna à demi sur lui-même pour tenter d'arriver jusqu'à sa chambre, et s'écroula dans une explosion de vomi d'anis étoilé.

« Doux Jésus, s'écria la mère, il a dû se passer quelque chose d'extraordinaire pour que tu te présentes chez toi dans cet état. »

Le plus extraordinaire, cependant, n'avait pas encore eu lieu. Profitant de la visite du pianiste Romeo Lussich, qui avait donné plusieurs récitals de sonates de Mozart dès que la ville s'était remise du deuil du général Ignacio María, le docteur Juvenal Urbino fit hisser le piano de l'école de musique dans une charrette tirée par des mules et offrit à Fermina Daza une sérénade qui resta gravée dans les annales de la ville. Elle se réveilla aux premières mesures et n'eut pas besoin de se pencher au balcon pour savoir qui était l'auteur de cet hommage insolite. La seule chose qu'elle regretta fut de ne pas avoir eu le courage d'autres demoiselles qui, offusquées, avaient vidé leur vase de nuit sur la tête du prétendant indésirable. Lorenzo Daza, en revanche, se vêtit à la hâte pendant la sérénade et, celle-ci à peine terminée, invita le docteur Juvenal Urbino et le pianiste, encore en tenue de soirée, à passer au salon pour les remercier en leur offrant un verre de bon cognac.

Fermina Daza se rendit compte très vite que son père essayait de l'attendrir. Le lendemain de la sérénade, il lui avait dit, presque comme par hasard : « Pense à ce qu'éprouverait ta mère si elle te savait courtisée par un Urbino de la Calle. » Elle avait rétorqué tout net : « Elle se retournerait dans sa tombe. » Les amies qui prenaient avec elle des leçons de peinture lui racontèrent que Lorenzo Daza avait été invité à déjeuner au Club social par le docteur Juvenal Urbino, et que celui-ci avait été l'objet d'un blâme sévère pour avoir enfreint les normes du règlement. Elle apprit alors que son père avait à plusieurs reprises sollicité son admission au Club social mais qu'elle lui avait été à chaque fois refusée par une majorité de boules noires qui rendaient toute autre tentative impossible. Lorenzo Daza, cependant, différait les humiliations avec un foie de bon tonnelier et continuait d'inventer toutes sortes de stratagèmes pour rencontrer Juvenal Urbino comme par hasard, sans s'apercevoir que c'était Juvenal Urbino qui faisait l'impossible pour se laisser rencontrer. Ils passaient parfois plusieurs heures dans le bureau tandis que la maison semblait suspendue dans le temps, car Fermina Daza ne permettait pas que rien continuât de vivre tant qu'il n'était pas parti. Le café de la Paroisse fut un bon terrain neutre. Là, Lorenzo Daza enseigna à Juvenal Urbino les premiers rudiments des échecs, et celui-ci fut un élève si appliqué que ce jeu devint chez lui une passion incurable qui le tourmenta jusqu'au jour de sa mort.

Un soir, peu après la sérénade de piano, Lorenzo Daza trouva dans le vestibule de la maison une lettre adressée à sa fille dont l'enveloppe portait les initiales J. U. C. gravées dans le cachet de cire. Il la glissa sous la porte en passant devant la chambre de Fermina et celle-ci ne put comprendre comment elle était arrivée jusque-là car il lui semblait inconcevable que son père eût changé au point de lui remettre une lettre d'un prétendant. Elle la posa sur la table de chevet sans savoir en réalité qu'en faire, et la laissa là, fermée, pendant plusieurs jours, jusqu'à un après-midi de pluie où elle rêva que Juvenal Urbino était revenu chez elle pour lui offrir la spatule avec laquelle il lui avait examiné la gorge. La spatule du rêve n'était pas en aluminium mais d'un métal appétissant qu'elle avait savouré avec délices dans d'autres rêves, de sorte qu'elle la cassa en deux morceaux inégaux et lui fit cadeau du plus petit.

En se réveillant elle ouvrit la lettre. Elle était brève et claire, et la seule chose dont le docteur Juvenal Urbino la suppliait était de l'autoriser à demander à son père la permission de lui rendre visite. Sa simplicité et son sérieux l'impressionnèrent, et la rage cultivée avec tant d'amour pendant tant de journées s'apaisa soudain. Elle rangea la lettre dans un coffret hors d'usage au fond de la malle, mais, se souvenant qu'elle y avait gardé les lettres parfumées de Florentino Ariza, elle l'en sortit et, secouée par un frisson de honte, la changea de place. Alors il lui sembla que le plus décent était de faire comme si elle ne l'avait pas reçue et elle la brûla à la lampe, regardant comment les gouttes de cire éclataient en bulles bleues sur la flamme. Elle soupira : « Pauvre homme. » Soudain elle se rendit compte que c'était la deuxième fois qu'elle prononçait ces mots en un peu plus d'un an, et l'espace d'un instant elle se souvint de Florentino Ariza et s'étonna de voir combien il était loin de sa vie : pauvre homme.

En octobre, avec les dernières pluies, trois autres lettres arrivèrent, la première accompagnée d'une petite boîte de pastilles à la violette de l'abbaye de

Flavigny. Le cocher du docteur Juvenal en avait remis deux devant le portail de la maison et le docteur avait lui-même salué Gala Placidia par la fenêtre de la voiture, d'abord pour qu'on ne doutât pas que les lettres étaient bien de lui, ensuite afin que personne ne pût dire qu'on ne les avait pas reçues. De plus, toutes deux étaient scellées avec le monogramme de cire et écrites en pattes de mouche cryptographiques : une écriture de médecin que Fermina Daza connaissait. Toutes deux disaient en substance la même chose que la première et étaient conçues dans le même esprit de soumission, mais au fond de leur décence commençait à poindre une anxiété qui n'avait jamais été évidente dans les lettres parcimonieuses de Florentino Ariza. Fermina Daza les lut aussitôt remises, à deux semaines d'intervalle, et sans pouvoir se l'expliquer, changea d'avis alors qu'elle s'apprêtait à les jeter au feu. Toutefois, elle ne pensa jamais leur répondre.

La troisième lettre du mois d'octobre avait été glissée sous le portail et différait en tout des précédentes. L'écriture était si puérile qu'elle avait sans aucun doute été tracée de la main gauche? Mais Fermina Daza ne le remarqua que lorsque le texte lui-même se révéla être une infâme lettre anonyme. Celui qui l'avait écrite assurait que Fermina Daza avait envoûté de ses philtres le docteur Juvenal Urbino, et tirait de cette supposition des conclusions sinistres. Il terminait par une menace : si Fermina Daza ne renonçait pas à sa prétention de s'élever aux dépens de l'homme le plus en vue de la ville, elle serait exposée à la honte publique.

Elle se sentit victime d'une grave injustice mais sa réaction ne fut pas vindicative : au contraire, elle aurait voulu découvrir l'auteur de la lettre anonyme afin de le convaincre de son erreur par toutes sortes d'explications pertinentes car elle était certaine que jamais, à aucun moment, elle ne serait sensible aux avances du docteur Juvenal Urbino. Les jours suivants elle reçut deux autres lettres sans signature, aussi perfides que la première, mais aucune des trois ne semblait avoir été écrite par la même personne. Soit elle était victime d'une conjuration, soit la fausse version de ses amours secrètes était allée plus loin que ce que l'on pouvait supposer. L'idée que tout ceci fût la conséquence d'une simple indiscrétion de Juvenal Urbino l'inquiétait. Elle pensa qu'il était peut-être différent de ce que laissait croire la dignité de son apparence et que pendant ses visites il avait peut-être la langue bien pendue et se vantait de conquêtes imaginaires comme tant d'hommes de sa condition. Elle pensa lui écrire pour lui reprocher l'outrage fait à son honneur mais y renonça car c'était sans doute ce qu'il attendait. Elle tenta de se renseigner auprès des amies qui venaient peindre avec elle dans la lingerie, mais celles-ci n'avaient entendu que des commentaires sur la sérénade de piano. Elle était furieuse, se sentait humiliée, et impuissante. Alors qu'au début elle avait désiré rencontrer l'ennemi invisible pour le convaincre de son erreur, elle voulait maintenant le hacher menu avec les ciseaux à émonder. Elle passait ses nuits à analyser les détails et les expressions des lettres anonymes dans l'espoir de trouver une piste qui l'eût réconfortée. En vain : Fermina Daza était étrangère par nature à l'univers des Urbino de la Calle, et elle avait des armes pour se défendre de leurs bienfaits mais non de leurs méfaits.

Cette conviction devint plus amère encore après la terreur que lui inspira la poupée noire qui arriva quelques jours plus tard, sans lettre, mais dont il lui sembla facile d'imaginer la provenance : seul le docteur Juvenal Urbino pouvait l'avoir envoyée. D'après l'étiquette originale elle avait été achetée à la

Martinique, et elle portait une robe délicieuse, avait des cheveux frisés ornés de filaments d'or, et fermait les yeux lorsqu'on l'inclinait. Fermina Daza la trouva si amusante qu'elle surmonta ses scrupules et, pendant la journée, elle la couchait sur son oreiller. Elle prit l'habitude de dormir avec elle. Au bout d'un certain temps, un jour qu'elle se réveilla après avoir fait un rêve épuisant, elle s'aperçut que la poupée avait grandi : les ravissants vêtements d'origine, reçus en même temps qu'elle, découvraient ses cuisses, et les chaussures avaient éclaté sous la pression des pieds. Fermina Daza avait entendu parler des maléfices africains mais jamais d'aussi épouvantables que celui-ci. Par ailleurs, elle ne pouvait concevoir qu'un homme comme Juvenal Urbino fût capable d'une telle atrocité. Elle avait raison : la poupée n'avait pas été apportée par le cocher mais par un vendeur de poisson à la sauvette sur lequel personne ne possédait de renseignements. Essayant de déchiffrer l'énigme, Fermina Daza pensa un moment à Florentino Ariza dont l'humeur mélancolique l'effrayait mais la vie se chargea de la convaincre de son erreur. Le mystère ne fut jamais éclairci et sa simple évocation la faisait frissonner de terreur longtemps après qu'elle se fut mariée, alors qu'elle avait des enfants et se croyait l'élue du destin : la plus heureuse.

La dernière tentative du docteur Juvenal Urbino fut la médiation de la sœur Franca de la Luz, supérieure du collège de la Présentation de la Très Sainte Vierge, qui ne pouvait refuser un service à une famille qui avait protégé sa communauté depuis l'établissement de celle-ci aux Amériques. Elle apparut à neuf heures du matin accompagnée d'une novice, et toutes deux durent tenir compagnie une demi-heure durant aux cages à oiseaux, le temps que Fermina Daza achevât sa toilette. La sœur Franca de la Luz était une Allemande virile dont l'accent métallique et le regard impératif n'avaient aucun rapport avec ses passions enfantines. Il n'y avait rien au monde que Fermina Daza haït plus qu'elle et que tout ce qui l'entourait, et le seul souvenir de sa fausse piété lui produisait un gargouillis de scorpions dans les entrailles. Il lui suffit de la reconnaître depuis la porte de la salle de bains pour revivre d'un seul coup les supplices du collège, la torpeur insupportable de la messe quotidienne, la terreur des examens, la diligence servile des novices, la vie tout entière pervertie par le prisme de la pauvreté de l'esprit. La sœur Franca de la Luz, en revanche, la salua avec une joie qui semblait sincère. Elle fut surprise de voir combien elle avait grandi et mûri, et loua la maîtrise avec laquelle elle dirigeait la maison, le bon goût du jardin, la corbeille de fleurs d'oranger. Elle ordonna à la novice de l'attendre ici sans trop s'approcher des corbeaux qui, en un moment d'inattention, pouvaient lui arracher les yeux, et chercha un endroit tranquille où bavarder tête à tête avec Fermina. Celle-ci l'invita à passer au salon.

Ce fut une visite brève et âpre. La sœur Franca de la Luz, sans perdre de temps en préambules, offrit à Fermina Daza une réhabilitation honorable. La cause de l'expulsion serait effacée des dossiers ainsi que de la mémoire de la communauté, ce qui lui permettrait de terminer ses études et d'obtenir son diplôme de bachelière ès lettres. Fermina Daza, perplexe, voulut en connaître la raison.

« C'est la prière de quelqu'un qui mérite tout et dont le seul désir est de te rendre heureuse, dit la sœur. Tu sais qui c'est? »

Alors elle comprit. Elle se demanda en vertu de quelle autorité une femme qui lui avait gâché la vie à cause d'une lettre innocente jouait les émissaires de l'amour, mais elle n'osa pas le dire. Elle dit en revanche que oui, qu'elle connaissait cet homme et savait par là même qu'il n'avait aucun droit à s'immiscer dans sa vie.

« Il te supplie de l'autoriser à te parler cinq minutes, c'est tout, dit la sœur. Je suis sûre que ton père sera d'accord. »

La rage de Fermina Daza s'intensifia à l'idée que son père fût complice de cette visite.

« Nous nous sommes vus deux fois lorsque j'étais malade, dit-elle. Maintenant il n'y a aucune raison.

– N'importe quelle femme possédant deux sous de jugeote comprendrait que cet homme est un don du ciel », dit la sœur.

Elle continua à parler de ses vertus, de sa dévotion, de son dévouement au service de ceux qui souffrent. Et tandis qu'elle parlait, elle sortit de sa manche un chapelet en or avec un christ d'ivoire, et l'agita sous les yeux de Fermina Daza. C'était une relique de famille, vieille de plus de cent ans, travaillée par un orfèvre de Sienne et bénie par Clément IV.

« Il est à toi », dit-elle.

Fermina sentit un torrent de sang bouillir dans ses veines, et alors elle osa :

« Je ne m'explique pas comment vous vous prêtez à une telle chose, dit-elle, si pour vous l'amour est un péché. »

La sœur Franca de la Luz feignit de ne pas entendre l'insulte, mais ses paupières s'incendièrent. Elle continua d'agiter le rosaire sous les yeux de Fermina Daza.

« Il vaut mieux que tu t'entendes avec moi, dit-elle, sinon c'est l'archevêque qui viendra et avec lui ce sera une autre affaire.

– Qu'il vienne », dit Fermina Daza.

La sœur Franca de la Luz cacha le rosaire en or dans sa manche et de l'autre sortit un mouchoir défraîchi et roulé en boule qu'elle serra dans son poing en regardant Fermina Daza de très loin avec un sourire de commisération.

« Ma pauvre fille, soupira-t-elle, tu penses toujours à cet homme. »

Fermina Daza rumina l'impertinence, regarda la sœur sans ciller, la regarda droit dans les yeux sans souffler mot et continua de ruminer en silence jusqu'à voir avec une infinie délectation ses yeux d'homme s'inonder de larmes. La sœur Franca de la Luz les sécha avec son mouchoir roulé en boule et se leva.

« Ton père a bien raison de dire que tu as une tête de mule », dit-elle.

L'archevêque ne vint pas. De sorte que le siège eût pris fin le jour même si Hildebranda Sánchez n'était venue passer la Noël avec sa cousine. Leur vie à toutes les deux en fut bouleversée. Ils l'accueillirent à l'arrivée de la goélette de Riohacha à cinq heures du matin, et elle débarqua radieuse, très femme, l'esprit en émoi à cause de la mauvaise nuit de traversée au milieu d'une foule de passagers que le mal de mer avait rendus moribonds. Elle avait apporté des paniers remplis de dindes vivantes et de tous les fruits qui poussaient sur ses riches plantations afin que la nourriture ne manquât à personne pendant son séjour. Lisímaco Sánchez, son père, faisait demander s'il fallait des musiciens pour les fêtes car il avait les meilleurs à sa disposition, et promettait d'envoyer un peu plus tard un chargement de feux d'artifice. Il annonçait aussi qu'il ne pourrait venir chercher sa fille avant le mois de mars, de sorte que les deux cousines avaient la vie devant elles.

Elles ne perdirent pas une minute. Dès le premier soir, elles prirent ensemble un bain, s'aspergeant l'une l'autre avec l'eau du baquet. Elles se savonnèrent, s'épouillèrent, comparèrent leurs fesses et leurs seins immobiles, l'une se regardant dans le miroir de l'autre afin de mesurer la cruauté avec laquelle le temps les avait traitées depuis la dernière fois qu'elles s'étaient vues. Hildebranda était grande et massive, elle avait la peau dorée, et tout le duvet de son corps était celui d'une mulâtresse, court et frisé comme de la mousse. Fermina Daza, en revanche, possédait une nudité opaline, un long profil, une peau sereine, un duvet lisse. Gala Placidia avait fait mettre deux lits identiques dans la chambre, mais parfois elles se couchaient dans le même et, la lumière éteinte, bavardaient jusqu'à l'aube. Elles fumaient des pana-telas de brigands qu'Hildebranda cachait dans la doublure de sa malle et il leur fallait ensuite brûler du papier d'Arménie pour dissiper l'odeur de bouge qui demeurait dans la chambre. Fermina Daza avait fumé pour la première fois à Valledupar et avait continué de le faire à Fonseca, à Riohacha, où jusqu'à dix cousines s'enfermaient dans une pièce pour parler d'hommes et fumer en cachette. Elle avait appris à fumer à l'envers, le feu à l'intérieur de la bouche, comme fument les hommes les nuits de guerre afin que la braise du cigare ne les trahisse pas. Mais elle n'avait jamais fumé toute seule. Avec Hildebranda chez elle, Fermina Daza fuma tous les soirs avant de s'endormir, et depuis lors acquit l'habitude de fumer, bien que toujours en cachette, même de son mari et de ses enfants, d'abord parce qu'il était mal vu qu'une femme fumât en public, ensuite parce qu'elle associait son plaisir à la clan-destinité.

Le voyage d'Hildebranda avait été lui aussi imposé par ses parents pour tenter de l'éloigner de son amour impossible, bien qu'ils lui eussent fait croire que c'était pour aider Fermina Daza à se décider pour un bon parti. Hildebranda avait accepté, dans l'illusion de duper l'oubli comme l'avait fait autrefois sa cousine, et elle avait passé un accord avec le télégraphiste de Fonseca afin qu'il expédiât ses messages avec la plus grande discrétion. C'est pourquoi sa déception fut si amère lorsqu'elle sut que Fermina Daza avait rompu avec Florentino Ariza. En outre, Hildebranda avait de l'amour une conception universelle et pensait que ce qui arrivait à un être affectait toutes les amours du monde. Pourtant, elle ne renonça pas au projet. Avec une audace qui provoqua chez Fermina Daza une crise d'épouvante, elle alla seule au bureau du télégraphe, décidée à obtenir les services de Florentino Ariza.

Elle ne l'eût pas reconnu car il ne ressemblait en rien à l'image qu'elle s'était faite de lui à travers Fermina Daza. À première vue, il lui sembla impossible que sa cousine eût été sur le point de devenir folle pour cet employé presque invisible, qui avait des airs de chien battu et dont la tenue de rabbin en disgrâce et les manières solennelles ne pouvaient faire battre le cœur de personne. Mais très vite elle se repentit de son impression initiale car Florentino Ariza se mit à son service sans conditions et sans même savoir qui elle était : il ne le sut jamais. Nul mieux que lui n'eût été en mesure de la comprendre, de sorte qu'il ne lui demanda pas de s'identifier ni de lui donner son adresse. La solution fut très simple : elle passerait chaque mercredi après-midi au bureau du télégraphe et il lui remettrait la réponse en mains propres, voilà tout. Par ailleurs, lorsqu'il lut le message qu'Hildebranda avait écrit, il lui demanda si elle acceptait une suggestion et elle répondit oui. Florentino Ariza écrivit d'abord quelques corrections entre les lignes, les effaça, les réécrivit, n'eut plus de place, et à la fin déchira la feuille pour écrire un tout autre message qu'Hildebranda trouva attendrissant. En quittant le bureau du télégraphe, elle était au bord des larmes.

« Il est laid et triste, dit-elle à Fermina Daza, mais il est tout amour. »

Ce qui frappait le plus Hildebranda était la solitude de sa cousine. Elle avait l'air, lui disait-elle, d'une vieille fille de vingt ans. Habituée à une famille nombreuse et dispersée, à des maisons où personne ne savait avec exactitude combien y vivaient ni s'asseyaient chaque jour à table, Hildebranda ne pouvait imaginer une jeune fille de son âge réduite à la claustration de la vie privée. C'était pourtant vrai : entre le moment où elle se levait, à six heures du matin, et celui où elle éteignait la lumière de sa chambre, Fermina Daza consacrait son temps à le perdre. La vie s'imposait à elle du dehors. D'abord c'était le laitier qui, en frappant le heurtoir, la réveillait en même temps que les derniers coqs. Puis venaient la poissonnière avec sa caisse de *pargos* moribonds sur leur lit d'algues, les anciennes esclaves, somptueuses, criant les légumes de María la Baja et les fruits de San Jacinto. Ensuite, de toute la journée on ne cessait de frapper à sa porte : les mendiants, les jeunes filles des tombolas, les sœurs de charité, le rémouleur et son pipeau, l'homme qui achetait les bouteilles, l'homme qui achetait de l'or abîmé, l'homme qui achetait le papier des gazettes, les fausses gitanes qui offraient de lire l'avenir dans les jeux de cartes, les lignes de la main, le marc de café, l'eau des bassines. Gala Placidia passait la semaine à ouvrir et fermer la porte en disant non, revenez un autre jour, ou à crier par le balcon d'une humeur de chien, non ça suffit comme ça bon sang de bonsoir, on n'a besoin de rien. Elle avait remplacé la tante Escolástica avec tant de ferveur et tant de grâce que Fermina Daza la prenait pour elle jusque dans l'affection qu'elle lui portait. Elle avait des obsessions d'esclave. Dès qu'elle avait un moment libre, elle se rendait à l'office pour repasser le linge blanc, le laissait en parfait état, le rangeait dans les armoires entre des fleurs de lavande, et non contente de repasser et de plier le linge qu'elle venait de laver, elle pliait et repassait celui qui aurait pu perdre son éclat pour n'avoir pas été porté. Elle prenait même soin de conserver la garde-robe de Fermina Sánchez, la mère de Fermina, morte quatorze années auparavant. Mais c'était Fermina Daza qui prenait les décisions. Elle donnait ses ordres pour les repas, pour le marché, pour chaque chose qu'il y avait à faire, et décidait ainsi de la vie d'une maison qui en réalité ne lui apportait rien. Lorsqu'elle avait fini de laver les cages et de donner à manger aux oiseaux, et s'était assurée que les fleurs ne manquaient de rien, elle était désœuvrée. Combien de fois, après son expulsion du collège, lui était-il arrivé de s'endormir pendant la sieste et de ne se réveiller que le lendemain matin. Les leçons de peinture n'étaient qu'une façon plus amusante de perdre son temps.

Ses rapports avec son père manquaient d'affection depuis le départ en exil de la tante Escolástica, bien que tous deux eussent trouvé le moyen de vivre ensemble sans se gêner. Lorsqu'elle se levait, il était déjà parti traiter ses affaires. Il manquait peu souvent au rituel du déjeuner, bien qu'il ne mangeât presque jamais car les apéritifs et les hors-d'œuvre espagnols du café de la Paroisse lui suffisaient. Il ne dînait pas non plus : elles lui laissaient sa part sur la table, dans une assiette recouverte d'une autre, tout en sachant qu'il ne la mangerait réchauffée que le lendemain matin au petit déjeuner. Une fois par semaine il donnait à sa fille l'argent du ménage, qu'il calculait fort bien et qu'elle administrait avec rigueur, mais il accédait volontiers à toute demande qu'elle lui faisait pour une dépense imprévue. Il ne lui marchandait jamais un sou, ne lui demandait jamais de comptes, mais elle se conduisait comme si elle devait en rendre devant le tribunal de l'Inquisition. Il ne lui avait jamais parlé de la nature et de l'état de son négoce pas plus qu'il ne l'avait emmenée visiter ses bureaux, au port, dans un quartier interdit aux jeunes filles décentes même accompagnées de leur père. Lorenzo Daza ne rentrait pas chez lui avant dix heures du soir, heure du couvre-feu aux périodes les moins critiques de la guerre. Il restait au café de la Paroisse à jouer à n'importe quoi car il était spécialiste de tous les jeux en plus d'être un bon professeur. Il rentrait toujours l'esprit clair, sans réveiller sa fille, bien qu'il bût son premier anis au réveil et continuât de mâchouiller le bout de son cigare éteint et de boire çà et là toute la journée. Un soir, cependant, Fermina Daza l'entendit rentrer. Elle perçut ses pas de cosaque dans l'escalier, sa respiration énorme dans le couloir du deuxième étage, les coups frappés de la paume de sa main à la porte de sa chambre. Elle lui ouvrit et pour la première fois eut peur de son œil tordu et du bredouillement de ses mots.

« Nous sommes ruinés, dit-il. Ruinés pour de bon, tu comprends ? »

Ce fut tout ce qu'il dit et il ne le redit plus jamais, et rien ne se produisit qui indiquât qu'il avait dit la vérité, mais cette nuit-là, Fermina Daza prit conscience qu'elle était seule au monde. Elle vivait dans des limbes mondaines. Ses anciennes camarades de collège habitaient un ciel qui lui était plus interdit encore depuis le déshonneur de l'expulsion, et ses voisins ne la traitaient pas en voisine car ils l'avaient connue déjà vêtue de son uniforme de la Présentation de la Très Sainte Vierge et ignoraient son passé. Le monde de son père était un monde de trafiquants et d'arrimeurs, de réfugiés de guerre dans la tanière publique du café de la Paroisse, d'hommes seuls. L'année précédente, les leçons de peinture l'avaient soulagée un peu de sa réclusion car le professeur préférait les leçons collectives et amenait d'autres élèves dans la lingerie. Mais c'étaient des jeunes filles de conditions sociales diverses et mal définies, et pour Fermina Daza elles n'étaient que des amies d'emprunt dont l'affection finissait avec le cours. Hildebranda voulait ouvrir la maison, l'aérer, faire venir les musiciens, les pétards, les feux d'artifice de son père et organiser un bal masqué dont l'ouragan emporterait l'esprit mité de sa cousine, mais elle ne tarda pas à s'apercevoir que ses projets étaient inutiles. Pour une raison bien simple : il n'y avait personne à inviter.

Ce fut elle, en tout cas, qui la rendit à la vie. L'après-midi, après les leçons de peinture, elle se faisait conduire dans les rues pour connaître la ville. Fermina Daza lui montra le chemin qu'elle parcourait chaque jour avec la tante Escolástica, le banc du petit parc où Florentino Ariza faisait semblant de lire en l'attendant, les ruelles où il la suivait, les cachettes des lettres, le palais où autrefois se trouvait la prison du Saint-Office et qui avait été restauré et transformé en collège, celui de la Présentation de la Très Sainte Vierge, qu'elle haïssait de toute son âme. Elles grimpèrent en haut de la colline du cimetière des pauvres, où Florentino Ariza jouait du violon selon la direction des vents afin qu'elle l'écoutât de son lit, et de là-haut elles contemplèrent la ville historique tout entière, ses toitures abîmées et ses murs rongés, les ruines des forteresses entre les ronces, la rangée d'îles dans la baie, les baraques misérables autour des marais, les Caraïbes immenses.

La nuit de Noël elles allèrent à la messe de minuit de la cathédrale. Fermina occupa la place où autrefois lui parvenait le mieux la musique confidentielle de Florentino Ariza et montra à sa cousine l'endroit exact où une nuit semblable à celle-ci elle avait vu de près et pour la première fois ses yeux épouvantés. Elles se risquèrent seules jusqu'à la porte des Écrivains, achetèrent des friandises, s'amusèrent dans la boutique aux papiers de fantaisie, et Fermina Daza enseigna à sa cousine le lieu où elle avait tout à coup découvert que son amour n'était qu'un mirage. Elle ne se rendait pas compte que chacun de ses pas entre la maison et le collège, chaque endroit de la ville, chaque instant de son passé récent ne semblait exister que par la grâce de Florentino Ariza. Hildebranda le lui fit remarquer mais elle n'en convint pas car jamais elle n'eût admis l'évidence que Florentino Ariza, en bien ou en mal, était tout ce qui lui était arrivé dans la vie.

À la même époque vint un photographe belge qui installa un studio sur les hauteurs de la porte des Écrivains, et tous ceux qui avaient de quoi le payer profitèrent de l'occasion pour se faire faire un portrait. Fermina et Hildebranda furent parmi les premiers. Elles vidèrent l'armoire de Fermina Sánchez, se partagèrent les robes les plus somptueuses, les ombrelles, les chaussures du soir et les chapeaux, et s'habillèrent en dames du milieu du siècle. Gala Placidia les aida à lacer les corsets, leur enseigna à se mouvoir à l'intérieur des armatures de fer des crinolines, à enfiler les gants, à boutonner les bottines à hauts talons. Hildebranda choisit un chapeau avec des plumes d'autruche qui lui tombaient sur les épaules. Fermina en préféra un plus récent orné de fruits en plâtre peint et de fleurs de lin. À la fin, elles se moquèrent d'elles-mêmes lorsque dans le miroir elles se virent pareilles aux daguerréotypes de leurs grand-mères, et s'en furent heureuses, malades de rire, prêtes pour la photo de leur vie. Gala Placidia les regarda du haut du balcon traverser le parc, leurs ombrelles déployées, gardant comme elles le pouvaient l'équilibre sur leurs hauts talons, poussant de tout leur corps les crinolines comme on pousse une voiture d'enfants : et elle les bénit afin que Dieu les aidât dans la réussite de leurs portraits.

Il y avait de l'agitation devant le Studio du Belge car on photographiait Beny Centeno qui, à cette époque, avait gagné le championnat de boxe à Panamá. Il était en pantalon de combat, avec des gants et une couronne sur la tête, et le photographier n'était guère facile car il devait rester en position d'attaque pendant une minute en respirant le moins possible, mais ne pouvait résister à la tentation de montrer son art pour faire plaisir à ses partisans qui éclataient en ovations dès qu'il se mettait en garde. Quand vint le tour des cousines, le ciel s'était couvert et la pluie semblait imminente, mais elles se laissèrent poudrer le visage avec de l'amidon et s'appuyèrent avec tant de naturel à la colonne d'albâtre qu'elles parvinrent à rester immobiles plus longtemps qu'il semblait nécessaire. Ce fut un portrait pour l'éternité. Lorsque Hildebranda mourut dans son hacienda de Flores de María, on en trouva une copie sous clef, dans l'armoire de sa chambre, cachée entre les plis des draps parfumés, auprès d'une pensée fossilisée et au creux d'une lettre effacée par les ans. Fermina Daza conserva la sienne pendant des années à la première page d'un album de famille d'où elle disparut sans que l'on sût ni quand ni comment, pour finir entre les mains de Florentino Ariza à la suite d'une série de hasards invraisemblables et alors que tous deux avaient plus de soixante ans.

Lorsque Fermina et Hildebranda sortirent du studio du Belge, les arcades de la place des Écrivains regorgeaient de monde jusque sur les balcons. Elles avaient oublié qu'elles avaient le visage blanc à cause de l'amidon et les lèvres peintes d'une pommade couleur chocolat, et que leurs vêtements ne correspondaient ni à l'heure ni à l'époque. La rue les accueillit avec des sifflements moqueurs. Elles étaient dans une encoignure, essayant d'échapper aux quolibets de la foule, lorsque, se frayant un chemin au milieu des badauds, apparut le landau aux alezans dorés. Les huées cessèrent et les groupes hostiles se dispersèrent. Hildebranda ne devait jamais oublier la première vision de l'homme qui se présenta sur le marchepied, son haut-de-forme de satin, son gilet de brocart, ses manières savantes, la douceur de ses yeux et l'autorité de sa présence.

Bien qu'elle ne l'eût jamais vu, elle le reconnut aussitôt. Fermina Daza lui avait parlé de lui, presque par hasard et sans marquer d'intérêt, un après-midi du mois précédent lorsqu'elle avait refusé de passer devant la demeure du marquis de Casalduero parce que le landau aux chevaux d'or était arrêté devant la porte. Elle lui avait raconté qui en était le propriétaire et tenté de lui expliquer les raisons de son antipathie. Hildebranda l'oublia. Mais lorsqu'elle le vit à la portière de la voiture, telle une apparition de conte de fées, un pied à terre, l'autre sur le marchepied, elle ne comprit pas les motifs de sa cousine.

« Faites-moi le plaisir de monter, leur dit le docteur Juvenal Urbino. Je vous conduirai là où vous l'ordonnerez. »

Fermina Daza ébaucha un geste de réticence, mais Hildebranda avait déjà accepté. Le docteur Juvenal Urbino recula d'un pas et du bout des doigts, presque sans la toucher, l'aida à monter dans la voiture. Fermina Daza, n'ayant pas le choix, grimpa derrière elle, le visage enflammé par la honte.

La maison n'était qu'à quelques mètres. Les cousines ne s'aperçurent pas si le docteur était ou non de connivence avec le cocher, mais sans doute l'était-il car la voiture mit plus d'une demi-heure pour arriver. Elles étaient assises sur le siège principal, face à lui qui se trouvait dans le sens contraire de la marche. Fermina Daza tourna la tête et s'absorba dans le vide. Hildebranda, en revanche, était ravie, et le docteur Urbino plus ravi encore de son ravissement. Dès que la voiture eut démarré, elle perçut la chaude senteur de cuir naturel des sièges, l'intimité de l'intérieur capitonné, et déclara que cela lui paraissait un endroit où il devait faire bon vivre. Très vite ils commencèrent à rire, à échanger des plaisanteries de vieux amis, puis se lancèrent dans un jeu d'esprit au jargon facile qui consistait à intercaler entre chaque syllabe une syllabe conventionnelle. Ils feignaient de croire que Fermina Daza ne les entendait pas bien qu'ils sussent qu'elle les écoutait, et plus encore qu'elle n'écoutait qu'eux, et c'est pourquoi ils continuaient. Au bout d'un moment, après avoir beaucoup ri, Hildebranda avoua qu'elle ne pouvait supporter plus longtemps le supplice des bottines.

« Rien de plus facile, dit le docteur Urbino. Nous allons voir qui va gagner. »

Il commença à délacer ses bottes, et Hildebranda accepta le défi. L'entreprise était délicate car les baleines du corset l'entravaient et ne lui permettaient pas de se pencher en avant, mais le docteur Urbino s'attarda exprès, jusqu'à ce qu'elle sortît les bottines de dessous ses jupes avec un éclat de rire triomphant, comme si elle venait de les repêcher au fond d'un lac. Tous deux regardèrent alors Fermina Daza et virent son magnifique profil de grive plus fin que jamais se découper contre l'incendie du crépuscule. Elle était trois fois furieuse : à cause de la situation imméritée dans laquelle elle se trouvait, à cause de la conduite libertine d'Hildebranda et parce qu'elle était certaine que le cocher tournait en rond afin de retarder leur arrivée. Mais Hildebranda était déchaînée.

« Maintenant je me rends compte que ce n'étaient

pas les chaussures qui me gênaient mais cette cage de fer. »

Le docteur Juvenal Urbino comprit qu'elle voulait parler de la crinoline et saisit l'occasion au vol. « Rien de plus facile, dit-il. Ôtez-la. » D'un geste rapide de prestidigitateur, il sortit un mouchoir de sa poche, se banda les yeux et dit :

« Je ne regarde pas. »

Le bandeau faisait ressortir la pureté des lèvres entre la barbe ronde et noire et les moustaches aux pointes effilées, et Hildebranda se sentit secouée par un ouragan de panique. Elle regarda Fermina Daza et la vit non pas furieuse mais terrorisée à l'idée qu'elle fût capable d'ôter sa jupe. Hildebranda redevint sérieuse et lui demanda, par signes de la main : « Qu'est-ce qu'on fait ? » Fermina Daza lui répondit dans le même code que si elles ne rentraient pas immédiatement à la maison elle se jetterait de la voiture en marche.

« J'attends, dit le médecin.

— Vous pouvez regarder », dit Hildebranda.

En enlevant son bandeau Juvenal Urbino la trouva différente et comprit que le jeu était fini et qu'il avait mal fini. Il adressa un signe au cocher qui fit demi-tour, et la voiture entra dans le parc des Évangiles au moment où l'allumeur de réverbères donnait de la lumière aux becs de gaz. Toutes les églises sonnèrent l'angélus. Hildebranda descendit à la hâte, quelque peu contrariée par l'idée d'avoir déplu à sa cousine, et dit au revoir au médecin en lui donnant une poignée de main sans cérémonies. Fermina l'imita mais lorsqu'elle voulut retirer sa main gantée de satin, le docteur Urbino lui serra avec force le doigt du cœur.

« J'attends votre réponse », lui dit-il.

Fermina Daza tira plus fort et le gant vide pendit dans la main du docteur Urbino. Elle n'attendit pas qu'il le lui rendît. Elle se coucha sans manger. Hildebranda, comme si rien ne s'était passé, entra dans la chambre après avoir dîné avec Gala Placidia dans la cuisine, et commenta avec sa grâce naturelle les incidents de l'après-midi. Elle ne dissimula pas son enthousiasme pour le docteur Urbino, pour son élégance et sa sympathie, et Fermina Daza ne fit aucun commentaire. Mais elle était remise de la contrariété. À un certain moment, Hildebranda avoua : lorsque le docteur Juvenal Urbino s'était bandé les yeux et qu'elle avait vu l'éclat de ses dents parfaites entre ses lèvres roses, elle avait éprouvé un irrésistible désir de le manger de baisers. Fermina Daza se tourna contre le mur et mit fin à la conversation, sans intention d'offenser sa cousine, plutôt souriante.

« Tu es une vraie pute », dit-elle.

Elle passa une nuit agitée, voyant le docteur Juvenal Urbino partout, le voyant rire, chanter, cracher, les yeux bandés, des étincelles de soufre entre ses dents, et se moquer d'elle dans un jargon débridé à l'intérieur d'une étrange voiture qui grimpait vers le cimetière des pauvres. Elle s'éveilla bien avant l'aube, épuisée, et, les yeux clos, resta éveillée, pensant aux innombrables années qui lui restaient encore à vivre. Puis, tandis qu'Hildebranda faisait sa toilette, elle écrivit une lettre à toute vitesse, la plia à toute vitesse, la mit à toute vitesse dans une enveloppe, et avant qu'Hildebranda ne sortît de la salle de bains, elle envoya Gala Placidia la porter au docteur Juvenal Urbino. C'était une lettre bien à elle, sans un mot de plus ni de moins, dans laquelle elle se limitait à dire oui, docteur, parlez à mon père.

Lorsque Florentino Ariza apprit que Fermina Daza allait épouser un médecin fortuné et de haut rang, instruit en Europe et possédant une réputation insolite pour son âge, nulle force ne fut en mesure de le tirer de sa prostration. Tránsito Ariza, voyant qu'il avait perdu la parole et l'appétit et qu'il passait des nuits blanches à pleurer sans relâche, fit l'impossible pour le consoler en utilisant des stratagèmes d'amante et, au bout d'une semaine, obtint qu'il mangeât de nouveau. Elle parla alors à Léon XII Loayza, l'unique survivant des trois frères et, sans lui en expliquer la raison, le supplia de donner à son neveu un emploi quelconque dans son entreprise de navigation, à condition que ce fût dans un port perdu au milieu de la jungle de la Magdalena, qu'il n'y eût ni courrier ni télégraphe et qu'il n'y vît personne pouvant lui raconter quoi que ce fût de cette ville de perdition. Par considération pour la veuve de son frère qui ne supportait pas même la simple existence du bâtard, l'oncle ne lui concéda pas l'emploi mais il lui obtint le poste de télégraphiste de Villa de Leyva, un village de rêve situé à plus de vingt journées de route et presque trois mille mètres d'altitude au-dessus du niveau de la rue des Fenêtres.

Florentino Ariza ne fut jamais très conscient de ce voyage médicinal. Il devait s'en souvenir toute sa vie, comme de tout ce qui s'était produit à cette époque, à travers le prisme déformé de son infortune. Lorsqu'il reçut le télégramme de nomination, il pensa n'en pas faire cas, mais Lotario Thugut le convainquit par des arguments d'allemand qu'un avenir radieux l'attendait dans l'administration. Il dit : « Le télégraphe, c'est le métier de l'avenir. » Il lui fit cadeau d'une paire de gants fourrés en lapin, d'un bonnet des steppes et d'un pardessus avec un col en peluche qu'il avait porté pendant les hivers glacials de Bavière. L'oncle Léon XII lui offrit deux costumes de drap et des bottes imperméables qui avaient appartenu à son frère aîné et lui paya le voyage en cabine sur le prochain bateau. Tránsito

Ariza coupa les vêtements aux mesures de son fils, moins corpulent que le père et beaucoup plus petit que l'Allemand, et lui acheta des chaussettes de laine et des caleçons longs afin qu'il ne manquât de rien sur ces hauteurs désolées et froides. Florentino Ariza, endurci à force de souffrir, assistait aux préparatifs du voyage comme un mort eût assisté à la préparation de ses honneurs funèbres. Il ne dit à personne qu'il partait, ne dit à personne au revoir, à cause de ce même hermétisme de fer qui l'avait conduit à ne révéler le secret de sa passion qu'à sa mère et à elle seule, mais la veille du voyage son cœur commit en toute conscience une dernière folie qui faillit lui coûter la vie. À minuit, il enfila son costume du dimanche et joua sous le balcon de Fermina Daza la valse d'amour connue d'eux seuls, qu'il avait composée pour elle et qui avait été pendant trois ans l'emblème de leur complicité contrariée. Il la joua en murmurant les mots, son violon baigné de larmes, et avec une inspiration si profonde que dès les premières mesures les chiens de la rue commencèrent à aboyer, puis ceux de toute la ville, mais peu à peu, ensorcelés par la musique, ils finirent par se taire, et la valse s'acheva dans un silence surnaturel. Derrière le balcon, la fenêtre ne s'ouvrit pas et dans la rue nul ne se montra, pas même le veilleur de nuit qui presque toujours s'approchait avec son quinquet pour tenter de prospérer grâce aux miettes des sérénades. Cet acte fut pour Florentino Ariza un exorcisme qui le soulagea, car lorsqu'il rangea le violon dans son étui et s'éloigna dans les rues mortes sans regarder derrière lui, il n'avait plus le sentiment de partir le lendemain, mais d'être parti depuis de nombreuses années avec l'irrévocable décision de ne jamais revenir.

Le bateau, un des trois navires identiques de la Compagnie fluviale des Caraïbes, avait été rebaptisé

Pie VI Loayza en hommage à son fondateur. C'était une maison de bois flottante à deux étages, bâtie sur une coque en fer large et plate, avec une calaison maximale de cinq pieds, qui lui permettait de mieux naviguer sur les fonds variables du fleuve. Les bateaux plus anciens avaient été fabriqués à Cincinnati au milieu du siècle, sur le modèle légendaire de ceux qui naviguaient sur l'Ohio et le Mississippi, et ils possédaient de chaque côté une roue de propulsion mue par une chaudière à bois. Comme eux, les navires de la Compagnie fluviale des Caraïbes avaient leurs machines à vapeur sur le pont inférieur, presque au ras de l'eau, ainsi que les cuisines et les grands enclos à volaille où l'équipage suspendait les hamacs entrecroisés à différentes hauteurs. À l'étage supérieur, la chambre de navigation, les cabines du capitaine et des officiers, une salle de jeux et une salle à manger où les passagers importants étaient invités au moins une fois à dîner et à jouer aux cartes. À l'étage intermédiaire se trouvaient six cabines de première classe, de chaque côté d'une coursive qui servait de salle à manger commune et, en proue, un salon ouvert sur le fleuve avec des garde-fous en dentelle de bois et des piliers de fer où la nuit les passagers ordinaires accrochaient leurs hamacs. À la différence des navires plus anciens, les palettes de propulsion de ces bateaux ne se trouvaient pas sur les côtés mais en poupe où, juste au-dessous des cabinets suffocants du pont des passagers, il y avait une énorme roue à aubes. Une fois monté à bord, un dimanche de juillet à sept heures du matin, Florentino Ariza ne prit pas la peine d'explorer le navire, comme le faisaient presque par instinct ceux qui entreprenaient pour la première fois le voyage. Il n'eut conscience de la nouvelle réalité que dans la soirée, alors qu'ils passaient devant le village de Calamar, en allant uriner à l'arrière et en voyant par le trou des cabinets la gigantesque roue à aubes tourner sous ses pieds dans un tonnerre volcanique d'écume et de vapeurs brûlantes.

Il n'avait jamais voyagé. Il emportait une cantine en fer contenant ses vêtements pour les frimas, les romans illustrés qu'il achetait sous forme de feuilletons mensuels et que lui-même cousait à des couvertures de carton, et les poèmes d'amour qu'il récitait par cœur et qui étaient sur le point de tomber en poussière à force d'avoir été lus. Il avait laissé son violon qu'il identifiait trop à son malheur, mais sa mère l'avait obligé à emporter son *petate*, un équipement pour dormir très pratique et très populaire : un oreiller, un drap, un petit vase de nuit en potin gris et une bâche en mailles fines et serrées pour se protéger des moustiques, le tout enveloppé dans une natte fermée par deux cordes de pite pouvant tenir lieu de hamac en cas d'urgence. Florentino Ariza ne voulait pas le prendre car il pensait qu'il serait inutile dans une cabine où il y avait des lits, mais dès la première nuit il dut une fois de plus remercier le bon sens de sa mère. En effet, à la dernière minute, était monté à bord un passager en habit arrivé le matin même sur un bateau en provenance d'Europe, et accompagné du gouverneur de la province en personne. Il voulait sans plus attendre poursuivre le voyage avec sa femme, sa fille, son domestique en livrée et sept malles frappées de clous dorés qui ne passèrent qu'à grand-peine par les escaliers. Le capitaine, un géant de Curaçao, parvint à émouvoir le sens patriotique des créoles afin d'installer les voyageurs imprévus. Il expliqua à Florentino Ariza dans un méli-mélo d'espagnol et de papiamento que l'homme en habit était le nouveau ministre plénipotentiaire d'Angleterre en voyage pour la capitale de la république, lui rappela que ce royaume avait apporté une aide décisive à notre libération de la domination espagnole et qu'en conséquence tout sacrifice était bien peu de chose pour qu'une famille investie d'une aussi haute dignité se sentît chez nous mieux que chez elle. Florentino Ariza, bien sûr, renonça à sa cabine.

Au début il ne le regretta pas car en cette époque de l'année le débit du fleuve était important, de sorte que les premières nuits, le bateau naviqua sans encombre. Après le dîner, vers cinq heures du soir, l'équipage répartissait entre les passagers des lits de camp pliables et chacun ouvrait le sien où il le pouvait, l'arrangeait avec les chiffons de son *petate* et installait par-dessus la moustiquaire de tulle. Ceux qui avaient des hamacs les accrochaient dans le salon et ceux qui n'avaient rien dormaient sur les tables de la salle à manger, enveloppés dans les nappes qu'on ne changeait pas plus de deux fois pendant le voyage. Florentino Ariza restait éveillé la plus grande partie de la nuit, croyant entendre la voix de Fermina Daza dans la brise fraîche du fleuve, ressassant sa solitude et ses souvenirs, l'écoutant chanter dans la respiration du navire qui avançait dans les ténèbres à pas de grande bête, jusqu'à ce que surgissent les premières marbrures roses sur l'horizon et que le jour nouveau éclatât soudain sur les pâturages déserts et les marais de brumes. Le voyage lui semblait alors une preuve supplémentaire de la sagesse de sa mère et il se sentait la force de survivre à l'oubli.

Cependant, au bout de trois jours de bonnes eaux, la navigation se fit plus difficile, entre des bancs de sable intempestifs et des turbulences trompeuses. Le fleuve devenait trouble et allait se rétrécissant de plus en plus dans une forêt enchevêtrée d'arbres colossaux où il n'y avait de temps à autre qu'une cahute de paille à côté du bois entassé pour les chaudières des bateaux. Le charivari des perroquets et le scandale des singes invisibles semblaient accroître la canicule de la mi-journée. Mais la nuit, il fallait amarrer le bateau pour dormir et le simple fait d'être vivant devenait alors insupportable. À la chaleur et aux moustiques s'ajoutait la puanteur des quartiers de viande mis à sécher aux bastingages. La plupart des passagers, les Européens surtout, abandonnaient le pourrissoir des cabines et passaient la nuit à marcher sur le pont, chassant toutes sortes de bestioles avec la même serviette qui servait à éponger leur sueur incessante, et au lever du jour ils étaient épuisés et enflés à cause des piqûres des moustiques.

De plus, cette année-là, avait éclaté un nouvel épisode de l'intermittente guerre civile entre libéraux et conservateurs, et le capitaine avait pris des précautions très sévères quant à l'ordre intérieur et à la sécurité des passagers. Pour tenter d'éviter erreurs et provocations, il avait interdit la distraction favorite des voyages de l'époque : la chasse aux caïmans qui se doraient au soleil sur des bancs de sable. Plus loin, lorsqu'au cours d'une discussion quelques passagers se divisèrent en deux bandes ennemies, il confisqua les armes de tout le monde en promettant de les rendre au terme du voyage. Il fut inflexible, même avec le ministre britannique qui, au lendemain du départ, était apparu habillé en chasseur, avec une carabine de précision et un fusil à deux coups pour tuer les tigres. Les restrictions se firent plus draconiennes encore passé le port de Tenerife lorsqu'ils croisèrent un bateau qui avait hissé le pavillon jaune de la peste. Le capitaine ne put obtenir aucune information sur cet avertissement inquiétant car l'autre bateau ne répondit pas à ses signaux. Le même jour ils en rencontrèrent un autre qui chargeait du bétail pour la Jamaïque et qui les informa que le navire battant le pavillon de la peste transportait deux malades atteints du choléra et que l'épidémie faisait des ravages sur tout le parcours du fleuve qu'il leur restait encore à naviguer. On interdit alors aux passagers de quitter le bateau aussi bien dans les ports suivants que dans les endroits dépeuplés où il accostait pour charger du bois. De sorte que pendant le reste du voyage jusqu'au port d'arrivée, qui dura encore six jours, les passagers prirent des habitudes pénitentiaires. Parmi celles-ci, la contemplation pernicieuse de cartes postales pornographiques hollandaises qui circulèrent de main en main sans que nul ne sût d'où elles sortaient bien qu'aucun vétéran du fleuve n'ignorât qu'elles étaient à peine un échantillon de la collection légendaire du capitaine. Mais même cette distraction sans avenir finit par accroître l'ennui.

Florentino Ariza supporta les rigueurs du voyage avec la patience minérale qui désolait sa mère et exaspérait ses amis. Il ne fréquenta personne. Il passait des journées paisibles assis devant le bastingage à contempler les caïmans immobiles sur les bancs de sable exposés au soleil, mâchoires béantes pour attraper les papillons, les bandes de hérons apeurés qui s'envolaient soudain des marais, les lamantins qui allaitaient leurs petits avec leurs grandes mamelles maternelles et surprenaient les passagers par leurs gémissements de femme. En une seule journée il vit passer trois corps humains qui flottaient, gonflés et verts, des charognards posés sur eux. Passèrent d'abord les corps de deux hommes, l'un sans tête, puis celui d'une petite fille dont les cheveux de méduse s'en allèrent en ondulant dans le sillage du bateau. Il ne put savoir, parce qu'on ne le savait jamais, s'ils avaient été victimes du choléra ou de la guerre, mais le remugle nauséabond contamina dans sa mémoire le souvenir de Fermina Daza.

Il en était toujours ainsi ; tout événement, bon ou

mauvais, avait un rapport avec elle. La nuit, lorsqu'on amarrait le bateau et que la plupart des passagers ne cessaient de faire les cent pas sur le pont, il récitait presque par cœur les feuilletons illustrés sous la lampe à pétrole de la salle à manger, la seule qui restait allumée jusqu'au matin, et les drames tant de fois relus retrouvaient leur magie originale, lorsque aux protagonistes imaginaires il substituait ses amis de la vie réelle et réservait pour lui et pour Fermina Daza les rôles aux amours impossibles. D'autres nuits il écrivait des lettres angoissées dont il éparpillait ensuite les morceaux sur les eaux qui coulaient sans cesse vers elle. Ainsi les heures les plus difficiles s'enfuyaient-elles. Il incarnait tantôt un prince timide, tantôt un chevalier errant de l'amour, tantôt sa propre peau écorchée d'amant condamné à l'oubli, et lorsque se levaient les premières brises il allait s'assoupir dans les fauteuils près du bastingage.

Une nuit qu'il avait interrompu sa lecture plus tôt que de coutume et se dirigeait, distrait, vers les toilettes, une porte s'ouvrit dans la salle à manger déserte, et une main de rapace l'attrapa par la manche de sa chemise et l'enferma dans une cabine. C'est à peine s'il parvint à sentir dans le noir une femme nue au corps sans âge et à la respiration débridée, trempée d'une sueur brûlante, qui le renversa sur la couchette, détacha la boucle de sa ceinture, fit sauter les boutons de sa braguette, s'écartela toutes jambes ouvertes au-dessus de lui, le chevaucha, et sans gloire aucune le dépouilla de sa virginité. Tous deux roulèrent agonisants dans le néant d'un abîme sans fond qui sentait le marécage à crevettes. Elle demeura un instant sur lui, hors d'haleine, et dans l'obscurité cessa d'exister.

« Maintenant, partez et oubliez tout cela, dit-elle. Il n'y a jamais rien eu. »

L'assaut avait été si rapide et si triomphal qu'on ne pouvait le concevoir comme une folie soudaine au milieu de l'ennui mais plutôt comme le fruit d'un plan élaboré avec tout le temps nécessaire et une grande minutie dans les détails. Cette certitude flatteuse accrut l'inquiétude de Florentino Ariza qui, au sommet de la jouissance, avait senti une révélation à laquelle il ne pouvait croire et qu'il refusait même d'admettre, et qui signifiait que l'amour illusoire de Fermina Daza pouvait être remplacé par une passion terrestre. C'est ainsi qu'il s'obstina à découvrir l'identité de sa magistrale violeuse dont l'instinct de panthère lui permettrait peut-être de trouver le remède à son infortune. Mais il n'y parvint pas. Au contraire plus il approfondissait son enquête, plus il se sentait loin de la vérité.

L'assaut avait eu lieu dans la dernière cabine, mais celle-ci communiquait avec l'avant-dernière par une porte intérieure, de sorte qu'elles formaient une chambre familiale à quatre couchettes. Là, voyageaient deux jeunes femmes, une troisième un peu plus âgée mais très belle à regarder, et un enfant de quelques mois. Elles avaient embarqué à Barranco de Loba, le port où l'on chargeait les marchandises et les passagers de la ville de Mompox, rayée des itinéraires des bateaux à vapeur à cause de l'inconstance du fleuve, et Florentino Ariza les avait remarquées car elles portaient le bébé dans une grande cage à oiseaux.

Elles voyageaient habillées comme sur les transatlantiques à la mode, avec des vertugadins sous leurs jupes de soie, des gorgerettes de dentelle et des capelines ornées de fleurs en mousseline, et les deux plus jeunes changeaient de tenue plusieurs fois par jour, de sorte qu'elles semblaient avoir emporté avec elles une fraîcheur printanière alors que les autres passagers étouffaient de chaleur. Toutes trois se servaient avec habileté de leurs ombrelles et des éventails de plumes, mais avec les sous-entendus indéchiffrables des Momposiniennes de l'époque. Florentino Ariza ne réussit pas même à préciser quelles relations existaient entre elles bien qu'elles appartinssent sans doute à une même famille. Au début il pensa que l'aînée pouvait être la mère des deux autres, mais il se rendit compte qu'elle n'était pas assez âgée et qu'en outre elle était en demi-deuil alors que les autres ne l'étaient pas. Il ne concevait pas que l'une d'elles eût osé faire ce qu'elle avait fait tandis que les deux autres dormaient dans les couchettes voisines, et la seule hypothèse raisonnable était qu'elle avait profité d'un moment fortuit, ou qui sait concerté à l'avance, où elle était seule dans la cabine. Il constata que deux d'entre elles sortaient parfois prendre le frais jusqu'à une heure tardive, tandis que la troisième restait garder l'enfant. Cependant, une nuit qu'il faisait plus chaud encore, elles sortirent toutes les trois ensemble avec l'enfant endormi dans la cage en osier recouverte d'un tulle.

En dépit de cet enchevêtrement d'indices, Florentino Ariza s'empressa d'écarter la possibilité que la plus âgée des trois fût l'auteur de l'assaut et élimina aussitôt après la plus jeune qui était la plus belle et la plus effrontée. Il le fit sans motifs valables, pour la simple raison que la surveillance anxieuse des trois femmes l'avait conduit à constater son désir profond que l'amante instantanée fût la mère de l'enfant en cage. Cette supposition le séduisait tant qu'il commença de penser à elle avec plus d'intensité qu'à Fermina Daza, sans que lui importât l'évidence que cette jeune mère ne vivait que pour son enfant. Elle n'avait pas plus de vingt-cinq ans, elle était svelte et dorée, avec des paupières portugaises qui la rendaient plus distante, et quelques miettes de la tendresse qu'elle prodiguait à l'enfant eussent suffi à n'importe quel homme. Depuis le petit déjeuner jusqu'à l'heure du coucher, elle s'occupait de lui dans le salon tandis que les deux autres jouaient au mah-jong, et lorsqu'elle parvenait à l'endormir, elle suspendait au plafond la cage en osier, du côté le plus frais du bastingage. Mais elle ne le quittait pas quand bien même il était endormi, et berçait la cage en murmurant des chansons d'amour tandis que ses pensées volaient par-dessus les misères du voyage. Florentino Ariza s'accrocha à l'espoir que tôt ou tard elle se dénoncerait, ne fût-ce que par un geste. Il était attentif aux moindres changements de sa respiration dans le rythme du reliquaire qu'elle portait en pendentif sur son chemisier de batiste, la regardant sans pudeur par-dessus le livre qu'il feignait de lire, et se rendit même coupable de l'impertinence calculée de changer de place à table pour être en face d'elle. Mais il n'obtint pas le plus infime indice qu'elle fût en réalité le dépositaire de l'autre moitié de son secret. Et il ne lui resta d'elle, parce que sa jeune compagne un jour l'interpella, qu'un prénom sans patronyme : Rosalba.

Le huitième jour, le bateau passa à grand-peine par un chenal turbulent encaissé entre des parois de marbre, et après le déjeuner accosta à Port Nare. Là devaient débarquer les passagers qui poursuivaient le voyage dans la province d'Antioquia, une des plus affectées par la nouvelle guerre civile. Le port comprenait une demi-douzaine de cahutes en feuilles de palmier et une épicerie en bois avec un toit de tôles, et il était protégé par plusieurs patrouilles de soldats, pieds nus et mal armés, car on croyait savoir que les insurgés avaient conçu un plan pour piller les navires. Derrière les maisons se dressait, jusqu'au ciel, le promontoire d'une montagne sauvage avec une corniche en forme de fer à cheval taillée au bord du précipice. Sur le bateau, personne ne dormit tranquille, mais il n'y eut pas d'attaque pendant la nuit et le port s'éveilla transformé en une foire dominicale grouillante d'Indiens vendant des amulettes de tagua et des breuvages d'amour entre les rangées de mules prêtes à entreprendre une ascension de six jours jusqu'aux forêts d'orchidées de la Cordillère centrale.

Florentino Ariza s'était amusé à regarder décharger le bateau à dos de nègre, il avait vu descendre les paniers de porcelaine chinoise, les pianos à queue pour les vieilles filles d'Envigado, mais il s'aperçut trop tard que parmi les passagers qui débarquaient se trouvait le groupe de Rosalba. Il les vit alors qu'elles étaient déjà montées en amazone, avec des bottes d'écuyères et des ombrelles aux couleurs équatoriales, et il se décida alors à franchir le pas qu'il n'avait osé franchir les jours précédents : il agita la main pour dire adieu à Rosalba et toutes trois lui répondirent de même avec une familiarité dont l'audace tardive lui secoua les entrailles. Il les vit tourner derrière l'épicerie, suivies des mules portant les malles, les caisses de chapeaux et la cage du bébé, et peu après grimper au bord de l'abîme comme une rangée de petites fourmis laborieuses, avant de disparaître à jamais de sa vie. Alors il se sentit seul au monde et le souvenir de Fermina Daza, qui était resté aux aguets pendant les derniers jours, lui asséna un coup mortel.

Il savait qu'elle devait se marier en une noce fracassante, et l'être qui l'aimait le plus au monde et l'aimerait pour toujours n'aurait pas même le droit de mourir pour elle. La jalousie jusqu'alors noyée dans les larmes s'empara de son âme. Il suppliait Dieu que la foudre de la justice divine fulminât Fermina Daza au moment où elle s'apprêterait à jurer amour et obéissance à un homme qui ne voulait pour épouse qu'un ornement social, et il s'extasiait devant la vision de la mariée, qui serait sienne ou ne serait à personne, étendue de tout son long sur les dalles de la cathédrale auprès des fleurs d'orangers que la rosée de la mort rendait nivéennes et du torrent mousseux de son voile sur les marbres funéraires de quatorze évêques ensevelis face au maître-autel. Cependant, la vengeance consommée, il se repentait de sa propre méchanceté et voyait alors Fermina Daza se relever le souffle intact, étrangère mais vivante, parce qu'il lui était impossible d'imaginer le monde sans elle. Il ne retrouva pas le sommeil et si parfois il s'asseyait pour grignoter quelque chose, c'était dans l'illusion que Fermina Daza était assise à sa table ou au contraire afin de lui refuser l'hommage de jeûner pour elle. Parfois, il se consolait avec la certitude que dans l'effervescence de la noce et même au cours des nuits fébriles de sa lune de miel, Fermina Daza souffrirait, ne serait-ce qu'un instant, un seul instant mais un instant tout de même, au moment où le fantôme du fiancé trompé, humilié et bafoué se hisserait jusqu'à sa conscience et lui gâcherait son bonheur.

La veille de l'arrivée au port de Caracolí, terme du voyage, le capitaine offrit la traditionnelle fête d'adieu, avec un orchestre d'instruments à vent composé des membres de l'équipage, et des feux d'artifice de toutes les couleurs tirés depuis la cabine de commandement. Le ministre de Grande-Bretagne avait survécu à l'odyssée avec un stoïcisme exemplaire, chassant à la pointe de son appareil photographique les animaux qu'on lui avait interdit de tuer avec des fusils, et il n'y eut de soir qu'on ne le vît en habit dans la salle à manger. Mais pour la fête finale il fit son entrée revêtu du costume écossais du clan Mac Tavish, joua de la cornemuse à loisir, enseigna à danser ses danses nationales à qui voulait les apprendre et avant le lever du jour on dut presque le traîner de force jusqu'à sa cabine. Florentino Ariza, accablé de douleur, s'était installé dans le coin le plus reculé du pont, où ne lui parvenaient pas même les rumeurs de la fête, et il s'était enveloppé dans le manteau de Lotario Thugut pour tenter de résister au tremblement de ses os. Il s'était réveillé à cinq heures du matin, comme se réveille un condamné à mort à l'aube de l'exécution, et il avait passé toute la journée à imaginer minute après minute chaque instant du mariage de Fermina Daza. Plus tard, lorsqu'il rentra chez lui, il se rendit compte qu'il s'était trompé de date et que tout avait été différent de ce qu'il avait imaginé, mais il eut tout de même le bon sens de rire de son imagination.

Ce fut en tout cas un samedi de passion qui connut son apogée avec un nouvel accès de fièvre, lorsqu'il crut qu'était arrivé le moment où les jeunes mariés s'enfuyaient en secret par une porte dérobée afin de s'abandonner aux délices de leur première nuit. Quelqu'un qui le vit trembler de fièvre prévint le capitaine et celui-ci, craignant un cas de choléra, quitta la fête avec le médecin du bord qui, par précaution, l'envoya dans la cabine de quarantaine avec une bonne dose de bromure. Le lendemain, cependant, lorsque les escarpements de Caracolí furent en vue, la fièvre avait disparu et il avait l'esprit exalté car dans le marasme des calmants il avait décidé, une fois pour toutes et sans autre forme de procès, d'envoyer au diable l'avenir radieux du télégraphe et de retourner par le même bateau à sa vieille rue des Fenêtres.

Il ne lui fut pas difficile d'obtenir qu'on lui offrît le voyage de retour en contrepartie de la cabine qu'il avait cédée au représentant de la reine Victoria. Le capitaine tenta de l'en dissuader, arguant lui aussi que le télégraphe était la science de l'avenir. C'était si vrai, dit-il, qu'on était en train d'inventer un système pour l'installer sur les bateaux. Mais Florentino Ariza résista à tout argument, et le capitaine finit par le ramener, non parce qu'il lui devait une cabine, mais parce qu'il connaissait ses véritables liens avec la Compagnie fluviale des Caraïbes.

La descente du fleuve se fit en moins de six jours et Florentino Ariza se sentit de nouveau chez lui dès qu'ils entrèrent, au petit matin, dans les marais de las Mercedes et qu'il vit la rangée de lumières des pirogues de pêche onduler dans le sillage du navire. Il faisait encore nuit lorsqu'ils accostèrent dans l'anse de l'Enfant perdu, à neuf lieues de la baie, dernier port fluvial des bateaux à vapeur avant qu'on ne draguât et remit en service l'ancien chenal espagnol. Les passagers devaient attendre six heures du matin que vînt la flottille des chaloupes de louage chargées de les conduire jusqu'à la destination finale. Mais Florentino Ariza était si énervé qu'il partit bien avant dans la chaloupe de la poste dont les employés le considéraient comme un des leurs. Avant d'abandonner le navire il céda à la tentation d'un acte symbolique : il jeta son *petate* à l'eau et le suivit du regard, entre les torches des pêcheurs invisibles jusqu'à ce qu'il sortît de la lagune et disparût sur l'océan. Il était sûr que plus jamais il n'en aurait besoin. Parce que plus jamais il n'abandonnerait la ville de Fermina Daza.

Au petit jour, la baie était une eau dormante. Au-dessus de la brume vaporeuse, Florentino Ariza vit le clocher de la cathédrale que doraient les premières lueurs, il vit les pigeonniers sur les terrasses et, s'orientant grâce à eux, localisa le balcon du palais du marquis de Casalduero, où il supposait que dormait encore la femme de son malheur, blottie contre l'épaule de l'époux satisfait. Cette supposition le déchira, mais il ne tenta rien pour la repousser, bien au contraire : il se complut dans sa douleur. Le soleil commençait à chauffer lorsque la chaloupe de la poste se fraya un passage dans le labyrinthe des voiliers à quai, où les innombrables odeurs du marché, mêlées à la pourriture des fonds, fusionnaient en une seule pestilence. La goélette de Riohacha venait d'arriver, et les équipes d'arrimeurs, de l'eau jusqu'à la ceinture, recevaient les passagers à bord et les portaient jusqu'à la rive. Florentino Ariza fut le premier à sauter à terre de la chaloupe postale, et au même instant il ne sentit plus la puanteur de la baie mais l'odeur personnelle de Fermina Daza dans l'enceinte de la ville. Tout avait son parfum.

Il ne retourna pas au bureau du télégraphe. Son unique préoccupation semblait être les feuilletons d'amour et les volumes de la « Bibliothèque populaire » que sa mère continuait de lui acheter et qu'il lisait et relisait, affalé dans un hamac, jusqu'à les apprendre par cœur. Il ne demanda même pas où était son violon. Il renoua contact avec ses amis les plus proches et parfois ils jouaient au billard ou conversaient aux terrasses des cafés sous les arcades de la place de la Cathédrale. Mais il ne retourna pas aux bals des samedis : il ne pouvait les concevoir sans elle.

Le matin même où il était revenu de son voyage inachevé, il avait appris que Fermina Daza passait sa lune de miel en Europe et son cœur abasourdi en avait conclu qu'elle resterait vivre là-bas sinon pour toujours, du moins pour de nombreuses années. Cette certitude lui communiqua pour la première fois l'espérance de l'oubli. Il pensait à Rosalba dont le souvenir se faisait plus ardent à mesure que s'apaisaient les autres. C'est à cette époque qu'il se laissa pousser la moustache aux pointes gominées qu'il devait conserver pour le restant de ses jours et qui changea sa manière d'être, et l'idée de la substitution de l'amour le conduisit sur des chemins imprévus. L'odeur de Fermina Daza devint peu à peu moins fréquente et moins intense, et finit par ne rester que dans les gardénias blancs.

Il allait à la dérive, sans savoir que faire de la vie, lorsqu'une nuit de guerre, la célèbre veuve Nazaret se réfugia chez lui, atterrée parce que sa maison avait été détruite par un coup de canon pendant le siège du général rebelle Ricardo Gaitán Obeso. Tránsito Ariza saisit l'occasion au vol et envoya la veuve dormir dans la chambre de son fils sous prétexte que dans la sienne il n'y avait pas assez de place, mais en réalité dans l'espoir qu'un autre amour le guérît de celui qui l'empêchait de vivre. Florentino Ariza n'avait pas refait l'amour depuis que Rosalba l'avait dépucelé dans la cabine du navire, et il lui parut naturel qu'en cette nuit d'urgence la veuve dormît dans le lit et lui dans le hamac. Mais elle avait déjà décidé à sa place. Assise au bord du lit où Florentino Ariza était allongé sans savoir que faire, elle commença à lui parler de son inconsolable douleur d'avoir perdu son mari trois ans auparavant, tandis qu'elle enlevait et jetait par-dessus bord les crêpes de son veuvage, jusqu'à ce qu'il ne lui restât rien, pas même son alliance. Elle ôta son chemisier de taffetas brodé de perles de verre et le lança à travers la chambre sur la bergère du fond, envoya son corset par-dessus son épaule de l'autre côté du lit, ôta d'un seul geste la longue jupe et le jupon à volants, la gaine en satin du porte-jarretelles, les bas de soie funèbres, et éparpilla le tout sur le sol jusqu'à ce que la chambre fût tapissée des derniers lambeaux de son deuil. Elle le fit avec tant d'allégresse et de pauses bien mesurées que chacun de ses gestes semblait célébré par les coups de canon des troupes assaillantes qui au même moment ébranlaient la ville jusque dans ses fondations. Florentino Ariza tenta de l'aider à défaire l'agrafe du soutien-gorge mais elle le devança par une manœuvre habile car en cinq ans de dévotion conjugale elle avait appris à se suffire à elle-même dans toutes les formalités de l'amour et même dans ses prémisses, sans l'aide de personne. Enfin elle enleva sa culotte de dentelle, la faisant glisser sur ses jambes d'un rapide mouvement de nageuse, et resta toute nue.

Elle avait vingt-huit ans et accouché trois fois, mais sa nudité conservait intacte le vertige du célibat. Florentino Ariza ne devait jamais comprendre comment des vêtements de pénitente avaient pu dissimuler les ardeurs de cette pouliche vagabonde qui le déshabilla, suffoquée par sa propre fièvre, comme jamais elle n'avait pu le faire avec son mari de peur qu'il la prît pour une putain, et qui tenta d'assouvir en un seul assaut l'abstinence draconienne du deuil avec l'ivresse et l'innocence de cinq ans de fidélité conjugale. Avant cette nuit et depuis l'heure de grâce où sa mère l'avait mise au monde, elle n'avait jamais été, et moins encore dans un même lit, avec un autre homme que son défunt mari.

Elle ne se permit pas le mauvais goût d'un remords. Au contraire. Éveillée par les boules de feu qui passaient en sifflant au-dessus des toits, elle continua d'évoquer jusqu'à l'aube les excellences de son époux, sans lui reprocher d'autre infidélité que celle d'être mort sans elle, absoute par la certitude que jamais il ne lui avait autant appartenu qu'à deux mètres sous terre, dans son caisson cloué de douze clous de trois pouces.

« Je suis heureuse, dit-elle, parce que je sais maintenant en toute sécurité où il est quand il n'est pas à la maison. »

Cette nuit-là elle se dépouilla de son deuil d'un seul coup, sans passer par l'intermédiaire inutile des corsages à fleurettes grises, et sa vie s'emplit de chansons d'amour et de robes provocantes parsemées de perroquets et de papillons, à mesure qu'elle commençait à distribuer son corps à qui voulait bien le lui demander. Les troupes du général Gaitán Obeso vaincues au bout de soixante-trois jours de siège, elle reconstruisit sa maison défoncée par les coups de canon et lui fit une belle terrasse en bord de mer au-dessus des môles où en temps de bourrasque se déchaînait la furie de la houle. C'était son nid d'amour, comme elle l'appelait sans ironie, où elle ne recevait que ceux de son goût, quand elle le voulait et comme elle le voulait, sans faire payer à quiconque un centime, car elle considérait que c'étaient les hommes qui l'honoraient. Dans de très rares cas elle acceptait un cadeau, à condition qu'il ne fût pas en or, et elle s'y prenait avec tant d'habileté que nul n'aurait pu trouver une évidence flagrante de son inconvenante conduite. Elle ne fut qu'une seule fois au bord du scandale, lorsque la rumeur circula que l'archevêque Dante de Luna n'était pas mort par accident d'une assiettée de champignons choisis par erreur, mais qu'il les avait mangés en toute conscience parce qu'elle l'avait menacé de se trancher la gorge s'il persistait dans ses harcèlements sacrilèges. Personne ne lui demanda si c'était vrai, elle n'en parla jamais, et rien ne changea dans sa vie. Elle était, disait-elle en hurlant de rire, la seule femme libre de toute la province.

La veuve Nazaret ne manqua jamais les rendez-vous occasionnels de Florentino Ariza, pas même à l'époque où elle était très affairée, et ce fut toujours sans la prétention d'aimer ou d'être aimée, encore que toujours dans l'espoir de trouver quelque chose qui ressemblât à l'amour sans les problèmes de l'amour. Certaines fois c'était lui qui allait chez elle, et ils aimaient alors rester sur la terrasse au-dessus de la mer, trempés d'écume salée, pour contempler l'aube du monde sur l'horizon. Il mit toute sa ténacité à lui apprendre les friponneries qu'il avait vu faire à d'autres par les trous d'aiguilles de l'hôtel de passe, ainsi que les formules théoriques prêchées par Lotario Thugut durant ses nuits de bamboche. Il l'incita à le laisser regarder tandis qu'ils faisaient l'amour, à échanger la position conventionnelle pour celle de la bicyclette de mer, du poulet à la broche ou de l'ange écartelé, et ils faillirent passer de vie à trépas lorsque, en essayant d'inventer quelque chose de nouveau dans le hamac, les cordes soudain lâchèrent.

Ce furent des leçons stériles. Car s'il était vrai qu'elle était une apprentie téméraire, elle manquait du plus infime talent pour la fornication dirigée. Elle ne comprit jamais les délices de la position conventionnelle du missionnaire, sérénité au lit, n'eut jamais une seconde d'inspiration, et ses orgasmes étaient inopportuns et épidermiques : une baise triste. Florentino Ariza vécut longtemps dans l'illusion d'être le seul, et elle s'amusait à le lui laisser croire, jusqu'au jour où elle eut la malchance de parler en dormant. Peu à peu, en l'écoutant dormir, il reconstruisit morceau par morceau la carte de navigation de ses rêves, et se faufila entre les multiples îles de sa vie secrète. Il apprit ainsi qu'elle ne prétendait pas l'épouser mais qu'elle se sentait liée à sa vie par la gratitude immense qu'il l'eût pervertie. Elle le lui dit à plusieurs reprises :

« Je t'adore parce que tu m'as rendue pute. »

Pour tout dire, elle n'avait pas tort. Florentino Ariza l'avait dépouillée de la virginité d'un mariage conventionnel plus pernicieuse que la virginité congénitale et que l'abstinence du veuvage. Il lui avait appris que rien de ce qui se fait au lit n'est immoral s'il contribue à perpétuer l'amour. Et ce qui devait être dorénavant sa raison de vivre : il la convainquit que les coups que l'on tire sont comptés dès notre naissance et que ceux que l'on ne tire pas, quelle qu'en soit la raison, personnelle ou étrangère, volontaire ou forcée, sont à jamais perdus. Son mérite à elle fut de l'interpréter au pied de la lettre. Cependant, parce qu'il croyait la connaître mieux que quiconque, Florentino Ariza ne pouvait comprendre pourquoi une femme aux recours si puérils, et qui en outre n'arrêtait pas au lit de parler de son époux mort, était à ce point sollicitée. La seule explication qu'il trouva, et que nul ne put démentir, fut que la veuve Nazaret compensait par la tendresse ce qui lui manquait en arts martiaux. Ils commencèrent à se voir moins souvent à mesure qu'elle étendait ses emprises et à mesure qu'il explorait les siennes pour essayer de trouver dans d'autres cœurs brisés un remède à ses anciens maux, et ils finirent par s'oublier sans douleur.

Ce fut le premier amour de lit de Florentino Ariza. Mais au lieu qu'il nouât avec elle une union stable, comme le rêvait sa mère, tous deux en profitèrent pour se lancer dans la vie. Florentino Ariza déploya des méthodes qui semblaient invraisemblables chez un homme tel que lui, taciturne et maigriot, et qui plus est vêtu comme un vieillard d'une autre époque. Cependant, il avait en sa faveur deux avantages. L'un, son coup d'œil sans pareil pour reconnaître d'emblée la femme qui l'attendait, fût-ce au milieu de la foule où même là il faisait sa cour avec prudence car il sentait que rien ne suscitait plus de honte ni n'était plus humiliant qu'une rebuffade. L'autre était qu'elles l'identifiaient tout de suite comme un solitaire assoiffé d'amour, un nécessiteux des rues dont l'humilité de chien battu les faisait capituler sans conditions, sans rien demander, sans rien attendre de lui, à part la tranquillité d'avoir, en leur âme et conscience, accompli une bonne action. C'était ses seules armes et il livra avec elles, bien que dans le secret absolu, des batailles historiques qu'il consigna avec une rigueur de notaire dans un carnet codé, reconnaissable entre tous, dont le titre voulait tout dire : *Elles*. Celle qu'il nota la première fut la veuve Nazaret. Cinquante ans plus tard, lorsque Fermina Daza fut libérée de sa condamnation sacramentelle, il possédait vingt-cinq carnets où étaient enregistrées six cent vingt-deux amours ininterrompues, en plus des innombrables aventures fugaces qui ne méritaient pas même une ligne bienveillante.

Florentino Ariza lui-même, au bout de six mois d'amours débridées avec la veuve Nazaret, fut convaincu qu'il était parvenu à survivre au tourment de Fermina Daza. Il le crut et alla même jusqu'à le répéter plusieurs fois à Tránsito Ariza pendant les presque deux ans que dura le voyage de noces, et continua de le croire avec un sentiment de libération sans bornes, jusqu'à un dimanche où, sans que son cœur l'en eût averti, sa mauvaise étoile la lui montra qui sortait de la grand-messe au bras de son mari, assiégée par la curiosité et les louanges de son nouvel univers. Les dames de haut rang, celles-là mêmes qui au début la méprisaient et se moquaient d'elle pour n'être qu'une parvenue sans nom, eussent donné leur vie afin qu'elle se sentît l'une des leurs, et elle les enivrait de son charme. Elle avait assumé de plein droit sa condition d'épouse mondaine, et Florentino Ariza eut besoin d'un instant de réflexion pour la reconnaître. Elle était autre : l'attitude de grande personne, les bottines montantes, le chapeau à voilette avec une plume couleur d'oiseau oriental, tout en elle était différent et naturel comme si tout lui eût appartenu dès sa naissance. Il la trouva plus belle, plus jeune et pourtant plus insaisissable que jamais, bien qu'il n'en comprît la raison qu'en voyant son ventre sous la tunique de soie : elle était enceinte de six mois. Toutefois, ce qui l'impressionna le plus fut le couple admirable qu'ils formaient, elle et lui, et l'aisance avec laquelle tous deux dominaient le monde, au point qu'ils semblaient flotter au-dessus des écueils de la réalité. Florentino Ariza n'éprouva ni jalousie ni colère mais un grand mépris envers lui-même. Il se sentit pauvre, laid, inférieur, indigne d'elle comme de toutes les femmes de la terre.

Elle était donc revenue. Elle rentrait et n'avait nulle raison de regretter le tournant qu'elle avait donné à sa vie. Au contraire, elle en eut de moins en moins surtout après avoir survécu aux traverses des premières années. C'était chez elle d'autant plus méritoire qu'elle était arrivée à sa nuit de noces encore dans les brumes de l'innocence. Elle avait commencé à la perdre durant le voyage dans la province de sa cousine Hildebranda. À Valledupar, elle avait enfin compris pourquoi les coqs courent après les poules, assisté à la cérémonie brutale des ânes, vu naître les veaux, et entendu ses cousines parler avec naturel des couples de la famille qui continuaient de faire l'amour, ou raconter comment, quand et pourquoi d'autres avaient cessé de le faire bien qu'ils continuassent de vivre ensemble. C'est alors qu'elle s'était initiée aux plaisirs solitaires, avec la sensation étrange de découvrir quelque chose que son instinct connaissait depuis toujours, dans son lit d'abord, la mâchoire bâillonnée pour ne pas réveiller la demi-douzaine de cousines qui partageaient sa chambre, puis à deux mains, nonchalante et renversée sur le carrelage de la salle de bains, les cheveux dénoués et fumant ses premiers cigares de muletier. Elle le fit toujours avec un brin de mauvaise conscience qu'elle ne surmonta qu'après son mariage, et toujours dans le secret absolu, alors que ses cousines se vantaient du nombre de fois qu'elles le faisaient dans la journée ainsi que de la forme et de l'ampleur de leurs orgasmes. Cependant, malgré l'envoûtement de ces rites initiatiques, elle continua de croire que la perte de la virginité était un sacrifice sanglant.

De sorte que ses noces, qui comptèrent parmi les plus bruyantes des dernières années du siècle, se déroulèrent pour elle dans l'attente de l'horreur. L'angoisse de la lune de miel l'affecta beaucoup plus que le scandale social de son mariage avec un galant comme il n'y en avait pas deux à l'époque. Dès que l'on commença, à la grand-messe, à commenter la publication des bans, Fermina Daza reçut d'autres lettres anonymes, certaines avec des menaces de mort, mais à peine les voyait-elle passer car toute la peur qu'elle était capable d'éprouver était concentrée sur l'imminence du viol. C'était, bien qu'elle ne le fît pas exprès, la manière correcte de considérer les lettres anonymes pour une classe sociale que les railleries de l'histoire avaient habituée à s'incliner devant le fait accompli. De sorte que tous ceux qui lui étaient hostiles se rangeaient peu à peu à son côté à mesure que l'on savait son mariage irrévocable. Elle le remarquait dans les changements graduels du cortège de femmes livides, dégradées par l'arthrite et les ressentiments, qui un beau jour se persuadaient de la vanité de leurs intrigues et apparaissaient dans le petit parc des Évangiles comme chez elles, sans se faire annoncer, avec des recettes de cuisine et des cadeaux de bons vœux. Tránsito Ariza connaissait ce monde, bien que cette fois-ci elle en souffrît corps et âme, et elle savait que ses clientes réapparaissaient les veilles de grandes fêtes lui demander de déterrer ses amphores et de leur prêter, pour vingt-quatre heures pas plus et en paiement d'un intérêt supplémentaire, les bijoux mis en gage. Il y avait si longtemps qu'un tel événement ne s'était produit que les amphores furent vidées afin que les dames aux noms à particule pussent abandonner leurs sanctuaires d'ombres et apparaître, radieuses, avec leurs propres bijoux prêtés, à une noce comme on n'en vit de plus éclatante jusqu'à la fin du siècle et dont l'apothéose fut le parrainage du docteur Rafael Núñez, trois fois président de la République, philosophe, poète, et auteur des paroles de l'hymne national, ainsi qu'on pouvait le lire dans les dictionnaires récents. Fermina Daza arriva devant le maître-autel de la cathédrale au bras de son père à qui le port de l'habit donna, l'espace d'un jour, un air de respectabilité. Elle se maria pour toujours au cours d'une cérémonie célébrée par trois évêques, à onze heures du matin le jour de gloire de la Sainte-Trinité, et sans une pensée charitable pour Florentino Ariza qui, au même instant, délirait de fièvre et se mourait d'amour pour elle exposé aux intempéries sur un navire qui ne devait pas le conduire à l'oubli. Pendant la cérémonie, et plus tard au cours de la fête, elle garda un sourire qui semblait figé avec de la céruse, une expression sans âme que certains interprétèrent comme le sourire moqueur de la victoire mais qui n'était en fait qu'un pauvre artifice pour dissimuler sa terreur de vierge tout juste mariée.

Par bonheur, des circonstances imprévues jointes à la compréhension de son mari lui accordèrent trois premières nuits sans douleur. Ce fut providentiel. Le navire de la Compagnie générale transatlantique dut dévier de sa route à cause du mauvais temps dans la mer des Antilles et annonça avec trois jours d'anticipation que le départ était avancé de vingt-quatre heures, de sorte qu'il ne leva pas l'ancre pour La Rochelle au lendemain des noces, comme c'était prévu depuis six mois, mais le soir même. Personne ne crut que ce changement n'était pas une des multiples et élégantes surprises du mariage, car la fête se prolongea au-delà de minuit à bord du transatlantique illuminé, avec un orchestre viennois qui inaugurait pour le voyage les dernières valses de Johann Strauss. Les nombreux parrains, imbibés de champagne, furent traînés jusqu'à terre par leurs épouses affligées alors qu'ils demandaient déjà aux stewards s'il ne restait pas des cabines disponibles pour pouvoir continuer la fête jusqu'à Paris. Les derniers à descendre virent Lorenzo Daza devant les gargotes du port, assis par terre en plein milieu de la rue, son habit en lambeaux. Il sanglotait en poussant des cris aigus, comme les Arabes pleurent leurs morts, assis dans une flaque d'eau pourrie qui aurait pu être une mare de larmes.

Les actes de barbarie que craignait Fermina Daza ne se produisirent ni la première nuit, où la mer fut mauvaise, ni au cours des suivantes, de navigation paisible, ni à aucun moment de sa très longue vie conjugale. La première nuit, en dépit de la taille du bateau et du luxe des cabines, fut une épouvantable répétition de celle de la goélette de Riohacha, et son mari, en médecin attentif, ne dormit pas un seul instant afin de la consoler, seule chose qu'un éminent docteur savait faire contre le mal de mer. Mais le troisième jour, après le port de La Guaira, la tempête s'apaisa et ils avaient déjà passé tant d'heures ensemble et avaient tant parlé qu'ils se sentaient comme de vieux amis. La quatrième nuit cependant, lorsque tous deux reprirent leurs habitudes ordinaires, le docteur Juvenal Urbino s'étonna de ce que sa jeune épouse ne priât pas avant de s'endormir. Elle fut sincère : la duplicité des sœurs avait provoqué en elle une résistance aux rites, mais sa foi était intacte et elle avait appris à la conserver en silence. Elle dit : « Je préfère m'entendre toute seule avec Dieu. » Il comprit ses raisons et dorénavant chacun pratiqua à sa manière la même religion. Leurs fiançailles avaient été brèves mais assez informelles pour l'époque car le docteur Urbino lui rendait visite chez elle tous les après-midi à la tombée du soir, sans que personne les surveillât. Elle n'eût pas permis qu'il effleurât ne fût-ce que le bout de ses doigts avant la bénédiction épiscopale, et il ne l'avait d'ailleurs pas tenté. Ce n'est que la première nuit de bonne mer, alors qu'ils étaient déjà couchés mais encore habillés, qu'il esquissa ses premières caresses, et il fut si délicat qu'elle trouva naturelle sa proposition de se mettre en chemise de nuit. Elle se déshabilla dans la salle de bains, non sans avoir auparavant éteint la lumière de la cabine, et lorsqu'elle revint, vêtue de sa longue chemise, elle boucha avec des chiffons les fentes sous la porte afin de se mettre au lit dans l'obscurité absolue. Elle déclara, de bonne humeur :

« Que veux-tu, docteur. C'est la première fois que je dors avec un inconnu. »

Le docteur Juvenal Urbino la sentit se glisser à son côté comme un petit animal craintif voulant se pelotonner le plus loin possible sur une couchette où il était difficile d'être deux sans se toucher. Il prit sa main, froide et crispée de terreur, entrelaça ses doigts aux siens, et presque dans un murmure commença à lui raconter ses souvenirs d'autres voyages en mer. Elle était de nouveau tendue, parce qu'en se glissant dans le lit elle s'était rendu compte qu'il était tout nu et s'était déshabillé pendant qu'elle était dans le cabinet de toilette, et sa terreur du prochain pas à franchir se raviva. Mais le prochain pas tarda plusieurs heures, car le docteur Juvenal Urbino continua de parler tout bas tandis que millimètre à millimètre il s'emparait de la confiance de son corps. Il lui parla de Paris, de l'amour à Paris, des amoureux de Paris qui s'embrassaient dans la rue, dans l'autobus, aux terrasses fleuries des cafés ouverts à l'air brûlant et aux accordéons languides de l'été, et qui faisaient l'amour debout sur les quais de la Seine sans que personne les dérangeât. Tandis qu'il parlait dans l'ombre, il caressa du bout des doigts la courbe de son cou, caressa le duvet de soie de ses bras, le ventre évasif et, lorsqu'il sentit que la tension avait cédé, il fit une première tentative pour lui ôter sa chemise mais elle l'en empêcha d'un geste qui la caractérisait : « Je sais le faire toute seule. » Elle l'ôta, en effet, puis resta immobile au point que le docteur Urbino aurait pu croire qu'elle n'était plus là, n'eût été la réverbération de son corps dans les ténèbres.

Au bout d'un moment il reprit sa main et la sentit tiède et légère mais encore humide d'une tendre rosée. Ils restèrent un autre moment en silence, immobiles, lui guettant l'occasion de franchir le pas suivant, elle attendant sans savoir lequel, tandis que l'obscurité se dilatait au rythme de sa respiration de plus en plus intense. Il la lâcha soudain et se précipita dans le vide : il humecta de sa langue le bout de son majeur et effleura à peine l'aréole du sein. Prise au dépourvu, elle sentit une décharge mortelle, comme s'il eût touché un nerf à vif. Elle se réjouit d'être dans le noir pour qu'il ne vît pas la rougeur brûlante qui la parcourut jusqu'à la racine des cheveux. « Calme-toi, lui dit-il, lui-même très calme. N'oublie pas que je les connais. » Il la sentit sourire et dans les ténèbres sa voix fut douce et nouvelle.

« Je m'en souviens très bien, dit-elle, et j'enrage encore. »

Alors il sut qu'ils avaient passé le cap de la bonne espérance, reprit la main longue et douillette et la couvrit de tout petits baisers orphelins, d'abord le métacarpe rugueux, les longs doigts clairvoyants, les ongles diaphanes, puis le hiéroglyphe de sa destinée dans la paume en sueur. Elle ne sut jamais comment sa main à elle arriva jusqu'à sa poitrine à lui et trébucha sur quelque chose qu'elle ne put déchiffrer. Il dit : « C'est un scapulaire. » Elle caressa les poils de sa poitrine puis attrapa de ses cinq doigts le taillis tout entier pour l'arracher à la racine. « Plus fort », dit-il. Elle essaya jusqu'où elle savait ne pas lui faire mal, puis ce fut sa main à elle qui chercha sa main à lui, perdue dans le noir. Il ne laissa pas ses doigts s'entrelacer aux siens mais l'attrapa par le poignet et conduisit sa main le long de son corps avec une force invincible mais très bien dirigée, jusqu'à ce qu'elle sentît le souffle ardent d'un animal à la peau nue, sans forme corporelle mais anxieux et dressé. Au contraire de ce qu'il avait imaginé et de ce qu'elle aurait pu imaginer, elle ne retira pas sa main ni ne la laissa inerte là où il l'avait posée, mais recommanda son corps et son âme à la Très Sainte Vierge Marie, serra les dents par peur de rire de sa propre folie et commença à identifier du toucher l'ennemi dressé, découvrant sa taille, la force de sa tige, l'extension de ses ailes, effrayée de son audace mais compatissante envers sa solitude, se l'appropriant avec une curiosité minutieuse que quiconque de moins expert que son mari eût pris pour des caresses. Il fit appel à ses ultimes forces pour résister au vertige de l'examen mortel, et elle le lâcha avec une grâce enfantine comme elle l'eût jeté à la poubelle.

« Je n'ai jamais pu comprendre comment marche ce machin-là », dit-elle.

Alors il le lui expliqua avec le plus grand sérieux et suivant sa méthode d'enseignement tandis qu'il guidait sa main à elle sur les endroits qu'il mentionnait et qu'elle le laissait la guider avec une obéissance d'élève exemplaire. Il suggéra, à un moment propice, que tout ceci serait plus facile avec de la lumière. Il allait allumer quand elle arrêta son bras en disant : « Je vois mieux avec les mains. » En réalité elle était d'accord, mais elle voulait allumer seule, sans que personne lui en donnât l'ordre. Ce qu'elle fit. Il la vit alors dans la clarté soudaine, en position fœtale mais encore recouverte du drap. Il la vit attraper de nouveau et sans niaiserie l'animal de sa curiosité, le retourner à l'endroit et à l'envers, l'observer avec un intérêt qui commençait à être plus que scientifique et dire pour conclure : « Pour être plus laid que ce qu'ont les femmes, il faut vraiment qu'il soit laid. » Il en convint et signala d'autres inconvénients plus graves que la laideur. Il dit : « C'est comme l'aîné d'une famille, on passe son temps à travailler pour lui, on lui sacrifie tout, et à l'heure de vérité il finit par faire ce dont il a envie. » Elle continua de l'examiner, demandant à quoi servait ceci et à quoi servait cela, et lorsqu'elle se considéra bien informée, elle le soupesa des deux mains pour bien se prouver que même son poids n'en valait pas la peine et le laissa retomber avec une grimace de dédain.

« En plus, je crois qu'il a trop de choses », dit-elle.

Il resta perplexe. Le sujet de sa thèse de doctorat avait porté sur l'utilité de simplifier l'organisme humain. Il lui paraissait désuet, avec beaucoup de fonctions inutiles ou réitératives qui avaient été indispensables à d'autres âges de l'humanité mais non au nôtre. Oui : il pouvait être plus simple et par là même moins vulnérable. Il conclut : « C'est une chose que Dieu seul peut faire, bien sûr, mais de toute façon il serait bon de poser la question en termes théoriques. » Elle rit, amusée, et d'une façon si naturelle qu'il profita de l'occasion pour la serrer dans ses bras et lui donner son premier baiser sur la bouche. Elle lui répondit et il continua de lui donner des baisers très doux sur les joues, le nez, les paupières tandis que sa main glissait sous le drap et caressait le pubis rond et lisse; un pubis de Japonaise. Elle n'écarta pas sa main mais garda la sienne en état d'alerte au cas où il ferait un pas de plus.

« On ne va pas poursuivre la leçon de médecine, dit-elle.

– Non, dit-il, cette fois ce sera une leçon d'amour. »

Alors il lui releva le drap et elle, non contente de ne pas s'y opposer, l'envoya loin de la couchette d'un coup de pied rapide car elle ne supportait plus la chaleur. Son corps était ondulant et élastique, beaucoup plus sérieux que ce qu'il paraissait lorsqu'elle était habillée, et il avait une odeur d'animal des bois qui permettait de la reconnaître entre toutes les femmes du monde. Sans défense et dans la lumière, elle sentit soudain un bouillonnement de sang lui monter au visage et la seule chose qui lui vint à l'esprit pour le dissimuler fut de s'accrocher au cou de son homme et de l'embrasser, à fond, très fort, jusqu'à ce qu'ils aient épuisé tout l'air de leur respiration.

Il savait qu'il ne l'aimait pas. Il s'était marié parce que sa fierté, son sérieux, sa force lui plaisaient, et aussi sans doute à cause d'un brin de vanité, mais lorsqu'elle l'embrassa pour la première fois il fut certain qu'aucun obstacle ne s'opposerait à l'invention d'un bon amour. Ils n'en parlèrent pas cette première nuit où ils parlèrent de tout jusqu'au petit matin, et ils ne devaient jamais en parler. Mais à la longue aucun des deux ne se trompa.

Au matin, lorsqu'ils s'endormirent, elle était toujours vierge, bien qu'elle ne dût plus le rester longtemps. La nuit suivante, en effet, après lui avoir appris à danser les valses de Vienne sous le ciel sidéral des Caraïbes, il se rendit dans le cabinet de toilette après elle et lorsqu'il entra dans la cabine il la trouva qui l'attendait, nue, sur le lit. Ce fut elle qui prit l'initiative et s'abandonna à lui sans peur, sans douleur, dans la joie d'une aventure en haute mer, et sans autres vestiges de cérémonie sanglante que la rose d'honneur sur le drap. Tous deux le firent bien, presque comme un miracle, et continuèrent de bien le faire de jour comme de nuit et de mieux en mieux à mesure que le voyage avançait, et lorsqu'ils arrivèrent à La Rochelle ils s'entendaient comme de vieux amants.

Ils restèrent en Europe, avec Paris pour port d'attache entre de courts voyages dans les pays limitrophes. Ils firent l'amour tous les jours et plus d'une fois les dimanches d'hiver, lorsqu'ils restaient à folâtrer au lit jusqu'à l'heure du déjeuner. C'était un homme aux ardeurs honorables, et de plus bien entraîné, et elle n'était pas faite pour que quiconque prît avantage sur elle, de sorte qu'ils durent accepter, au lit, un pouvoir partagé. Après trois mois d'amours enfiévrées il comprit que l'un des deux était stérile et ils se soumirent chacun à des examens sévères à l'hôpital de la Salpêtrière, où il avait fait son internat. Cependant, alors qu'ils s'y attendaient le moins et sans aucune médiation scientifique, le miracle eut lieu. Lorsqu'ils rentrèrent chez eux, Fermina Daza était enceinte de six mois et se croyait la femme la plus heureuse de la terre. L'enfant qu'ils avaient tant désiré naquit sans histoires sous le signe du Verseau, et ils lui donnèrent le nom du grand-père mort du choléra.

Il était impossible de savoir ce qui, de l'Europe ou de l'amour, les avait changés car les deux événements avaient eu lieu dans le même temps. Tous deux étaient différents, au fond d'eux-mêmes et aux yeux de tous, et c'est ce que comprit Florentino Ariza lorsqu'il les vit à la sortie de la messe deux semaines après leur retour, en ce dimanche de malheur. Ils étaient revenus avec une nouvelle conception de la vie, pleins des nouveautés du monde et prêts à diriger. Lui, avec les primautés de la littérature, de la musique et surtout de sa science. Il avait souscrit un abonnement au *Figaro* pour ne pas perdre le fil de la réalité et un autre à la *Revue des Deux Mondes* pour ne pas perdre celui de la poésie. De plus, il avait passé un accord avec son libraire de Paris pour recevoir les nouveautés des écrivains les plus lus, dont Anatole France et Pierre Loti, et de ceux qu'il préférait, Remy de Gourmont et Paul Bourget entre autres, mais surtout pas d'Émile Zola qui lui semblait insupportable en dépit de sa courageuse intervention dans le procès Dreyfus. Le même libraire avait promis de lui envoyer par courrier les nouveautés les plus séduisantes du catalogue de Ricordi, en particulier de musique de chambre, afin qu'il pût conserver le titre bien gagné par son père de premier promoteur de concerts de la ville.

Fermina Daza, toujours à contre-pied des canons de la mode, emporta six malles de vêtements d'époques différentes car ceux des grands couturiers ne l'avaient pas convaincue. Elle était allée aux Tuileries, en plein hiver, pour le lancement de la collection Worth, l'inéluctable tyran de la haute couture, et tout ce qu'elle en avait rapporté était une bronchite qui l'avait clouée au lit pendant cinq jours. Laferrière lui sembla moins prétentieux et moins vorace, mais elle prit la sage décision de vider les boutiques de soldes de ce qui lui plaisait le plus, en dépit de son époux atterré qui jurait que c'étaient des vêtements de morts. Elle rapporta aussi une grande quantité de chaussures italiennes démarquées qu'elle préféra aux extravagants et célèbres modèles de Ferry, et une ombrelle de Dupuy, rouge comme l'enfer, qui fit couler à flots l'encre de nos timorés chroniqueurs mondains. Elle n'acheta qu'un seul chapeau à Mme Reboux, mais en revanche elle remplit une malle de grappes de cerises artificielles, de bouquets de toutes les fleurs en tissu possibles et imaginables, de brassées de plumes d'autruche, de bonnets en plumes de paon, de queues de coqs asiatiques, de faisans entiers, de colibris et d'une innombrable variété d'oiseaux exotiques disséqués en plein vol, en plein cri, en pleine agonie : tout ce qui au cours des vingt dernières années avait servi à ce que les mêmes chapeaux parussent autres. Elle rapporta une collection d'éventails de divers pays du monde, un différent et approprié pour chaque occasion. Elle rapporta une essence troublante choisie entre toutes à la parfumerie du Bazar de la Charité avant que les vents du printemps ne balayassent ses cendres, mais elle ne l'utilisa qu'une fois parce qu'elle ne se reconnut pas dans ce nouveau parfum. Elle rapporta aussi un étui à cosmétiques, dernière nouveauté sur le marché de la séduction, et elle fut la première femme à l'emporter à ses soirées quand le simple fait de se remaquiller en public était considéré comme indécent.

Mais surtout ils rapportaient trois souvenirs impérissables : une première sans précédent des *Contes d'Hoffmann* à Paris, l'incendie épouvantable de presque toutes les gondoles de Venise devant la place Saint-Marc, auquel ils avaient assisté le cœur douloureux depuis la fenêtre de leur hôtel, et la vision fugace d'Oscar Wilde dans la première neige de janvier. Mais parmi tous ces souvenirs et de beaucoup d'autres encore, le docteur Juvenal Urbino en conservait un qu'il regretta toujours de n'avoir pu partager avec sa femme car il datait de son époque d'étudiant célibataire à Paris. C'était le souvenir de Victor Hugo qui jouissait ici d'une célébrité émouvante en marge de ses livres car quelqu'un avait déclaré qu'il avait dit, sans que nul ne l'eût en réalité entendu, que notre Constitution était faite pour un pays d'anges et non pour un pays d'hommes.

Depuis, on lui vouait un culte spécial, et la plupart des nombreux compatriotes qui se rendaient en France eussent donné n'importe quoi pour le voir. Une demi-douzaine d'étudiants, et parmi eux Juvenal Urbino montèrent un temps la garde devant sa demeure de l'avenue d'Eylau et dans les cafés où l'on disait qu'il ne manquait pas de venir et ne venait jamais, et à la fin sollicitèrent par écrit une audience privée au nom des anges de la Constitution du Río Negro. Ils ne reçurent jamais de réponse. Un jour que Juvenal Urbino passait par hasard devant le jardin du Luxembourg, il le vit sortir du Sénat au bras d'une jeune femme. Il lui parut très vieux, se déplaçant à grand-peine, la barbe et les cheveux moins radieux que sur ses portraits, portant un pardessus qui semblait appartenir à quelqu'un de plus corpulent que lui. Il ne voulut pas gâcher son souvenir par un salut impertinent : cette vision presque irréelle lui suffit et devait lui suffire toute sa vie. Lorsqu'il retourna à Paris, marié et en condition de lui rendre une visite plus formelle, Victor Hugo était mort.

En guise de consolation, Juvenal et Fermina emportaient le souvenir partagé d'un après-midi de neige, lorsque les avait intrigués un groupe de personnes qui défiait la tourmente devant une petite librairie du boulevard des Capucines. À l'intérieur se trouvait Oscar Wilde. Lorsqu'il sortit enfin, fort élégant il est vrai, mais sans doute trop conscient de l'être, le groupe l'entoura pour lui demander de signer ses livres. Le docteur Urbino s'était arrêté dans le seul but de le voir, mais son impulsive épouse voulut traverser le boulevard pour qu'il signât la seule chose qui lui sembla appropriée faute de livre : son beau gant de gazelle, long, lisse, doux et de la même couleur que sa peau de jeune mariée. Elle était sûre qu'un homme aussi raffiné apprécierait un tel geste. Mais son mari s'y opposa avec fermeté, et alors qu'elle insistait en dépit de ses arguments, il ne se sentit pas capable de survivre à la honte.

« Si tu traverses la rue, lui dit-il, en revenant tu me trouveras mort. »

C'était chez elle un élan naturel. En moins d'un an de mariage elle se déplaçait dans le monde avec la même aisance qu'enfant dans le mouroir de San Juan de la Ciénaga, comme pourvue d'un don qu'elle eût reçu à la naissance. Elle avait une facilité pour approcher les inconnus qui laissait perplexe son mari, et un mystérieux talent pour s'entendre en espagnol avec qui que ce fût et où que ce fût. « Les langues, disait-elle avec un rire moqueur, il faut les savoir quand on veut vendre quelque chose. Mais quand on veut acheter, tout le monde comprend de toute façon. » Il était difficile d'imaginer quelqu'un qui pût s'adapter avec tant de rapidité et d'enthousiasme à la vie quotidienne de Paris qu'elle apprit à aimer dans son souvenir en dépit de ses pluies éternelles. Cependant, lorsqu'elle rentra chez elle, étourdie par tant d'expériences conjuguées, fatiguée de voyager et à demi somnolente à cause de sa grossesse, la première question qu'on lui posa au port fut ce qu'elle pensait des merveilles de l'Europe, et elle résuma ces mois de bonheur en quatre mots de son jargon clandestin :

« Y a pas de quoi en faire un plat. »

Le jour où Florentino Ariza vit Fermina Daza sur le parvis de la cathédrale, enceinte de six mois et assumant tout à fait sa nouvelle condition de femme du monde, il prit la décision féroce de se faire un nom et une fortune pour la mériter. L'inconvénient qu'elle fût mariée ne lui traversa pas l'esprit car il avait en même temps décrété la mort du docteur Juvenal Urbino, comme si elle ne dépendait que de lui. Il ne savait ni quand ni comment mais il l'établit comme un fait inéluctable qu'il était résolu à attendre sans hâte ni précipitation, fût-ce jusqu'à la fin des siècles.

Il commença par le commencement. Il se présenta sans prévenir dans le bureau de l'oncle Léon XII, président et directeur général de la Compagnie fluviale des Caraïbes, et lui manifesta sa décision de se soumettre à ses desseins. L'oncle lui en voulait de la façon dont il avait dédaigné ce bon emploi de télégraphiste à Villa de Leyva, mais il se laissa gagner par sa propre conviction que les êtres humains ne naissent pas une fois pour toutes à l'heure où leur mère leur donne le jour, mais que la vie les oblige de nouveau et bien souvent à accoucher d'eux-mêmes. En outre, la veuve de son frère était morte l'année précédente, la rancune toujours aussi vive mais sans héritiers. De sorte qu'il procura l'emploi à son vagabond de neveu.

C'était une décision qui caractérisait l'oncle Léon XII Loayza. Sous l'écorce du trafiquant sans âme se cachait un esprit génial et fantasque qui pouvait tout aussi bien faire jaillir une source de limonade dans le désert de La Guajira qu'inonder de larmes une procession d'enterrement de première classe en chantant d'une voix déchirante *In questa tomba oscura*. Avec ses cheveux frisés et sa lippe de faune, ne lui manquaient que la lyre et la couronne de lauriers pour être identique au Néron incendiaire de la mythologie chrétienne. Il consacrait ses heures de liberté à enrichir son répertoire lyrique, entre l'administration de ses navires décrépits encore à flot par pure distraction de la fatalité et les problèmes de jour en jour plus critiques de la navigation fluviale. Rien ne lui plaisait plus que chanter aux enterrements. Il avait une voix de galérien, dépourvue de toute rigueur mais capable de registres impressionnants. Quelqu'un lui avait raconté qu'Enrico Caruso pouvait briser un vase en mille morceaux grâce au seul pouvoir de sa voix, et pendant des années il avait tenté de l'imiter, même avec les vitres des fenêtres. De leurs voyages autour du monde ses amis lui rapportaient les vases les plus fins, et organisaient des fêtes pour qu'il pût enfin réaliser son rêve. Il n'y parvint jamais. Toutefois, au fond de ce tonnerre, il y avait une petite lueur de tendresse qui fendait le cœur de son auditoire comme le grand Caruso les amphores de cristal, et c'est pourquoi aux enterrements on le vénérait tant. À l'exception d'un seul où, comme il avait eu la bonne idée de chanter *When wake up in Glory*, un chant funèbre de la Louisiane, émouvant et beau, l'aumônier lui demanda de se taire car il ne pouvait supporter plus longtemps cette intrusion luthérienne dans son église.

Ainsi, de grands airs d'opéras en sérénades napo-
litaines, son talent de créateur et son invincible esprit
d'entreprise firent de lui le maître de la navigation
fluviale, à l'époque où celle-ci connut sa plus grande
splendeur. Il était parti de rien, comme ses frères
morts, et tous trois étaient arrivés là où ils l'avaient
voulu en dépit du déshonneur d'être des enfants
naturels qu'aggravait le fait de ne jamais avoir été
reconnus. Ils étaient la fine fleur de ce qu'on appelait
alors l'« aristocratie de comptoir », dont le sanctuaire était le club du Commerce. Cependant, même
lorsqu'il eut les moyens de vivre comme l'empereur
romain auquel il ressemblait, l'oncle Léon XII, par
commodité pour son travail, continua d'habiter dans
la vieille ville avec un mode de vie si austère, dans
une maison à ce point rudimentaire, qu'il ne se
débarrassa jamais de son injuste réputation d'avare.
Mais son seul luxe était plus sommaire encore : une
maison au bord de la mer, à deux lieues de ses
bureaux, sans autres meubles que six tabourets, un
pot à eau et un hamac sur la terrasse pour se reposer
le dimanche et penser. Nul ne le définissait mieux
que lui-même lorsque quelqu'un l'accusait d'être
riche.

« Riche, non, disait-il. Je suis un pauvre avec de
l'argent, ce qui n'est pas la même chose. »

Cette curieuse manière d'être, qu'un jour
quelqu'un dans un discours célébra comme une
démence lucide, lui permit de voir sur-le-champ ce
que nul ne vit jamais ni avant ni après chez Florentino Ariza. Le jour même où, avec son air lugubre et
ses vingt-sept ans inutiles, celui-ci se présenta à son
bureau pour solliciter un emploi, il le mit à l'épreuve
de la dureté d'un régime militaire capable de faire
plier le plus téméraire. Mais il ne réussit pas à
l'intimider. En fait, l'oncle Léon XII ne soupçonna
jamais que la résistance de son neveu provenait non

de la nécessité de survivre ni de la tête de pioche qu'il avait héritée de son père, mais d'une ambition amoureuse que nulle contrariété dans ce monde ni dans l'autre ne pourrait jamais ébranler.

Les premières années furent les plus dures, lorsqu'on le nomma commis aux écritures de la direction générale, un métier qui semblait pourtant avoir été créé à sa mesure. Lotario Thugut, ancien professeur de musique de l'oncle Léon XII, avait conseillé à ce dernier de nommer son neveu, consommateur infatigable de littérature en gros et plus souvent de la pire que de la bonne, à un poste de scribouillard. L'oncle Léon XII ne tint pas compte des remarques quant à la mauvaise qualité des lectures de son neveu, car Lotario Thugut disait aussi de lui qu'il avait été son pire élève de chant, et cependant il faisait pleurer jusqu'aux pierres tombales des cimetières. En tout cas, l'Allemand avait raison, mais sur ce qui ne serait jamais venu à l'idée de l'oncle Léon XII, à savoir que Florentino Ariza écrivait n'importe quoi avec une passion telle que même les documents officiels paraissaient des lettres d'amour. Les formulaires d'embarquement avaient des rimes, bien qu'il s'efforçât de les éviter, et les lettres commerciales de routine possédaient un souffle lyrique qui leur enlevait toute autorité. L'oncle en personne fit un jour irruption dans son bureau avec un paquet de correspondance qu'il n'avait pas eu le courage de signer de sa main, et lui offrit la dernière chance de sauver son âme.

« Si tu n'es pas capable d'écrire une lettre commerciale, tu iras au port ramasser les ordures », lui dit-il.

Florentino Ariza releva le défi. Il apprit, dans un suprême effort, la simplicité de la prose mercantile, imitant les modèles des archives notariales avec autant d'application qu'autrefois les poètes à la mode. C'était l'époque où il passait ses heures de loisirs devant la porte des Écrivains, aidant les amoureux sans plume à écrire leurs billets parfumés, afin de soulager son cœur de tous les mots d'amour inutilisés dans les dossiers de douane. Mais au bout de six mois, en dépit de toutes ses tentatives, il n'avait pas réussi à tordre le cou à ce cygne obstiné. De sorte que lorsque l'oncle Léon XII le réprimanda pour la deuxième fois, il rendit les armes non sans une certaine superbe.

« Seul l'amour m'intéresse, dit-il.

– L'ennui, répondit son oncle, c'est que sans navigation fluviale, il n'y a pas d'amour. »

Il mit à exécution sa menace de l'envoyer ramasser les ordures sur le port, mais lui donna sa parole d'honneur qu'il lui ferait gravir un à un les échelons de ses services jusqu'à ce qu'il trouvât sa place. Ainsi en alla-t-il. Aucun travail n'eut raison de lui, aussi dur et humiliant fût-il, pas plus que ne le démoralisa son salaire de misère, et pas un instant il ne perdit sa sérénité essentielle devant les insolences de ses supérieurs. Mais il ne fut pas innocent pour autant : quiconque se mettait en travers de sa route souffrait les conséquences d'une détermination dévastatrice et capable de tout, tapie derrière une apparence de laissé-pour-compte. Ainsi que l'oncle Léon XII l'avait prévu et souhaité afin que nul secret de l'entreprise ne lui demeurât inconnu, il occupa toutes les fonctions en trente ans de consécration et de ténacité à toute épreuve. Il les exerça toutes avec une admirable capacité, étudiant chaque fil de ce mystérieux ourdissoir qui avait tant à voir avec les métiers de la poésie, mais sans obtenir la médaille de guerre qu'il désirait le plus : écrire une seule lettre commerciale acceptable. Sans le vouloir, sans même le savoir, sa vie fut la preuve que son père avait raison, qui avait répété jusqu'à son dernier souffle que nul n'avait plus de sens pratique et qu'il n'y avait tailleur de pierre plus entêté ni gérant plus lucide et plus dangereux qu'un poète. C'était du moins ce que lui racontait l'oncle Léon XII qui avait coutume de lui parler lorsque son cœur était oisif, lui donnant de son père une idée plus proche de celle d'un rêveur que d'un homme d'entreprise.

Il racontait que Pie V Loayza faisait usage des bureaux plus pour le plaisir que pour le travail et qu'il se débrouillait toujours pour filer de chez lui le dimanche sous prétexte de l'arrivée ou du départ d'un bateau. Plus encore : il avait fait installer dans la cour des entrepôts une chaudière inutilisable avec une sirène à vapeur que quelqu'un faisait hurler en code de navigation lorsque sa femme était dans les parages. D'après ses calculs, l'oncle Léon XII était persuadé que Florentino Ariza avait été conçu sur la table de quelque bureau mal fermé un après-midi de chaleur dominicale tandis que l'épouse de son père entendait de chez elle les adieux d'un navire en partance pour nulle part. Lorsqu'elle découvrit le pot aux roses, il était trop tard pour faire payer l'infamie à son époux car celui-ci était mort. Elle lui survécut de nombreuses années, brisée par l'amertume de ne pas avoir eu d'enfant et demandant à Dieu dans ses prières sa malédiction éternelle pour le bâtard.

L'image de son père plongeait Florentino Ariza dans la confusion. Sa mère parlait de lui comme d'un grand homme dépourvu de vocation commerciale, qui s'était enlisé dans le commerce fluvial parce que son frère aîné avait été un proche collaborateur du commodore allemand Juan B. Elbers, précurseur de la navigation sur le fleuve. Ils étaient les fils naturels d'une même mère, cuisinière de son métier, qui les avait engendrés avec des hommes différents, et ils portaient son nom et le prénom d'un pape choisi au hasard dans le canon, sauf l'oncle Léon XII à qui elle avait donné le nom du pape régnant à Rome lorsqu'il était né. Florentino était leur grand-père maternel à tous, et son prénom était parvenu, sautant par-dessus toute une génération de souverains pontifes, jusqu'au fils de Tránsito Ariza.

Florentino garda toujours avec lui un cahier aux pages ornées de dessins de cœurs blessés, dans lequel son père écrivait des poèmes d'amour, certains inspirés par Tránsito Ariza. Deux choses l'avaient frappé. L'une, la personnalité de l'écriture de son père, identique à la sienne, bien qu'il l'eût choisie entre toutes dans un manuel pour être celle qui lui plaisait le plus. L'autre, d'y trouver une phrase qu'il croyait sienne et que son père avait écrite bien avant sa naissance : *J'ai mal non de mourir mais de ne pas mourir d'amour.*

Il avait vu aussi ses deux seuls portraits. L'un pris à Santa Fe, très jeune, à l'âge qu'il avait lui-même lorsqu'il l'avait vu pour la première fois, avec un pardessus dans lequel il était comme dans la peau d'un ours, appuyé au piédestal d'une statue dont il ne restait que les guêtres mutilées. Le petit garçon à côté de lui, avec une casquette de capitaine de navire, était l'oncle Léon XII. L'autre photo montrait son père avec un groupe de guerriers pendant Dieu sait laquelle de nos innombrables guerres; il tenait le fusil le plus long et portait des moustaches dont l'odeur de poudre passait à travers la photo. Il était libéral et franc-maçon, comme ses autres frères, et cependant avait voulu que son fils entrât au séminaire. Florentino Ariza ne voyait pas la ressemblance qu'on leur attribuait, mais d'après l'oncle Léon XII on reprochait aussi à Pie V le lyrisme de ses documents. En tout cas sur les photos il ne lui ressemblait pas et ses souvenirs ne concordaient ni avec le portrait transfiguré par l'amour qu'en faisait sa mère, ni avec celui que barbouillait de sa cruauté courtoise l'oncle

Léon XII. Cette ressemblance, Florentino Ariza ne la découvrit que bien des années plus tard, un jour qu'il se coiffait devant son miroir, et il comprit alors que lorsqu'un homme commence à ressembler à son père c'est qu'il commence à vieillir.

Il n'avait aucun souvenir de lui rue des Fenêtres. Il croyait savoir qu'à une époque il y avait dormi, tout au début de ses amours avec Tránsito Ariza, mais qu'il n'y était pas revenu après sa naissance. L'acte de baptême fut pendant de nombreuses années notre seul document d'identification valable, et celui de Florentino Ariza, consigné à la paroisse de Saint-Turibe, disait qu'il était le fils naturel d'une fille naturelle célibataire nommée Tránsito Ariza. Le nom de son père n'y figurait pas, bien que jusqu'au jour de sa mort il eût pourvu en secret aux besoins de son fils. Cette situation sociale ferma à Florentino Ariza les portes du séminaire, mais elle lui permit d'échapper au service militaire à l'époque la plus sanglante de nos guerres, parce qu'il était le fils unique d'une fille mère.

Tous les vendredis, après l'école, il s'asseyait devant les bureaux de la Compagnie fluviale des Caraïbes, regardant un livre d'animaux illustré, tant de fois lu et relu qu'il tombait en morceaux. Son père entrait sans le regarder, vêtu de la redingote de drap que Tránsito Ariza retoucha plus tard pour lui, et avec un visage identique à celui du saint Jean l'Évangéliste qu'on voyait sur les autels. Lorsqu'il sortait, au bout de plusieurs heures, en prenant bien soin que personne ne le vît, pas même son cocher, il lui donnait l'argent de la semaine. Ils ne se parlaient pas, d'abord parce que son père n'en manifestait pas l'intention, ensuite parce qu'il était terrorisé. Un jour, après une attente plus longue que de coutume, son père lui tendit les pièces et lui dit :

« Tenez, et ne revenez jamais plus. »

Ce fut la dernière fois qu'il le vit. Mais plus tard il sut que l'oncle Léon XII, qui avait environ dix ans de moins que lui, continua de porter l'argent à Tránsito Ariza et s'occupa de lui lorsque Pie V mourut d'une colique mal soignée, sans rien laisser par écrit et sans avoir eu le temps de prendre aucune mesure en faveur de son fils unique : un enfant des rues.

Le drame de Florentino Ariza tant qu'il fut commis aux écritures de la Compagnie fluviale des Caraïbes était qu'il ne pouvait se défaire de son lyrisme car il ne cessait de penser à Fermina Daza, et qu'il n'avait jamais appris à écrire sans penser à elle. Plus tard, lorsqu'on le promut à d'autres fonctions, il débordait d'amour au point de ne savoir qu'en faire, et il l'offrait aux amoureux sans plume, en écrivant à leur place des lettres d'amour gratuites devant la porte des Écrivains. C'est là qu'il se rendait après son travail. Il ôtait sa redingote avec des gestes parcimonieux, l'accrochait au dossier de sa chaise, enfilait des manchettes de lustrine afin de ne pas salir les manches de sa chemise, déboutonnait son gilet pour mieux penser, et quelquefois jusqu'à une heure tardive de la nuit redonnait espoir aux infortunés grâce à des lettres ensorcelantes. De temps en temps, il tombait sur une pauvre femme qui avait un problème avec son fils, ou sur un ancien combattant qui insistait pour réclamer le paiement de sa pension, ou sur quelqu'un que l'on avait volé et qui voulait porter plainte contre le gouvernement, mais en dépit de ses efforts il ne pouvait les satisfaire car il ne parvenait à être convaincant que dans ses missives amoureuses. Il n'interrogeait même pas les nouveaux clients car il lui suffisait de les regarder dans le blanc des yeux pour prendre en charge leur état, et il écrivait des pages et des pages d'amour débridé au moyen de la formule infaillible qui consistait à écrire en pensant à Fermina Daza et à elle seule. Au bout du premier mois il dut établir une liste d'attente afin que l'impatience des amoureux ne le débordât pas.

Le souvenir le plus agréable qu'il garda de cette époque fut celui d'une jeune fille très timide, presque une enfant, qui lui demanda en tremblant d'écrire une réponse à une lettre qu'elle venait de recevoir et que Florentino reconnut pour l'avoir écrite la veille. Il y répondit dans un style différent, selon l'émotion et l'âge de la jeune fille, et avec une écriture qui ressemblait à la sienne car il savait en utiliser une différente pour chaque cas. Il l'écrivit en imaginant ce que Fermina Daza eût répondu si elle l'avait aimé comme cette créature désemparée aimait son prétendant. Deux jours plus tard, il dut, bien sûr, écrire la réponse du fiancé avec la calligraphie, le style et la forme d'amour qu'il lui avait attribués dans la première lettre et il finit ainsi par engager une correspondance fébrile avec lui-même. Au bout d'un mois à peine, ils vinrent chacun de leur côté le remercier de ce que lui-même avait proposé dans la lettre du fiancé et accepté avec, dévotion dans celle de la jeune fille : ils allaient se marier.

Ce n'est qu'à la naissance de leur premier enfant qu'ils s'aperçurent, au cours d'une conversation fortuite, que leurs lettres avaient été écrites par le même écrivain public, et pour la première fois ils se rendirent ensemble à la porte des Écrivains et lui demandèrent d'être le parrain du bébé. Florentino Ariza fut si content du résultat pratique de ses rêves qu'il prit le temps qu'il n'avait pas pour écrire un *Secrétaire des amoureux* plus poétique et plus complet que celui qu'on vendait jusqu'alors sous les arcades à vingt centimes l'exemplaire et que la moitié de la ville connaissait par cœur. Il classa les situations imaginables dans lesquelles Fermina Daza et lui auraient pu se trouver et pour chacune d'elles il écrivit autant de modèles qu'il lui semblait y avoir d'éventualités d'un côté et d'autre. À la fin, il se retrouva avec un millier de lettres en trois tomes aussi épais que le dictionnaire de Covarrubias, mais aucun imprimeur en ville ne prit le risque de les publier, et elles finirent dans un des greniers de la maison, mêlées à des paperasses d'autrefois, car Tránsito Ariza avait refusé de déterrer ses amphores pour gaspiller les économies de toute sa vie dans une folie éditoriale. Des années plus tard, lorsque Florentino disposa de moyens suffisants pour publier son livre, force lui fut d'admettre que les lettres d'amour avaient passé de mode.

Alors qu'il faisait ses premières armes à la Compagnie fluviale des Caraïbes et écrivait gratis des lettres à la porte des Écrivains, ses amis de jeunesse acquirent la certitude qu'ils étaient en train de le perdre peu à peu et sans espoir de retour. C'était vrai. Lorsqu'il était revenu de son voyage sur le fleuve, il fréquentait encore certains d'entre eux dans l'espoir d'atténuer les souvenirs de Fermina Daza, il jouait au billard avec eux, allait aux bals du samedi, qui furent aussi ses derniers, se prêtait au hasard d'être tiré au sort par les jeunes filles, se prêtait à tout ce qui lui semblait bon pour redevenir ce qu'il avait été. Puis, lorsque l'oncle Léon XII l'engagea comme employé, il se mit à jouer aux dominos au club du Commerce avec ses camarades de bureau, et ceux-ci commencèrent à le considérer comme un des leurs lorsqu'il ne parla plus que de l'entreprise de navigation, la désignant non par son nom mais par ses initiales : la C.F.C. Il changea même sa façon de manger. Alors qu'à table il s'était jusque-là montré indifférent et irrégulier, il devint méthodique et austère et le resta jusqu'à la fin de ses jours : une grande tasse de café noir au petit déjeuner, une tranche de poisson bouilli avec du riz blanc au déjeuner, une tasse de café au lait avec un morceau de fromage avant d'aller se coucher. Il buvait du café noir à toute heure, en tout lieu et en toute circonstance, parfois jusqu'à trente tasses par jour : un breuvage pareil à du pétrole brut qu'il préférait préparer lui-même et avait toujours à portée de la main dans une Thermos. Il était un autre homme, en dépit de sa ferme volonté et de ses efforts anxieux pour continuer d'être celui qu'il avait été avant le faux pas mortel de l'amour.

En vérité, il ne devait plus jamais l'être. Reprendre Fermina Daza fut l'unique dessein de sa vie, et il était à ce point convaincu d'y parvenir tôt ou tard qu'il persuada Tránsito Ariza d'entreprendre la restauration de la maison afin qu'elle fût en état de la recevoir au moment même où le miracle aurait lieu. À l'inverse de sa réaction à la proposition d'éditer le *Secrétaire des amoureux*, Tránsito Ariza alla cette fois très loin : elle acheta comptant la maison et entreprit de la rénover tout entière. Ils firent de la chambre à coucher un salon de réception, construisirent à l'étage une chambre pour les époux et une autre pour les enfants qu'ils auraient, toutes deux spacieuses et claires, et l'ancienne factorerie de tabac devint un grand jardin planté de toutes sortes de roses auxquelles Florentino Ariza en personne consacrait ses loisirs matinaux. Seul demeura intact, comme un témoignage de gratitude envers le passé, le local de la mercerie. L'arrière-boutique où dormait Florentino Ariza resta telle qu'elle avait toujours été, avec le hamac suspendu et la grande table à écrire encombrée de livres en désordre, et il s'installa à l'étage dans la chambre destinée à être la chambre conjugale. C'était la plus grande et la plus fraîche de la maison et elle avait une terrasse intérieure où il faisait bon demeurer le soir à cause de la brise de mer et du parfum des roses, mais c'était aussi celle qui convenait le mieux à la rigueur de trappiste de

Florentino Ariza. Les murs étaient lisses et rêches, passés à la chaux, et il n'y avait pour tout mobilier qu'un lit de forçat, une petite table de chevet avec une bougie plantée dans le goulot d'une bouteille, une vieille armoire et un lave-mains avec sa cuvette et son broc.

Les travaux durèrent presque trois ans et coïncidèrent avec une renaissance momentanée de la ville due à l'essor de la navigation fluviale et du commerce de passage, facteurs qui avaient nourri sa splendeur à l'époque coloniale et avaient fait d'elle durant plus de deux siècles la porte de l'Amérique. Mais ce fut aussi l'époque où Tránsito Ariza manifesta les premiers symptômes de sa maladie incurable. Ses clientes de toujours venaient à la mercerie chaque jour plus vieilles, plus pâles et plus furtives, et bien qu'elle eût traité avec elles la moitié de sa vie, elle ne les reconnaissait pas ou confondait les affaires de l'une avec les affaires de l'autre. Ce qui était très grave dans un commerce comme celui-ci où l'on ne signait aucun papier pour protéger l'honneur, le sien comme celui d'autrui, et où la parole était donnée et acceptée comme garantie suffisante. Au début, il sembla qu'elle devenait sourde, mais il fut vite évident que c'était sa mémoire qu'elle perdait goutte à goutte. De sorte qu'elle ferma sa boutique de prêts sur gages, et après qu'elle eut terminé et meublé la maison grâce au trésor des amphores, il lui resta encore, parmi les plus précieux de la ville, beaucoup de bijoux anciens que leurs propriétaires n'avaient pas eu les moyens de racheter.

Florentino Ariza devait s'occuper de trop de choses à la fois mais il eut toujours à cœur de rendre prospères ses négoces de chasseur furtif. Après son expérience vagabonde avec la veuve Nazaret qui lui avait ouvert le chemin des amours des rues, il continua à chasser pendant plusieurs années d'orphelines petites oiselles de nuit, dans l'illusion de soulager son mal de Fermina Daza. Plus tard, il n'aurait pu dire si cet espoir était besoin de conscience ou simple vice du corps. Il allait de moins en moins à l'hôtel de passe, d'abord parce que ses intérêts s'étaient engagés sur d'autres voies, ensuite parce qu'il n'aimait pas qu'on le vît mêlé à des aventures autres que celles très chastes et très domestiques qu'on lui avait connues jusqu'alors. Toutefois, lors de trois cas d'urgence, il utilisa un recours facile datant d'une époque qu'il n'avait pas connue : il déguisa en homme ses amies effrayées d'être reconnues, et ils entrèrent ensemble dans l'hôtel avec des allures de noceurs noctambules. Il y eut bien quelqu'un pour se rendre compte, au moins en deux occasions, que lui et son compagnon ne se dirigeaient pas vers le bar mais allaient droit au lit, et la réputation déjà bien ébranlée de Florentino Daza reçut alors son coup de grâce. Puis il cessa d'y aller et les très rares fois où il s'y rendit furent non pour combler ses retards mais pour au contraire chercher un refuge où se reposer de ses excès.

Ce n'était pas peu dire. À peine avait-il quitté le bureau, vers cinq heures de l'après-midi, qu'il s'en allait picorer au petit bonheur comme un coq de basse-cour. Il racolait des servantes dans les parcs, des négresses sur le marché, des filles venues des Andes sur les plages, des *gringas* sur les bateaux de La Nouvelle-Orléans. Il les emmenait sur les quais où la moitié de la ville faisait de même le soleil à peine couché, il les emmenait où il pouvait et parfois où il ne pouvait pas, car bien souvent il lui arrivait de devoir se mettre en toute hâte sous un porche obscur et faire ce qu'il pouvait comme il le pouvait derrière le portail.

La tour du phare fut toujours un refuge bienheureux qu'au seuil de la vieillesse, n'ayant plus rien à résoudre, il évoquait avec nostalgie comme un bon endroit pour être heureux, surtout la nuit, et il pensait alors qu'un peu de ses amours d'antan parvenait aux marins avec chaque scintillement. De sorte qu'il continua d'aller là-bas plutôt qu'ailleurs, accueilli par son ami le gardien qui, enchanté, prenait un air idiot, marque de discrétion la plus sûre pour les oiselles apeurées. En bas, dans la maison accolée au tonnerre des vagues qui se brisaient contre les escarpements, l'amour était plus intense parce qu'il avait quelque chose d'un naufrage. Mais après la première nuit, Florentino Ariza préférait la tour de lumière d'où l'on apercevait la ville tout entière ainsi que le sillage lumineux des pêcheurs sur la mer et les marais lointains.

De cette époque dataient ses théories, plutôt simplistes, sur le rapport entre le physique des femmes et leurs dons pour l'amour. Il se méfiait du type sensuel, de celles qui semblaient capables d'avaler tout cru un caïman mais étaient, au lit, les plus passives. Son type était à l'opposé : de petites grenouilles pâlichonnes sur lesquelles nul ne prenait la peine de se retourner dans la rue, qui semblaient se vider quand on les déshabillait et dont le crissement des os au premier contact faisait peine mais qui, cependant, pouvaient laisser le gaillard le plus hâbleur bon à jeter à la poubelle. Il avait noté ces observations hâtives dans l'intention d'écrire un supplément pratique au *Secrétaire des amoureux*, mais le projet connut le même sort que le précédent après qu'Ausencia Santander, avec sa sagesse de vieux chien, l'eut arrêté tout net, retourné à l'endroit et à l'envers, monté et descendu, remis au monde comme au premier jour, eut taillé en pièces ses virtuosités théoriques et lui eut enseigné la seule chose qu'il lui fallait apprendre en amour : qu'on ne peut enseigner la vie.

Ausencia Santander avait été mariée dans les règles pendant vingt ans, et il lui en était resté trois enfants qui s'étaient à leur tour mariés et avaient eu des enfants, de sorte qu'elle se vantait d'être au lit la meilleure grand-mère de la ville. On ne sut jamais si elle avait quitté son mari ou si c'était lui qui l'avait quittée, ou si tous les deux s'étaient quittés en même temps lorsqu'il était parti vivre avec sa maîtresse de toujours, et qu'elle s'était sentie libre de recevoir, en plein jour et par la grande porte, un capitaine de navire fluvial, Rosendo de la Rosa, qu'elle avait accueilli de nombreuses fois la nuit par la porte de derrière. Ce fut lui qui, sans réfléchir, amena Florentino Ariza.

Il l'invita à déjeuner. Il apporta une dame-jeanne d'eau-de-vie et les meilleurs ingrédients pour préparer un pot-au-feu épique, comme on ne pouvait en faire qu'avec des poules fermières, de la viande aux os tendres, du porc de fumier et des légumes des villages riverains. Cependant, Florentino Ariza ne fut pas d'emblée tant séduit par l'excellence de la cuisine ou par l'exubérance de la maîtresse de maison que par la beauté de sa demeure. Il aimait pour elle-même cette maison lumineuse et fraîche, avec quatre grandes fenêtres donnant sur la mer et, derrière, une vue complète de la vieille ville. Il aimait le nombre et la splendeur des objets qui donnaient au salon un aspect à la fois désordonné et rigoureux, avec toutes sortes de délicatesses artisanales que le capitaine Rosendo de la Rosa avait peu à peu rapportées de chaque voyage, jusqu'à ce qu'il ne restât plus de place pour rien. Sur la terrasse en bord de mer, debout sur son perchoir personnel, il y avait un cacatoès de Malaisie avec un plumage d'une invraisemblable blancheur et une tranquillité pensive qui donnait beaucoup à réfléchir : l'animal le plus beau que Florentino Ariza eût jamais vu.

Le capitaine Rosendo de la Rosa s'enthousiasma de l'enthousiasme de son invité et lui raconta en détails l'histoire de chaque chose. Tout en parlant, il buvait de l'eau-de-vie, à petites gorgées mais sans trêve. Il semblait en ciment armé : énorme, avec des poils sur tout le corps sauf sur la tête, une grosse moustache en brosse, une voix de cabestan qui n'appartenait qu'à lui et une gentillesse exquise. Mais il n'y avait corps qui pût résister à sa manière de boire. Avant même de se mettre à table, il avait vidé la moitié de la dame-jeanne et il s'écroula raide sur le plateau de verres et de bouteilles, dans un lent fracas de démolition. Ausencia Santander dut demander l'aide de Florentino Ariza pour traîner jusqu'au lit son corps inerte de baleine échouée et le déshabiller dans son sommeil. Puis, dans un éclair d'inspiration dont ils remercièrent tous deux la conjonction de leurs astres, ils se dévêtirent dans la pièce d'à côté sans s'être concertés, sans même l'avoir suggéré, et ils continuèrent de se dévêtir pendant sept ans chaque fois qu'ils le purent, lorsque le capitaine était en voyage. Il n'y avait aucun risque de surprise car ce dernier avait, comme tout bon marin, la coutume d'annoncer son entrée au port par un coup de corne, même à l'aube, d'abord trois longs bramements pour sa femme et ses neuf enfants, puis deux, entrecoupés et mélancoliques, pour sa maîtresse.

Ausencia Santander avait presque cinquante ans et les paraissait, mais elle avait aussi un instinct si personnel de l'amour qu'il n'y avait de théorie artisanale ou scientifique capable de le freiner. Florentino Ariza savait, grâce aux itinéraires des bateaux, quand il pouvait lui rendre visite et il y allait toujours sans prévenir, à n'importe quelle heure du jour ou de la nuit, et pas une seule fois elle n'omit de l'attendre. Elle lui ouvrait la porte telle que sa mère l'avait élevée jusqu'à l'âge de sept ans, nue comme un ver mais avec un ruban d'organdi dans les cheveux. Elle ne l'autorisait à faire un pas que lorsqu'il avait ôté ses vêtements car elle avait toujours pensé qu'un homme habillé dans une maison porte malheur. C'était un motif constant de discorde avec le capitaine Rosendo de la Rosa car, superstitieux, il croyait que fumer tout nu était de mauvais augure et préférait quelquefois retarder l'amour plutôt que d'éteindre son infaillible cigare cubain. Florentino Ariza, en revanche, était très porté sur les enchantements de la nudité, et elle le déshabillait avec une délectation certaine la porte aussitôt fermée, sans même lui laisser le temps de lui dire bonjour ni d'enlever son chapeau et ses lunettes, lui donnant et se laissant donner des grappillons de baisers et le déboutonnant du haut en bas, d'abord les boutons de la braguette, un par un après chaque baiser, ensuite la boucle de la ceinture, le gilet et la chemise, jusqu'à ce qu'il ressemblât à un poisson frétillant éventré du haut en bas. Puis elle le faisait asseoir dans le salon et lui enlevait ses bottes, baissait son pantalon à hauteur des cuisses pour le lui ôter en même temps que ses caleçons longs jusqu'aux chevilles, et pour finir dégrafait les fixe-chaussettes autour des mollets et le laissait pieds nus. Florentino cessait alors de l'embrasser et de se laisser embrasser pour faire la seule chose qu'il lui incombait de faire dans cette cérémonie ponctuelle : il sortait sa montre de gousset de la poche de son gilet, déchaussait ses lunettes et les mettait ensemble dans ses bottes pour être sûr de ne pas les oublier. Il prenait toujours cette précaution et jamais n'y manquait lorsqu'il se déshabillait dans la maison d'autrui.

À peine avait-il terminé qu'elle lui sautait dessus sans lui donner le temps de rien, sur le sofa où elle venait de le dévêtir et, de temps à autre, sur le lit. Elle le plaçait sous elle et s'emparait de lui tout entier pour elle tout entière, repliée sur elle-même, tâtonnant les yeux fermés dans sa complète obscurité intérieure, avançant de-ci de-là, corrigeant son invisible route, essayant une autre voie plus intense, une autre façon de marcher sans naufrager dans le marécage mucilagineux qui coulait de son ventre, faisant les questions et les réponses dans son jargon natal avec un bourdonnement d'abeille – où était ce truc dans les ténèbres qu'elle seule connaissait et pour elle seule désirait – , jusqu'à succomber sans l'attendre et s'écrouler solitaire au fond de son abîme avec une explosion réjouie de victoire totale qui faisait trembler le monde. Florentino Ariza était épuisé, incomplet, flottant dans la flaque de leur sueur avec le sentiment de n'être qu'un instrument de jouissance. Il disait : « Tu me traites comme si je n'étais qu'un de plus. » Elle éclatait d'un rire de femelle libre et répondait : « Au contraire, comme si tu n'étais qu'un de moins. » Car il avait l'impression qu'elle s'emparait de tout avec une voracité mesquine, et il partait, l'orgueil chaviré, décidé à ne plus revenir. Mais il se réveillait soudain sans raison au milieu de la nuit avec la terrible lucidité de sa solitude, et le souvenir de l'amour renfermé d'Ausencia Santander se révélait à lui tel qu'il était : un piège de bonheur dont il avait horreur mais qu'en même temps il désirait, et auquel il lui était impossible d'échapper.

Un dimanche comme les autres, deux ans après avoir fait sa connaissance, au lieu de le déshabiller dès son arrivée, elle lui ôta ses lunettes afin de mieux l'embrasser, et Florentino Ariza sut ainsi qu'elle avait commencé à l'aimer. Bien que dès le premier jour, il se fût senti à l'aise dans cette maison qu'il aimait comme la sienne, chacune de ses visites ne durait jamais plus de deux heures, il n'était jamais resté dormir et n'y avait mangé qu'une seule fois parce qu'elle lui en avait fait l'invitation formelle. En fait, il n'y allait que pour faire ce qu'il allait y faire, lui apportait toujours comme unique cadeau une rose solitaire, et il disparaissait jusqu'à l'imprévisible occasion suivante. Mais le dimanche où elle lui ôta ses lunettes pour l'embrasser, ils passèrent l'après-midi nus dans l'énorme lit du capitaine, en partie à cause de son geste, en partie parce qu'ils s'étaient endormis après s'être aimés dans la sérénité. En se réveillant de sa sieste, Florentino Ariza gardait encore le souvenir des cris aigus du cacatoès dont le timbre strident était à l'opposé de sa beauté. Mais le silence était diaphane dans la chaleur de l'après-midi, et par la fenêtre de la chambre on voyait le profil de la vieille ville tournant le dos au soleil, ses dômes dorés, sa mer en flammes jusqu'à la Jamaïque. Ausencia Santander tendit une main aventurière pour chercher à tâtons l'animal au repos, mais Florentino Ariza la repoussa. Il dit : « Pas maintenant : j'ai le curieux sentiment qu'on nous regarde. » Elle affola de nouveau le cacatoès de son rire heureux. Elle dit : « Même la femme de Jonas n'avalerait pas une couleuvre pareille. » Elle non plus, bien entendu, mais elle admit que c'était un bon prétexte et tous deux s'aimèrent un long moment sans refaire l'amour. À cinq heures, le soleil encore haut dans le ciel, elle bondit hors du lit, nue jusqu'à l'éternité, son ruban d'organdi dans les cheveux, et alla chercher à boire dans la cuisine. Mais à peine sortie de la chambre, elle poussa un cri d'épouvante.

Elle ne pouvait le croire. Les lustres étaient les seuls objets qui restaient dans la maison. Tout le reste, les meubles signés, les tapis indiens, les statues, les tapisseries des Gobelins, les innombrables babioles en pierres et en métaux précieux, tout ce qui avait fait de sa maison une des plus agréables et des mieux garnies de la ville, tout, même le cacatoès sacré, tout s'était évaporé. On les avait emportés par la terrasse au-dessus de la mer sans perturber leur amour. Seuls demeuraient les salons déserts, les quatre fenêtres grandes ouvertes et un graffiti peint à la brosse sur le mur du fond : *Voilà à quoi conduisent les parties de jambes en l'air.* Le capitaine Rosendo de la Rosa ne comprit jamais pourquoi Ausencia Santander n'avait pas porté plainte ni tenté d'entrer en contact avec les trafiquants d'objets volés, et plus jamais il ne permit que l'on parlât de son malheur.

Florentino Ariza continua de lui rendre visite dans la maison pillée dont le mobilier était réduit à trois tabourets en cuir que les voleurs avaient oubliés dans la cuisine, et à la chambre à coucher où ils se trouvaient. Mais il la voyait moins souvent, non tant à cause de la désolation de la maison, comme elle le croyait et le lui disait, que du nouveau tramway à mules du début du siècle, qui fut pour lui un nid original et prodigue d'oiselles en liberté. Il le prenait quatre fois par jour, deux fois pour aller au bureau et deux fois pour revenir chez lui, et tandis qu'il lisait ou le plus souvent feignait de lire, il lui arrivait parfois de nouer des contacts préliminaires à un rendez-vous ultérieur. Plus tard, lorsque l'oncle Léon XII mit à sa disposition une voiture tirée par deux petites mules harnachées d'or pareilles à celles du président Rafael Núñez, il se souvenait du temps des tramways comme du plus fructueux de ses vagabondages de braconnier. Il avait raison : il n'y avait pire ennemi des amours secrètes qu'une voiture attendant devant une porte. Au point que presque toujours il la dissimulait chez lui et faisait à pied ses rondes de prédateur afin que pas même les traces des roues ne demeurassent dans la poussière. C'est pourquoi il évoquait avec autant de nostalgie le vieux tramway, avec ses mules émaciées et couvertes de gale, à l'intérieur duquel un coup d'œil en biais suffisait pour savoir où était l'amour. Toutefois, parmi tant de souvenirs attendrissants, il ne parvint jamais à effacer celui d'une petite oiselle désemparée dont il ignora toujours le nom et avec laquelle il passa à peine une soirée frénétique qui avait suffi cependant à le dégoûter pour le restant de ses jours des désordres innocents du carnaval.

Elle avait attiré son attention dans le tramway par la sérénité avec laquelle elle voyageait au milieu du tumulte de la bamboche populaire. Elle ne devait pas avoir plus de vingt ans et son esprit ne semblait guère occupé par le carnaval, à moins qu'elle ne fût déguisée en malade : elle avait une longue chevelure claire et lisse tombant avec naturel sur ses épaules, et une blouse de toile ordinaire sans aucun ornement. Elle était tout à fait étrangère au fracas des musiques dans les rues, aux poignées de poudre de riz, aux jets d'aniline qu'on lançait sur les voyageurs au passage du tramway dont les mules, pendant ces trois jours de folie, étaient blanches de farine et portaient des chapeaux à fleurs. Profitant de la confusion, Florentino Ariza l'invita à manger une glace, parce qu'il ne croyait pas pouvoir en tirer beaucoup plus. Elle le regarda sans étonnement et dit : « J'accepte avec grand plaisir mais je vous préviens que je suis folle. » Il rit de cette repartie et l'emmena voir le défilé de chars du haut du balcon du glacier. Puis il enfila un déguisement qu'il avait loué et tous deux rejoignirent les bals de la place de la Douane et s'amusèrent comme des fiancés qui venaient de naître car, dans le tumulte de la nuit, elle était passée de l'indifférence à l'extrême opposé : elle dansait comme une professionnelle, faisait preuve d'imagination et d'audace, et possédait un charme renversant.

« Tu ne sais pas dans quelle salade tu t'es mis avec moi, criait-elle, malade de rire, dans la fièvre du carnaval. Je suis une des folles de l'asile. »

Pour Florentino Ariza, cette nuit était un retour aux candides débordements de l'adolescence, lorsque l'amour n'avait pas encore décidé de son malheur. Mais il savait, plus à ses dépens que par expérience, qu'un bonheur aussi facile ne pouvait durer long-temps. Ainsi, avant que l'aube ne se levât, comme toujours après la remise des prix aux plus beaux déguisements, il proposa à la jeune fille d'aller contempler le lever du jour en haut du phare. Elle accepta avec joie mais, dit-elle, après la distribution des prix.

Florentino Ariza eut toujours la certitude que cette attente lui avait sauvé la vie. En effet, la jeune fille venait de lui faire signe qu'ils pouvaient prendre le chemin du phare lorsque deux cerbères et une infirmière de l'asile du Divin Pasteur se précipitèrent sur elle. Ils la cherchaient, de même que toutes les forces de l'ordre, depuis trois heures de l'après-midi, heure à laquelle elle s'était échappée. Elle avait décapité un gardien et en avait blessé deux autres avec une machette volée au jardinier, parce qu'elle voulait aller aux bals du carnaval. En fait, ils n'avaient pas imaginé qu'elle pût être en train de danser dans la rue et la croyaient cachée dans une des nombreuses maisons qu'ils avaient fouillées de fond en comble, citernes comprises.

Il ne fut pas facile de l'emmener. Elle se défendit à l'aide de ciseaux de cuisine qu'elle avait cachés dans son corsage et il fallut six hommes pour lui passer la camisole de force tandis que la foule agglutinée sur la place de la Douane applaudissait et sifflait de joie, prenant la capture sanglante pour une des farces carnavalesques. Florentino Ariza en fut bouleversé et, à partir du mercredi des Cendres, il passa par la rue du Divin Pasteur avec une boîte de chocolats anglais pour elle. Il s'arrêtait pour regarder les recluses lui lancer toutes sortes d'injures et d'éloges par les fenêtres, les attirait avec sa boîte de chocolats pour le cas où la chance eût voulu qu'elle passât la tête entre les barreaux de fer. Mais il ne la vit jamais. Quelques mois plus tard, alors qu'il descendait du tramway à mules, une petite fille accompagnée de son père lui demanda une des crottes en chocolat de la boîte qu'il tenait à la main. Le père la gronda, présenta des excuses à Florentino Ariza, mais celui-ci offrit la boîte à l'enfant, pensant que ce geste efface-rait en lui toute trace d'amertume, et calma le père d'une tape sur l'épaule.

« C'était pour un amour qui s'en est allé au diable », dit-il.

Comme une compensation du destin, ce fut dans ce même tramway que Florentino Ariza rencontra Leona Cassiani, la vraie femme de sa vie. Mais ni lui ni elle ne le surent jamais et jamais ne firent l'amour. Il l'avait pressentie avant même de la voir, alors qu'il rentrait chez lui par le tramway de cinq heures : c'était un regard matériel qui le heurta comme un doigt. Il leva les yeux et, au fond du véhicule, la vit qui se distinguait avec netteté parmi les autres passa-gers. Elle ne détourna pas les yeux. Au contraire : elle le fixa avec tant d'effronterie qu'il ne put penser que ce qu'il pensa : noire, jeune, jolie mais sans aucun doute putain. Il l'écarta aussitôt de sa vie car rien ne lui semblait plus indigne que de payer l'amour : il ne l'avait jamais fait.

Florentino Ariza descendit place des Voitures, terminus de la ligne, s'esquiva en toute hâte dans le labyrinthe des rues commerçantes car sa mère l'at-tendait à six heures, et lorsqu'il réapparut de l'autre côté de la foule, il entendit résonner sur le pavé les talons d'une femme allègre et se retourna pour se convaincre de ce qu'il savait déjà : c'était elle. Elle était habillée comme les esclaves des gravures, avec une jupe à volants qu'elle soulevait d'un geste de danseuse pour enjamber les flaques d'eau, avait un décolleté qui laissait nues ses épaules, une masse de colliers de toutes les couleurs et un turban blanc. À l'hôtel de passe, il les avait bien connues. Souvent, vers six heures du soir, elles prenaient encore leur petit déjeuner, et n'avaient alors d'autre solution que d'utiliser leur sexe comme un couteau d'éventreur qu'elles mettaient sous la gorge du premier venu qu'elles croisaient dans la rue : la bite ou la vie. Cherchant une ultime preuve, Florentino Ariza bifurqua dans la ruelle déserte d'El Candilejo et elle le suivit, de plus en plus près. Alors il s'arrêta, se retourna, lui barra la route au milieu du trottoir, les deux mains appuyées sur son parapluie. Elle se planta devant lui.

« Tu te trompes, ma jolie, dit-il, je ne la donne pas.

– Bien sûr que si, dit-elle, ça se voit sur ta figure. »

Florentino Ariza se souvint d'une phrase qu'enfant il avait entendu prononcer par le médecin de famille, son parrain, à propos de sa constipation chronique : « Le monde est divisé entre ceux qui caguent bien et ceux qui caguent mal. » À partir de ce dogme, le médecin avait bâti toute une théorie du caractère qu'il considérait comme plus solide que l'astrologie. Mais avec l'apprentissage des ans, Florentino Ariza la formula d'une autre manière : « Le monde est divisé entre ceux qui baisent et ceux qui ne baisent pas. » Il se méfiait de ces derniers : sortir du droit chemin était pour eux à ce point insolite qu'ils se piquaient de faire l'amour comme s'ils venaient de l'inventer. Ceux qui le faisaient souvent, en revanche, ne vivaient que pour lui. Ils se sentaient si bien qu'ils se comportaient comme des sépulcres scellés, car ils savaient que de la discrétion dépendait leur vie. Ils ne parlaient jamais de leurs prouesses, ne se confiaient à personne, jouaient les distraits au point de se bâtir une réputation d'impuissants, de frigides et surtout de pédérastes timides, comme c'était le cas pour Florentino Ariza. Mais ils se complaisaient dans cette méprise car elle les protégeait. Ils formaient une loge hermétique dont les adeptes se reconnaissaient dans le monde entier sans qu'ils eussent besoin d'une langue commune. De sorte que Florentino Ariza ne fut pas surpris de la réponse de la jeune femme : elle était de son monde et par conséquent savait qu'il savait qu'elle savait.

Ce fut l'erreur de sa vie, et sa conscience allait le lui rappeler à chaque heure de chaque jour, jusqu'au dernier. Ce qu'elle voulait lui demander n'était pas de l'amour et moins encore de l'amour rémunéré, mais un emploi, quel qu'il fût et quel qu'en fût le salaire, à la Compagnie fluviale des Caraïbes. Florentino Ariza fut si honteux de sa conduite qu'il l'emmena voir le chef du personnel, et celui-ci la nomma à un poste de dernière catégorie qu'elle occupa avec sérieux, modestie et dévouement pendant trois ans.

Les bureaux de la C.F.C. se trouvaient, depuis leur fondation, sur le quai du port fluvial qui n'avait rien à voir avec le port des transatlantiques, de l'autre côté de la baie, ni avec le débarcadère du marché dans la baie des Âmes. C'était une bâtisse en bois, recouverte d'un toit de tôles à deux pentes, avec un unique et long balcon agrémenté de piliers sur toute la façade, et plusieurs fenêtres grillagées sur les quatre côtés d'où l'on voyait tous les bateaux à quai comme des tableaux accrochés à un mur. Lorsque les précurseurs allemands l'avaient construite, ils avaient peint en rouge les tôles du toit et les cloisons de bois en blanc brillant, de sorte que toute la bâtisse avait un air de navire fluvial. Plus tard, on la peignit en bleu, et à l'époque où Florentino Ariza commença à travailler dans l'entreprise, c'était un hangar poussiéreux de couleur indéfinissable avec, sur la toiture oxydée, des plaques de tôle neuves par-dessus les plaques originales. Derrière l'édifice, dans une cour recouverte de salpêtre entourée d'un grillage de poulailler, il y avait deux grands dépôts de construction plus récente, et, au fond, un chenal fermé, sale et malodorant, où pourrissaient les déchets d'un demi-siècle de navigation fluviale : décombres de navires historiques, depuis les tout premiers avec une seule cheminée inaugurés par Simón Bolívar, jusqu'à d'autres plus récents qui avaient déjà des ventilateurs électriques dans les cabines. La plupart d'entre eux avaient été démantelés et les matériaux utilisés pour d'autres navires, mais beaucoup étaient en si bon état qu'un coup de peinture semblait suffire pour les remettre à flot, sans nécessité d'effrayer les iguanes ni de tailler les frondaisons de grandes fleurs jaunes qui les rendaient plus nostalgiques.

L'administration était à l'étage, dans de petits bureaux confortables et aménagés comme des cabines de bateaux, car ils n'avaient pas été construits par des architectes civils mais par des ingénieurs des constructions navales. Au bout du couloir, comme n'importe quel employé, l'oncle Léon XII expédiait les affaires dans un bureau pareil aux autres, avec la seule différence que chaque matin il trouvait sur sa table toutes sortes de fleurs odorantes dans un vase en cristal. On s'occupait des passagers au rez-de-chaussée, dans une grande salle d'attente pourvue de bancs rustiques et d'un comptoir où l'on émettait les billets et enregistrait les bagages. Tout au bout, l'énigmatique section générale, dont le seul nom indiquait l'imprécision des fonctions, où allaient mourir de mort lente les problèmes que le reste de l'entreprise n'avait pu résoudre. C'est là qu'était Leona Cassiani, perdue derrière un pupitre d'écolier, entre un monceau de sacs de maïs empilés les uns sur les autres et des paperasses mises au rebut, lorsqu'un jour l'oncle Léon XII en personne vint voir ce que diable il pourrait bien inventer pour que la section générale servît à quelque chose. Au bout de trois heures de questions, d'hypothèses théoriques et d'examens concrets avec toute l'assemblée des employés, il retourna dans son bureau, préoccupé par la certitude de n'avoir trouvé aucune solution à tant de problèmes et d'avoir au contraire soulevé de multiples problèmes sans aucune solution.

Le lendemain, lorsque Florentino Ariza entra dans son bureau, il trouva un mémorandum préparé par Leona Cassiani qui le suppliait de l'étudier et de le montrer ensuite à son oncle s'il le jugeait pertinent. Elle était la seule à n'avoir pas dit un mot pendant l'inspection de la veille. Elle avait conservé à dessein sa digne attitude d'employée engagée par charité, mais dans son mémorandum elle soulignait qu'elle l'avait fait non par négligence mais par respect envers ses supérieurs de la section. Il était d'une simplicité inquiétante. L'oncle Léon XII pensait à une réorganisation de fond en comble et Leona Cassiani le contraire, pour la simple raison qu'en réalité la section générale n'existait pas : elle était la poubelle où les autres sections se débarrassaient de leurs problèmes indigestes mais insignifiants. La solution, par conséquent, était de supprimer la section générale et de renvoyer les problèmes à leurs sections d'origine afin que celles-ci les résolvent.

L'oncle Léon XII n'avait pas la moindre idée de qui était Leona Cassiani et ne se rappelait pas l'avoir vue à la réunion de la veille, mais lorsqu'il eut terminé de lire le mémorandum, il la convoqua dans son bureau et parla avec elle à huis clos pendant deux heures. Ils parlèrent un peu de tout, selon la méthode qu'il utilisait pour connaître les gens. Le mémorandum était le bon sens même et la solution, en effet, apporta les résultats attendus. Mais c'était elle et non eux qui intéressait l'oncle Léon XII. Ce qui retint le plus son attention fut qu'après l'école primaire elle n'avait poursuivi ses études qu'à l'école de chapellerie. Mais elle apprenait l'anglais chez elle grâce à une méthode rapide et sans professeur, et depuis trois mois elle prenait le soir des cours de mécanographie, un métier nouveau et promis à un grand avenir, comme on le disait autrefois de la télégraphie et comme on l'avait dit bien avant des machines à vapeur.

Lorsque l'entretien fut terminé, l'oncle Léon XII l'appelait déjà comme il devait l'appeler pour le restant de ses jours : ma commère Leona. Il avait décidé de supprimer d'un trait de plume la section problématique et de répartir les problèmes afin que les résolvent ceux-là mêmes qui les avaient créés, selon les conseils de Leona Cassiani, et il avait inventé pour elle un poste sans dénomination et sans fonctions spécifiques, en fait celui d'assistante personnelle. Ce même après-midi, après l'enterrement sans honneurs de la section générale, l'oncle Léon XII demanda à Florentino Ariza d'où il avait sorti Leona Cassiani et celui-ci lui dit la vérité.

« Eh bien! reprends ton tramway et rapporte-moi toutes celles que tu trouveras, lui dit l'oncle. Encore deux ou trois de cet acabit et on remet ton galion à flot. »

Florentino Ariza crut à une des habituelles plaisanteries de l'oncle Léon XII, mais le lendemain il ne trouva pas la voiture qu'on lui avait assignée six mois auparavant et qu'on lui supprimait afin qu'il continuât de chercher des talents dissimulés dans les tramways. De son côté, Leona Cassiani abandonna très vite ses scrupules initiaux et déversa tout ce qu'elle avait gardé pour elle avec tant d'astuce pendant trois ans. Trois autres années plus tard elle avait la mainmise sur tout et quatre ans après elle était arrivée à la porte du secrétariat général, mais elle refusa d'y entrer car elle n'était plus qu'à un échelon en dessous de Florentino Ariza. Jusqu'alors elle avait été sous ses ordres et voulait continuer de l'être, bien que la réalité fût tout autre : Florentino Ariza ne se rendait pas compte que c'était lui qui était sous les ordres de Leona Cassiani. Mais le fait était bien là : il n'avait fait qu'exécuter ce qu'elle suggérait à la direction générale dans le seul but de l'aider à monter en grade malgré les pièges tendus par ses ennemis occultes.

Leona Cassiani possédait un talent diabolique pour manipuler les secrets et savait toujours être là où il le fallait au moment opportun. Elle était dynamique, silencieuse, d'une sage douceur. Mais lorsque c'était indispensable, la mort dans l'âme elle lâchait la bride à un caractère d'acier. Jamais cependant elle ne le mit au service de fins personnelles. Son seul objectif fut de faire à tout prix place nette sur chaque échelon, à feu et à sang s'il n'y avait d'autre moyen, afin que Florentino Ariza les grimpât jusqu'où lui-même, sans avoir bien calculé ses forces, se l'était proposé. Elle l'eût fait de toute façon, à cause de son indomptable vocation pour le pouvoir, mais dans ce cas elle avait agi en toute conscience et par pure gratitude. Telle était sa détermination que Florentino Ariza lui-même se perdit dans ses intrigues et, à un moment malheureux, tenta de lui barrer la route croyant que c'était elle qui tentait de la lui barrer. Leona Cassiani le remit à sa place.

« Ne vous y trompez pas, lui dit-elle. Je me retire

de tout si c'est ce que vous voulez, mais réfléchissez. »

Florentino Ariza, qui n'y avait pas réfléchi, y réfléchit aussi bien qu'il le put et rendit les armes. En vérité, au milieu de cette guerre sordide au sein d'une entreprise en crise perpétuelle, au milieu de ses désastres de sempiternel braconnier et du rêve de plus en plus incertain de Fermina Daza, l'impassible Florentino Ariza n'avait pas connu un seul instant de paix intérieure face au spectacle fascinant de cette terrible négresse barbouillée de merde et d'amour dans la fièvre de la bataille. Au point que souvent il se plaignait en secret qu'elle n'eût pas été ce qu'il avait cru qu'elle était le jour où il l'avait connue, afin d'avoir pu se torcher avec ses principes et faire l'amour avec elle, eût-il dû la payer en pépites d'or pur. Car depuis l'après-midi du tramway, Leona Cassiani était égale à elle-même, portait les mêmes vêtements de négresse en émoi, les mêmes turbans fous, les mêmes boucles d'oreilles et les mêmes bracelets en os, sa masse de colliers et ses bagues en fausses pierres à tous les doigts : une lionne des rues. Le peu que, de l'extérieur, lui avaient ajouté les ans jouait en sa faveur. Elle naviguait au milieu d'une éblouissante maturité, ses appas de femme étaient plus inquiétants, et son corps ardent d'Africaine s'était fait plus dense. En dix ans, Florentino Ariza n'était pas revenu à la charge, payant ainsi très cher son erreur originelle, et elle l'avait aidé en tout sauf en cela.

Un soir qu'il était resté travailler très tard, comme de coutume depuis la mort de sa mère, Florentino Ariza aperçut, au moment de partir, de la lumière dans le bureau de Leona Cassiani. Il entra sans frapper : elle était là, seule devant son bureau, absorbée, sérieuse, chaussée de nouvelles lunettes qui lui donnaient un visage académique. Florentino

Ariza découvrit avec une délicieuse terreur qu'ils étaient seuls dans la maison et qu'au-dehors il n'y avait que les quais déserts, la ville endormie, la nuit éternelle sur la mer ténébreuse et le triste bramement d'un bateau qui n'accosterait pas avant une heure. Florentino Ariza s'appuya des deux mains sur son parapluie, comme dans la ruelle d'El Candilejo pour lui barrer le passage, mais dans le but, cette fois, qu'elle ne remarquât pas ses genoux disloqués.

« Dis-moi une chose, lionne de mon cœur, dit-il : quand est-ce qu'on en aura fini avec tout ça? »

Elle ôta ses lunettes sans manifester de surprise, avec une maîtrise parfaite, et l'illumina de son rire solaire. Jamais elle ne l'avait tutoyé.

« Aïe! Florentino Ariza, lui dit-elle, ça fait dix ans que je suis assise ici et que j'attends que tu me demandes. »

Mais c'était trop tard : l'occasion avait surgi dans le tramway à mules, était demeurée avec elle sur cette même chaise où elle était assise, puis s'en était allée à jamais. En vérité, après tant de chienneries que sous le boisseau elle avait faites pour lui, après tant d'immondices supportées à sa place, elle était allée bien plus loin que lui dans la vie et avait en tout cas franchi leurs vingt ans de différence : elle avait vieilli pour lui. Elle l'aimait tant qu'au lieu de le tromper elle avait préféré continuer de l'aimer, fût-ce au prix de le lui faire savoir avec brutalité.

« Non, lui dit-elle. J'aurais l'impression de coucher avec le fils que je n'ai jamais eu. »

Florentino Ariza sentit dans sa gorge l'épine de ne pas avoir eu le dernier mot. Il croyait que lorsqu'une femme dit non, elle attend toujours qu'on insiste avant de prendre la décision finale, mais avec elle c'était différent : il ne pouvait prendre le risque de se tromper une seconde fois. Il baissa les bras avec intelligence et même de bonne grâce, ce qui ne lui fut pas facile. À partir de ce soir-là, toute ombre qui avait pu rester entre eux se dissipa sans amertume et Florentino Ariza comprit que l'on pouvait avoir une femme pour amie sans coucher avec elle.

Leona Cassiani fut le seul être humain à qui Florentino Ariza faillit révéler le secret de Fermina Daza. Les rares personnes qui le connaissaient avaient commencé à l'oublier pour des raisons majeures. Trois d'entre elles l'avaient sans aucun doute emporté dans leur tombe : sa mère qui, bien avant de mourir, l'avait déjà effacé de sa mémoire; Gala Placidia, morte de bonne vieillesse au service de celle qui avait presque été sa fille, et l'inoubliable Escolástica Daza qui avait porté à l'intérieur de son missel la première lettre qu'il avait reçue dans sa vie, et qui ne pouvait, après tant d'années, être encore vivante. Lorenzo Daza, dont on ne savait alors s'il était mort ou vif, l'avait peut-être révélé à la sœur Franca de la Luz pour tenter d'éviter l'expulsion, mais il était peu probable qu'ils l'eussent divulgué. Restaient encore les onze télégraphistes de la lointaine province d'Hildebranda Sánchez qui avaient envoyé les télégrammes à leurs noms et adresses complets et exacts, et enfin Hildebranda Sánchez et sa cour de cousines indomptées.

Mais Florentino Ariza ignorait que le docteur Juvenal Urbino devait être inclus dans le compte. Hildebranda Sánchez lui avait révélé le secret lors d'une de ses nombreuses visites des premières années. Elle le lui avait dit par hasard et à un moment inopportun si bien qu'il n'entra pas dans une oreille du docteur Urbino pour en ressortir par l'autre, mais qu'il n'entra dans aucune des deux. Hildebranda, en effet, avait mentionné Florentino Ariza comme un des poètes inconnus qui, d'après elle, avaient une chance de gagner les Jeux floraux. Le docteur Urbino eut du mal à se rappeler qui il était, et elle lui précisa, sans que ce fût indispensable mais sans un atome de malice, qu'il avait été le seul fiancé de Fermina Daza avant que celle-ci ne se mariât. Elle le lui avait dit convaincue qu'innocentes et éphémères ces fiançailles n'en étaient que plus attendrissantes. Le docteur Urbino avait répliqué, sans même la regarder : « Je ne savais pas que ce type était poète. » Et il l'avait à l'instant même effacé de sa mémoire, entre autres parce que sa profession l'avait habitué à une utilisation éthique de l'oubli.

Florentino Ariza se rendit compte que les dépositaires du secret, à l'exception de sa mère, appartenaient à l'entourage de Fermina Daza. Dans le sien, il supportait à lui seul le poids accablant d'une charge que trop souvent il avait eu besoin de partager, mais jusqu'alors nul ne lui avait semblé mériter une telle confiance. Leona Cassiani était la seule et il ne manquait à Florentino Ariza que la manière et l'occasion. Il y réfléchissait par un après-midi de touffeur estivale, lorsque le docteur Juvenal Urbino monta les raides escaliers de C.F.C., s'arrêtant à chaque marche pour survivre à la chaleur et apparut, dans le bureau de Florentino Ariza, haletant et trempé de sueur des pieds à la tête. Il dit, dans un dernier souffle : « Je crois qu'un cyclone va nous tomber dessus. » Florentino Ariza l'avait souvent vu dans la maison à la recherche de l'oncle Léon XII, mais jamais jusqu'alors il n'avait eu le sentiment si net que cette apparition indésirable avait un rapport quelconque avec sa vie.

C'était aux temps où le docteur Juvenal Urbino avait lui aussi franchi les obstacles de sa profession et faisait presque du porte-à-porte tel un mendiant, le chapeau à la main, cherchant des contributions à ses entreprises artistiques. Un de ses donateurs les plus assidus et les plus prodigues avait toujours été l'oncle Léon XII qui, en ce moment, venait tout juste de commencer sa sieste quotidienne de dix minutes, assis dans la bergère à ressorts de son bureau. Florentino Ariza demanda au docteur Juvenal Urbino de bien vouloir l'attendre dans le sien, contigu à celui de l'oncle Léon XII et en quelque sorte son antichambre.

Ils s'étaient rencontrés à plusieurs reprises mais jamais ne s'étaient trouvés face à face, et Florentino Ariza fut une fois de plus envahi par la nausée de se sentir inférieur. Ce furent dix éternelles minutes pendant lesquelles il se leva trois fois dans l'espoir que l'oncle se réveillât avant l'heure, et but une Thermos entière de café noir. Le docteur Urbino n'en accepta pas même une tasse. Il dit : « Le café est un poison. » Et il poursuivit, passant d'un sujet à l'autre, sans s'inquiéter de savoir s'il était écouté. Florentino Ariza ne pouvait supporter sa distinction naturelle, la fluidité et la précision de ses mots, sa discrète odeur de camphre, son charme personnel, la facilité et l'élégance avec lesquelles il parvenait à rendre essentielles même les phrases les plus frivoles du seul fait de les prononcer lui-même. Soudain le médecin changea de conversation d'une façon abrupte :

« Vous aimez la musique ? »

Il le prit par surprise. Florentino Ariza assistait à tous les concerts et à toutes les représentations d'opéra que l'on donnait en ville mais il se sentait incapable de tenir une conversation critique, voire bien informée. Il avait un penchant pour les chansons à la mode, surtout les valses sentimentales dont il était impossible de nier l'affinité avec celles qu'il composait dans son adolescence, ou avec ses poèmes secrets. Les entendre par hasard lui suffisait pour qu'ensuite nul pouvoir divin ne pût lui ôter de la tête la mélodie qui l'accompagnait des nuits entières.

Mais ce ne pouvait être une réponse sérieuse à une question plus sérieuse encore d'un spécialiste.

« J'aime Gardel », dit-il.

Le docteur Urbino comprit. « Je vois, dit-il. C'est à la mode. » Et il se déroba en énumérant les nouveaux et nombreux projets qu'il devait réaliser, comme de coutume, sans subsides officiels. Il souligna l'infériorité désespérante des spectacles que l'on faisait venir aujourd'hui en comparaison avec la splendeur de ceux du siècle passé. C'était si vrai que depuis un an il vendait des bons pour pouvoir faire venir le trio Cortot-Casals-Thibaud au théâtre de la Comédie, alors que nul au gouvernement ne savait qui ils étaient, et que ce même mois on affichait complet pour la compagnie de drames policiers Ramon Caralt, pour la compagnie d'opérettes et de zarzuelas de don Manolo de la Presa, pour les Santanelas, ineffables prestidigitateurs mimico-fantastiques qui changeaient de vêtements sur scène l'instant d'un éclair phosphorescent, pour Danyse d'Altaine, qui se faisait annoncer comme une ancienne danseuse des Folies-Bergère, et même pour l'abominable Ursus, un énergumène basque qui affrontait corps à corps un taureau de combat. Il ne fallait pas se plaindre, cependant, si les Européens eux-mêmes donnaient une fois de plus le mauvais exemple d'une guerre barbare alors que nous commencions à vivre en paix après neuf guerres civiles qui avaient duré un demi-siècle et qui, tout compte fait, pouvaient bien n'en faire qu'une seule : toujours la même. Ce qui attira le plus l'attention de Florentino Ariza dans ce discours captivant fut la possibilité de revivre les Jeux floraux, la plus retentissante et la plus durable des initiatives conçues dans le passé par le docteur Juvenal Urbino. Il dut se mordre la langue pour ne pas lui raconter qu'il avait été un participant assidu à ce concours annuel qui était parvenu à intéresser des poètes de grand renom dans le reste du pays et même dans toutes les Caraïbes.

La conversation était à peine entamée que la vapeur brûlante de l'air se refroidit soudain, portes et fenêtres secouées par une tempête de vents entre-croisés claquèrent avec violence, et le bureau grinça jusque dans ses fondations, comme un voilier à la dérive. Le docteur Juvenal Urbino ne sembla pas s'en apercevoir. Il mentionna au hasard les cyclones lunatiques du mois de juin et, passant du coq à l'âne, se mit à parler de sa femme. Elle était sa collaboratrice la plus enthousiaste et surtout l'âme même de ses initiatives. Il dit : « Sans elle je ne serais rien. » Florentino Ariza l'écouta, impassible, approuvant tout d'un léger mouvement de tête, sans oser dire quoi que ce fût de peur que sa voix ne le trahît. Cependant, deux ou trois phrases supplémentaires lui suffirent pour comprendre que le docteur Juvenal Urbino, au milieu de tous ses engagements absorbants, trouvait encore le temps d'adorer sa femme presque autant que lui-même, et cette vérité le bouleversa. Mais il ne put réagir comme il l'eût voulu car son cœur lui joua un de ces tours de pute dont seuls les cœurs sont capables : il lui révéla que lui et cet homme qu'il avait toujours tenu pour son ennemi personnel étaient victimes du même destin et partageaient le hasard d'une passion commune : deux bêtes de somme unies par le même joug. Pour la première fois en vingt-sept interminables années d'attente, Florentino Ariza ne put éviter une douleur fulgurante à l'idée que cet homme admirable dût mourir pour que lui-même fût heureux.

Le cyclone s'éloigna mais en un quart d'heure ses rafales avaient pulvérisé les quartiers des marais et occasionné des dégâts dans la moitié de la ville. Le docteur Juvenal Urbino, une fois de plus satisfait de la générosité de l'oncle Léon XII, n'attendit pas l'embellie et emporta par distraction le parapluie que Florentino Ariza lui avait prêté pour aller jusqu'à sa voiture. Mais ce dernier ne s'en inquiéta guère, au contraire; il se réjouit à l'idée de ce que penserait Fermina Daza lorsqu'elle saurait qui était le propriétaire du parapluie. Il était encore sous le choc de l'entretien lorsque Leona Cassiani entra dans son bureau et il lui sembla que le moment était venu de lui révéler une fois pour toutes le secret, comme pour crever une collection d'abcès qui l'empêchait de vivre. Il commença par lui demander ce qu'elle pensait du docteur Juvenal Urbino. Elle lui répondit sans presque y réfléchir; « C'est un homme qui fait beaucoup de choses, trop peut-être, mais je crois que personne ne sait ce qu'il pense. » Puis elle médita en déchiquetant la gomme de son crayon avec ses longues dents effilées de grande négresse, et à la fin haussa les épaules comme pour en finir avec une affaire qui ne la concernait pas.

« C'est peut-être pour ça qu'il fait tant de choses, dit-elle : pour ne pas penser. »

Florentino Ariza tenta de la retenir.

« L'ennui, c'est qu'il doit mourir, dit-il.

— Tout le monde doit mourir, dit-elle.

— Oui, dit-il, mais celui-là plus que les autres. »

Elle ne comprit pas, haussa de nouveau les épaules sans dire un mot et s'en alla. Alors Florentino Ariza sut qu'une nuit future et incertaine, heureux au creux d'un lit avec Fermina Daza, il lui raconterait qu'il n'avait révélé à personne le secret de son amour, pas même au seul être qui avait mérité de le connaître. Non : jamais il ne le révélerait, et Leona Cassiani continuerait de l'ignorer, non qu'il ne voulût ouvrir pour elle le coffret dans lequel il l'avait si bien gardé pendant la moitié de sa vie, mais parce qu'il venait de s'apercevoir qu'il en avait perdu la clef. Cependant, ce n'était pas le plus émouvant de cette journée. Demeuraient en lui la nostalgie de ses jeunes années, le souvenir vivace des Jeux floraux dont le tonnerre résonnait tous les 15 avril dans les Antilles. Toujours, il en avait été un des protagonistes et toujours, comme pour presque tout, un protagoniste secret. Il y avait participé dès le concours inaugural et n'avait jamais obtenu la moindre mention. Peu lui importait car ce qui le motivait n'était pas l'ambition d'un prix mais l'attrait supplémentaire qu'avait pour lui le verdict : Fermina Daza fut chargée d'ouvrir les enveloppes cachetées à la cire et de proclamer le nom des gagnants du premier concours, et l'on avait établi qu'elle continuerait chaque année de le faire.

Tapi derrière l'ombre d'une paire de lunettes, un camélia blanc à la boutonnière battant sous la force du désir, Florentino Ariza avait vu Fermina Daza sur la scène de l'antique Théâtre national ouvrir les trois enveloppes cachetées au soir des premiers résultats. Il se demandait ce que son cœur éprouverait lorsqu'elle découvrirait qu'il avait gagné l'Orchidée d'or. Il était sûr qu'elle reconnaîtrait l'écriture et qu'au même instant elle évoquerait les après-midi de broderie sous les amandiers du petit parc, le parfum des gardénias fanés dans les lettres, la valse confidentielle de la déesse couronnée dans le vent des petits matins. Mais rien ne se produisit. Pire encore : l'Orchidée d'or, la récompense la plus prisée de la poésie nationale, fut décernée à un immigrant chinois. Le scandale public que provoqua cette insolite décision mit en cause le sérieux de la compétition. Mais le verdict était juste et l'excellence du sonnet justifiait l'unanimité du jury.

Nul ne crut que le gagnant chinois pût en être l'auteur. Fuyant le fléau de fièvre jaune qui s'était abattu sur Panamá pendant la construction du chemin de fer des deux océans, il était arrivé à la fin du siècle dernier en même temps que beaucoup d'autres Chinois qui étaient restés ici jusqu'au jour de leur mort après avoir vécu en Chinois et proliféré en Chinois, et qui se ressemblaient tant que nul ne pouvait les distinguer les uns des autres. Au début ils n'étaient pas plus de dix, avec leurs femmes, leurs enfants et leurs chiens qu'ils mangeaient, mais en quelques années ils avaient débordé les quatre ruelles des faubourgs du port car de nouveaux Chinois intempestifs étaient entrés dans le pays sans laisser de traces sur les registres de la douane. Quelques jeunes se transformèrent si vite en vénérables patriarches que personne ne s'expliquait comment ils avaient eu le temps de vieillir. L'intuition populaire les divisa en deux groupes : les mauvais Chinois et les bons Chinois. Les mauvais étaient ceux des bouges du port, où l'on pouvait tout aussi bien manger comme un roi que mourir foudroyé à table devant une assiette de rat au tournesol, et que l'on soupçonnait n'être que des paravents pour la traite des Blanches et le trafic de n'importe quoi. Les bons étaient les Chinois des laveries, héritiers d'une science sacrée, qui vous rendaient les chemises plus propres que si elles eussent été neuves, avec le col et les poignets comme des hosties tout juste pressées. C'était un de ces bons Chinois qui, aux Jeux floraux, avait battu soixante-deux rivaux bien nantis.

Personne ne comprit le nom lorsque Fermina Daza le lut, offusquée. Non qu'il fût insolite, mais parce que personne ne savait en toute certitude comment s'appelaient les Chinois. On n'eut pas besoin d'y réfléchir longtemps car le gagnant surgit du fond du parterre avec ce sourire céleste qu'ont les Chinois quand ils rentrent tôt chez eux. Il était venu si confiant dans sa victoire, que pour recevoir son prix il avait revêtu la chemise de soie jaune des rites du printemps. Il reçut l'orchidée en or de dix-huit carats, et de joie l'embrassa au milieu des quolibets assourdissants des incrédules. Il ne se troubla pas. Imperturbable comme l'apôtre d'une Divine Providence moins dramatique que la nôtre, il attendit au centre de la scène, et au premier silence lut le poème couronné. Personne ne le comprit. Mais la nouvelle volée de sifflets passée, Fermina Daza le relut impassible, de sa voix aphone et insinueuse, et l'étonnement régna dès le premier vers. C'était un sonnet de la plus pure souche parnassienne, parfait, traversé par un souffle d'inspiration qui dénonçait la complicité d'une main de maître. La seule explication possible était que quelque poète, parmi les plus grands, eût imaginé cette farce pour se moquer des Jeux floraux, et que le Chinois s'y fût prêté avec la détermination de garder le secret jusqu'à sa mort. Le *Journal du Commerce*, notre quotidien traditionnel, tenta de ravauder l'honneur civil par un essai érudit et plutôt indigeste sur l'ancienneté et l'influence culturelle des Chinois dans les Caraïbes et leur droit bien mérité de participer aux Jeux floraux. L'essayiste ne doutait pas que l'auteur du sonnet fût en réalité celui qui disait l'être, et il le justifiait sans ambages à partir du titre lui-même : « Tous les Chinois sont poètes. » Les instigateurs du complot, s'il y en eut un, pourrirent avec leur secret à l'intérieur des sépulcres. De son côté, le Chinois gagnant mourut à un âge oriental sans avoir fait d'aveux, et fut enterré avec l'Orchidée d'or dans le cercueil, chagrin cependant de n'avoir pu réaliser de son vivant son unique désir : qu'on le reconnût comme poète. À sa mort, on évoqua dans la presse l'incident oublié des Jeux floraux, on reproduisit le sonnet avec un dessin moderniste représentant de plantureuses jouvencelles entourées de cornes d'abondance en or, et les dieux protecteurs de la poésie profitèrent de l'occasion pour remettre les choses à leur place : la nouvelle génération trouvait le sonnet si mauvais que nul ne douta qu'il eût été écrit par le défunt Chinois.

Florentino Ariza associa toujours ce scandale au souvenir d'une opulente inconnue assise à côté de lui. Il l'avait remarquée au début des festivités puis oubliée à cause de l'émotion de l'attente. Sa blancheur de nacre, sa fragrance de créature heureuse et bien en chair, son immense gorge de soprano couronnée d'une fleur de magnolia artificielle attirèrent son attention. Elle avait une robe de velours noir très moulante, aussi noire que son regard chaud et anxieux, et des cheveux plus noirs encore, tirés sur la nuque et attachés par un peigne de gitane. Elle avait des anneaux aux oreilles, un collier du même style, des bagues assorties qui brillaient comme de gros cabochons à plusieurs doigts, et une mouche dessinée au crayon sur la joue droite. Dans le brouhaha des applaudissements finals, elle regarda Florentino Ariza avec une sincère affliction.

« Croyez que je suis tout à fait désolée », lui dit-elle.

Florentino Ariza fut impressionné non par les condoléances qu'en réalité il méritait, mais que quelqu'un connût son secret. Elle s'expliqua : « Je m'en suis aperçue à la manière dont la fleur tremblait à votre boutonnière lorsqu'on ouvrait les enveloppes. » Elle lui montra le magnolia en feutre qu'elle avait dans la main et lui ouvrit son cœur.

« Moi, c'est pour ça que j'ai enlevé la mienne », dit-elle.

Elle était sur le point de pleurer sa défaite, mais Florentino Ariza, avec son instinct de chasseur nocturne, lui redonna courage.

« Allons quelque part pleurer ensemble », lui dit-il.

Il l'accompagna jusque chez elle. À la porte, étant

donné qu'il était presque minuit et qu'il n'y avait personne dans la rue, il la persuada de l'inviter à boire un cognac tandis qu'ils regarderaient les albums d'articles et de photographies qu'elle disait posséder et qui concernaient plus de dix années d'événements publics. À l'époque, le piège était déjà bien vieux mais cette fois il fut tendu sans intentions car c'était elle qui avait mentionné les albums alors qu'ils revenaient à pied du Théâtre national. Ils entrèrent. La première chose qu'il vit depuis le salon fut la porte grande ouverte de l'unique chambre, le lit vaste et somptueux avec la tête et le pied en feuillages de bronze et un édredon de brocart. Cette vision le troubla. Elle dut s'en apercevoir car elle passa devant lui, traversa le salon et ferma la porte de la chambre. Puis elle l'invita à s'asseoir sur un canapé de cretonne fleurie où dormait un chat, et posa au milieu de la table sa collection d'albums. Florentino Ariza commença de les feuilleter sans hâte, l'esprit plus occupé par ce qui allait se passer que par ce qu'il voyait, la regarda soudain et vit ses yeux pleins de larmes. Il lui conseilla de pleurer tout son soûl et sans pudeur, car rien ne soulageait mieux que les pleurs, mais il lui suggéra aussi de desserrer son corset. Il s'empressa de l'aider parce qu'on avait croisé les lacets dans son dos à la force du poignet, mais il n'avait pas encore terminé que le corset céda de lui-même sous la pression intérieure, et les astronomiques tétons respirèrent enfin à leur aise.

Florentino Ariza, que la peur de la première fois n'avait jamais quitté, même en des occasions plus faciles, se risqua du bout des doigts à une caresse épidermique dans son cou, et elle frissonna en gémissant comme une petite fille consentante, sans cesser de pleurer. Alors il l'embrassa au même endroit, un baiser aussi doux que la caresse de ses doigts, mais il ne put renouveler son geste car elle se tourna vers lui de tout son corps monumental, fébrile et avide, et tous deux roulèrent enlacés sur le sol. Sur le canapé, le chat se réveilla en poussant un cri et leur bondit dessus. Ils se cherchèrent à tâtons, tels des novices impatients et se trouvèrent comme ils le purent, vautrés tout habillés sur les albums déchirés, trempés de sueur et plus occupés à éviter les furieux coups de griffe du chat qu'inquiets du désastre amoureux qu'ils étaient en train de commettre. Mais à partir du lendemain soir, leurs blessures encore sanguinolentes, ils continuèrent de le commettre et le commirent encore pendant plusieurs années.

Lorsqu'il se rendit compte qu'il avait commencé à l'aimer, elle était déjà dans la plénitude de l'âge et il allait avoir trente ans. Elle s'appelait Sara Noriega et avait connu un quart d'heure de célébrité dans sa jeunesse en gagnant un concours avec un livre de poèmes sur l'amour des pauvres qui ne fut jamais publié. Elle était professeur d'urbanité et instruction civique à l'école publique et vivait de son salaire dans une maison louée au fond du bigarré passage des Amoureux, dans l'ancien quartier de Gethsémani. Elle avait eu plusieurs amants occasionnels, mais sans espoir de mariage car il était difficile qu'un homme de son milieu et de son temps épousât une femme avec qui il avait couché. Ses illusions s'étaient en tout cas envolées après que son premier fiancé officiel, qu'elle avait aimé avec la passion presque démente dont à dix-huit ans elle était capable, avait renoncé à sa promesse de mariage une semaine avant la date prévue pour les noces, et l'avait abandonnée dans des limbes de fiancée délaissée. Ou de célibataire usagée, comme on disait alors. Cependant, cette première expérience, bien que cruelle et éphémère, au lieu de l'aigrir lui avait apporté la conviction éblouissante qu'avec ou sans mariage, sans Dieu ou sans loi, vivre n'en valait pas la peine si ce n'était pour avoir un homme dans son lit. Ce que Florentino Ariza aimait le plus chez elle était que, pour atteindre les sommets de la gloire pendant qu'ils faisaient l'amour, elle devait sucer une tétine de bébé. Ils parvinrent à en posséder une ribambelle, de toutes les tailles, formes et couleurs qu'il était possible de trouver sur le marché, et Sara Noriega les accrochait à la tête du lit pour les attraper à tâtons dans les moments d'extrême urgence.

Bien qu'elle fût aussi libre que lui et ne se fût sans doute pas opposée à ce que leurs relations devinssent de notoriété publique, Florentino Ariza les définit dès le début comme une aventure clandestine. Il se faufilait par la porte de service, toujours à une heure très avancée de la nuit, et s'échappait sur la pointe des pieds peu avant l'aube. Tous deux savaient que, dans un immeuble aussi peuplé et fréquenté que celui-là, les voisins devaient au bout du compte en savoir plus que ce qu'ils feignaient de savoir. Mais bien que ce ne fût qu'une question de formule, Florentino était ainsi et ainsi devait-il être avec toutes les femmes durant toute sa vie. Jamais il ne commit d'impair, ni avec elle ni avec aucune autre, et jamais il ne manqua à sa parole. Ce n'était pas exagéré : il ne laissa de trace compromettante ou d'évidence écrite qu'une seule fois, et elle faillit lui coûter la vie. En fait, il se conduisit toujours comme s'il eût été l'époux éternel de Fermina Daza, un époux infidèle mais tenace qui luttait sans trêve pour se libérer de ses chaînes sans éveiller en elle la déconvenue d'une trahison.

Un tel hermétisme ne pouvait croître sans méprises. Tránsito Ariza mourut convaincue que le fils conçu par amour et élevé dans l'amour était immunisé contre toute forme d'amour à cause de son premier malheur de jeunesse. Cependant, beaucoup d'autres personnes moins généreuses et qui, proches de lui, connaissaient son caractère mystérieux et son goût pour les vêtements mystiques et les lotions rares, partageaient le soupçon que ce n'était pas contre l'amour qu'il était immunisé mais contre les femmes. Florentino Ariza le savait et il ne fit jamais rien pour le démentir. Sara Noriega ne s'en inquiéta pas non plus. À l'instar des autres femmes qu'il avait aimées et même de celles avec lesquelles il se plaisait et qui se plaisaient avec lui sans en être amoureuses, elle l'accepta tel qu'en vérité il était : un homme de passage.

Il finit par venir chez elle à n'importe quelle heure, surtout le dimanche matin, jour le plus paisible. Elle abandonnait aussitôt ce qu'elle était en train de faire pour se consacrer de tout son corps à le rendre heureux dans l'énorme lit historié qui avait toujours été à sa disposition et dans lequel elle ne permit jamais qu'il se rendît coupable de formalismes liturgiques. Florentino Ariza ne comprenait pas comment une vieille fille sans passé pouvait être aussi savante en matière d'hommes ni comment elle pouvait remuer son doux corps de baleine bleue avec autant de légèreté et de tendresse que si elle eût été sous l'eau. Elle se défendait en disant que l'amour était avant tout un talent naturel. « Soit on naît en sachant, disait-elle, soit on ne sait jamais. » Florentino Ariza se tordait de jalousie rétrospective en pensant qu'elle se faisait peut-être sauter plus qu'elle ne le laissait croire, mais force lui était de tout avaler sans dire mot car lui aussi lui disait, comme il le disait à toutes, qu'elle était son unique maîtresse. Parmi les nombreuses choses qui lui plaisaient moins, il dut se résigner à accepter dans le lit le chat furibond à qui Sara Noriega rognait les griffes afin qu'il ne les réduisît pas en charpie pendant qu'ils faisaient l'amour.

Cependant, elle aimait consacrer les fatigues de

l'amour au culte de la poésie presque autant que se vautrer au lit jusqu'à épuisement. Elle avait une étonnante mémoire des poèmes sentimentaux de son temps dont les derniers-nés se vendaient dans la rue en feuilletons à deux sous l'exemplaire, et elle épinglait au mur ceux qu'elle préférait pour les lire à haute voix à n'importe quelle heure. Elle avait fait une version en décasyllabes à rimes croisées des textes d'urbanité et instruction civique, comme ceux que l'on utilisait pour les leçons d'orthographe, mais elle n'avait pu obtenir l'approbation officielle. Son emportement déclamatoire était tel qu'elle poursuivait parfois à grands cris ses récitations tandis qu'ils faisaient l'amour, et Florentino Ariza devait lui enfourner de force la sucette dans la bouche, comme aux bébés pour qu'ils cessent de pleurer.

Dans la plénitude de leurs relations, Florentino Ariza s'était souvent demandé lequel de ces deux états était l'amour, celui turbulent, au fond du lit ou celui des paisibles dimanches après-midi, et Sara Noriega l'avait tranquillisé en arguant avec simplicité que tout ce qu'ils faisaient nus était l'amour. Elle disait : « Au-dessus de la taille amour du cœur, au-dessous amour du corps. » Cette définition lui avait paru idéale pour écrire un poème sur la division de l'amour qu'ils rédigèrent à quatre mains et qu'elle présenta aux Jeux floraux, persuadée que jusqu'alors personne n'avait concouru avec un poème aussi original. Mais elle fut de nouveau battue.

Elle rentra chez elle dans une fureur noire, accompagnée de Florentino Ariza. Pour une quelconque raison qu'elle ne savait expliquer, elle avait la conviction que Fermina Daza avait ourdi une manœuvre contre elle afin que son poème ne remportât pas la victoire. Florentino Ariza ne l'écouta pas. Depuis la remise des prix il était d'humeur sombre car, n'ayant pas vu Fermina Daza depuis longtemps, il avait eu ce soir-là l'impression d'un changement profond : pour la première fois sa condition de mère sautait aux yeux. Ce n'était pas pour lui une nouveauté car il savait que son fils allait déjà à l'école. Toutefois, son âge maternel ne lui avait jamais paru aussi évident que ce soir-là, tant à cause de son tour de taille et de sa démarche un peu haletante que des hésitations de sa voix lorsqu'elle avait lu la liste des gagnants.

Essayant de classer ses souvenirs, il feuilleta de nouveau les albums des Jeux floraux tandis que Sara Noriega préparait le repas. Il vit les photos des revues, les cartes postales jaunies, pareilles à celles que l'on vendait comme souvenirs sous les porches, et ce fut un défilé fantomatique du leurre de sa propre vie. Jusqu'alors l'avait soutenu l'illusion que c'était le monde qui passait, que passaient les habitudes et la mode, que tout passait sauf elle. Mais cette nuit-là il avait vu pour la première fois et en toute lucidité comment la vie passait pour Fermina Daza et comment elle passait pour lui aussi alors qu'il ne faisait qu'attendre. Il n'avait jamais parlé d'elle à personne parce qu'il se savait incapable de prononcer son nom sans qu'on remarquât la pâleur de ses lèvres. Et cette même nuit, tandis qu'il feuilletait les albums comme au cours d'autres veillées de torpeur dominicale, Sara Noriega eut une de ces trouvailles fortuites qui glacent le sang.

« C'est une pute », dit-elle.

Elle le dit en passant, en voyant une gravure de Fermina Daza déguisée en panthère noire lors d'un bal masqué, et elle n'eut pas besoin de la nommer pour que Florentino Ariza comprît de qui elle parlait. Craignant une révélation qui l'eût perturbé pour le restant de sa vie, il s'empressa d'avancer une défense prudente. Il souligna qu'il ne connaissait

Fermina Daza que de loin, qu'ils n'étaient jamais allés au-delà des salutations formelles, qu'il ne savait rien de son intimité, mais il était sûr que c'était une femme admirable, née de rien, qui s'était élevée à la force de ses propres mérites.

« Grâce à un mariage d'argent avec un homme qu'elle n'aime pas, l'interrompit Sara Noriega. C'est la façon la plus basse d'être une pute. »

Dans un langage moins cru mais avec une égale rigidité morale, Tránsito Ariza avait dit la même chose à son fils dans l'espoir de le consoler de ses malheurs. Troublé jusqu'à la moelle, il ne trouva pas de réplique opportune à la sévérité de Sara Noriega et tenta d'esquiver le sujet. Mais Sara Noriega ne le lui permit pas tant qu'elle n'eut pas terminé de décharger sa colère contre Fermina Daza. Une intuition soudaine qu'elle n'aurait pu expliquer l'avait convaincue qu'elle était l'auteur d'un complot pour lui escamoter son prix. Rien ne permettait de le croire : elles ne se connaissaient pas, ne s'étaient jamais vues, et Fermina Daza n'avait rien à voir avec les décisions du jury bien qu'elle fût au courant de ses secrets. Sara Noriega déclara sur un ton péremptoire : « Les femmes devinent tout. » Et elle mit fin à la discussion.

À partir de ce moment, Florentino Ariza la vit avec d'autres yeux. Pour elle aussi les années passaient. Sa nature exubérante se fanait sans gloire, son amour se perdait dans les sanglots, et ses paupières commençaient à révéler l'ombre de vieilles amertumes. C'était une fleur d'hier. En outre, dans la fureur de la défaite, elle avait négligé de compter les verres de cognac. Elle n'était pas dans ses meilleurs soirs : tandis qu'ils mangeaient le riz à la noix de coco réchauffé, elle voulut établir quelle avait été la contribution de chacun au poème vaincu afin de savoir combien de pétales de l'Orchidée d'or seraient revenus à l'un et à l'autre. Ce n'était pas la première fois qu'ils se perdaient dans des tournois byzantins, mais il profita de l'occasion pour laisser l'amertume monter à ses lèvres et ils s'abîmèrent dans une dispute mesquine qui remua toutes les rancœurs de presque cinq ans d'amour désuni.

Alors qu'il manquait dix minutes pour que minuit sonnât, Sara Noriega grimpa sur une chaise afin de remonter la pendule et la mit à l'heure par instinct, voulant peut-être dire sans le dire qu'il était temps de partir. Florentino Ariza éprouva alors l'urgence de couper à la racine cette relation sans amour et chercha l'opportunité d'en prendre lui-même l'initiative : comme il devait toujours le faire. Suppliant Dieu que Sara Noriega l'implorât de rester dans son lit afin de lui répondre non, que tout était fini entre eux, il lui demanda de s'asseoir à côté de lui lorsqu'elle eut terminé de remonter la pendule. Mais, assise sur la bergère réservée aux visiteurs, elle préféra garder ses distances. Florentino Ariza lui tendit alors son index humecté de cognac pour qu'elle le suçât ainsi qu'elle aimait le faire lors des préambules amoureux d'autrefois. Elle l'esquiva.

« Pas maintenant, dit-elle. J'attends quelqu'un. »

Depuis qu'il avait été repoussé par Fermina Daza, Florentino Ariza avait appris à toujours réserver pour lui l'ultime décision. En des circonstances moins amères, il eût persisté dans ses assiduités envers Sara Noriega, certain de finir la nuit en se vautrant dans le lit avec elle, car il était convaincu qu'une femme qui couche une fois avec un homme continue de coucher avec lui chaque fois qu'il le veut, à condition qu'il sache l'attendrir. En vertu de cette conviction il avait tout supporté, était passé par-dessus tout, même les plus sales tractations de l'amour, dans le seul but de n'accorder à aucune femme née d'une femme l'opportunité d'avoir le dernier mot. Mais cette nuit-là, il se sentit à ce point humilié qu'il but son cognac d'un trait, s'efforça autant qu'il le put de dissimuler sa rancune et s'en fut sans lui dire au revoir. Plus jamais ils ne se revirent.

La relation avec Sara Noriega avait été une des plus longues et des plus stables de Florentino Ariza bien qu'elle n'eût pas été la seule en ces cinq années. Lorsqu'il avait compris qu'avec elle il se sentait bien, surtout au lit, mais qu'elle ne remplacerait jamais Fermina Daza, ses nuits de chasseur solitaire avaient repris de plus belle et il s'arrangeait pour répartir son temps et ses forces jusqu'aux limites de ses possibilités. Cependant, Sara Noriega réussit le miracle de le soulager un temps. Au moins put-il vivre sans voir Fermina Daza, à la différence d'autrefois, lorsqu'à n'importe quel moment il interrompait ce qu'il était en train de faire pour la chercher sur les chemins incertains de ses prémonitions, dans les rues les plus inattendues, en des lieux irréels où il était impossible qu'elle fût, errant sans but avec au cœur des angoisses qui ne lui accordaient aucune trêve tant qu'il ne l'apercevait pas, ne fût-ce qu'un instant. La rupture avec Sara Noriega, en revanche, réveilla en lui des nostalgies endormies et il revivait ses après-midi d'interminables lectures dans le petit parc, qu'exacerbait cette fois l'urgence de la mort du docteur Juvenal Urbino.

Il savait depuis longtemps qu'il était prédestiné à rendre une veuve heureuse et à être heureux grâce à elle, et il n'était pas inquiet. Au contraire : il y était préparé. À force de les connaître dans ses périples de chasseur solitaire, Florentino Ariza devait finir par savoir que le monde était plein de veuves heureuses. Il les avait vues devenir folles de douleur devant le cadavre de leurs maris, supplier qu'on les enterrât vivantes à l'intérieur du même cercueil afin de ne pas avoir à affronter sans eux les vicissitudes de l'avenir, mais à mesure qu'elles se réconciliaient avec la réalité de leur nouvel état, on les voyait renaître de leurs cendres avec une vitalité reverdie. D'abord elles vivaient en parasites d'ombres dans leurs demeures désertes, se faisaient les confidentes de leurs servantes, amantes de leurs oreillers, ne trouvant rien à faire après tant d'années de captivité stérile. Elles gâchaient leurs heures de liberté à coudre sur les vêtements du mort les boutons qu'elles n'avaient jamais eu le temps de remplacer, repassaient et repassaient encore leurs chemises aux cols et aux poignets empesés afin de les conserver à jamais parfaites. Elles continuaient de mettre du savon dans la salle de bains, la taie d'oreiller brodée à leurs initiales dans le lit, l'assiette et les couverts à leur place sur la table pour le cas où ils reviendraient de la mort sans prévenir, ainsi que vivants ils en avaient coutume. Mais tout au long de ces messes de la solitude elles prenaient conscience de retrouver leur libre arbitre, après avoir renoncé à leur nom de famille et à leur propre identité en échange d'une sécurité qui n'avait été qu'une de leurs nombreuses illusions de jeunes mariées. Elles seules savaient combien était pesant l'homme qu'elles aimaient à la folie et qui les aimait peut-être, mais qu'elles avaient dû continuer d'élever jusqu'à son dernier soupir, lui donnant à téter, changeant ses couches souillées, le distrayant avec des duperies maternelles afin de lui ôter chaque matin la terreur de sortir et de voir le visage de la réalité. Et cependant, lorsqu'elles le regardaient partir de la maison après l'avoir poussé à affronter le monde, c'étaient elles qui demeuraient dans la terreur que leur homme ne revînt jamais. C'était la vie. L'amour, s'il existait, était chose à part : une autre vie.

Dans l'oisiveté réparatrice de la solitude, en revanche, les veuves découvraient que la manière honorable de vivre était à la merci du corps, ne mangeant que lorsqu'elles avaient faim, aimant sans mentir, dormant sans avoir à feindre d'être endormies pour échapper à l'indécence de l'amour officiel, maîtresses enfin du droit à un lit tout entier pour elles seules dans lequel personne ne leur disputait la moitié du drap, la moitié de l'air qu'elles respiraient, la moitié de leur nuit, jusqu'à ce que le corps, repu de ses propres rêves, se réveillât seul. Lors de ses chasses furtives au petit matin, Florentino Ariza les trouvait à la sortie de la messe de cinq heures, ensevelies sous le noir des voiles, le corbeau de la destinée posé sur leur épaule. À peine l'apercevaient-elles dans la clarté de l'aube qu'elles traversaient la rue et changeaient de trottoir à pas menus et hésitants, des pas d'oisillonnes, car le seul fait de passer près d'un homme pouvait souiller leur honneur. Toutefois, il était convaincu qu'une veuve inconsolable pouvait, plus que toute autre femme, porter en elle le germe du bonheur.

Tant de veuves dans sa vie, depuis la veuve Nazaret, lui avaient permis de deviner comment étaient les épouses heureuses après la mort de leur mari. Ce qui n'avait jusqu'alors été pour lui qu'un simple rêve se transforma grâce à elles en une possibilité que l'on pouvait saisir des deux mains. Il ne trouvait nulle raison pour que Fermina Daza ne fût pas une veuve à leur image, prête pour le restant de sa vie à l'accepter tel qu'il était, sans fantasme de culpabilité envers son époux mort, décidée à découvrir avec lui la félicité d'un double bonheur avec un amour au quotidien qui transformerait chaque instant en miracle d'être vivante, et un autre n'appartenant qu'à elle et préservé de toute contagion grâce à l'immunité de la mort.

Il eût peut-être été moins enthousiaste s'il avait ne

fût-ce que soupçonné combien Fermina, qui commençait tout juste à entrevoir l'horizon d'un monde où tout était prévu sauf le malheur, était loin de ces calculs chimériques. La richesse avait, à cette époque, de nombreux avantages et, bien sûr, beaucoup de désavantages, mais la plupart des gens la convoitaient comme la possibilité la plus vraisemblable d'être éternel. Fermina Daza avait repoussé Florentino Ariza dans un éclair de maturité qu'elle avait tout de suite après payé d'une crise de pitié, mais elle ne douta jamais de la justesse de sa décision. Sur le moment elle n'avait pu comprendre quels mécanismes occultes de la raison lui avaient donné cette clairvoyance mais des années plus tard, au seuil de la vieillesse, elle les avait découverts soudain et sans savoir comment au cours d'une conversation fortuite à propos de Florentino Ariza. Tous les invités connaissaient sa position de dauphin à la florissante Compagnie fluviale des Caraïbes, tous étaient certains de l'avoir vu de nombreuses fois et même d'avoir traité des affaires avec lui, mais nul ne parvenait à l'identifier dans son souvenir. C'est alors que se révélèrent à Fermina Daza les raisons inconscientes qui l'avaient empêchée de l'aimer. Elle dit : « C'est comme s'il n'était pas une personne mais une ombre. » C'était vrai : l'ombre de quelqu'un que nul jamais n'avait connu. Autrefois, tandis qu'elle résistait aux avances du docteur Juvenal Urbino, qui était tout le contraire, la tourmentait un fantasme de culpabilité : le seul qu'elle était incapable de supporter. Quand elle le sentait arriver, une sorte de panique l'envahissait qu'elle ne parvenait à contrôler que lorsqu'elle trouvait quelqu'un auprès de qui soulager sa conscience. Toute petite, lorsqu'une assiette se cassait dans la cuisine, lorsque quelqu'un tombait, lorsqu'elle-même se pinçait un doigt dans une porte, elle se retournait apeurée vers l'adulte le plus proche et s'empressait de l'accuser : « C'est ta faute. » Bien qu'en réalité peu lui importât de connaître le coupable ou de se convaincre de sa propre innocence : il lui suffisait qu'elle fût établie.

Ce fantasme était si évident que le docteur Urbino comprit à temps à quel point il menaçait l'harmonie de son foyer et à peine l'entrevoyait-il qu'il s'empressait de dire à sa femme : « Ne t'inquiète pas, mon amour, c'est ma faute. » Car il ne craignait rien comme les décisions soudaines et définitives de son épouse, et était convaincu qu'elles avaient pour origine un sentiment de culpabilité. Cependant une simple phrase de consolation n'eût pas suffi à effacer le trouble causé par la rupture avec Florentino Ariza. Fermina Daza avait continué d'ouvrir la fenêtre du balcon tous les matins pendant plusieurs mois et s'ennuyait toujours du fantôme solitaire aux aguets dans le petit parc désert, regardait l'arbre qui avait été le sien, le banc, moins visible, où il s'asseyait pour lire, pensant à elle, souffrant à cause d'elle, et refermait la fenêtre en soupirant : « Pauvre homme. » Elle souffrit même de la déception qu'il n'eût pas été aussi obstiné qu'elle l'avait cru, alors qu'il était déjà trop tard pour raccommoder le passé, et elle ne cessa d'éprouver de temps à autre le désir tardif d'une lettre qui n'arriva jamais. Mais lorsqu'elle dut prendre la décision d'épouser Juvenal Urbino, elle succomba à une crise plus grande encore en s'apercevant qu'elle n'avait pas plus de raisons valables de le préférer qu'elle n'en avait eu de repousser Florentino Ariza. En réalité, elle l'aimait aussi peu qu'elle avait aimé l'autre, le connaissait beaucoup moins, ses lettres n'avaient pas la fièvre de celles de l'autre, et il ne lui avait pas donné autant de preuves émouvantes de sa détermination. Juvenal Urbino n'avait, en vérité, jamais exposé ses prétentions en termes d'amour et il était pour le moins curieux qu'un catholique pratiquant tel que lui ne lui offrît que des biens terrestres : sécurité, ordre, bonheur, chiffres immédiats qui, une fois additionnés, pourraient peut-être ressembler à l'amour : presque l'amour. Mais ils ne l'étaient pas et ces doutes augmentaient son désarroi car elle non plus n'était pas sûre que l'amour fût en réalité ce qui lui manquait le plus pour vivre.

En tout cas, le principal élément contre Juvenal Urbino était sa ressemblance plus que suspecte avec l'homme idéal que Lorenzo Daza avait désiré avec tant d'anxiété pour sa fille. Il était impossible de ne pas le voir comme le fruit d'une machination paternelle même si en réalité il ne l'était pas, mais Fermina Daza avait été convaincue du contraire dès qu'elle l'avait vu entrer pour la deuxième fois chez elle sous prétexte d'une visite médicale qu'on ne lui avait pas demandée. Les conversations avec sa cousine Hildebranda avaient fini de la confondre. Celle-ci, de par sa propre situation de victime, tendait à s'identifier à Florentino Ariza et avait même oublié que Lorenzo Daza l'avait sans doute fait venir pour qu'elle fît pencher la balance en faveur du docteur Urbino. Dieu savait quel effort elle avait accompli pour ne pas accompagner sa cousine voir Florentino Ariza au bureau du télégraphe. Elle eût voulu le rencontrer une fois encore afin de confronter ses doutes, lui parler tête à tête, pour le connaître à fond et être sûre que son impulsive décision n'allait pas la précipiter à en prendre une autre plus grave : se déclarer vaincue dans la guerre personnelle contre son père. Mais à l'instant crucial de sa vie elle déposa les armes, sans tenir compte le moins du monde de la beauté virile du prétendant, ni de sa richesse légendaire, ni de sa gloire précoce, ni d'aucun de ses nombreux et réels mérites, chavirée par la peur de l'occasion qui s'en allait et par l'imminence de ses vingt et un ans, sa limite secrète pour se livrer au destin. Cet unique instant lui suffit pour assumer une décision inscrite dans les lois divines et humaines : jusqu'à la mort. Alors, tous ses doutes se dissipèrent et elle put accomplir sans remords ce que la raison lui signifiait comme le plus décent : sans une larme elle passa l'éponge sur le souvenir de Florentino Ariza, l'effaça tout entier, et laissa un champ de marguerites fleurir à la place qu'il occupait dans sa mémoire. Elle ne s'autorisa qu'à un soupir plus profond que de coutume, le dernier : « Pauvre homme ! »

Les doutes les plus terribles, cependant, apparurent dès son retour de voyage de noces. À peine avaient-ils terminé d'ouvrir les malles, de déballer les meubles et de vider les onze caisses qu'elle avait rapportées afin de prendre possession, en dame et en maîtresse, de l'ancien palais du marquis de Casalduero, que dans un étourdissement mortel elle se vit prisonnière d'une maison qui n'était pas la bonne, et pire encore d'un homme qui n'en était pas un. Il lui fallut six ans pour se remettre. Les pires années de sa vie, car la désespéraient l'aigreur de doña Blanca, sa belle-mère, et la débilité mentale de ses belles-sœurs qui n'étaient pas allées pourrir vivantes dans une cellule fermée à double tour parce qu'elles la portaient déjà en elles.

Le docteur Urbino, résigné à payer le tribut du sang, fit la sourde oreille à ses supplices et confia à la sagesse de Dieu et à l'infinie capacité d'adaptation de son épouse le soin de mettre les choses à leur place. Il souffrait de la détérioration de sa mère dont autrefois la joie de vivre communiquait même aux plus incrédules le désir d'être vivant. C'était vrai : cette femme éblouissante, intelligente, d'une sensibilité humaine hors du commun dans son milieu, avait été pendant presque quarante ans la cheville ouvrière d'un paradis social. Le veuvage l'avait aigrie au point qu'il était difficile de croire qu'elle fût la même, et l'avait rendue stupide et acerbe, ennemie du monde. La seule explication possible à cette dégradation était la rancœur contre son époux qui s'était, disait-elle, sacrifié en toute conscience pour une bande de nègres alors que le juste sacrifice eût été de survivre pour elle. En tout cas le bonheur conjugal de Fermina Daza avait duré ce que dure un voyage de noces et le seul qui pouvait l'aider à éviter l'ultime naufrage était paralysé de terreur devant la toute-puissance de sa mère. C'était lui, et non ses imbéciles belles-sœurs ou sa belle-mère à demi folle, que Fermina Daza accusait de l'avoir précipitée dans ce piège mortel. Elle soupçonna trop tard que, derrière son autorité professionnelle et sa fascination mondaine, l'homme qu'elle avait épousé était un faible sans rémission : un pauvre diable qu'enhardissait l'importance sociale de son nom.

Elle chercha refuge auprès de son enfant. Elle l'avait senti sortir de son corps, soulagée d'être libérée d'une chose qui ne lui appartenait pas et s'était fait horreur à elle-même en constatant qu'elle n'éprouvait nulle tendresse pour ce petit veau de lait que la sage-femme lui avait montré nu comme un ver, souillé de sang et de graisse, le cordon ombilical enroulé autour du cou. Mais dans la solitude du palais, elle apprit à le connaître, ils se découvrirent l'un l'autre, et elle comprit soudain, débordante de joie, que l'on aime ses enfants non parce qu'ils sont des enfants mais parce qu'en les élevant on devient leur ami. Elle en arriva à ne supporter rien ni personne d'autre que lui dans la maison de son infortune. La déprimaient la solitude, le jardin semblable à un cimetière, l'inertie du temps dans les énormes salons sans fenêtres. Elle se sentait au bord de la démence dans les nuits dilatées par les cris des folles de l'asile voisin. La coutume de dresser la table avec des nappes de dentelle, des couverts d'argent et des candélabres funèbres pour que cinq fantômes dînassent d'une tasse de café au lait et de beignets l'emplissait de honte. Elle détestait le rosaire du soir, les minauderies à table, les critiques constantes faites à sa manière de tenir les couverts, de marcher à grandes enjambées mystiques de femme des rues, à ses vêtements de cirque, et même à sa façon popote de traiter son époux ou de donner à téter à son enfant sans couvrir son sein d'une mantille. Lorsqu'elle lança ses premières invitations à prendre, à cinq heures de l'après-midi, un thé servi selon la dernière mode anglaise avec des biscuits impériaux et de la confiture de fleurs, doña Blanca s'opposa à ce que chez elle on bût des médicaments à faire suer les malades au lieu du chocolat avec du fromage fondu et des tranches de pain de manioc. Pas même ses rêves ne lui échappèrent. Un matin que Fermina Daza racontait qu'elle avait rêvé d'un inconnu qui se promenait tout nu en jetant des poignées de cendres dans les salons du palais, doña Blanca lui coupa la parole d'un ton sec :

« Une femme décente ne fait pas ce genre de rêve. »

À l'impression de vivre dans une demeure étrangère deux cruautés du sort vinrent s'ajouter. L'une était la cure presque quotidienne d'aubergines cuisinées à toutes les sauces que doña Blanca refusait d'abandonner par respect envers son défunt mari et que Fermina Daza dédaignait de manger. Toute petite, avant même d'y avoir goûté, elle les détestait car elle leur avait toujours trouvé une couleur de poison. Mais cette fois, force lui était d'admettre que quelque chose avait changé en bien dans sa vie, parce qu'à cinq ans, lorsqu'elle avait tenu ces mêmes propos à table, son père l'avait obligée à en manger une casserole entière prévue pour six personnes. Elle avait cru mourir, d'abord en vomissant de la bouillie d'aubergines, ensuite à cause du bol d'huile de castor qu'on lui avait fait avaler de force pour la guérir de la punition. L'une et l'autre étaient restées dans sa mémoire comme un seul et unique purgatif, tant à cause du goût que de sa terreur du poison, et lors des abominables déjeuners au palais du marquis de Casalduero elle devait détourner les yeux pour ne pas rendre gorge à cause de la nausée glaciale de l'huile de castor.

L'autre cruauté fut la harpe. Un jour, tout à fait consciente de ce qu'elle voulait dire, doña Blanca avait déclaré : « Je ne connais aucune femme décente qui ne sache jouer du piano. » C'était un ordre que même son fils, qui avait passé les meilleures années de son enfance aux galères des cours de piano, tenta de discuter, bien qu'adulte il lui en gardât reconnaissance. Mais il ne pouvait imaginer que son épouse, à vingt-cinq ans et avec un caractère comme le sien, fût soumise à la même condamnation. Tout ce qu'il obtint de sa mère fut de remplacer le piano par une harpe, après avoir argué de façon puérile que c'était l'instrument des anges. On fit donc venir de Vienne une harpe magnifique qui semblait en or et en avait le son, et qui plus tard fut une des plus belles reliques du musée de la Ville, jusqu'au jour où les flammes le consumèrent de même que tout ce qu'il contenait. Fermina Daza courba la tête devant cette condamnation de luxe, s'efforçant par un sacrifice final d'éviter le naufrage. Elle débuta avec le maître des maîtres que l'on fit venir à dessein de Mompox et qui mourut de manière inopinée quinze jours plus tard, et elle continua pendant plusieurs années avec le meilleur musicien du conservatoire dont l'haleine de fossoyeur désaccordait les arpèges.

Elle-même était surprise de son obéissance. Car

bien qu'elle ne l'admît ni en son for intérieur ni pendant les querelles de sourds qui l'opposaient à son mari aux heures qu'autrefois ils consacraient à l'amour, elle était tombée plus vite qu'elle ne l'eût cru dans les filets des conventions et des préjugés de son nouvel univers. Au début, elle signifiait par une phrase rituelle sa liberté de jugement : « Au diable l'éventail, le temps est à la brise. » Mais plus tard, jalouse de ses privilèges bien gagnés, craignant la honte et les railleries, elle se montra disposée à tout supporter jusqu'à l'humiliation, dans l'espoir que Dieu aurait enfin pitié de doña Blanca qui ne cessait de l'invoquer dans ses prières afin qu'il lui envoyât la mort.

Le docteur Urbino justifiait sa propre faiblesse par des arguments critiques, sans même se demander s'ils n'allaient pas à l'encontre de sa religion. Il n'admettait pas que les conflits avec son épouse eussent pour origine l'atmosphère étouffante de la maison et les voyait dans la nature même du mariage : une invention absurde qui ne pouvait exister que par la grâce infinie de Dieu. Que deux personnes sans liens de parenté, se connaissant à peine, possédant des caractères différents, une culture différente, et même deux sexes différents, se vissent condamnées de but en blanc à vivre ensemble, à dormir dans le même lit, à partager deux destinées peut-être faites pour aller chacune leur chemin, lui semblait contraire à toute raison scientifique. Il disait : « Le problème du mariage c'est qu'il meurt toutes les nuits après l'amour et qu'il faut le reconstruire tous les matins avant le petit déjeuner. » Pire était le leur, disait-il, né de deux classes antagoniques dans une ville qui rêve encore au retour des vice-rois. Le seul rafistolage possible était aussi improbable, et versatile que l'amour lui-même lorsqu'il existait, et dans leur cas il n'existait même pas au moment de leur mariage. Et alors qu'ils étaient sur le point de l'inventer, le destin n'avait fait que les obliger à regarder la réalité en face.

Telle était leur vie à l'époque de la harpe. Étaient restés en arrière les hasards délicieux de ses entrées dans la salle d'eau lorsqu'il prenait son bain et, malgré les querelles, malgré les aubergines empoisonnées, malgré la démence de ses sœurs et de la maudite mère qui les avait engendrées, il était encore assez amoureux d'elle pour lui demander de lui frotter le dos. Elle le faisait, avec les miettes d'amour rapportées de leur voyage en Europe, et tous deux se laissaient duper par les souvenirs, retrouvant sans le vouloir la tendresse, s'aimant sans se le dire et, fous d'amour, roulaient à terre barbouillés de mousses odorantes tandis qu'ils entendaient les servantes parler d'eux dans le lavoir : « S'ils n'ont pas plus d'enfants c'est qu'ils ne baisent pas. » De temps en temps, au retour d'une folle soirée, la nostalgie tapie derrière la porte les renversait d'un coup de patte, et se produisait alors une explosion merveilleuse pendant laquelle tout redevenait comme avant et cinq minutes durant ils étaient de nouveau les amants débridés de leur lune de miel.

Mais hormis ces rares occasions, l'un des deux était toujours plus fatigué que l'autre à l'heure du coucher. Elle traînait dans la salle de bains, roulant des cigarettes dans du papier parfumé, fumait seule, revenait à ses amours de compensation comme lorsqu'elle était jeune et libre chez elle, maîtresse de son corps. Toujours elle avait mal à la tête, toujours il faisait trop chaud, ou elle faisait semblant de dormir, ou elle avait ses règles, les règles, toujours les règles. Au point que le docteur Urbino avait osé dire en chaire, soulagé de déverser son cœur, qu'après dix ans de mariage les femmes pouvaient avoir leurs règles jusqu'à trois fois par semaine.

Malheurs après malheurs, Fermina Daza dut affronter au pire moment de ces années ce qui tôt ou tard devait arriver : la vérité sur les affaires fabuleuses et inconnues de son père. Le gouverneur de la province, qui avait convoqué Juvenal Urbino dans son bureau pour le mettre au courant des abus de son beau-père, les résuma en une seule phrase : « Il n'y a pas de loi divine ou humaine par-dessus laquelle ce type ne soit passé. » Il avait commis certaines de ses escroqueries derrière le dos de son gendre et il eût été difficile de croire que celui-ci et son épouse ne fussent pas au courant. Sachant que la seule réputation à protéger était la sienne car elle seule était encore debout, le docteur Juvenal Urbino interposa tout le poids de son pouvoir et parvint à étouffer le scandale en donnant sa parole d'honneur. Lorenzo Daza quitta le pays par le premier bateau et ne revint jamais. Il repartit pour sa terre d'origine comme s'il s'agissait d'un de ces courts voyages que l'on entreprend de temps à autre pour tromper la nostalgie, mais derrière cette apparence il y avait du vrai : depuis un certain temps, il montait sur les bateaux de son pays à la seule fin de boire un verre de l'eau des citernes remplies aux sources de son village natal. Il partit sans céder d'un pouce, proclamant son innocence, essayant même de convaincre son gendre qu'il avait été victime d'une machination politique. Il partit en pleurant sa petite, ainsi qu'il appelait Fermina Daza depuis qu'elle s'était mariée, pleurant son petit-fils, pleurant la terre où il était devenu riche et libre et où il avait réussi le tour de force de convertir sa fille en une dame raffinée sur la base d'affaires louches. Il partit vieux et malade mais vécut beaucoup plus longtemps que l'eussent désiré toutes ses victimes. Fermina Daza ne put retenir un soupir de soulagement lorsque lui parvint la nouvelle de sa mort et ne porta pas le deuil afin d'éviter les questions, mais pendant plusieurs mois elle s'enferma dans la salle de bains pour pleurer d'une rage sourde dont elle ignorait la raison, alors qu'en réalité c'était lui qu'elle pleurait.

Le plus absurde de leur situation fut que jamais en public ils ne parurent plus heureux que pendant ces années d'infortune. Car elles furent en fait les années de leurs plus belles victoires sur l'hostilité dissimulée d'un milieu qui ne se résignait pas à les accepter tels qu'ils étaient : différents et amis des nouveautés, et par là même transgresseurs de l'ordre traditionnel. Toutefois, pour Fermina Daza, cela avait été le plus facile. La vie mondaine qui faisait naître en elle tant d'incertitudes avant qu'elle ne la connût n'était qu'un système de pactes ataviques, de cérémonies banales, de mots connus à l'avance, avec lesquels les uns et les autres s'amusaient en société pour ne pas s'entre-tuer. Le signe dominant de ce paradis de la frivolité provinciale était la peur de l'inconnu. Elle l'avait défini de façon simple : « Le problème de la vie publique est d'apprendre à dominer la terreur, celui de la vie conjugale d'apprendre à dominer l'ennui. » Elle l'avait découvert d'un coup, grâce à la netteté d'une révélation, le jour où avec sa traîne de mariée elle avait fait son entrée dans le vaste salon du Club social saturé du parfum mêlé des innombrables fleurs, de l'éclat des valses, du tumulte des hommes en sueur et des femmes qui, tremblantes, la regardaient sans savoir comment elles allaient conjurer cette éblouissante menace que leur envoyait le monde extérieur. Elle venait d'avoir vingt et un ans, n'était guère sortie de chez elle que pour aller au collège, mais un regard circulaire lui avait suffi pour comprendre que ses adversaires étaient non pas saisis de haine mais paralysés de peur. Effrayée elle-même, au lieu de les effrayer plus encore, elle leur fit l'aumône de les aider à la connaître. Nul ne dérogea à l'image qu'elle avait d'eux, comme il en allait des villes qui ne lui paraissaient ni pires ni meilleures mais telles qu'elle les avait fabriquées dans son cœur. Elle devait toujours se souvenir de Paris : en dépit de ses pluies éternelles, de ses boutiquiers sordides et de la grossièreté de ses cochers, comme de la ville la plus belle du monde, qu'elle le fût ou non, parce qu'elle était liée à la nostalgie de ses plus heureuses années. Le docteur Urbino, de son côté, s'imposa avec les mêmes armes que celles utilisées contre lui, mais il les maniait avec plus d'intelligence et avec une solennité calculée. Rien n'avait lieu sans eux : promenades civiques, Jeux floraux, événements artistiques, tombolas de charité, meetings patriotiques, premier voyage en ballon. Ils étaient partout et presque toujours à l'origine et à la tête de tout. Nul n'aurait imaginé, pendant ces années difficiles, qu'il pût y avoir plus heureux qu'eux ou couple plus harmonieux que le leur.

La maison abandonnée par son père fut pour Fermina Daza un refuge contre l'asphyxie du palais familial. Dès qu'elle échappait aux regards publics, elle se dirigeait à la dérobée vers le petit parc des Évangiles et là recevait ses nouvelles amies ou celles, plus anciennes, du collège ou des cours de peinture : un substitut innocent à l'infidélité. Elle vivait des heures paisibles de mère célibataire avec tout ce qui lui restait encore de souvenirs de son enfance. Elle racheta les corbeaux parfumés, ramassa les chats perdus et les confia aux bons soins de Gala Placidia, vieille et quelque peu handicapée par les rhumatismes mais qui ne demandait qu'à ressusciter la maison. Elle rouvrit la lingerie où Florentino Ariza l'avait vue pour la première fois et où le docteur Juvenal Urbino lui avait fait tirer la langue pour tenter de connaître son cœur, et la transforma en un sanctuaire du passé. Un après-midi d'hiver, alors qu'elle fermait la fenêtre du balcon avant que n'éclatât un orage, elle vit Florentino Ariza sur le banc, sous les amandiers du petit parc, vêtu du costume paternel raccourci pour lui, un livre ouvert sur les genoux, et elle ne le vit pas tel qu'elle l'avait aperçu par hasard à maintes reprises, mais à l'âge qu'il avait dans son souvenir. Elle frissonna à l'idée que cette vision fût un présage de mort et souffrit. Elle se risqua à penser qu'elle eût peut-être été heureuse avec lui, seule dans cette maison qu'elle avait restaurée pour lui avec autant d'amour qu'il avait pour elle restauré la sienne, et cette simple supposition l'effraya car elle lui permit de prendre conscience du malheur extrême auquel elle était arrivée. Alors, faisant appel à ses dernières forces, elle obligea son mari à parler avec elle sans faux-fuyants, à discuter avec elle, à se quereller avec elle, à pleurer de rage avec elle sur leur paradis perdu, jusqu'à ce que les derniers coqs finissent de chanter, que la lumière entrât par les dentelles du palais et que le soleil brillât. Tuméfié d'avoir tant parlé, épuisé de ne pas avoir dormi, le cœur réconforté d'avoir tant pleuré, son mari serra les lacets de ses chaussures, serra sa ceinture, serra tout ce qui en lui était encore un homme et lui dit oui mon amour, qu'ils s'en iraient le jour même et pour toujours à la recherche de l'amour perdu en Europe. Ce fut une décision si ferme qu'il ordonna à la Banque du Trésor, son administrateur universel, de liquider sans plus attendre la vaste fortune familiale éparpillée depuis ses origines en toutes sortes d'affaires, investissements, paperasses lentes et sacrées, dont il ignorait l'étendue mais qu'il savait à coup sûr ne pas être aussi démesurée que le voulait la légende : juste suffisante pour ne pas avoir à y penser. Tout ce qui apparaîtrait, converti en or de bon aloi, devait être versé sur ses comptes à l'étranger jusqu'à ce que, sur cette terre inclémente, il ne leur restât pas même un pouce de terre où mourir.

Car Florentino Ariza existait, en effet, au contraire de ce qu'elle avait décidé de croire. Il était sur le quai du transatlantique de France lorsqu'elle arriva dans le landau aux chevaux d'or, accompagnée de son époux et de son fils, et il les vit descendre tels qu'il les avait vus tant de fois lors de manifestations publiques : parfaits. Ils emmenaient leur enfant dont l'éducation permettait déjà de savoir ce qu'il serait adulte : tel qu'il le fut. Juvenal Urbino salua Florentino Ariza d'un coup de chapeau joyeux : « Nous partons à la conquête des Flandres. » Fermina Daza inclina la tête et Florentino Ariza se découvrit, esquissa une légère révérence, et elle le regarda sans un geste de compassion pour les ravages prématurés de sa calvitie. C'était lui, tel qu'il était : l'ombre de quelqu'un qu'elle n'avait jamais connu. Florentino Ariza non plus n'était pas dans ses meilleurs jours. Au travail quotidien, à ses déconvenues de chasseur furtif, au calme plat des ans était venue s'ajouter la maladie de Tránsito Ariza dont la mémoire en avait fini avec les souvenirs : un désert. Au point que parfois elle se tournait vers lui, le regardait en train de lire dans le fauteuil de toujours et lui demandait, surprise : « Et toi, tu es le fils de qui? » Il lui répondait toujours la vérité mais elle l'interrompait sans attendre.

« Et dis-moi une chose, mon fils, lui demandait-elle, qui suis-je, moi? »

Elle avait tant grossi qu'elle ne pouvait bouger et passait ses journées dans la mercerie où il n'y avait plus rien à vendre, se fardant dès son réveil, aux premiers chants du coq, jusqu'au petit matin suivant, car elle ne dormait que très peu d'heures. Elle posait des guirlandes de fleurs sur sa tête, maquillait ses lèvres, poudrait son visage et ses bras, et à la fin demandait à qui était près d'elle comment il la trouvait. Les voisins savaient qu'elle attendait toujours la même réponse : « Comme la Cucarachita Martínez. » Cette identité, usurpée à un personnage de conte pour enfants, était la seule qui la satisfaisait. Elle continuait de se balancer et de s'éventer avec une brassée de grandes plumes roses, puis se fardait de nouveau; la couronne de fleurs en papier, le noir aux yeux, le rouge sur les lèvres, la couche de poudre sur le visage. Et une fois encore la question : « Comment me trouves-tu? » Lorsqu'elle devint la risée du voisinage, Florentino Ariza fit démonter en une nuit le comptoir et les meubles à tiroir de l'ancienne mercerie, condamna la porte de la rue, aménagea le local comme il lui avait entendu décrire la chambre de Cucarachita Martínez, et plus jamais elle ne redemanda qui elle était.

Sur les conseils de l'oncle Léon XII, il avait cherché une femme âgée pour s'occuper d'elle, mais la pauvre était plus endormie qu'éveillée et donnait parfois l'impression qu'elle aussi oubliait qui elle était. De sorte que Florentino Ariza rentrait chez lui après le travail et y demeurait jusqu'à ce que sa mère s'endormît. Il ne retourna pas jouer aux dominos au club du Commerce et resta longtemps sans rendre visite aux quelques vieilles amies qu'il avait continué de fréquenter, car un changement profond s'était opéré dans son cœur après l'horreur de sa rencontre avec Olimpia Zuleta.

Elle avait été fulminante. Florentino Ariza venait de raccompagner chez lui l'oncle Léon XII, au milieu d'un de ces orages d'octobre qui nous laissent comme des convalescents, lorsqu'il aperçut depuis la voiture une jeune fille menue, agile, avec une robe à volants d'organdi semblable à une robe de mariée. Il la vit courir pleine d'effroi en tous sens parce que le vent avait arraché son parapluie qui s'était envolé vers la mer. Il la rattrapa avec la voiture et détourna son chemin pour la reconduire chez elle, un ancien ermitage restauré en maison d'habitation face à la mer, dont on voyait de la rue le jardin plein de petits colombiers. Elle lui dit qu'elle avait épousé à peine un an auparavant un potier du marché que Florentino Ariza avait souvent vu sur les navires de la Compagnie débarquer des caisses contenant toute sorte de pacotille à vendre et avec tout un monde de colombes dans une cage en osier comme celles dont se servaient les mères sur les navires fluviaux pour emporter leurs nouveau-nés. Olimpia Zuleta semblait appartenir à la famille des guêpes, non tant à cause de ses hanches rehaussées et de l'étroitesse de son buste que de sa personne tout entière : ses cheveux de mousse cuivrée, ses taches de rousseur au soleil, ses yeux ronds et vifs plus séparés que la normale, et une voix musicale qu'elle n'utilisait que pour dire des choses intelligentes et drôles. Florentino Ariza la trouva plus gracieuse que séduisante et l'oublia à peine l'eût-il déposée chez elle où elle vivait avec son mari, le père de ce dernier et d'autres membres de la famille.

Quelques jours plus tard, il revit le mari au port, cette fois embarquant des marchandises au lieu de les débarquer, et lorsque le bateau leva l'ancre, Florentino Ariza entendit, très nette à son oreille, la voix du diable. Ce même après-midi, après avoir raccompagné l'oncle Léon XII, il passa comme par hasard devant la maison d'Olimpia Zuleta et l'aperçut derrière la haie en train de donner à manger aux colombes qui voletaient. Il lui cria depuis la voiture, par-dessus la haie : « Combien coûte une colombe? » Elle le reconnut et lui répondit : « Elles ne sont pas à vendre. » Il lui demanda : « Alors comment fait-on pour en avoir une? » Sans cesser de donner à manger à ses oiseaux, elle lui dit : « On fait monter Colombine lorsqu'elle est perdue sous l'averse. » De sorte que Florentino Ariza revint chez lui avec, en témoignage de gratitude, un cadeau d'Olimpia Zuleta : une colombe voyageuse qui portait une bague de métal à la patte.

Le lendemain soir, à l'heure du dîner, la belle Colombine vit, de retour au colombier, la colombe offerte en cadeau et pensa qu'elle s'était échappée. Mais lorsqu'elle la prit pour l'examiner, elle s'aperçut que dans la bague il y avait un petit bout de papier : une déclaration d'amour. C'était la première fois que Florentino Ariza laissait une trace écrite, et ce ne devait pas être la dernière, bien qu'en cette occasion il eût eu la prudence de ne pas la signer. Il rentrait chez lui le lendemain soir, mercredi, lorsqu'un enfant de la rue lui remit la même colombe à l'intérieur de la cage, en récitant par cœur un message disant que c'était de la part de la dame aux colombes qui lui faisait dire s'il vous plaît de bien la garder dans la cage fermée parce que sinon elle s'envolerait de nouveau et que c'était la dernière fois qu'elle la lui rendait. Il ne sut comment l'interpréter : ou la colombe avait perdu le message en chemin, ou Colombine avait décidé de faire la sotte, ou elle envoyait la colombe pour que lui-même la renvoyât. En ce cas, cependant, il eût été naturel de la renvoyer avec une réponse.

Le samedi matin, après avoir beaucoup réfléchi, Florentino Ariza lâcha de nouveau la colombe avec un autre billet sans signature. Cette fois il n'eut pas à attendre le lendemain. L'après-midi, le même petit garçon lui rapporta la cage avec un message disant qu'elle lui renvoyait une nouvelle fois la colombe qui s'était encore envolée, que la dernière fois elle la lui avait rendue par politesse mais que cette fois elle la lui renvoyait par pitié et que maintenant c'était vrai, elle ne la lui renverrait plus si elle s'échappait encore.

Tránsito Ariza s'amusa jusqu'à très tard avec la colombe, la sortit de sa cage, la cageola dans ses bras, tenta de l'endormir en lui chantant des berceuses, et soudain s'aperçut qu'à la patte gauche elle avait une bague avec à l'intérieur un petit morceau de papier qui disait : *Je n'accepte pas de lettres anonymes.* Florentino Ariza le lut le cœur agité, comme à l'apogée de sa première aventure, et c'est à peine s'il dormit cette nuit-là tant il sursautait d'impatience. Le lendemain, très tôt, avant de se rendre au bureau, il lâcha de nouveau la colombe avec un billet d'amour, signé cette fois de son nom en lettres très lisibles, et accrocha à la bague la rose la plus fraîche, la plus éblouissante et la plus parfumée de son jardin.

Ce ne fut pas si facile. Au bout de trois mois d'assiduités, la belle Colombine lui répondait toujours la même chose : « Je ne suis pas de celles-là. » Mais elle ne refusa aucun message et vint aux rendez-vous que Florentino Ariza arrangeait pour qu'ils parussent des rencontres fortuites. Il était méconnaissable : l'amant le plus assoiffé d'amour mais aussi le plus mesquin, celui qui ne montrait jamais son visage, qui ne donnait rien et voulait tout, qui ne permit jamais que nul ne conservât dans son cœur aucune trace de son passage, le chasseur furtif se précipita la tête la première dans la rue, au milieu d'une volée de lettres signées, de cadeaux galants, de rondes imprudentes autour de la maison de Colombine, et par deux fois alors que son mari n'était ni en voyage ni au marché. Ce fut le seul moment, à l'exception de son premier amour, où il sentit une flèche le transpercer.

Six mois après leur première rencontre ils se virent enfin dans la cabine d'un bateau fluvial à quai pour des réparations de peinture. Ce fut un après-midi merveilleux. Olimpia Zuleta avait l'amour joyeux, un amour de Colombine en fête, et elle aimait rester nue plusieurs heures en un lent repos qui signifiait pour elle autant d'amour que l'amour. La cabine était démantelée, la peinture à moitié écaillée, et il y avait une odeur de térébenthine qu'il ferait bon emporter en souvenir d'un après-midi heureux. Soudain, mû par une inspiration insolite, Florentino Ariza déboucha un pot de peinture rouge qui se trouvait à portée de la couchette, y trempa son index, peignit sur le pubis de la belle Colombine une flèche de sang dirigée vers le sud et écrivit sur son ventre : *Cette chatte est à moi*. Le même soir, Olimpia Zuleta se déshabilla devant son mari sans se souvenir de l'inscription. Celui-ci ne dit pas un mot, son souffle ne s'altéra même pas, mais il alla chercher son rasoir à main dans la salle de bains tandis qu'elle enfilait sa chemise de nuit, et l'égorgea d'un trait.

Florentino Ariza ne l'apprit qu'au bout de plusieurs jours, lorsque l'époux fugitif fut arrêté et raconta aux journaux le pourquoi et le comment de son crime. Pendant des années il pensa avec terreur aux lettres signées, compta les années de prison de l'assassin qui le connaissait fort bien parce qu'il commerçait sur les bateaux, mais il ne craignait pas tant le coup de couteau à la gorge ou le scandale que la malchance de savoir son infidélité portée jusqu'aux oreilles de Fermina Daza. Un jour, pendant ces années d'attente, la femme qui veillait sur Tránsito Ariza s'attarda au marché plus que prévu à cause d'une averse peu commune pour la saison et, en rentrant, la trouva morte. Elle était assise dans sa berceuse, peinturlurée et fleurie comme toujours, et son regard était si vivant et son sourire si malicieux que sa gardienne ne s'aperçut de sa mort qu'au bout de deux heures. Peu auparavant, elle avait distribué aux enfants du quartier la fortune en or et en pierreries des amphores enterrées sous le lit, en leur

disant qu'ils pouvaient les manger comme des bonbons, et certaines, de grande valeur, ne furent jamais
retrouvées. Florentino Ariza l'enterra à la vieille
hacienda de la Main de Dieu, que l'on appelait
encore cimetière du Choléra, et planta un rosier sur
sa tombe.

Dès ses premières visites au cimetière, Florentino
Ariza découvrit qu'Olimpia Zuleta était enterrée tout
près, sous une pierre tombale sans inscription, mais
dans le ciment un doigt avait écrit son nom et
dessiné une flèche, et il pensa, épouvanté, que c'était
une farce sanglante de son mari. Lorsque le rosier
fleurissait, il déposait une rose sur sa tombe en
prenant soin qu'il n'y eût personne alentour, et plus
tard il y planta une pousse du rosier de sa mère. Les
deux plantes grandissaient avec tant d'allégresse que
Florentino Ariza devait emporter son sécateur et
autres outils de son jardin pour les élaguer. Mais le
travail fut au-dessus de ses forces : au bout de
quelques années, les deux rosiers avaient poussé
entre les tombes comme du chiendent et on appela
alors le bon cimetière de la peste cimetière des Roses
jusqu'à ce qu'un maire, moins réaliste que la sagesse
populaire, fît en une nuit arracher tous les rosiers et
accrocher une enseigne républicaine à l'arcade de
l'entrée : Cimetière universel.

La mort de sa mère condamna une fois encore
Florentino Ariza à ses occupations machinales :
bureau, visites à tour de rôle à ses amantes habituelles, parties de domino au club du Commerce, mêmes
livres d'amour, après-midi dominicaux au cimetière.
Une routine usée, crainte et abhorrée, mais qui
l'avait protégé de la conscience de l'âge. Toutefois,
un dimanche de décembre, alors que les rosiers des
tombes avaient eu raison du sécateur, il vit les
hirondelles sur les fils électriques tout juste installés
et se rendit compte soudain du temps qui avait passé

depuis la mort de sa mère, depuis l'assassinat d'Olimpia Zuleta et depuis ce lointain après-midi de décembre où Fermina Daza lui avait envoyé une lettre dans laquelle elle lui disait oui, qu'elle l'aimerait toujours. Jusqu'alors, il avait agi comme si le temps passait pour les autres mais non pour lui. La semaine précédente, il avait rencontré dans la rue un des nombreux couples qui s'étaient mariés grâce aux lettres qu'il avait écrites, et ne reconnut pas leur fils aîné, son filleul. Il dissimula son embarras par une exclamation conventionnelle : « Bon sang, mais c'est déjà un homme ! » Il n'avait pas changé, même après que son corps lui eut envoyé les premiers signaux d'alarme, car il avait la santé de fer des égrotants. Tránsito Ariza avait l'habitude de dire : « La seule maladie qu'a eue mon fils, c'est le choléra. » Elle confondait, bien sûr, amour et choléra, et ce bien avant que s'embrouillât sa mémoire. Mais elle se leurrait car son fils avait eu en secret six blennorragies bien que le médecin lui eût expliqué que toutes les six n'en faisaient en réalité qu'une seule, la même, qui réapparaissait après chaque bataille perdue. Il avait eu aussi un chancre mou, quatre crêtes-de-coq, six herpès, que ni lui ni aucun homme n'aurait eu l'idée de mentionner comme des maladies mais au contraire comme des trophées de guerre.

À tout juste quarante ans, il avait dû se rendre chez le médecin parce qu'il avait des douleurs diffuses dans différentes parties du corps. Après de nombreux examens, le médecin lui avait dit : « Ce sont les problèmes de l'âge. » Il rentrait toujours chez lui sans même se demander si tout cela avait quelque chose à voir avec lui. Car son unique référence au passé était ses amours éphémères avec Fermina Daza, et dans le bilan de sa vie, seul comptait ce qui avait un rapport avec elle. De sorte que l'après-midi où il vit les hirondelles posées sur les fils électriques, son passé le plus ancien défila dans sa mémoire, il évoqua ses amours d'un jour, les innombrables obstacles qu'il avait dû franchir pour obtenir un poste de direction, les incidents sans nombre qui avaient suscité sa détermination acharnée que Fermina Daza fût à lui et lui à elle envers et contre tout, et découvrit tout à coup que sa vie s'en allait. Un frisson viscéral le précipita dans un trou noir, et il dut lâcher ses outils de jardinier et s'appuyer au mur du cimetière afin que la première griffure de la vieillesse ne le renversât pas.

« Merde, se dit-il atterré, ça fait trente ans tout ça ! »

C'était exact. Trente ans qui avaient passé aussi pour Fermina Daza, bien sûr, mais qui avaient été pour elle les plus agréables et les plus réparateurs de sa vie. Les horribles journées au palais du marquis de Casalduero avaient été reléguées dans les poubelles de sa mémoire. Elle vivait dans sa nouvelle maison de la Manga en maîtresse absolue de sa destinée, avec un mari qu'elle eût préféré entre tous les hommes si elle avait eu à choisir de nouveau, un fils qui prolongeait la tradition de leur nom à l'école de médecine, et une fille qui lui ressemblait tant quand elle avait son âge que la troublait parfois le sentiment de s'être réincarnée. Elle était retournée à trois reprises en Europe après le voyage malheureux dont ils avaient espéré ne jamais revenir afin de ne plus vivre dans une perpétuelle épouvante.

Dieu avait dû, enfin, entendre les prières de quelqu'un : au bout de deux ans de séjour à Paris, alors que Fermina Daza et Juvenal Urbino commençaient à peine à chercher entre les décombres ce qui restait de leur amour, un télégramme les réveilla en pleine nuit et leur apprit que doña Blanca de Urbino était dans un état grave, suivi aussitôt d'un autre leur communiquant la nouvelle de sa mort. Fermina

Daza débarqua avec une tunique de deuil dont l'ampleur ne parvenait pas à dissimuler son état. Elle était de nouveau enceinte, en effet, et la nouvelle fut à l'origine d'une chanson populaire plus malicieuse que maligne dont le refrain demeura à la mode toute l'année : *Que fait donc à Paris cette beauté pour toujours en revenir cloquée.* En dépit de la vulgarité des paroles, le docteur Juvenal Urbino demandait encore, des années plus tard, qu'on la jouât aux fêtes du Club social comme une preuve de sa largeur d'esprit.

Le noble palais du marquis de Casalduero, dont l'existence ne fut jamais démontrée pas plus qu'on ne trouva trace de ses blasons, fut d'abord vendu à bas prix à la Trésorerie municipale et plus tard revendu pour une fortune au gouvernement central, lorsqu'un chercheur hollandais y entreprit des fouilles pour prouver que s'y trouvait la véritable tombe de Christophe Colomb : la cinquième. Les sœurs du docteur Urbino s'en allèrent vivre au couvent des salésiennes, recluses mais sans avoir prononcé de vœux, et Fermina Daza demeura dans la vieille maison paternelle jusqu'à ce que l'on eût terminé de construire la propriété de la Manga. Elle y entra d'un pas ferme, y entra en maîtresse absolue, avec les meubles anglais rapportés de leur voyage de noces, d'autres qu'elle avait fait faire après leur voyage de réconciliation, et dès le premier jour elle commença à la remplir de toutes sortes d'animaux exotiques qu'elle allait elle-même acheter sur les goélettes des Antilles. Elle y entra avec son époux retrouvé, son fils élevé comme il se devait, sa fille née quatre mois après leur retour et qu'ils baptisèrent Ofelia. Le docteur Urbino, de son côté, comprit qu'il était impossible de récupérer tout à fait l'épouse qui avait été sienne pendant leur voyage de noces, car elle avait donné à leurs enfants la part d'amour qu'il désirait pour lui ainsi que le meilleur de son temps, mais il apprit à vivre et à être heureux avec ce qui en restait. L'harmonie tant désirée atteignit son apogée par des chemins inattendus au cours d'un dîner de gala où l'on servit un plat délicieux que Fermina Daza ne parvint pas à identifier. Elle commença par une copieuse assiettée et le trouva si bon qu'elle en prit une deuxième et regrettait de ne pouvoir, par politesse, s'en resservir une troisième, lorsqu'elle apprit qu'elle venait de manger avec un plaisir insoupçonné deux assiettes pleines à ras bord de purée d'aubergines. Elle capitula avec élégance : dorénavant, dans la propriété de la Manga, on servit toutes les préparations possibles d'aubergines presque aussi souvent qu'au palais de Casalduero, et tout le monde les appréciait tant que le docteur Juvenal Urbino égayait les loisirs de sa vieillesse en répétant qu'il voulait avoir une autre fille pour lui donner un nom bien-aimé de toute la maisonnée : Aubergine Urbino.

Fermina Daza savait qu'à l'inverse de la vie publique, la vie privée était versatile et imprévisible. Il ne lui était guère facile de faire la différence entre enfants et adultes mais en dernière instance elle préférait les premiers parce que leurs critères étaient plus affirmés. Le cap de la maturité à peine franchi, débarrassée enfin de tout mirage, elle commença d'entrevoir la tristesse de ne pas avoir été ce qu'elle avait rêvé d'être dans sa jeunesse, au parc des Évangiles, mais bien plutôt ce qu'en fait jamais elle n'osa avouer à quiconque et pas même à elle-même : une servante de luxe. En société, elle finit par être la plus aimée, la plus serviable et par là même la plus redoutée, mais nulle part ailleurs on ne l'exigeait d'elle avec plus de rigueur et on ne le lui pardonnait le moins que dans le gouvernement de sa maison. Elle avait toujours eu le sentiment de vivre une vie prêtée par son époux; souveraine absolue d'un vaste empire de bonheur bâti par lui et pour lui. Elle savait qu'il l'aimait par-dessus tout et plus que nul être au monde, mais pour lui seul : à son auguste service.

Rien ne la mortifiait plus que le bagne à perpétuité des repas quotidiens. Car il ne suffisait pas qu'ils eussent lieu à l'heure : ils devaient être parfaits, et le menu ce qu'il voulait manger sans qu'il fût besoin de le lui demander. Et si de temps à autre elle lui posait la question lors d'une des innombrables cérémonies du rituel domestique, il ne levait pas même les yeux pour répondre : « N'importe quoi. » Il était sincère et le disait d'un ton aimable, et l'on ne pouvait concevoir mari moins autoritaire. Toutefois, à l'heure du repas, ce ne pouvait être n'importe quoi mais juste ce qu'il voulait et sans la moindre imperfection : que la viande n'eût pas la saveur de la viande ni le poisson celle du poisson, que le porc n'eût pas le goût du cochon et que le poulet ne sentît pas les plumes. Il fallait à tout prix trouver des asperges lorsque ce n'était pas la saison afin qu'il pût se prélasser dans les vapeurs parfumées de son urine. Elle ne l'incriminait pas : elle incriminait la vie. Mais il en était un protagoniste implacable. Trébucher sur un doute lui suffisait pour écarter son assiette en disant : « Ce repas a été préparé sans amour. » Il parvenait, dans ce domaine, à de fantastiques états d'inspiration. Une fois, à peine eût-il goûté à une tasse de camomille qu'il la rendit avec une seule sentence : « Ce machin a un goût de fenêtre. » Elle fut aussi surprise que les servantes car elles ne connaissaient personne qui eût bu une fenêtre bouillie, mais lorsqu'elles goûtèrent la tisane pour tenter de comprendre, elles comprirent : elle avait un goût de fenêtre.

C'était un mari parfait : il ne ramassait rien, n'éteignait jamais la lumière, ne fermait jamais une porte. Le matin, dans l'obscurité, lorsqu'un bouton manquait à ses vêtements, elle l'entendait dire : « Un homme aurait besoin de deux femmes : une pour l'aimer, l'autre pour lui coudre ses boutons. » Tous les jours, à la première gorgée de café, il poussait un hurlement déchirant qui n'effrayait plus personne, et lâchait ce qu'il avait sur le cœur : « Le jour où je ficherai le camp de cette maison, tout le monde saura que c'est parce que j'en ai assez de toujours me brûler la langue. » Il disait aussi qu'on ne préparait jamais de déjeuners aussi appétissants et variés que les jours où il ne pouvait rien manger parce qu'il s'était purgé, et il était à ce point convaincu de la perfidie de son épouse qu'il finit par ne plus prendre de purgatifs si elle n'en prenait aussi.

Fatiguée de son incompréhension, elle lui demanda pour son anniversaire un cadeau insolite : de se charger une journée durant des affaires domestiques. Il accepta, amusé, et dès l'aube prit en effet possession de la maison. Il servit un splendide petit déjeuner mais oublia qu'elle ne digérait pas les œufs au plat et ne buvait pas de café au lait. Puis il donna des instructions pour le déjeuner d'anniversaire auquel il avait convié huit personnes, donna ses ordres pour le ménage et il s'efforça tant de la gouverner mieux qu'elle qu'avant midi il dut capituler sans un geste de honte. Dès le premier instant, il s'était rendu compte qu'il n'avait pas la moindre idée d'où se trouvaient les choses, moins encore à la cuisine, et les servantes, qui jouaient elles aussi le jeu, le laissèrent tout mettre sens dessus dessous pour chercher chaque objet. À dix heures, aucune décision n'était prise pour le déjeuner parce qu'elles n'avaient fini de faire ni le ménage ni les chambres, la salle de bains n'était pas nettoyée, il avait oublié de mettre le papier hygiénique, de changer les draps, d'envoyer le cocher chercher les enfants, et confondu les travaux des domestiques : il avait donné l'ordre à la cuisinière de faire les lits et mis les femmes de chambre aux cuisines. À onze heures, alors que les invités étaient sur le point d'arriver, le chaos dans la maison était tel que Fermina Daza en reprit la direction, malade de rire, sans toutefois l'attitude triomphale qu'elle eût souhaitée, mais plutôt bouleversée de compassion devant l'incapacité domestique de son époux. Il laissa la rancœur monter à ses lèvres en arguant comme toujours : « Au moins je m'en suis mieux tiré que tu ne le ferais en essayant de soigner des malades. » La leçon, cependant, s'avéra utile pour lui comme pour elle. Au fil des années, tous deux parvinrent, par des chemins différents, à la sage conclusion qu'il leur était impossible de vivre ensemble d'une autre façon et de s'aimer d'une autre manière : rien en ce monde n'était plus difficile que l'amour.

Dans la plénitude de sa nouvelle vie, Fermina Daza voyait Florentino Ariza lors de manifestations publiques et d'autant plus souvent que dans son travail les responsabilités augmentaient, mais elle avait appris à le voir avec tant de naturel que plus d'une fois, par pure distraction, elle oublia de le saluer. Elle entendait souvent parler de lui, parce que dans le monde des affaires son ascension prudente mais irrésistible au sein de la C.F.C. était un sempiternel sujet de conversation. Elle voyait son comportement s'améliorer, sa timidité prenait l'allure d'une certaine distance énigmatique, une légère augmentation de poids lui seyait bien, la lenteur de l'âge lui convenait, et il avait su trouver un digne remède à sa calvitie dévastatrice. Seuls continuèrent toujours de défier le temps et la mode les vêtements sombres, les redingotes anachroniques, l'unique chapeau, les rubans de poète de la mercerie maternelle et le parapluie sinistre. Fermina Daza s'habitua à le voir d'une autre façon et finit par ne plus faire la relation avec l'adolescent languide qui s'asseyait et soupirait pour elle sous les bourrasques de feuilles jaunes du parc des Évangiles. En tout cas, jamais elle ne le considéra avec indifférence et se réjouit toujours des bonnes nouvelles qu'on lui donnait de lui parce que peu à peu elles la soulageaient de sa culpabilité.

Cependant, alors qu'elle le croyait tout à fait effacé de sa mémoire, il réapparut là où elle l'attendait le moins, transformé en fantôme de ses nostalgies. Ce furent les premières brumes de la vieillesse, lorsqu'elle commença d'éprouver le sentiment que quelque chose d'irréparable s'était produit dans sa vie chaque fois qu'elle avait entendu tonner avant la pluie. C'était l'incurable blessure du tonnerre solitaire, pierreux et ponctuel, qui roulait tous les jours d'octobre à trois heures de l'après-midi dans la montagne de Villanueva et dont la réminiscence se faisait plus proche avec les ans. Tandis que les souvenirs récents se mélangeaient au bout de quelques jours dans sa mémoire, ceux du voyage légendaire dans la province de la cousine Hildebranda devenaient si vivants qu'ils semblaient dater d'hier et avaient la netteté perverse de la nostalgie. Elle se souvenait de Manaure, le village de montagne, de son unique rue droite et verte, de ses oiseaux de bon augure, de la maison de l'épouvante où elle se réveillait trempée par les larmes de Petra Morales, morte d'amour bien des années auparavant dans le lit même où elle dormait. Elle se souvenait de la saveur des goyaves d'alors que plus jamais elle n'avait retrouvée, de ses présages si intenses que leur rumeur se confondait avec celle de la pluie, des après-midi de topaze de San Juan del César, lorsqu'elle allait se promener avec sa cour de cousines primesautières et serrait les dents pour que son cœur ne bondît pas hors de sa bouche à mesure qu'elles approchaient du bureau du télégraphe. Elle avait vendu la maison de son père parce qu'elle ne pouvait supporter la douleur de l'adolescence, la vision du petit parc désolé depuis le balcon, la fragrance sibylline des gardénias dans les nuits chaudes, la peur du portrait de vieille dame l'après-midi de février où elle avait décidé de son destin, et dès qu'elle fouillait sa mémoire d'autrefois, elle trébuchait sur le souvenir de Florentino Ariza. Cependant, elle eut assez de sérénité pour se rendre compte que ce n'étaient ni des souvenirs d'amour ni du repentir, mais l'image de quelque chose d'insipide qui lui laissait des traces de larmes. Sans le savoir, elle était menacée par le même piège qui avait perdu tant de victimes de Florentino Ariza prises au dépourvu.

Elle se cramponna à son époux. Mais ce fut au moment où il avait le plus besoin d'elle parce que, seul et à tâtons, il la précédait de dix ans sur le chemin brumeux de la vieillesse, avec le désavantage d'être un homme et d'être faible. Ils finirent par tant se connaître qu'avant trente ans de mariage ils étaient comme un seul être divisé en deux, et se sentaient gênés de la fréquence avec laquelle, sans le vouloir, l'un devinait la pensée de l'autre, ou de leur situation ridicule lorsque l'un anticipait en public ce que l'autre allait dire. Ensemble ils avaient dépassé les incompréhensions quotidiennes, les haines instantanées, les mesquineries réciproques et les fabuleux éclairs de gloire de la complicité conjugale. Ce fut l'époque où ils s'aimèrent le mieux, sans hâte et sans excès, et tous deux furent plus conscients et plus reconnaissants que jamais de leurs invraisemblables victoires sur l'adversité. La vie devait leur réserver d'autres épreuves mortelles mais peu leur importait : ils étaient sur l'autre rive.

À l'occasion des festivités du siècle nouveau, il y eut un programme sans précédent de manifestations publiques dont la plus mémorable fut le premier voyage en ballon, fruit des initiatives inépuisables du docteur Juvenal Urbino. La moitié de la ville s'était rassemblée sur la plage de l'Arsenal pour admirer l'ascension de l'énorme aérostat de taffetas aux couleurs du drapeau, qui portait le premier courrier aérien jusqu'à San Juan de la Ciénaga, à quelque trente lieues au nord-est en ligne droite. Le docteur Juvenal Urbino et son épouse, qui avaient connu l'émotion du vol à l'Exposition universelle de Paris, furent les premiers à monter dans la nacelle d'osier avec l'ingénieur aéronautique et six invités de marque. Ils portaient une lettre du gouverneur provincial aux autorités municipales de San Juan de la Ciénaga dans laquelle il était établi pour la postérité qu'elle était le premier courrier transporté par air. Un chroniqueur du *Journal du Commerce* demanda au docteur Juvenal Urbino quelles seraient ses dernières paroles s'il périssait dans l'aventure, et la réponse que méritait un tel outrage ne se fit pas attendre.

« À mon avis, dit-il, le xixe siècle change pour tout le monde sauf pour nous. »

Perdu au milieu de la foule candide qui chantait

l'hymne national tandis que le ballon prenait de la hauteur, Florentino Ariza sentit qu'il approuvait l'opinion d'un quidam à qui il avait entendu dire, dans le tumulte, que ce n'était pas une aventure pour une femme et moins encore à l'âge de Fermina Daza. Mais tout compte fait elle ne fut pas si dangereuse. En tout cas moins dangereuse que décevante. Le ballon arriva sans incident à destination après un voyage paisible dans un ciel d'un bleu invraisemblable. Ils volèrent bien, très bas, avec un vent placide et favorable, d'abord le long des contreforts des cimes enneigées puis au-dessus du vaste étang de la Grande Ciénaga.

D'en haut, telles que Dieu les voyait, ils virent les ruines de Cartagena de Indias, ancienne et héroïque cité, la plus belle du monde, abandonnée par ses habitants pris de panique à cause du choléra alors qu'elle avait résisté à trois siècles de sièges anglais et à toutes sortes de brigandages de boucaniers. Ils virent les murailles intactes, les rues envahies par les mauvaises herbes, les fortifications dévorées par les volubilis, les palais de marbre et les autels d'or avec leurs vice-rois pourris par la peste à l'intérieur de leurs armures.

Ils survolèrent les palafittes des Trojas de Cataca, peints de folles couleurs, leurs abris pour l'élevage des iguanes comestibles, les grappes de balsamines et d'astroméiles de leurs jardins lacustres. Des centaines d'enfants nus se jetaient à l'eau encouragés par le chahut général, sautaient par les fenêtres, sautaient des toits des maisons, sautaient des canoës qu'ils manœuvraient avec une habileté étonnante, et plongeaient comme des gardons pour repêcher les paquets de vêtements, les flacons de tabonuco contre la toux et les vivres que, par charité, la belle dame au chapeau à plumes leur lançait depuis la nacelle du ballon.

Ils survolèrent l'océan d'ombre des bananeraies dont le silence s'élevait jusqu'à eux comme une vapeur létale, et Fermina Daza se souvint d'elle-même, à trois ans, quatre peut-être, se promenant dans le sombre bocage la main dans celle de sa mère, presque une enfant elle aussi parmi les autres femmes portant comme elle des mousselines, de blanches ombrelles et des chapeaux d'organdi. L'ingénieur, qui observait le monde avec une longue-vue, déclara : « On dirait qu'ils sont morts. » Il tendit la lunette au docteur Juvenal Urbino et celui-ci vit les chars à bœufs entre les sillons, les bas-côtés de la ligne du chemin de fer, l'eau glacée des canaux d'irrigation, et où qu'il fixât son regard il voyait des corps humains éparpillés. Quelqu'un dit que le choléra faisait des ravages dans les bourgs de la Grande Ciénaga. Tandis qu'il parlait, le docteur Urbino continuait de regarder avec la longue-vue.

« Eh bien! ce doit être une forme très particulière du choléra, dit-il, parce que chaque mort a reçu un coup de grâce dans la nuque. »

Puis ils survolèrent une mer d'écume et descendirent sans autre incident vers un terrain plat dont le sol craquelé brûlait comme de la braise. Là se trouvaient les autorités, sans autre protection contre le soleil que des parapluies en papier journal, les enfants des écoles primaires agitant de petits drapeaux au rythme de l'hymne national, les reines de beauté parées de fleurs desséchées et de couronnes en carton doré, et l'orphéon du prospère village de la Gayra, à l'époque la meilleure de la côte caraïbe. Le seul but de Fermina Daza était de revoir son village natal pour le confronter à ses anciens souvenirs, mais ni elle ni personne n'y furent autorisés à cause des risques d'épidémie. Le docteur Juvenal Urbino remit la lettre historique qui se perdit plus tard avec d'autres paperasses et dont on ne sut plus jamais rien, et la touffeur des discours faillit asphyxier toute la délégation. À la fin, on les emmena à dos de mules jusqu'à l'embarcadère de Pueblo Viejo, là où la Ciénaga rejoint la mer, car l'ingénieur n'avait pas réussi à faire redécoller le ballon. Fermina Daza était certaine d'être passée par cet endroit quand elle était toute petite, avec sa mère, dans une charrette tirée par une paire de bœufs. Adulte, elle en avait souvent parlé à son père, mais celui-ci était mort en soutenant qu'il était impossible qu'elle s'en souvînt.

« Je me rappelle très bien ce voyage et c'est exact, lui disait-il, mais c'était au moins cinq ans avant ta naissance. »

Les membres de l'expédition aérienne revinrent trois jours plus tard à leur point de départ, défaits par une nuit de tempête, et ils furent reçus comme des héros. Perdu dans la foule, comme il se devait, Florentino Ariza était là, et il reconnut sur le visage de Fermina Daza les marques de la terreur. Toutefois, ce même soir, il la revit au cours d'un gala cycliste, parrainé lui aussi par son époux, et elle ne portait plus trace de fatigue. Elle conduisait un vélocipède insolite, qui ressemblait plutôt à un appareil de cirque, avec une roue avant très haute sur laquelle elle était assise et une roue arrière toute petite qui lui servait à peine d'appui. Elle était vêtue de culottes bouffantes à rayures rouges, au grand scandale des dames et à l'étonnement des messieurs, mais nul ne fut indifférent à son adresse.

Cette image et bien d'autres encore en tant d'années étaient des visions éphémères qui apparaissaient soudain à Florentino Ariza au hasard, lorsqu'il en avait envie, et disparaissaient de la même façon en laissant dans son cœur le sillon d'une angoisse. Mais elles marquaient le rythme de sa vie car il reconnaissait les sévices du temps moins dans sa propre chair qu'aux changements imperceptibles qu'il remarquait chez Fermina Daza chaque fois qu'il la voyait.

Un soir, il entra au Mesón de don Sancho, un restaurant colonial très en vue, et occupa le coin le plus reculé, ainsi qu'il en avait coutume lorsqu'il venait seul prendre ses collations de moineau. Soudain il vit Fermina Daza dans le grand miroir du fond, assise à une table avec son mari et deux autres couples, dans un angle qui lui permettait de la voir reflétée dans toute sa splendeur. Elle était touchante, menait la conversation avec grâce, son rire éclatait comme un feu d'artifice, et sa beauté était plus radieuse encore sous les énormes lustres de Venise : Alice avait retraversé le miroir.

Florentino Ariza l'observa à loisir, le souffle court, il la vit manger, la vit tremper à peine ses lèvres dans le vin, la vit plaisanter avec le quatrième descendant des don Sancho, vécut avec elle un instant de sa vie, déambula sans être vu dans l'enceinte interdite de son intimité. Puis il but quatre autres tasses de café pour tuer le temps, jusqu'à ce qu'il la vît sortir, mêlée au groupe. Ils passèrent si près de lui qu'il distingua son odeur parmi les effluves des différents parfums de ses compagnons.

Depuis ce soir-là et pendant presque une année, il n'eut de cesse de harceler le propriétaire de l'auberge, lui offrant, en argent ou en services, ce qu'il voulait et même ce que dans la vie il avait désiré avec le plus d'ardeur : afin qu'il lui vendît le miroir. Chose difficile car le vieux don Sancho croyait à la légende disant que le splendide cadre taillé par des ébénistes viennois était le jumeau de celui qui, avant de disparaître sans laisser de traces, avait appartenu à Marie-Antoinette : deux joyaux uniques. Lorsque enfin il céda, Florentino Ariza accrocha le miroir chez lui, non pour l'authenticité de son cadre mais parce que son espace intérieur avait été occupé deux heures durant par l'image aimée.

Lorsqu'il voyait Fermina Daza, celle-ci donnait presque toujours le bras à son époux, et ils formaient un ensemble parfait, se déplaçant dans un univers qui leur était propre, avec une étonnante aisance de siamois qui ne se désaccordait que lorsqu'ils le saluaient. En effet, le docteur Juvenal Urbino lui serrait la main avec une affection chaleureuse et se permettait même parfois une tape amicale dans le dos. Elle, en revanche, le maintenait condamné au régime impersonnel de la formalité et n'esquissa jamais le moindre geste qui lui eût permis de supposer qu'il était encore dans ses souvenirs de jeune fille. Ils vivaient dans deux mondes divergents, mais tandis qu'il multipliait les efforts pour en réduire la distance, jamais elle ne fit un pas qui n'allât en sens opposé. Beaucoup de temps passa avant qu'il hasardât la pensée que cette indifférence n'était qu'une cuirasse contre la peur. L'idée lui en vint soudain lors du baptême du premier navire d'eau douce construit sur les chantiers navals de la ville, qui fut aussi la première occasion officielle donnée à Florentino Ariza, premier vice-président de la C.F.C., de représenter l'oncle Léon XII. Cette coïncidence conféra à la cérémonie une solennité particulière, et il ne manqua personne d'une importance quelconque dans la vie de la cité.

Florentino Ariza recevait ses invités dans le salon principal du navire encore imprégné d'une odeur de peinture fraîche et de goudron chaud, lorsqu'une salve d'applaudissements éclata sur le quai, et que la fanfare attaqua une marche triomphale. Il dut retenir un frisson aussi vieux que lui-même en voyant, au bras de son époux, l'éblouissante femme de ses rêves, splendide dans sa maturité, défiler comme une reine d'une autre époque au milieu de la garde d'honneur en grand uniforme, sous une tempête de serpentins et de pétales de fleurs naturelles qu'on lui lançait depuis les fenêtres. Tous deux répondirent aux ovations en agitant la main, mais elle était si merveilleuse qu'au milieu de la foule il ne semblait y avoir qu'elle, toute vêtue d'or impérial, depuis les chaussures à hauts talons jusqu'au chapeau cloche et aux queues de renard autour de son cou.

Florentino Ariza les attendit sur la passerelle, flanqué des autorités provinciales, dans le vacarme de la musique, des pétards et des trois bramements lourds du navire qui plongèrent le quai dans un bain de vapeur. Juvenal Urbino salua le comité d'accueil avec ce naturel qui n'appartenait qu'à lui et faisait croire qu'il vouait à chacun une affection particulière : d'abord le capitaine du bateau en uniforme de cérémonie, puis l'archevêque, le gouverneur et son épouse, le maire et la sienne, et enfin le commandant de la garnison, un nouveau venu originaire des Andes. Après les autorités venait Florentino Ariza, vêtu de drap noir, presque invisible entre tant de notables. Lorsqu'elle eut salué le commandant de la garnison, Fermina Daza sembla hésiter devant la main tendue de Florentino Ariza. Le militaire, voulant les présenter, demanda à Fermina Daza s'ils se connaissaient. Elle ne dit ni oui ni non et, avec un sourire mondain, tendit sa main à Florentino Ariza. La même situation s'était déjà produite deux fois dans le passé et devrait se reproduire encore, mais Florentino Ariza l'avait toujours attribuée à une attitude propre au caractère de Fermina Daza. Toutefois, cet après-midi-là, il se demanda, avec son infinie capacité de rêve, si une indifférence aussi acharnée n'était pas un subterfuge pour dissimuler le tourment de l'amour.

Cette seule idée raviva d'anciennes errances. Il revint rôder autour de la propriété de Fermina Daza avec la même anxiété qu'autrefois dans le petit parc des Évangiles, non dans l'intention calculée qu'elle l'aperçût mais dans l'unique but de la voir pour s'assurer qu'elle continuait d'exister. Cependant, passer inaperçu lui était à présent difficile. Le quartier de la Manga se trouvait sur une île semi-désertique séparée de la ville historique par un canal d'eaux vertes, et parsemée de buissons d'icaquiers qui avaient été le refuge dominical des amoureux aux temps de la colonie. Peu d'années auparavant, on avait démoli le vieux pont de pierre des Espagnols pour en construire un autre en ciment avec des réverbères à globes, et permettre ainsi aux tramways à mules de le traverser. Au début, les habitants de la Manga avaient dû supporter un supplice dont on n'avait pas tenu compte dans le projet : dormir à côté de la première usine d'électricité de la ville, dont les trépidations étaient un éternel tremblement de terre. Le docteur Juvenal Urbino, avec tout son pouvoir, n'avait pas même réussi à la faire déplacer là où elle ne gênerait personne, jusqu'à ce qu'intervînt en sa faveur sa complicité bien connue avec la divine providence. Une nuit, la chaudière de l'usine explosa dans un fracas épouvantable, vola pardessus les nouvelles maisons, traversa dans les airs la moitié de la ville et dégringola dans le grand cloître de l'ancien couvent de Saint-Julien-l'Hospitalier. Le vieil édifice en ruine avait été abandonné au début de la même année, mais la chaudière entraîna la mort de quatre prisonniers qui, évadés de la prison locale aux premières heures de la nuit, s'étaient cachés dans la chapelle.

Ce faubourg paisible, avec de si belles traditions amoureuses, ne fut en revanche guère propice aux amours contrariées lorsqu'il devint un quartier résidentiel. Les rues étaient poussiéreuses en été, boueuses en hiver et désolées tout au long de l'année, les rares maisons étaient dissimulées derrière des jardins luxuriants, avec des terrasses en mosaïque à la place des balcons en saillie d'autrefois, comme si on les avait bâties exprès pour éloigner les amants furtifs. Par bonheur, la mode, à cette époque, était aux promenades vespérales dans les vieilles victorias de louage restaurées pour n'y atteler qu'un seul cheval, et le parcours finissait sur une éminence du haut de laquelle on admirait les crépuscules d'octobre mieux que de la tour du phare, et d'où l'on voyait les requins énigmatiques guetter la plage des séminaristes, et le transatlantique du jeudi, immense et blanc, que l'on pouvait presque toucher de la main lorsqu'il passait par le chenal du port. Florentino Ariza avait coutume de louer une victoria après une dure journée de labeur, mais au lieu d'en plier la capote comme c'était l'usage pendant les mois de chaleur, il s'enfonçait dans le siège et, invisible dans l'ombre, toujours seul, il donnait l'ordre de prendre des chemins imprévus afin de ne pas éveiller les mauvaises pensées du cocher. En réalité, dans cette promenade, seul l'intéressait le parthénon de marbre rose à demi caché entre les bananiers et les frondaisons des manguiers, réplique sans gloire des demeures idylliques des planteurs de coton de Louisiane. Les enfants de Fermina Daza rentraient chez eux peu avant cinq heures. Florentino Ariza les voyait arriver dans la voiture familiale, et voyait ensuite le docteur Juvenal Urbino sortir pour ses visites de routine, mais en une année ou presque de rondes, il n'avait pas même pu apercevoir ce mirage tant désiré.

Un soir qu'il persistait dans sa promenade solitaire en dépit de la première averse dévastatrice de juin, le cheval glissa dans la boue et s'écroula les quatre fers en l'air. Florentino Ariza se rendit compte avec horreur qu'ils étaient juste devant la propriété de

Fermina Daza et adressa une prière au cocher, sans penser que sa consternation pouvait le dénoncer.

« Ici non, je vous en supplie, lui cria-t-il. N'importe où mais pas ici. »

Vexé par cette insistance, le cocher tenta de relever le cheval sans le dételer, et l'essieu de la voiture se brisa. Florentino Ariza descendit comme il le put, but sa honte sous la rigueur de la pluie dans l'espoir que d'autres passants s'offriraient pour le reconduire chez lui. Tandis qu'il attendait, une servante de la famille Urbino, qui l'avait vu avec ses vêtements trempés et de la boue jusqu'aux chevilles, lui porta un parapluie pour qu'il allât se réfugier sur la terrasse. Jamais, dans le plus audacieux de ses rêves, Florentino Ariza n'avait songé à une telle chance, mais cet après-midi-là, il eût préféré mourir plutôt que se laisser voir par Fermina Daza dans un pareil état.

Lorsqu'ils habitaient la vieille ville, Juvenal Urbino et sa famille faisaient à pied, le dimanche, le chemin de chez eux à la cathédrale pour assister à la messe de huit heures, un rassemblement plus mondain que religieux. Lorsqu'ils changèrent de maison, ils continuèrent pendant plusieurs années de s'y rendre et parfois même ils s'attardaient pour bavarder avec des amis sous les palmiers du parc. Mais lorsqu'on construisit la chapelle du séminaire conciliaire de la Manga, avec sa plage privée et son propre cimetière, ils ne retournèrent à la cathédrale que pour des occasions très solennelles. Ignorant ces modifications, Florentino Ariza attendit plusieurs dimanches à la sortie des trois messes. Puis il comprit son erreur et se rendit à la nouvelle église, et là, il vit, les quatre dimanches du mois d'août, à huit heures précises, le docteur Juvenal Urbino et ses enfants, mais Fermina Daza n'était pas avec eux. Au cours d'un de ces mêmes dimanches, il visita le nouveau cimetière où les habitants de la Manga se faisaient construire de somptueux mausolées, et son cœur bondit lorsqu'il découvrit, à l'ombre de deux grands ceibas, le plus beau de tous, achevé, avec des vitraux gothiques, des anges de marbre et des inscriptions en lettres dorées pour toute la famille. Parmi elles, bien sûr, celle de doña Fermina Daza de Urbino de la Calle avec, à côté, celle de son époux, et une épitaphe commune : *Ensemble aussi dans la paix du Seigneur.*

Jusqu'à la fin de l'année, Fermina Daza n'assista à aucune manifestation civique ou sociale, pas même aux festivités de Noël dont elle et son mari avaient coutume d'être des protagonistes de luxe. Mais c'est à la représentation inaugurale de la saison d'opéra qu'on remarqua le plus son absence. À l'entracte, Florentino Ariza surprit un petit groupe qui, bien que sans la nommer, sans aucun doute parlait d'elle. Ils disaient qu'au mois de juin dernier on l'avait vue monter en pleine nuit sur le transatlantique de la Cunard qui faisait route vers Panamá et qu'elle était voilée de noir afin qu'on ne vît pas les ravages de la maladie honteuse qui la consumait. Quelqu'un demanda quel mal terrible avait osé s'emparer d'une femme aux pouvoirs si grands et la réponse qu'il reçut débordait de fiel noir :

« Une dame aussi distinguée ne peut avoir que la phtisie. »

Florentino Ariza savait que dans son pays les riches n'étaient jamais atteints de maladies courtes. Ou ils mouraient sur-le-champ, presque toujours à la veille d'une fête importante qui était gâchée par le deuil, ou ils s'éteignaient en de longues et abominables maladies dont les détails intimes finissaient par être de notoriété publique. La réclusion à Panamá était presque une pénitence forcée dans la vie des riches. Ils se soumettaient à la volonté de Dieu à l'hôpital des Adventistes, un immense hangar blanc perdu au milieu des averses préhistoriques de la chaîne du Darién, où les malades perdaient le compte du peu qu'il leur restait à vivre dans des chambres solitaires aux fenêtres grillagées et où personne ne pouvait savoir avec certitude si l'odeur de l'acide phénique était odeur de santé ou odeur de mort. Ceux qui guérissaient revenaient chargés de cadeaux fastueux qu'ils distribuaient à pleines mains dans l'angoisse qu'on ne leur pardonnât l'indiscrétion d'être encore en vie. Certains revenaient avec l'abdomen balafré de cicatrices barbares qui semblaient avoir été cousues avec du chanvre de cordonnier, relevaient leur chemise pour les montrer à leurs visiteurs, les comparaient avec d'autres ayant appartenu à des morts qu'avaient suffoqués les excès de la félicité, et le restant de leurs jours racontaient et n'avaient de cesse de raconter les apparitions angéliques qu'ils avaient vues sous l'effet du chloroforme. En revanche, nul ne connut jamais les visions de ceux qui ne revenaient pas et parmi eux, les plus tristes : ceux qui, bannis, étaient morts dans le pavillon des phtisiques à cause de la tristesse de la pluie plus que des souffrances de leur maladie.

Florentino Ariza ne savait, s'il avait eu à choisir, ce qu'il eût préféré pour Fermina Daza. Certes, la vérité avant toute chose, fût-elle insupportable, mais quoiqu'il la cherchât, il ne la trouvait pas. Il lui semblait inconcevable que nul ne pût lui fournir le moindre indice pour confirmer ces dires. Dans le monde des navires fluviaux qui était le sien, il n'y avait mystère qui pût être préservé ni secret qui pût être gardé. Cependant, personne n'avait entendu parler de la femme voilée de noir. Nul ne savait rien dans une ville où l'on savait tout et où beaucoup de choses se savaient avant même qu'elles eussent lieu. Surtout les choses des riches. Et de surcroît, personne n'avait d'explication pour la disparition de Fermina Daza. Florentino Ariza continuait de tourner autour de la Manga, assistant sans dévotion aux messes de la basilique du séminaire, aux cérémonies civiques qui, son état d'esprit eût-il été autre, ne l'eussent jamais intéressé, mais le temps ne faisait qu'accréditer les on-dit. Tout semblait normal chez les Urbino de la Calle sauf l'absence de la mère.

Au milieu de ces multiples enquêtes, des nouvelles lui parvinrent qu'il ignorait, ou qu'il n'avait pas cherché à connaître, et entre autres celles de la mort de Lorenzo Daza dans le village des Cantabres où il était né. Il se rappelait l'avoir vu pendant des années prendre part aux tumultueuses parties d'échecs au café de la Paroisse, la voix cassée d'avoir tant parlé, plus gros et plus rude à mesure qu'il s'abîmait dans les sables mouvants d'une mauvaise vieillesse. Ils ne s'étaient plus adressé la parole depuis le désagréable petit déjeuner à l'anis du siècle précédent, et Florentino Ariza était convaincu que Lorenzo Daza se souvenait de lui avec autant de rancœur que lui-même se souvenait de Lorenzo Daza, même après que ce dernier eut obtenu pour sa fille le mariage fortuné qui était devenu son unique raison de rester en vie. Mais il était à ce point décidé à trouver une information indubitable sur la santé de Fermina Daza qu'afin de l'obtenir de son père il était retourné au café de la Paroisse, à l'époque où l'on y célébrait le tournoi historique de Jeremiah de Saint-Amour contre quarante-deux adversaires. C'est ainsi qu'il apprit la mort de Lorenzo Daza, et il s'en réjouit de tout son cœur, conscient cependant que le prix de cette joie pouvait être de continuer à vivre sans connaître la vérité. Enfin, il accepta comme authentique la version de l'hôpital des condamnés, sans autre consolation qu'un dicton célèbre : *Femme alitée, femme pour l'éternité*. Dans ses moments de découragement, il se rangeait à l'idée que la nouvelle de la mort de Fermina Daza, si elle survenait, lui parviendrait de toute façon, sans qu'il eût à la chercher.

Elle ne devait jamais lui parvenir. Car Fermina Daza était vivante et en bonne santé dans l'hacienda où sa cousine Hildebranda vivait oubliée du monde, à une demi-lieue du village de Flores de María. Elle était partie sans faire de scandale, d'un commun accord avec son époux, alors que tous deux étaient empêtrés comme des adolescents dans la seule crise sérieuse qu'ils avaient traversée en tant d'années de stabilité conjugale. Elle les avait surpris dans le repos de la maturité, alors qu'ils se sentaient à l'abri de toute embuscade de l'adversité, que leurs enfants étaient élevés et éduqués, et qu'ils avaient l'avenir devant eux pour apprendre à vieillir sans amertume. Elle fut à ce point imprévue pour tous deux qu'ils ne voulurent pas la résoudre en se querellant, dans les larmes, ou médiateurs à l'appui, comme c'était l'usage courant dans les Caraïbes, mais avec la sagesse des nations européennes, et à force de n'être ni d'ici ni de là-bas, ils avaient fini par s'embourber dans une situation puérile qui n'était de nulle part. Enfin, elle avait décidé de partir, sans même savoir pourquoi ni vers quoi, animée par la rage, et lui, entravé par la conscience de sa faute, avait été incapable de la retenir.

Fermina Daza s'était en effet embarquée en pleine nuit dans le plus grand secret, le visage recouvert d'une mantille de deuil, non sur le transatlantique de la Cunard à destination de Panamá, mais sur le petit bateau régulier de San Juan de la Ciénaga, la ville où elle était née et avait vécu jusqu'à sa puberté, et dont la nostalgie, avec les ans, lui devenait de plus en plus insupportable. Contre la volonté de son mari et les mœurs de l'époque, elle n'était accompagnée que d'une filleule âgée de quinze ans qui avait été élevée avec les domestiques de la maison, mais ils avaient informé de son voyage les capitaines des navires et les autorités de chaque port. Lorsqu'elle avait pris cette décision irréfléchie, elle avait dit à ses enfants qu'elle partait trois mois changer d'air chez la tante Hildebranda, alors qu'elle était décidée à y rester. Le docteur Juvenal Urbino connaissait très bien sa force de caractère, et il était à ce point affligé qu'il l'accepta avec humilité comme un châtiment de Dieu pour la gravité de ses fautes. Mais à peine les lumières du bateau s'étaient-elles estompées que tous deux se repentaient déjà de leur faiblesse.

Malgré la correspondance d'usage sur l'état de santé des enfants et autres affaires de la maison, presque deux ans s'écoulèrent sans que ni l'un ni l'autre trouvât un chemin de retour qui ne fût pas miné par l'orgueil. Les enfants passèrent les vacances scolaires de la deuxième année à Flores de María, et Fermina Daza fit l'impossible pour paraître satisfaite de sa nouvelle vie. Ce fut du moins la conclusion que Juvenal Urbino tira des lettres de son fils. De plus, l'archevêque de Riohacha se rendit dans la région en tournée pastorale, montant, sous un dais, sa célèbre mule blanche au tapis de selle brodé d'or. Derrière lui marchaient des pèlerins venus de lointains villages, des joueurs d'accordéon, des vendeurs ambulants de victuailles et d'amulettes, et l'hacienda déborda trois jours durant d'invalides et de moribonds qui, en réalité, ne venaient pas pour les doctes sermons et les indulgences plénières de l'archevêque mais pour les faveurs de la mule dont on disait qu'elle accomplissait des miracles derrière le dos de son maître. L'archevêque, qui fréquentait la maison des Urbino de la Calle depuis qu'il était simple curé, s'échappa un midi de sa kermesse pour aller déjeuner à l'hacienda d'Hildebranda. Après le déjeuner, au cours duquel on ne parla que d'affaires terrestres, il prit à part Fermina Daza et voulut l'entendre en confession. Elle refusa, sur un ton aimable mais ferme, en arguant de façon explicite qu'elle n'avait à se repentir de rien. Elle ne l'avait pas fait exprès, mais avait l'idée que sa réponse parviendrait là où elle le devait.

Le docteur Juvenal Urbino avait coutume de dire, non sans un certain cynisme, que le coupable de ces deux années d'épreuves n'était pas lui mais la mauvaise habitude qu'avait Fermina Daza de renifler les vêtements que la famille et elle-même avaient portés, afin de savoir à leur odeur s'il fallait les donner à laver alors même qu'ils paraissaient propres. Elle le faisait depuis l'enfance et jamais n'avait cru que cela se remarquât tant, jusqu'à ce que son mari s'en aperçût, la nuit même de leurs noces. Il s'aperçut aussi qu'elle fumait au moins trois fois par jour, enfermée dans les toilettes, mais cela n'avait guère éveillé son attention car les femmes de son rang avaient l'habitude de s'enfermer en groupe pour parler d'hommes, fumer et même boire de l'eau-de-vie de quatre sous, jusqu'à rouler à terre soûles comme des bourriques. Mais l'habitude de renifler tous les vêtements qu'elle trouvait sur son passage lui semblait inconvenante et surtout dangereuse pour la santé. Elle le prenait à la légère, comme elle prenait tout ce dont elle refusait de discuter, et disait que ce n'était pas par simple fantaisie que Dieu lui avait mis au milieu de la figure ce nez fouineux de goéland. Un matin, tandis qu'elle faisait les courses, les domestiques avaient ameuté le voisinage en cherchant son fils alors âgé de trois ans qu'ils n'avaient pu trouver dans aucun recoin de la maison. Elle arriva au milieu de la panique, fit deux ou trois tours de fin limier et dénicha l'enfant endormi à l'intérieur d'une armoire, là où nul n'avait pensé qu'il pût s'être caché. Lorsque son mari, stupéfait, lui demanda comment elle l'avait trouvé, elle répondit :

« À l'odeur de caca. »

En vérité son odorat ne lui servait pas qu'à renifler les vêtements ou à retrouver les enfants perdus : il était son sens de l'orientation pour toutes les choses de la vie, et surtout de la vie mondaine. Juvenal Urbino l'avait observé tout au long de son mariage, en particulier au début, lorsqu'elle n'était qu'une nouvelle venue dans ce milieu mal disposé à son endroit depuis trois cents ans et cependant naviguait entre des frondaisons de corail aussi tranchantes que des couteaux sans se heurter à quiconque, avec une maîtrise du monde qui ne pouvait être qu'un instinct surnaturel. Cette terrible faculté, dont l'origine pouvait aussi bien se trouver dans une sagesse millénaire que dans un cœur de pierre, fut frappée par le sort un dimanche de malheur avant la messe, lorsque Fermina Daza, reniflant par pure habitude les vêtements que son mari avait portés la veille, fut envahie par le sentiment troublant d'avoir eu un autre homme dans son lit.

Elle renifla d'abord la veste et le gilet tandis qu'elle décrochait de la boutonnière la montre de gousset, sortait des poches le stylographe, le portefeuille, les quelques pièces de monnaie et posait le tout sur la coiffeuse, puis elle renifla la chemise plissée tandis qu'elle ôtait la pince de cravate, les boutons de manchette en topaze et le bouton en or du faux col, puis elle renifla le pantalon tandis qu'elle en sortait le porte-clefs à onze clefs et le canif à manche de nacre, et renifla enfin le caleçon, les chaussettes et le mouchoir de fil brodé à ses initiales. Il n'y avait pas l'ombre d'un doute : tous ses vêtements étaient imprégnés d'une odeur qu'ils n'avaient jamais eue en tant d'années de vie commune, une odeur impossible à définir car elle ne provenait ni de fleurs ni d'essences artificielles mais de quelque chose de propre à la nature humaine. Elle ne dit rien, ne retrouva pas l'odeur les jours suivants, et pourtant ne reniflait plus les vêtements de son mari pour savoir s'il fallait ou non les laver mais avec une angoisse insupportable qui lui rongeait les entrailles.

Fermina Daza ne savait où situer l'odeur des vêtements dans la routine de son époux. Ce ne pouvait être entre son cours et le déjeuner car elle supposait qu'aucune femme saine d'esprit ne ferait l'amour à de pareilles heures et à une telle vitesse, et moins encore avec un visiteur, alors qu'elle devait s'occuper du ménage, des lits, des courses et du déjeuner, rongée sans doute par l'angoisse qu'un des enfants revînt de l'école plus tôt que prévu le crâne fendu par une pierre, et la trouvât toute nue à onze heures du matin dans sa chambre encore en désordre, et de surcroît avec un médecin couché sur elle. Elle savait, par ailleurs, que le docteur Juvenal Urbino ne faisait l'amour que le soir et de préférence dans l'obscurité totale ou, en dernière instance, avant le petit déjeuner, au premier chant des oiseaux. Selon lui, cette heure passée, se déshabiller et se rhabiller était plus fatigant que le plaisir d'une étreinte à la sauvette. De sorte que la contamination des vêtements ne pouvait provenir que d'une de ses visites ou d'un moment volé aux parties d'échecs ou aux séances de cinéma. L'occupation de ses soirées était difficile à vérifier car Fermina Daza, au contraire de nombre de ses amies, était trop fière pour espionner son mari ou pour demander à quelqu'un de le faire à sa place. L'horaire des visites, qui semblait plus approprié à l'infidélité, était aussi le plus facile à surveiller parce que le docteur Juvenal Urbino consignait avec minutie l'histoire clinique de ses patients et même l'état de leurs comptes, depuis le jour où il se rendait pour la première fois chez eux jusqu'à celui où il les renvoyait de ce monde avec une croix finale et une phrase pour le repos de leur âme.

Trois semaines s'écoulèrent pendant lesquelles l'odeur disparut, puis Fermina Daza la retrouva au moment où elle s'y attendait le moins, elle la retrouva plus insinuante que jamais pendant plusieurs jours consécutifs dont un dimanche qu'ils avaient passé en famille et où ils ne s'étaient pas séparés un seul instant. Un après-midi, contre son habitude et même contre ses désirs, elle se retrouva dans le cabinet de son époux avec le sentiment que ce n'était pas elle mais une autre qui était en train de faire ce qu'elle-même ne ferait jamais, déchiffrant avec une ravissante loupe du Bengale les inextricables notes des visites des derniers mois. C'était la première fois qu'elle entrait seule dans ce cabinet saturé de relents de créosote, encombré de livres reliés en peaux d'animaux obscurs, de gravures floues d'étudiants, de parchemins honorifiques, d'astrolabes et de poignards de fantaisie collectionnés pendant des années. Un sanctuaire secret qui avait toujours été la seule partie de la vie privée de son mari à laquelle elle n'avait pas accès parce que l'amour n'y avait pas de place, et elle n'y était entrée que de rares fois, toujours avec son époux et toujours pour des problèmes fugaces. Elle ne se sentait pas le droit d'y pénétrer seule, et moins encore pour y mener des enquêtes qui lui semblaient indécentes. Mais elle était là. Elle voulait découvrir la vérité et la cherchait dans une anxiété à peine comparable avec la peur atroce de la trouver, poussée par un ouragan incontrôlable plus impérieux que sa fierté congénitale, plus impérieux encore que sa dignité : un fascinant supplice.

Elle ne put rien tirer au clair parce que les patients de son mari, à l'exception de leurs amis communs, faisaient eux aussi partie d'un domaine étanche, des gens sans identité que l'on connaissait non à leur visage mais à leurs maux, non à la couleur de leurs yeux ou aux effusions de leur cœur mais à la taille de leur foie, à l'épaisseur de leur langue, aux grumeaux dans leurs urines, aux hallucinations de leurs nuits de fièvre. Des gens qui croyaient en son époux, qui croyaient vivre grâce à lui alors qu'en réalité ils vivaient pour lui, et qui finissaient par être réduits à une petite phrase écrite de sa main au pied du dossier médical : *Sois tranquille, Dieu t'attend devant la porte.* Fermina Daza quitta le cabinet au bout de deux heures inutiles, avec le sentiment d'avoir succombé à l'indécence.

Échauffée par son imagination, elle commença à détecter des changements chez son mari. Elle le trouvait évasif, sans appétit à table ni au lit, enclin à l'exaspération et aux réponses ironiques, et à la maison il n'était plus l'homme paisible d'autrefois mais un lion en cage. Pour la première fois depuis leur mariage elle surveillait ses retards, les contrôlait à la minute près, prêchait le faux pour savoir le vrai, et se sentait ensuite blessée à mort par ses contradictions. Une nuit, elle se réveilla en sursaut en proie à un fantasme, le voyant qui la regardait dans le noir avec des yeux qui lui semblèrent remplis de haine. Elle avait connu un frisson identique dans sa prime jeunesse, lorsqu'elle voyait Florentino Ariza au pied de son lit, mais c'était alors une apparition d'amour et non de haine. De plus, elle n'était pas cette fois le jouet d'un fantasme : il était deux heures du matin, son mari réveillé s'était assis dans le lit pour la regarder dormir et lorsqu'elle lui demanda pourquoi, il refusa de répondre. Il reposa sa tête sur l'oreiller et dit :

« Tu as dû rêver. »

Après cette nuit-là et plusieurs incidents de même

nature à propos desquels elle ne savait plus avec certitude où finissait la réalité et où commençaient les chimères, elle découvrit avec stupeur qu'elle était en train de devenir folle. Enfin, elle s'aperçut que son mari n'avait communié ni le Jeudi saint ni les dimanches précédents et que cette année il n'avait pas trouvé de temps pour ses retraites spirituelles. Lorsqu'elle lui demanda à quoi étaient dus ces changements insolites, elle reçut une réponse indignée. Ce fut la preuve par neuf, parce que depuis sa première communion à l'âge de huit ans, jamais il n'avait omis de communier à une date aussi importante. De sorte qu'elle comprit que son époux était en état de péché mortel et que de surcroît il avait décidé d'y demeurer car il n'avait pas même fait appel à l'aide de son confesseur. Jamais elle n'eût imaginé qu'on pût souffrir ainsi pour une chose qui semblait être tout le contraire de l'amour, mais tels étaient ses sentiments et elle décida que la seule façon de ne pas mourir était de mettre le feu au nœud de vipères qui lui gangrenait les entrailles. Ce qu'elle fit. Un après-midi, alors qu'elle reprisait des chaussettes sur la terrasse tandis que son époux terminait sa lecture quotidienne après sa sieste, elle interrompit soudain son ouvrage, releva ses lunettes sur son front et l'interpella sans le moindre signe de dureté.

« Docteur. »

Il était plongé dans la lecture de *L'Île de pingouins*, le roman que tout le monde lisait à ce moment-là, et il répondit sans lever les yeux : *Oui*[1]. Elle insista :

« Regarde-moi bien en face. »

Il obéit, la regardant sans la voir à travers le brouillard de ses lunettes de lecture, mais il n'eut pas

1. En français dans le texte

330

besoin de les ôter pour sentir la brûlure de son regard de braise.

« Qu'est-ce qu'il y a? demanda-t-il.

– Tu le sais mieux que moi », répondit-elle.

Elle ne dit rien de plus. Elle reposa ses lunettes sur son nez et poursuivit son raccommodage. Le docteur Juvenal Urbino sut alors que ses longues heures d'angoisse étaient terminées. À l'inverse de ce qu'il avait imaginé, son cœur ne reçut pas en cet instant une secousse sismique mais une onde de paix. C'était le grand soulagement que fût arrivé aussi tôt ce qui tôt ou tard devait arriver : le fantôme de la señorita Barbara Lynch était enfin entré dans la maison.

Le docteur Juvenal Urbino l'avait rencontrée quatre mois auparavant alors qu'elle attendait son tour à la consultation externe de l'hôpital de la Miséricorde, et il s'était aussitôt rendu compte qu'un événement irréparable venait de se produire dans sa vie. C'était une grande mulâtresse, élégante, aux os longs, dont la peau avait la couleur et la douce consistance de la mélasse, portant ce matin-là un tailleur rouge à pois blancs et un chapeau assorti dont les larges bords ombraient jusqu'à ses paupières. Elle semblait d'un sexe plus défini que le reste des humains. Le docteur Juvenal Urbino ne travaillait pas à la consultation externe mais chaque fois qu'il passait dans le service et disposait d'un peu de temps, il s'arrêtait pour rappeler à ses élèves qu'il n'y a pas de meilleure médecine qu'un bon diagnostic. De sorte qu'il s'arrangea pour assister à l'examen de la mulâtresse inattendue, en prenant soin de ne pas faire un geste qui pût ne pas sembler habituel à ses disciples, ne la regarda qu'à peine, mais enregistra dans sa mémoire les indications portées sur son dossier. L'après-midi, après sa dernière visite, il ordonna à son cocher de se rendre à l'adresse qu'elle avait indiquée à la consultation. Elle était là, savourant la fraîcheur sur la terrasse.

C'était une maison antillaise typique, toute peinte en jaune jusqu'à son toit de tôles, avec des fenêtres grillagées, des jardinières d'œillets et des fougères accrochées au-dessus de la porte, et elle était posée sur des pilotis de bois au milieu du marais de la Mauvaise Éducation. Un troupiale chantait dans une cage suspendue à l'avant-toit. Sur le trottoir d'en face, il y avait une école primaire et les enfants qui sortaient en débandade obligèrent le cocher à tenir les rênes serrées afin d'éviter au cheval d'avoir peur. Ce fut une chance car la señorita Barbara Lynch eut le temps de reconnaître le médecin. Elle le salua comme s'ils étaient de vieilles connaissances, l'invita à prendre un café en attendant que l'agitation s'apaisât et, à l'encontre de ses habitudes, il le but, ravi, l'écoutant parler d'elle qui, depuis ce matin seule l'intéressait et seule l'intéresserait dans les mois à venir sans lui laisser une minute de repos. Un jour, alors qu'il venait de se marier, un ami lui avait dit devant sa femme que tôt ou tard il lui faudrait faire face à une passion envoûtante pouvant mettre en jeu la stabilité de son ménage. Lui, qui croyait se connaître, qui connaissait la force de ses racines morales, avait ri de cette prédiction. Mais voilà : elle était là.

La señorita Barbara Lynch, docteur en théologie, était la fille unique du révérend Jonathan B. Lynch, un pasteur protestant, noir et desséché, qui visitait à dos de mule les cabanes indigentes des marais, prêchant la parole d'un des nombreux dieux dont le docteur Juvenal Urbino écrivait les noms avec une minuscule afin de les distinguer du sien. Elle parlait un bon espagnol, mais un petit caillou dans sa syntaxe la faisait souvent trébucher, la rendant plus délicieuse encore. Elle allait avoir vingt-huit ans en décembre, avait divorcé peu de temps auparavant d'un autre pasteur, disciple de son père, avec qui elle avait été mal mariée pendant deux ans, et elle n'avait aucune envie de récidiver. Elle dit : « Je n'ai d'autre amour que mon troupiale. » Le docteur Urbino était trop sérieux pour penser à quelque sous-entendu. Au contraire, troublé, il se demanda si tant de facilités réunies n'étaient pas un piège que lui tendait le bon Dieu pour les lui faire payer ensuite à un taux usuraire, mais il écarta aussitôt cette pensée comme une stupidité théologique due à son état de trouble.

En guise d'adieu, il mentionna comme par hasard la consultation du matin, sachant que rien ne plaît mieux à un malade que parler de ses douleurs, et elle fut à ce point merveilleuse en parlant des siennes qu'il lui promit de revenir le lendemain, à quatre heures précises, pour l'examiner avec plus d'attention. Elle prit peur : elle savait qu'un médecin de cette qualité était très au-dessus de ses moyens, mais il la rassura : « Dans ce métier, nous faisons en sorte que les riches paient pour les pauvres. » Puis il nota sur son carnet : *Mademoiselle Barbara Lynch, Marais de la Mauvaise Éducation, samedi 16 heures.* Quelques mois plus tard, Fermina Daza devait lire la fiche où figuraient les détails du diagnostic et du traitement ainsi que l'évolution de la maladie. Le nom attira son attention et elle crut d'abord à une de ces artistes débarquées des cargos fruitiers de La Nouvelle-Orléans, mais l'adresse lui fit plutôt penser à une Jamaïcaine, donc à une Noire, et elle l'écarta sans douleur des goûts de son mari.

Le samedi, le docteur Juvenal Urbino arriva au rendez-vous avec dix minutes d'avance alors que la señorita Lynch n'avait pas fini de s'habiller pour le recevoir. Il n'avait pas éprouvé pareille tension depuis ses études à Paris lorsqu'il se présentait à un oral d'examen. Étendue sur le lit de batiste, vêtue d'une légère combinaison de soie, la señorita Lynch était d'une beauté interminable. Tout en elle était grand et intense : ses muscles de sirène, sa peau à feu doux, ses seins impavides, ses gencives diaphanes aux dents parfaites, tout son corps exhalait un arôme de bonne santé qui n'était autre que l'odeur humaine trouvée par Fermina Daza sur les vêtements de son mari. Elle était allée à la consultation externe parce qu'elle souffrait de ce qu'elle appelait, avec beaucoup de grâce, des *coliques tordues*, et le docteur Urbino pensait que c'était un symptôme à ne pas prendre à la légère. De sorte qu'il palpa ses organes internes avec plus d'intention que d'attention, et tandis qu'il oubliait sa propre sagesse et découvrait abasourdi que cette créature merveilleuse était aussi belle dedans que dehors, il s'abandonna aux délices du toucher, non au titre de médecin le plus qualifié du littoral caraïbe mais comme une pauvre créature de Dieu que tourmentait le désordre de ses instincts. Il n'avait connu semblable situation qu'une seule fois dans sa rude vie professionnelle et, à sa plus grande honte, la patiente indignée avait écarté sa main, s'était assise sur le lit et lui avait dit : « Ce que vous désirez arrivera peut-être, mais pas ainsi. » La señorita Lynch, en revanche, s'abandonna à ses mains et lorsqu'elle ne douta plus du tout que le médecin pensait à autre chose qu'à sa science, elle dit :

« Je croyais que c'est interdit par la morale. »

La sueur l'inondait au point qu'il semblait sortir tout habillé d'une étuve, et il essuya ses mains et son visage avec une serviette.

« La morale, dit-il, s'imagine que les médecins sont en bois. »

Elle lui tendit une main reconnaissante.

« Ce n'est pas parce que je le croyais que ça ne pourrait pas se faire, dit-elle. Imagine ce que signifie pour une pauvre négresse comme moi qu'un homme dont on parle tant s'intéresse à moi.

– Je n'ai pas cessé un seul instant de penser à vous », dit-il.

Ce fut un aveu si frémissant qu'il était digne de pitié. Mais elle le mit à l'abri de tout mal avec un éclat de rire qui illumina la chambre.

« Je le sais depuis que je t'ai vu dedans l'hôpital, docteur. Je suis noire mais pas bête. »

Ce ne fut pas facile. La señorita Lynch voulait garder son honneur intact, elle voulait, dans l'ordre, sécurité et amour, et croyait les mériter. Elle donna au médecin l'occasion de la séduire mais sans entrer dans la chambre, même lorsqu'elle était seule dans la maison. Le plus loin qu'elle alla fut de lui permettre la répétition de la cérémonie de palpation et d'auscultation, avec tous les viols éthiques qu'il voulait, mais sans la déshabiller. Lui, de son côté, ne pouvait lâcher l'hameçon auquel il avait mordu et persévéra dans ses assiduités quotidiennes. Pour des raisons d'ordre pratique, une relation suivie avec la señorita Lynch était presque impossible, mais il était trop faible pour s'arrêter à temps, de même qu'il le serait plus tard pour continuer de la voir. Ce furent ses limites.

Le révérend Lynch menait une vie irrégulière, partait à tout moment sur sa mule chargée d'un côté de bibles et de feuillets de propagande évangélique, de l'autre de provisions, et il revenait lorsqu'on l'attendait le moins. L'école d'en face était un autre inconvénient car les enfants chantaient leurs leçons en regardant par les fenêtres et ce qu'ils voyaient le mieux était la maison sur le trottoir opposé, avec ses portes et ses fenêtres grandes ouvertes dès six heures du matin, ils voyaient la señorita Lynch accrocher la cage à l'avant-toit pour que le troupiale apprît les leçons qu'ils chantaient, la voyaient, coiffée d'un turban coloré, les chanter de sa voix chaude des Caraïbes en même temps qu'elle vaquait aux occupations ménagères, et la voyaient ensuite assise à la porte chanter toute seule en anglais les psaumes de l'après-midi.

Il leur fallait choisir une heure où les enfants n'étaient pas là, et il n'y avait que deux possibilités; à l'heure du déjeuner, entre midi et deux heures, mais le médecin lui aussi déjeunait, et en fin d'après-midi quand les enfants rentraient chez eux. C'était l'heure la meilleure, mais le docteur avait déjà terminé ses visites et ne disposait que de quelques minutes avant de rentrer dîner chez lui. Le troisième problème, pour lui le plus grave, était sa propre situation. Il lui était impossible de venir sans la voiture que tout le monde connaissait et qui l'attendait toujours à la porte. Il aurait pu mettre son cocher dans le secret, comme le faisaient presque tous ses amis du Club social, mais c'était hors de portée de ses mœurs. Au point que lorsque ses visites à la señorita Lynch devinrent trop évidentes, le cocher de la famille, en livrée, osa lui demander s'il ne valait pas mieux qu'il revînt le chercher plus tard afin que la voiture ne restât pas aussi longtemps devant la porte. Le docteur Urbino eut une réaction qui ne lui était pas habituelle et l'arrêta net.

« Depuis que je te connais, c'est la première fois que je t'entends dire quelque chose que tu ne devrais pas dire. Très bien : je fais comme si tu n'avais rien dit. »

Il n'y avait pas de solution. Dans une ville comme celle-ci, il était impossible de cacher une maladie alors que la voiture du médecin était devant une porte. Parfois, le médecin lui-même prenait l'initiative d'aller à pied, si la distance le lui permettait, ou montait dans une voiture de louage, afin d'éviter des rumeurs malveillantes ou prématurées. Toutefois, de telles cachotteries ne servaient pas à grand-chose car les ordonnances permettaient dans les pharmacies de découvrir la vérité, au point que le docteur Juvénal Urbino prescrivait de faux médicaments avec les bons afin de préserver le droit sacré des malades à mourir en paix dans le secret de leurs maladies. On pouvait aussi justifier de diverses et honnêtes façons la présence de sa voiture devant la maison de la señorita Lynch, mais pas pour longtemps et moins encore pour le temps qu'il eût désiré : toute la vie.

Le monde devint pour lui un enfer. Car une fois satisfaite leur folie première, tous deux prirent conscience des risques, et le docteur Juvénal Urbino n'eut jamais le courage d'affronter le scandale. Dans les délires de la fièvre il promettait tout, mais une fois que tout était fini, tout était remis à plus tard. En revanche, à mesure qu'augmentait son désir d'être avec elle, augmentait aussi la crainte de la perdre, de sorte que leurs rencontres se firent de plus en plus hâtives et difficiles. Il ne pensait à rien d'autre. Il attendait l'après-midi dans une angoisse insupportable, oubliait ses autres rendez-vous, oubliait tout sauf elle, mais à mesure que la voiture approchait des marais de la Mauvaise Éducation, il suppliait Dieu qu'un incident de dernière minute l'obligeât à ne pas s'y arrêter. Son angoisse était telle qu'il se réjouissait parfois d'apercevoir, depuis le coin de la rue, la tête cotonneuse du révérend Lynch qui lisait sur la terrasse, ou sa fille dans le salon en train de catéchiser les enfants du quartier en chantant les Évangiles. Heureux, il rentrait alors chez lui afin de ne pas continuer à défier le hasard, mais plus tard il se sentait devenir fou et désirait qu'il fût tous les jours et toute la journée cinq heures de l'après-midi.

De sorte que lorsque la voiture devant la porte se fit trop évidente, leurs amours devinrent impossibles et au bout de trois mois elles n'étaient plus que ridicules. Sans avoir le temps de dire un mot, la señorita Lynch entrait dans la chambre dès qu'elle voyait arriver son amant affolé. Elle prenait la précaution de mettre une jupe large les jours où elle l'attendait, une ravissante jupe de la Jamaïque avec des volants à fleurs de toutes les couleurs, sans sous-vêtements, sans rien, croyant que la facilité l'aiderait à surmonter sa frayeur. Mais il gâchait tout ce qu'elle faisait pour le rendre heureux. Il la suivait dans la chambre, haletant et baigné de sueur, entrait en trombe, jetait tout par terre, sa canne, sa serviette, son panama, et faisait l'amour le pantalon enroulé sur les genoux, la veste boutonnée pour être moins gêné, la montre de gousset dans la poche de son gilet, avec ses chaussures et avec tout, plus préoccupé de repartir aussi vite que possible que de jouir de son plaisir. Elle restait sur sa faim, entrait à peine dans le tunnel de sa solitude alors que déjà il se rebouton-nait, épuisé, comme s'il avait fait l'amour absolu sur la ligne de partage de la vie et de la mort, alors qu'en réalité il n'avait fait qu'accomplir ce que l'acte amoureux comporte de prouesse physique. Mais il respectait sa propre loi : juste le temps d'une injec-tion intraveineuse dans un traitement de routine. Il rentrait ensuite chez lui, honteux de sa faiblesse, ayant envie de mourir et maudissant son manque de courage pour demander à Fermina Daza de lui baisser sa culotte et de l'asseoir cul nu sur un poêle chauffé à blanc. Il ne dînait pas, priait sans convic-tion, feignait de poursuivre au lit sa lecture de la sieste tandis que sa femme tournait en rond pour mettre la maison en ordre avant d'aller se coucher. À mesure qu'il piquait du nez sur son livre, il s'enfon-çait dans l'inévitable bourbier de la señorita Lynch, dans son odeur de bocage gisant, dans son lit où mourir, et il ne pensait qu'au lendemain cinq heures moins cinq et à elle qui l'attendait sur le lit avec sa touffe noire et moussue sous la folle jupe de la Jamaïque : le cercle infernal.

Il avait, depuis quelques années, commencé à prendre conscience du poids de son propre corps. Il reconnaissait les symptômes, les avait lus dans les manuels, les avait vus confirmés dans la vie réelle chez des patients âgés sans antécédents graves qui soudain commençaient à décrire de parfaits syndromes qui semblaient sortir tout droit des livres de médecine et n'étaient cependant qu'imaginaires. Son professeur de clinique infantile à la Salpêtrière lui avait conseillé la pédiatrie, la plus honnête des spécialités car, disait-il, les enfants ne tombent malades que lorsqu'en réalité ils le sont et ne communiquent pas avec le médecin au moyen de mots conventionnels mais à travers des symptômes concrets de maladies réelles. En revanche, à partir d'un certain âge, les adultes avaient les symptômes sans les maladies ou pire encore : des maladies graves avec des symptômes de maladies inoffensives. Il les distrayait avec des palliatifs, pour donner du temps au temps, jusqu'à ce que, à force de coexister avec leurs petites misères dans la poubelle de la vieillesse, ils apprissent à ne plus les sentir. Toutefois, le docteur Juvenal Urbino n'avait jamais pensé qu'un médecin de son âge, qui croyait avoir tout vu, ne pût surmonter l'inquiétude de se sentir malade alors qu'il ne l'était pas, ou pire encore, de ne pas se croire malade par pur préjugé scientifique alors qu'en réalité il l'était peut-être. Déjà, à quarante ans, mi-figue mi-raisin, il avait dit à son cours : « Tout ce dont j'ai besoin dans la vie, c'est de quelqu'un qui me comprenne. » Mais lorsqu'il s'égara dans le labyrinthe de la señorita Lynch ce n'était plus une plaisanterie.

Tous les symptômes, réels ou imaginaires, de ses

patients âgés s'accumulèrent dans son corps. Il sentait la forme de son foie avec une telle netteté qu'il pouvait en décrire la taille sans le palper. Il sentait le grognement de chat endormi de ses reins, sentait l'éclair chatoyant de sa vésicule, sentait le bourdonnement de son sang dans ses artères. Parfois, il se réveillait comme un poisson privé d'air pour respirer. Il avait de l'eau dans le cœur. Il le sentait perdre un instant son rythme, sentait un battement de retard comme dans les marches militaires du collège, puis deux, puis trois et à la fin le sentait revenir à lui parce que Dieu est grand. Mais au lieu d'avoir recours aux médicaments qu'il prescrivait comme subterfuge à ses patients, il était aveuglé par la terreur. C'était vrai : tout ce dont il avait besoin dans la vie, même à cinquante-huit ans, était quelqu'un qui le comprît. De sorte qu'il se tourna vers Fermina Daza, l'être qui l'aimait et qu'il aimait le plus au monde et avec lui il venait de mettre en paix sa conscience.

Mais c'était après qu'elle l'eut interrompu dans sa lecture vespérale pour lui demander de la regarder en face, et pour la première fois il avait eu le sentiment que le cercle infernal avait été découvert. Toutefois il ne comprenait pas comment, car il lui était impossible d'imaginer que Fermina Daza eût décelé la vérité grâce à son seul flair. De toute façon, et depuis longtemps, cette ville n'était guère propice aux secrets. Peu de temps après l'installation des premiers téléphones privés, plusieurs couples stables s'étaient défaits à cause des racontars téléphoniques anonymes, et bien des familles, terrorisées, avaient fait suspendre leur ligne ou avaient refusé de l'utiliser pendant de nombreuses années. Le docteur Urbino savait que son épouse se respectait trop pour autoriser la moindre indiscrétion anonyme par téléphone et il ne pouvait imaginer quiconque à ce point impudent pour la lui transmettre en personne. En revanche, il craignait la vieille méthode : un billet glissé sous la porte par une main inconnue pouvait être efficace, d'abord parce qu'elle garantissait le double anonymat de l'expéditeur et du destinataire, ensuite parce que son nom légendaire permettait de lui attribuer quelque relation métaphysique avec les desseins de la divine providence.

La jalousie n'était jamais entrée dans sa maison : en plus de trente ans de paix conjugale, le docteur Juvenal Urbino s'était très souvent vanté en public d'être comme les allumettes suédoises qui craquent toutes seules dans leurs boîtes, et jusqu'ici cela avait été vrai. Mais il ignorait quelle pouvait être, face à une infidélité prouvée, la réaction d'une femme aussi orgueilleuse que la sienne, qui possédait une telle dignité et une telle force de caractère. De sorte qu'après l'avoir regardée en face comme elle le lui avait demandé, il ne put que baisser les yeux pour dissimuler son trouble, et continua de faire semblant d'être perdu dans les doux méandres de l'île d'Alca tandis qu'il essayait de trouver quelque chose à faire. Fermina Daza, de son côté, ne dit rien non plus. Lorsqu'elle eut terminé de repriser les chaussettes, elle jeta le tout pêle-mêle dans la boîte à ouvrage, donna ses ordres à la cuisine pour le dîner et alla dans sa chambre.

Sa décision à lui était si ferme qu'à cinq heures il ne se rendit pas chez la señorita Lynch. Les promesses d'amour éternel, le rêve d'une maison discrète pour elle toute seule où il pourrait sans crainte lui rendre visite, le bonheur tranquille jusqu'à la mort, tout ce qu'il avait promis dans les embrasements de l'amour fut annulé pour toujours et à jamais. Le dernier signe de vie que la señorita Lynch reçut de lui fut un diadème d'émeraudes que le cocher lui remit sans commentaire, sans un message, sans un billet, dans une petite boîte enveloppée avec du papier de pharmacie afin que le cocher lui-même crût à un médicament urgent. Jamais il ne la revit, même par hasard, et seul Dieu sait combien de larmes de sang il versa, enfermé dans les cabinets, pour survivre à son désastre personnel. À cinq heures, au lieu de se rendre chez elle, il fit devant son confesseur un acte de contrition profonde, et le dimanche suivant communia, le cœur en miettes mais la conscience tranquille.

Le soir même de sa rupture, tandis qu'il se déshabillait pour aller dormir, il répéta à Fermina Daza l'amère litanie de ses insomnies matinales, ses élancements soudains, ses envies de pleurer en fin d'après-midi, les symptômes chiffrés de ses amours secrètes qu'il lui racontait comme des misères de la vieillesse. Il lui fallait les dire à quelqu'un pour ne pas mourir, pour ne pas avoir à raconter la vérité, et au bout du compte ces effusions avaient fini par faire partie des rites domestiques de l'amour. Elle l'écouta avec attention mais sans le regarder, sans rien dire, tandis qu'elle ramassait les vêtements qu'il ôtait. Elle les renifla un à un sans un geste qui pût dénoncer sa rage, les roula en boule et les jeta dans le panier en osier du linge sale. L'odeur n'était pas là mais peu lui importait : demain serait un autre jour. Avant de s'agenouiller pour prier devant le petit autel de la chambre à coucher, il conclut l'inventaire de ses peines avec un soupir accablé et, de plus, sincère : « Je crois que je vais mourir. » Elle ne cilla même pas pour lui rétorquer :

« C'est ce que tu pourrais faire de mieux. Comme ça on sera tranquille tous les deux. »

Plusieurs années auparavant, au faîte d'une maladie dangereuse, il avait mentionné la possibilité de la mort et elle lui avait répondu de la même façon brutale. Le docteur Urbino avait alors attribué cela à l'inclémence propre des femmes grâce à laquelle la Terre continue de tourner autour du Soleil, parce qu'il ignorait qu'elle interposait toujours un mur de colère pour ne pas laisser voir sa peur. Et dans ce cas la plus terrible de toutes, celle de vivre sans lui.

Ce soir-là, en revanche, elle avait désiré sa mort avec toute la fougue de son cœur, et cette certitude l'alarma. Plus tard, il la sentit sangloter sans bruit dans l'obscurité, mordant son oreiller afin qu'il ne l'entendît pas. Cela finit de le confondre car il était difficile qu'elle pleurât pour une souffrance du corps ou de l'âme. Il savait qu'elle ne pleurait que de rage, d'autant plus que la terreur de se sentir coupable en était, d'une manière ou d'une autre, à l'origine, et plus elle pleurait plus elle enrageait car elle ne pouvait se pardonner la faiblesse de ses larmes. Il n'osa pas la consoler, sachant que c'eût été comme consoler une tigresse blessée à mort, et il n'eut pas non plus le courage de lui dire que ses raisons de pleurer avaient disparu ce même après-midi et avaient été à jamais déracinées, y compris de sa mémoire.

La fatigue eut, pendant quelques minutes, raison de lui. Lorsqu'il se réveilla, elle avait allumé la frêle veilleuse, et ses yeux étaient toujours ouverts mais elle ne pleurait plus. Quelque chose d'irréversible s'était produit tandis qu'il dormait : les sédiments accumulés au fond de son âge pendant tant d'années étaient remontés à la surface, charriés par le supplice de la jalousie, et l'avaient vieillie d'un coup. Impressionné par ses rides subites, ses lèvres fanées, la cendre de ses cheveux, il se risqua à lui dire d'essayer de dormir : il était plus de deux heures. Elle lui parla sans le regarder mais sans une trace de colère dans la voix, presque avec mansuétude.

« J'ai le droit de savoir qui c'est », dit-elle.

Alors il lui raconta tout, sentant qu'il se débarrassait du poids du monde, car il était convaincu qu'elle savait et qu'il ne lui manquait que les détails. C'était faux, bien sûr, de sorte qu'à mesure qu'il parlait elle se remit à pleurer, non de timides sanglots comme la première fois mais de grosses larmes qui avaient un goût de sel et glissaient une à une sur son visage, la brûlaient à travers sa chemise et mettaient le feu à sa vie, car il n'avait pas fait ce qu'aux tréfonds de son âme elle attendait qu'il fît, à savoir qu'il niât tout jusqu'à la mort, qu'il s'indignât de cette calomnie, qu'il envoyât se faire foutre cette société de merde qui n'avait pas le moindre scrupule à piétiner l'honneur d'autrui, et qu'imperturbable il tînt bon même devant les preuves les plus irréfutables de son infidélité : comme un homme. Puis, lorsqu'il lui dit qu'il était allé à confesse l'après-midi, elle crut que la rage allait à jamais la rendre aveugle. Depuis ses années de collège, elle avait la conviction que les gens d'Église manquaient de la moindre vertu inspirée par Dieu. C'était, dans l'harmonie de la maison, une divergence d'opinion fondamentale qu'ils avaient réussi à surmonter sans embûches. Mais que son mari eût permis à son confesseur de s'immiscer à ce point dans une intimité qui était aussi la sienne allait au-delà de tout.

« C'est comme si tu l'avais dit à un charlatan de foire », dit-elle.

Pour elle, c'était la fin. Elle était sûre que son honneur allait déjà de bouche en bouche avant même que son mari n'eût terminé sa pénitence, et le sentiment d'humiliation qu'elle éprouvait était beaucoup moins supportable que la honte, la rage et l'injustice de l'infidélité. Et le pire de tout, nom de Dieu, avec une négresse. Il corrigea : « Mulâtresse. » Mais toute précision était superflue : c'était fini.

« C'est du pareil au même, dit-elle, et maintenant je comprends : ça sentait la négresse. »

C'était un lundi. Le vendredi suivant, à sept heures du soir, Fermina Daza s'embarqua sur le bateau régulier de San Juan de la Ciénaga en compagnie de sa filleule, avec une seule malle et le visage couvert d'une mantille afin d'éviter les questions et de les éviter à son mari. Le docteur Juvenal Urbino n'alla pas au port, ainsi qu'ils en étaient tous deux convenus après une conversation épuisante de trois jours au cours de laquelle ils avaient décidé qu'elle partirait pour l'hacienda de la cousine Hildebranda Sánchez, à Flores de María, où elle aurait le temps de réfléchir avant de prendre une décision finale. Il s'arrangea pour que nul, dans son petit monde perfide, ne pût entrer dans des spéculations malicieuses, et il fut à ce point parfait que si Florentino Ariza ne trouva aucune trace de la disparition de Fermina Daza c'est qu'en réalité il n'y en avait pas et non par insuffisance de moyens d'enquête. Le docteur Urbino ne doutait pas qu'elle reviendrait à la maison aussitôt sa colère passée. Mais elle partit convaincue que cette colère-là ne passerait jamais.

Cependant, elle allait très vite savoir que sa détermination excessive était moins le fruit du ressentiment que de la nostalgie. Après sa lune de miel, elle était plusieurs fois retournée en Europe, malgré les dix jours de mer, et, elle avait toujours eu plus que le temps d'y être heureuse. Elle connaissait le monde, avait appris à vivre et à penser d'une autre façon, mais elle n'était jamais retournée à San Juan de la Ciénaga depuis le voyage manqué en ballon. Retrouver la province de la cousine Hildebranda tenait en quelque sorte d'une rédemption, fût-elle tardive. Ce sentiment n'était pas lié à sa catastrophe conjugale : il venait de beaucoup plus loin. De sorte que la seule idée de retrouver son passé d'adolescente la consola de son malheur.

Lorsqu'elle débarqua avec sa filleule à San Juan

de la Ciénaga, elle fit appel à toute la circonspection dont elle était capable et reconnut la ville en dépit de ses changements. Le commandant civil et militaire de la place, à qui elle avait été recommandée, l'invita à monter dans la victoria officielle en attendant le départ du train pour San Pedro Alejandrino où elle voulait se rendre afin de constater ce qu'on lui avait dit, à savoir que le lit de mort du Libérateur était aussi petit que celui d'un enfant. Alors, Fermina Daza revit son grand village dans le marasme de la mi-journée. Elle revit les rues qui lui semblèrent plutôt des fondrières avec leurs flaques d'eau crou-pie, elle revit les demeures des Portugais avec leurs ornements héraldiques sculptés sur les portails, leurs jalousies de bronze aux fenêtres et leurs salons ombreux à l'intérieur desquels revenaient sans pitié les mêmes exercices de piano, tâtonnants et tristes, que jeune mariée sa mère enseignait aux enfants des maisons riches. Elle vit la place déserte sans un seul arbre dans le salpêtre brûlant, la rangée de voitures aux capotes funèbres et aux chevaux dormant debout, le train jaune de San Pedro Alejandrino et, à côté de l'église principale, la maison la plus belle et la plus grande, avec sa galerie d'arcades en pierres verdissantes, son portail de monastère, et la fenêtre de la chambre où naîtrait Alvaro des années plus tard, quand elle n'aurait plus de mémoire pour s'en souvenir. Elle pensa à la tante Escolástica qu'elle continuait de chercher en remuant ciel et terre sans espoir, et elle s'aperçut qu'en pensant à elle, elle pensait à Florentino Ariza avec son habit d'homme de lettres et son livre de poèmes sous les amandiers du petit parc, comme peu de fois elle avait pensé à lui lorsqu'elle évoquait ses ingrates années de collège. Après avoir tourné maintes fois dans les rues, elle ne parvint pas à reconnaître la vieille maison familiale car là où elle avait cru la découvrir il n'y avait qu'un enclos à cochons et derrière, la rue des bordels avec des putains venues du monde entier qui faisaient la sieste sur le pas de la porte pour le cas où passerait le facteur avec quelque chose pour elles. Ce n'était plus son village.

Dès le début de la promenade, Fermina Daza avait à demi recouvert son visage de la mantille, non par crainte d'être reconnue mais à cause de la vision des morts qui gonflaient au soleil depuis la gare du chemin de fer jusqu'au cimetière. Le commandant civil et militaire de la place lui dit : « C'est le choléra. » Elle le savait parce qu'elle avait vu les grumeaux blancs à la bouche des cadavres brûlés par le soleil, mais elle remarqua qu'aucun d'entre eux n'avait reçu dans la nuque un coup de grâce, comme à l'époque du ballon.

« Eh oui! dit l'officier. Dieu aussi perfectionne ses méthodes. »

Il n'y avait que neuf lieues entre San Juan de la Ciénaga et l'ancienne centrale sucrière de San Pedro Alejandrino, mais il fallait au train jaune toute une journée pour les parcourir parce que le machiniste était l'ami des passagers habituels qui lui demandaient toutes les cinq minutes une halte pour aller se dégourdir les jambes sur les terrains de golf de la compagnie bananière. Les hommes se baignaient tout nus dans les rivières diaphanes et froides qui descendaient de la montagne, et lorsqu'ils avaient faim, mettaient pied à terre pour traire les vaches dans les enclos. Fermina Daza, terrorisée, prit à peine le temps d'admirer les tamariniers homériques où le Libérateur accrochait son hamac de moribond, et de constater que son lit de mort n'était pas, comme on le lui avait dit, trop petit pour un homme auréolé d'une si grande gloire, mais qu'il l'eût été pour un prématuré de six mois. Cependant, un autre visiteur, qui semblait tout savoir, déclara que le lit était une fausse relique car en réalité on avait laissé le Père de la Patrie mourir à même le sol. Fermina Daza était à ce point déprimée par ce qu'elle avait vu et entendu depuis qu'elle était partie de chez elle que pendant le reste du trajet elle ne parvint pas à se distraire avec les souvenirs de son ancien voyage tant de fois revécu en secret, et évita même de passer par les villages de ses nostalgies. Ainsi les préserva-t-elle et se préserva-t-elle du désenchantement. Elle entendait les accordéons depuis les sentiers par lesquels elle échappait à la déconvenue, elle entendait les cris des coqs de combat, les salves qui pouvaient être signe de guerre ou signe de fête, et lorsqu'elle ne pouvait éviter la traversée d'un village, elle couvrait son visage de sa mantille pour continuer de l'évoquer tel qu'il était autrefois.

Un soir, après s'être longtemps dérobée à son passé, elle arriva à l'hacienda de la cousine Hildebranda, et lorsqu'elle la vit qui l'attendait sur le seuil, elle faillit s'évanouir. Elle était grosse et décrépite, flanquée de gosses indociles qui n'étaient pas de l'homme qu'elle continuait d'aimer sans espoir mais d'un militaire jouissant d'une bonne retraite qu'elle avait épousé par dépit et qui l'avait aimée à la folie. Mais, au plus profond de ce corps dévasté, elle était restée la même. Fermina Daza se remit du choc en quelques jours de grand air et de bons souvenirs, mais ne sortait de l'hacienda que pour aller à la messe le dimanche avec les petits-enfants de ses turbulents complices d'autrefois, des maquignons montés sur de magnifiques chevaux et des jeunes filles aussi élégantes et belles que jadis leurs mères, qui se rendaient à l'église de la mission au fond de la vallée en chantant en chœur debout dans des chars à bœufs. Elle ne fit que passer par Flores de María où elle n'était pas allée lors de son précédent voyage croyant que le village ne lui plairait pas, mais sa seule vue la fascina. Pour son malheur, ou celui du village, elle ne se souvint plus jamais de lui tel qu'il était dans la réalité mais tel qu'elle l'avait imaginé avant de le connaître.

Le docteur Juvenal Urbino prit la décision d'aller la chercher après avoir reçu le rapport de l'archevêque de Riohacha. Il en avait conclu que son épouse s'attardait, non qu'elle ne voulût pas revenir, mais parce qu'elle ne savait comment faire fi de son orgueil. De sorte qu'il arriva sans l'avoir prévenue, après un échange de lettres avec la cousine Hildebranda qui l'avaient convaincu que les nostalgies de sa femme avaient changé de camp : elle ne pensait plus qu'à son foyer. Il était onze heures du matin et Fermina Daza était dans la cuisine en train de préparer des aubergines farcies lorsqu'elle entendit les exclamations des péons, des hennissements, des coups de feu tirés en l'air, puis des pas résolus dans le vestibule et enfin la voix de l'homme :

« Une bonne soupe vaut mieux qu'une belle table. »

Elle crut mourir de joie. Sans même y penser elle se lava les mains à la hâte en murmurant : « Merci, mon Dieu, merci, comme tu es bon », en pensant qu'elle n'avait pas fait sa toilette à cause des maudites aubergines qu'Hildebranda lui avait demandé de préparer sans lui dire qui venait déjeuner, en pensant qu'elle était si vieille et si laide et que son visage était si desséché par le soleil qu'en la voyant dans cet état il regretterait d'être venu. Mais elle essuya ses mains comme elle le put à son tablier, se refit comme elle le put une beauté, en appela à toute la fierté dont sa mère l'avait dotée en lui donnant le jour afin de mettre de l'ordre dans son cœur affolé, et se dirigea vers son homme avec sa douce démarche de biche, la tête bien droite, le regard lucide, le nez en guerre, reconnaissante au destin de l'immense soulagement de rentrer chez elle, moins volontiers, certes, que ce qu'il avait cru parce que, certes, elle repartait heureuse avec lui mais décidée à lui faire payer en silence les amères souffrances qui avaient gâché sa vie.

Presque deux ans après la disparition de Fermina Daza survint un de ces hasards impossibles que Tránsito Ariza eût qualifié de facétie du bon Dieu. Florentino Ariza ne s'était pas laissé impressionner outre mesure par l'invention du cinéma, mais Leona Cassiani l'avait emmené sans résistance à la spectaculaire première de *Cabiria*, dont la publicité reposait sur les dialogues écrits par Gabriele D'Annunzio. Le grand jardin de Galileo Daconte, où certaines nuits on regardait avec plus de plaisir la splendeur des étoiles que les amours muettes sur l'écran, avait été envahi par une clientèle sélecte. Leona Cassiani suivait les péripéties de l'histoire, le cœur battant. Florentino Ariza, en revanche, s'endormait en dodelinant de la tête à cause de la lourdeur engourdissante de l'intrigue. Derrière lui, une voix de femme sembla deviner ses pensées.

« Seigneur, c'est encore plus long qu'une douleur! »

Ce fut tout ce qu'elle dit, embarrassée sans doute par la résonance de sa voix dans la pénombre car ici la coutume d'agrémenter les films muets par un accompagnement de piano n'existait pas encore, et dans l'obscurité du parterre on n'entendait que le bruissement de pluie du projecteur. Florentino Ariza ne se souvenait de Dieu que dans les situations les plus difficiles, mais cette fois il lui rendit grâce de toute son âme. Car même à vingt pieds sous terre il eût reconnu d'emblée cette voix de métal sourd qu'il portait dans son cœur depuis l'après-midi où il l'avait entendue dire dans le sillage de feuilles jaunes d'un parc solitaire : « Maintenant partez et ne revenez que lorsque je vous le dirai. » Il savait qu'elle était assise juste derrière lui, à côté de son inévitable époux, il percevait sa respiration chaude et bien rythmée, et aspirait avec amour l'air purifié par la santé de son haleine. Il ne la sentit pas ravagée par le papillon de la mort, ainsi qu'il l'avait imaginée dans l'accablement de ces derniers mois, mais au contraire l'évoqua une fois encore dans sa plénitude, rayonnante et heureuse, le ventre bombé sous sa tunique de Minerve par le germe de son premier enfant. Il l'imaginait, la voyant sans se retourner, tout à fait étranger aux désastres historiques qui déferlaient sur l'écran. Il se délectait des bouffées de parfum d'amandes qui parvenaient jusqu'à lui du plus profond de son intimité, anxieux de savoir comment pour elle les femmes au cinéma devaient tomber amoureuses pour que leurs amours fussent moins douloureuses que dans la vie. Peu avant la fin, dans un éclair d'allégresse, il se rendit compte qu'il ne s'était jamais trouvé aussi longtemps et aussi près d'un être qu'il aimait à ce point.

Lorsqu'on donna la lumière, il attendit que les autres se fussent levés. Puis il se mit debout sans hâte, se retourna l'air distrait en boutonnant son gilet qu'il ouvrait toujours pendant les séances, et tous les quatre furent si près les uns des autres qu'ils n'auraient pu éviter de se saluer, l'un d'eux l'eût-il voulu. Juvenal Urbino salua d'abord Leona Cassiani, qu'il connaissait bien, puis avec sa gentillesse habituelle serra la main de Florentino Ariza. Fermina Daza leur adressa à tous deux un sourire courtois, rien que courtois, mais c'était de toute façon le sourire de quelqu'un qui les avait souvent vus, qui savait qui ils étaient. Ils n'avaient donc pas à lui être présentés. Leona Cassiani lui répondit avec sa grâce de métisse. En revanche, Florentino Ariza ne sut que faire tant sa vue le pétrifiait.

C'était une autre femme. Son visage ne présentait nulle trace de la terrible maladie à la mode ni d'aucune autre, et son corps avait encore la légèreté et la sveltesse de ses meilleures années, bien que de toute évidence les deux dernières eussent passé pour elle avec la rigueur de dix ans mal vécus. Les cheveux coupés en guiche lui seyaient mais leur couleur de miel avait cédé la place à celle de l'aluminium, et les beaux yeux lancéolés avaient à demi perdu leur vie de lumière derrière des lunettes de grand-mère. Florentino Ariza la vit s'éloigner au bras de son mari au milieu de la foule qui sortait du cinéma, et il fut surpris de la voir dans un lieu public en pantoufles et avec une mantille de pauvresse. Mais son émotion fut plus grande encore lorsqu'il vit son époux la prendre par le bras pour lui indiquer le chemin de la sortie, et même ainsi elle calcula mal la hauteur et faillit manquer la marche devant la porte.

Florentino Ariza était très sensible à ces faux pas de l'âge. Encore jeune, il interrompait ses lectures de poèmes dans les parcs pour observer les couples de vieillards qui s'aidaient l'un l'autre à traverser la rue, et ces leçons de vie l'avaient aidé à entrevoir les lois de sa propre vieillesse. À l'âge du docteur Juvenal Urbino ce soir-là au cinéma, les hommes renaissaient en une sorte de jeunesse automnale, leurs premiers cheveux blancs semblaient les rendre plus dignes, ils devenaient ingénieux et séducteurs, surtout aux yeux des jeunes femmes, tandis que leurs épouses fanées devaient s'agripper à leur bras pour ne pas trébucher, même sur leur ombre. Quelques années plus tard cependant, les maris étaient soudain précipités dans le ravin d'une vieillesse infâme du corps et de l'âme, et c'étaient alors leurs épouses rétablies qui devaient les guider par le bras comme de pauvres aveugles, leur murmurer à l'oreille, afin de ne pas les blesser dans leur orgueil d'homme, de bien faire attention parce qu'il y avait trois marches et non deux, une flaque au milieu de la rue, un paquet jeté au travers du trottoir qui n'était autre qu'un mendiant mort, et les aider à grand-peine à traverser la rue comme le dernier gué de l'ultime fleuve de la vie. Florentino Ariza s'était vu tant de fois dans ce miroir qu'il redoutait moins la mort que l'âge infâme auquel une femme devrait lui tenir le bras. Il savait que ce jour-là, oui ce jour-là, il lui faudrait renoncer à l'espoir de Fermina Daza.

L'épouvantable rencontre mit son sommeil en fuite. Au lieu de reconduire Leona Cassiani dans sa voiture, il l'accompagna à pied à travers la vieille ville où ses pas résonnèrent comme les fers d'un cheval sur les pavés. Parfois, par les fenêtres ouvertes, s'échappaient des chuchotements, des confidences d'alcôve, des sanglots d'amour magnifiés par l'acoustique fantomatique et la chaude fragrance des jasmins dans les ruelles endormies. Une fois de plus, Florentino Ariza dut faire appel à toutes ses forces pour ne pas révéler à Leona Cassiani son amour réprimé pour Fermina Daza. Ils marchaient côte à côte, comme si leurs pas étaient comptés, s'aimant sans hâte tels de vieux amoureux, elle en pensant aux grâces de Cabiria, lui à son propre malheur. Sur un balcon de la place de la Douane un homme chantait, et sa chanson se multiplia dans tout le quartier en une succession d'échos : *Cuando yo cruzaba por las olas inmensas del mar.* Rue des Saints-de-Pierre, alors qu'il s'apprêtait à lui dire au revoir sur le seuil de chez elle, Florentino Ariza demanda à Leona Cassiani de l'inviter à boire un cognac. C'était la seconde fois qu'il l'en priait dans des circonstances similaires. La première fois, dix ans auparavant, elle lui avait dit : « Si tu montes à cette heure-ci, il te faudra rester pour toujours. » Il n'était pas monté. Mais aujourd'hui, il serait de toute façon entré chez elle, eût-il dû ensuite se parjurer. Toutefois, Leona Cassiani l'invita à monter sans conditions.

Ainsi se retrouva-t-il, au moment où il s'y attendait le moins, dans le sanctuaire d'un amour éteint avant même d'être né. Ses parents étaient morts, son unique frère avait fait fortune à Curaçao, et elle vivait seule dans la vieille maison familiale. Des années auparavant, alors qu'il n'avait pas encore renoncé à l'espoir d'en faire sa maîtresse, Florentino Ariza avait coutume de lui rendre visite le dimanche, et même parfois le soir très tard, avec le consentement de ses parents, et il avait tant participé aux réparations de la maison qu'il avait fini par la considérer comme sienne. Toutefois, après la séance de cinéma, il eut le sentiment que le salon avait été lavé de ses souvenirs. Les meubles n'étaient plus à la même place, d'autres tableaux étaient accrochés aux murs, et il pensa que d'aussi féroces changements n'avaient été effectués que pour perpétuer la certitude qu'il n'avait jamais existé. Le chat ne le reconnut pas. Effrayé par la cruauté de l'oubli, il dit : « Il ne se souvient pas de moi. » Mais elle lui répliqua, le dos tourné, en servant le cognac, que si c'était cela qui l'inquiétait, il pouvait dormir tranquille, les chats ne se souvenaient de personne.

Assis l'un contre l'autre sur le sofa, ils parlèrent d'eux, de ce qu'était leur vie avant de se connaître un après-midi d'ils ne savaient plus quand dans le tramway à mules. Leurs vies s'étaient écoulées dans des bureaux contigus et jamais ils n'avaient parlé d'autre chose que du travail quotidien. Tandis qu'ils bavardaient, Florentino Ariza posa sa main sur sa cuisse, commença à la caresser de sa douce pression de séducteur averti, et elle le laissa faire mais ne lui offrit rien en retour, pas même un frisson de courtoisie. Lorsqu'il essaya d'aller plus loin, elle prit sa main d'enjôleur et l'embrassa sur la paume.

« Tiens-toi bien, lui dit-elle. Je sais depuis long-temps que tu n'es pas l'homme que je cherche. »

Lorsqu'elle était très jeune, un homme adroit et fort dont elle ne vit jamais le visage l'avait culbutée par surprise sur la jetée, l'avait dénudée avec fureur et lui avait fait l'amour en un bref instant de frénésie. Renversée sur les pierres, le corps lacéré, elle aurait voulu que cet homme restât là pour toujours afin de mourir d'amour dans ses bras. Elle n'avait pas vu son visage, n'avait pas entendu sa voix, mais elle était certaine de le reconnaître entre mille à sa forme, à son rythme, et à sa manière de faire l'amour. Depuis ce jour, elle disait à qui voulait l'entendre : « Si tu sais quelque chose d'un type grand et fort qui a violé une pauvre négresse sur la jetée des Noyés, un 15 octobre vers onze heures et demie du soir, dis-lui où il peut me trouver. » Elle le répétait par pure habitude et l'avait dit à tant de monde que ses espoirs s'étaient évanouis. Florentino Ariza l'avait souvent entendue raconter cette histoire comme il eût entendu les adieux d'un bateau dans la nuit. Lorsque deux heures sonnèrent, ils avaient bu chacun trois cognacs, il savait en effet qu'il n'était pas l'homme qu'elle attendait, et il se réjouit de le savoir.

« Bravo, ma lionne, lui dit-il, nous avons tué le tigre. »

Ce ne fut pas tout ce qui prit fin cette nuit-là. La rumeur malveillante sur le pavillon des phtisiques avait gâté ses chimères car elle avait éveillé en lui le doute inconcevable que Fermina Daza pût être mortelle et donc mourir avant son époux. Mais lorsqu'il l'avait vue trébucher à la sortie du cinéma, il avait avancé d'un pas vers son propre abîme en découvrant soudain que c'était lui et non elle qui pouvait mourir le premier. Ce fut un présage, et des plus redoutables, car il était fondé sur la réalité. Les années d'attente immobile, d'espérances réjouies, étaient restées en arrière et l'horizon ne permettait d'entrevoir que le marais insondable des maladies imaginaires, des mictions goutte à goutte à l'aube d'insomnies, la mort quotidienne au crépuscule. Il pensa que tous les instants de chaque jour qui, plus que ses alliés, avaient été autrefois ses complices jurés, commençaient à conspirer contre lui. Peu d'années auparavant, il était allé à un rendez-vous aventureux, le cœur glacé de terreur à cause du hasard, avait trouvé une porte déverrouillée dont on avait graissé les gonds afin qu'il entrât sans bruit, mais au dernier moment il avait abdiqué par crainte de causer à une femme aimable et inconnue le préjudice irréparable de mourir dans son lit. De sorte qu'il était raisonnable de penser que la femme qu'il aimait le plus au monde, qu'il avait attendue d'un siècle à l'autre sans un soupir de désenchantement, aurait à peine le temps de le prendre par le bras au détour d'une rue parsemée de tombeaux lunaires et de parterres de coquelicots brassés par le vent, pour, de l'autre côté, l'aider à atteindre sain et sauf le trottoir de la mort.

En fait, selon les critères de l'époque, Florentino Ariza avait franchi les limites de la vieillesse. Il avait cinquante-six ans, les portait fort bien et pensait aussi les avoir fort bien vécus : ils avaient été des années d'amour. Mais nul homme à l'époque n'eût affronté le ridicule de paraître jeune à cet âge, le fût-il ou crût-il l'être, et bien peu eussent avoué sans honte qu'ils pleuraient encore en secret un dédain du siècle précédent. C'était une mauvaise époque pour être jeune : il y avait une façon de se vêtir pour chaque âge, mais celle de la vieillesse commençait peu après l'adolescence et durait jusqu'au tombeau. C'était, plus qu'un âge, une dignité sociale. Les jeunes s'habillaient comme leurs grands-parents, se donnaient un air respectable avec leurs lunettes prématurées, et la canne était fort bien vue dès trente ans. Pour les femmes, il n'y avait que deux âges : celui de se marier, qui n'allait pas au-delà de vingt-deux ans, et celui du célibat éternel, des laissées-pour-compte. Les autres, les femmes mariées, les mères, les veuves, les grand-mères, formaient une espèce distincte qui ne regardait pas son âge en fonction des années passées mais du temps qu'il lui restait encore avant de mourir.

Florentino Ariza, en revanche, affronta les pièges de la vieillesse avec une témérité acharnée, conscient cependant d'avoir eu dès l'enfance la chance étrange de paraître vieux. Au début, ce fut par besoin. Tránsito Ariza découpait et recousait pour lui les vêtements que son père décidait de jeter à la poubelle, et il allait à l'école primaire avec des redingotes qui traînaient par terre quand il s'asseyait, et des chapeaux ministériels enfoncés jusqu'aux oreilles malgré leur fond bourré de coton. De surcroît, comme il portait des lunettes de myope depuis l'âge de cinq ans et avait la même chevelure que sa mère, épaisse et drue comme du crin de cheval, il n'avait pas l'air net. Par bonheur, après tant de désordres gouvernementaux dus à autant de guerres civiles successives, les critères scolaires étaient moins sélectifs qu'autrefois et les écoles publiques étaient un méli-mélo d'origines et de conditions sociales. Des enfants qui n'avaient pas fini de grandir arrivaient à l'école puant la poudre de barricade, avec des insignes et des uniformes d'officiers rebelles gagnés à coups de fusil dans des combats incertains et des armes réglementaires bien visibles à la ceinture. Ils faisaient le coup de feu pour n'importe quelle dispute en récréation, menaçaient les maîtres s'ils étaient mal notés aux examens, et l'un d'eux, un élève de quatrième du collège de la Salle et colonel de milices démobilisées, tua par balle le frère Jean l'Hermite, préfet de la communauté, parce qu'il avait dit en classe que Dieu était membre de droit du parti conservateur.

Par ailleurs, les enfants des grandes familles en disgrâce étaient vêtus comme des princes d'autrefois et certains parmi les plus pauvres allaient pieds nus. Au milieu de toutes ces excentricités venues de partout, Florentino comptait, certes, parmi les plus excentriques mais pas au point cependant de trop attirer l'attention. Le plus dur qu'il entendit fut une phrase qu'on lui cria un jour dans la rue : « Les laids et les pauvres restent toujours sur leur faim. » De toute façon, cette tenue imposée par le besoin était et resta toute sa vie la mieux adaptée à sa nature énigmatique et à son caractère sombre. Lorsqu'il obtint son premier poste important à la C.F.C., il se fit couper des costumes sur mesure dans le même style que ceux de son père qu'il évoquait comme un vieillard mort à l'âge vénérable du Christ : trente-trois ans. Florentino Ariza parut ainsi toujours plus âgé qu'il ne l'était. Au point que Brígida Zuleta, une maîtresse fugace qui avait la langue bien pendue et lui servait toujours des vérités toutes crues, lui dit dès le premier jour qu'elle le préférait déshabillé, parce que tout nu il avait vingt ans de moins. Cependant, il ne sut jamais quoi faire pour y remédier, d'abord parce que ses goûts personnels l'empêchaient de s'habiller d'une autre façon, ensuite parce qu'à vingt ans nul ne savait comment s'habiller plus jeune, à moins de ressortir de l'armoire les culottes courtes et le bonnet de mousse. Par ailleurs, il était impossible que lui-même échappât à la notion de vieillesse en vigueur à l'époque, de sorte qu'en voyant Fermina Daza trébucher à la sortie du cinéma, il était à peine naturel qu'il eût été pris d'un éclair de panique à l'idée que cette putain de mort allait gagner sans autre forme de procès ce qui avait été une féroce guerre d'amour.

Jusqu'alors, la grande bataille qu'il avait livrée les mains nues et perdue sans gloire avait été celle de la calvitie. Depuis l'instant où il avait vu ses premiers cheveux blancs rester accrochés au peigne, il avait compris qu'il était condamné à un enfer impossible dont ceux qui ne l'ont jamais connu ne peuvent imaginer le supplice. Sa résistance dura des années. Il n'y eut ni onguent ni pommade qu'il n'essayât, ni croyance qu'il ne crût, ni sacrifice qu'il ne supportât pour défendre chaque centimètre de son crâne de la dévastation vorace. Il apprit par cœur les instructions de l'*Almanach Bristol* pour l'agriculture, parce qu'il avait entendu dire que la pousse des cheveux avait un rapport direct avec les cycles des récoltes. Il abandonna son coiffeur de toujours, un chauve illustre et inconnu, pour un étranger tout juste installé qui ne coupait les cheveux que lorsque la lune entrait dans son premier quartier. Mais à peine le nouveau coiffeur eut-il commencé à prouver la fertilité de sa main que l'on découvrit qu'il était un violeur de novices recherché par toutes les polices des Antilles, et qu'on l'emmena fers aux pieds.

À cette époque, Florentino Ariza avait déjà découpé toutes les petites annonces pour chauves qu'il avait trouvées dans les journaux du bassin des Caraïbes, où étaient publiés côte à côte deux portraits du même homme, d'abord aussi chauve qu'un melon, ensuite plus poilu qu'un lion : avant et après le traitement infaillible. Au bout de six ans, il en avait essayé cent soixante-douze, sans compter les méthodes complémentaires qui apparaissaient sur les étiquettes des flacons, et le seul résultat qu'il obtint de l'un d'eux fut un eczéma du crâne, urticant et fétide, appelé teigne boréale par les sorciers de la Martinique parce qu'il irradiait une lumière phosphorescente dans l'obscurité. Il eut recours, pour finir, à toutes les herbes indiennes que l'on vantait sur les marchés, et à tous les onguents magiques et toutes les décoctions orientales que l'on offrait à la porte des Écrivains, et lorsqu'il se rendit compte de la supercherie, sa tonsure avait la taille de celle d'un saint. En l'an zéro, tandis que la guerre civile des Mille Jours ensanglantait le pays, un Italien qui fabriquait sur mesure des perruques en cheveux naturels passa par la ville. Elles valaient une fortune et le fabricant ne garantissait rien après trois mois d'utilisation, mais peu nombreux furent les chauves fortunés qui ne cédèrent pas à la tentation. Florentino Ariza fut l'un des premiers. Il essaya une perruque à ce point semblable à sa chevelure d'origine qu'il craignait qu'elle se hérissât au gré de ses humeurs, mais il ne put supporter l'idée d'avoir sur la tête des cheveux de mort. Son seul réconfort fut que l'avidité de sa calvitie ne lui laissa pas le temps de voir changer la couleur de sa chevelure. Un jour, un des joyeux pochards du quai fluvial l'embrassa avec plus d'effusion que de coutume lorsqu'il le vit sortir du bureau, lui souleva son chapeau sous les quolibets des dockers, et déposa un baiser sonore sur son crâne.

« Ah, le beau caillou! » s'écria-t-il.

Ce même soir, à quarante-huit ans, il coupa ses rouflaquettes et les quelques poils qui lui restaient sur la nuque, et assuma à fond son destin de chauve absolu. Au point que tous les matins avant de se laver il badigeonnait de mousse son menton et les parties de son crâne où le duvet commençait à repousser et, avec un rasoir de barbier, les rendait aussi lisses que des fesses de bébé. Jusqu'alors il n'avait jamais quitté son chapeau, pas même au bureau, car la calvitie éveillait en lui une sensation de nudité qui lui semblait indécente. Mais lorsqu'il l'assuma tout à fait, il lui attribua des vertus viriles dont il avait entendu parler et qu'il avait tenues pour de pures divagations de chauves. Plus tard, il adopta la nouvelle mode consistant à relever sur le haut de son crâne les longues mèches du côté droit, et plus jamais ne l'abandonna. Mais il continua cependant de porter un chapeau, toujours dans un style analogue, même après que se fut imposé l'engouement pour le *tartarita*, appellation locale du canotier.

La perte de ses dents, en revanche, ne fut pas causée par une calamité naturelle mais par le charcutage d'un dentiste itinérant qui avait décidé d'arracher par la racine une banale infection. La terreur des fraises à pédale avait retenu Florentino Ariza d'aller chez le dentiste en dépit de ses continuelles rages de dents, jusqu'à ce qu'il fût incapable de les supporter plus longtemps. Sa mère prit peur en entendant toute une nuit, dans la chambre contiguë, des gémissements qui lui semblèrent identiques à ceux d'autrefois déjà presque estompés dans les brumes de sa mémoire, mais lorsqu'elle lui demanda d'ouvrir la bouche pour voir où l'amour lui faisait mal, elle découvrit qu'elle était pleine d'abcès.

L'oncle Léon XII l'envoya chez le docteur Francis Adonay, un géant noir en guêtres et pantalon de cheval qui passait son temps sur les navires fluviaux avec un cabinet dentaire complet à l'intérieur d'une besace de contremaître, et qui avait plutôt l'air d'un envoyé de la terreur dans les villages du fleuve. D'un seul coup d'œil à l'intérieur de la bouche, il décida qu'il fallait tout lui enlever, même les canines et les molaires saines, afin de le mettre une fois pour toutes à l'abri de nouvelles catastrophes. À l'inverse de sa calvitie, ce remède de cheval ne lui causa aucune inquiétude, sauf la terreur naturelle d'un massacre sans anesthésie. L'idée d'un dentier ne lui déplaisait pas non plus, d'abord parce qu'il se souvenait avec nostalgie d'un mage de foire de son enfance qui enlevait ses deux mandibules et les laissait parler toutes seules sur une table, ensuite parce qu'il en finirait avec ses maux de dents qui, depuis qu'il était petit, le faisaient souffrir presque autant et avec la même cruauté que ses maux d'amour. Cela ne lui semblait pas un mauvais coup de la vieillesse comme plus tard la calvitie, car il était convaincu qu'en dépit de son haleine âcre de caoutchouc vulcanisé, un sourire orthopédique lui donnerait l'air plus propre. Il s'abandonna donc sans résistance aux tenailles chauffées à blanc du docteur Adonay et supporta la convalescence avec un stoïcisme de cheval.

L'oncle Léon XII s'occupa des détails de l'opération comme s'il devait la souffrir dans sa propre chair. Il portait aux dentiers un intérêt singulier, né lors d'une de ses premières remontées du Magdalena à cause de son penchant pour le bel canto. Une nuit de pleine lune, à hauteur du port de Gamarra, il avait parié avec un arpenteur allemand qu'il était capable de réveiller les créatures de la forêt vierge en chantant une romance napolitaine depuis la cabine de commandement. Il s'en fallut de peu qu'il gagnât. Dans les ténèbres du fleuve, on entendait les bruissements d'ailes des flamants dans les marais, les coups de queue des caïmans, les poissons épouvantés qui tentaient de sauter sur la terre ferme, mais à la dernière note, alors qu'on craignait que les artères du chanteur n'éclatassent sous la puissance du chant, le dentier s'échappa de sa bouche dans le souffle final et tomba dans l'eau.

Le navire resta ancré trois jours dans le port de Tenerife pendant qu'on lui fabriquait un autre dentier. Celui-ci fut parfait. Mais pendant le voyage de retour, voulant expliquer au capitaine comment il avait perdu le précédent, l'oncle Léon XII aspira à pleins poumons l'air brûlant de la forêt vierge, chanta la note la plus aiguë qu'il était capable d'émettre, la tint jusqu'au dernier souffle, essayant d'effrayer les caïmans qui, au soleil, contemplaient sans ciller le passage du navire, et le dentier tout neuf tomba lui aussi dans le courant. Depuis lors il possédait des copies de ses dents dans toute la maison, dans le tiroir de son bureau et sur chacun des trois bateaux de l'entreprise. En outre, lorsqu'il dînait dehors, il emportait toujours un râtelier de rechange dans sa poche, à l'intérieur d'une petite boîte de pastilles pour la toux, parce qu'il en avait brisé un pendant un déjeuner de campagne en mangeant des rillons de porc. Craignant que son neveu ne fût victime d'incidents similaires, l'oncle Léon XII demanda au docteur Adonay de lui faire d'emblée deux dentiers : l'un en matériel bon marché pour porter tous les jours au bureau, l'autre pour les dimanches et jours de fête, avec un soupçon d'or sur la molaire du sourire afin de lui donner une pointe supplémentaire de vérité. Enfin, par un dimanche des Rameaux qu'égayaient des volées de cloches en fête, Florentino Ariza redescendit dans la rue avec une nouvelle identité dont le sourire sans erreurs lui laissa l'impression qu'un autre que lui avait occupé sa place dans le monde.

Sa mère mourut à cette époque et Florentino Ariza demeura dans la maison. C'était un endroit approprié à sa façon d'aimer car la rue était discrète en dépit, comme son nom l'indiquait, des nombreuses fenêtres qui faisaient penser à de multiples yeux derrière les persiennes. Mais tout ceci avait été conçu pour le bonheur de Fermina Daza et pour lui seul. De sorte que Florentino Ariza préféra perdre de belles occasions au cours de ses années les plus fructueuses plutôt que de souiller sa maison avec d'autres amours. Par bonheur, chaque échelon qu'il gravissait à la C.F.C. signifiait de nouveaux privilèges, en particulier des privilèges secrets dont un des plus utiles était la possibilité d'utiliser les bureaux, le soir ou les dimanches et jours fériés, grâce à la complaisance des gardiens. Un jour, alors qu'il était premier vice-président, il était en train de faire l'amour à la sauvette avec une des jeunes filles du service dominical, lui assis sur une chaise de bureau et elle à cheval sur lui, lorsque la porte s'ouvrit soudain et que l'oncle Léon XII passa la tête par l'entrebâillement, comme s'il s'était trompé de bureau, et resta un moment à contempler par-dessus ses lunettes son neveu terrorisé. « Merde alors! dit l'oncle sans le moindre étonnement. Pareil que ton père! » Et avant de refermer la porte, le regard perdu dans le vide, il dit :

« Mademoiselle, n'arrêtez surtout pas! Je vous donne ma parole d'honneur que je ne vous ai pas vue. »

Ils n'en reparlèrent pas, mais la semaine suivante, dans le bureau de Florentino Ariza on ne put travailler. Le lundi, les électriciens entrèrent en désordre pour installer au plafond un ventilateur à hélice. Les serruriers arrivèrent sans prévenir et firent un tintouin de tous les diables en posant un verrou à la porte afin qu'on pût la fermer de l'intérieur. Les menuisiers prirent des mesures sans dire pourquoi, les tapissiers apportèrent des échantillons de cretonne pour voir s'ils s'harmonisaient avec la couleur des murs, et la semaine suivante on dut faire entrer par la fenêtre, car il ne passait pas par la porte, un énorme sofa à deux places tapissé de fleurs dionysiaques. Les ouvriers travaillaient aux heures les plus surprenantes et quiconque protestait recevait la même réponse : « Ordre de la direction générale. » Florentino Ariza ne sut jamais si une telle ingérence était une amabilité de son oncle décidé à veiller sur ses amours dévoyées ou une façon toute personnelle de lui montrer sa conduite abusive. La vérité ne lui vint pas à l'esprit, à savoir que l'oncle Léon XII l'encourageait parce que lui aussi avait entendu dire que les mœurs de son neveu étaient différentes de celles de la plupart des hommes et que, préoccupé, il y voyait un obstacle pour faire de lui son successeur.

À l'inverse de son frère, Léon XII Loayza avait eu une vie conjugale stable qui avait duré soixante ans et il s'était toujours vanté de ne jamais avoir travaillé le dimanche. Il avait eu quatre fils et une fille dont il avait voulu faire les héritiers de son empire, mais la vie lui avait réservé un de ces coups du sort qui étaient monnaie courante dans les romans mais auxquels personne ne croyait dans la vie réelle : ses quatre fils étaient morts les uns après les autres à mesure qu'ils approchaient des postes de direction et sa fille, manquant tout à fait de vocation fluviale, avait préféré mourir en contemplant les bateaux de l'Hudson depuis une fenêtre située à cinquante mètres de hauteur. Au point qu'on ne manqua pas de faire courir le bruit que Florentino Ariza, avec son allure sinistre et son parapluie de vampire, avait manigancé cette série d'accidents consécutifs.

Lorsque l'oncle, sur prescription médicale, partit en retraite contre sa volonté, Florentino Ariza commença à sacrifier de bon gré quelques amours dominicales. Il l'accompagnait à son refuge campagnard à bord d'une des premières automobiles de la ville, dont la manivelle avait une telle force de retour qu'elle avait déchiqueté le bras du premier conducteur. Ils parlaient pendant des heures, le vieux dans le hamac brodé à son nom au fil de soie, loin de tout et le dos à la mer, dans une vieille hacienda d'esclaves aux terrasses d'astromélies d'où l'on voyait l'après-midi les cimes enneigées des montagnes. Florentino Ariza et son oncle avaient toujours eu des difficultés à parler d'autre chose que de navigation fluviale, même au cours de ces après-midi sans fin où la mort était toujours un invisible invité. L'oncle Léon XII s'était sans cesse inquiété que la navigation fluviale ne tombât pas aux mains d'industriels de province liés aux consortiums européens. « Ça a toujours été une affaire de matacongos, disait-il. Si ces petits cons s'en emparent, ils finiront par en faire cadeau aux Allemands. » Ses inquiétudes allaient de pair avec une conviction politique qu'il se plaisait à développer même lorsqu'elle était hors de propos.

« Je vais avoir cent ans et j'ai vu comment tout changeait, même la position des astres dans le ciel, sauf dans ce pays où je n'ai rien vu changer, disait-il. Ici, on fait de nouvelles constitutions, de nouvelles lois, de nouvelles guerres tous les trois mois, mais on est encore au temps de la colonie. »

À ses frères maçons qui attribuaient tous les maux à l'échec du fédéralisme, il répliquait toujours : « La guerre des Mille Jours a été perdue vingt-trois ans plus tôt, pendant la guerre de 76. » Florentino Ariza, dont l'indifférence politique frisait les limites de l'absolu, écoutait ces péroraisons de plus en plus fréquentes comme qui écoute le bruit de la mer. En revanche, il était un critique sévère de la politique de l'entreprise. Il pensait, contre l'avis de son oncle, que le retard de la navigation fluviale, qui semblait toujours au bord du désastre, ne pouvait être rattrapé que par l'abandon pur et simple du monopole des bateaux à vapeur concédé par le Congrès à la Compagnie fluviale des Caraïbes pour une durée de quatre-vingt-dix-neuf ans et un jour. L'oncle protestait : « C'est ma commère Leona qui te met ces idées dans la tête avec ses toquades d'anarchiste. » Ce n'était qu'à moitié vrai. Florentino Ariza fondait ses arguments sur l'expérience du commodore allemand Juan B. Elbers qui avait gâché un noble esprit d'entreprise par la démesure de son ambition personnelle. L'oncle pensait, en revanche, que l'échec d'Elbers, était dû plutôt qu'à ses privilèges aux engagements irréalistes qu'il avait contractés en même temps et qui avaient presque signifié se mettre sur le dos la responsabilité de la géographie nationale : il s'était chargé d'entretenir la navigabilité des fleuves, les installations portuaires, les voies terrestres d'accès, les moyens de transport. En outre, disait-il, l'opposition virulente du président Simón Bolívar n'avait pas été un obstacle à prendre à la légère.

La plupart des associés considéraient ces disputes comme des querelles de ménage où les deux parties avaient raison. L'obstination du vieux leur semblait naturelle, non que la vieillesse l'eût rendu moins visionnaire que ce qu'il avait toujours été, comme il le disait avec trop d'aisance, mais parce que renoncer au monopole devait signifier pour lui jeter aux ordures les trophées d'une bataille historique que lui-même et ses frères avaient livrée seuls en des temps héroïques contre de puissants adversaires dans le monde entier. De sorte que nul ne le contredit lorsqu'il protégea ses droits de telle sorte que personne ne pût y toucher avant leur extinction légale. Mais soudain, alors que Florentino Ariza avait rendu les armes au cours de leurs après-midi de méditations à l'hacienda, l'oncle Léon XII donna son accord pour renoncer au privilège, à la seule et honorable condition que cela n'eût pas lieu avant sa mort.

Ce fut sa dernière action. Il ne reparla plus affaires, ne permit pas même qu'on le consultât, ne perdit ni une seule boucle de sa splendide chevelure impériale ni un gramme de lucidité, mais il fit son possible pour que nul qui aurait pu le prendre en pitié ne le vît. Ses journées s'en allaient dans la contemplation des neiges éternelles depuis la terrasse où il se balançait en douceur dans une berceuse viennoise, à côté d'une petite table où les servantes tenaient toujours au chaud une casserole de café noir et un verre de bicarbonate avec deux dentiers qu'il ne mettait que pour recevoir des visites. Il voyait très peu d'amis et ne parlait que d'un passé si lointain qu'il était antérieur à la navigation fluviale. Cependant, il lui restait encore un sujet de conversation : le souhait que Florentino Ariza se mariât. Il le lui exprima à plusieurs reprises et toujours de la même façon.

« Si j'avais cinquante ans de moins, lui disait-il, j'épouserais ma commère Leona. Je ne peux imaginer meilleure épouse. »

Florentino Ariza tremblait à l'idée que tant d'années de labeur fussent anéanties à la dernière minute par cette condition imprévue. Il eût préféré démissionner, tout envoyer promener, mourir, plutôt que trahir Fermina Daza. Par bonheur, l'oncle Léon XII n'insista pas. Lorsqu'il eut quatre-vingt-douze ans, il fit de son neveu son unique héritier et se retira de l'entreprise.

Six mois plus tard, Florentino Ariza fut nommé président du conseil d'administration et directeur général à l'unanimité des associés. Le jour de la prise de fonction, le vieux lion en retraite demanda, après la coupe de champagne, qu'on l'excusât de devoir parler assis dans sa berceuse, et il improvisa un bref discours qui ressemblait plutôt à une élégie. Il dit que deux événements avaient marqué le début et la fin de sa vie. Le premier, lorsque le Libérateur l'avait porté dans ses bras, à Turbaco, pendant son voyage malheureux vers la mort. Le second, lorsqu'il avait trouvé, malgré tous les obstacles que lui avait réservés le destin, un successeur digne de son entreprise. À la fin, voulant dédramatiser le drame, il conclut :

« La seule frustration que j'emporterai avec moi sera d'avoir chanté à tant d'enterrements mais pas au mien. »

Pour clore la cérémonie il chanta, comme il se devait, l'aria *Adieu à la vie de la Tosca*. Il la chanta *a capella*, telle qu'il la préférait, et d'une voix encore ferme. Florentino Ariza était ému mais c'est à peine si le tremblement de sa voix le montra lorsqu'il exprima ses remerciements. Ainsi qu'il avait fait et pensé tout ce qu'il avait fait et pensé dans la vie, il était parvenu au sommet sans autre objectif que la détermination acharnée d'être vivant et en bonne santé au moment d'assumer son destin à l'ombre de Fermina Daza.

Cependant, il n'y eut pas que son souvenir pour l'accompagner à la fête que Leona Cassiani offrit en son honneur. Le souvenir de toutes les autres l'accompagna aussi : celles qui dormaient au cimetière et pensaient à lui dans les roses qu'il plantait au-dessus d'elles, celles qui appuyaient encore leur tête sur l'oreiller où dormaient leurs maris aux cornes dorées par le reflet de la lune. Il en manquait une et il voulait les avoir toutes, comme toujours lorsqu'il avait peur. Car même pendant ses années les plus difficiles ou dans ses pires moments, il avait gardé un lien, aussi ténu fût-il, avec les innombrables maîtresses de tant d'années : toujours il avait suivi le cours de leur vie.

Ce soir-là, il se souvint de Rosalba, la plus ancienne de toutes, celle qui avait emporté le trophée de sa virginité et dont le souvenir continuait de lui être douloureux comme au premier jour. Il lui suffisait de fermer les yeux pour la voir avec sa robe de mousseline et son chapeau aux longs rubans de soie, berçant la cage du bébé à bord du navire. Plusieurs fois, pendant ces nombreuses années, il avait été sur le point de partir à sa recherche sans savoir où aller, sans savoir si c'était bien elle qu'il cherchait, mais certain de la trouver quelque part dans les forêts d'orchidées. À chaque fois un empêchement réel de dernière heure ou un manque soudain de volonté avait remis le voyage à plus tard alors qu'on était déjà en train d'enlever la passerelle du navire : et toujours pour une raison concernant Fermina Daza.

Il se souvint de la veuve Nazaret, la seule avec qui il avait profané la maison maternelle de la rue des Fenêtres, bien que ce fût Tránsito Ariza et non lui qui l'avait invitée à y entrer. Il lui dédia plus de compréhension qu'à aucune autre car, même maladroite au lit, elle était la seule qui irradiait un trop-plein de tendresse suffisant pour remplacer Fermina Daza. Mais sa vocation de chatte errante, plus indomptable que la force même de sa tendresse, les avait condamnés tous deux à l'infidélité. Toutefois, ils étaient restés des amants occasionnels pendant presque trente ans grâce à sa devise de mousquetaire : *Infidèles mais loyaux.* Ce fut la seule pour laquelle Florentino Ariza se montra à visage découvert : lorsqu'il apprit sa mort et sut qu'elle serait enterrée par charité, il se chargea de l'inhumation et assista seul à ses funérailles.

Il se souvint aussi d'autres veuves qu'il avait aimées. De Prudencia Pitre, la plus vieille des survivantes, connue de tous comme la « Veuve de Deux » parce qu'elle l'était deux fois. Et de l'autre Prudencia, la veuve Arellano, la délicieuse, celle qui arrachait les boutons de ses vêtements pour l'obliger à rester chez elle tandis qu'elle les lui recousait. Et de Josefa, la veuve Zuñiga, folle d'amour pour lui, qui faillit lui couper la quéquette pendant son sommeil avec les ciseaux de la cuisine, pour qu'il n'appartînt à personne d'autre, dût-il ne plus lui appartenir.

Il se souvint d'Angeles Alfaro, l'éphémère et la

plus aimée de toutes, qui était venue pour six mois donner des cours d'instruments à cordes à l'école de musique, et qui restait avec lui sur la terrasse de sa maison les nuits de lune, telle que sa mère l'avait mise au monde, jouant les suites les plus belles de toute la musique sur son violoncelle dont la voix devenait celle d'un homme entre ses cuisses dorées. Dès la première nuit de lune, un amour de débutants enfiévrés leur avait chamboulé le cœur. Mais Angeles Alfaro était repartie comme elle était venue, avec son sexe tendre et son violoncelle de pécheresse, sur un transatlantique battant le pavillon de l'oubli, et il ne resta d'elle sur les terrasses lunaires qu'un mouchoir blanc agité en guise d'adieu qui, sur l'horizon, ressemblait à une colombe triste et solitaire, comme dans les poèmes des Jeux floraux. Avec elle, Florentino Ariza avait appris ce qu'il avait plusieurs fois éprouvé sans le savoir : que l'on peut être amoureux de plusieurs personnes à la fois et avec la même douleur, sans en trahir aucune. Seul au milieu de la foule sur le quai, il s'était dit, pris d'une colère soudaine : « Le cœur possède plus de chambres qu'un hôtel de putes. » Son visage était baigné de larmes à cause de la douleur de l'adieu. Cependant, le bateau à peine disparu à l'horizon, le souvenir de Fermina Daza avait de nouveau occupé tout son univers.

Il se souvint d'Andrea Varón, devant la maison de laquelle il était passé la semaine précédente et où la lumière orangée à la fenêtre de la salle de bains l'avait averti qu'il ne pouvait entrer : quelqu'un l'avait précédé. Quelqu'un, homme ou femme. Car Andrea Varón ne s'arrêtait pas à des détails de ce genre dans les désordres de l'amour. De toutes celles de sa liste, elle était la seule qui vivait de son corps, mais elle l'administrait selon son bon plaisir, sans souteneur. Pendant ses bonnes années, elle avait fait une carrière légendaire de courtisane clandestine qui lui avait valu pour nom de guerre Notre-Dame de Tous. Elle avait rendu fous des gouverneurs et des amiraux, vu pleurer sur son épaule plusieurs maîtres des armes et des lettres moins illustres qu'ils ne le croyaient, et même quelques-uns qui l'étaient. Il était vrai, en revanche, que le président Rafael Reyes, pour une demi-heure hâtive entre deux visites fortuites de la ville, lui avait assigné une pension à vie pour services rendus au ministère des Finances où elle n'avait pas même été employée une seule journée. Elle avait distribué ses trésors de volupté jusqu'où son corps le lui avait permis et bien que sa conduite licencieuse fût de notoriété publique, personne n'eût pu brandir contre elle une preuve décisive car ses insignes complices l'avaient protégée autant que leur propre vie, conscients que ce n'était pas elle mais eux qui avaient le plus à perdre dans un scandale. Florentino Ariza avait violé son principe sacré de ne jamais payer, et elle avait violé le sien de ne rien faire gratis, pas même avec son mari. Ils s'étaient mis d'accord pour la somme symbolique d'un peso la visite, qu'elle ne prenait pas et qu'il ne déposait pas dans sa main, mais qu'ils mettaient tous deux dans le petit cochon de la tirelire en attendant qu'il y en eût assez pour acheter une invention marine à la porte des Écrivains. Ce fut elle qui attribua une sensualité différente aux lavements qu'il utilisait lors de ses crises de constipation et le persuada de les partager et de se les administrer l'un l'autre pendant leurs fous après-midi, lorsqu'ils essayaient d'inventer encore plus d'amour à l'intérieur de l'amour.

Il considérait comme une chance que, parmi tant de rencontres hasardeuses, la seule qui lui eût laissé un goût d'amertume fût la sinueuse Sara Noriega qui avait fini ses jours à l'asile du Divin Pasteur en récitant des poèmes séniles d'une obscénité à ce point débridée qu'il avait fallu l'isoler pour qu'elle ne rendît pas les autres folles encore plus folles. Lorsqu'il eut l'entière responsabilité de la C.F.C., il ne lui restait plus guère le temps ni l'envie de tenter de remplacer Fermina Daza : il la savait irremplaçable. Rendre visite à ses maîtresses habituelles était devenu peu à peu une routine, il couchait avec elles tant qu'elles lui étaient utiles, tant qu'il le pouvait, tant qu'elles étaient en vie. Le dimanche de Pentecôte où mourut Juvenal Urbino, il ne lui en restait qu'une, une seule, âgée de quatorze ans à peine, et qui possédait ce que nulle autre n'avait jamais eu jusqu'alors pour le rendre amoureux fou.

Elle s'appelait América Vicuña. Elle était venue deux ans auparavant de la bourgade maritime de Puerto Padre, et sa famille l'avait confiée à Florentino Ariza, leur tuteur, avec qui ils avaient des liens de sang reconnus. Elle avait une bourse du gouvernement pour faire des études à l'école supérieure d'institutrices, et ils l'avaient envoyée avec son *petate* et une petite malle de fer qui ressemblait à une malle de poupée. Dès qu'il la vit descendre du bateau avec ses bottines blanches et sa tresse dorée, Florentino Ariza eut le pressentiment atroce qu'ils feraient souvent ensemble la sieste du dimanche. C'était encore une petite fille au vrai sens du terme, avec des quenottes dentelées et des écorchures d'écolière aux genoux, mais il devina d'emblée quelle sorte de femme elle ne tarderait pas à être, la cultiva pour lui toute une longue année de cirques le samedi, de crèmes glacées au parc le dimanche, de matinées enfantines, gagnant sa confiance, gagnant sa tendresse, la prenant par la main avec la douce astuce d'un grand-papa gâteau pour la conduire jusqu'à son abattoir clandestin. Pour elle ce fut comme si les portes du ciel s'étaient soudain ouvertes. Telle une fleur qui éclôt, elle s'épanouit et flotta sur un nuage de bonheur et ses études n'en furent que meilleures car elle était toujours la première de sa classe afin de ne pas manquer la sortie en fin de semaine. Pour lui, ce fut un abri douillet dans l'anse de la vieillesse. Après tant d'années d'amours calculées, le goût débridé de l'innocence avait l'enchantement d'une perversion rénovatrice.

Ils s'entendaient bien. Elle se conduisait comme ce qu'elle était, une petite fille prête à découvrir la vie, guidée par un homme vénérable que rien ne surprenait, et il se conduisait en toute conscience comme ce qu'il avait toujours redouté le plus de devenir : un fiancé sénile. Il ne la confondit jamais avec Fermina Daza, bien que la ressemblance fût plus qu'évidente, d'abord en raison de son âge, de son uniforme d'écolière, de sa tresse et de sa démarche sauvage, mais aussi à cause de son caractère altier et imprévisible. Plus encore : l'idée de la substitution, qui l'avait tant aidé dans sa mendicité amoureuse, disparut tout à fait. Elle lui plaisait telle qu'elle était et il finit par l'aimer telle qu'elle était dans la fièvre des délices crépusculaires. Elle fut la seule avec qui il prit des précautions draconiennes contre une grossesse accidentelle. Après une demi-douzaine de rencontres, il n'y avait pour eux d'autre rêve que les dimanches après-midi.

Étant la seule personne autorisée à la sortir de l'internat, il allait la chercher dans la Hudson six cylindres de la C.F.C. dont ils baissaient parfois la capote les après-midi sans soleil pour prendre l'air sur la plage, lui avec son chapeau sombre et triste, elle riant aux larmes et tenant des deux mains la casquette de marin de son uniforme pour que le vent ne l'emportât pas. Quelqu'un lui avait dit de n'effectuer avec son protecteur que les sorties indispensables, de ne rien manger qu'il eût déjà goûté et de ne pas approcher son haleine parce que la vieillesse était contagieuse. Mais elle s'en moquait. Tous deux étaient indifférents à ce que l'on pouvait penser d'eux parce que leur parenté était bien connue et que leur extrême différence d'âge les mettait à l'abri de tout soupçon.

Ils venaient de faire l'amour en ce dimanche de Pentecôte, lorsqu'à quatre heures de l'après-midi le glas se mit à sonner. Florentino Ariza dut surmonter le soubresaut de son cœur. Dans sa jeunesse, le rituel du glas était inclus dans le prix des funérailles et on ne le refusait qu'aux miséreux. Mais après notre dernière guerre, d'un siècle à l'autre, le régime conservateur avait renforcé ses coutumes coloniales et les pompes funèbres étaient devenues si coûteuses que seuls les riches pouvaient se les payer. Lorsque mourut l'archevêque Ercole de Luna, les cloches de toute la province sonnèrent sans trêve durant neuf jours, et la torture générale fut telle que son successeur élimina des funérailles le glas traditionnel pour le réserver aux morts les plus illustres. C'est pourquoi, en l'entendant sonner à la cathédrale un dimanche à quatre heures de l'après-midi, Florentino Ariza se sentit envahi par un des fantômes de sa jeunesse perdue. Il n'imagina pas une seconde que ce pût être le glas qu'il avait tant attendu pendant tant et tant d'années, depuis le dimanche où il avait vu Fermina Daza enceinte de six mois à la sortie de la grand-messe.

« Merde, dit-il dans la pénombre. Ce doit être un très gros bonnet pour que sonnent les cloches de la cathédrale. »

América Vicuña, toute nue, finit de se réveiller.

« C'est sans doute à cause de la Pentecôte », dit-elle.

Florentino Ariza n'avait rien d'un expert en affaires d'Église et il n'était plus retourné à la messe depuis l'époque où il jouait du violon dans le chœur avec un Allemand qui lui avait aussi enseigné la science du télégraphe et dont il n'avait plus jamais eu de nouvelles. Mais il savait en toute certitude que ce glas ne sonnait pas pour la Pentecôte. Quelqu'un en ville était mort, c'était sûr, et il le savait. Une délégation de réfugiés des Caraïbes était venue chez lui le matin même pour l'informer que Jeremiah de Saint-Amour avait été trouvé mort à l'aube dans son atelier de photographie. Bien que Florentino Ariza ne fût pas de ses intimes, il était l'ami de nombreux autres réfugiés qui toujours l'invitaient à leurs meetings et surtout à leurs enterrements. Mais il avait la certitude que le glas ne sonnait pas pour Jeremiah de Saint-Amour qui était un militant incrédule et un anarchiste entêté et qui de surcroît était mort de sa propre main.

« Non, dit-il, un glas comme celui-ci c'est au moins pour un gouverneur. »

América Vicuña, avec son corps diaphane que zébraient les rayons de lumière des persiennes mal fermées, n'avait pas l'âge de penser à la mort. Ils avaient fait l'amour après le déjeuner et s'étaient allongés dans la torpeur de la sieste, nus tous les deux sous les ailes du ventilateur dont le bourdonnement ne parvenait pas à couvrir le crépitement de grêle des charognards marchant sur le toit de tôles surchauffé. Florentino Ariza l'aimait comme il avait aimé tant d'autres femmes occasionnelles dans sa longue vie, mais il aimait celle-ci avec plus d'angoisse que nulle autre car il avait la certitude d'être mort de vieillesse lorsqu'elle sortirait de l'école supérieure.

La pièce ressemblait plutôt à une cabine de bateau, avec ses murs en lames de bois plusieurs fois repeints par-dessus la peinture originale, comme sur les navires, mais la réverbération du toit métallique rendait la chaleur plus intense que dans une cabine de bateau fluvial à quatre heures de l'après-midi, en dépit du ventilateur électrique accroché au-dessus du lit. Ce n'était pas une chambre ordinaire mais une cabine de terre ferme que Florentino Ariza avait fait construire derrière ses bureaux de la C.F.C. sans autre objectif ni prétexte que de disposer d'une garçonnière pour ses amours de vieillard. En semaine, il était difficile d'y dormir à cause des cris des dockers, du fracas des grues dans le port fluvial et des bramements des énormes bateaux à quai. Cependant, pour la petite, c'était un paradis dominical.

Le jour de la Pentecôte, ils pensaient rester ensemble jusqu'au moment où elle devrait rentrer à l'internat, cinq minutes avant l'angélus, mais les cloches rappelèrent à Florentino Ariza sa promesse d'assister à l'enterrement de Jeremiah de Saint-Amour, et il s'habilla plus vite que de coutume. Auparavant, il tressa comme toujours la natte solitaire que lui-même défaisait avant de faire l'amour, et hissa l'enfant sur la table pour lacer ses chaussures d'uniforme qu'elle attachait toujours mal. Il l'aidait sans malice et elle l'aidait à l'aider, comme si c'était un devoir : tous deux avaient perdu conscience de leur âge dès leurs premières rencontres et se comportaient avec la confiance de deux époux qui s'étaient caché tant de choses dans la vie qu'ils n'avaient presque plus rien à se dire.

Les bureaux étaient fermés et plongés dans l'obscurité parce que c'était un jour férié, et sur le quai désert il n'y avait qu'un seul navire, chaudières éteintes. La touffeur annonçait la pluie, la première de l'année, mais la transparence de l'air et le silence dominical du port semblaient appartenir à un mois clément. D'ici le monde paraissait plus cruel que de la pénombre de la cabine, et le glas, sans que l'on sût pour qui il sonnait, était plus douloureux. Florentino

Ariza et l'enfant descendirent dans la cour en terre battue qui avait servi aux Espagnols de port négrier et où se trouvaient encore les restes de la balance et autres ferrailles rouillées du commerce des esclaves. L'automobile les attendait à l'ombre des entrepôts et ils ne réveillèrent le chauffeur endormi qu'une fois installés sur le siège. La voiture passa derrière les entrepôts que clôturait un grillage de poulailler, traversa l'ancien marché de la baie des Âmes où des adultes jouaient au ballon, et quitta le port fluvial en soulevant une poussière brûlante. Florentino Ariza était sûr que ces honneurs funèbres ne pouvaient être pour Jeremiah de Saint-Amour, mais l'insistance du glas l'en fit douter. Il posa sa main sur l'épaule du chauffeur et lui demanda, en lui criant à l'oreille, pour qui sonnait le glas.

– C'est pour ce toubib de..., dit le chauffeur. Comment est-ce qu'il s'appelle, déjà?

Florentino Ariza n'eut pas besoin de s'interroger pour savoir de qui il parlait. Toutefois, lorsque le chauffeur lui raconta comment il était mort, l'illusion instantanée s'évanouit car il ne le crut pas. Rien ne ressemble plus à quelqu'un que sa façon de mourir, et nulle ne ressemblait moins que celle-ci à l'homme qu'il imaginait. Mais c'était bien lui, même si cela semblait absurde : le médecin le plus vieux et le mieux qualifié de la ville, qui s'était illustré par ses innombrables mérites, était mort à quatre-vingt-un ans, la colonne vertébrale en miettes, en tombant d'un manguier alors qu'il tentait d'attraper un perroquet.

Tout ce que Florentino Ariza avait fait depuis le mariage de Fermina Daza avait été nourri par l'espoir de cette nouvelle. Cependant, le moment venu, ce ne fut pas la commotion du triomphe qui le bouleversa, comme il l'avait tant de fois évoqué dans ses insomnies, mais le coup de griffe de la terreur : la lucidité fantastique que le glas eût tout aussi bien pu sonner pour lui. Assise à son côté dans l'automobile qui cahotait sur le pavé des rues, América Vicuña s'effraya de sa pâleur et lui demanda ce qu'il avait. Florentino Ariza prit sa main dans la sienne, qui était gelée.

« Hélas! mon enfant, soupira-t-il, il me faudrait encore cinquante ans pour te le raconter. »

Il oublia l'enterrement de Jeremiah de Saint-Amour. Il laissa la fillette devant la porte de l'internat en lui promettant trop vite de revenir la chercher le samedi suivant, et donna ordre au chauffeur de le conduire chez le docteur Juvenal Urbino. Il trouva un encombrement de voitures de louage et d'automobiles dans les rues adjacentes, et une foule de curieux devant la maison. Les invités du docteur Lácides Olivella, qui avaient appris la mauvaise nouvelle à l'apogée de la fête, arrivaient en débandade. Il n'était pas facile de circuler à l'intérieur de la maison à cause de la foule, mais Florentino Ariza parvint à se frayer un passage jusqu'à la chambre principale, se dressa sur la pointe des pieds et, par-dessus les groupes qui bloquaient la porte, il vit Juvenal Urbino sur le lit conjugal tel qu'il avait voulu le voir depuis qu'il avait entendu pour la première fois parler de lui, barbottant dans l'indignité de la mort. Le menuisier venait de prendre les mesures pour le cercueil. À son côté, portant encore la robe de grand-mère jeune et jolie qu'elle avait mise pour la fête, Fermina Daza était frappée de stupeur et décomposée.

Florentino Ariza avait présagé ce moment jusque dans ses plus infimes détails depuis le jour où, dans sa jeunesse, il s'était consacré tout entier à la cause de cet amour téméraire. Pour elle il s'était taillé un nom et une fortune sans trop s'inquiéter des méthodes, pour elle il avait pris soin de sa santé et de son allure avec une rigueur qui semblait peu virile aux hommes de son temps, et il avait attendu ce jour comme nul n'eût attendu quiconque ni quoi que ce fût dans la vie : sans un instant de découragement. La constatation que la mort avait enfin intercédé en sa faveur lui insuffla le courage nécessaire pour réitérer à Fermina Daza, en son premier soir de deuil, son serment de fidélité éternelle et son amour à jamais.

En son âme et conscience, il ne niait pas que cela avait été un acte irréfléchi qui n'avait tenu compte ni de la manière ni du moment, suscité par la peur que l'occasion ne se représentât jamais. Il l'eût voulu moins brutal et ainsi l'avait-il imaginé, mais le sort ne lui avait pas permis autre chose. Il avait quitté la maison endeuillée dans la douleur de laisser Fermina Daza dans un état de choc semblable au sien, mais il n'aurait rien pu faire pour y remédier car il sentait que cette nuit barbare était inscrite depuis toujours dans leur destin à tous deux.

Il ne parvint pas à dormir une nuit entière au cours des deux semaines suivantes. Il se demandait, désespéré, où pouvait bien être Fermina Daza sans lui, ce qu'elle pensait, ce qu'elle allait faire pendant les années qui lui restaient à vivre avec le poids de l'épouvante qu'il avait déposée dans ses mains. Il eut une crise de constipation qui lui tendit la peau du ventre comme un tambour et dut avoir recours à des palliatifs moins agréables que ses lavements. Ses bobos de vieillard, qu'il supportait mieux que ses contemporains parce qu'il les connaissait depuis qu'il était jeune, l'assaillirent tous en même temps. Le mercredi, il retourna au bureau après une semaine d'absence et Leona Cassiani s'effraya de le voir si pâle et dans un tel état d'apathie. Mais il la rassura : c'était de nouveau et comme toujours ses insomnies, et il se mordit une fois de plus la langue pour empêcher la vérité de couler par les innombrables gouttières de son cœur. Il passa une autre semaine irréelle, incapable de se concentrer sur quoi que ce fût, mangeant mal, dormant plus mal encore, s'efforçant de percevoir des signaux codés qui lui eussent indiqué la voie du salut. Mais à partir du vendredi, une tranquillité l'envahit sans raison et il l'interpréta comme le présage que rien de nouveau ne se produirait, que tout ce qu'il avait fait dans sa vie avait été inutile et n'avait plus d'avenir : c'était la fin. Le lundi, cependant, en rentrant chez lui rue des Fenêtres, il trébucha sur une lettre qui flottait dans l'eau amoncelée sous le porche, reconnut d'emblée sur l'enveloppe mouillée l'écriture impérieuse que tant de vicissitudes dans la vie n'avaient pas changée, et crut même sentir le parfum nocturne des gardénias fanés, car au premier moment de panique son cœur lui avait tout dit : c'était la lettre qu'il avait attendue, sans un instant de répit, pendant plus d'un demi-siècle.

Fermina Daza ne pouvait imaginer que sa lettre, inspirée par une colère aveugle, pût être interprétée par Florentino Ariza comme une lettre d'amour. Elle y avait déversé toute la fureur dont elle était capable, ses mots les plus cruels, les opprobres les plus blessants et de surcroît injustes, mais qui cependant lui semblaient mineurs face à l'ampleur de l'offense. Ce fut l'ultime épisode d'un amer exorcisme grâce auquel elle avait tenté un pacte de conciliation avec son nouvel état. Elle voulait redevenir elle-même, reprendre tout ce qu'elle avait dû céder en un demi-siècle d'une servitude qui l'avait rendue heureuse, certes, mais ne lui laissait, son époux décédé, pas même les vestiges de son identité. Elle était un fantôme dans une demeure étrangère devenue d'un jour à l'autre immense et solitaire, et à l'intérieur de laquelle elle errait à la dérive, se demandant avec angoisse lequel des deux était le plus mort : celui qui était mort ou celle qui était restée.

Elle ne pouvait éviter un furtif sentiment de ran-cœur envers son mari qui l'avait abandonnée au milieu de l'océan. Tout ce qui lui avait appartenu lui arrachait des pleurs : le pyjama sous l'oreiller, les pantoufles qui lui avaient toujours rappelé celles d'un malade, le souvenir de son image se dévêtant au fond du miroir tandis qu'elle se coiffait avant d'aller dormir, l'odeur de sa peau qui devait demeurer sur la sienne longtemps après sa mort. Elle interrompait ce qu'elle était en train de faire et se donnait une petite tape sur le front car elle se souvenait soudain qu'elle avait oublié de lui dire quelque chose. À chaque instant lui revenaient à l'esprit les questions quotidiennes auxquelles lui seul pouvait répondre. Un jour, il lui avait dit une chose qu'elle ne pouvait concevoir : les amputés ressentent des crampes, des fourmillements à la jambe qu'ils n'ont plus et qui leur fait mal. Ainsi se sentait-elle sans lui et le sentait-elle là où il n'était plus.

En se réveillant, au premier matin de son veuvage, elle s'était retournée dans son lit, les yeux encore fermés, à la recherche d'une position plus confortable pour dormir, et c'est à cet instant précis que pour elle il était mort. En effet, elle avait soudain pris conscience que pour la première fois il avait dormi ailleurs qu'à la maison. La même impression lui revint à table, non qu'elle se sentît seule, comme elle l'était en effet, mais parce qu'elle avait la certitude étrange de manger avec quelqu'un qui n'existait plus. Elle attendit que sa fille Ofelia vînt de La Nouvelle-Orléans, avec son mari et ses trois fillettes, pour s'asseoir de nouveau, non à la table habituelle mais à une table improvisée, plus petite, que l'on avait dressée dans le couloir. Jusqu'alors elle n'avait pas pris un seul repas convenable. Elle allait dans la cuisine à n'importe quelle heure, quand elle avait faim, plongeait une fourchette dans les casseroles, et grignotait de-ci de-là, sans assiette, debout devant la cuisinière, bavardant avec les servantes, les seules en compagnie desquelles elle se sentait bien, et avec qui elle s'entendait le mieux. Cependant, en dépit de ses efforts, elle ne parvenait pas à éloigner la présence de son époux mort : où qu'elle allât, où qu'elle se tournât, toujours elle se heurtait à quelque chose qui lui avait appartenu et ravivait son souvenir. Car s'il lui semblait honnête et juste de souffrir, elle voulait aussi tout mettre en œuvre pour ne pas se complaire dans la douleur. De sorte qu'elle prit la décision implacable de vider la maison de tout ce qui pouvait lui rappeler son défunt mari, comme l'unique possibilité de continuer à vivre sans lui.

Ce fut une cérémonie d'extermination. Son fils accepta d'emporter la bibliothèque afin qu'elle installât dans le bureau la lingerie qu'elle n'avait pas eue étant mariée. Sa fille emporterait quelques meubles et de nombreux objets qui lui semblaient convenir tout à fait aux marchés aux puces de La Nouvelle-Orléans. C'était pour Fermina Daza un soulagement, bien que force lui fût de constater avec amertume que tout ce qu'elle avait acheté lors de son voyage de noces n'était plus que des reliques pour brocanteurs. À la stupéfaction silencieuse des servantes, des voisins, et des amies intimes qui lui avaient tenu compagnie pendant toutes ces journées, elle fit allumer un grand feu sur un terrain vague derrière la maison et y brûla tout ce qui lui rappelait son époux : les vêtements les plus coûteux et les plus élégants jamais vus en ville depuis le siècle dernier, les chaussures les plus fines, les chapeaux qui lui ressemblaient plus que ses portraits, la berceuse de la sieste d'où il s'était levé pour la dernière fois avant de mourir, d'innombrables objets liés à sa vie comme des pans de son identité. Elle le fit sans l'ombre d'une hésitation, non tant par hygiène que parce qu'elle avait la certitude absolue que son époux l'eût approuvée. À plusieurs reprises il lui avait exprimé son souhait d'être incinéré afin de ne pas être reclus dans l'obscurité sans failles d'un caisson en cèdre. Sa religion l'en empêchait, bien sûr : il s'était hasardé à demander l'avis de l'archevêque, pour le cas où, et la réponse de celui-ci avait été négative et sans appel. C'était pure chimère car l'Église ne permettait pas l'existence de fours crématoires dans nos cimetières, pas même au service de religions autres que la religion catholique, et il n'y avait qu'un Juvenal Urbino pour imaginer qu'il soit utile d'en construire un. Fermina Daza n'avait pas oublié la terreur de son époux, et dans la confusion des premières heures, elle se souvint de demander au menuisier de lui accorder le réconfort d'un rai de lumière dans son cercueil.

Ce fut de toute façon un holocauste inutile. Fermina Daza se rendit compte très vite que le souvenir de son époux mort était aussi réfractaire au feu qu'il semblait l'être au fil des jours. Pire encore : après l'incinération des vêtements, ce qu'elle avait aimé le plus en lui continuait de lui manquer, et même ce qui l'avait le plus gênée : le bruit qu'il faisait en se levant. Ces souvenirs l'aidèrent à sortir des maremmes du deuil. Elle prit par-dessus tout la ferme décision de continuer à vivre en se souvenant de son époux comme s'il n'était pas mort. Elle savait que chaque matin le réveil serait difficile, mais qu'il le serait de moins en moins.

Au bout de la troisième semaine, en effet, elle commença d'entrevoir les premières lueurs. Mais à mesure qu'elles grandissaient et devenaient plus claires, grandissait la conscience qu'il y avait en travers de sa vie un fantôme qui ne lui laissait pas un instant de paix. Ce n'était pas le fantôme pitoyable qui la guettait dans le petit parc des Évangiles et que, depuis qu'elle était vieille, elle se remémorait avec une certaine tendresse, mais celui, abominable, au chapeau serré sur le cœur et à la redingote de bourreau, dont l'impertinence stupide l'avait à ce point perturbée qu'il lui était impossible de ne pas l'évoquer. Depuis qu'à dix-huit ans elle l'avait repoussé, elle avait toujours eu la conviction d'avoir semé en lui une haine qui ne pouvait que croître avec le temps. À tout moment elle avait tenu compte de cette haine, la percevait dans l'air lorsque le fantôme s'approchait, et sa seule vision la perturbait et l'effrayait au point qu'elle n'avait jamais pu devant lui se conduire avec naturel. Le soir où il lui avait renouvelé son amour, alors que les fleurs de son époux mort embaumaient encore la maison, elle n'avait pu comprendre que cette insulte ne fût le premier pas de Dieu seul sait quel sinistre dessein de vengeance.

La persistance de ce souvenir amplifiait sa rage. Lorsqu'elle s'éveilla en pensant à lui, au lendemain de l'enterrement, elle parvint à le chasser de sa mémoire d'un simple geste volontaire. Mais la rage toujours revenait, et elle s'aperçut très vite que le désir de l'oublier était l'aiguillon le plus puissant de sa mémoire. Alors, vaincue par la nostalgie, elle osa pour la première fois évoquer les temps chimériques de cet amour irréel. Elle tenta de reconstruire par le menu le petit parc des Évangiles, les amandiers cassés et le banc où il l'avait aimée, parce que rien n'existait plus comme autrefois. Tout avait changé, on avait emporté les arbres et leur tapis de feuilles jaunes, et à la place de la statue du héros décapité on avait édifié celle d'un autre, en uniforme, sans nom, sans date, sans rien qui la justifiât, sur un piédestal pompeux à l'intérieur duquel on avait installé les compteurs électriques du secteur. Sa maison, enfin vendue des années plus tôt au gouvernement provincial, tombait en ruine. Il lui était difficile d'imaginer le Florentino Ariza de jadis et plus encore de concevoir que le jeune homme taciturne et esseulé sous la pluie pût être cette carcasse mitée qui s'était plantée devant elle sans considération aucune pour son veuvage, sans le moindre respect pour sa douleur, et avait incendié son âme par un outrage cuisant qui l'empêchait encore de respirer.

La cousine Hildebranda était venue la voir peu après son séjour à l'hacienda de Flores de María, où elle s'était remise des mauvais quarts d'heure de la señorita Lynch. Vieille, grosse, heureuse, elle était arrivée accompagnée de son fils aîné, un ancien colonel de l'armée de terre, comme son père, mais que celui-ci avait rejeté à la suite de sa participation indigne au massacre des ouvriers dans les bananeraies de San Juan de la Ciénaga. Les deux cousines se voyaient souvent et passaient des heures à évoquer avec nostalgie l'époque où elles s'étaient connues. Lors de sa dernière visite, Hildebranda était plus mélancolique que jamais et très affectée par le poids de la vieillesse. Elle avait apporté, pour mieux goûter au bonheur d'être triste, le portrait de dames d'autrefois que le photographe belge avait fait d'elles l'après-midi où le docteur Juvenal Urbino avait donné l'estocade finale à l'indocile Fermina Daza. L'autre photo s'était perdue et celle d'Hildebranda était presque effacée, mais toutes deux se reconnurent à travers les brumes du désenchantement : jeunes et belles comme plus jamais elles ne le seraient.

Hildebranda ne pouvait s'empêcher d'évoquer Florentino Ariza car elle avait toujours identifié son sort au sien. Elle avait souvenance du jour où elle avait envoyé son premier télégramme, et n'était jamais parvenue à extirper de son cœur l'image d'un triste petit oiseau condamné à l'oubli. Fermina Daza, qui le voyait souvent sans toutefois lui adresser la parole, ne pouvait admettre que son premier amour eût été cet homme-là. Elle avait toujours eu de ses nouvelles, de même que tôt ou tard elle était au courant de tout ce qui, en ville, avait une quelconque importance. On disait qu'il ne s'était pas marié à cause de ses mœurs spéciales, mais elle n'y avait guère prêté l'oreille, d'abord parce qu'elle n'écoutait jamais les ragots, ensuite parce que de toute façon on disait de même de beaucoup d'hommes au-dessus de tout soupçon. En revanche, il lui semblait étrange que Florentino Ariza persistât dans ses tenues mystiques et ses lotions rares, et qu'il fût toujours aussi énigmatique, alors que dans la vie il avait réussi de façon spectaculaire et de surcroît honnête. Elle ne pouvait croire qu'il fût la même personne, et s'étonnait chaque fois qu'Hildebranda soupirait : « Pauvre homme, comme il a dû souffrir. » Car, depuis longtemps, elle n'avait plus mal en le voyant : il n'était qu'une ombre déchue.

Toutefois, le soir de leur rencontre au cinéma, à l'époque où elle venait de rentrer de Flores de María, son cœur avait éprouvé un sentiment étrange. Qu'il fût en compagnie d'une femme, noire de surcroît, ne l'étonna guère. Par contre elle fut surprise de le voir si bien conservé et se comporter avec autant d'aisance, et il ne lui vint pas à l'esprit que c'était peut-être elle, et non lui, qui avait changé après l'irruption perturbatrice de la señorita Lynch dans sa vie privée. À partir de cet instant et pendant plus de vingt ans elle le regarda avec des yeux plus cléments. Sa présence à la veillée mortuaire de son époux lui sembla compréhensible et elle l'interpréta même comme le dénouement naturel de sa rancune : un acte de pardon et d'oubli. C'est pourquoi, à un âge où tous deux n'avaient plus rien à attendre de la vie, la réaffirmation dramatique d'un amour qui pour elle n'avait jamais existé la prit au dépourvu.

Après l'incinération symbolique de son mari, la rage mortelle du premier choc était encore intacte, et plus elle grandissait et se ramifiait moins Fermina Daza se sentait capable de la dominer. Pire encore : les espaces de sa mémoire où les souvenirs du mort parvenaient à s'apaiser étaient peu à peu et de façon inexorable occupés par le champ de marguerites où elle avait enseveli ceux de Florentino Ariza. De sorte qu'elle pensait à lui sans le vouloir, et plus elle pensait à lui plus elle enrageait, et plus elle enrageait plus elle pensait à lui, jusqu'au moment où ce fut si insupportable que sa raison bascula par-dessus bord. Alors, elle s'assit au bureau de son défunt mari et écrivit à Florentino Ariza une lettre de trois pages insensées, si lourdes d'injures et de provocations infâmes qu'elles la soulagèrent d'avoir commis en toute conscience l'acte le plus indigne de sa longue vie.

Pour Florentino Ariza aussi ces semaines avaient été une agonie. Le soir où il avait renouvelé son amour à Fermina Daza, il avait erré sans but dans les rues embourbées par le déluge de l'après-midi, se demandant atterré ce qu'il allait faire de la peau de l'ours qu'il avait tué après avoir résisté à son siège pendant plus d'un demi-siècle. En ville, on avait décrété l'état d'urgence à cause de la violence des eaux. Dans plusieurs maisons, des hommes et des femmes à demi nus essayaient de sauver ce que Dieu voudrait bien sauver, et Florentino Ariza eut l'impression que ce désastre avait quelque chose en commun avec le sien. Mais l'air était doux et les étoiles des Caraïbes immobiles et sereines. Soudain, dans le silence des voix, Florentino Ariza crut reconnaître celle de l'homme que Leona Cassiani et lui avaient entendue bien des années auparavant, à la même heure et au même coin de rue : *En revenant du pont, baigné de larmes*. Une chanson qui, de près ou de loin, avait ce soir et pour lui seul quelque chose à voir avec la mort.

Jamais comme cette nuit-là il n'avait eu autant besoin de Tránsito Ariza, de ses sages paroles, de sa tête de reine des sarcasmes couronnée de fleurs en papier. C'était inévitable : au bord du cataclysme, il lui fallait la protection d'une femme. À la recherche de l'une d'entre elles qui fût disponible, il passa devant l'école normale et vit une lumière derrière la longue rangée de fenêtres du dortoir d'América Vicuña. Il dut faire un grand effort pour ne pas commettre une folie de grand-père et l'enlever, à deux heures du matin, encore chaude de sommeil entre ses langes et fleurant la caillebotte de berceau.

À l'autre bout de la ville, Leona Cassiani était seule et libre et sans doute prête à lui prodiguer, à deux heures du matin, à trois, à n'importe quelle heure du jour ou de la nuit et dans n'importe quelles circonstances, le réconfort dont il avait besoin. Ce n'était pas la première fois qu'il eût frappé à sa porte dans la désolation de ses insomnies, mais il comprit qu'elle était trop intelligente et qu'ils s'aimaient trop pour qu'il pût pleurer contre son sein sans lui en expliquer la raison. Après avoir beaucoup réfléchi, somnambule dans la ville déserte, il pensa tout à coup que nulle part ailleurs il ne se sentirait mieux qu'auprès de Prudencia Pitre, la Veuve de Deux. Elle était plus jeune que lui. Ils s'étaient connus au siècle dernier et avaient cessé de se fréquenter parce qu'elle s'entêtait à ne pas se montrer telle qu'elle était, à demi aveugle et en vérité au bord de la décrépitude. À peine Florentino Ariza eut-il songé à elle qu'il retourna rue des Fenêtres, fourra dans un sac à provisions deux bouteilles de porto et un pot de cornichons et partit chez elle sans même savoir si elle habitait toujours la même maison, si elle était seule, si elle était vivante.

Prudencia Pitre n'avait pas oublié le code gratté à la porte grâce auquel il s'identifiait lorsqu'ils se croyaient encore jeunes mais ne l'étaient déjà plus, et elle lui ouvrit sans poser de questions. La rue était sombre et c'était à peine si on le distinguait dans son costume de drap noir, avec son chapeau melon et son parapluie de chauve-souris pendu à son bras, mais elle, dont les yeux ne lui permettaient que de voir en pleine lumière, le reconnut au scintillement de phare de ses lunettes à monture métallique. Il avait l'air d'un assassin aux mains encore ensanglantées.

« Laissez entrer un pauvre orphelin », dit-il.

Ce fut tout ce qu'il parvint à dire, pour dire quelque chose. Surpris de constater combien elle avait vieilli depuis la dernière fois qu'ils s'étaient vus, il pensa qu'elle devait être aussi étonnée que lui et se consola en songeant que dans un moment, remis tous les deux du choc initial, ils remarqueraient moins les plaies que la vie leur avait laissées à l'un comme à l'autre, et se retrouveraient aussi jeunes qu'ils l'avaient été l'un pour l'autre lorsqu'ils s'étaient connus.

« On dirait que tu viens d'un enterrement », lui dit-elle.

C'était vrai. Comme presque toute la ville, elle aussi était restée à sa fenêtre, depuis onze heures du matin, pour contempler le cortège le plus dense et le plus somptueux que l'on avait vu depuis la mort de l'archevêque de Luna. Elle avait été réveillée en pleine sieste par les coups de tonnerre de l'artillerie qui faisaient trembler la terre, par les fanfares militaires désaccordées et la pagaille des cantiques funèbres couvrant le vacarme des cloches de toutes les églises qui sonnaient sans trêve depuis la veille. Du haut de son balcon elle avait vu les militaires à cheval, en uniforme de parade, les communautés religieuses, les collèges, les longues limousines noires de l'autorité invisible, le corbillard avec ses chevaux coiffés d'aigrettes et caparaçonnés d'or, le cercueil jaune recouvert du drapeau sur l'affût d'un canon

historique, et enfin les vieilles victorias décapotables
que l'on maintenait en vie pour porter les couronnes.
À peine étaient-ils passés sous le balcon de Prudencia
Pitre, peu après midi, que le déluge avait éclaté, et le
cortège s'était dispersé en un éclair.

« Quelle absurde façon de mourir, dit-elle.

— La mort n'a pas le sens du ridicule, répondit-il,
ajoutant avec peine : surtout à notre âge. »

Ils étaient assis sur la terrasse, face à la mer,
regardant le halo de lune qui occupait la moitié du
ciel, regardant les lumières colorées des bateaux sur
l'horizon, recevant la brise tiède et parfumée après la
tempête. Ils burent du porto et mangèrent les cornichons sur des tranches de pain de ménage que
Prudencia Pitre avait coupées à la cuisine. Ils avaient
passé beaucoup de nuits comme celle-ci depuis
qu'elle était restée veuve et sans enfants. Florentino
Ariza l'avait rencontrée à une époque où elle eût
accueilli n'importe quel homme disposé à lui tenir
compagnie, l'eût-elle loué à l'heure, et ils étaient
parvenus à établir une relation plus sérieuse et plus
longue que ce qu'il semblait possible.

Bien que jamais elle ne l'insinuât, elle eût vendu
son âme au diable pour l'épouser en secondes noces.
Elle savait qu'il n'était pas facile de se plier à sa
mesquinerie, à ses bêtises de vieillard prématuré, à
son ordre maniaque, à son anxiété de tout demander
sans jamais rien donner, mais elle savait aussi que
nul homme au monde ne se laissait mieux accompagner, car nul n'avait autant besoin d'amour que lui.
En revanche, nul n'était plus fuyant, de sorte que
leur amour n'alla pas au-delà des limites qu'il lui
imposa : tant qu'il n'interférait pas avec sa détermination de rester libre pour Fermina Daza. Toutefois,
leur relation dura de nombreuses années et même
après qu'il eut arrangé les choses pour que Prudencia
Pitre se remariât avec un voyageur de commerce qui

restait trois mois chez elle et repartait trois mois en voyage, et avec qui elle eut une fille et trois fils dont l'un, jurait-elle, était de Florentino Ariza.

Ils bavardèrent sans s'inquiéter de l'heure car tous deux, habitués à partager les insomnies de leur jeunesse, avaient beaucoup moins à perdre dans celles de leur vieillesse. Alors qu'il n'allait jamais au-delà du second verre, Florentino Ariza n'avait pas encore repris son souffle après le troisième. Il suait à grosses gouttes, et la Veuve de Deux lui suggéra d'ôter sa veste, son gilet, son pantalon, de tout ôter s'il le voulait puisque après tout, nom d'une pipe, ils se connaissaient mieux tout nus que tout habillés. Il déclara qu'il le ferait si elle le faisait aussi, mais elle refusa : peu auparavant elle s'était vue dans la glace de l'armoire et avait soudain compris qu'elle n'aurait plus jamais le courage de se montrer nue devant quiconque, pas même devant lui.

Florentino Ariza, dans un état d'exaltation que n'avaient pas réussi à apaiser quatre verres de porto, continua de parler d'autrefois, des bons souvenirs d'autrefois, depuis longtemps son seul sujet de conversation, anxieux cependant de trouver dans le passé une issue secrète par laquelle pouvoir épancher son cœur. Car c'était ce dont il avait besoin : déverser son âme dans un flot de paroles. Lorsqu'il aperçut les premières lueurs sur l'horizon, il tenta une approche mesurée. Il l'interrogea sur un ton qui se voulait banal : « Que ferais-tu si on te demandait en mariage, comme ça, telle que tu es, à ton âge et veuve ? » Elle, avec un rire plissé de vieille femme, demanda à son tour :

« Tu dis ça pour la veuve Urbino ? »

Florentino Ariza oubliait toujours, au moment le moins opportun, que les femmes en général, et Prudencia Pitre plus que nulle autre, pensent plutôt au sens caché des questions qu'aux questions elles-mêmes. Saisi d'une terreur soudaine à cause de l'effrayante justesse de ses mots, il s'esquiva par une fausse porte : « Non, je dis ça pour toi. » Elle se remit à rire : « Moque-toi plutôt de ta putain de mère, que Dieu ait son âme. » Puis elle l'enjoignit de dire ce qu'il voulait dire, car elle savait que ni lui ni aucun homme ne l'eût réveillée à trois heures du matin pour boire du porto et grignoter des cornichons avec du pain de ménage après être resté tant d'années sans la voir. Elle dit : « On ne fait ces choses-là que lorsqu'on cherche quelqu'un auprès de qui pleurer. » Florentino Ariza battit en retraite.

« Pour une fois tu te trompes, lui dit-il. Ce soir j'aurais plutôt des raisons de chanter.

– Eh bien, chantons », lui dit-elle.

Elle commença à fredonner la chanson à la mode : *Ramona, j'ai fait un rêve merveilleux...* Ce fut la fin de la nuit car il n'osa pas jouer à des jeux interdits avec une femme qui lui avait trop souvent démontré qu'elle connaissait la face cachée de la lune. Il se retrouva dans une ville différente saturée du parfum des derniers dahlias de juin, et dans une rue de sa jeunesse où défilaient les veuves ténébreuses de la messe de cinq heures. Mais cette fois ce fut lui qui changea de trottoir afin qu'elles ne vissent pas les larmes qu'il lui était impossible de garder plus long-temps et, qu'au contraire de ce qu'il croyait, il retenait depuis bien avant cette nuit car elles n'étaient autres que celles restées dans sa gorge depuis cinquante ans, neuf mois et quatre jours.

Il avait perdu la notion du temps, lorsqu'il se réveilla sans savoir où il était, devant une fenêtre énorme et aveuglante. La voix d'América Vicuña jouant au ballon dans le jardin avec les jeunes servantes le rendit à la réalité : il était dans le lit de sa mère dont il avait conservé intacte la chambre, dans lequel il avait l'habitude de dormir pour se sentir moins seul les rares fois où la solitude le tourmentait. Au pied du lit, il y avait le grand miroir du Mesón de don Sancho, et il lui suffisait de le regarder en s'éveillant pour voir Fermina Daza reflétée dans le fond. Il sut qu'on était samedi parce que c'était le jour où le chauffeur allait chercher América Vicuña à l'internat et l'amenait chez lui. Il s'aperçut qu'il avait dormi sans le savoir, rêvé qu'il ne pouvait dormir, un rêve perturbé par le visage rageur de Fermina Daza. Il prit un bain en se demandant quel pas il devait maintenant franchir, enfila avec lenteur ses plus beaux vêtements, se parfuma, effila les pointes de sa moustache blanche avec de la gomina, et en sortant de la chambre vit, depuis le corridor du deuxième étage, la belle créature en uniforme qui attrapait le ballon en l'air avec la grâce qui, tant de samedis, l'avait fait trembler d'émotion et cependant, ce matin-là, ne jeta pas en lui le moindre trouble. Il lui fit signe de venir et avant de monter dans la voiture, lui dit, sans que ce fût nécessaire : « Aujourd'hui on ne fera pas joujou. » Il l'emmena au Glacier Américain qui, à cette heure, débordait de parents dégustant des glaces avec leurs enfants sous les grandes ailes des ventilateurs suspendus au plafond. América Vicuña commanda une glace à trois étages, chacun d'une couleur différente, dans une gigantesque coupe, sa glace favorite et la plus vendue car elle exhalait une vapeur magique. Florentino Ariza commanda un café noir et sans dire un mot regarda la jeune fille manger sa glace avec une petite cuillère à long manche pour atteindre le fond de la coupe. Sans cesser de la contempler, il lui dit soudain :

« Je vais me marier. »

Elle le dévisagea dans un éclair d'incertitude, tenant sa cuillère en l'air, mais se reprit aussitôt et sourit.

« Vantard, lui dit-elle. Les petits vieux ne se marient pas. »

Ce même après-midi, il la déposa à l'internat à l'heure de l'angélus, sous une averse obstinée, après qu'ils eurent vu ensemble les marionnettes du parc, déjeuné de poisson frit dans une gargote du port, regardé les fauves en cage d'un cirque qui venait de s'installer, acheté sous les porches toutes sortes de bonbons pour l'école, et fait plusieurs fois le tour de la ville dans la voiture décapotée pour qu'elle s'habituât à l'idée qu'il était son tuteur et non plus son amant. Le dimanche, il envoya la voiture au cas où elle aurait eu envie d'aller se promener avec ses amies mais il préféra ne pas la voir parce que depuis la semaine précédente l'avait assailli la conscience soudaine de leur différence d'âge. Le soir, il prit la décision d'écrire à Fermina Daza une lettre d'excuses, ne fût-ce que pour ne pas capituler, mais il la remit au lendemain. Le lundi, après tout juste trois semaines de passion, il rentra chez lui trempé par la pluie et trouva la lettre qu'il attendait.

Il était huit heures du soir. Les deux servantes étaient couchées et avaient laissé dans le couloir l'unique lumière permanente qui guidait Florentino Ariza jusqu'à sa chambre. Il savait que son dîner, dérisoire et insipide, était sur la table de la salle à manger, mais le peu de faim qu'il avait après avoir mangé n'importe comment pendant ces derniers jours s'évanouit sous le choc de la lettre. Il eut du mal à allumer le plafonnier de la chambre à cause du tremblement de ses mains, posa la lettre mouillée sur le lit, alluma la bougie sur la table de nuit et avec un calme feint, qui était un de ses expédients pour se rasséréner, il ôta sa veste trempée et l'accrocha au dossier de la chaise, ôta son gilet et le plia avec soin sur la veste, ôta le ruban de soie noire et le faux col en Celluloïd qui avait passé de mode dans le monde entier, déboutonna sa chemise jusqu'à mi-corps, défit sa ceinture pour mieux respirer et enfin ôta son chapeau et le mit à sécher près de la fenêtre. Un frisson le parcourut tout à coup parce qu'il ne savait plus où était la lettre, et il était si nerveux qu'il s'étonna de la trouver sur le lit où il n'avait pas souvenance de l'avoir posée. Avant de l'ouvrir, il essuya l'enveloppe avec un mouchoir en prenant soin de ne pas étaler l'encre avec laquelle était écrit son nom, et se rendit compte au même moment que le secret n'était plus partagé entre deux personnes mais entre trois au moins car quiconque avait porté la lettre avait dû s'étonner que la veuve Urbino écrivît à quelqu'un hors de son entourage trois semaines à peine après la mort de son époux, et avec tant de hâte et de précautions qu'elle n'avait pas envoyé sa missive par la poste ni donné d'instructions pour qu'on la remît en mains propres, mais recommandé qu'on la glissât sous la porte comme un billet anonyme. Il n'eut pas à déchirer l'enveloppe car l'eau avait dissous la colle, mais la lettre était sèche : trois feuilles d'une écriture serrée, sans formule d'introduction, avec pour signature ses initiales de femme mariée.

Il la lut une première fois en toute hâte, assis sur le lit, plus intrigué par le ton que par le contenu, et avant même d'avoir tourné la première page il sut que c'était la lettre d'injures qu'il espérait recevoir. Il la posa dépliée sous l'éclat de la bougie, ôta ses chaussures et ses chaussettes mouillées, éteignit près de la porte l'interrupteur du plafonnier, mit son fixe-moustaches en daim et se coucha sans même enlever son pantalon et sa chemise, la tête sur les deux grands oreillers qui lui servaient d'appui pour lire. Il relut la lettre, mot à mot cette fois, scrutant chacun d'eux afin que nulle de leurs intentions occultes ne lui échappât, et la relut ensuite quatre fois, jusqu'à saturation, au point que les mots commencèrent à perdre leur sens. Enfin, il la rangea hors de son enveloppe dans le tiroir de la table de nuit, se coucha sur le dos, les mains croisées derrière la nuque, et quatre heures durant fixa d'un regard immobile le miroir où elle avait existé, sans ciller, respirant à peine, plus mort qu'un mort. À minuit précis il alla dans la cuisine, prépara et porta dans la chambre une bouteille de café aussi épais que du pétrole brut, plongea son dentier dans le verre de bicarbonate qu'il trouvait toujours sur sa table de chevet, se recoucha dans la même position de gisant marmoréen, avec de temps en temps une interruption momentanée pour boire une gorgée de café, et attendit que la femme de chambre entrât, à six heures, avec une autre bouteille.

Florentino Ariza savait alors quel chemin il allait suivre pas à pas. En fait, les insultes ne l'atteignaient pas et il ne chercha pas à éclaircir les accusations injustes qui, étant donné le caractère de Fermina Daza et la gravité de ses raisons, auraient pu être pires. Seul l'intéressait que la lettre lui donnât l'occasion de répondre et même lui en reconnût le droit. Plus encore : elle exigeait. Ainsi sa vie se trouvait-elle maintenant au point précis où il avait voulu la mener. Tout le reste dépendait de lui et il avait la certitude absolue que son demi-siècle d'enfer personnel lui réservait encore de nombreuses épreuves qu'il était prêt à affronter avec plus d'ardeur, plus de douleur et plus d'amour que toutes les précédentes, car il savait qu'elles seraient les dernières.

En arrivant au bureau, cinq jours après avoir reçu la lettre de Fermina Daza, il se sentit flotter dans le néant abrupt et inhabituel des machines à écrire dont on avait fini par moins remarquer le crépitement de pluie que le silence. C'était l'heure de la pause. Lorsque le bruit reprit, Florentino Ariza entra dans le bureau de Leona Cassiani et la contempla, assise devant sa machine à écrire qui obéissait au bout de ses doigts comme un instrument humain. Elle se sentit observée, regarda vers la porte avec son terrible sourire solaire mais ne s'arrêta d'écrire que lorsqu'elle eut terminé son paragraphe.

« Dis-moi, lionne de mon cœur, lui demanda Florentino Ariza, que dirais-tu si tu recevais une lettre d'amour écrite sur cet engin? »

Elle, que rien ne surprenait, eut un geste d'étonnement légitime.

« Ça alors! s'exclama-t-elle, figure-toi que je n'y avais jamais pensé. »

Ce qui voulait dire qu'elle n'avait pas d'autre réponse. Jusqu'alors Florentino Ariza n'y avait pas pensé non plus, mais il décida de courir le risque. Il emporta chez lui une des machines du bureau, au milieu des plaisanteries cordiales des subalternes : « Vieux perroquet ne peut apprendre à parler. » Leona Cassiani, que toute nouveauté enthousiasmait, offrit de lui donner des leçons de mécanographie à domicile. Mais il était opposé à tout apprentissage méthodique depuis que Lotario Thugut avait voulu lui enseigner à jouer du violon note par note, en le prévenant qu'il lui faudrait au moins un an avant de pouvoir commencer, cinq pour se présenter devant un orchestre professionnel et toute la vie six heures par jour pour en bien jouer. Il avait obtenu de sa mère qu'elle lui achetât un violon pour aveugle, et grâce aux cinq règles de base que lui avait enseignées Lotario Thugut il avait osé jouer avant le délai d'un an dans le chœur de la cathédrale et envoyer à Fermina Daza des sérénades depuis le cimetière des pauvres, selon la direction des vents. Puisqu'il avait réussi à vingt ans avec un instrument aussi difficile que le violon, il ne voyait pas pourquoi il ne pourrait faire de même à soixante-seize avec un instrument pour un seul doigt comme une machine à écrire.

Il avait raison. Il lui fallut trois jours pour connaître la position des lettres sur le clavier, six pour apprendre à penser en même temps qu'il écrivait, et trois autres pour finir la première lettre sans fautes, après avoir déchiré une demi-rame de papier. Il écrivit un en-tête solennel : *Madame*, et la signa de sa seule initiale, comme les billets parfumés de ses jeunes années. Il l'envoya par la poste dans une enveloppe avec un encadré noir, ainsi que le voulait l'usage pour une lettre destinée à une veuve récente, et sans le nom de l'expéditeur au dos.

C'était une lettre de six pages qui n'avait rien à voir avec celles qu'il avait pu écrire autrefois. Elle ne possédait ni le ton, ni le style, ni le souffle rhétorique de ses premières années d'amour et l'argumentation était si rationnelle et si mesurée que le parfum d'un gardénia eût été comme un pavé dans une mare. D'une certaine façon elle n'était pas loin de ressembler aux lettres commerciales qu'il n'avait jamais réussi à rédiger. Des années plus tard, une missive personnelle écrite avec des moyens mécaniques ferait figure d'offense, mais la machine à écrire était encore un animal de bureau qui ne possédait pas d'éthique propre et dont le dressage domestique n'était pas inscrit dans les manuels de bonne conduite. Cela semblait plutôt d'un modernisme audacieux et c'est ainsi que Fermina Daza sans doute le comprit car dans la seconde lettre qu'elle écrivit à Florentino Ariza, elle commençait en s'excusant des défauts de son écriture et de ne pas disposer de moyens plus avancés que la plume en acier.

Florentino Ariza ne fit pas même allusion à la terrible lettre qu'elle lui avait envoyée, mais expérimenta plutôt une méthode de séduction différente, sans référence aucune aux amours passées ni au passé pur et simple : il repartait de zéro. C'était une longue méditation sur la vie, fondée sur ses idées et son expérience des rapports entre homme et femme, qu'il avait un jour songé à écrire en supplément au *Secrétaire des amoureux*. Avec la différence, cette fois, qu'il l'enroba d'un style patriarcal digne des Mémoires d'un vieil homme afin qu'on ne remarquât pas trop qu'il s'agissait en réalité d'un essai sur l'amour. Auparavant, il avait écrit de nombreux brouillons, à l'ancienne mode, que l'on mettait plus de temps à lire la tête froide qu'à jeter au feu. Il savait que le moindre manquement aux conventions, la moindre légèreté nostalgique pouvaient réveiller dans le cœur de Fermina Daza un arrière-goût du passé, et bien qu'il s'attendît à ce qu'elle lui renvoyât cent lettres avant d'oser en ouvrir une, il préférait ne pas courir de risque. Comme pour une ultime bataille, il dressa son plan jusque dans les moindres détails : tout devait être différent pour susciter de nouvelles curiosités, de nouvelles intrigues, de nouvelles espérances chez une femme qui avait vécu une vie entière dans la plénitude. Ce devait être un rêve débridé, capable de lui insuffler le courage qui lui manquait pour jeter à la poubelle les préjugés d'une classe dont elle n'était pas issue mais qui, plus que de tout autre, avait fini par être sienne. Il devait lui apprendre à considérer l'amour comme un état de grâce qui n'était pas un moyen mais bien une origine et une fin en soi.

Il eut le bon sens de ne pas attendre une réponse immédiate car il lui suffisait que la lettre ne lui fût pas retournée. Elle ne lui revint pas, en effet, non plus que les suivantes, et à mesure que les jours passaient son anxiété grandissait, et plus ils passaient sans qu'aucune lettre ne revînt, plus augmentait son espoir d'une réponse. La fréquence de ses missives commença à dépendre de l'agilité de ses doigts :

d'abord une par semaine, puis deux, et enfin une par jour. Il se réjouit des progrès des postes depuis le temps où il en était le porte-drapeau car il n'eût pas couru le risque qu'on le vît tous les jours à la poste envoyer une lettre à une même personne, ni celui de l'envoyer par l'intermédiaire de quelqu'un qui aurait pu le colporter. En revanche, il était facile de demander à un employé d'acheter pour un mois de timbres, puis de mettre la lettre dans une des trois boîtes de la vieille ville. Très vite ce rite entra dans sa routine : il profitait de ses insomnies pour écrire, et le lendemain, en se rendant au bureau, il demandait au chauffeur de s'arrêter une minute devant une boîte aux lettres et descendait lui-même y glisser son enveloppe. Il ne lui permit jamais de le faire à sa place, ainsi que celui-ci le lui offrit un matin où il pleuvait, et prenait parfois la précaution d'expédier non pas une seule mais plusieurs lettres en même temps, afin que cela eût l'air plus naturel. Le chauffeur ignorait, bien sûr, que les autres lettres étaient des feuilles blanches qu'il s'adressait à lui-même, car jamais il n'avait entretenu de correspondance personnelle avec quiconque, sauf avec les parents d'América Vicuña auxquels il envoyait à la fin de chaque mois son rapport de tuteur et ses propres remarques sur la conduite de l'enfant, sa santé, et la bonne marche de ses études.

Il numérota toutes ses lettres à partir du premier mois et commençait par un résumé des lettres précédentes, comme les feuilletons des journaux, par crainte que Fermina Daza ne s'aperçût pas qu'elles avaient une certaine continuité. Lorsqu'elles furent quotidiennes, il remplaça les enveloppes de deuil par des enveloppes longues et blanches, pour leur donner l'impersonnalité complice des lettres commerciales. Au début, il était disposé à soumettre sa patience à une épreuve plus grande encore, au moins tant qu'il ne constaterait pas qu'il perdait son temps avec la seule méthode différente qu'il avait pu inventer. Il attendit, en effet, sans les souffrances de toutes sortes que dans sa jeunesse l'espérance lui infligeait, mais avec au contraire l'entêtement d'un vieillard de pierre qui n'avait à penser à rien d'autre, n'avait plus rien à faire dans une compagnie fluviale voguant de son propre chef sous des vents favorables, et qui possédait de surcroît l'intime conviction qu'il serait encore vivant et en pleine possession de ses facultés d'homme demain, après-demain, plus tard et toujours, lorsque Fermina Daza serait enfin convaincue que le seul remède à ses afflictions de veuve solitaire était de lui ouvrir toutes grandes les portes de sa vie.

En attendant, il menait la même vie régulière et, prévoyant une réponse favorable, il entreprit une seconde rénovation de la maison afin qu'elle fût digne de celle qui aurait pu s'en considérer la reine et la maîtresse dès le jour où elle avait été achetée. Il retourna plusieurs fois chez Prudencia Pitre, ainsi qu'il se l'était promis, pour lui prouver qu'en dépit des déprédations de l'âge il pouvait l'aimer au grand jour et en plein soleil aussi bien que pendant ses nuits de vague à l'âme. Il continuait de passer devant la maison d'Andrea Varón et lorsqu'il ne voyait plus de lumière à la fenêtre de la salle de bains, il tentait de s'abrutir avec les extravagances de son lit, ne fût-ce que pour ne pas perdre la régularité de l'amour et rester fidèle à une autre de ses croyances, jamais démentie, que tant que l'on va le corps va.

Le seul problème était sa relation avec América Vicuña. Il avait à plusieurs reprises ordonné au chauffeur d'aller la chercher à l'internat le samedi à dix heures, mais il ne savait que faire d'elle pendant les fins de semaine. Pour la première fois il la délaissait et elle souffrait de ce changement. Il la

confiait aux servantes qui, l'après-midi, allaient avec
elle au cinéma, aux concerts du parc pour enfants,
aux tombolas de bienfaisance, ou il inventait des
sorties dominicales avec ses camarades d'école afin
de ne pas avoir à la conduire au paradis caché
derrière ses bureaux où elle avait toujours désiré
retourner depuis le premier jour qu'il l'y avait emmenée. Il ne s'apercevait pas, plongé dans la nébuleuse
de son nouveau rêve, qu'une femme pouvait devenir
adulte en trois jours. Or, trois ans s'étaient écoulés
depuis qu'il était allé l'attendre à l'arrivée du paquebot de Puerto Padre. Elle ne put comprendre les
raisons d'un changement aussi brutal, bien qu'il
tentât de l'atténuer. Le jour où, chez le glacier, il lui
avait dit qu'il allait se marier, lui révélant ainsi une
vérité, la panique lui avait donné un choc, mais plus
tard cela lui avait semblé si absurde qu'elle l'avait
tout à fait oublié. Toutefois, elle comprit très vite
qu'il se conduisait comme si c'était vrai, avec des
faux-fuyants inexplicables, comme s'il avait non
soixante ans de plus qu'elle mais soixante de
moins.

Un samedi après-midi, Florentino Ariza la trouva
dans sa chambre en train d'écrire à la machine. Elle
se débrouillait assez bien car à l'école elle apprenait
la mécanographie. Elle avait tapé plus d'une demi-
page où, çà et là, apparaissait une phrase facile à
isoler et révélatrice de son état d'esprit. Pour lire ce
qu'elle avait écrit, Florentino Ariza s'inclina par-
dessus son épaule. Sa chaleur d'homme, son souffle
entrecoupé, l'odeur de ses vêtements qui était la
même que celle de son oreiller la troublèrent. Elle
n'était plus la petite fille à peine débarquée dont il
ôtait les vêtements un par un avec des cajoleries de
bébé : d'abord les chaussures pour le nounours, puis
la chemise pour le chien-chien, puis la petite culotte
à fleurs pour le lapinou, et un baiser pour la jolie

petite chatte à son papa. Non : c'était une femme au vrai sens du terme, qui aimait prendre des initiatives. Elle continua d'écrire d'un seul doigt de la main droite, et de la gauche chercha sa jambe à tâtons, explora, le trouva, le sentit revivre, grandir, soupirer d'anxiété, jusqu'à ce que la respiration du vieil homme devînt rauque et difficile. Elle le connaissait bien : dans un instant il serait à sa merci et ne pourrait revenir en arrière avant d'avoir atteint le point final. Elle le prit par la main comme un pauvre aveugle des rues pour le conduire jusqu'au lit, et l'éplucha petit bout par petit bout avec une tendresse maligne, le sala à son goût, le poivra, l'ailla, ajouta un oignon haché, le jus d'un citron, une feuille de laurier, jusqu'à ce qu'il fût bien assaisonné et le four à bonne température. Ils étaient seuls. Les servantes étaient sorties, les maçons et les menuisiers qui rénovaient la maison ne travaillaient pas le samedi : le monde entier était à eux. Mais, au bord du précipice, il s'arracha à l'extase, écarta sa main, se leva, et dit d'une voix tremblante :

« Attention, on n'a pas de capotes. »

Elle resta un long moment allongée sur le lit et lorsqu'elle rentra à l'internat, avec une heure d'avance, elle était au-delà des pleurs, et avait affiné son odorat et aiguisé ses ongles pour déterrer la fouine embusquée qui avait gâché sa vie. Florentino Ariza, en revanche, commit une fois de plus l'erreur de bien des hommes : il crut que, persuadée de la vanité de ses propositions, elle avait décidé de l'oublier.

Il vivait dans son rêve. Au bout de six mois sans la moindre réponse, il commença à se tourner et à se retourner des nuits entières dans son lit, perdu dans un désert d'insomnies nouvelles. Il pensait que Fermina Daza avait ouvert la première lettre à cause de son aspect inoffensif mais qu'ayant aperçu l'initiale des lettres d'antan elle l'avait jetée dans le brasier des ordures sans même prendre la peine de la déchirer. Sans doute lui avait-il suffi de voir les enveloppes suivantes pour faire de même sans prendre la peine de les ouvrir, et sans doute continuerait-elle ainsi jusqu'à la fin des temps alors que lui parvenait au terme de ses méditations écrites. Il ne croyait nulle femme capable de résister, au bout de six mois de lettres quotidiennes, à la curiosité de connaître au moins la couleur de l'encre avec laquelle elles avaient été écrites. Mais s'il n'y en avait qu'une, ce ne pouvait être que Fermina Daza.

Florentino Ariza sentait que le temps de la vieillesse n'était pas un torrent horizontal, mais un gouffre sans fond par où se vidait sa mémoire. Son imagination s'épuisait. Après avoir rôdé autour de la Manga plusieurs jours, il comprit que cette méthode puérile ne parviendrait pas à enfoncer les portes condamnées par le deuil. Un matin, alors qu'il cherchait un numéro dans l'annuaire du téléphone, il tomba par hasard sur le sien. La sonnerie retentit longtemps et enfin il reconnut la voix, grave et aphone : « Allô? » Il raccrocha sans dire un mot, mais la distance infinie de cette voix insaisissable brisa ses espérances.

À cette même époque, Leona Cassiani fêta son anniversaire et invita chez elle un petit groupe d'amis. Distrait, Florentino Ariza renversa sur lui la sauce du poulet. Elle nettoya le revers de son veston en trempant dans un verre d'eau la pointe d'une serviette qu'elle noua ensuite autour de son cou pour prévenir un accident plus grave : il avait l'air d'un vieux bébé. Elle remarqua qu'au cours du repas il avait à plusieurs reprises ôté ses lunettes pour les essuyer avec son mouchoir, parce que ses yeux larmoyaient. À l'heure du café, il s'endormit sa tasse à la main, et elle tenta de la lui prendre sans le réveiller. Il réagit, honteux : « Mais non, je repose ma vue. » Leona Cassiani alla se coucher, surprise de voir combien il commençait à être marqué par la vieillesse.

Pour le premier anniversaire de la mort de Juvenal Urbino, la famille envoya des cartons d'invitation à une messe commémorative dans la cathédrale. Florentino Ariza n'avait toujours pas reçu le moindre signe en retour, ce qui l'incita à prendre la décision audacieuse d'assister à la messe bien qu'on ne l'eût pas invité. Ce fut un événement mondain, plus fastueux qu'émouvant. Les bancs des premiers rangs, héréditaires et assignés à vie, avaient sur leur dossier une plaque de cuivre portant le nom de leur propriétaire. Florentino Ariza arriva avec les premiers invités afin de s'asseoir là où Fermina Daza ne pourrait passer sans le voir. Il pensa que les meilleures places étaient celles de la nef principale, derrière les bancs réservés, mais la foule était si nombreuse qu'il n'y avait plus un siège de libre et il dut aller s'asseoir dans la nef des parents pauvres. De là, il vit entrer Fermina Daza au bras de son fils, vêtue de velours noir jusqu'aux poignets, une robe sans aucune garniture, boutonnée du col à la pointe des pieds comme une soutane d'évêque, et portant une mantille de dentelle castillane au lieu du chapeau à voilette des autres veuves et même de beaucoup de femmes désireuses de l'être. Son visage découvert avait l'éclat de l'albâtre, les yeux lancéolés brillaient de leur propre éclat sous les énormes lustres de la nef, et elle était si droite, si altière, si maîtresse d'elle-même qu'elle ne semblait pas plus âgée que son fils. Florentino Ariza s'agrippa du bout des doigts au dossier du banc jusqu'à ce que la tête cessât de lui tourner, car il sentait qu'elle et lui n'étaient pas à deux mètres de distance mais qu'ils vivaient deux journées différentes.

Fermina Daza assista à la cérémonie sur le banc familial, face au maître-autel, la plupart du temps debout, avec la même prestance que lorsqu'elle assistait à une représentation à l'Opéra. La messe terminée, elle passa outre les règles de la liturgie et ne resta pas à sa place pour recevoir le renouvellement des condoléances, comme c'était l'usage, mais se fraya un chemin pour remercier chaque invité : un geste novateur qui concordait tout à fait avec sa manière d'être. Saluant les uns et les autres, elle arriva au banc des parents pauvres et à la fin regarda autour d'elle pour s'assurer qu'elle n'avait oublié personne de sa connaissance. Florentino Ariza sentit alors un vent surnaturel le soulever de terre : elle l'avait vu. Fermina Daza, en effet, avec l'aisance dont elle faisait toujours preuve en société, s'écarta de ceux qui l'accompagnaient, tendit la main et lui dit avec un sourire très doux :

« Merci d'être venu. »

Car elle avait lu les lettres et les avait même lues avec un grand intérêt, trouvant en elles de profonds sujets de réflexion pour continuer à vivre. La première était arrivée alors qu'elle prenait le petit déjeuner à table avec sa fille. Elle l'ouvrit par curiosité parce qu'elle était écrite à la machine, et une rougeur soudaine embrasa son visage lorsqu'elle reconnut l'initiale de la signature. Elle se reprit aussitôt et glissa la lettre dans la poche de son tablier. « Ce sont des condoléances du gouvernement », dit-elle. Sa fille s'étonna : « On les a déjà toutes reçues. » Fermina Daza ne se troubla pas : « Ça en fait une de plus. » Elle voulait brûler la lettre plus tard, loin des questions d'Ofelia, mais elle ne put résister à la tentation d'y jeter auparavant un coup d'œil. Elle attendait une réponse bien méritée à la lettre d'injures dont elle avait commencé à se repentir à l'instant même où elle l'avait envoyée, mais au Madame et au ton du premier paragraphe, elle comprit que dans le monde quelque chose avait changé. Intriguée au plus haut point, elle s'enferma dans sa chambre pour lire la lettre dans le calme avant de la brûler, et la lut trois fois de suite sans reprendre haleine.

C'étaient des méditations sur la vie, l'amour, la vieillesse, la mort : des idées qui avaient souvent voleté comme des oiseaux nocturnes au-dessus de sa tête, mais qui s'éparpillaient en un sillage de plumes dès qu'elle tentait de les saisir. Elles étaient là, nettes, simples, telles qu'elle eût aimé les formuler, et une fois de plus elle souffrit que son époux ne fût là pour pouvoir en discuter avec lui, comme ils avaient l'habitude, avant de dormir, de discuter des événements de la journée. Ainsi découvrit-elle un Florentino Ariza inconnu, dont la lucidité n'avait rien à voir avec les billets fébriles de sa jeunesse ni avec la conduite obscure qu'il avait observée toute sa vie. C'étaient plutôt les paroles de l'homme que la tante Escolástica croyait inspiré par le Saint-Esprit, et cette pensée l'effraya comme la première fois. En tout cas, ce qui contribua le plus à la calmer fut la certitude que cette lettre de sage vieillard n'était pas une tentative de renouveler l'impertinence commise au soir de son veuvage, mais au contraire une très noble manière d'effacer le passé.

Les lettres suivantes finirent par l'apaiser. Elle les lisait avec un intérêt croissant et les brûlait ensuite, et à mesure qu'elle les brûlait un sentiment de culpabilité l'envahissait, impossible à dissiper. De sorte que lorsque apparurent les lettres numérotées, elle trouva un prétexte moral pour ne plus les détruire. Son intention première, cependant, ne fut pas de les garder pour elle mais d'attendre l'occasion de les rendre à Florentino Ariza afin que des écrits aussi utiles à l'humanité ne se perdissent pas. Le temps passait et les lettres continuèrent d'arriver tout au long de l'année, une tous les trois ou quatre jours, et elle ne savait comment les lui restituer sans que cela parût un affront, et sans avoir à l'expliquer dans une lettre que son orgueil refusait d'écrire.

Cette première année lui avait suffi pour assumer son veuvage. Le souvenir purifié de son époux avait cessé d'être un obstacle à sa vie quotidienne, à ses pensées intimes, à ses intentions les plus simples, et s'était transformé en une présence vigilante qui la guidait sans la gêner. Parfois, il apparaissait là où elle avait besoin de lui, en chair et en os et non comme un fantôme. La certitude qu'il était présent et vivant, mais dépossédé de ses caprices d'homme, de ses exigences patriarcales, du besoin épuisant qu'elle l'aimât de la même façon qu'il l'aimait, avec le même rituel de baisers inopportuns et de mots tendres, lui redonnait courage. Car elle le comprenait mieux que de son vivant, elle comprenait l'anxiété de son amour, sa nécessité pressante de trouver auprès d'elle la sécurité qui semblait être le pilier de sa vie publique et qu'en réalité il n'avait jamais eue. Un jour, au comble du désespoir, elle s'était écriée : « Tu ne vois donc pas combien je suis malheureuse. » Sans se fâcher, il avait ôté ses lunettes d'un geste bien à lui, l'avait inondée de l'eau diaphane de ses yeux puérils et en une seule phrase l'avait écrasée de tout le poids de son insupportable sagesse : « N'oublie jamais que, dans un bon couple, le plus important n'est pas le bonheur mais la stabilité. » Dès les premières solitudes de son veuvage, elle avait compris que cette phrase ne dissimulait pas la menace mesquine qu'elle lui avait alors attribuée mais le diamant qui leur avait donné à tous les deux tant d'heures de bonheur.

Au cours de ses nombreux voyages autour du monde, Fermina Daza avait acheté tout ce qui, par sa nouveauté, attirait son attention. Elle désirait les choses sous le coup d'une impulsion primaire que son époux se plaisait à rationaliser, des choses belles et utiles tant qu'elles se trouvaient dans leur milieu d'origine, une vitrine de Rome, de Paris, de Londres ou du trépidant New York d'alors avec son charleston et ses gratte-ciel commençant à pousser, mais qui ne résistaient pas à l'épreuve des valses de Strauss, des rillons de porc et des batailles de fleurs par quarante degrés à l'ombre. De sorte qu'elle revenait avec une demi-douzaine de malles verticales, énormes, faites d'un métal chatoyant orné de serrures et de coins en cuivre, semblables à des cercueils de fantaisie, maîtresse des dernières merveilles du monde, qui à l'évidence ne valaient pas leur pesant d'or sinon dans l'instant fugace où quelqu'un de son entourage poserait une fois sur elles le regard. Car elles avaient été achetées pour ça : pour que les autres les vissent au moins une fois. Fermina Daza avait pris conscience de la vanité de son image bien avant de commencer à vieillir, et chez elle on l'entendait souvent déclarer : « Il faudrait balancer toute cette quincaillerie qui prend toute la place. » Le docteur Urbino se moquait de ses intentions stériles car il savait que l'espace libéré serait aussitôt réoccupé. Mais elle insistait car en vérité il n'y avait de place pour rien, et nulle part un seul objet qui servît à quelque chose : des chemises accrochées à des boutons de portes, ou des manteaux d'hiver européens entassés dans les placards de la cuisine. De sorte que les matins où elle se levait de bonne humeur, elle déblayait les armoires, vidait les malles, déménageait les greniers et flanquait une pagaille digne d'un champ de bataille avec les monceaux de vêtements trop vus, les chapeaux qu'elle n'avait jamais coiffés car elle n'en avait pas eu l'occasion tant qu'ils avaient été à la mode, les chaussures copiées par des artistes d'Europe sur celles portées par les impératrices au jour de leur couronnement et qu'ici les jeunes filles de bonne famille dédaignaient parce qu'elles étaient identiques aux pantoufles que les négresses achetaient au marché pour traîner à la maison. La terrasse intérieure vivait en état d'urgence toute la matinée et l'air de la maison devenait irrespirable à cause des rafales âcres de la naphtaline. Mais le calme revenait en quelques heures et à la fin elle avait pitié de toutes ces soieries jetées à terre, de tous ces brocarts inutilisés, de toute cette passementerie gaspillée, de toutes ces queues de renard bleu condamnées au bûcher.

« C'est un péché de les brûler, disait-elle, quand il y a tant de gens qui n'ont pas de quoi manger. »

De sorte qu'elle remettait l'holocauste à plus tard, et les choses ne faisaient que changer de place, allant d'un lieu privilégié aux anciennes écuries transformées en dépôt de soldes, tandis que les espaces libres commençaient, ainsi qu'il l'avait prévu, à se remplir de nouveau et à déborder de choses qui vivaient un instant avant d'aller mourir dans les armoires. Elle disait : « Il faudrait inventer quelque chose à faire avec ce qui ne sert à rien mais qu'on ne peut pas jeter. » Elle était terrorisée par la voracité avec laquelle les objets envahissaient les espaces vitaux, déplaçaient les humains et les repoussaient dans les coins, et elle finissait par les mettre là où on ne pouvait pas les voir. Car elle se croyait ordonnée alors qu'elle ne l'était pas, et avait une méthode pour le paraître : camoufler la pagaille. Le jour où Juvenal Urbino mourut, il fallut vider la moitié du bureau et entasser les choses dans les chambres pour dégager un endroit où le veiller.

Le passage de la mort dans la maison permit de trouver la solution. Une fois les vêtements de son mari brûlés, termina Daza se rendit compte que sa main n'avait pas tremblé, et elle continua avec la même fougue d'allumer le bûcher de temps à autre, y jetant tout, le vieux et le neuf, sans penser à la jalousie des riches ni à la vengeance des pauvres qui mouraient de faim. Puis elle ordonna d'abattre le manguier pour que ne demeurât nul vestige de son malheur et fit don du perroquet vivant au musée de la Ville. Ainsi parvint-elle enfin à respirer à son aise dans une maison telle qu'elle l'avait toujours rêvée : grande, facile et sienne.

Ofelia, sa fille, resta trois mois avec elle puis repartit pour La Nouvelle-Orléans. Son fils venait le dimanche déjeuner en famille avec les siens, et en semaine chaque fois qu'il le pouvait. Les amies les plus proches de Fermina Daza recommencèrent à lui rendre visite une fois passée la douleur du deuil, elles jouaient avec elle aux cartes, essayaient de nouvelles recettes de cuisine, la mettaient au courant de la vie secrète du monde insatiable qui continuait d'exister sans elle. Lucrecia del Real del Obispo était parmi les plus assidues. C'était une aristocrate comme on n'en faisait plus, avec qui Fermina Daza avait toujours entretenu une bonne amitié et qui s'était rapprochée d'elle après la mort de Juvenal Urbino. Déformée par l'arthrite, regrettant sa vie dissolue, mais d'une excellente compagnie, Lucrecia del Real la consultait sur les projets civiques et mondains que l'on préparait en ville, et Fermina Daza se sentait utile en elle-même et non grâce à l'ombre protectrice de son mari. Pourtant, jamais on ne l'avait autant identifiée à lui, car on ne la désignait plus par son nom de jeune fille, ainsi qu'on l'avait toujours fait, mais comme la veuve Urbino.

À mesure qu'approchait le premier anniversaire de la mort de son époux, Fermina Daza, bien que cela lui parût inconcevable, pénétrait dans une enceinte ombragée, fraîche, silencieuse : le bocage de l'irrémédiable. Elle ne savait pas encore, et ne le sut qu'au bout de plusieurs mois, combien les méditations écrites de Florentino Ariza l'avaient aidée à retrouver la paix. Confrontées à sa propre expérience, elles lui avaient permis de déchiffrer ce qu'avait été sa propre vie et d'attendre avec sérénité les desseins de la vieillesse. Leur rencontre à la messe de commémoration fut pour Fermina Daza l'occasion providentielle de lui laisser entendre qu'elle aussi, grâce au secours de ses lettres, était disposée à oublier le passé.

Deux jours plus tard, elle reçut de lui un billet différent, écrit à la main sur du papier tramé, avec son nom en toutes lettres au dos de l'enveloppe. C'était la même écriture déliée, la même volonté lyrique des premières années, mais concentrées dans un simple paragraphe de remerciements pour la déférence de ses paroles à la cathédrale. Fermina Daza l'évoquait encore plusieurs jours après l'avoir reçu, remuant des souvenirs, la conscience si tranquille que le jeudi suivant, sans en venir au fait, elle demanda à Lucrecia del Real del Obispo si par hasard elle connaissait Florentino Ariza, le propriétaire des bateaux du fleuve. Lucrecia répondit oui : « Il paraît que c'est un succube invétéré. » Et elle raconta ce que partout on commentait, à savoir qu'on ne lui avait jamais connu de femme alors qu'il avait été un excellent parti, et qu'il avait un bureau secret où il emmenait les enfants qu'il traquait la nuit sur les quais. Fermina Daza connaissait ces racontars depuis qu'elle était douée de mémoire, mais jamais elle ne les avait crus ni ne leur avait accordé d'importance. Pourtant, lorsque Lucrecia del Real del Obispo, dont on disait aussi qu'elle avait des goûts suspects, les lui répéta avec tant de conviction, elle ne put s'empêcher de remettre les choses à leur place. Elle lui dit qu'elle connaissait Florentino Ariza depuis qu'il était tout petit, lui rappela que sa mère avait une mercerie rue des Fenêtres et qu'elle achetait de vieilles chemises et de vieux draps pour en faire de la charpie que, pendant les guerres civiles, elle vendait comme succédané de coton pour les blessés. Et elle conclut, sûre d'elle-même : « Ce sont des gens honnêtes qui se sont élevés à la force du poignet. » Elle fut à ce point véhémente que Lucrecia retira ce qu'elle avait dit : « Après tout, on dit bien la même chose de moi. » Fermina Daza n'eut pas la curiosité de se demander pourquoi elle prenait avec tant de passion la défense d'un homme qui n'avait été qu'une ombre dans sa vie. Elle continua de penser à lui, surtout lorsqu'au courrier il n'y avait pas de lettre. Deux semaines de silence avaient passé lorsqu'une des servantes vint la réveiller au milieu de sa sieste, en murmurant affolée :

« Madame, don Florentino est là. »

C'était bien lui. Fermina Daza eut une première réaction de panique. Elle pensa d'abord que non, qu'il revienne un autre jour, à une heure plus appropriée, qu'elle n'était pas en état de recevoir de visites, qu'elle n'avait rien à lui dire. Mais elle se reprit aussitôt et donna l'ordre de le faire passer au salon et de lui servir un café tandis qu'elle se préparait pour le recevoir. Florentino Ariza était resté sur le pas de la porte d'entrée, étouffant sous le soleil infernal de l'après-midi, mais sûr d'avoir les rênes bien en main. Il s'attendait à ne pas être reçu, peut-être même à une excuse aimable, et cette certitude lui permettait de conserver son calme. Mais la réponse apportée par la servante le troubla jusqu'à la moelle et en entrant dans la pénombre fraîche du salon il n'eut pas le temps de penser au miracle qu'il était en train de vivre parce que ses entrailles s'emplirent soudain d'une explosion d'écume douloureuse. Il s'assit, à bout de souffle, assiégé par le souvenir maudit de la fiente d'oiseau le jour de sa première lettre d'amour, et demeura immobile dans l'ombre tandis que passait la première vague de frissons, prêt à accepter n'importe quelle calamité qui ne fût pas cet injuste malheur.

Il se connaissait bien : en dépit de sa constipation congénitale, son ventre l'avait trahi trois ou quatre fois en public au cours de sa longue vie, et les trois ou quatre fois il avait dû déclarer forfait. Il avait constaté alors, comme en d'autres situations d'urgence, à quel point une phrase qu'il aimait répéter par pure plaisanterie était vraie : « Je ne crois pas en Dieu mais j'ai peur de lui. » Il n'eut pas le temps d'en douter et tenta de réciter une quelconque prière qu'il se fût rappelée mais ne se souvint d'aucune. Lorsqu'il était enfant, un autre enfant lui avait appris une formule magique pour lancer des pierres sur les oiseaux : « A la une, à la douze si je t'écrabouille, je te zigouille. » Il l'avait essayée lorsqu'il était allé dans les bois pour la première fois, avec une fronde neuve, et l'oiseau était tombé foudroyé. Il pensa de façon confuse que les deux situations avaient quelque chose en commun et répéta la formule avec autant de ferveur qu'une prière mais l'effet fut tout autre. Une colique lui tordit les boyaux comme l'extrémité d'une vrille, le souleva de son siège, tandis que l'écume de son ventre, de plus en plus épaisse et douloureuse, poussait un gémissement et qu'une sueur glacée l'inondait. La servante qui apportait le café s'effraya de sa pâleur mortelle. Il soupira : « C'est la chaleur. » Elle ouvrit la fenêtre, croyant l'aider, mais le soleil de l'après-midi le frappa de plein fouet et elle dut la refermer. Il avait compris qu'il ne tiendrait pas une minute de plus lorsque Fermina Daza apparut, presque invisible dans la pénombre, et prit peur de le voir dans cet état.

« Vous pouvez tomber la veste », lui dit-elle.

Qu'elle pût entendre le borborygme de ses tripes lui était plus douloureux encore que la colique mortelle. Mais il parvint à survivre l'espace d'un instant pour répondre non, qu'il n'était venu que pour lui demander quand elle pourrait le recevoir. Debout, déconcertée, elle répondit : « Mais vous êtes ici. » Et elle l'invita à le suivre sur la terrasse du jardin où il ferait moins chaud. Il refusa d'une voix qu'elle confondit avec un soupir de regret.

« Je vous supplie de me recevoir demain », dit-il.

Elle se rappela que le lendemain on était jeudi, jour de la visite ponctuelle de Lucrecia del Real del Obispo, et lui fit une proposition irrévocable : « Après-demain à cinq heures. » Florentino Ariza la remercia, lui dit au revoir à la hâte en soulevant son chapeau et partit sans boire son café. Elle demeura perplexe au milieu du salon, ne comprenant pas ce qui venait de se passer, jusqu'à ce qu'au bout de la rue le bruit de pétarade de la voiture se fût éteint. Enfoncé dans le siège arrière, Florentino Ariza chercha la position la moins douloureuse, ferma les yeux, relâcha ses muscles et s'abandonna à la volonté de son corps. Ce fut une seconde naissance. Le chauffeur, qu'après tant d'années de service plus rien ne surprenait, demeura impassible. Mais en ouvrant la portière, devant le seuil de la maison, il lui dit : « Faites attention, don Floro, ça pourrait bien être le choléra. »

Mais c'était comme les autres fois. Florentino Ariza en remercia Dieu le vendredi à cinq heures précises de l'après-midi, alors que la servante le conduisait à travers la pénombre du salon jusqu'à la terrasse du jardin où il trouva Fermina Daza devant une petite table dressée pour deux personnes. Elle lui offrit thé, chocolat, café, Florentino Ariza accepta un café très fort et très chaud, et elle ordonna à la servante : « Pour moi, comme d'habitude. » Le comme d'habitude était une infusion bien forte de plusieurs thés orientaux qui, après la sieste, lui redonnait des forces. Lorsqu'elle eut fini la théière et lui la cafetière, ils avaient déjà effleuré et abandonné plusieurs sujets de conversation, moins pour l'intérêt qu'ils leur portaient que pour éviter ceux que ni lui ni elle n'osaient aborder. Tous deux étaient intimidés, ne comprenaient pas ce qu'ils faisaient si loin de leur jeunesse sur la terrasse à damiers d'une maison étrangère qui sentait encore les fleurs de cimetière. Au bout d'un demi-siècle, ils étaient pour la première fois face à face, l'un près de l'autre, et avaient devant eux assez de temps pour se regarder avec sérénité tels qu'ils étaient : deux vieillards épiés par la mort, n'ayant rien en commun sinon le souvenir d'un passé éphémère qui n'était plus le leur mais celui de deux jeunes gens disparus qui auraient pu être leurs petits-enfants. Elle pensa qu'il allait enfin se convaincre de l'irréalité de son rêve et que son impertinence en serait ainsi pardonnée.

Pour éviter les silences gênants ou les sujets indésirables, elle posa des questions évidentes sur les bateaux fluviaux. C'était à peine croyable que leur propriétaire n'eût entrepris qu'une seule fois le voyage, des années auparavant, lorsqu'il n'avait rien à voir avec l'entreprise. Elle n'en connaissait pas la raison et il eût donné son âme pour la lui avouer. Elle ne connaissait pas non plus le fleuve. Son mari partageait son aversion pour le climat andin et la dissimulait sous des prétextes divers : dangers de l'altitude pour le cœur, risques de pneumonie, perfidie des gens, injustice du centralisme. De sorte qu'ils avaient parcouru le monde entier, sauf leur pays. Maintenant, il y avait un hydravion Junkers qui allait de village en village tout au long du Magdalena, comme une sauterelle d'aluminium, avec deux membres d'équipage, six passagers et les sacs postaux. Florentino Ariza dit : « C'est une boîte à macchabées qui se promène dans les airs. » Fermina Daza avait participé au premier voyage en ballon et n'en avait éprouvé nulle frayeur, mais elle avait peine à croire qu'elle était la même femme qui avait risqué une telle aventure. « C'est différent », dit-elle, voulant expliquer par là que c'était elle qui avait changé et non les façons de voyager.

Parfois, le bruit des avions la surprenait. Lors du centenaire de la mort du Libérateur, elle les avait vus voler en rase-mottes et accomplir des manœuvres acrobatiques. L'un d'eux, aussi noir qu'un énorme charognard, était passé au ras des toits de la Manga et avait perdu un bout d'aile sur un arbre voisin avant d'aller s'empêtrer dans les fils électriques. Mais Fermina Daza n'avait pas pour autant admis l'existence des avions. Ces dernières années, elle n'avait pas même eu la curiosité d'aller jusqu'à la baie de Manzanillo où amerrissaient les hydravions dès que les garde-côtes avaient mis en fuite les canoës des pêcheurs et les bateaux de plaisance de plus en plus nombreux. Pourtant, malgré son grand âge, c'était elle qu'on avait choisie pour remettre une gerbe de roses à Charles Lindbergh quand il avait fait son vol de démonstration, et elle n'avait pas compris comment un homme aussi grand, aussi blond et aussi beau pouvait s'élever à l'intérieur d'un appareil qui ressemblait à du fer-blanc chiffonné et dont deux mécaniciens avaient dû pousser la queue pour l'aider à décoller. L'idée que des avions à peine plus grands pussent transporter huit personnes n'entrait pas dans sa tête. En revanche, elle avait entendu dire que les navires fluviaux étaient un délice parce qu'ils ne tanguaient pas comme ceux de la mer mais qu'ils étaient cependant plus dangereux à cause des bancs de sable et des attaques de pirates.

Florentino Ariza lui expliqua que tout cela n'était que de vieilles légendes : sur les paquebots modernes, il y avait une piste de danse, des cabines aussi grandes et aussi luxueuses que des chambres d'hôtel, avec une salle de bains et des ventilateurs électriques, et depuis la dernière guerre civile les attaques à main armée avaient disparu. Il lui expliqua aussi, comme s'il s'agissait d'une victoire personnelle, que ces progrès étaient surtout dus à la liberté de navigation qu'il avait défendue et qui avait encouragé la concurrence : au lieu d'une seule et unique entreprise il y en avait maintenant trois, actives et prospères. Toutefois, les rapides progrès de l'aviation représentaient un danger réel pour tous. Elle tenta de le rassurer ; les bateaux existeraient toujours parce que les fous qui accepteraient de se mettre dans un appareil allant contre toute nature ne seraient jamais nombreux. Enfin, Florentino Ariza mentionna les progrès de la poste, tant pour le transport que pour la distribution, voulant l'inciter à parler de ses lettres. Ce fut peine perdue.

Un moment plus tard, cependant, l'occasion se présenta seule. Ils s'étaient éloignés du sujet lorsqu'une servante les interrompit pour remettre à Fermina Daza une lettre qui venait d'arriver par courrier spécial, un service urbain de création récente dont le système de distribution était identique à celui des télégrammes. Comme toujours, elle ne put trouver ses lunettes. Florentino Ariza conserva son calme.

« Ce n'est pas nécessaire, dit-il, c'est une lettre de moi. »

Il l'avait écrite la veille, dans un état de dépression épouvantable car il n'avait pu surmonter la honte de sa première visite manquée. Il y présentait ses excuses pour avoir commis l'impertinence de s'être présenté chez elle sans autorisation préalable, et renonçait à son intention de revenir. Il l'avait mise dans la boîte aux lettres sans réfléchir et lorsqu'il l'avait fait il était trop tard pour la récupérer. Tant d'explications ne lui semblèrent pas nécessaires mais il pria toutefois Fermina Daza de ne pas la lire.

« Bien sûr, dit-elle, au bout du compte les lettres appartiennent à qui les a écrites, n'est-ce pas? »

Il s'aventura d'un pas ferme.

« Vous avez raison, dit-il. C'est pour cela que dans une rupture c'est ce que l'on rend en premier. »

Elle feignit de ne pas comprendre et lui rendit sa lettre en disant : « C'est dommage que je ne puisse la lire car les autres m'ont beaucoup aidée. » Il respira à fond, surpris qu'avec tant de spontanéité elle eût dit bien plus que ce qu'il avait espéré, et il répondit : « Vous n'imaginez pas combien je suis heureux de l'apprendre. » Mais elle changea de conversation et de tout l'après-midi il ne réussit pas à la lui faire reprendre.

Il partit après six heures, alors que dans la maison on commençait à donner de la lumière. Il se sentait plus sûr de lui, mais sans trop d'illusions cependant, car il n'avait pas oublié le caractère versatile et les réactions imprévues de Fermina Daza lorsqu'elle avait vingt ans, et rien ne lui permettait de penser qu'elle avait changé. C'est pourquoi il se risqua à lui demander, avec une humilité sincère, s'il pouvait revenir un autre jour, et de nouveau la réponse le surprit.

« Revenez quand vous voudrez, lui dit-elle, je suis presque toujours seule. »

Quatre jours plus tard, le mardi, il revint sans s'être fait annoncer et elle n'attendit pas qu'on servît le thé pour lui dire combien ses lettres l'avaient aidée. Il dit que ce n'étaient pas des lettres au sens strict du terme mais les pages d'un livre qu'il eût aimé écrire. Ainsi l'avait-elle compris elle aussi. Au point qu'elle pensait même les lui rendre afin qu'il pût leur donner une meilleure destinée, à condition, bien sûr, qu'il ne le prît pas comme un affront. Elle souligna le bien qu'elles lui avaient fait pendant cette période si difficile de sa vie, et elle s'exprimait avec tant d'enthousiasme, avec tant de reconnaissance, avec tant d'affection peut-être que Florentino Ariza osa plus que s'aventurer d'un pas ferme : il se précipita dans le vide.

« Autrefois on se tutoyait », dit-il.

Autrefois : un mot interdit. Elle sentit voler l'ange chimérique du passé et tenta de l'esquiver. Mais Florentino Ariza alla plus loin encore : « Je veux dire dans nos lettres d'autrefois. » Elle se fâcha et fit un véritable effort pour ne pas le montrer. Mais il s'en aperçut et comprit qu'il devait avancer avec plus de tact car cette gaffe lui signifiait qu'elle était toujours aussi farouche que dans sa jeunesse, bien qu'elle eût appris à l'être avec douceur.

« Je voulais dire que ces lettres-ci sont différentes.

– Dans le monde, bien des choses ont changé, dit-elle.

– Pas moi, dit-il. Et vous ? »

La seconde tasse de thé resta à mi-chemin de ses lèvres et elle le réprimanda d'un regard qui avait survécu à l'inclémence.

« Quelle importance, dit-elle. Je viens d'avoir soixante-douze ans. »

Le coup atteignit Florentino Ariza en plein cœur. Il aurait voulu trouver une réplique aussi rapide et instinctive qu'une flèche, mais le poids des ans eut raison de lui : jamais il ne s'était senti aussi épuisé après une conversation aussi brève, son cœur était douloureux et chaque battement se répercutait dans ses artères avec une résonance métallique. Il se sentit vieux, triste, inutile, avec une envie de pleurer si pressante qu'il ne put dire un mot de plus. Ils finirent leur seconde tasse dans un silence miné de présages et lorsqu'elle parla de nouveau, ce fut pour demander à une servante d'apporter la chemise avec les lettres. Il fut sur le point de la prier de les garder pour elle car il en avait des doubles écrits avec du papier carbone mais il craignit que cette précaution ne lui semblât mesquine. Ils n'avaient plus rien à se dire. Avant de la quitter, il suggéra de revenir le mardi suivant à la même heure. Elle se demanda si elle devait être aussi complaisante.

« Je ne vois pas quel sens auraient tant de visites, dit-elle.

– Je n'avais pas pensé qu'elles en eussent un », répondit-il.

De sorte que le mardi il revint à cinq heures, de même que tous les mardis suivants, passant outre la formalité de se faire annoncer, car dès la fin du deuxième mois les visites hebdomadaires étaient devenue une routine. Florentino Ariza apportait des gâteaux anglais pour le thé, des marrons glacés, des olives grecques, de petites friandises de salon qu'il trouvait sur les transatlantiques. Un mardi, il vint avec la photo que le photographe belge avait prise d'elle et d'Hildebranda plus d'un demi-siècle auparavant et qu'il avait achetée quinze céntimos lors d'une vente aux enchères de cartes postales à la porte des Écrivains. Fermina Daza ne comprit pas comment elle avait échoué là-bas, et lui ne le comprit que comme un miracle de l'amour. Un matin qu'il coupait des roses dans son jardin, Florentino Ariza ne put résister à la tentation de lui en porter une lors de sa visite suivante. Dans le langage des fleurs c'était un délicat problème car Fermina Daza était veuve depuis peu. Une rose rouge, symbole d'une passion brûlante, pouvait l'offenser dans son deuil. Les roses jaunes, qui dans un autre langage portaient bonheur, étaient, dans le vocabulaire trivial, signe de jalousie. Il lui avait une fois parlé des roses noires de Turquie qui eussent sans doute été plus appropriées, mais il n'avait pu en obtenir pour les acclimater à son jardin. Après avoir longtemps réfléchi, il se décida pour une rose blanche. Il les aimait moins que les autres parce qu'elles étaient insipides et muettes : elles ne disaient rien.

Au dernier moment, craignant que Fermina Daza ne commît la méchanceté de leur donner un sens, il en ôta les épines.

La rose fut bien accueillie, acceptée comme un cadeau sans intentions occultes, et enrichit ainsi le rituel des mardis. Au point que lorsqu'il arrivait avec la rose blanche, le vase était prêt et rempli d'eau au centre de la petite table à thé. Un mardi comme les autres, en y déposant la fleur, il dit sur un ton qui se voulait banal :

« À notre époque ce n'étaient pas des roses que l'on offrait, mais des camélias.

— C'est vrai, répondit-elle mais l'intention était autre, vous le savez bien. »

Il en allait toujours ainsi : il avançait d'un pas et elle lui barrait le chemin. Mais cette fois-ci, en dépit de sa réponse péremptoire, Florentino Ariza comprit qu'il avait fait mouche car elle avait dû tourner la tête afin qu'il ne la vît pas rougir. Une rougeur ardente, juvénile, vivante, dont l'impertinence la mit en colère contre elle-même. Florentino Ariza eut soin de détourner la conversation vers des terrains moins glissants, et sa gentillesse fut si évidente qu'elle se sut découverte, ce qui accrût sa rage. Ce fut un mauvais mardi. Elle était sur le point de lui demander de ne plus revenir mais l'idée d'une querelle d'amoureux, à leur âge et dans leur situation, lui sembla si ridicule que le fou rire la gagna. Le mardi suivant, alors que

Florentino Ariza déposait la rose dans le vase, elle fouilla dans sa conscience et s'aperçut avec joie qu'elle n'avait gardé de la semaine précédente nul vestige de rancune.

Les visites commencèrent à prendre une tournure familiale gênante car le docteur Urbino Daza et sa femme venaient parfois à l'improviste et restaient jouer aux cartes. Florentino Ariza ignorait tout des cartes mais Fermina Daza lui apprit à jouer en une seule visite et tous deux envoyèrent par écrit aux époux Urbino Daza un défi pour le mardi suivant. Ces parties étaient si agréables à tout le monde qu'elles devinrent très vite officielles comme les visites et qu'ils établirent des règles pour les contributions de chacun. Le docteur Urbino Daza et sa femme, une excellente pâtissière, collaboraient par de splendides gâteaux, toujours différents. Florentino Ariza continua d'apporter les gourmandises qu'il dénichait sur les bateaux en provenance d'Europe, et Fermina Daza s'ingéniait à trouver chaque semaine une nouvelle surprise. Les parties avaient lieu le troisième mardi de chaque mois et les paris n'étant pas en argent le perdant était taxé d'une contribution spéciale pour la partie suivante.

Le docteur Urbino Daza était tel qu'on le voyait en public : maladroit, peu malin, il était affligé de brusques soubresauts, pour une joie ou une contrariété, et de rougeurs inopportunes qui faisaient craindre pour ses facultés mentales. Mais il était sans nul doute, et on ne le remarquait que trop au premier coup d'œil, ce que Florentino Ariza redoutait le plus qu'on dit de lui : un brave homme. Sa femme, en revanche, était primesautière et sa vivacité plébéienne, subtile et bienséante, donnait une touche plus humaine à son élégance. On ne pouvait souhaiter meilleur couple pour jouer aux cartes, et l'insatiable besoin d'amour de Florentino Ariza fut comblé par l'illusion de se sentir en famille.

Un soir qu'ensemble ils quittaient la maison, le docteur Urbino Daza le pria de déjeuner avec lui : « Demain à midi trente précises au Club social. » C'était un délice arrosé de vin empoisonné : le Club social se réservait le droit de refuser l'entrée de son établissement pour motifs divers et variés dont un des plus importants était la condition d'enfant naturel. L'oncle Léon XII en avait eu des preuves désobligeantes et Florentino Ariza lui-même avait subi la honte de devoir quitter la table à laquelle l'avait convié un membre fondateur. Celui-ci, à qui Florentino Ariza rendait de délicats services dans le commerce fluvial, n'avait eu d'autre solution que de l'inviter à déjeuner ailleurs.

« Ceux qui établissent les règlements doivent être les premiers à les respecter », avait-il dit.

Toutefois, avec le docteur Urbino Daza, Florentino Ariza courut le risque, et il fut reçu avec des attentions particulières, quoiqu'on ne le priât pas de signer le livre d'or des invités de marque. Le déjeuner fut bref et se déroula tête à tête dans un climat d'amabilité. Les craintes qui agitaient Florentino Ariza depuis la veille se dissipèrent avec le verre de porto de l'apéritif. Le docteur Urbino Daza voulait lui parler de sa mère. En l'écoutant, Florentino Ariza comprit qu'elle lui avait parlé de lui. Mais le plus surprenant était qu'elle avait menti en sa faveur et raconté qu'ils avaient joué ensemble dès qu'elle était arrivée de San Juan de la Ciénaga, et qu'il l'avait guidée dans ses premières lectures, ce dont elle lui avait toujours été reconnaissante. Elle lui avait dit aussi qu'en sortant de l'école elle passait des heures avec Tránsito Ariza à broder des merveilles dans la mercerie, que celle-ci était un remarquable professeur, et qu'elle n'avait pas cessé de le voir avec la même assiduité de gaieté de cœur mais parce que leurs vies avaient pris des chemins différents.

Avant d'en arriver là où il voulait en venir, le docteur Urbino Daza énonça quelques vagues considérations sur la vieillesse. Il pensait que le monde irait plus vite si les vieillards étaient moins encombrants. Il dit : « L'humanité, comme une armée en campagne, avance à la vitesse du plus lent. » Il prévoyait un avenir plus humain et par là même plus civilisé, dans lequel les hommes seraient isolés dans des villes marginales dès l'instant où ils ne pourraient plus se suffire à eux-mêmes, afin de leur éviter la honte, les souffrances, la solitude épouvantable de la vieillesse. Selon lui, et d'un point de vue médical, la limite d'âge pourrait être de soixante ans. Mais en attendant ce degré suprême de charité, la seule solution était l'asile, où les vieillards se consolaient les uns les autres, nouaient des liens selon leurs goûts et leurs aversions, leurs joies et leurs tristesses, à l'abri des discordes naturelles avec les générations plus jeunes. Il dit : « Entre vieux, les vieux sont moins vieux. » Bref : le docteur Urbino Daza voulait remercier Florentino Ariza de tenir compagnie à sa mère dans la solitude de la vieillesse, et le supplia de continuer de le faire pour leur bien à tous deux et de se montrer patient envers ses humeurs séniles. Florentino Ariza se sentit soulagé par l'entretien. « Soyez tranquille, lui dit-il. J'ai quatre ans de plus qu'elle, et pas depuis aujourd'hui, depuis bien longtemps, avant même votre naissance. » Puis il céda à la tentation de dire, avec une pointe d'ironie, ce qu'il avait sur le cœur.

« Dans la société du futur, conclut-il, vous devriez aller sans plus tarder au cimetière nous porter à elle et à moi un bouquet d'anthuriums en guise de déjeuner. »

Le docteur Urbino Daza n'avait pas réfléchi à

l'inconvenance de sa prophétie et il se perdit dans un labyrinthe d'explications où il s'embrouilla plus encore. Florentino Ariza l'aida à sortir d'embarras. Il était ravi car il savait que tôt ou tard il aurait avec le docteur Urbino Daza une conversation comme celle-ci pour accomplir une formalité inéluctable : lui demander, dans les règles de l'art, la main de sa mère. Le déjeuner fut prometteur, à cause de ce qui l'avait motivé, bien sûr, mais surtout parce qu'il lui avait montré que cette demande inexorable serait bien accueillie. S'il avait eu le consentement de Fermina Daza, nulle occasion n'eût été plus propice. Mieux encore : après la conversation de ce déjeuner historique, les formalités de la demande en mariage étaient superflues.

Florentino Ariza montait et descendait les escaliers avec des précautions particulières, même lorsqu'il était jeune, car il avait toujours pensé que la vieillesse commençait par une première chute sans importance et que la seconde entraînait la mort. L'escalier de son bureau lui semblait le plus dangereux de tous car il était étroit et raide, et bien avant de devoir s'efforcer de ne pas marcher en traînant les pieds, il le montait en regardant les marches et en s'accrochant des deux mains à la rampe. On lui avait souvent suggéré de le remplacer par un autre moins dangereux, mais il reportait toujours sa décision au mois suivant car cela lui semblait une concession à la vieillesse. À mesure que les années passaient il mettait plus de temps à le monter, non que cela lui fût plus difficile, comme il s'empressait de le dire, mais parce qu'il était de plus en plus prudent. Cependant, lorsqu'il revint du déjeuner avec le docteur Urbino Daza, après le verre de porto de l'apéritif et le demi-verre de vin rouge du repas, et surtout après l'entretien triomphal, il tenta de grimper la troisième marche en esquissant un pas de danse juvénile, se tordit la cheville gauche, tomba à la renverse, et ce fut un miracle s'il ne se tua pas. Il eut, en tombant, la lucidité suffisante pour penser qu'il ne mourrait pas de cette chute, car la logique de la vie ne pouvait admettre que deux hommes qui avaient aimé la même femme pendant des années pussent mourir de la même façon à un an de distance. Il avait raison. On le cuirassa de plâtre du pied au mollet mais il était plus vivant qu'avant la chute. Lorsque le médecin lui ordonna soixante jours d'invalidité, il ne put croire à un tel malheur.

« Ne me faites pas ça, docteur, implora-t-il. Soixante jours pour moi c'est comme dix ans pour vous. »

Il tenta à plusieurs reprises de se lever en soulevant des deux mains sa jambe statufiée, mais dut à chaque fois se rendre à l'évidence. Lorsqu'enfin il recommença à marcher, la cheville encore endolorie et le dos à vif, il avait trop de raisons de croire que le destin avait récompensé sa persévérance par une chute providentielle.

Le lundi fut la pire journée. La douleur avait disparu et les pronostics du médecin étaient très encourageants, mais il refusait d'accepter la fatalité de ne pouvoir, pour la première fois depuis quatre mois, se rendre le lendemain chez Fermina Daza. Toutefois, après une sieste résignée, il dut se plier à la réalité et lui écrivit un mot d'excuses. Il l'écrivit à la main, sur un papier parfumé et à l'encre phosphorescente pour qu'elle pût le lire dans l'obscurité, et il dramatisa sans pudeur la gravité de l'accident afin de susciter sa compassion. Elle lui répondit deux jours plus tard, très émue, très aimable, mais sans un mot de plus ni de moins, comme aux grands jours de l'amour. Florentino Ariza saisit au vol l'occasion et écrivit une autre lettre. Lorsqu'elle lui répondit pour la deuxième fois, il décida d'aller beaucoup plus loin que les conversations codées du mardi, et fit installer un téléphone près de son lit sous le prétexte de surveiller les affaires courantes de l'entreprise. Il demanda à l'opératrice d'appeler le numéro à trois chiffres qu'il connaissait par cœur depuis qu'il l'avait composé pour la première fois. La voix au timbre sourd, tendue par le mystère de la distance, la voix aimée répondit, reconnut l'autre voix et raccrocha après trois phrases de politesse. Son indifférence plongea Florentino Ariza dans le désespoir : ils étaient revenus au point de départ.

Deux jours plus tard il reçut une lettre de Fermina Daza le suppliant de ne plus téléphoner. Ses raisons étaient valables. Il y avait si peu de téléphones en ville que les communications passaient par une téléphoniste qui connaissait tous les abonnés, leurs vies et leurs miracles, et lorsqu'ils n'étaient pas chez eux, elle les dénichait où qu'ils fussent. En échange de tant d'efficacité elle était au courant de toutes les conversations, découvrait les secrets de la vie privée de chacun, les drames les mieux enfouis, et il n'était pas rare qu'elle intervînt dans un dialogue pour donner son point de vue ou apaiser les esprits. Par ailleurs, cette même année, on avait fondé *La Justice*, un quotidien du soir dont le seul but était de fustiger les familles patriciennes en les désignant par leur nom, sans considération d'aucune sorte. Le propriétaire usait de représailles parce que ses enfants n'avaient pas été admis au Club social. Malgré la transparence de sa vie, Fermina Daza était plus attentive que jamais à ce qu'elle faisait ou disait, même à ses amies intimes, et ainsi continua-t-elle d'être liée à Florentino Ariza par une correspondance anachronique. Les aller et retour de leurs lettres devinrent si fréquents et si intenses qu'il en oublia sa jambe, le martyre du lit, oublia tout et se consacra corps et âme à écrire sur une petite table portative comme celles que l'on utilise dans les hôpitaux pour les repas des malades.

Ils se tutoyèrent de nouveau, de nouveau échangèrent des commentaires sur leurs vies, comme dans les lettres d'antan, mais Florentino Ariza, une fois de plus, alla trop vite en besogne : il écrivit le nom de Fermina Daza à la pointe d'une aiguille sur les pétales d'un camélia qu'il glissa dans une lettre et que deux jours plus tard elle lui renvoya sans un mot. Pour Fermina Daza tout cela n'était qu'enfantillage et le fut plus encore lorsque Florentino Ariza insista pour évoquer les après-midi de poésie mélancolique dans le petit parc des Évangiles, les cachettes des lettres sur le chemin de l'école, les leçons de broderie sous les amandiers. La mort dans l'âme, elle le remit à sa place par une question qui, au milieu d'autres banalités, sembla fortuite : « Pourquoi t'entêtes-tu à parler de ce qui n'existe pas? » Plus tard elle devait lui reprocher son acharnement stérile à ne pas se laisser vieillir avec naturel. C'était, à son avis, la raison de son empressement et de ses revers constants dans l'évocation du passé. Elle ne comprenait pas comment l'homme capable d'élaborer les méditations qui l'avaient tant aidée à surmonter son veuvage sombrait dans l'infantilisme lorsqu'il tentait de les appliquer à sa propre vie. Les rôles se renversèrent et ce fut elle qui tenta alors de lui donner la force de regarder l'avenir en face, avec une phrase que lui, dans sa hâte, ne sut pas déchiffrer : *Laisse faire le temps, on verra bien ce qu'il nous réserve.* Car jamais il n'avait été, comme elle, un bon élève. L'immobilité forcée, la conviction de jour en jour plus lucide de la fugacité du temps, le désir fou de la voir, tout lui prouvait que ses craintes au moment de sa chute avaient été justifiées et plus tragiques qu'il ne l'avait prévu. Pour la première fois il pensait de façon rationnelle à la réalité de la mort.

Leona Cassiani l'aidait à se laver et à changer son pyjama tous les deux jours, lui donnait ses lavements, lui passait le bassin, appliquait des compresses d'arnica sur les escarres de son dos et, sur le conseil du médecin, le massait pour éviter que l'immobilité lui provoquât d'autres maux plus graves. Le samedi et le dimanche, América Vicuña, qui devait passer ses examens d'institutrice en décembre, prenait la relève. Il lui avait promis de l'envoyer dans un institut supérieur en Alabama, aux frais de la compagnie fluviale, en partie pour soulager sa conscience, mais surtout pour ne pas avoir à faire face aux reproches qu'elle ne parvenait pas à lui adresser ni à affronter les explications qu'il lui devait. Jamais il n'imagina combien les nuits d'insomnies à l'internat, les fins de semaine sans lui, la vie sans lui la faisaient souffrir, car jamais il n'imagina à quel point elle l'aimait. Il savait, par une lettre du collège, qu'elle était la dernière de sa classe alors qu'elle avait toujours été la première, et qu'elle était sur le point d'échouer à ses examens. Mais il manqua à ses devoirs de tuteur : un sentiment de culpabilité qu'il tentait d'occulter l'empêchait d'en informer les parents d'América Vicuña, et il ne lui en parla pas non plus, craignant avec raison qu'elle ne le rendît responsable de son échec. Sans s'en apercevoir, il commençait à fuir les difficultés dans l'espoir que la mort les résolût.

Les deux femmes qui étaient à son chevet et Florentino Ariza lui-même étaient surpris de voir combien il avait changé. À peine dix ans auparavant, il avait troussé une des servantes, debout et tout habillée, dans l'escalier principal de la maison, et en moins de temps qu'il n'en faut à un coq des Philippines, il l'avait mise en état de grâce. Il avait dû lui faire cadeau d'un meublé pour qu'elle jurât que le coupable du déshonneur était un fiancé d'occasion qui ne l'avait pas même embrassée, en conséquence de quoi ses parents et ses oncles, de féroces coupeurs de canne, les avaient obligés à se marier. L'homme qui, quelques mois auparavant, frémissait d'amour à la vue de ces deux femmes, ne pouvait être celui qu'elles retournaient comme une crêpe, savonnaient du haut en bas, essuyaient avec une serviette en coton égyptien et massaient des pieds à la tête sans lui arracher le moindre soupir de concupiscence. Chacune avait une explication à ce manque d'appétit. Leona Cassiani pensait aux prémisses de la mort. América Vicuña lui attribuait une origine occulte dont elle ne parvenait pas à débusquer le moindre indice. Lui seul connaissait la vérité et quel était son nom. C'était de toute façon injuste : elles souffraient plus en le soignant que lui en se laissant soigner.

Trois mardis suffirent à Fermina Daza pour comprendre combien les visites de Florentino Ariza lui manquaient. Elle passait avec ses amies des moments d'autant plus agréables que le temps l'éloignait des habitudes de son époux. Lucrecia del Real del Obispo était allée à Panamá pour un mal d'oreille qui ne voulait pas céder, et elle était revenue au bout d'un mois, soulagée mais entendant moins bien, et avec un petit cornet qu'elle collait à son oreille. Fermina Daza était l'amie qui supportait le mieux la confusion de ses questions et de ses réponses, et Lucrecia se sentait si réconfortée qu'elle se rendait chez elle presque tous les jours, à n'importe quelle heure. Mais pour Fermina Daza, rien ne pouvait remplacer les après-midi apaisants avec Florentino Ariza.

Évoquer le passé ne pouvait sauver l'avenir comme Florentino Ariza s'entêtait à le croire. Au contraire : il renforçait chez Fermina Daza la certitude que l'émoi fébrile de leurs vingt ans avait été un noble et beau sentiment qui n'avait rien à voir avec l'amour. Malgré sa franchise brutale, elle n'avait pas l'intention de le lui dire ni par écrit ni de vive voix, pas plus qu'après avoir connu le prodigieux réconfort de ses méditations elle n'avait eu le cœur de lui avouer combien le sentimentalisme de ses lettres sonnait faux, combien ses mensonges lyriques le dévalorisaient et combien son insistance maniaque à retrouver le passé nuisait à sa cause. Non : ni une seule ligne de ses lettres d'antan, ni un seul moment de sa propre jeunesse, qu'elle abominait, ne lui avaient fait sentir que les mardis après-midi sans lui pussent être aussi interminables, aussi solitaires et aussi irremplaçables.

Au cours d'une de ses crises de déblaiement, elle avait envoyé aux écuries le poste à galène que son époux lui avait offert pour un anniversaire et que tous deux avaient pensé léguer au musée car c'était le premier qu'on avait installé en ville. Dans les ténèbres du deuil, elle avait décidé de ne plus l'utiliser car une veuve de son rang ne pouvait écouter de musique, fût-ce dans l'intimité, sans offenser la mémoire du mort. Mais après trois mardis de délaissement elle l'installa de nouveau dans le salon, non pour s'abandonner comme autrefois aux chansons sentimentales de la radio de Riobamba mais pour remplir ses temps morts avec les romans larmoyants de Santiago de Cuba. Ce fut une réussite car, après la naissance de sa fille, elle avait perdu l'habitude de lire, que son époux lui avait inculquée avec tant d'application depuis leur voyage de noces et que, sa vue baissant de plus en plus, elle avait tout à fait abandonnée, au point de passer des mois sans savoir où se trouvaient ses lunettes.

Sa passion pour les feuilletons radiophoniques de Santiago de Cuba était telle que chaque jour elle attendait avec impatience la suite des épisodes. De temps en temps, elle écoutait les informations pour savoir ce qui se passait dans le monde et lorsqu'il lui arrivait d'être seule elle baissait le volume pour écouter, lointaines mais très nettes, les mérengués de Saint-Domingue et les *plenas* de Porto Rico. Un soir, une station inconnue fit soudain irruption avec autant de force et de clarté que si elle eût émis de la maison voisine et diffusa une nouvelle bouleversante : un couple de vieillards qui chaque année depuis quarante ans revivaient leur lune de miel au même endroit avait été assassiné à coups de rame par le batelier qui les promenait et leur avait volé l'argent qu'ils portaient sur eux : quatorze dollars. Elle fut plus impressionnée encore lorsque Lucrecia del Real lui raconta toute l'histoire, telle qu'elle avait été publiée dans un journal local. La police avait découvert que les vieillards assassinés à coups de rame étaient en réalité des amants clandestins qui passaient leurs vacances ensemble depuis quarante ans, et avaient chacun de leur côté une vie conjugale heureuse et stable, ainsi qu'une nombreuse famille. Elle avait soixante-dix-huit ans et il en avait quatre-vingt-quatre. Fermina Daza, que les feuilletons radiophoniques n'avaient jamais fait pleurer, dut retenir le flot de larmes qui nouait sa gorge. Florentino Ariza glissa la coupure du journal dans sa lettre suivante, sans aucun commentaire.

Ce n'étaient pas les dernières larmes que Fermina Daza devait retenir. Florentino Ariza n'en était pas encore à ses soixante jours de réclusion que *La Justice* révéla, sur toute la largeur de la une et avec les photographies des protagonistes, les amours secrètes du docteur Juvenal Urbino et de Lucrecia del Real del Obispo. On y spéculait sur les détails, la fréquence et la nature de leurs relations, et sur la complaisance du mari qui se livrait à des excès de sodomie sur les nègres de sa plantation sucrière. L'article, imprimé à l'encre rouge sang sur des caractères en bois, s'abattit comme un cataclysme foudroyant sur l'aristocratie locale décadente. Toutefois, il n'y avait pas une ligne de vraie : Juvenal Urbino et Lucrecia del Real étaient des amis intimes depuis bien avant leur mariage et l'étaient restés par la suite, sans jamais avoir été amants. En tout cas, il ne semblait pas que la publication eût pour but de souiller le nom du docteur Juvenal Urbino dont la mémoire jouissait d'un respect unanime, mais de nuire au mari de Lucrecia del Real, élu président du Club social la semaine précédente. Le scandale fut étouffé en quelques heures. Mais Lucrecia del Real ne remit pas les pieds chez Fermina Daza et celle-ci l'interpréta comme un aveu de sa culpabilité.

Très vite, cependant, il apparut que Fermina Daza non plus n'était pas à l'abri des risques de son rang. *La Justice* s'acharna sur elle en se servant de son unique point faible : les affaires de son père. Lorsque celui-ci avait été forcé de s'expatrier, elle ne connaissait qu'une partie de ses affaires douteuses : celle que lui avait racontée Gala Placidia. Plus tard, lorsque Juvenal Urbino les lui avait confirmées après son entrevue avec le gouverneur, elle avait été convaincue que son père avait été victime d'une infamie. Le fait est que deux agents du gouvernement s'étaient présentés au parc des Évangiles avec un ordre de perquisition, qu'ils avaient fouillé la maison de fond en comble sans trouver ce qu'ils cherchaient, et à la fin avaient donné l'ordre d'ouvrir la grande armoire à glace dans l'ancienne chambre de Fermina Daza. Gala Placidia, seule dans la maison et ne pouvant prévenir personne, avait refusé en prétextant qu'elle n'en avait pas les clefs. Un des agents avait alors brisé les miroirs des portes avec la crosse de son revolver et découvert, entre la glace et le bois, un espace rempli de faux billets de cent dollars. C'était l'aboutissement d'une série de pistes qui conduisaient à Lorenzo Daza, dernier maillon d'une vaste opération internationale. Une escroquerie de maître car les billets avaient la même trame que le papier original : par un procédé chimique qui semblait relever de la magie on avait effacé l'impression des billets d'un dollar et imprimé à leur place des billets de cent dollars. Lorenzo Daza allégua que l'armoire avait été achetée bien après le mariage de sa fille et qu'on avait dû la transporter chez lui avec les faux billets, mais la police prouva qu'elle se trouvait déjà là lorsque Fermina Daza n'était qu'une écolière. Nul autre que lui n'eût pu cacher cette fausse fortune derrière des miroirs. Ce fut la seule chose que le docteur Urbino avait révélée à sa femme lorsqu'il avait promis au gouverneur d'expédier son beau-père vers son pays natal afin d'étouffer le scandale. Mais le journal en racontait bien plus.

Par exemple qu'au cours d'une des nombreuses guerres civiles du siècle précédent, Lorenzo Daza avait servi d'intermédiaire entre le gouvernement du président libéral Aquileo Parra et un certain Józef K. Korzeniowski, d'origine polonaise, qui s'était attardé ici plusieurs mois avec les membres d'équipage du *Saint Antoine*, un navire marchand battant pavillon français, pour tenter de monter un obscur trafic d'armes. Korzeniowski, célèbre par la suite dans le monde entier sous le nom de Joseph Conrad, entra on ne sait comment en contact avec Lorenzo Daza, lequel lui acheta son chargement d'armes pour le compte du gouvernement, factures et reçus en règle, et paya en lingots d'or. Selon le journal, Lorenzo Daza déclara alors que les armes avaient disparu lors d'une improbable attaque, et les revendit le double de leur prix réel aux conservateurs en guerre contre le gouvernement.

La Justice disait aussi qu'à l'époque où le général Rafael Reyes avait créé la marine de guerre, Lorenzo

Daza avait acheté à très bas prix un surplus de bottes de l'armée anglaise et en six mois avait multiplié sa fortune par deux grâce à cette seule opération. Toujours selon le journal, lorsque le chargement était arrivé au port, Lorenzo Daza avait refusé de le recevoir car il ne contenait que les bottes du pied droit, mais il fut le seul acheteur lorsque la douane les vendit aux enchères, comme le voulait la loi, et les acquit pour la somme symbolique de cent pesos. En même temps, un de ses complices avait acheté, dans des conditions identiques, le chargement de bottes du pied gauche consigné en douane à Riohacha. Les choses une fois réglées, Lorenzo Daza fit valoir sa parenté avec les Urbino de la Calle et vendit les bottes à la nouvelle marine de guerre avec un bénéfice de deux mille pour cent.

L'article de *La Justice* concluait en disant que Lorenzo Daza n'avait pas quitté San Juan de la Ciénaga à la fin du siècle dernier pour préparer l'avenir de sa fille sous des cieux plus cléments, ainsi qu'il se plaisait à le dire, mais parce qu'il avait été surpris dans la prospère industrie du tabac et du papier haché, un mélange si subtil que pas même les fumeurs les plus raffinés ne s'apercevaient de la supercherie. Il révélait aussi ses liens avec une entreprise clandestine internationale dont l'activité la plus fructueuse, vers la fin du siècle, avait été l'immigration illégale de Chinois en provenance de Panamá. En revanche, le plus que suspect commerce de mules qui avait tant nui à sa réputation semblait être la seule entreprise honnête qu'il eût jamais développée.

Lorsque Florentino Ariza quitta son lit, le dos en feu et avec, pour la première fois, un bâton de vieillesse au lieu de son parapluie, sa première sortie fut pour Fermina Daza. Elle était méconnaissable avec, à fleur de peau, la déchéance de l'âge et un ressentiment qui lui avait ôté toute envie de vivre. Le docteur Urbino Daza, qui avait deux fois rendu visite à Florentino Ariza pendant son exil, lui avait parlé du chagrin dans lequel les deux articles de *La Justice* avaient plongé sa mère. Le premier avait soulevé en elle une rage à ce point insensée contre l'infidélité de son époux et la trahison de son amie qu'elle avait renoncé à la coutume de se rendre au mausolée familial un dimanche par mois. Que Juvenal Urbino ne pût entendre, à l'intérieur de son cercueil, la bordée d'injures qu'elle voulait lui crier la mettait hors d'elle-même : elle s'était querellée avec le mort. Pour toute consolation, elle fit dire à Lucrecia del Real, par l'intermédiaire de qui voudrait bien le lui répéter, qu'elle pouvait s'estimer heureuse d'avoir eu au moins un homme dans son lit parmi tous les individus qui y étaient passés. Quant aux articles sur Lorenzo Daza, il était impossible de dire ce qui l'affectait le plus, les commentaires eux-mêmes ou la découverte tardive de la véritable identité de son père. Mais l'un et l'autre, ou les deux à la fois, l'avaient anéantie. La chevelure gris acier qui ennoblissait tant son visage ressemblait à de jaunes effilochures de maïs, et l'éclat de la colère ne parvenait pas à redonner à ses beaux yeux de panthère la lumière d'autrefois. À chacun de ses gestes, on remarquait que l'envie de vivre l'avait quittée. Elle reprit l'habitude, depuis longtemps abandonnée, de fumer dans les toilettes ou ailleurs, et pour la première fois elle se mit à fumer en public, avec une voracité débridée, d'abord des cigarettes qu'elle roulait elle-même, ainsi qu'elle avait toujours aimé le faire, puis de plus ordinaires que l'on trouvait dans le commerce car elle n'avait ni le temps ni la patience de les rouler elle-même. Tout autre que Florentino Ariza se fût demandé ce qu'un vieillard boiteux au dos écorché comme celui d'un âne galeux et une femme qui ne désirait d'autre félicité que la mort pouvaient bien attendre de l'avenir. Mais pas lui. Entre les décombres du désastre, il se raccrocha à une petite lueur d'espoir car il lui semblait que le malheur transfigurait Fermina Daza, que la rage la rendait plus belle et que sa rancœur contre le monde lui avait restitué le caractère sauvage qu'elle avait à vingt ans.

Elle avait un motif supplémentaire de gratitude envers Florentino Ariza qui, après la publication de ces articles infâmes, avait envoyé à *La Justice* une lettre exemplaire sur la responsabilité éthique de la presse et le respect de l'honneur d'autrui. Elle ne fut pas publiée mais l'auteur en envoya copie au *Journal du Commerce*, le quotidien le plus ancien et le plus sérieux du littoral caraïbe, qui la fit paraître en première page. Elle était signée du pseudonyme de « Jupiter » et elle était si raisonnée, si incisive et si bien écrite qu'on l'attribua à l'un des écrivains les plus célèbres de la province. Ce fut une voix solitaire au milieu de l'océan, mais dont l'écho et l'acuité portèrent très loin. Fermina Daza sut d'emblée qui en était l'auteur sans que nul n'eût à le lui dire, car elle avait reconnu plusieurs idées et même une phrase littérale appartenant aux réflexions morales de Florentino Ariza. De sorte que, dans le désarroi de l'abandon, elle la lut avec une affection redoublée. À peu près au même moment, América Vicuña, qui se trouvait seule dans la chambre de la rue des Fenêtres, découvrit à l'intérieur d'une armoire qui n'était pas fermée à clef, sans les avoir cherchés et par le plus grand des hasards, les doubles tapés à la machine des méditations de Florentino Ariza et les lettres manuscrites de Fermina Daza.

Le docteur Urbino Daza se réjouit de la reprise des visites qui réconfortaient tant sa mère, au contraire d'Ofelia, sa sœur, rentrée de La Nouvelle-

Orléans par le premier cargo fruitier dès qu'elle avait appris que Fermina Daza entretenait une étrange amitié avec un homme dont la réputation morale n'était pas des meilleures. Son malaise éclata dès la première semaine, lorsqu'elle se rendit compte de la familiarité et de l'assurance avec lesquelles Florentino Ariza entrait dans la maison, et qu'elle entendit les murmures et les brèves chicanes d'amoureux qui, tard le soir, peuplaient ses visites. Ce qui, pour le docteur Urbino Daza, était une saine affinité entre deux vieillards esseulés était pour elle une forme de concubinage vicieux et secret. Telle avait toujours été Ofelia, plus apparentée à sa grand-mère paternelle, doña Blanca, que si elle eût été sa propre fille. Distinguée et hautaine comme elle, comme elle vivant à la merci des préjugés, elle était incapable de concevoir l'innocence d'une amitié entre un homme et une femme, qu'ils fussent âgés de cinq ans ou pire encore de quatre-vingts. Au cours d'une violente querelle avec son frère, elle déclara que pour finir de consoler leur mère, il ne manquait plus à Florentino Ariza que de se fourrer dans son lit de veuve. Le docteur Urbino Daza n'avait pas assez de bravoure pour lui tenir tête, devant elle il n'en avait jamais eu, mais son épouse intervint avec sérénité en défense de l'amour à n'importe quel âge. Ofelia perdit pied.

« À notre âge, l'amour est ridicule, se récria-t-elle, mais au leur, c'est dégoûtant. »

Elle s'évertua tant et si bien à chasser Florentino Ariza de la maison que son obstination parvint aux oreilles de Fermina Daza. Celle-ci la convoqua dans sa chambre, comme toutes les fois qu'elle voulait parler sans être entendue des servantes, et lui demanda de répéter devant elle ses récriminations. Ofelia ne mâcha pas ses mots : elle était certaine que Florentino Ariza, dont nul n'ignorait la réputation de perverti, cherchait une relation équivoque, plus nuisible au renom de la famille que les canailleries de Lorenzo Daza et que les aventures innocentes de Juvenal Urbino. Fermina Daza l'écouta sans dire mot, sans ciller, mais lorsqu'elle eut fini de l'entendre, elle n'était plus la même : elle était revenue à la vie.

« Tout ce que je regrette, c'est de ne pas avoir assez de force pour te flanquer la raclée que méritent ton insolence et ta muflerie, lui dit-elle. Tu vas quitter tout de suite cette maison et je te jure sur la tête de ma mère que tu n'y remettras pas les pieds tant que je vivrai. »

Il n'y eut d'argument capable de la faire revenir sur sa décision. Ofelia s'installa chez son frère et envoya toutes sortes de suppliques par l'intermédiaire d'importants émissaires. En vain. Ni la médiation de son fils ni l'intervention de ses amies ne l'ébranlèrent. Dans le vocabulaire imagé de ses jeunes années elle finit par faire à sa bru, avec qui elle avait toujours eu une complicité faubourienne, cette confidence; « Il y a un siècle, ils m'ont fait chier jusqu'à la gauche à cause de ce pauvre homme parce qu'on était trop jeunes, et maintenant ça recommence parce qu'on est trop vieux. » Elle alluma une cigarette au mégot de l'autre et finit de déverser le venin qui lui rongeait les entrailles.

« Qu'ils aillent se faire foutre, dit-elle. S'il y a un avantage à être veuve c'est bien de n'avoir personne sur son dos. »

Rien n'y fit. Lorsque enfin elle comprit que toutes ses prières seraient inutiles, Ofelia repartit pour La Nouvelle-Orléans. Tout ce qu'elle obtint de sa mère fut un adieu que Fermina Daza n'accepta qu'après bien des supplications et sans lui permettre d'entrer dans la maison : ainsi l'avait-elle juré sur les cendres de sa mère qui, en ces jours ténébreux, étaient pour elle les seules qui fussent restées propres.

Lors d'une de ses premières visites, Florentino Ariza lui avait parlé de ses bateaux et l'avait invitée de façon tout à fait formelle à entreprendre une croisière de repos sur le fleuve. En une journée supplémentaire de train, on pouvait pousser jusqu'à la capitale de la république qu'ils continuaient d'appeler, comme la plupart des Caraïbes de leur génération, par le nom qu'elle avait eu jusqu'au siècle dernier à Santa Fe. Mais Fermina Daza avait conservé les mauvaises habitudes de son mari et ne voulait pas connaître une ville glaciale et sombre où, d'après ce qu'on lui avait raconté, les femmes ne sortaient de chez elles que pour la messe de cinq heures et ne pouvaient entrer ni chez le marchand de glaces ni dans les bureaux de l'administration, où les enterrements provoquaient à toute heure des embouteillages dans les rues et où, depuis qu'on savait ferrer les mules, il ne cessait de tomber une petite bruine menue : pire qu'à Paris. En revanche, elle éprouvait une attirance très vive pour le fleuve, elle voulait voir les caïmans se dorer au soleil sur les énormes bancs de sable, elle voulait être réveillée au milieu de la nuit par les sanglots de femme des lamantins, mais la seule idée d'entreprendre, à son âge, seule et veuve, un voyage aussi difficile lui semblait illusoire.

Florentino Ariza avait renouvelé son invitation un peu plus tard, lorsqu'elle avait décidé de continuer à vivre sans son époux, et la proposition lui avait paru plus envisageable. Écœurée par les calomnies à l'endroit de son père, par la rancœur contre son défunt mari, par les salamalecs hypocrites de Lucrecia del Real qu'elle avait considérée pendant des années comme sa meilleure amie, elle se sentait de trop dans sa propre demeure. Un après-midi, tandis qu'elle buvait son infusion de feuilles universelles, elle regarda le jardin marécageux où ne reverdirait plus l'arbre de son malheur.

« Je voudrais ficher le camp de cette maison, marcher tout droit, tout droit, tout droit et ne plus jamais revenir, dit-elle.

– Prends le bateau », dit Florentino Ariza.

Fermina Daza le regarda, pensive.

« Ça se pourrait bien », dit-elle.

Elle n'y pensa qu'au moment de prononcer ces mots, mais il lui suffit d'en admettre la possibilité pour que ce fût chose faite. Son fils et sa bru se montrèrent enchantés. Florentino Ariza s'empressa de préciser que Fermina Daza serait sur ses navires une invitée d'honneur, qu'on aménagerait pour elle une cabine aussi belle que sa propre maison, que le service serait parfait et que le capitaine en personne se chargerait de son bien-être et de sa sécurité. Pour l'enthousiasmer, il apporta des cartes de navigation, des cartes postales montrant de furieux couchers de soleil, des odes au paradis primitif du Magdalena écrites par des voyageurs illustres, ou qui l'étaient devenus grâce à l'excellence de leurs poèmes. Elle y jetait un coup d'œil de temps à autre lorsqu'elle était de bonne humeur.

« Tu n'as pas besoin de me traiter en bébé, lui disait-elle. Si je pars c'est que je l'ai décidé, non à cause de la beauté du paysage. »

Lorsque son fils lui offrit la compagnie de sa femme, elle refusa tout net : « Je suis assez grande pour me débrouiller seule. » Elle s'occupa elle-même des détails du voyage et ressentit une grande quiétude à l'idée de vivre huit jours de remontée et cinq de descente sans autre bagage que le strict nécessaire : une demi-douzaine de robes en coton, son linge, ses affaires de toilette, une paire de chaussures pour embarquer et débarquer, ses pantoufles pour le voyage et rien d'autre : le rêve de sa vie.

444

Au mois de janvier 1824, le commodore Juan Bernardo Elbers, fondateur de la navigation fluviale, avait hissé le pavillon du premier paquebot à vapeur qui avait sillonné le Magdalena, un engin primitif de quarante chevaux qui s'appelait *Fidélité*. Plus d'un siècle s'était écoulé lorsqu'un 7 juillet à six heures du soir le docteur Urbino Daza et son épouse accompagnèrent Fermina Daza jusqu'au bateau qui devait pour la première fois l'emmener sur le fleuve. C'était le premier que l'on avait construit sur les chantiers navals de la ville, et Florentino Ariza, en souvenir de son glorieux prédécesseur, l'avait baptisé *Nouvelle Fidélité*. Fermina Daza ne put croire que ce nom, qui avait pour eux tant de signification, fût un hasard historique et non une des délicatesses du romantisme chronique de Florentino Ariza.

En tout cas, à la différence des autres navires fluviaux, anciens ou modernes, la *Nouvelle Fidélité* possédait, contiguë à la cabine du capitaine, une suite confortable et grande : un salon avec des meubles de bambou aux couleurs de fête, une chambre conjugale décorée tout entière de motifs chinois, une salle de bains avec baignoire et douche, une grande terrasse couverte où l'on avait suspendu des fougères et d'où l'on voyait l'avant et les deux côtés du navire, et un système de réfrigération silencieux qui protégeait les pièces du bruit extérieur et les plongeait dans un climat d'éternel printemps. Cet appartement de luxe, appelé « cabine présidentielle » parce qu'y avaient voyagé trois présidents de la République, n'avait aucun but commercial et était réservé aux personnalités importantes et aux invités de marque. Florentino Ariza l'avait fait aménager pour des raisons de prestige dès qu'il avait été élu président de la C.F.C., avec la conviction intime que tôt ou tard il serait le refuge bienheureux de son voyage de noces avec Fermina Daza.

Le jour vint, en effet, où elle prit possession de la cabine présidentielle en maîtresse des lieux. À bord, le capitaine rendit les honneurs au docteur Urbino Daza, à son épouse, et à Florentino Ariza, en servant du champagne et du saumon fumé. Il s'appelait Diego Samaritano, portait un uniforme de lin blanc d'une absolue perfection, depuis les bottines jusqu'à la casquette avec l'écusson de la C.F.C. brodé au fil d'or, et comme les autres capitaines du fleuve, il avait la corpulence d'un ceiba, une voix péremptoire et des manières de cardinal florentin.

À sept heures, on donna le premier signal du départ et Fermina Daza sentit une douleur aiguë résonner dans son oreille gauche. La nuit précédente elle avait fait des rêves parsemés de mauvais présages qu'elle n'avait pas osé déchiffrer. Très tôt le matin, elle s'était rendue au panthéon du séminaire, qui était tout proche et s'appelait alors cimetière de la Manga, et elle s'était réconciliée avec son mari mort en prononçant debout, devant la crypte, un monologue dans lequel elle avait déversé les justes reproches restés en travers de sa gorge. Puis elle lui avait raconté les détails du voyage et lui avait dit au revoir à bientôt. Afin d'éviter d'épuisants adieux, elle n'avait voulu prévenir personne de son départ, au contraire d'autrefois, lorsqu'elle s'apprêtait à partir pour l'Europe. En dépit de ses nombreux voyages, celui-ci lui semblait être le premier et, à mesure que la journée avançait, son émotion augmentait. Une fois à bord, elle se sentit triste et abandonnée et souhaita rester seule pour pleurer.

Lorsque retentit l'ultime coup de corne, le docteur Urbino et son épouse lui dirent au revoir sans effusions, et Florentino Ariza les accompagna jusqu'à la passerelle. Le docteur Urbino Daza s'écarta pour lui céder le passage derrière son épouse et se rendit compte tout à coup que Florentino Ariza lui aussi était du voyage. Le docteur Urbino Daza ne put dissimuler sa surprise.

« Il n'était pas question de cela », dit-il.

Florentino Ariza lui montra la clef de sa cabine avec une intention trop évidente : une cabine ordinaire sur le pont principal. Mais pour le docteur Urbino Daza ce ne fut pas une preuve suffisante de son innocence. Il adressa à son épouse un regard de naufragé, cherchant de l'aide dans sa déconvenue, et ne trouva que deux yeux de glace. Elle lui dit tout bas, d'une voix sévère « Toi aussi? » Oui, lui aussi, de même que sa sœur Ofelia, pensait qu'à un certain âge l'amour devenait indécent. Mais il sut se reprendre à temps, serra la main de Florentino Ariza, plus résigné que reconnaissant.

Florentino Ariza les regarda descendre sur le quai depuis le bastingage du salon. Ainsi qu'il l'espérait et le désirait, le docteur Urbino Daza et son épouse, avant de monter en voiture, se retournèrent pour les voir, et il agita la main en signe d'adieu. Tous deux lui répondirent. Florentino Ariza resta sur le pont jusqu'à ce que l'automobile eût disparu dans la poussière du quai des marchandises puis se dirigea vers sa cabine afin de s'habiller pour le premier dîner à bord, dans la salle à manger du capitaine.

Ce fut une magnifique soirée que le capitaine égaya par de savoureux récits de ses quarante ans passés sur le fleuve, mais Fermina Daza dut faire de grands efforts pour avoir l'air de s'amuser. Bien que l'on eût donné le dernier coup de sirène, fait descendre les passagers et ôté la passerelle à huit heures, le bateau ne leva l'ancre que lorsque le capitaine eut terminé son repas et se fut installé à la barre pour diriger la manœuvre. Fermina Daza et Florentino Ariza restèrent penchés au-dessus du bastingage du salon des touristes, mêlés aux passagers tumultueux qui s'amusaient à identifier les lumières de la ville, jusqu'à ce que le bateau se faufilât entre les canaux invisibles, les marais éclaboussés par les lumières ondulantes des pêcheurs, et respirât enfin à pleins poumons l'air pur du grand Magdalena. L'orchestre attaqua un morceau populaire à la mode, les passagers hurlèrent de joie et le bal s'ouvrit dans la bousculade.

Fermina Daza préféra le refuge de sa cabine. Elle n'avait pas dit un mot de toute la soirée et Florentino Ariza l'avait laissée se perdre dans ses méditations. Il ne l'interrompit que pour lui souhaiter bonne nuit sur le pas de sa porte, mais elle n'avait pas sommeil, bien qu'un peu froid, et elle lui proposa de s'asseoir un moment pour regarder le fleuve depuis la terrasse privée. Florentino Ariza roula deux bergères d'osier jusque devant le bastingage, éteignit les lumières, enveloppa les épaules de Fermina Daza d'une couverture de laine et s'assit à côté d'elle. Avec la petite boîte qu'il lui avait offerte elle roula une cigarette, la roula avec une habileté surprenante, la fuma avec lenteur, le feu à l'intérieur de la bouche, sans parler, en roula deux autres encore et les fuma l'une après l'autre. Florentino Ariza but à petites gorgées deux bouteilles d'un café serré.

Les lumières de la ville avaient disparu à l'horizon. Depuis la terrasse obscure, le fleuve lisse et muet et les prés des deux rives se transformèrent, sous la lune, en une étendue phosphorescente. De temps en temps, on apercevait une cabane de chaume près de grands feux indiquant que là on vendait du bois pour les chaudières des paquebots. Florentino Ariza gardait de son voyage de jeunesse de vagues souvenirs que la vision du fleuve faisait renaître en éblouissantes rafales, comme s'ils dataient d'hier. Il en conta quelques-uns à Fermina Daza, croyant la distraire, mais elle fumait, dans un autre monde. Florentino Ariza renonça à ses réminiscences et la laissa seule avec les siennes tandis qu'il roulait ses cigarettes et les lui tendait tout allumées, jusqu'à ce que la boîte fût vide. Après minuit, la musique se tut, le tintamarre des passagers s'estompa et s'effiloche en murmures endormis, et les deux cœurs demeurèrent seuls dans l'ombre du pont, battant au rythme de la respiration du navire.

Au bout d'un long moment, Florentino Ariza regarda Fermina Daza dans le miroitement du fleuve, la vit spectrale, vit son profil de statue que veloutait un léger éclat bleuté, et s'aperçut qu'elle pleurait en silence. Mais au lieu de la consoler ou d'attendre que tarissent ses larmes, ainsi qu'elle l'eût souhaité, il laissa la panique le gagner.

« Veux-tu rester seule? demanda-t-il.

– Si je le voulais je ne t'aurais pas dit de rester », répondit-elle.

Alors il tendit ses doigts glacés dans l'obscurité, dans l'obscurité chercha l'autre main, et la trouva qui l'attendait. L'un et l'autre furent assez lucides pour se rendre compte, l'espace d'une même seconde, qu'aucune des deux n'était la main qu'ils avaient imaginée avant de se toucher, mais de pauvres vieux os. L'instant suivant, cependant, elles le furent. Elle commença à parler de son époux mort, au présent, comme s'il était encore en vie, et Florentino Ariza sut que pour elle aussi l'heure était venue de se demander, avec dignité, avec grandeur, avec un désir irrépressible de vivre, que faire de cet amour resté sans maître.

Fermina Daza cessa de fumer pour ne pas lâcher la main qui tenait la sienne. Le besoin de comprendre l'absorbait tout entière. Elle ne pouvait concevoir meilleur mari que celui qui avait été le sien, et cependant l'évocation de sa vie était, plus que d'affection, parsemée d'obstacles, d'incompréhensions réciproques, de querelles inutiles, de rancœurs mal dissipées. Elle soupira soudain : « Nom d'un chien, comment peut-on être aussi heureuse pendant tant d'années, au milieu de tant de coups durs, de tant de disputes, sans savoir si c'est ça l'amour. » Lorsqu'elle eut terminé de vider son cœur, quelqu'un éteignit la lune. Le navire avançait à petits pas, d'abord un pied, puis l'autre : un immense animal à l'affût. L'anxiété de Fermina Daza n'était plus.

« Maintenant va-t'en », dit-elle.

Florentino Ariza pressa sa main, se pencha vers elle et tenta de l'embrasser sur la joue. Mais elle l'en empêcha de sa voix rauque et douce.

« Non, dit-elle : je sens la vieille. »

Elle l'entendit s'éloigner dans l'obscurité, entendit ses pas dans l'escalier, l'entendit cesser d'être jusqu'au lendemain. Fermina Daza alluma une autre cigarette et, à travers la fumée, vit le docteur Juvenal Urbino avec son costume de lin irréprochable, sa rigueur professionnelle, son éblouissante sympathie, son amour officiel, agiter depuis le bateau du passé son chapeau blanc en signe d'adieu. « Les hommes ne sont que les pauvres esclaves des préjugés, lui avait-il dit un jour. En revanche, lorsqu'une femme décide de coucher avec un homme, il n'est pas de barrière qu'elle ne franchisse, de forteresse qu'elle ne démolisse, de considération morale sur laquelle elle ne soit prête à s'asseoir : Dieu lui-même n'existe plus. » Fermina Daza demeura immobile jusqu'au petit matin, l'esprit absorbé par un Florentino Ariza qui n'était pas la triste sentinelle du petit parc des Évangiles dont le souvenir n'éveillait plus en elle la moindre lueur de nostalgie, mais un homme boiteux, décrépit, réel, celui qui avait toujours été à portée de sa main et qu'elle n'avait pas su reconnaître. Et tandis que le navire l'entraînait de son souffle puissant vers la splendeur des premières roses, tout ce qu'elle demanda à Dieu fut que Florentino Ariza sût, le lendemain, par où recommencer.

Il le sut. Fermina Daza avait donné des instructions au garçon de cabine pour qu'on la laissât dormir tout son soûl, et lorsqu'elle se réveilla elle aperçut, posé sur la table, un vase avec une rose blanche, fraîche, encore humide de rosée, et une enveloppe contenant autant de pages que Florentino Ariza était parvenu à en écrire depuis qu'il lui avait souhaité bonne nuit. C'était une lettre paisible ne voulant qu'exprimer l'état d'esprit qui, la veille, s'était emparé de lui, une lettre aussi lyrique et rhétorique que les autres, mais fondée sur la réalité. Fermina Daza la lut quelque peu honteuse d'elle-même car son cœur galopait sans vergogne. Florentino Ariza concluait en lui demandant de prévenir le garçon de cabine lorsqu'elle serait prête car le capitaine l'attendait au poste de commandement pour lui montrer le fonctionnement du navire.

Elle fut prête à onze heures. Elle avait pris un bain, fleurait le savon parfumé, avait revêtu un tailleur de veuve très simple en étamine grise, et se sentait tout à fait remise de la tempête de la veille. Elle commanda un petit déjeuner frugal au garçon vêtu de blanc impeccable qui était au service personnel du capitaine, mais ne demanda pas qu'on vînt la chercher. Elle monta seule, émerveillée par le ciel sans nuages, et trouva Florentino Ariza dans la cabine de commandement en train de bavarder avec le capitaine. Il lui sembla différent, parce qu'elle le voyait avec d'autres yeux, bien sûr, mais surtout parce qu'il était méconnaissable. Au lieu de ses éternels vêtements funèbres, il portait de confortables chaussures blanches, un pantalon de toile et une chemise à manches courtes, au col ouvert, avec ses initiales brodées sur la poche à hauteur de la poitrine, une casquette de marin, blanche elle aussi, et il avait accroché des verres teintés sur ses éternelles lunettes de myope. Tout était neuf et avait été acheté exprès pour le voyage, sauf la vieille ceinture de cuir marron que Fermina Daza remarqua tout de suite comme une mouche tombée dans le potage. En le voyant habillé de la sorte et de toute évidence en son honneur, elle ne put empêcher le feu de lui monter au visage. Elle se troubla en lui disant bonjour et il fut troublé de son trouble. La conscience de se conduire comme deux amoureux les troubla plus encore et la conscience de leur trouble finit de les troubler au point que le capitaine s'en aperçut et frissonna d'émotion. Il les sortit d'embarras en leur expliquant pendant deux heures l'utilisation des instruments et le fonctionnement général du bateau. Ils naviguaient avec lenteur sur le fleuve sans rives qui se perdait à l'horizon entre d'arides bancs de sable. Mais les eaux bourbeuses de l'embouchure avaient ici, lentes et diaphanes, la splendeur du métal au soleil impitoyable. Fermina Daza eut l'impression d'un delta peuplé d'îles de sable.

« C'est tout ce qui nous reste du fleuve », lui dit le capitaine.

Florentino Ariza, en effet, s'étonna de tous ces changements et plus encore le lendemain lorsque la navigation devint difficile. Il comprit alors que le Magdalena, ce patriarche, un des plus grands fleuves du monde, n'était plus qu'une illusion de la mémoire. Le capitaine Samaritano leur expliqua comment un déboisement aberrant avait en cinquante ans eu raison du fleuve : les chaudières des navires avaient dévoré la forêt aux arbres colossaux qui avait tant oppressé Florentino Ariza lors de son premier voyage. Fermina Daza ne verrait pas les animaux de ses rêves : les chasseurs de peaux des tanneries de La Nouvelle-Orléans avaient exterminé les caïmans qui faisaient les morts pendant des heures et des heures sur les rives escarpées pour surprendre les papillons, mâchoires grandes ouvertes; les perroquets jacasseurs et les singes aux hurlements de fous étaient morts à mesure qu'avaient disparu les frondaisons, et les lamantins aux grandes mamelles de mères qui allaitaient leurs petits et pleuraient comme des femmes désespérées sur les bancs de sable étaient une espèce qu'avaient éteinte les balles explosives des hommes chassant pour leur plaisir.

Le capitaine Samaritano vouait aux lamantins une affection presque maternelle car leurs femelles ressemblaient à des femmes condamnées par quelque égarement amoureux, et il tenait pour certaine la légende selon laquelle elles étaient les seules femmes sans hommes dans le règne animal. Il s'était toujours opposé à ce qu'on leur tirât dessus depuis son navire, comme on en avait coutume malgré les lois l'interdisant. Un jour, un chasseur de Caroline du Nord, dont tous les papiers étaient en règle, avait désobéi à ses ordres et fait voler en éclats la tête d'une mère lamantin avec une balle de sa Springfield. Le petit, fou de douleur, était resté à sangloter et à hurler sur le corps étendu. Le capitaine avait fait monter l'orphelin à bord pour s'occuper de lui et abandonné le chasseur sur le banc désert à côté du cadavre de la mère assassinée. Les protestations diplomatiques lui avaient valu six mois de prison et il avait failli perdre son permis de navigation, mais à sa sortie il s'était déclaré prêt à recommencer à la moindre occasion. L'événement, toutefois, avait été historique : le lamantin sans mère, qui avait grandi et vécu de nombreuses années dans le parc pour animaux exotiques de San Nicolás de las Barrancas, était le dernier que l'on avait vu sur le fleuve.

« Chaque fois que je passe devant ce banc de sable, dit-il, je prie Dieu que ce gringo remonte sur mon bateau pour que je puisse encore une fois le débarquer. »

Ce tendre géant, que Fermina Daza ne trouvait guère sympathique, l'émut tant ce matin-là qu'elle lui accorda une place privilégiée dans son cœur. Elle fit bien : le voyage commençait à peine et elle aurait bien souvent l'occasion de constater qu'elle ne s'était pas trompée.

Fermina Daza et Florentino Ariza restèrent dans la cabine de commandement jusqu'à l'heure du déjeuner, une fois passé le village de Calamar qui, à peine quelques années auparavant, était une fête perpétuelle et n'était plus aujourd'hui qu'un port en ruine aux rues désolées. Une femme vêtue de blanc et qui agitait un mouchoir fut le seul être vivant qu'ils aperçurent depuis le navire. Fermina Daza ne comprenait pas pourquoi on ne la recueillait pas alors qu'elle semblait en détresse, mais le capitaine lui expliqua qu'elle était le fantôme d'une noyée qui envoyait des signaux trompeurs afin d'attirer les bateaux vers les dangereux tourbillons de l'autre rive. Ils passèrent si près d'elle que Fermina Daza la vit dans ses moindres détails, se découpant bien nette contre le soleil, et elle ne mit pas en doute la réalité de sa non-existence, bien qu'il lui semblât reconnaître son visage.

Ce fut une longue et chaude journée. Après le déjeuner, Fermina Daza retourna dans sa cabine pour son inévitable sieste, mais dans son oreille la douleur l'empêcha de dormir et se fit plus intense lorsque le navire échangea les salutations de rigueur avec un autre navire de la C.F.C. qu'il croisa à quelques lieues de Barranca Vieja. Florentino Ariza piqua un somme, assis dans le salon principal où la plupart des passagers sans cabine dormaient comme en pleine nuit, et il rêva de Rosalba, tout près de l'endroit où il l'avait vue s'embarquer. Elle voyageait seule, avec ses atours de Momposinienne du siècle dernier, et c'était elle, et non l'enfant, qui faisait la sieste dans la cage en osier suspendue à l'auvent. Ce fut un rêve si énigmatique et si amusant qu'il l'évoqua avec plaisir tout l'après-midi tandis qu'il jouait aux dominos avec le capitaine et deux passagers de ses amis.

Au crépuscule la chaleur diminuait et le navire revivait. Les passagers émergeaient comme d'une léthargie, rafraîchis, avec des vêtements propres, et occupaient les fauteuils en osier du salon dans l'attente du dîner annoncé à cinq heures précises par un garçon qui parcourait le pont d'un bout à l'autre en agitant, au milieu des applaudissements et des plaisanteries, une petite sonnette de sacristain. Tandis qu'ils mangeaient, l'orchestre attaquait un fandango et le bal se poursuivait jusqu'à minuit passé.

Fermina Daza ne voulut pas dîner car son oreille lui faisait mal et elle assista au premier embarquement de bois pour les chaudières, près d'une falaise pelée où ne restaient que des troncs d'arbres entassés et un très vieil homme qui s'occupait du dépôt. Il ne semblait y avoir personne d'autre à plusieurs lieues à la ronde. Pour Fermina Daza, ce fut une escale ennuyeuse et longue, inimaginable sur les transatlantiques d'Europe, et la chaleur était telle qu'on la sentait même à l'intérieur de la terrasse réfrigérée. Mais lorsque le navire leva l'ancre il soufflait une brise fraîche, imprégnée des senteurs profondes de la forêt, et la musique se fit plus joyeuse. Au village de Sitio Nuevo il n'y avait qu'une seule lumière à la seule fenêtre de la seule maison, et le bureau du port ne lança pas le signal convenu pour indiquer qu'un chargement ou des passagers attendaient d'embarquer, si bien que le navire poursuivit sa route sans le saluer.

Fermina Daza avait passé tout l'après-midi à se

demander quels stratagèmes utiliserait Florentino Ariza pour la voir sans frapper à sa porte, et vers huit heures elle ne put contenir plus longtemps son désir d'être avec lui. Elle sortit dans la coursive en espérant le croiser comme par hasard, et n'eut pas à marcher bien longtemps : assis sur une banquette, muet et triste de même que dans le petit parc des Évangiles, Florentino Ariza cherchait depuis deux heures un prétexte pour aller à sa rencontre. Tous deux eurent le même geste de surprise que tous deux savaient feint, et ils parcoururent ensemble le pont des premières bourré de jeunes gens, pour la plupart des étudiants turbulents, qui se dépensaient avec une certaine anxiété pour fêter la fin des vacances. Au bar, Florentino Ariza et Fermina Daza prirent une boisson fraîche, assis au comptoir comme des étudiants, et elle se sentit soudain la proie d'une situation redoutée. Elle dit : « Quelle horreur ! » Florentino Ariza lui demanda quelle pensée l'impressionnait de la sorte.

« C'est à cause de ces pauvres petits vieux, dit-elle. Ceux que l'on a tués à coups de rame dans la barque. »

Tous deux allèrent se coucher lorsque la musique s'arrêta, après une longue conversation sans ambages sur la terrasse obscure. La lune était absente, le ciel couvert et l'horizon sillonné d'éclairs silencieux qui les illuminaient l'espace d'un instant. Florentino Ariza roula pour elle des cigarettes mais elle n'en fuma que quatre parce que la douleur, qui disparaissait par moments, reprenait de plus belle lorsque le bateau cornait au passage d'un autre navire, au large d'un village endormi, ou en naviguant avec lenteur pour sonder la profondeur du fleuve. Il lui raconta avec quelle émotion il l'avait toujours vue, pendant les Jeux floraux, lors du voyage en ballon, sur le vélocipède d'acrobate, et avec quelle anxiété toute l'année, il attendait les festivités publiques, dans le seul but de l'apercevoir. Elle aussi l'avait vu de nombreuses fois et jamais elle n'eût imaginé qu'il ne se trouvait là que pour la voir. Cependant, lorsqu'elle avait commencé à lire ses lettres, à peine un an auparavant, elle s'était soudain demandé pourquoi il n'avait jamais participé aux Jeux floraux : il aurait sans nul doute gagné. Florentino Ariza lui mentit : il n'écrivait que pour elle, des poèmes dédiés à elle seule et que lui seul lisait. Alors ce fut elle qui, dans l'obscurité, chercha sa main, mais elle ne la trouva pas qui l'attendait comme la veille elle avait attendu la sienne : elle la prit par surprise. Le cœur de Florentino Ariza battit à tout rompre.

« Comme les femmes sont bizarres », dit-il.

Elle éclata d'un rire profond de jeune colombe, et pensa de nouveau aux petits vieux de la barque. C'était écrit : cette image la poursuivrait toute sa vie. Mais ce soir-là elle pouvait la supporter car elle se sentait bien, tranquille, comme peu de fois elle l'avait été dans sa vie : lavée de toute faute. Elle serait demeurée ainsi jusqu'à l'aube, sans parler, tenant dans sa main l'autre main inondée de sueur glacée, n'eût été ce mal d'oreille de plus en plus insupportable. Aussi, lorsque la musique se tut et que cessa le va-et-vient des passagers ordinaires qui accrochaient leurs hamacs dans le salon, elle comprit que la douleur l'avait emporté sur son désir de rester auprès de lui. Le lui avouer l'eût soulagée mais elle ne dit rien afin de ne pas l'inquiéter. Car elle avait alors le sentiment de le connaître aussi bien que si elle avait vécu avec lui toute sa vie, et le croyait capable de donner l'ordre de rentrer au port ne fût-ce que pour calmer sa douleur.

Florentino Ariza avait prévu que cette nuit-là les choses se dérouleraient ainsi et il prit congé. Sur le seuil de la cabine, il tenta de lui souhaiter bonne nuit en l'embrassant, et elle tendit sa joue gauche. Il insista, la respiration haletante, et elle tendit l'autre joue avec une coquetterie qu'il ne lui avait jamais connue, pas même aux temps du collège. Alors il insista une fois encore et elle reçut le baiser sur ses lèvres, le reçut avec un tremblement qu'elle tenta de dissimuler par un rire oublié depuis la nuit même de ses noces.

« Seigneur, dit-elle, sur les bateaux je fais des folies. »

Florentino Ariza frissonna : ainsi qu'elle-même l'avait dit, elle avait en effet l'odeur aigre de la vieillesse. Toutefois, tandis qu'il se dirigeait vers sa cabine en se frayant un passage dans le labyrinthe des hamacs endormis, il se consola à l'idée qu'il exhalait sans doute une odeur identique, de surcroît plus vieille de quatre ans, et qu'elle aussi avait dû la sentir avec la même émotion. C'était l'odeur des ferments humains tant de fois perçue chez ses amantes les plus anciennes et qu'elles avaient respiré sur lui. La veuve Nazaret, qui ne gardait rien pour elle, le lui avait dit dans un langage plus cru : « On sent la charogne. » Chacun supportait celle de l'autre parce qu'ils étaient à égalité : mon odeur contre la tienne. En revanche, il se méfiait d'América Vicuña dont la senteur de langes réveillait en lui des instincts maternels et l'idée l'avait tourmenté qu'elle ne pût supporter la sienne : une odeur de vieux beau. Mais tout cela appartenait au passé. Seul comptait que, depuis le jour où la tante Escolástica avait oublié son missel sur le bureau du télégraphe, Florentino Ariza n'avait éprouvé un bonheur égal à celui de ce soir : si intense qu'il en avait peur.

Il était cinq heures et il venait de s'endormir lorsqu'au port de Zambrano le secrétaire du navire le réveilla pour lui remettre un télégramme urgent.

Daté de la veille, il était signé Leona Cassiani et toute son horreur tenait en une ligne : *América Vicuña morte hier raisons inexplicables.* À onze heures du matin il apprit les détails grâce à une conversation télégraphique avec Leona Cassiani, pour laquelle il utilisa lui-même l'appareil de transmission alors qu'il ne s'en était plus jamais resservi depuis ses années de télégraphiste. América Vicuña, en proie à une dépression mortelle pour avoir échoué à ses examens de fin d'année, avait avalé un flacon de laudanum qu'elle avait dérobé à l'infirmerie du collège. Florentino Ariza savait au fond de son âme que l'information était incomplète. Mais América Vicuña n'avait laissé aucune explication écrite qui eût permis d'accuser quiconque de sa décision. La famille, prévenue par Leona Cassiani, arrivait en ce moment de Puerto Padre, et l'enterrement devait avoir lieu le jour même à cinq heures. Florentino Ariza respira. Tout ce qu'il pouvait faire pour continuer à vivre était de s'interdire le supplice du souvenir. Il l'effaça de sa mémoire, bien que plus tard il dût de temps en temps la sentir revivre, de façon soudaine et inopinée, comme l'élancement brutal d'une vieille cicatrice.

Les journées suivantes furent chaudes et interminables. Le fleuve devenait trouble et se rétrécissait, et, à la place de l'enchevêtrement d'arbres colossaux qui avait tant étonné Florentino Ariza lors de son premier voyage, il y avait des plaines calcinées, des déchets de forêts dévorées par les chaudières des navires, des décombres de villages abandonnés de Dieu, aux rues toujours inondées même lors des plus cruelles sécheresses. La nuit, ce n'étaient pas les chants de sirène des lamantins sur les bancs de sable qui le réveillaient mais le remugle nauséabond des morts flottant en direction de la mer. Car il n'y avait ni guerres ni épidémies, mais les corps gonflés continuaient de passer. Pour une fois, le capitaine se montra discret : « Nous avons ordre de dire aux passagers qu'ils se sont noyés par accident. » Au lieu du charabia des perroquets et du scandale invisible des singes qui, en d'autres temps, augmentaient la touffeur de la mi-journée, n'était que le vaste silence de la terre ravagée.

Il restait si peu d'endroits où bûcheronner, si éloignés les uns des autres, que la *Nouvelle Fidélité* tomba en panne de combustible au quatrième jour de voyage. Il resta amarré presque une semaine tandis que des équipes pénétraient des marais de cendres à la recherche des derniers arbres éparpillés, les seuls qui subsistaient : les bûcherons avaient abandonné leurs sentes, fuyant la férocité des seigneurs de la terre, fuyant le choléra invisible, fuyant les guerres larvées que le gouvernement s'entêtait à occulter par des décrets de diversion. Pendant ce temps, les passagers s'ennuyaient, organisaient des compétitions de natation, mettaient sur pied des expéditions de chasse, revenaient avec des iguanes vivants qu'ils éventraient du haut en bas et recousaient avec des alênes après leur avoir arraché des grappes d'œufs, translucides et mous, qu'ils mettaient à sécher en chapelets sur le bastingage. Les prostituées misérables des villages voisins, qui avaient suivi l'expédition à la trace, plantèrent des tentes sur les hauteurs des rives, engagèrent des musiciens, installèrent une guinguette et décrétèrent la bamboula en face du bateau ancré.

Bien avant d'être président de la C.F.C., Florentino Ariza avait reçu des informations alarmantes sur l'état du fleuve, mais c'est à peine s'il les lisait. Il tranquillisait ses associés : « Ne vous inquiétez pas, quand il n'y aura plus de bois on utilisera les chaudières à pétrole. » Il ne prit jamais la peine d'y réfléchir, obnubilé par sa passion pour Fermina

460

Daza, et lorsqu'il vit la réalité en face, il n'y avait plus rien à faire sinon fabriquer un nouveau fleuve. La nuit, même à l'époque des meilleures eaux, il fallait amarrer pour dormir, et le seul fait d'être vivant devenait alors insupportable. La plupart des passagers, les Européens surtout, abandonnaient le pourrissoir des cabines et passaient la nuit à marcher sur le pont, chassant toutes sortes de bestioles avec la même serviette qui servait à éponger leur sueur incessante, et au lever du jour ils étaient épuisés et enflés à cause des piqûres des moustiques. Au début du XIXᵉ siècle, un explorateur anglais, dans une allusion au voyage de jadis que l'on faisait moitié en canoë moitié à dos de mule et qui pouvait durer jusqu'à cinquante jours, avait écrit : « C'est une des pérégrinations les plus difficiles et les plus inconfortables qu'un être humain puisse entreprendre. » Elle avait cessé de l'être pendant les quatre-vingts premières années de la navigation fluviale et l'était redevenue pour toujours et à jamais, après que les caïmans eurent mangé le dernier papillon, que les lamantins eurent disparu, de même que les perroquets, les singes et les villages : après que tout eut disparu.

« Ce n'est pas un problème, disait le capitaine en riant, dans quelques années on roulera en automobile sur le lit à sec du fleuve. »

Le doux printemps de la terrasse réfrigérée protégea Fermina Daza et Florentino Ariza pendant les trois premiers jours, mais lorsqu'il fallut rationner le bois et que le système de réfrigération commença à se dérégler, la cabine présidentielle devint une marmite norvégienne. Fermina Daza survivait aux nuits grâce à la brise du fleuve qui entrait par les fenêtres ouvertes, et elle chassait les moustiques avec une serviette car la bombe à insecticide était inutile tant que le bateau était ancré. Sa douleur dans l'oreille, devenue insupportable, disparut tout à coup un matin au réveil, tel le chant d'une cigale qui vient de mourir. Le soir, lorsque Florentino Ariza lui parla du côté gauche et qu'elle dut tourner la tête pour entendre ce qu'il disait, elle comprit qu'elle avait perdu l'ouïe. Elle ne dit rien à personne et l'accepta comme l'une des nombreuses et irrémédiables vicissitudes de l'âge.

Malgré tout, le retard du navire avait été pour eux un accident providentiel. Florentino Ariza avait un jour lu cette phrase : « Dans le malheur, l'amour devient plus grand et plus noble. » L'humidité de la cabine présidentielle les plongea dans une léthargie irréelle où il était plus facile de s'aimer sans poser de questions. Ils vivaient des heures inimaginables, se tenaient par la main, assis sur les fauteuils du pont, s'embrassaient avec douceur, jouissaient de l'ivresse de leurs caresses sans le désagrément de l'exaspération. La troisième nuit de touffeur, elle l'invita à boire de l'anis, celui-là même qu'elle buvait en cachette avec Hildebranda et sa bande de cousines, et avait bu plus tard, mariée et mère de famille, enfermée avec ses amies dans un univers d'emprunt. Elle avait besoin de s'étourdir un peu pour ne pas penser avec trop de lucidité à son sort, et Florentino Ariza crut qu'elle voulait se donner le courage de franchir le dernier pas. Enhardi par cette erreur, il se risqua à explorer du bout des doigts le cou fané, le buste cuirassé de baleines métalliques, les hanches aux os rongés, les muscles de biche fatiguée. Elle le laissa faire, reconnaissante, les yeux clos mais sans frémir, fumant et buvant à petits traits. Lorsqu'à la fin les caresses glissèrent vers son ventre, elle avait assez d'anis dans le cœur.

« Si l'on doit faire des bêtises, faisons-les, dit-elle, mais comme des grands. »

Elle le conduisit dans la chambre et commença à se dévêtir sans fausses pudeurs, en pleine lumière.

462

Florentino Ariza s'allongea tout habillé sur le lit, essayant de reprendre ses esprits, ignorant une fois encore ce qu'il fallait faire de la peau de l'ours qu'il avait tué. Elle dit : « Ne regarde pas. » Il demanda pourquoi sans détourner les yeux du plafond.

« Parce que cela ne va pas te plaire », dit-elle.

Alors il la regarda et la vit nue jusqu'à la taille, telle qu'il l'avait imaginée. Elle avait les épaules ridées, les seins flasques et les côtes enveloppées d'une peau aussi pâle et froide que celle d'une grenouille. Elle dissimula sa poitrine sous le corsage qu'elle venait d'ôter et éteignit la lumière. Il se leva et commença à se dévêtir dans le noir, lançant sur elle chaque vêtement qu'il ôtait et qu'elle lui renvoyait en riant. Ils restèrent allongés sur le dos un long moment, lui de plus en plus ébahi à mesure que son ivresse disparaissait, elle tranquille, presque apathique, mais suppliant Dieu que le fou rire ne la gagnât pas, comme toutes les fois qu'elle buvait trop d'anis. Ils bavardèrent pour passer le temps. Ils parlèrent d'eux, de leurs vies différentes, du hasard invraisemblable de se trouver nus dans la cabine obscure d'un bateau ancré alors qu'il eût été juste de penser qu'il ne leur restait que le temps d'attendre la mort. Elle n'avait jamais entendu dire qu'il avait eu une femme, une seule, dans cette ville où l'on savait tout avant même que ce fût vrai. Elle le lui dit comme par hasard et il rétorqua sans attendre et sans un tremblement dans la voix :

« Je suis resté vierge pour toi. »

Eût-il dit la vérité qu'elle ne l'aurait de toute façon pas cru, parce que ses lettres d'amour étaient faites de phrases comme celle-ci dont la valeur reposait moins sur leur sens que sur leur pouvoir d'émerveillement. Mais elle aima la hardiesse avec laquelle il la prononça. Florentino Ariza, de son côté, se demanda soudain ce que jamais il n'eût osé se demander :

quels avaient été les arcanes de sa vie en dehors de son mariage. Rien ne l'eût surpris car il savait que les femmes sont égales aux hommes dans leurs aventures secrètes : mêmes stratagèmes, mêmes inspirations soudaines, mêmes trahisons dépourvues de remords. Mais il fit bien de ne pas lui poser la question. À une époque où ses relations avec l'Église étaient déjà détériorées, son confesseur lui avait demandé de but en blanc s'il lui était arrivé d'être infidèle à son mari, et elle s'était levée sans répondre, sans finir sa confession, sans prendre congé, et plus jamais elle n'était retournée à confesse, ni avec ce curé ni avec aucun autre. En revanche, la prudence de Florentino Ariza trouva une récompense inattendue : elle tendit la main dans l'obscurité, caressa son ventre, sa taille, le pubis presque imberbe. Elle dit : « Tu as une peau de bébé. » Puis elle franchit l'ultime barrière : elle le chercha là où il n'était pas, le chercha encore, sans trop d'illusions, et le trouva, inerte.

« Il est mort », dit-il.

Cela lui était souvent arrivé, de sorte qu'il avait appris à vivre avec ce fantasme : à chaque fois il lui fallait apprendre de nouveau comme au premier jour. Il prit sa main et la posa sur sa poitrine : Fermina Daza sentit, presque à fleur de peau, le vieux cœur infatigable qui battait avec la fougue, la hâte et le désordre d'un cœur adolescent. Il dit : « Trop d'amour est aussi mauvais pour lui que le manque d'amour. » Mais il le dit sans conviction : il avait honte, il était furieux contre lui-même et désirait trouver un prétexte pour l'accuser de son échec. Elle le savait et commença à provoquer le corps sans défense avec des caresses moqueuses, comme une chatte câline éprise de cruauté, jusqu'à ce qu'il ne pût résister plus longtemps au martyre et rentrât dans sa cabine. Elle pensa à lui jusqu'à l'aube, enfin sûre de son amour, et à mesure que l'anis l'abandonnait en de lentes ondes, l'inquiétude l'envahissait à l'idée que, contrarié, il pût ne jamais revenir.

Mais il revint le matin même, à onze heures, frais et dispos, et se déshabilla devant elle avec une certaine ostentation. Elle prit plaisir à le regarder en pleine lumière, tel qu'elle l'avait imaginé dans le noir : un homme sans âge, à la peau foncée, brillante et tendue comme un parapluie ouvert, sans autre duvet que celui, clairsemé et lisse, des aisselles et du pubis. Son arme était dressée et elle s'aperçut qu'il la laissait à découvert non par hasard mais parce qu'il l'exhibait comme un trophée de guerre afin de se donner courage. Fermina Daza n'eut pas même le temps d'ôter la chemise de nuit qu'elle avait enfilée lorsque s'était levée la brise du matin, et elle frissonna de compassion devant sa hâte de débutant. Elle n'en fut pas gênée, cependant, car dans ces cas-là elle ne savait pas très bien distinguer la compassion de l'amour. Toutefois, à la fin, elle se sentit épuisée.

C'était la première fois depuis vingt ans qu'elle faisait l'amour, poussée par la curiosité de sentir comment cela pouvait être à son âge après un intermède aussi prolongé. Mais il ne lui avait pas donné le temps de savoir si son corps lui aussi le désirait. Cela avait été rapide et triste, et elle pensa : « On a tout gâché. » Elle se trompait : en dépit de leur déconvenue à tous les deux, en dépit du remords qu'il éprouvait pour sa maladresse, en dépit des reproches qu'elle s'adressait pour la folie de l'anis, dans les jours qui suivirent ils ne se séparèrent pas une seconde. C'est à peine s'ils sortaient de la cabine pour prendre leurs repas. Le capitaine Samaritano, dont l'instinct découvrait tous les mystères que son navire abritait, leur faisait porter chaque matin une rose blanche, jouer des sérénades de valses de leur époque, préparer des repas amusants avec des ingrédients toniques. Ils ne tentèrent de refaire l'amour que longtemps après, lorsque vint l'inspiration sans qu'ils l'eussent cherchée. Le bonheur d'être ensemble leur suffisait.

Ils n'auraient pas songé à sortir de la cabine si le capitaine ne leur avait annoncé, par un petit mot, qu'après le déjeuner ils atteindraient le port d'arrivée, La Dorada. Le voyage avait duré onze jours. Fermina Daza et Florentino Ariza contemplèrent depuis la cabine le promontoire aux maisons éclairées par un soleil diaphane, et crurent comprendre le pourquoi de ce nom qui leur sembla pourtant moins évident lorsqu'ils entendirent la chaleur ronfler comme les chaudières du bateau et virent le goudron bouillant fondre dans les rues. Le navire accosta sur la rive opposée, où se trouvait la gare du chemin de fer pour Santa Fe.

Ils abandonnèrent leur refuge dès que les passagers eurent débarqué. Fermina Daza respira le bon air de l'impunité dans le salon vide et tous deux observèrent depuis le bateau la foule tumultueuse qui cherchait ses bagages dans les wagons d'un train ressemblant à un jouet. On eût dit des voyageurs en provenance d'Europe, surtout les femmes, dont les manteaux nordiques et les chapeaux du siècle dernier n'avaient aucun sens dans la canicule poussiéreuse. Certaines avaient orné leurs cheveux de superbes fleurs de pomme de terre qui commençaient à défaillir sous la chaleur. Ils arrivaient des plateaux andins après une journée de train à travers une savane de rêve et n'avaient pas encore eu le temps d'échanger leurs vêtements contre d'autres, plus appropriés aux Caraïbes.

Dans le brouhaha du marché, un très vieil homme à l'aspect inconsolable sortait des poussins des poches d'un manteau dépenaillé. Il était apparu soudain, s'ouvrant un chemin dans la foule, avec un pardessus en loques ayant appartenu à quelqu'un de beaucoup plus grand et de beaucoup plus corpulent. Il ôta son chapeau, le retourna et le posa à même le quai pour qu'on y jetât quelques sous, puis commença à sortir de ses poches des poignées de poussins tendres et décolorés qui semblaient proliférer entre ses doigts. En un instant, le quai fut jonché de petits poussins inquiets pépiant partout au milieu des voyageurs pressés qui les écrasaient sans même les remarquer. Fascinée par ce spectacle merveilleux qui semblait donné en son honneur car elle était la seule à le regarder, Fermina Daza ne s'aperçut pas que les passagers du voyage de retour avaient commencé à monter à bord. La fête était finie : parmi les arrivants elle distingua de nombreux visages connus, des amis qui l'avaient accompagnée dans son deuil peu de temps auparavant, et elle courut se réfugier une nouvelle fois dans la cabine. Florentino Ariza la trouva consternée : elle préférait mourir plutôt que d'être découverte par les siens en train de faire un voyage d'agrément alors que son mari était mort depuis peu. Bouleversé par sa tristesse, Florentino Ariza lui promit de chercher un moyen de la protéger qui ne fût pas l'emprisonnement dans la cabine.

L'idée surgit tout à coup, alors qu'ils dînaient dans la salle à manger privée. Le capitaine était préoccupé par un problème dont il voulait entretenir Florentino Ariza depuis longtemps mais que celui-ci avait toujours esquivé en usant de son argument habituel : « Leona Cassiani arrangera ça mieux que moi. » Cependant, cette fois il l'écouta. Le problème était que les bateaux remontaient le fleuve chargés de marchandises mais redescendaient à vide, alors qu'avec les passagers c'était le contraire. « Les marchandises ont l'avantage de rapporter plus et de ne pas manger », dit-il. Fermina Daza dînait de mauvaise grâce car la conversation animée des deux hommes sur le bien-fondé d'établir des tarifs différentiels l'ennuyait. Mais Florentino Ariza la mena jusqu'au bout et posa alors une question que le capitaine entendit comme l'annonce du salut.

« Une supposition, dit-il : ne pourrait-on faire un voyage direct, sans marchandises ni passagers, sans escales, sans ports, sans rien? »

Le capitaine répondit que ce ne pouvait être qu'une supposition car la C.F.C. avait des engagements commerciaux que Florentino Ariza connaissait mieux que personne, des contrats pour le transport de marchandises, de passagers, de sacs postaux et de bien d'autres choses encore, pour la plupart inéluctables. Seule une épidémie à bord permettait de passer outre à toute obligation. On déclarait la quarantaine, on hissait le pavillon jaune et on levait l'ancre d'urgence. Le capitaine l'avait souvent fait à cause des nombreux cas de choléra qui se présentaient aux abords du fleuve, bien que par la suite les autorités sanitaires eussent obligé les médecins à signer des certificats de dysenterie. De surcroît, on avait souvent, dans l'histoire du fleuve, hissé le pavillon jaune de la peste pour frauder des impôts, ou éviter d'embarquer un passager indésirable, ou encore pour empêcher les perquisitions gênantes. Sous la table, Florentino Ariza chercha la main de Fermina Daza.

« Eh bien! dit-il, faisons cela. »

Le capitaine eut un geste de surprise mais son instinct de vieux renard l'éclaira tout de suite.

« Ce navire est sous mes ordres, dit-il, mais nous sommes tous sous les vôtres. Si ce que vous venez de dire est sérieux, remettez-moi un ordre écrit et nous partons à l'instant même. »

C'était sérieux, bien sûr, et Florentino Ariza signa l'ordre. Au bout du compte, tout le monde savait qu'en dépit des calculs enjoués des autorités sanitaires les temps du choléra n'étaient pas révolus. Quant au navire lui-même, il ne posait aucun problème. On transféra les quelques colis déjà embarqués, on déclara aux passagers qu'il y avait un incident de machines et on les expédia le lendemain à l'aube sur le navire d'une autre compagnie. Si, pour des raisons immorales, voire indignes, ces pratiques étaient monnaie courante, Florentino Ariza ne voyait pas pourquoi il serait illicite d'en user par amour. Tout ce que le capitaine exigeait était une escale à Puerto Nare pour faire monter une personne qui lui tiendrait compagnie pendant le voyage : son cœur lui aussi avait ses secrets.

La *Nouvelle Fidélité* leva donc l'ancre le lendemain matin sans marchandises ni passagers, le pavillon jaune du choléra claquant de joie en haut du grand mât. Dans la soirée, ils embarquèrent, à Puerto Nare, une femme d'une gigantesque beauté, plus grande et plus robuste que le capitaine, à qui il ne manquait que la barbe pour être engagée dans un cirque. Elle s'appelait Zenaida Neves, mais le capitaine la surnommait « Mon Énergumène ». C'était une vieille amie qu'il avait l'habitude de prendre dans un port et de laisser dans un autre, et qui était montée à son bord poussée par la bourrasque de la chance. Sur ce triste mouroir, où Florentino Ariza se souvint avec nostalgie de Rosalba lorsqu'il aperçut le train d'Envigado escalader à grand-peine l'ancienne corniche à mules, déferla une averse amazonienne qui dura presque sans accalmie le reste du voyage. Mais tout le monde s'en moquait : sur l'eau, la fête avait un toit. Ce soir-là, Fermina Daza, comme contribution personnelle aux festivités, descendit aux cuisines au milieu des ovations de l'équipage, et prépara pour tous un plat de son invention que

Florentino Ariza baptisa pour lui-même : aubergines à l'amour.

De jour, ils jouaient aux cartes, se gavaient de nourriture, faisaient des siestes de granit dont ils émergeaient épuisés et, le soleil à peine couché, ils donnaient libre cours à l'orchestre, buvaient de l'anis et mangeaient du saumon au-delà de toute satiété. Ce fut un voyage rapide, sur un navire léger, naviguant sur de bonnes eaux que grossissaient les crues qui déferlaient depuis les sources, et où il plut autant cette semaine que pendant tout le trajet. Dans quelques bourgs on tirait des coups de canon secourables pour chasser le choléra et en remerciement ils lançaient un petit bramement triste. Les navires d'autres compagnies qu'ils croisaient en chemin leur envoyaient des signaux de condoléances. Au village de Magangué, où est née Mercedes, ils chargèrent du bois pour le reste du voyage.

Fermina Daza prit peur lorsqu'elle commença à sentir la sirène du bateau dans sa bonne oreille, mais au deuxième jour d'anis elle entendait mieux des deux côtés. Elle découvrit que le parfum des roses était plus fort qu'avant, que les oiseaux au lever du jour chantaient mieux qu'autrefois, et que Dieu, pour la réveiller, avait créé un lamantin et l'avait déposé sur un banc de sable de Tamalameque. Le capitaine l'entendit, détourna le bateau, et ils virent alors l'énorme matrone allaiter son petit entre ses bras. Ni Florentino Ariza ni Fermina Daza ne se rendirent compte à quel point ils vivaient l'un pour l'autre : elle lui donnait ses lavements, se levait avant lui pour brosser son dentier qu'il déposait dans un verre avant de dormir, et elle résolut le problème de la perte de ses lunettes en lisant et en reprisant avec les siennes. Un matin, en se réveillant, elle le vit dans la pénombre coudre un bouton de chemise et elle s'empressa de le faire à sa place avant qu'il ne

470

répétât la phrase rituelle sur la nécessité d'avoir deux épouses. En revanche, elle n'eut besoin de lui que pour la pose d'une ventouse un jour qu'elle eut mal dans le dos.

Florentino Ariza, de son côté, remua de vieilles nostalgies avec le violon de l'orchestre, et en une demi-journée il fut capable d'exécuter pour elle la valse de *La Déesse couronnée*, et joua durant des heures et des heures, au point qu'il fallut l'arrêter de force. Une nuit, Fermina Daza se réveilla en sursaut, étouffée pour la première fois de sa vie par un sanglot qui n'était pas de rage mais de chagrin, à cause du souvenir des deux petits vieux morts à coups de rame dans une barque. La pluie incessante ne l'émut pas, et elle pensa trop tard que Paris était peut-être moins lugubre qu'elle l'avait cru, et les rues de Santa Fe moins encombrées de corbillards. À l'horizon se levait le rêve d'autres voyages avec Florentino Ariza : des voyages fous, sans bagages et sans mondanités : des voyages d'amour.

La veille de leur arrivée, ils organisèrent une grande fête avec des guirlandes en papier et des projecteurs de couleur. Dans la soirée, le ciel s'éclaircit. Le capitaine et Zenaida dansèrent serrés l'un contre l'autre les premiers boléros qui, à cette époque, avaient déjà égratigné plus d'un cœur. Florentino Ariza osa inviter Fermina Daza à danser leur valse confidentielle, mais elle refusa. Cependant, toute la nuit elle marqua le rythme de la tête et du pied, et à un moment elle dansa assise sans s'en rendre compte, tandis que le capitaine et son tendre énergumène se fondaient dans la pénombre du boléro. Elle but tant d'anis qu'ils durent l'aider à monter les escaliers et fut prise d'un tel fou rire que tout le monde s'inquiéta. Lorsqu'elle parvint à le dominer, dans la douceur parfumée de la cabine, ils firent l'amour, sages et tranquilles tels deux petits vieux flétris, et ce souvenir devait rester dans leur mémoire comme le meilleur de ce fantastique voyage. Ils ne se prenaient pas pour de jeunes fiancés, à l'inverse de ce que croyaient le capitaine et Zenaida, et moins encore pour des amants tardifs. C'était comme s'ils avaient contourné le difficile calvaire de la vie conjugale pour aller tout droit au cœur même de l'amour. Ils vivaient en silence comme deux vieux époux échaudés par la vie, au-delà des pièges de la passion, au-delà des mensonges barbares du rêve et des mirages de la déception : au-delà de l'amour. Car ils avaient vécu ensemble assez de temps pour comprendre que l'amour est l'amour, en tout temps et en tout lieu, et qu'il est d'autant plus intense qu'il s'approche de la mort.

Ils se réveillèrent à six heures. Elle avec un mal de tête parfumé à l'anis et le cœur étourdi par le sentiment que le docteur Juvenal Urbino était revenu, plus gros et plus jeune que lorsqu'il était tombé de son arbre, et qu'assis dans sa berceuse il l'attendait à la porte de chez elle. Cependant, elle avait assez de lucidité pour se rendre compte que ce n'était pas l'effet de l'anis mais l'imminence du retour.

« Ça va être comme la mort », dit-elle.

Florentino Ariza sursauta car elle avait deviné une pensée qui l'empêchait de vivre depuis le début de leur retour. Ni lui ni elle ne pouvaient s'imaginer ailleurs que dans la cabine, assis à une autre table que celle du bateau, incorporés à une autre vie qui leur serait à jamais étrangère. C'était en effet comme la mort. Il ne put se rendormir. Il resta allongé sur le dos, les deux mains croisées derrière la nuque. À un certain moment, América Vicuña fut un élancement qui le fit se tordre de douleur et il ne put différer plus longtemps la vérité : il s'enferma dans les toilettes et pleura tout son soûl, sans hâte, jusqu'à la dernière larme. Alors, il eut pour la première fois le courage de reconnaître combien il l'avait aimée.

Lorsqu'ils se levèrent, habillés pour débarquer, les canaux et les marais de l'ancien chenal des Espagnols étaient déjà derrière eux et ils naviguaient entre des décombres de bateaux et les étangs d'huiles mortes de la baie. Un jeudi radieux se levait au-dessus des coupoles dorées de la ville des vice-rois, mais sur le pont, Fermina Daza ne put supporter la pestilence de ses gloires et l'arrogance de ses remparts profanés par les iguanes : l'horreur de la réalité de la vie. Sans se le dire, ni lui ni elle ne se sentaient capables de rendre ainsi les armes.

Ils trouvèrent le capitaine à l'intérieur de la salle à manger, dans un état de négligence qui ne concordait pas avec sa propreté habituelle : mal rasé, les yeux rouges d'insomnie, les vêtements trempés par la sueur de la veille, la diction déformée par les renvois d'anis. Zenaida dormait. Ils commençaient à prendre le petit déjeuner en silence lorsque le canot à moteur des autorités sanitaires donna l'ordre d'arrêter le navire.

Le capitaine, depuis la cabine de commandement, répondit en criant aux questions de la patrouille armée. Elle voulait savoir quelle sorte d'épidémie il y avait à bord, combien de passagers le navire transportait, combien étaient malades, quels étaient les risques de contagion. Le capitaine répondit qu'il n'y avait que trois passagers, que tous trois avaient le choléra mais avaient été gardés en stricte quarantaine. Ni ceux qui devaient monter à La Dorada, ni les vingt-sept membres d'équipage n'avaient été en contact avec eux. Mais le chef de patrouille ne fut pas satisfait et il leur ordonna de quitter la baie et d'attendre dans les marais de Las Mercedes jusqu'à deux heures de l'après-midi, le temps d'accomplir les formalités pour que le bateau demeurât en quarantaine. Le capitaine lâcha un pétard de charretier et d'un signe de la main indiqua au remorqueur de faire demi-tour et de se diriger vers les marais.

Fermina Daza et Florentino Ariza, à table, avaient tout entendu, mais le capitaine semblait s'en moquer. Il continua de manger en silence et on voyait sa mauvaise humeur jusque dans sa façon de violer les lois de bonne conduite qui faisaient la réputation légendaire des capitaines du fleuve. Il creva de la pointe de son couteau les quatre œufs au plat, les touilla dans son assiette avec des rondelles de bananes vertes qu'il fourrait tout entières dans sa bouche et mastiquait avec une délectation sauvage. Fermina Daza et Florentino Ariza le regardaient sans rien dire, attendant sur un banc d'école la lecture des résultats aux examens de fin d'année. Ils n'avaient pas échangé un mot pendant la conversation avec la patrouille sanitaire et n'avaient pas la moindre idée du sort qu'on leur réservait, mais tous deux savaient que le capitaine pensait pour eux : on le voyait aux battements de ses tempes.

Tandis qu'il avalait ses œufs, le plat de rondelles de banane et le pot de café au lait, le bateau sortit de la baie à vitesse réduite, se fraya un passage entre les canaux, à travers les édredons de nénuphars, les lotus d'eau douce aux fleurs mauves et aux grandes feuilles en forme de cœur, et retourna dans les marais. L'eau était chatoyante de poissons qui flottaient sur le côté, tués par la dynamite des pêcheurs clandestins, et les oiseaux de la terre et de la mer tournaient en rond au-dessus d'eux en poussant des cris métalliques. Le vent des Caraïbes entra par les fenêtres en même temps que le tapage des oiseaux, et Fermina Daza sentit dans ses artères le battement désordonné de son libre arbitre. À droite, trouble et parcimonieux, l'estuaire du grand fleuve Magdalena s'étendait jusque de l'autre côté du monde.

Lorsque dans les assiettes il ne resta plus rien à manger, le capitaine essuya ses lèvres avec un coin de la nappe, et discourut dans un jargon effronté qui mit fin une fois pour toutes au parler élégant des capitaines du fleuve. Il ne s'adressait ni à eux ni à personne mais essayait de se mettre d'accord avec sa propre rage. Au terme d'une bordée d'injures barbares, il conclut qu'il ne savait pas comment sortir de l'imbroglio dans lequel il s'était fourré avec le pavillon du choléra.

Florentino Ariza l'écouta sans ciller. Puis il regarda par les hublots le cercle parfait formé par le cadran de la rose des vents, la ligne droite de l'horizon, le ciel de décembre sans un nuage, les eaux à jamais navigables, et dit :

« Allons tout droit, tout droit devant nous encore une fois jusqu'à La Dorada. »

Fermina Daza eut un frisson car elle avait reconnu l'ancienne voix illuminée par le Saint-Esprit, et elle se tourna vers le capitaine : le destin, c'était lui. Mais le capitaine ne la vit pas parce que le terrifiant pouvoir d'inspiration de Florentino Ariza l'avait pétrifié.

« C'est sérieux? lui demanda-t-il.

— Depuis que je suis né, répondit Florentino Ariza, je n'ai jamais rien dit qui ne fût sérieux. »

Le capitaine regarda Fermina Daza et vit entre ses cils les premières lueurs d'un givre hivernal. Puis il regarda Florentino Ariza, son invincible maîtrise, son amour impavide, et fut soudain effrayé par le pressentiment tardif que plus que la mort, c'est la vie qui n'a pas de limites.

« Et jusqu'à quand vous croyez qu'on va pouvoir

continuer ces putains d'allées et venues? » demanda-
t-il.

Florentino Ariza connaissait la réponse depuis
cinquante-trois ans, sept mois, onze jours et onze
nuits.

« Toute la vie », dit-il.

DU MÊME AUTEUR

La Mala Hora, Grasset.

Des feuilles dans la bourrasque, Grasset.

Pas de lettre pour le colonel, Grasset.

Les Funérailles de la Grande Mémé, Grasset.

Cent Ans de solitude, Le Seuil.
(Prix du meilleur livre étranger.)

L'Incroyable et Triste Histoire
de la candide Erendira et de
sa grand-mère diabolique, Grasset.

Récit d'un naufragé, Grasset.

L'Automne du patriarche, Grasset.

Chronique d'une mort annoncée, Grasset.

Le Général dans son labyrinthe, Grasset.

Le Livre de Poche Biblio

Extrait du catalogue

IMPRIMÉ EN FRANCE PAR BRODARD ET TAUPIN
Usine de La Flèche (Sarthe).
LIBRAIRIE GÉNÉRALE FRANÇAISE - 6, rue Pierre-Sarrazin - 75006 Paris.

ISBN : 2 - 253 - 06054 - 2   ◈ 30/4349/4